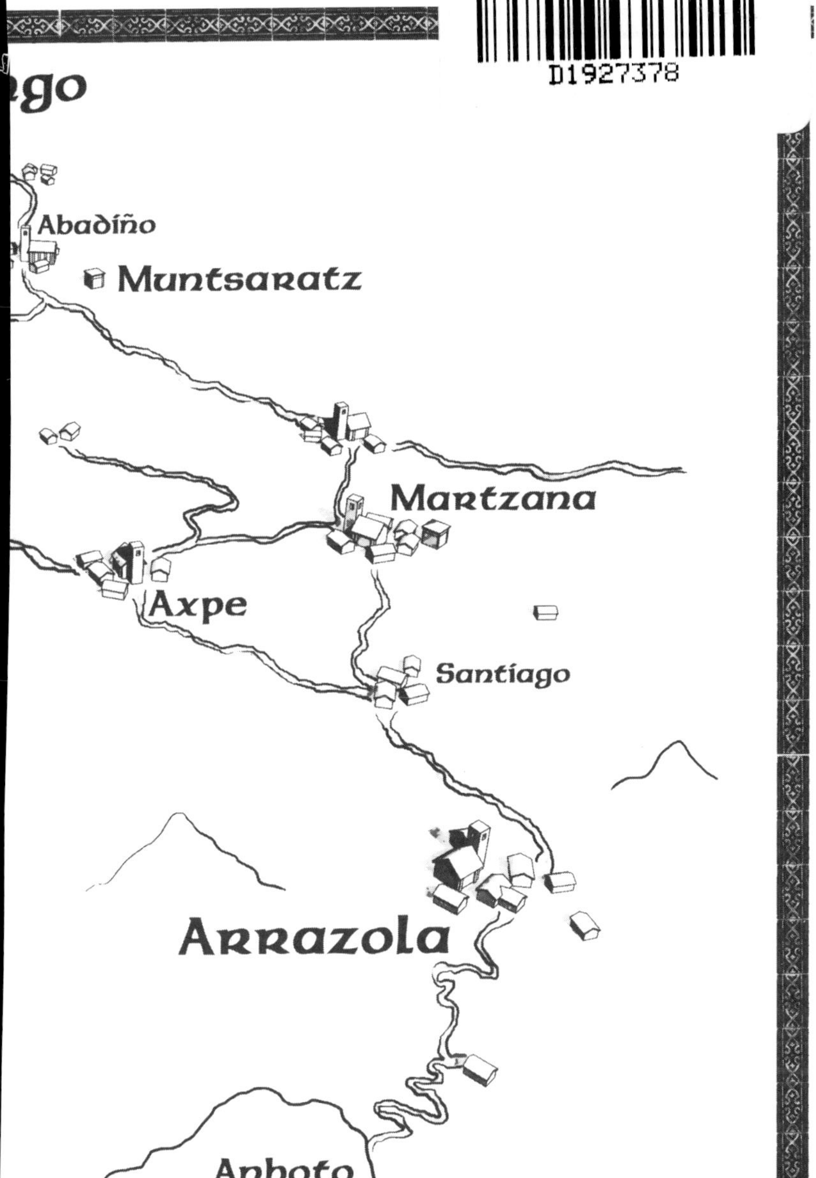

ago
Abadiño
Muntsaratz
Martzana
Axpe
Santiago
Arrazola
Anboto

K

Toti Lezea
Die Heilerin

Roman

Aus dem Spanischen von
Lisa Grüneisen

Krüger Verlag

Die Originalausgabe erschien 2000
unter dem Titel »La Herbolera«
im Verlag Ediciones TTARTTALO, Donostia

Deutsche Ausgabe:
Erschienen bei Krüger, ein Unternehmen der S. Fischer Verlag GmbH

Satz: Pinkuin Satz und Datentechnik, Berlin
Druck und Bindung: ScandBook AB, Falun
Printed in Sweden 2005
ISBN 3-8105-1287-7

Für Alberto

»Lasset die alten Lieder schweigen,
welche man singet allerorten,
von Circe, Teiresias, Medea und Jason,
den Durangas vom Emboto* *gilt dieser Sang.*
Wisse also, dass ihren Taten
folgte ein bitteres Bußgericht.
Gott den Allhöchsten versuchten sie
und wurden in tödlichem Kampfe bezwungen,
gleich zwiefach war ihr Sündenfall.«
*(*Anboto)*
El Cartujano, 1521

»[…] und in den Bergen und den Provinzen der Biskaya, im Gebirge des Amboto, kam es zu teuflischen Irrlehren […] Darein sind viele heimtückische Weiber verwickelt, die wir Hexen und Zauberinnen nennen, welche bösen Zauber machen und Umgang mit den Dämonen pflegen […] In den Prozessen, welche man jenen Hexen vom Amboto gemacht, gestanden gar viele, den Teufel gesehen und gesprochen zu haben, zuweilen in Gestalt eines Ziegenbocks, andere Male in Gestalt eines großen, schönen Esels […] und es sagen jene, die bereuten und ihren Irrtum gestanden, der Teufel habe zuweilen die Gestalt eines Mannes angenommen, stets jedoch habe er ein Zeichen seiner Bosheit besessen, als da wären ein Horn auf dem Kopfe oder auf der Stirn, oder einige Zähne, die aus seinem Munde hervorragten, oder Ähnliches.«
Arcidiano Don Pedro Fernández de Villegas

»Katalintxe! Katalintxe!«

Catalina sah auf, als sie die Rufe ihrer Mutter hörte. Sie saß im weichen, grünen Gras auf der Anhöhe, einen Kranz aus Margeriten auf dem kurz geschnittenen Haar, die nackten Füße grün verfärbt und einen Korb voller Wildblumen auf dem Schoß. Sie war zu ihrem geheimen Versteck gelaufen, wie immer, wenn ihre täglichen Pflichten es zuließen: Fegen, Ziegen hüten, Hühner füttern, Eier einsammeln und die Hunde nach draußen lassen. Es war ein verwunschener Ort, den nur sie kannte. Sie und die Große Göttin, die in einer Höhle am heiligen Berg wohnte.

Die Silhouette des Anboto zeichnete sich vor dem klaren Frühlingshimmel ab. Wie immer, wenn sich die Göttin dort befand, war der Gipfel in Wolken gehüllt, die ihn der Sicht der Sterblichen entzogen und mit einem Geheimnis umgaben. Seit Urzeiten hatten die Bewohner des Tales Tag für Tag ihren Blick zum Gipfel gerichtet und erleichtert geseufzt, wenn sie feststellten, dass er verhüllt war, denn dann wussten sie, dass die Göttin da war und sie unter ihrem Schutz standen. War der Gipfel sichtbar, waren sie besorgt, denn das bedeutete, dass die Mari an einem ihrer anderen Aufenthaltsorte in Zaldiaran, Aketegi, Murumendi, Akelarre, Lezea oder Azalagi weilte, und sie wussten nicht, wann sie zurückkommen würde.

Catalina kam zu ihrem geheimen Platz in der Hoffnung, eines Tages die Große Göttin zu sehen. Sie kannte die Geschichten von verschwundenen jungen Mädchen, die so dreist oder leichtfertig gewesen waren, unerlaubt das Reich der Mari zu betreten. Sie wurden nie wieder gesehen, und nur manchmal war nach langer Zeit ein Kleidungsstück, ein Taschentuch oder der Ring einer dieser Unglücklichen aufgetaucht. Nein, sie würde die Höhle nicht unerlaubt betreten, sondern geduldig warten, bis sie dazu aufgefordert wurde – falls dies je geschehen sollte. Sie würde ehrfürchtig eintreten, abwarten, dass die Große Göttin sprach, und sich dann langsam zurückziehen, ohne ihr auch nur einen Moment den Rücken zuzuwenden. Bis es so weit war, suchte sie bei jeder sich bietenden Gelegenheit diesen Platz auf, um sich, das Gesicht dem Berg zugewandt, ins Gras zu setzen, Blumenkränze zu flechten und mit der Großen Göttin zu sprechen wie mit einer guten Freundin, vor der man keine Geheimnisse hatte.

Obwohl Goiena zu dem Weiler Arrazola gehörte, der seinerseits unweit von Axpe, Abadiño und der bedeutenden Stadt Tabira de Durango lag, hatten sich die Bewohner des Gehöftes seit jeher fernab vom Rest der Welt gewähnt. Sie nahmen nie an den Festen, Feierlichkeiten und Prozessionen des kleinen Dörfchens im Tal von Atxondo teil, das am höchsten und dem Berg am nächsten lag. Aber wenn Arrazola hoch gelegen war, dann war es Goiena umso mehr, und seine Bewohner waren der Großen Göttin viel näher als jedes andere Wesen auf Erden. Vielleicht aus diesem Grund, weil sie sich der Göttin so nah fühlten, oder einfach nur, weil der Hof lediglich über einen schmalen, steilen Weg zu erreichen war und der Aufstieg einen gewissen Mut erforderte, sahen sie oft wochenlang keine Menschenseele. Sie wussten nicht, wer an der Biskaya herrschte; manchmal kannten sie nicht einmal den Gemeindevorsteher von Arrazola, und sie gaben auch nicht viel darauf. Weder empfingen sie Besuche noch statteten sie selbst welche ab. Seit Generationen galten Catalinas Vorfahren als die ungeselligsten Leute im Kirchspiel, und sie hatten sich alle Mühe gegeben, diesem Ruf gerecht zu werden.

Zu Lebzeiten der anderen Catalina, der Urgroßmutter, hatten die Bewohner Goienas für einige Jahre ihre Abgeschiedenheit aufgeben müssen. Die Gabe der alten Hofherrin hatte die Leute angezogen wie der Honig die Fliegen, und es war kaum ein Tag vergangen, ohne dass ein Mann oder eine Frau schwitzend den Abhang hinaufkeuchte, obwohl sie die Alte fürchteten und es einige Zeit dauerte, bis sie sich von der Anstrengung erholten. Nach ihrem Tod war es wieder still im Haus geworden, da weder ihre Tochter noch ihre Enkelin die Gabe geerbt hatten.

Graciana de Goiena stieg den Abhang hinauf, blieb aber stehen, als sie sah, dass das junge Mädchen ihr entgegenkam.

»Die Großmutter will mit dir sprechen!«, rief sie und bedeutete ihr, sich zu beeilen.

Graciana war eine reife, aber noch junge Frau, gut proportioniert und mit harmonischen Gesichtszügen, doch in ihrem Blick lag eine Mischung aus Güte und Traurigkeit, die einem sofort auffiel. Sie hatte von Kindheit an hart gearbeitet und konnte sich an keinen einzigen Tag erinnern, an dem sie Zeit zum Müßiggang gehabt hätte. Ihre Pflichten zwangen sie, vor Morgengrauen aufzustehen, und hielten sie bis spät in die Nacht auf den Beinen. Das Einzige, was sie nie ermüdete oder langweilte, war die Zeit, die sie sich mit ihren Kräutern beschäftigte.

Von ihrer Mutter hatte sie die Kunst der Kräuterkunde gelernt, so wie diese zuvor von ihrer Mutter und diese wiederum von ihrer. Sie kannte den Namen jeder einzelnen Pflanze und jeder einzelnen Blume, die an den Hängen des Anboto oder in der Ebene von Abadiño wuchs. Sie konnte mit geschlossenen Augen den Unterschied zwischen den Blättern des Seidelbasts und des Pulverholzes fühlen. Sie konnte voraussagen, ob ein Schössling keimen würde, und obwohl sie ihre Finger und Nägel mit Asche und Fett bearbeitete, waren sie immer grün verfärbt. Was für andere ein Zeitvertreib gewesen wäre, war Graciana ein Bedürfnis. Wie seit Generationen für jede Frau in Goiena barg das Sammeln von Kräutern, die in Sträußchen auf dem Dachboden aufgehängt wurden, sowie ihre Verarbeitung und Anwendung keine Geheimnisse für sie.

Als die junge Catalina auf die Welt kam, konnte ihre Großmutter Domenja ihre Rührung nicht verbergen.

»Sie hat die Gabe!«, rief sie glücklich, während sie ihre neu geborene Enkelin betrachtete.

»Woher willst du das wissen?«, fragte Graciana.

»Ich weiß es eben. Ich sehe es an ihrem Blick«, antwortete Domenja mit Genugtuung. »Es ist die Gabe der Frauen unserer Familie. Weder du noch ich haben sie, aber die kleine Katalintxe hat sie, genau wie meine Mutter!«

Graciana wusste damals nicht, ob sie sich darüber freuen oder grämen sollte. Sie hatte nur vage Erinnerungen an ihre Großmutter, eine hagere, stets schwarz gekleidete Frau, die sparsam mit Worten und Gesten umging. Sie erinnerte sich, wie sie lautlos wie eine Katze durchs Haus geschlichen war und dabei seltsame Wörter vor sich hin gemurmelt hatte, wie sie in einem Winkel der Küche Kräuter und andere Ingredienzien zusammenbraute oder den Fremden, die zum Hof hinaufgestiegen kamen, um von ihren Leiden befreit zu werden, die Hände auflegte. Dann war sie gestorben. Ihre Mutter erzählte stets mit Stolz, dass es in der ganzen Gegend noch nie ein Begräbnis wie dieses gegeben habe. Unmittelbar nach ihrem Tod hatten die Glocken von Arrazola geläutet, dann folgten jene von Axpe, und bald darauf hatten alle kleinen Kirchen, Kapellen und Klöster des Tals in das Geläut eingestimmt. Damals sagte man sich, die Glocken hätten von ganz alleine geläutet, niemand habe an den Glockensträngen gezogen. Zur Totenwache waren Dutzende Menschen von überall aus Atxondo herbeigeströmt, und noch zahlreicher waren jene, die am darauf folgenden Tag den Leichnam zu Grabe getragen hatten. Unzählige verdankten der Toten ihre Gesundheit und die Gesundheit ihrer Angehörigen. Graciana ertappte sich manchmal bei dem Gedanken, dass der wahre Grund, weshalb so viele Menschen an der Beerdigung ihrer Großmutter teilgenommen hatten, nicht Dankbarkeit gewesen war, sondern der Wunsch, mit eigenen Augen zu sehen, dass die geheimnisvolle Frau tatsächlich tot war. Sie konnte sich nicht daran erinnern, jemals von ihr geküsst worden zu sein oder sie lächeln gesehen zu haben. Um nichts in der Welt wollte sie, dass ihre kleine Katalintxe ihr ähnlich war.

Auch nach so vielen Jahren sprach man im Tal immer noch von ihr. Viele bedauerten, dass keine andere Frau der Familie die wundersame Gabe geerbt hatte, Gesundheit, Krankheit und sogar den Tod vorhersehen zu können – eine Gabe, die es ihr ermöglichte, genau zu wissen, woran ein Kranker litt, und Salben, Tees oder Aufgüsse zu bereiten, die, wenngleich nicht immer, so doch oft Linderung brachten. Keine andere Kräuterfrau in der Gegend verstand es wie sie, Fieber mit einem Tee aus Fenchel und Wermut, Magenbeschwerden mit Leinsamen-Milchwickeln oder schwärende Wunden mittels Waschungen mit Fingerhutsud zu kurieren. Aber am meisten trauerten ihre Nachbarn ihrer Fähigkeit nach, vorhersagen zu können, ob ein Kranker genesen würde oder nicht. Wenn es kein Mittel gegen eine Krankheit gab – weshalb die Reise nach Abadiño auf sich nehmen, um einen Arzt aufzusuchen? Besser, man ließ den Kranken in Frieden und traf die Vorbereitungen für das Begräbnis.

Am Anfang hatte Domenja weiterhin das eine oder andere Mittel verabreicht, dessen Zubereitung sie gelernt hatte, indem sie ihrer Mutter zur Hand ging, doch schon bald ließ sie es bleiben. Ihre Kenntnisse über die Heilwirkung der Pflanzen waren nicht größer als die jedes anderen. Auf jedem Gehöft hatte man einen Vorrat an Melisse, Wermut, Eibisch, Borretsch, Schachtelhalm, Thymian, Vogelkirschrinde und Weidenrinde, getrockneten Brombeerblättern, Johanniskraut und anderen gängigen Kräutern gegen Erkältungen, Zahnschmerzen, Frauenleiden oder verrenkte Gliedmaßen. So sehr sie sich auch bemühte, es würde ihr nie gelingen, die Fertigkeit ihrer Mutter zu erreichen, und auch ihre Tochter Graciana schien kein besonderes Talent zur Heilkunde zu besitzen. Es dauerte nicht lange, und niemand in Arrazola sprach mehr von den beiden jüngsten Bewohnerinnen des Goiena-Hofs, außer um über ihr abgeschiedenes Leben und ihr Fehlen in der Kirche zu schimpfen.

So standen die Dinge bei Catalinas Geburt. Ihre Großmutter und ihre Mutter ließen sie nicht aus den Augen. Erstere wartete sehnsüchtig darauf, dass sich die Gabe des Mädchens zeigte, von der sie sicher war, dass sie sie besaß; Letztere sah in ihr das Spiegelbild des Mannes, mit dem sie eine Zeit lang ihr Leben geteilt hatte.

Es war eine kurze, zu kurze Zeit gewesen, an die sie zärtliche, tiefe Erinnerungen hegte, gepaart mit einem Hauch von Bitternis, deretwegen sie zuweilen mitten in der Nacht schweißgebadet aufwachte. Dann entzündete sie eine Kerze und hoffte, ihn neben sich im Bett zu finden, nackt und stark, die Arme schützend und hingebungsvoll um sie gelegt. Aber nicht er lag neben ihr, sondern dieses kleine Wesen, das dick eingemummt friedlich schlummerte. Dann versuchte sie, in ihrer Tochter die Züge des geliebten Mannes wieder zu finden, und begann zu weinen, weil sie sich kaum an ihn erinnern konnte. Die Jahre hatten seine Spur verwischt, wie das Wasser die Fußspuren auf dem Weg wegwusch.

Der Vater und der Großvater von Catalina waren in einem Hinterhalt ums Leben gekommen, den die Familie Butrón den Gefolgsleuten der Martzanas aus Axpe gestellt hatte, welche wiederum mit den Abendaños verwandt waren, den Erzfeinden der Erstgenannten. Es war eine von vielen Auseinandersetzungen gewesen, wie sie sich seit Jahrhunderten an der Biskaya, in Gipuzkoa, Álava und Navarra abspielten. Domenja und Graciana weinten gemeinsam, begruben gemeinsam ihre Toten und setzten gemeinsam ihre Hoffnungen in den gewölbten Leib der Jüngeren.

Das Mädchen kam in einer stürmischen Nacht zur Welt, in der die Blitze am Anboto zerschellten. Die Geburt zog sich lange hin, so als wollte das Kind das stille, geborgene Plätzchen nicht verlassen, das ihm während der ersten neun Monate seines Lebens Schutz gewährt hatte. Einige Wochen später gingen die beiden Frauen nach Arrazola hinunter, das Neugeborene in den Armen. Dem Pfarrer Don Miguel war die Überraschung anzusehen, als er sie in die Kirche kommen sah, und achtzig Augenpaare wandten sich zur Tür um. Das letzte Mal hatte man sie anlässlich der Beerdigung der toten Martzanas im Dorf gesehen – sechs waren es an jenem Tag gewesen –, und seitdem war fast ein Jahr vergangen. Sie waren nicht ins Dorf hinuntergekommen, aber während dieser Zeit hatte ihnen auch niemand einen Besuch abgestattet. Ein Raunen ging durch den Raum, während die Anwesenden zur Seite traten, um ihnen den Weg zum Altar frei zu machen.

»Graciana de Goiena, wer ist dieses Kind, das du auf dem Arm trägst?«, fragte der Priester mit anklagender Stimme.

»Meine Tochter«, antwortete sie und sah ihm direkt in die Augen. »Ich habe sie hergebracht, um sie taufen zu lassen.«

»Sie ist ein Kind der Sünde«, sagte der Priester mit erhobener Stimme, damit alle seine Worte deutlich vernehmen konnten.

Erneut war ein Raunen zu hören. Domenja sah die Umstehenden an, und das Murmeln verstummte. Dann wandte sie sich wieder dem Priester zu und sah ihn fest an.

»Sie ist eine legitime Tochter.« Ihre sanfte, aber feste Stimme klang drohend. »Ihr Vater war Martín de Muntsaratz, Gracianas Mann.«

»Sie waren nicht vor Gott verheiratet!«, wetterte der Mann.

»Sie waren vor den Ihren verheiratet.«

»Aber nicht vor Gott! Ich habe ihnen nicht das Sakrament der Ehe gespendet!«, schimpfte Don Miguel.

Die Gemeinde verfolgte die Szene atemlos. Sie würden Gesprächsstoff für Wochen haben, auch wenn diese Situation niemandem neu war. Die Kirche ereiferte sich gegen Verbindungen, die keinen kirchlichen Segen hatten, doch der alte Brauch der vorehelichen Probe hielt sich hartnäckig und wurde von allen als richtige Ehe angesehen, solange sie nicht in die Brüche ging. Gracianas Fall unterschied sich nicht von vielen anderen. Wenn ein Hoferbe oder eine Hoferbin im heiratsfähigen Alter waren, suchten die Eltern ihnen einen Partner. War man mit der anderen Familie einig geworden, wurde ein großes Bankett mit Freunden und Verwandten gefeiert, und von da an schliefen die beiden im selben Bett. Die kirchliche Hochzeit wurde gefeiert, wenn das Paar sein erstes oder gar schon mehrere Kinder bekommen hatte. Damit war bewiesen, dass beide fruchtbar waren und Haus und Hof an ihre Nachkommen übergehen würden. Das über Generationen bewahrte Erbe würde auf diese Weise niemals in fremde Hände gelangen, sondern immer an die Familie. Waren nach einigen Jahren keine Anzeichen einer Schwangerschaft zu erkennen, wurde die Verbindung aufgelöst und neue Bande geknüpft.

Unnötig zu erwähnen, dass dieser Brauch in den Augen der Kirche nichts weiter als ein verdammenswertes Konkubinat war. Bischöfe, Priester und Orden führten einen regelrechten Kreuzzug, um die alten baskischen Bräuche auszurotten, dieser und auch andere aber hielten sich hartnäckig. Da mochte man noch so lauthals predigen und wettern, dass ein guter Gläubiger außerhalb der heiligen Ehe keinen Beischlaf ausüben dürfe – wenn es ums Erbe ging, um Besitz und Geld, war selbst der christlichste Biskayer nicht bereit, die Zukunft seiner Familie aufs Spiel zu setzen. Allerdings gingen die meisten diskret vor, ohne voreheliche Bankettfeiern, und stellten den Priester vor vollendete Tatsachen. Üblicherweise wurden Hochzeit und Taufe gemeinsam gefeiert, sehr zur

Verzweiflung der Geistlichen und zur Freude der Familien der Brautleute.

»Sie waren verheiratet, ob mit oder ohne deinen Segen«, gab Domenja im gleichen Ton zurück. »Wirst du meine Enkelin nun taufen oder nicht?«

Für einen Moment hatte es den Anschein, als wollte der Pfarrer sich weigern.

»Wie soll sie heißen?«, fragte er schließlich.

»Catalina, wie ihre Urgroßmutter«, antwortete Domenja stolz.

»Und die Paten?«

Domenja sah sich erneut um, ließ ihren Blick über die Anwesenden schweifen und gab fast unmerklich ein Zeichen. Zwei Männer und zwei Frauen traten vor den Altar, und Catalina de Goiena wurde getauft.

Eines Tages, Jahre später, merkte die kleine Catalina, dass eines der Lämmer sehr krank war, und brach in Tränen aus. Ihre Mutter und ihre Großmutter kamen erschrocken herbeigelaufen. Sie gingen zu dem Tier, konnten aber keinerlei Anzeichen einer Krankheit feststellen, weder glasige Augen noch schwache Atmung.

»Dem Lämmchen geht es gut, mein Liebling«, sagte Domenja, während sie ihrer Enkelin über den Kopf streichelte.

Zwei Tage später war das Lamm tot. Graciana fand es auf einer Lage trockenen Strohs unter dem Karren und rief ihre Mutter dazu. Die beiden Frauen vergewisserten sich, dass das Tier keine sichtbare Verletzung aufwies, weder einen Wolfsbiss noch Anzeichen einer Erkrankung, und begruben es rasch, damit das Mädchen es nicht zu Gesicht bekam. Danach schlachtete Großmutter Domenja eigenhändig ein Schaf, zerlegte es und ging zum höher gelegenen Teil ihres Besitzes, der dem Anboto am nächsten lag.

Nebel hing über dem Tal und verwandelte es in ein Meer aus reglosem Wasser, dessen Stille nur vom Klingeln der Glöckchen der Schafe und Ziegen durchbrochen wurde, die an den Hängen weideten. Doch dort, wo sie stand, war der Himmel strahlend blau, und im Gras glitzerte der Morgentau im Sonnenlicht. Domenja vergewisserte sich, dass der Gipfel bedeckt war, und lächelte, als sie sah, dass die Göttin auf dem Berg weilte. Sie ging zu einem Dickicht hinter einigen Felsbrocken, legte vorsichtig das Fleisch auf dem Boden ab und riss eine Zeit lang Zweige und Gräser aus, bis ihre Hände voller Kratzer waren. Sie wischte einen der Steine mit ihrer Schürze ab und legte die Eingeweide des Schafs darauf. Dann streifte sie die Schuhe ab und spürte, wie die Kraft der Erde durch ihre Füße aufstieg. So stand sie eine Weile, den Blick fest auf einen Punkt in der Nähe des Berggipfels gerichtet; es war der Eingang zur Höhle der Großen Göttin, der aus der Ferne eher zu erahnen als wirklich zu sehen war. Dann schloss sie die Augen, hielt die Hände über das noch warme Fleisch des Tieres und wandte sich an die Mari, um ihr das Opfer darzubieten, so wie ihre Mutter vor vielen Jahren, so wie alle Frauen ihrer Familie seit Menschengedenken, so wie sie selbst, als ihre Tochter und ihre Enkelin geboren wurden.

Sie spürte, wie ein eisiger Luftzug sie umhüllte wie ein Leichentuch und durch die Lüfte zu der Höhle trug. Sie merkte, wie sie über einen schmalen Felsvorsprung ging. Die fremde Macht drängte sie einem Lichtschein am Ende des Weges entgegen, und dort angekommen, erkannte sie die strahlende Gestalt der Mari, die die Arme ausstreckte, um ihre Gabe entgegenzunehmen. Als sie den Mund öffnete, brachte sie nur einen Laut heraus: »Katalintxe …«

Domenja kam wieder zu sich, als die Sonne am höchsten Punkt stand. Sie lag im Gras, völlig von der Feuchtigkeit durchnässt. Mühsam erhob sie sich und sah ein letztes Mal zum Berg hinüber. War sie ohnmächtig geworden? Hatte sie geträumt? Ein solches Erlebnis hatte sie noch nie gehabt, nicht einmal beim letzten Mal, als sie der Göttin ihren Dank über die Geburt der Enkelin darbrachte, die ihr nach all dem Unglück so große Freude bereitet hatte. Sie sammelte ihre Holzpantinen ein, um nach Hause zurückzugehen, und da fiel ihr Blick auf den Stein. Das Schaffleisch war verschwunden.

Catalina war am Fuß des Abhangs angekommen und stürzte wie ein Wirbelwind ins Haus, geradewegs in die Küche.

»Was ist denn, Großmutter?«, fragte sie, das Gesicht vom Laufen gerötet.

»Kind«, sagte Domenja mit strengem Blick, »du bist jetzt eine Frau, und du solltest beginnen, dich wie eine solche zu benehmen.«

Das Mädchen lächelte. Wollte sie ihr vielleicht mitteilen, dass sie einen Ehemann für sie gefunden hatte? Ihre Großmutter wusste genau, dass sie es nicht eilig hatte mit dem Heiraten. Sie hatten oft darüber gesprochen, halb im Ernst, halb im Scherz. Sie würde nur einen Mann heiraten, den sie liebte. Schließlich hatte ihre Mutter ihr in der Geborgenheit der Nacht, wenn sie beide auf den Schlaf warteten, immer wieder erzählt, wie sehr sie ihren Vater geliebt hatte, wie stattlich und mutig er gewesen war und wie schwer ihr das Herz vor Trauer war, seit die gottverfluchten Butróns ihn ihr genommen hatten. Und wenn Catalina ihre Mutter fragte, warum sie nicht wieder heiratete, antwortete diese, dass in ihrem Herzen kein Platz für einen anderen Mann und jener für immer und ewig ihr Gebieter sei. Catalina wollte einen Mann wie ihren Vater, schön wie der junge Tag und stark wie die Eiche, die vor dem Haus Schatten spendete, einen Mann, der sie in seine Arme schloss und ihr Kinder schenkte, die ebenso schön waren wie er.

Domenja lächelte ebenfalls. Sie wusste genau, was in ihrer Enkelin vorging, aber eine Hochzeit hatte noch Zeit. Schließlich würde niemand die Alleinerbin von Goiena verschmähen, eines der größten Höfe in Arrazola, und außerdem hatte auch sie es nicht eilig damit, sich einen Fremden ins Haus zu holen.

»Katalintxe«, sagte sie, »es ist an der Zeit, dass du die wunderbare Gabe zu nutzen beginnst, die unsere Große Göttin dir geschenkt hat.«

Das Mädchen zog die Stirn kraus. Schon wieder diese Geschichte mit der Gabe! Und das nur, weil sie ein paar Mal erkannt hatte, dass ein Tier krank war, weil sie Geschick darin zeigte, die verletzten Klauen der Schafe zu kurieren, oder weil sie sich allein um die trächtige Kuh Zuria gekümmert hatte, deren Kälbchen quer lag, ohne dass das Tier ausgeschlagen hätte. Reiner Zufall!

»Es ist kein Zufall, mein Kind«, begegnete Domenja den unausgesprochenen Gedanken. »Das darfst du niemals denken. Es wäre eine schwere Beleidigung für die Göttin, und Unglück könnte über unser Haus kommen.«

Ein weiteres Mal erzählte sie ihr von den Kräften der anderen Catalina, der Urgroßmutter, und vieler anderer Frauen aus der Familie, die mit der wundersamen Gabe des Heilens gesegnet gewesen waren, einer Gabe, die nicht jedem gegeben war, wie man an ihr selbst und an Catalinas Mutter sehen konnte. Seit undenklichen Zeiten standen die Frauen von Goiena unter dem Schutz der Göttin. Als Priesterinnen der alten Riten, die unausweichlich verloren gingen, hatten sie das außergewöhnliche Privileg angenommen und das althergebrachte Wissen im Schoß ihrer Familie bewahrt.

»Aber es genügt nicht zu erkennen, ob jemand krank ist und ob er genesen wird oder nicht«, fuhr Domenja fort, »man muss sich auch mit Kräutern und Salben auskennen, im rechten Moment das rechte Wort finden, voraussagen können, wann der Mond günstig steht, auf Wind und Regen hören, durch Abtasten des Körpers herausfinden, wo das Leiden sitzt. Du musst so vieles lernen«, fügte sie lächelnd hinzu, »und es ist an der Zeit, damit zu beginnen.«

Es nützte nichts, dass Graciana mit ihrer Mutter sprach und in sie drang, dass noch Zeit und Catalina noch sehr jung sei. Und es nützte auch nichts, Domenja ihre geheimen Ängste mitzuteilen.

»Was sagst du da, Frau?«, fragte die Alte missgestimmt. »Von welchen Ängsten sprichst du?«

Graciana erinnerte sich, dass die Menschen in Arrazola ihre Urgroßmutter und auch sie selbst immer gefürchtet hatten. Die Leute hielten sie für sonderbar, wenn nicht gar Schlimmeres, sie mieden sie und nahmen sogar Umwege in Kauf, um nicht den Grund und Boden von Goiena betreten zu müssen.

»Das weißt du genau, Mutter«, beharrte sie. »Die Leute fürchten uns.«

»Unsinn, Graciana!«, entfuhr es der Alten. »Sie haben Respekt vor uns, das ist etwas anderes. Sie wissen, dass wir nicht wie sie sind. Das beweist schon die Tatsache, dass das ganze Tal zur Beerdigung deiner Großmutter gekommen ist und viele es bedauern, dass weder du noch ich die Gabe besitzen. Die Mari wird uns, unserem Haus und unseren Nachkommen zürnen, wenn wir verhindern, dass Katalintxe ihre Fähigkeit entwickelt. Wenn ich die Wahl zwischen der Angst der Leute und dem Zorn der Göttin habe, wähle ich das Erstere.«

Danach wurde nicht mehr über die Sache gesprochen. Von diesem Zeitpunkt an veränderte sich das Leben des Mädchens grundlegend. Es verbrachte viele Stunden mit seiner Mutter, um die Namen und Arten der Pflanzen, Sträucher, Kräuter und Blätter zu lernen; welche giftig waren und welche nicht; wie und wann man sie sammelte und aufbewahrte; welche man frisch und welche besser getrocknet verwendete. Von seiner Großmutter lernte es, Salben, Tinkturen, Tränke und Umschläge herzustellen; welches Mittel gegen welche Krankheit half; welche Worte man sprechen musste, während man die Mixturen herstellte oder sie dem Kranken verabreichte. Catalina lernte alles, was die beiden Frauen wussten. Als diese sahen, wie sie den Esel mit Streicheln und sanften Worten dazu brachte, sich ins Gras zu legen, damit sie die Wunde, die er sich an einem vorstehenden Fels zugezogen hatte, säubern, behandeln und nähen konnte, ohne dass er sich regte oder einen Laut von sich gab, wussten sie, dass sie ihr nichts mehr beibringen konnten.

»Sie muss bei jemandem weiterlernen, der mehr weiß als wir«, entschied Domenja eines Abends, als sie am Feuer saßen.

»Soll das heißen, dass sie von hier fort muss?«, fragte Graciana voller Entsetzen bei der Vorstellung.

»Sie wird nicht viel lernen, wenn ihr niemand mehr etwas beibringen kann. Sie muss von hier fort.«

Für einen Moment wollte Graciana sich ihrer Mutter widersetzen. Aber sie wusste von vornherein, dass ihre Auflehnung vergeblich sein würde, und so schwieg sie.

Gerade war die Marienprozession vorübergezogen, und Hernán Sánchez de Guinea hatte sie mit einem Auge von seinem Fenster im ersten Stock des Turms Leriz verfolgt, wo er für die Dauer seines Aufenthaltes in Durango wohnte. Er hatte versucht, einige Gesichter in der Menge der Gläubigen auszumachen, die andächtig hinter dem Bildnis hergingen und auf die Litaneien des Pfarrers von Santa María, Don Tomás de Arandia, antworteten. Er lockerte den Kragen und fächelte sich mit dem Schriftstück, das er in der Hand hielt, Luft zu. Es war ein außergewöhnlich heißer Sommer.

Seine Gedanken wanderten in die Vergangenheit zurück, wie so häufig in letzter Zeit. Er sah sich selbst vor fünfundvierzig Jahren, ein Grünschnabel, der darauf brannte, seinem Vater nachzueifern und so zu werden wie er. Otxoa Sánchez de Guinea, oberster Landesrichter des Corregidors Ferrando de Mendoza, war nach Durango gekommen, um die Brutstätte der Häresie auszuheben, die seit Jahren in der Gegend keimte. Er, der Zweitgeborene, hatte ihn begleitet, und noch nie in seinem Leben war er so stolz gewesen wie damals, als er an seiner Seite ritt und jede seiner Gesten nachahmte.

Wie hatte es so weit kommen können? Und warum passierte so etwas in einer Stadt, deren Bewohner sich mehr ums tägliche Auskommen sorgten als um die religiösen Auseinandersetzungen, die anderswo in Europa stattfanden?

Die beiden Franziskanermönche, mit denen alles angefangen hatte, waren einige Jahre zuvor nach Durango gekommen und hatten Quartier in einem kleinen Anwesen gegenüber der Kirche San Pedro de Tavira bezogen, obwohl die Familie des einen, Alonso de Mella, offenbar ein Haus mitten in der Stadt besaß. Am Anfang waren sie diskret vorgegangen. Zunächst hatten sie ihren Gastgeber Pío de Ibarra sowie dessen Familie unterwiesen, die bald zu Anhängern ihrer Lehre und nicht müde wurden, jedem, der sich der Taverne näherte, zu verkünden, dass jene beiden heiligen Männer die wahre Kirche Jesu Christi vertraten, die Kirche der Armen.

Guinea trat an einen wuchtigen Schreibtisch, der mitten in dem geräumigen Zimmer stand, das man ihm zugewiesen hatte, und wühlte in den Aktenbergen, die sich auf dem Tisch stapelten. Nach einigem Suchen fand er das Erwünschte und ließ sich in einen ledernen Lehnstuhl fallen, auf dessen Rückenlehne eine Jagdszene dargestellt war. Aufmerksam las er das Dokument, das er in Händen hielt und das die Diözese Calahorra vier Jahrzehnte zuvor entsandt hatte.

Dem Bericht zufolge hatten die beiden Fratres einer ketzerischen Sekte angehört, die bereits mehrfach von Rom verurteilt worden war. Auf der letzten Seite fand er eine ausführliche Beschreibung der religiösen Irrtümer, welchen die besagte Sekte verfallen war. Doch zunächst las er die Geschichte dieser merkwürdigen Gestalten, die aus unbekannten Gründen nach Durango gekommen waren und im Verlauf weniger Jahre fünfhundert Anhänger gefunden hatten. Diese waren zumeist Bauern, kleine Handwerker sowie Frauen, viele Frauen, und der Verfasser des Berichts verwies auf die Möglichkeit, dass es vor allem die Predigten gegen den

Reichtum der Kirche gewesen seien, die sie am stärksten anzogen.

»Natürlich fühlten sie sich davon angesprochen!«, entfuhr es Guinea, als er den letzten Satz las. »Bei den ganzen Zehnten, Primizien und Frondiensten, welche die Kirche verlangt, können nur die Reichen überleben.«

Er hing ein wenig seinen Gedanken nach, bevor er die Lektüre fortsetzte. Im Grunde war auch er der Meinung, dass die Kirche nicht eben ein gutes Beispiel gab, indem sie Reichtümer und Macht anhäufte. Hatte Jesus nicht gesagt, den Armen gehöre das Himmelreich? Vor zwei Jahren war er nach Rom gereist und hatte staunend die unermesslichen Schätze im Vatikan und in den Palästen der Kardinäle betrachtet. Diese trugen Gewänder aus purpurroter Seide mit langen, von Pagen und Bediensteten getragenen Schleppen. An ihren Fingern blitzten Ringe mit kostbaren, in massives Gold gefassten Edelsteinen, und um ihre Hälse hingen Kreuze von solchem Wert, dass man mit einem einzigen von ihnen mehrere Familien über Jahre hinweg hätte ernähren können. Sie waren gewiss nicht das beste Vorbild an Frömmigkeit und christlicher Demut.

Er wandte sich wieder dem Dokument zu. Er wollte sich nicht in einem Meer aus Zweifeln verlieren, die ihm lediglich Unbehagen und Kopfzerbrechen bereiteten. Er war hier, um Ordnung zu schaffen und die Schuldigen zu verfolgen, nicht um das Gebaren der geistlichen Würdenträger zu beurteilen.

Das Schriftstück endete mit einer Aufzählung der zahlreichen Verfehlungen der Sekte. Nicht nur die Gemeinschaftlichkeit des Besitzes wurde gepredigt. Die Ordensbrüder befürworteten auch die Vereinigung von Mann und Frau, ohne dass diese die Ehe eingingen, denn schließlich sei Gottes Sohn ebenfalls unverheiratet gewesen und habe doch die Liebe in all ihren Erscheinungsformen gepredigt. Des Weiteren wurden sie beschuldigt, nächtliche Messen mit anschließenden Orgien zu feiern oder ein neugeborenes Kind über einem Feuer hin und her zu werfen, um es zu »trocknen« und zu Pulver für einen Zaubertrank zu verarbeiten, oder aber um seine Asche mit Mehl zu vermischen und daraus Hostien für ihre gotteslästerlichen Messen zu backen.

Hernando Sánchez de Guinea legte das Schriftstück angewidert auf den Tisch und entsann sich der Worte seines Vaters.

»Weshalb mussten diese beiden Aufrührer ins Herz der Biskaya eindringen und noch mehr Probleme verursachen, als es sowieso schon gibt?«, hatte dieser mit verhaltenem Zorn ausgerufen.

Sein Vater war gerade erst nach Bilbao zurückgekehrt, nachdem er mit Pedro de Abendaño nach Otxandio und Aramaio gezogen war, wo sie im ersten Ort den Wehrhof Gómez de Butróns und im zweiten zwanzig einfache Häuser niedergebrannt hatten. Daraufhin hatte Butrón ihn in seinem Haus in Zubilea belagert, und er hatte ihm mehr als tausend Maravedis Entschädigung für die Brandstiftung zahlen müssen. Während er noch auf Rache sann, hatte ihn der Corregidor Mendoza nach Durango entsandt, damit er herausfand, ob es dort tatsächlich einen Fall von Häresie gab, wie der Bischof von Calahorra behauptete.

Sein Vater hegte ein starkes Interesse für Ketzer. Er, der von einer Mutter erzogen worden war, die alles aufs Wort glaubte, was die Priester sagten, fand nichts dabei, einem Dieb nach seiner Ergreifung sogleich einen Stein um den Hals zu binden und ihn in einen Brunnen oder den Fluss zu werfen, damit er ertrank. Schließlich waren diese Menschen Verbrecher, die den Tod verdient hatten. Er fand auch nichts dabei, gegen die Oñacinos zu kämpfen und ihre Häuser niederzubrennen. Für ihn waren sie nichts weiter als Bauern, von denen einige sogar danach trachteten, das kastilische Joch abzuschütteln und zu Navarra zurückzukehren wie in vergangenen Zeiten! Doch die Vorstellung, dass jemand den Dogmen der Kirche abschwor und bereit war, sich dafür verbrennen zu lassen, entsetzte und faszinierte ihn zugleich.

»Stell dir nur vor, Hernando«, hatte er einmal zu ihm gesagt, »wie schrecklich es sein muss, bei lebendigem Leibe zu verbrennen, und das alles wegen einer Idee!«

»Ihr seid auch bereit zu sterben, um Eure Rechte zu verteidigen, Vater«, hatte er ihm entgegnet.

»Aber meine, unsere Rechte lassen sich anfassen, messen und sogar wägen. Doch weshalb dieser Wahn, die Wahrheit der Religion in Frage zu stellen und sich Folter und Tod auszusetzen?«

»Vielleicht bedeuten diesen Menschen ihre Überzeugungen ebenso viel wie Euch die Eurigen …«, hatte er mit einem ironischen Unterton zu ergänzen gewagt.

Sein Vater schien die Spitze nicht bemerkt zu haben.

»Es wird interessant sein, diese Subjekte zu befragen und sie dazu zu bewegen, ihre Vergehen gegen den Glauben zu gestehen«, hatte er gesagt und ihm verschwörerisch zugezwinkert.

Er entsann sich, dass der Corregidor seinen Vater nicht nur wegen der Ketzerei nach Durango entsandt hatte, sondern auch, um den Aussagen einiger Anhänger der Sekte nachzugehen, denen zufolge besagter Alonso de Mella einen bewaffneten Aufstand plane und in Durango einen unabhängigen Staat gründen wolle. Gewiss, als Landesrichter wurden ihm und seinen Nachkommen viele Privilegien von Seiten der Kirche zuteil, doch wenn man bedachte, dass er die rechte Hand des Corregidors und zudem Ratgeber Juans II. von Kastilien, Herr über die Biskaya, war, wog seine politische Sorge schwerer als die religiöse. Ein Glaubensaufstand, das hatte gerade noch gefehlt!

Ixile, so genannt, weil er die schweigsamste Person im ganzen Tal war, machte den alten Karren bereit, spannte den Esel davor und wartete dann geduldig vor dem Haus. Kurz darauf trat Domenja vor die Tür wie eine feine Dame. Sie trug ein schwarzes Kleid, einen dunkelgrünen Wollumhang, eine weiße Haube und Lederschuhe, die sie nur zu ganz besonderen Anlässen hervorholte. Der Mann half ihr auf den Karren und legte ihr eine Decke über die Knie. Wenig später erschien eine fröhliche Catalina, gefolgt von ihrer Mutter, die ihr Reisegepäck trug und sich unablässig mit dem Schürzenzipfel die Tränen abwischte.

»Aber Mama, es ist doch nicht für lange«, versuchte das Mädchen die weinende Frau zu trösten.

»Nicht einmal für kurze Zeit will ich mich von dir trennen, mein Kind«, erwiderte diese schluchzend. »Ich habe Angst um dich.«

»Aber warum denn?«, fragte das Mädchen und konnte ein Lächeln nicht verbergen. »Es sind doch nur ein paar Monate, und bevor du dich versiehst, bin ich schon wieder da.«

Als Catalina erfahren hatte, dass sie von zu Hause weggehen sollte, war ihr ein bisschen bange gewesen. Weg von Goiena? Ihre Großmutter und ihre Mutter verlassen? Unmöglich! Doch dann besann sie sich. Sie würde nie von dort wegkommen, würde nie andere Orte und andere Menschen kennen lernen, würde nie erfahren, wie die Welt jenseits ihrer Heimat aussah …

Und nun bot sich ihr die Möglichkeit, Arrazola zu verlassen, wo sie keine einzige Freundin in ihrem Alter hatte, mit der sie Vertraulichkeiten austauschen konnte. Die seltenen Male, die sie ins Dorf hinunterging, kam sie sich vor wie ein bunter Hund. Sie wusste, dass die Leute über sie tuschelten und mit dem Finger auf sie zeigten, obgleich sie dies nie taten, wenn sie in Begleitung ihrer Großmutter war. Es war ein aufregender Gedanke, das alles für einige Zeit hinter sich lassen zu können. Ihre Großmutter hatte nicht genau gesagt, wo sie das Mädchen hinbringen wollte – sie müsse noch mit einigen Leuten sprechen, sagte sie –, aber ihr war es egal, und außerdem war es schon sehr aufregend, eine kleine Reise zu unternehmen.

»Mama, bitte weine nicht, oder ich fange auch an zu heulen!«, sagte sie.

Durch die Tränen hindurch, die ihre Augen verschleierten, versuchte Graciana zu lächeln.

Catalina nahm das Bündel und sprang mit einem Satz auf den Karren, ohne darauf zu warten, dass Ixile ihr half, und als sie den Abhang nach Arrazola hinunterrumpelten, wandte sie sich um, um zum Abschied mit ihrem Umschlagtuch zu winken.

Obwohl man von Goiena aus nicht unbedingt durchs Dorf musste, wies Domenja den Mann an, zum Dorfplatz zu fahren, weil sie für eine Verwandte etwas erledigen musste. Ihr Eintreffen erregte großes Aufsehen. Es war Sonntag, und die Leute kamen gerade aus der Kirche. Trotz des eisigen Nordwinds, der über den Platz fegte, standen die Nachbarn plaudernd vor dem Kirchenportal, als der Karren sich näherte. Catalina hatte ihre Freude an ihren überraschten Gesichtern. Sie wusste, dass die Leute viel darum gegeben hätten zu erfahren, wohin die

Herrin von Goiena und ihre Enkelin mit diesem Mann wollten, aus dem niemand ein Wort herausbrachte. Don Miguel, der Pfarrer, der sich mit dem Gemeindevorsteher und zwei Gemeindeherren unterhielt, warf ihnen einen empörten Blick zu. Wie konnte es diese unmögliche Frau wagen? Nicht nur, dass sie seit der Taufe ihrer Enkelin die Kirche nur noch anlässlich der einen oder anderen Beerdigung betreten hatte, nein, sie unterstand sich sogar, an einem Sonntag zu reisen. Wie weit würde sie in ihrer Dreistigkeit noch gehen? Er jedenfalls, so schwor er sich, würde ihr kein christliches Begräbnis gewähren, wenn der Teufel sie irgendwann holte, was angesichts ihres hohen Alters nicht mehr allzu lange dauern konnte. Domenja erwiderte seinen Blick mit einem Lächeln, denn sie wusste, was im Kopf des Pfarrers vor sich ging. Aber sie hatte ihre eigenen Pläne, wenn es so weit war, sich mit ihren Toten zu vereinen.

Sie ließen das Dorf hinter sich und schlugen die Straße nach Abadiño ein, immer am Río Arrazola entlang.

»Siehst du das große Anwesen dort drüben?«, fragte Domenja ihre Enkelin nach einer Weile und deutete mit dem Finger auf einen trutzigen Turm. »Das ist der Turm der Martzanas. Dein Großvater war der jüngste Sohn dieses Hauses – verflucht möge es sein!«

»Aber Großmutter!«

»Der ältere Bruder deines Großvaters lag im Streit mit den Butróns, weil er die Abendaños unterstützte, und rief alle seine Verwandten zu Hilfe«, erklärte sie. »Diese Narren! Es war ein Gemetzel. Im Turm Arandia, nahe Tabira, kamen alle zu Tode, auch dein Vater.« Domenja spuckte aus. »Er war ein Taugenichts, wie man ihn nur selten trifft!«

»Wer? Mein Vater?« Catalina hatte noch nie solche

Worte von ihr gehört, und es war das erste Mal, dass ihr diese Namen begegneten.

»Der Bruder deines Großvaters, Pedro«, erklärte die Alte. »Möge er in der Hölle schmoren! Er selbst kam nicht ums Leben und vegetiert einsam und verlassen in diesem unglückseligen Turm vor sich hin, der einmal an einen seiner Neffen übergehen wird. Er hat einige Male nach Goiena schicken lassen, dass wir ihn besuchen sollen, aber für mich ist er ebenso gestorben wie mein armer Mann.«

Sie fuhren weiter in Richtung Abadiño. Catalina wurde nicht müde, zu schauen und sich bei ihrer Großmutter zu erkundigen, die geduldig ihre Fragen zu jenem Gehöft, diesen Feldern und jenem Turm beantwortete. Sogar der schweigsame Ixile lächelte hin und wieder, wenn er die begeisterten Ausrufe des Mädchens hörte.

»Und in diesem Turm wurde dein Vater geboren.«

Domenja deutete auf ein eindrucksvolles, von Zinnen gekröntes Gebäude.

»Er war ebenfalls der jüngste Sohn«, erklärte sie weiter, »der Nachgeborene der Muntsaratz.«

»Großmutter, lass uns dort anhalten, bitte«, bettelte das Mädchen.

»Wozu?«, gab die Frau zurück, als sei dieser Wunsch das Seltsamste, was sie je im Leben gehört hatte.

»Was heißt hier wozu?« Catalina war erstaunt über die Frage. »Ich möchte das Haus sehen, in dem mein Vater geboren wurde. Gibt es keine lebenden Verwandten, einen Bruder oder einen Onkel?«

»Das weiß ich ehrlich gesagt nicht, und es interessiert mich auch nicht«, antwortete die Alte verächtlich. »Von denen hier halte ich dasselbe wie von den Martzanas: kleine Grundherren, die glauben, sich alles herausnehmen zu können und die ihre Verwandten an ihrer Statt in den Tod schicken. Ich habe für sie nur Verachtung übrig.«

»Großmutter …«

»Also gut. Halten wir ein Weilchen, um uns die Beine zu vertreten. Aber glaub bloß nicht, dass ich einen Fuß in dieses Haus setzen werde«, erklärte Domenja in schneidendem Ton. »Seit dem Tod deines Vaters haben sie sich nicht ein einziges Mal nach deiner Mutter oder dir erkundigt. Es ist ihnen gleichgültig, ob ihr lebt oder tot seid.«

Das Mädchen sprang vom Wagen und lief zum Eingangstor. Noch bevor sie es erreicht hatte, öffnete es sich und ein wenig Vertrauen erweckender Mann erschien auf der Türschwelle.

»Guten Tag!«, grüßte sie. »Mein Name ist Katalintxe und mein Vater war ein Sohn aus diesem Hause.«

Der Mann musterte sie aufmerksam, ohne den Mund aufzumachen.

»Mein Vater hieß Martín de Muntsaratz«, beharrte sie.

Diesmal sah der Mann zu dem Wagen hinüber. Ixile stand neben dem Esel, und Domenja spazierte auf und ab, ohne sich auch nur einen Zoll von dem Gefährt wegzubewegen. Der Mann betrachtete erneut das Mädchen, drehte sich um und schlug ihm die Tür vor der Nase zu. Catalina hatte noch keine Zeit gehabt, auf diese schroffe Geste zu reagieren, als sich die Tür erneut öffnete und ein anderer Mann mit einem spöttischen Lächeln auf den Lippen erschien.

»Du bist also die Tochter meines Bruders Martín? Du kommst doch nicht etwa, um dein Erbe einzufordern?«, polterte er mit dröhnender Stimme.

Erschreckt über den Anblick, wich Catalina ein paar Schritte zurück, und der Mann brach in ein schallendes Gelächter aus.

Íñigo de Muntsaratz war ein kräftiger, vierschrötiger Hüne, der jedem einen Schreck eingejagt hätte. Sein langes Haar, das ihm bis auf den Rücken reichte, war mit einem Lederband zusammengefasst wie in alten Zeiten, und sein Bart, der ihm bis auf die Brust reichte, wurde von einer Narbe, die vom linken Mundwinkel zum rechten Unterkiefer verlief, in zwei ungleiche Teile geteilt, was sein Furcht erregendes Aussehen noch unterstrich. Seine buschigen Augenbrauen und seine schwarzen Augen trugen nicht eben dazu bei, die Erscheinung zu verharmlosen. Er wusste darum und hatte stets seinen Spaß an dem Eindruck, den er auf andere machte.

Er saß seit seiner frühesten Jugend im Sattel, und nur selten sah man ihn ohne sein schweres, doppelt geschliffenes Schwert, das er stets bei sich trug. Er war mit seinem Vater, Catalinas Großvater, in alle Kämpfe gegen die Butróns gezogen, bis der alte Muntsaratz in einem Gefecht in Gernika gefallen war. Ein Butrón hatte ihn vor den hilflosen Augen seines Sohnes mit seiner Lanze durchbohrt. Dieser hatte nichts tun können, um seinen Vater zu retten, und war selbst unter dem furchtbaren Hieb eines anderen Oñacinos zu Boden gegangen, der ihm den Kiefer spaltete. Stundenlang hatte er unter dem Leichnam seines Vaters gelegen, während ihm das Blut dessen, der ihm das Leben geschenkt hatte, übers Gesicht lief und sich mit seinem eigenen Blut vermischte, das aus der Wunde am Kinn quoll. Als er nach Hause zurückkehrte, glaubten die Seinen, ein Gespenst zu sehen. Von Kopf bis Fuß blutverschmiert, den Leichnam des Toten quer über den Sattel gelegt, die Zügel in der einen, das Schwert in der anderen Hand, sah er aus wie der leibhaftige Tod, und es gab niemanden, der sich bei seinem Anblick nicht bekreuzigt hätte.

Als Domenja die Frage des Hünen hörte, kam sie rasch näher.

»Meine Enkelin braucht das Erbe der Muntsaratz nicht, Íñigo!«, rief sie schon von weitem. »Sie hat selbst mehr als genug!«

Die kleine Greisin und der gewaltige Hüne, der fast doppelt so groß und so breit war wie sie, gaben einen denkwürdigen Anblick ab. Catalina starrte die beiden sprachlos an. Für einen Augenblick hatte es den Anschein, als wollte ihr Onkel etwas erwidern. Er kniff die Augen zusammen, die zu schmalen Schlitzen wurden. Doch dann brach er erneut in sein schallendes Gelächter aus und deutete eine Verbeugung an.

»Wie geht es dir, Domenja de Goiena?«, fragte er, wobei er versuchte, seiner Stimme einen versöhnlicheren Klang zu verleihen.

»Besser als dir, wie ich sehe«, entgegnete sie mit einem Blick auf das entstellte Kinn.

»Eine alte Verletzung des Körpers, nicht aber der Seele, dessen sei versichert.« Seine Nasenflügel weiteten sich, als er das sagte. »Und was führt dich in dieses Haus?«

»Mich? Nichts«, beteuerte Domenja. »Wir sind auf dem Weg nach Tabira, und Katalintxe wollte wissen, ob noch ein Verwandter ihres Vaters am Leben ist.«

Muntsaratz bedachte das Mädchen mit einem nahezu freundlichen Lächeln, und Catalina begann erneut zu zittern.

»Nun, vor dir siehst du deinen Onkel Íñigo, und du hast noch einen weiteren Onkel, Pedro, der sich irgendwo in Kastilien herumtreibt, um dem dortigen König zu dienen, statt hier bei den Seinen zu weilen, die ihn gut gebrauchen könnten.« Er spuckte verächtlich aus.

Catalina wusste nicht, was sie sagen sollte. Sie bemühte sich, in diesem abschreckenden Mann eine Spur des schönen, edlen, gütigen Vaters zu entdecken, den ihr die Mutter so oft beschrieben hatte, und versuchte sich vorzustellen, wie seine Jugend an der Seite eines solchen Bruders gewesen sein mochte.

»Nun denn, fahren wir weiter!«, unterbrach ihre Großmutter ihre Überlegungen.

»Willst du mich beleidigen, Domenja?«, rief der Grundherr.

Diesmal war die Überraschung an ihr.

»Glaubst du vielleicht, du kannst hierher kommen und so mir nichts, dir nichts wieder verschwinden?«, fragte er in drohendem Ton. »Ich habe soeben meine Nichte kennen gelernt, und du willst sie mir schon wieder nehmen?«

Die Alte sah ihn fest an und presste die Lippen aufeinander, bevor sie antwortete.

»Sie wurde vor fünfzehn Jahren geboren«, erinnerte sie ihn. »Hat sich irgendjemand in diesem Haus die Mühe gemacht herauszufinden, was aus Martíns Frau geworden ist? Ich müsste lachen, wenn es nicht so traurig wäre!«

»Du magst Recht haben«, räumte Muntsaratz widerwillig ein. »Aber was geschehen ist, ist geschehen. Und jetzt will ich meine Nichte kennen lernen. Ihr bleibt heute Nacht hier. Kein Wort der Widerrede!«

Es war keine Einladung, sondern ein Befehl, und als solchen verstand es Domenja auch, als sie feststellte, dass mehrere Männer aus dem Haus gekommen waren. Einer von ihnen kümmerte sich schon um den Esel und den Wagen und band das Tier unter dem Vordach an, wo Feuerholz und Säcke mit Hirse lagerten.

»Also gut«, antwortete sie, »aber morgen früh brechen wir nach Tabira auf.«

Der Hüne lachte erneut schallend und trat beiseite, um der Schwiegermutter seines Bruders Einlass zu gewähren. Dann legte er seiner Nichte den Arm um die Schulter und zog sie ins Haus.

Als es an der Tür klopfte, sah Hernando de Guinea auf.

»Herein«, rief er, verärgert über die Störung.

Sein Unmut wuchs, als er den Notar und Ratsschreiber Bartolomé Martínez de Unda und den Pfarrer Don Tomás de Arandia in sein Arbeitszimmer treten sah. Der Priester trug eine lange, schwarze Soutane, der man deutlich ansah, dass sie seit Jahren nicht mehr beim Färber gewesen war. Guinea mochte diese Männer nicht. Er hatte bereits einige Male Gelegenheit zu einem Meinungsaustausch mit ihnen gehabt. Sie waren intolerant und schwer von Begriff, und er hatte keinen Zweifel, dass sie ihm die Arbeit schwer machen würden.

»Gott sei mit Euch«, sagten die beiden wie aus einem Munde.

Er nickte ihnen zu, erhob sich und deutete auf die beiden Stühle auf der anderen Seite des Schreibtischs. Dann nahm er wieder Platz.

»Was verschafft mir die Ehre?«

»Die Vertreter der Stadt und des Kapitels wünschen zu wissen, welche Schritte Ihr bezüglich der Sektierer zu unternehmen gedenkt«, sagte der Geistliche ohne weitere Umschweife.

Guinea fühlte sich wie ein Schauspieler in einem Theaterstück, das schon einmal aufgeführt worden war. Er sah den Pfarrer aufmerksam an. Die Ähnlichkeit mit seinem Onkel Alfonso Pérez de Arandia war verblüffend. Er überlegte, dass er ungefähr so alt sein musste wie jener damals, als die Ereignisse geschahen. Er wusste, dass der alte Pfarrer noch lebte; der Herr von Leriz hatte es ihm gesagt. Seinem Gastgeber zufolge war der arme Mann völlig verrückt, doch trotz seines hohen Alters – er ging auf die achtzig zu – befand er sich in bester körperlicher Verfassung. Fünfundvierzig Jahre zuvor hatte sich Don Alfonso mit ähnlichen Worten an seinen Vater gewandt.

»Zunächst einmal muss man sie auf frischer Tat ertappen …«, hatte sein Vater damals unwirsch geantwortet.

»Ertappen?« Don Alfonso hatte die Stimme unmerklich erhoben. »Die Anzeige wurde schon vor Monaten weitergeleitet.«

»Gewiss … aber Ihr werdet mir sicher darin zustimmen, dass es wesentlich einfacher wäre, wenn wir sie mit der Hand in der Börse ertappten, wie man gemeinhin so sagt. Die Aussagen stammen ebenfalls von Sektierern, nicht wahr?«

»Aber sie sind reuig«, hatte der Pfarrer beteuert. »Ich habe selbst mit ihnen gesprochen und kann ihre Reue bezeugen. Sie wurden mit falschen Worten zur Sünde verführt und …«

»Stimmt es, dass dieser Mönch …«

»Alonso de Mella.«

»Stimmt es, dass dieser Alonso de Mella aus Durango stammt?«

»Einige behaupten es«, hatte Don Alfonso zu seinem großen Bedauern einräumen müssen. »In der Tat besitzt seine Familie ein Haus in Barrenkale, aber niemand kann sich erinnern, sie je dort gesehen zu haben. Andere sagen, er stamme aus Zamora oder aus Santander … wer weiß.«

»Sein Vater war Gesandter des Königs, seine Brüder

sind angesehene Männer …« Der alte Guinea hatte in seinen Unterlagen geblättert, bevor er weitersprach. »Juan de Mella ist Bischof von Zamora, und seine baldige Ernennung zum Kardinal gilt als gewiss. Fernando de Mella ist Bischof von Lidda in Palästina, und ein weiterer Bruder, Luis, ist Ratsherr …«

»Und dieser hier ist ein Ketzer«, hatte Don Alfonso ihn unterbrochen, »und zwar einer der schlimmsten Sorte. Bevor er hierher kam, zog er predigend durch Italien und wurde verhaftet, kam jedoch durch Vermittlung seines Bruders wieder frei.«

»Wie konntet Ihr und die anderen Geistlichen zulassen, dass sie sich hier niederließen und so viele Anhänger fanden? Die Stadt ist nicht sehr groß. Ich habe außerdem erfahren, dass sie auch Anhänger in den umliegenden Ortschaften haben …«

Der Pfarrer hatte die Augenbrauen gehoben, als er die Ironie in den Worten bemerkte.

»Ihre Versammlungen finden heimlich statt, und wir schnüffeln nicht in fremden Häusern herum«, ging er zum Gegenangriff über.

»Aber Ihr werdet doch mit mir übereinstimmen, dass fünfhundert Anhänger nicht unbemerkt bleiben können«, hatte der alte Guinea insistiert.

»Alle Mitglieder meiner Gemeinde nehmen regelmäßig an den Vespergottesdiensten und dem Hochamt teil. Was sie während des Rests der Woche tun, ist ihre Sache.«

»Aber was ist mit den Frauen, von denen es heißt, sie hätten ihre Väter und ihre Ehemänner verlassen?« Otxoa de Guinea ließ nicht locker. Er genoss diese Auseinandersetzung, bei der sein Gegner die schlechteren Karten hatte.

»Es entspricht der Wahrheit. So haben es die vier Reumütigen versichert, die sich entschieden haben, ihrem bösen Tun abzuschwören.«

»Entspricht es auch der Wahrheit, dass unter den Anhängern der Fraticelli wesentlich mehr Frauen als Männer sind?«

»Unseren Informationen zufolge scheint es so zu sein.« Arandia war nicht zum Nachgeben bereit.

»Und wo leben all diese Frauen?«

Der Gesichtsausdruck des Geistlichen verriet, dass er offensichtlich nicht wusste, was er antworten sollte.

»Denn wenn all diese Frauen ihre Familien verlassen haben, müssen sie ja irgendwo leben …« Als er die Ratlosigkeit seines Gesprächspartners bemerkte, hatte der alte Guinea gelächelt. »Und was soll ich Eurer Meinung nach tun, wenn es keine Beweise gibt?«

»Die gibt es, und zwar zur Genüge«, hatte der Pfarrer zurückgegeben. »Es liegen zahlreiche Aussagen von Angehörigen und Nachbarn der Frauen vor, die ihr Zuhause verlassen haben.«

»Und was beweist das?«

»Es beweist, dass sie von diesen beiden Söhnen Satans verführt wurden, die sich hinter ihrem geistlichen Habit verbergen.«

»Bei allem Respekt, aber das behauptet Ihr«, hatte Otxoa de Guinea mit einem gewissen Unmut geäußert. »Es steht jedem frei, dort zu leben, wo es ihm beliebt, und wenn es diesen Frauen bei ihren Männern nicht gut ging und sie es vorzogen, sie zu verlassen, so ist dies ihre Angelegenheit.«

»Und die jungen Mädchen?«

»Auch das ist ihre Sache und die ihrer Familien.«

Der Zorn hatte das Gesicht von Don Alfonso de Arandia gerötet, die Adern traten deutlich hervor und schienen kurz davor, zu platzen. »Sie leben in Sünde mit den Männern ihrer Sekte!«, hatte er sich ereifert. »Sie verweigern den heiligen Bund der Ehe, sie verweigern die Sakramente. Sie bestreiten die Hoheit der römischen Kirche. Es ist ein Skandal!«

»Habt Ihr sie im Augenblick des Aktes gesehen? Könnt Ihr mir einen Zeugen beibringen, der die Wahrheit all dessen bestätigt?« Der alte Guinea hatte beschlossen, ebenfalls laut zu werden. »Soweit ich weiß, handelt es sich um eine religiöse Gemeinschaft, um Laienschwestern, darunter so ehrenwerte Personen wie Doña María de Muntsaratz und Doña María Pérez de Mondragón. Wollt Ihr vielleicht behaupten, dass auch diese beiden hoch betagten Damen Unzucht mit Ordensbrüdern und armen Bauern treiben?«

»Diese beiden Damen haben den Verstand verloren oder sie wurden verhext«, hatte Arandia im Brustton der Überzeugung beteuert. »Nur so lässt sich ihr Entschluss erklären, die Annehmlichkeiten ihres Zuhauses gegen ein elendes Loch einzutauschen und die Ihren zu verlassen, um den blasphemischen Predigten dieser beiden verkommenen Subjekte zu lauschen. Wenn Ihr nichts unternehmt, werden es andere tun.«

»Wollt Ihr mir drohen?«

»Ich gebe Euch einen Rat. Wir können nicht zulassen, dass dieser Zustand noch länger andauert. Es ist Eure Pflicht, die beiden Mönche und all ihre Anhänger zu entlarven und festzunehmen«, hatte der Pfarrer mit unverhohlenem Zorn erklärt. »Sie sind nicht nur Ketzer, sie stellen auch eine Bedrohung für die reinen Seelen meiner Herde dar, und sie versuchen einen Aufstand zu organisieren.«

»Was den letzten Punkt angeht, sind wir einer Meinung, Hochwürden«, hatte Otxoa de Guinea mit ernster Stimme geantwortet. »Und wenn Ihr gestattet, ich habe noch mehrere wichtige Briefe zu schreiben, die keinen Aufschub dulden.«

Hernando erinnerte sich noch an Arandias verdutzten und zugleich wütenden Blick, als er sich so plötzlich verabschiedet sah. Der Pfarrer hatte eine Verbeugung angedeutet und dann das Zimmer verlassen, ohne den jungen Mann, der an der Tür das Ende der Unterhaltung abwartete, auch nur eines Blickes zu würdigen.

»Was wollte er?«, hatte der junge Hernando gefragt und sich in den Sessel fallen lassen, wo einige Augenblicke zuvor noch Don Alfonso gesessen hatte.

»Er wollte wissen, wie die Ermittlungen hinsichtlich der Sekte der Fraticelli vorangehen …«

»Und was habt Ihr ihm gesagt?«

»Dass ich auf Anweisungen warte … was sollte ich sagen? Immer, wenn wir versucht haben, sie *in flagranti* zu ertappen, haben wir nichts gefunden …«

»Sie werden gewarnt.«

»Was?«

»Sie werden gewarnt«, hatte Hernando wiederholt. »Habt ihr nicht bemerkt, dass jedes Mal, wenn wir in der Nähe sind, eine Trompete erklingt? Anfangs dachte ich, es wäre eines dieser Hörner, wie sie die Hirten benutzen, wenn der Wolf umgeht, aber der Wirt der Taverne sagte mir, dass es eine Trompete sei, die die Fraticelli aus Laredo mitgebracht hätten. Sie benutzen sie, um ihre Anhänger zusammenzurufen oder im Gefahrenfall zu warnen. Sobald sich jemand nähert, der nicht zu ihnen gehört, sind die Vögel ausgeflogen. Sie müssen Späher an mehreren Stellen der Straße haben, von der Stadt bis hinaus nach San Pedro Extramuros.«

»Und was hat der Wirt dir sonst noch erzählt?«

»Dass man die Sektierer deshalb *Tromperris* nennt.«

»Also weiß jeder von der Existenz der Sekte ...«

»Natürlich!«, hatte er gesagt und mit der unbekümmerten Fröhlichkeit eines Jungen gelacht, der darauf brennt, Zeuge außergewöhnlicher Ereignisse zu werden, um später seinen Freunden davon erzählen zu können. »Die Einzigen, die offensichtlich völlig im Dunkeln tappen, sind der Pfarrer und die Honoratioren. Die einfachen Leute wissen ganz genau, was um sie herum vor sich geht.«

»Und was hat es mit diesen Frauen auf sich, die ihre Väter und Ehemänner verlassen?«

»Es gibt einige, die mit den beiden Fratres unter einem Dach leben, aber die meisten wohnen weiterhin zu Hause.« Er hatte für einen Augenblick in den strahlend blauen Himmel geblickt, der durch das Fenster des Arbeitszimmers zu sehen war. »Bruder Alonso und Bruder Guillén predigen Armut, alles soll allen gemeinschaftlich gehören ...«

»Auch die Frauen«, hatte der alte Guinea ergänzt.

»Wenn es stimmt, dass auf jeden Mann sechs Frauen kommen, wie behauptet wird, dann müssen diese Männer über wahrhaft riesige Kräfte verfügen, um alle zufrieden zu stellen.«

Er hatte gelacht, und sein Vater hatte die Ernsthaftigkeit der Angelegenheit, die sie nach Durango geführt hatte, vergessen und war mit eingefallen.

»Nun, wie lautet Eure Antwort?«

Die hochmütige Stimme Tomás de Arandias holte ihn in die Gegenwart zurück, der er für einige Momente entflohen war.

»Man muss die Sache untersuchen …«

»Die Sache ist bereits hinreichend untersucht worden.« Der Pfarrer warf ihm einen vorwurfsvollen Blick zu. »Wie auch damals vor über vierzig Jahren, als Euer Vater mit der Angelegenheit befasst war.«

»Es ist nicht nötig, dass Ihr mich daran erinnert«, erwiderte Guinea und hielt seinen Unmut zurück. »Ich war dabei.«

»Dann wisst Ihr ja, dass die Schuld der Angeklagten bewiesen wurde und diese wegen Ketzerei verurteilt und hingerichtet wurden.«

»Möglicherweise liegen die Dinge diesmal anders …«

»Sie liegen nicht anders!« Arandias Augen sprühten Funken. »Die Schlange wurde getötet, aber ihre Brut blieb in der Umgegend verstreut zurück. Je länger man zögert, desto schwieriger wird es sein, die Ketzerei auszurotten.«

»Und die Hexerei«, setzte Unda hinzu.

»Hexerei? Ich dachte, es handele sich um eine Ketzersekte.«

Notar Unda schwitzte übermäßig und wischte sich unablässig mit einem feinen Taschentuch über die Stirn, das in diesen Momenten eher an einen Putzlappen erinnerte als an eine delikate Stickarbeit.

»Was nicht ausschließt, dass sie sich böser Mächte bedienen, um ihre Anhänger zu gewinnen. Es heißt, dass sie Zaubertränke aus Kinderfett bereiten und …«

»Ich bitte Euch …«, fiel Guinea ihm ins Wort. Das hatte gerade noch gefehlt, dass diese beiden Schwarzseher von Hexerei anfingen.

»Werdet Ihr dem Rat mitteilen, dass …«

Guinea fiel dem Schreiber erneut ins Wort.

»Der Rat wird informiert werden, sobald ich selbst Anweisungen vom Señorat und dem Bischof von Calahorra erhalten habe«, erklärte er schneidend.

Dann vertiefte er sich in seine Dokumente, nachdem er die beiden mit einem leichten Kopfnicken verabschiedet hatte.

Der Aufenthalt von Domenja und ihrer Enkelin in dem Turm dauerte länger als vorgesehen. Es machte den Eindruck, als hätte Íñigo de Muntsaratz keine Eile, den unvorhergesehenen Besuch loszuwerden, den er so misstrauisch empfangen hatte.

Seit dem Tod seines Vaters und seinem gespenstischen Auftauchen auf dem Familiengut hatte er mit kaum jemandem Umgang außer mit seinen Gefolgsleuten, und auch das ließ sich kaum als Beziehung bezeichnen, da der Hausherr fast nie sprach, außer um Befehle zu erteilen oder einen seiner Untergebenen anzufahren, unter denen nicht wenige Mitglieder seiner eigenen Familie waren. Er verbrachte seine ganze Zeit damit, in einem nahen Wald zu jagen oder sich maßlos zu betrinken und dabei ins Kaminfeuer zu starren, während er mit seinem Herz und seinen Gedanken ganz bei den Butróns war und dabei, wie er seinen Rachedurst stillen könnte. Er ersann tausend Möglichkeiten, die verhassten Feinde zu vernichten, die für den Tod seines Vaters und so vieler seiner Leute verantwortlich waren. Seine Männer zuckten erschreckt zusammen, wenn sein hysterisches Lachen über ihre Köpfe hinweg hallte, während er sich im Rausch an den eingebildeten Foltermethoden ergötzte.

Das Eintreffen der Schwiegermutter und der Tochter seines Bruders versetzte ihn in vergangene Zeiten zurück, als das Lachen von Frauen und Kindern noch durch den Turm schallte, das Haus von Rufen und Zänkereien widerhallte und Menschen betriebsam von hier nach dort eilten, als das Herdfeuer den ganzen Tag flackerte und er von der Wärme seiner Lieben umgeben war. Er erinnerte sich an seine Mutter, die sein Leben und das der anderen organisiert hatte, immer rührig, stets aufmerksam. Er erinnerte sich an seine geliebte Tante María, die er nicht wieder gesehen hatte, seit sie den Entschluss gefasst hatte, sich dieser Sekte fanatischer Gläubiger anzuschließen. Er erinnerte sich an seine beiden Schwestern und wie Pedro, Martín und er sie mit alten Karnevalsmasken erschreckt hatten, die sie in einer alten Kiste auf dem Dachboden gefunden hatten. Vor allem aber erinnerte er sich an seinen Vater, den Herrn von Muntsaratz, den Mann, der ihm beigebracht hatte zu jagen, zu kämpfen, zu trinken und die Frauen zu genießen.

»Hör gut zu, Íñigo, was ich dir zu sagen habe«, pflegte er zu sagen, als sein Sohn noch ein Junge gewesen war. »Unser Geschlecht ist sehr alt, so alt, dass niemand mit Gewissheit sagen kann, wer der erste Muntsaratz war. Aber noch älter als unsere Familie ist das Land, das wir mit unserem Blut verteidigt haben. Manche glauben, es sei besser, die Vergangenheit ruhen zu lassen und in die Zukunft zu schauen. Ich aber sage, dass man beides tun muss, denn auf welche Fundamente sollten wir uns sonst stützen, um dem Unbekannten zu begegnen? Verleugne niemals deine Vorfahren, mein Sohn, und halte dich nicht für etwas Besseres als sie, denn dann bist du verloren. Dein Geist wird keine Ruhe finden und auf ewige Zeiten rastlos umherirren.«

Manchmal wachte er schweißgebadet auf und sah den blutüberströmten Körper seines Vaters auf sich liegen, der ihn aus leblosen Augen anstarrte. Der einzige Weg, die schreckliche Vision zu vertreiben, bestand darin, zu dem stets griffbereiten Weinschlauch zu greifen und ihn in einem Zug zu leeren. Überrascht stellte er fest, dass er keine Albträume mehr hatte, seit die beiden Frauen unter seinem Dach schliefen.

Die Bewohner des Turms, allesamt ungesellige Männer wie ihr Gebieter, sahen sich plötzlich mit gänzlich ungewohnten Aufgaben betraut. Íñigo de Muntsaratz ordnete an, sämtliche Winkel des Hauses von Staub und Spinnweben zu befreien, die alten Truhen, Anrichten und Betten auf Hochglanz zu bringen, die Matratzen zu lüften und die Böden zu fegen, angefangen bei der größten Kammer, die seinen Eltern gehört hatte und nun den Gästen als Unterkunft diente. Er ließ drei Frauen aus Abadiño kommen, eine Köchin und zwei Mägde, und veranstaltete sogar einen großen Festschmaus, bei dem es Gemüse, Fleisch und Geflügel im Überfluss gab, um den Verwandten aus der Umgegend seine Nichte vorzustellen.

Domenja beobachtete diese ganze Geschäftigkeit mit Misstrauen. Warum gab sich der gefürchtete Grundherr so zuvorkommend? Sie kannte ihn nicht gut, aber doch gut genug, um zu wissen, dass er kein Mann war, der sein Geld verschwendete, und schon gar nicht an zwei Frauen, die er noch nie zuvor gesehen hatte. Sie kannte keinen Mann, der das tat, dachte sie spöttisch. Jedes Mal, wenn sie darauf gedrängt hatte, dass man weiterreisen müsse, hatten sowohl der Onkel als auch die Nichte widersprochen. Er ein wenig schroff, das Mädchen mit zuckersüßer, bettelnder Stimme. Catalina dünkten all diese Aufmerksamkeiten der Gipfel des Luxus. Nicht fegen, waschen oder plätten zu müssen, sich nicht um das Essen zu kümmern, sondern am gedeckten Tisch Platz zu nehmen und sich bedienen zu lassen – all das gab ihr das Gefühl, eine jener vornehmen Damen zu sein, die sie noch nie gesehen hatte, von denen sie jedoch wusste, dass es sie in den großen Städten gab. Ihre Großmutter gab widerstrebend nach, fest entschlossen, den Besitzer des Turms nicht aus den Augen zu lassen, um herauszufinden, was er mit dieser übermäßigen Liebenswürdigkeit im Schilde führte. Es dauerte nicht lange, bis sie eine ungewöhnliche Freude in den Augen des Mannes bemerkte, sobald Catalina erschien. In ihrer Gegenwart wurde er sogar gesprächig. Sein einsilbiges Brummen verwandelte sich wie durch Zauberei in Geschichten über die Familie, die Vorfahren, kriegerische Heldentaten und andere Ereignisse, die dem jungen Mädchen entsetzte oder bewegte Ausrufe oder auch Tränen entlockten, je nachdem.

Domenja beobachtete die Szenerie mit gerunzelter Stirn. Die Hälfte dessen, was Muntsaratz erzählte, war erlogen, das wusste sie, und die andere Hälfte waren Übertreibungen, um ihre Enkelin zu beeindrucken.

»Es ist absurd! Er führt sich auf wie ein junger Geck, der sich vor seinen Freunden brüstet«, murmelte sie eines Tages, als sie hörte, wie er von der Schlacht bei Aramaio erzählte.

»Auf jeden von uns kamen zehn von ihnen«, erklärte er und wandte sich dabei ausschließlich an seine Nichte. »Mehr als einmal glaubte ich, mein letztes Stündlein habe geschlagen. Butrón und seine Mannen umzingelten einige wenige von uns auf einer Anhöhe, aber wir waren fest entschlossen, unser Leben teuer zu verkaufen. Für jeden von uns sollten wenigstens vier von ihnen sterben. Es fehlte nicht viel, und er hätte alle niedergemacht, da erschien mein Vater an der Spitze einer kleinen Truppe und stürzte sich wie besessen auf den Feind. An jenem Tag flogen die Köpfe, und die Erde färbte sich rot. Wir waren von Kopf bis Fuß mit Blut bedeckt.« Als er das

Entsetzen in Catalinas Augen sah, schmückte er seine Erzählung mit weiteren grausamen Details aus. »Ich sah mit eigenen Augen, wie Otxoa, Butróns unehelicher Sohn, Juan de Muskiz die Brust öffnete und ihm das Herz herausriss.«

Das Mädchen schlug die Hand vor den Mund, um einen Entsetzensschrei zu unterdrücken.

»Willst du, dass die Kleine heute Nacht schlecht schläft?«, fragte Domenja in schneidendem Ton. »Kannst du über nichts anderes sprechen als über Tod und Blut?«

»Es ist unsere Geschichte.« Muntsaratz hatte nicht übel Lust, der Frau den Hals umzudrehen, weil sie ihn im spannendsten Augenblick unterbrochen hatte. »Alle hierzulande, Männer wie Frauen, sollten sie kennen. Sie sollen wissen, dass das, was wir besitzen, uns zu Recht gehört und viele ihr Leben gelassen haben, damit wir weiterhin hier leben können.«

»Und was haben wir davon? Es gibt kein Haus ohne Witwe, kein Heim ohne Waisen«, gab sie zurück. »Sieh dich an! Was wird von dir und deinem Ruhm, was von deinem Besitz bleiben, wenn du einmal tot bist? Niemand wird sich an dich erinnern, du wirst vergehen wie alle vor dir, und du hast nicht einmal einen legitimen Sohn, der deinen Namen und dein Land erben könnte.«

Der Mann wollte auffahren, bezähmte sich jedoch. Das alles hatte er sich selbst oft genug gesagt. Die Zeit verrann. Tag für Tag merkte er, wie sie verrann, und es gab keinen Weg, sie aufzuhalten. Irgendwann würde er in einem der Kämpfe, die Teil seines Lebens waren, in die dunklen Arme des Todes sinken, und mit ihm der Letzte der Kämpen, die seiner Familie so viel Ruhm und Ehre eingebracht hatten. Er dachte daran, dass er noch einen Bruder hatte, der ein Jahr jünger war als er, doch durch seinen freiwilligen Weggang nach Kastilien und die Dienste, die er dem dortigen König leistete, hatte er sich als seines Namens unwürdig erwiesen. Er hatte schon lange nichts mehr von ihm gehört, und es bekümmerte ihn auch nicht sonderlich zu erfahren, ob er noch am Leben war, ob er verheiratet war und ob er Kinder hatte. Und selbst wenn, würde keines von ihnen auch nur einen Fußbreit vom Land der Muntsaratz erben, genauso wenig wie die Kinder seiner Schwestern, die auf Daunen gebettet wurden und die er als nicht würdig betrachtete, den Familiennamen zu tragen.

»Magst du Liebesgeschichten, Katalintxe?«, wollte er plötzlich von dem Mädchen wissen und musste grinsen über den Eindruck, den seine Frage auf das halbe Dutzend Leute machte, die am Feuer saßen, um die Kälte und den Regen draußen zu vergessen.

»Natürlich, Herr Onkel!«, antwortete das Mädchen begeistert. »Kennt Ihr eine?«

»Die Beste von allen! Sie spielt hier, in diesem Turm, vor langer, langer Zeit. Der König von Navarra hatte eine heiratsfähige Tochter. Viele Könige und Prinzen hielten um ihre Hand an, doch er wollte nur den stärksten und mutigsten Mann zum Schwiegersohn.«

Er hielt einen Moment inne und stellte zufrieden fest, dass alle an seinen Lippen hingen, sogar zwei seiner ungezähmten, von Narben gezeichneten Männer.

»Also verkündete der König, dass er demjenigen seine Tochter zur Frau gebe, der den Schwarzen aus seinem Gefolge besiegte.«

»Einen Schwarzen?«, fragte Catalina aufgeregt.

»Schwarz vom Kopf bis zu den Füßen, mein Kind. Pechschwarz«, setzte er hinzu, um die Erwartung seiner

Zuhörer noch zu steigern. »Unser gemeinsamer Vorfahr Pedro Ruiz de Muntsaratz wurde vorstellig, um gegen den Schwarzen zu kämpfen, und natürlich siegte er.«

»Bravo!«, rief das Mädchen, während es sich vorstellte, wie dieser Vorfahr gegen einen pechschwarzen Koloss kämpfte. »Er muss sehr in die Prinzessin verliebt gewesen sein.«

Íñigo lächelte. Als er die Geschichte zum ersten Mal von einer alten Tante gehört hatte, war er noch ein Kind gewesen, doch schon damals war ihm klar gewesen, dass der Grund für dieses gefährliche Unternehmen nicht Liebe gewesen war, sondern der Wunsch, sich mit dem berühmten Schwarzen zu messen, ihn zu besiegen und fortan der beste Krieger im Lande zu sein, dessen Heldentat die Jahrhunderte überdauern würde.

»Jedenfalls kehrten unser Urururgroßvater und seine Frau hierher zurück, erbauten diesen Turm, bekamen viele Kinder und lebten glücklich bis ans Ende ihrer Tage.«

»Weshalb erzählst du nicht auch den Rest der Geschichte?« Der sarkastische Unterton in Domenjas Stimme zerstörte den Zauber des Augenblicks.

»Welchen Rest? Es gibt nicht mehr zu erzählen!«, polterte der Hüne wütend los.

Zwölf Augenpaare hatten sich auf die Alte gerichtet.

»Jener Pedro Ruiz und seine Gemahlin bekamen tatsächlich viele Kinder, darunter den Ältesten, Ibon gerufen, und die Jüngste, Mariurrika«, begann Domenja zu erzählen, ohne die wütenden Blicke des Hausherrn zu beachten. »Ibon wurde zum Erben von Muntsaratz bestimmt, und seine Schwester, die ihn für einen Schwächling hielt, hasste ihn. Sie war die Stärkste von allen Kindern des Paares, diejenige, die ihrem Vater, dem Recken, am ähnlichsten war. Sie führte das Schwert und ritt ohne Sattel wie ein Mann, und sie war überzeugt, dass es allein ihr zustand, die künftige Herrin des Turms zu sein. So beschloss sie, ihren Bruder zu töten.«

Es war mucksmäuschenstill in der Küche, nur die ruhige Stimme der Frau und das Knacken der Holzscheite im Feuer waren zu hören.

»Sie organisierte einen Ausflug zum Anboto und lud ihren Bruder ein, sie und einige andere zu begleiten. Sie nahmen auf dem Berg einen Imbiss, wie an Wallfahrtstagen, und Mariurrika sorgte dafür, dass reichlich Wein ausgeschenkt wurde, bis Ibon und seine Freunde einschliefen, benommen von dem roten Trank, der jene, die ihn im Übermaß genießen, so schwach macht.« Domenja hielt inne und lächelte. Alle, auch Íñigo de Muntsaratz, hingen an ihren Lippen. »Dann stürzte das Mädchen seinen Bruder mit Hilfe einer Magd die Felsen hinab.«

Draußen heulte der Wind, und das laute Klappern eines Fensterladens ließ alle zusammenfahren.

»Ibon zerschellte am Fuße des Anboto, und Mariurrika kehrte zum Turm zurück«, erzählte Domenja weiter. »Dort angekommen, berichtete sie ihren Eltern, der Bruder sei beim Sturz von einem Felsvorsprung ums Leben gekommen. Der Schmerz Pedros und seiner Frau war unbeschreiblich. Der Herr stellte rasch eine Truppe zusammen, um den Leichnam des Sohnes zu bergen, der seine ganze Hoffnung gewesen war, aber er wurde nie gefunden. Mariurrika aber konnte nicht mehr schlafen, sie wurde von furchtbaren Träumen heimgesucht. Sie sah, wie der Tote, bleich wie der Mond, an ihr Bett trat und anklagend mit dem Finger auf sie wies. Entsetzt fuhr sie hoch und sah sich von Kobolden, den Dienern der Mari, umringt, die gekommen waren, sie zu holen. Noch in derselben Nacht verschwand Mariurrika von Muntsaratz. Man sagt, das Mädchen lebe auf dem Anboto. Andere Male heißt es, es lebe auf dem Sarrimendi und man sehe es als Lichtblitz durch die Lüfte zum Berge Oiz fahren. Aber das sind alles Hirngespinste«, schloss sie.

In der Küche herrschte Totenstille.

»Was für eine furchtbare Geschichte. Weshalb sagst du, dass es Hirngespinste sind, Großmutter?«, fragte Catalina nach einer Weile.

»Weil es nicht Mariurrika ist, die auf dem Anboto lebt und durch die Lüfte fliegt«, antwortete diese. »Einzig die Mari ist zu so etwas im Stande, und außerdem würde sie niemals zulassen, dass eine Mörderin an dem heiligen Ort haust.«

»Was ist dann mit ihr geschehen?«

»Sie wurde in den Abgrund der verlorenen Seelen gestoßen, in das Reich Sugois, des Gefährten der Mari, wo die Verdammten büßen, auch wenn sie aus angesehenen Familien stammen mögen.« Domenja warf Íñigo einen spöttischen Blick zu.

Kurz darauf löste sich die Runde auf. Die Geschichte hatte alle tief beeindruckt. Es war Brauch, dass die Familien am Abend zusammensaßen und man sich Geschichten erzählte, auch unheimliche Geschichten von bösen Geistern und Gespenstern, aber diese hier ging allen besonders nahe, da sie von früheren Mitgliedern der Familie handelte. Die Brudermörderin Mariurrika und der unglückliche Ibon hatten hier gelebt, und jeder wusste, dass die Toten nicht ganz aus der Welt der Lebenden verschwanden. Man konnte das unangenehme Erlebnis haben, ihnen in irgendeinem Winkel des Hauses zu begegnen.

Íñigo de Muntsaratz legte sich ins Bett, neben sich den Weinschlauch, dem er seit ein paar Wochen nicht mehr so stark zusprach. Er ahnte, dass er ihn in dieser Nacht brauchen würde. Er hatte seine Nichte beeindrucken wollen und war gerupft aus der Sache hervorgegangen. Diese verflixte Alte! Er spielte eine Weile mit seinem Schwert, das wie immer neben ihm auf dem Bett lag. Seinethalben konnte man die schlimmsten Dinge über andere Familien behaupten, aber es zu wagen, von Geschwistermord in seinem eigenen Haus zu sprechen! Seine Finger fuhren nervös über den Wahlspruch der Muntsaratz, der in das Heft des Schwertes eingraviert war. Er brauchte ihn nicht zu lesen, er kannte ihn auswendig: *Leben um der Ehre und des Ruhmes willen*. Was würde aus seiner Ehre und seinem Ruhm werden, wenn er einmal tot war? Bevor er die Augen schloss, hatte er im Rausch eine letzte Vision, die den Alkoven erhellte.

Der Plan nahm in den folgenden Tagen Gestalt an. Je länger er darüber nachdachte, desto vernünftiger erschien er ihm. Warum nicht? Er war noch nicht zu alt, um eine beträchtliche Anzahl von Kindern zu zeugen, und seine Nichte war jung, gesund und fröhlich. Gab es eine bessere Kombination, um frischen Wind in den Turm und die Familie zu bringen? Außerdem würde Katalintxe die ausgedehnten Ländereien von Goiena erben, und das war ebenfalls nicht zu verachten.

Als er Großmutter und Enkelin eines Tages alleine in der Küche antraf – was selten vorkam –, sah er die Gelegenheit gekommen, seinen Vorschlag darzulegen. Er fühlte sich unbehaglich und schwieg lange, während die beiden Frauen über das schlechte Wetter sprachen, das in der Gegend wütete. Als er hörte, wie Domenja sagte, dass man endlich weiterreisen müsse, da sie in Tabira erwartet würden und sie vor Wintereinbruch wieder in Goiena sein müsse, brach er sein Schweigen.

»Ich habe über das nachgedacht, was du neulich zu mir gesagt hast, Domenja«, begann er. »Es ist an der Zeit, dass ich eine eigene Familie gründe und legitime Kinder zeuge, die den Fortbestand meines Geschlechts sichern …«

Sie hörten ihm schweigend zu, das Mädchen reichlich überrascht und seine Großmutter mit gerunzelter Stirn, was sie immer dann tat, wenn Argwohn in ihr aufkeimte.

»Ich habe daran gedacht, Katalintxe zur Erbin meiner Ländereien zu machen, die auch ihrem Großvater gehörten …« Er wartete auf eine Antwort, darauf, dass sie sich freuten, dass sie widersprachen, irgendetwas, aber die beiden blieben stumm wie Fische. »Ihr wisst, dass eure Gegenwart in den letzten Wochen Freude in mein trauriges Leben gebracht hat und dass ich zu meinem Erben bestimmen kann, wen immer ich möchte.«

»Du hast noch einen lebenden Bruder und weitere Nichten und Neffen«, rief Domenja ihm in Erinnerung, »und meine Enkelin braucht nicht mehr an Erbe, als ihr von Rechts wegen zusteht.«

»Zum Teufel mit meinem Bruder und meinen Neffen!«, rief Muntsaratz wütend, während er aufsprang und mit großen Schritten die Küche durchmaß. »Es ist, als gäbe es sie gar nicht. Jedenfalls habe ich meine Meinung geändert. Ich will sie nicht zu meiner Erbin bestimmen, ich möchte sie zur Frau nehmen.«

Jetzt war es heraus. Er wartete einen Augenblick, bevor er sie ansah, um zu sehen, wie sie es aufnahmen. Domenja blickte ihn jetzt neugierig an.

»Warum?«, fragte sie.

»Warum, warum«, gab er zurück. »Weil ich ein Mann bin und sie eine Frau. Sie wird mir die Kinder schenken, die ich brauche.«

»Ich sehe nicht, welche Vorteile sie davon hätte …«, überlegte die Alte laut.

»Die siehst du nicht? Sie liegen klar auf der Hand! Sie wäre die Herrin von Muntsaratz, von allen im Tal geachtet. Ihr Besitz und meiner zusammen verliehen uns eine Macht, die niemand anzufechten wagte.«

»Ihr seid Verwandte ersten Grades.« Domenja begann dieser Vorschlag zu amüsieren, den sie im ersten Moment für eine Spinnerei gehalten hatte.

»Na, und?«, fragte er in herausforderndem Ton. »Wir wären nicht die Ersten und nicht die Letzten. Ich werde einen Dispens erbitten, und kein Geistlicher wird ihn mir verweigern«, setzte er hinzu, während er den Knauf des Schwertes streichelte.

Dann sah er zu Catalina hinüber und versteinerte. Das Mädchen konnte nicht aufhören zu lächeln, während es ihn ansah. Es brauchte nichts zu sagen, die Antwort stand ihm klar und deutlich ins Gesicht geschrieben. Nach der ersten Überraschung hatte sie das Ganze als Scherz aufgefasst. Wie konnte ihr Onkel glauben, sie würde ihn heiraten? Einen um vieles älteren Mann, der schlecht roch und ein entstelltes Gesicht hatte. Einen alten Mann heiraten, der zudem ihr Onkel war? Sie müsste verrückt sein, um auf ein solches Ansinnen einzugehen. Íñigo sah deutlich am Blick seiner Nichte, dass sie ihn als Ehemann verschmähte. In seinem Zorn malte er sich aus, wie sie sich neugierig fragte, ob er wohl in der Lage war, Kinder zu zeugen. Er sah die beiden Frauen hasserfüllt an und verließ die Küche mit einem lauten Türenknallen, das von den Wänden widerhallte. Einige Gefäße aus Steingut fielen zu Boden und gingen zu Bruch.

In jener Nacht fand der Besitzer des Turms keinen Schlaf, aber er griff auch nicht zum Weinschlauch. Er wollte nüchtern sein, um mit klarem Kopf über die Schmach nachzudenken, die man seinem Stolz zugefügt hatte.

»Im Grunde«, sagte er sich, »hat sie mich nicht abgewiesen, und die Alte auch nicht.«

Doch dann erinnerte er sich wieder an ihre belustigten Blicke. Es war offensichtlich, dass sie gar nicht daran dachten, seinen Vorschlag ernst zu nehmen. Wahrscheinlich würden sie gerade über ihn lachen und nicht zögern herumzuerzählen, dass er, Íñigo de Muntsaratz, letzter Nachfahre einer untadeligen Familie, von einem jungen Ding verschmäht worden war, dem er mit einer einzigen Ohrfeige das Genick brechen könnte. Er sah sich zum Gespött seiner Leute, seiner Verwandten, der geschwätzigen Weiber werden ... Er würde die belustigten Blicke seiner Männer und ihrer Frauen nicht ertragen. Daher fasste er einen Entschluss, der ihm seiner augenblicklichen Situation am angemessensten schien. Ehre oder Schmach. Dazwischen gab es nichts.

Am nächsten Morgen betrat er die Küche und wandte sich an Domenja, die soeben heiße Milch mit eingebrocktem Brot aß.

»Ich habe Anweisung gegeben, dass morgen früh euer Wagen bereitsteht und ihr nach Tabira aufbrechen könnt.«

Damit ging er hinaus und ließ die Frau überrascht und erleichtert zurück. Endlich konnten sie ihre Reise fortsetzen! Mit etwas Glück würde sie wieder in Goiena sein, bevor der Mond der Wintersonnenwende in den kalten Nächten über dem Gipfel ihres geliebten Anboto leuchtete. Aber dann verharrte der Löffel auf halbem Wege zum Munde und sie ließ ihn wieder in die Schüssel sinken. Warum hatte es Íñigo auf einmal so eilig, sie loszuwerden? Seit dem Vorabend hatten sie ihn nicht wieder gesehen. Keine der beiden Frauen hatte etwas gesagt, das ihn hätte beleidigen können, noch hatten sie sein Ansinnen negativ beschieden. Natürlich hatten sie unter einigem Gekicher über die Sache gesprochen, aber leise und in ihrer Kammer. Es war völlig ausgeschlossen, dass er sie gehört hatte, und wenn man wusste, aus welchem Holz er geschnitzt war, so war es ungewöhnlich, dass er nun eine derart drastische Entscheidung traf und widerspruchslos eine nicht einmal geäußerte Weigerung hinnahm.

Domenja ließ die Milchschüssel stehen und trat ans Fenster. Sie beobachtete, wie Muntsaratz eine ganze Weile mit Manu sprach, seinem engsten Vertrauten, der den Beinamen »der Einhändige« trug, weil ihm tatsächlich eine Hand fehlte, wobei er den Mangel nicht zu verbergen suchte, sondern den Stumpf offen zur Schau stellte, um die Leute abzuschrecken. Íñigo wirkte erregt, was auffällig war bei einem Mann, der nur selten seine Fassung verlor.

Im Laufe des Tages fielen ihr noch weitere Dinge auf. Sie ertappte Manu in der Nähe ihres Zimmers im Obergeschoss, und auf ihre Frage, was er dort suche, murmelte der Mann etwas Unverständliches. Der Hausherr erschien erneut zur Essenszeit, gab sich äußerst liebenswürdig gegenüber ihr und dem Mädchen, das er mehrmals »meine Verwandte« nannte, und bot ihnen Hilfe und Geleit nach Tabira an. Als es dunkel wurde, ging Domenja unter einem Vorwand in den Stall. Der Wagen war nicht angespannt, und nichts schien darauf hinzudeuten, dass jemand Weisung erhalten hatte, ihn für die Reise am nächsten Morgen vorzubereiten. All diese Hinweise legten ihr den Gedanken nahe, dass der Onkel mit ihrer Enkelin etwas Böses im Schilde führte – das sagte ihr die Erfahrung ihrer Jahre!

An diesem Abend saßen sie wie alle Abende zuvor gemeinsam ums Feuer, als jemand die Sprache auf einen Vorfall brachte, der für einiges Gerede in der Gegend gesorgt hatte. Die Tochter vom Gehöft Mendialde hatte sich geweigert, den von ihren Eltern ausgewählten Mann zu heiraten. Es war zu einer heftigen Auseinandersetzung gekommen, und das Geschrei von Vater und Tochter war in der ganzen Nachbarschaft zu hören gewesen.

»Das erinnert mich an ein Vorkommnis, das sich vor vielen Jahren in Arrazola ereignete«, bemerkte Domenja.

Nach dem gestrigen Abend zweifelte niemand daran, dass sie nun eine weitere Geschichte erzählen würde, obgleich alle hofften, sie möge dieses Mal weniger traurig sein und sie zum Lachen bringen, etwas, das jeder nach einem harten Arbeitstag zu schätzen wusste.

»Erinnerst du dich, Ixile?«, fragte sie und warf dem Mann einen eindringlichen Blick zu.

Ixile verzog keine Miene, aber seine Augen wurden kleiner, wie stets, wenn etwas sein Interesse weckte.

»Auch damals weigerte sich ein junges Mädchen, den von der Familie vorgeschlagenen Bewerber zu akzeptieren«, begann sie zu erzählen. »Sie war aus tiefstem Herzen in einen Mann vom Hof verliebt, mit dem sie seit frühester Jugend aufgewachsen war. Der Vater wollte natürlich nichts von der Sache wissen und drohte seiner Tochter, sie ihr Leben lang einzusperren, sollte sie sich seinen Anordnungen widersetzen. Daraufhin beschlossen die beiden Verliebten zu fliehen. An einem kalten, regnerischen Tag wie heute verließ das Mädchen – als alle schliefen – das Haus. Ihr Geliebter wartete draußen mit einem Maultier auf sie, und die beiden machten sich auf den Weg nach Abadiño.«

»Und dann?« Wie alle anderen fand Catalina, dass die Geschichte irgendwie weitergehen musste.

»Sie wurden gefasst«, erzählte die Alte. »Man holte sie ein, bevor sie Martzana erreicht hatten. Das Maultier war alt und lahm. Der Vater und seine Männer hingegen ritten kräftige Pferde. Der Junge bezog eine Tracht Prügel und wurde vom Hof gejagt, das Mädchen verheiratete man mit dem ausgewählten Bewerber.«

Als Domenja das betrübte Gesicht ihrer Enkelin sah, musste sie lächeln.

»Doch kurze Zeit später kehrte der Junge zurück«, erklärte sie und zwinkerte ihr zu. »Das Mädchen, nun eine Frau, liebte ihn immer noch und gab sich ihm hin.«

»Und der Ehemann?«

»Der Ehemann hat nie davon erfahren. Auch sonst niemand aus der Familie, und sie lebten lange Jahre eine leidenschaftliche, innige Liebe.«

»Also lebten sie in Sünde«, bemerkte eine der Mägde.

»Das behauptet die Kirche«, lautete Domenjas Antwort. »Aber wer ist der größere Sünder – derjenige, der seinem Herzen folgt, oder derjenige, der einem anderen seinen Willen aufzwingt?«

Bei diesen Worten sah sie ihren Gastgeber an, dann wandte sie sich an Ixile.

»Du erinnerst dich doch, oder?«

Der schweigsame Mann nickte zustimmend.

Muntsaratz sagte, dass es an der Zeit sei, sich zurückzuziehen, da alles für ihre Abreise am nächsten Morgen vorbereitet sei und sie dann ausgeruht und in guter Verfassung sein sollten. Domenja war einverstanden und schob ihre Enkelin in Richtung Treppe.

»Unser Aufenthalt in deinem Haus war ohne Zweifel sehr interessant«, sagte sie zu dem Hünen.

»Es freut mich zu hören, dass ihr meine Gastfreundschaft genossen habt«, gab dieser zurück.

Der Mann hob zum Abschied die Hand und ging wieder in die Küche. Die Männer und Frauen hatten sich bereits zurückgezogen, nur der einhändige Manu war noch dort. Man hörte sie leise miteinander sprechen, und kurz darauf kamen beide heraus. Der Hausherr löschte die Kerzen und wartete in der Dunkelheit eine geraume Weile ab. Die Idee war ihm in der Nacht zuvor gekommen. Er hatte an das spöttische Lächeln seiner Nichte gedacht, während sie ihn mitleidig anblickte und sich sagte – so glaubte er –, dass ein so alter Mann nicht in der Lage sein würde, eine Frau zu befriedigen und ihr ein Kind zu machen. Diese falsche Schlange würde schon sehen! Er würde sie mit Gewalt nehmen und ihr und ihrer Großmutter keine andere Wahl lassen, als seinen ehrenvollen Antrag anzunehmen. Er wartete eine ganze Weile neben der Treppe und lauschte auf Geräusche aus dem oberen Stockwerk, doch es war alles still. Er zog Stiefel und Strümpfe aus und schlich die Treppe hinauf, wobei er versuchte, möglichst nahe an der Wand aufzutreten, wo die Stiegen nicht so knarrten wie in der Mitte. Auf dem Treppenabsatz hielt er inne und fluchte leise. Da stand er, der im Kampf kein Zaudern kannte, wie ein Dieb, voller Furcht, entdeckt zu werden.

Bevor er das Zimmer betrat, entzündete er eine kleine Kerze. Nicht, dass er sich in der Person irrte und am Ende die Großmutter beschlief. Schon bei dem Gedanken, dass etwas Derartiges passieren könne, war ihm zum Lachen zumute, aber er beherrschte sich und schlich langsam zum Bett. Er hatte Glück. Catalina schlief auf der rechten Seite, wie er vermutet hatte, weil es näher am Fenster war. Er trat näher, stellte die Kerze auf dem

Nachttisch ab, schlug vorsichtig die Bettdecke zurück und stieß eine Verwünschung aus. Das Mädchen war vollständig bekleidet, es trug sogar den Reiseumhang. Wie vom Donner gerührt stand er da, als seine Nichte die Augen aufschlug.

Sie bedachte ihn mit einem Lächeln.

»Wie zum Teufel …?«

Mehr konnte er nicht sagen. Etwas Hartes krachte auf seinen Kopf, seine Sinne schwanden, und er fiel schwer aufs Bett.

»Du hattest Recht, Großmutter«, rief Catalina.

Sie hatte sich rasch zur Seite gedreht, um zu verhindern, dass der mächtige Körper ihres Onkels auf sie fiel. Leichtfüßig sprang sie vom Bett auf und lief zu ihrer Großmutter, die noch immer einen gewaltigen Rührlöffel in der Hand hielt, wie man ihn zum Butterschlagen verwendete, den sie Stunden zuvor aus der Küche entwendet hatte.

»Wir reden später, mein Kind«, befahl sie. »Nimm das Gepäck und sieh nach, ob niemand auf dem Flur ist. Ich werde unterdessen diesen schamlosen Flegel ordentlich fesseln und knebeln, damit er nicht vorzeitig zu sich kommt und uns nachsetzt.«

Kurze Zeit später verließen sie den Turm und liefen zur Straße hinüber, wo Ixile ungeduldig auf sie wartete. Die drei stiegen auf den Wagen und machten sich auf den Weg nach Tabira.

»Wie ich sehe, hast du dich an die Geschichte von den Verliebten erinnert und unseren alten Esel gegen ein junges Maultier eingetauscht«, sagte Domenja zu dem Mann, als der Turm nicht mehr zu sehen war.

»So ist es«, antwortete dieser zu Catalinas Erstaunen, die nicht daran gewöhnt war, ihn reden zu hören. »Ich bin ein aufmerksamer Zuhörer bei Geschichten.«

»Und der Einhändige?«, fragte sie.

»Es wird einige Stunden dauern, bis er wieder zu sich kommt, und er wird es in guter Gesellschaft tun.« Er schwieg einen Augenblick. »Ich habe ihn im Schweinestall gelassen«, erklärte er dann.

Domenja und Ixile lachten, während Catalina noch nicht recht fassen konnte, was in den letzten Stunden geschehen war.

Lange bevor die Sonne vergeblich versuchte, die dichte graue Wolkendecke zu durchbrechen, die einen weiteren Tag unablässigen Regens verhieß, erreichten sie Tabira. Sie hielten vor einem kleinen, solide wirkenden Haus an der Plaza de Santa Ana, unweit des gleichnamigen Stadttors. Domenja und ihre Enkelin stiegen vom Wagen, und Ixile fuhr hinaus zur Landstraße nach Vitoria, wo er Wagen und Maultier gegen ein paar Maravedís in einer Poststation unterstellen konnte.

Es dauerte eine Weile, bis sich die wuchtige Holztür öffnete und hinter dem Türspalt das verschlafene, misstrauische Gesicht eines alten Mannes mit vollem, weißem Haar erschien. Er beäugte sie aufmerksam, dann verzog sich sein Gesicht zu einem herzlichen Lächeln.

»Domenja! Domenja de Goiena!«, rief er freudig überrascht.

»Mein lieber Freund Diego«, sagte diese gleichfalls lächelnd, »verzeih, dass wir zu dieser ungelegenen Stunde eintreffen, aber wir hatten einige Probleme, von denen ich dir später berichten will.«

Die beiden schienen sehr gut befreundet zu sein und umarmten einander herzlich, als sich die Tür ganz öffnete, um sie einzulassen.

»Das ist meine Enkelin Katalintxe«, stellte sie das Mädchen vor. »Sie hat die Gabe«, ergänzte sie, wobei sie ihrer Stimme einen geheimnisvollen Klang verlieh.

Der Mann schlug die Hände vor den Mund und schloss

die Augen, als wollte er ein Stoßgebet zum Himmel schicken.

»Darf ich vorstellen«, sagte Domenja und wies auf den Mann. »Dies ist der Arzt Don Diego de Olea.«

Doktor Olea sah Catalina lange an, dann legte er die Hände auf ihre Schultern und gab ihr ein paar schallende Küsse auf die Wangen. Sie war erstaunt und überrumpelt, denn sie konnte sich nicht erinnern, je in ihrem ganzen Leben von einem Mann geküsst worden zu sein. Er führte sie in ein Zimmer und forderte sie auf, sich schlafen zu legen. Sie war zu müde von der durchwachten Nacht, um sich auszuziehen, und ließ sich aufs Bett fallen. Kurz darauf kam Domenja mit einer großen Schale heißer Milch und half ihr beim Auskleiden, wartete, bis sie die Milch ausgetrunken hatte und deckte sie zu wie ein kleines Kind.

»Wer ist dieser Mann, Großmutter?«, fragte Catalina gähnend.

»Das erzähle ich dir später«, antwortete Domenja. »Schlaf jetzt.«

Das Mädchen erwachte in einem weichen, warmen Bett, das nach Thymian und Minze duftete. Sie kuschelte sich hinein, ohne die Augen zu öffnen. Als sie es schließlich doch tat, flutete das Sonnenlicht hell durch das kleine Fenster, und es dauerte einen Moment, bis sie wieder wusste, wo sie war.

Sie setzte sich auf und sah sich um. Sie befand sich in einem kleinen Kämmerchen, in dem das Bett über die Hälfte des Raumes einnahm. Eine Truhe und ein kleiner Waschtisch mit einer Schüssel und einem Krug Wasser waren das einzige Mobiliar. Träge erhob sie sich, tauchte die Hand in den Krug und fuhr sich einmal übers Gesicht. Dann trat sie an das kleine Fensterchen und sah hinaus. Vor ihren Augen erstreckte sich die vertraute Landschaft, grün, grau und gebirgig, und in der Ferne der heilige Berg, der nach ihr rief. Plötzlich vermisste sie ihre Spaziergänge und ihre Besuche bei der Großen Göttin, und zum ersten Mal, seit sie von zu Hause fort war, wünschte sie, in den sicheren Hort ihres Hauses zurückkehren zu können, fernab von Abenteuern und aufregenden Erlebnissen.

Sie ging die Treppe hinunter. Stimmen wiesen ihr den Weg zur Küche. Leise öffnete sie die Tür und streckte den Kopf hinein.

»Na, endlich bist du wach!«, rief Domenja mit einem wohlwollenden Blick.

»Hast du gut geschlafen, mein Kind?«, erkundigte sich der Arzt.

Sie ging in die Küche und setzte sich auf einen Schemel zu den beiden alten Leuten.

»Wie spät ist es?«, fragte sie.

»Später Nachmittag«, antwortete ihre Großmutter lächelnd. »Du hast lange geschlafen.«

»So sammeln die jungen Leute neue Kräfte«, dozierte Olea. »Bei uns Alten ist das anders. Vielleicht möchte unser Körper so viel wie möglich von dem Leben haben, das uns noch bleibt.«

»Dies wird für eine Weile dein Zuhause sein, Katalintxe. Don Diego war ein Freund deiner Urgroßmutter, und er ist auch der meinige. Hier wirst du viele Dinge lernen, die du noch nicht weißt.«

»Deine Großmutter hat mir erzählt, dass du die Gabe besitzt«, fügte der Arzt hinzu. »Ich habe deine Urgroßmutter gut gekannt, und du kannst dir gar nicht vorstellen, wie glücklich es mich macht, dass du ihre Fähigkeiten geerbt hast.«

Das Mädchen schaute vom einen zur anderen, ohne recht zu begreifen, worum es ging. Was sollte sie von einem so alten Mann lernen? Wollte ihre Großmutter sie ernstlich hier lassen? Domenja beeilte sich, ihre Zweifel zu zerstreuen.

»Seit vielen Generationen hat es in unserer Familie immer wieder Frauen gegeben, die die Gabe des Heilens besaßen. Ich habe dir schon oft davon erzählt. Die Letzte war meine Mutter. Weder Graciana noch ich haben sie, aber du hast stets gewusst, wann eine Kuh ein totes Kälbchen gebären oder eine Ziege sich von einem schweren Sturz erholen würde. Nun ist es an der Zeit, dass du deine Fähigkeit an den Menschen anwendest und etwas aus deiner Intuition machst.«

»Warum?«

»Weil es eine Begabung ist, die nur wenigen Menschen gegeben ist, deshalb«, erklärte Domenja. »Die Mari hat sie dir am Tag deiner Geburt verliehen, und es wäre undankbar, sie nicht zu nutzen. Was glaubst du, was deine Mutter und ich in der letzten Zeit gemacht haben? Wir haben dir alles beigebracht, was wir wussten, und das ist herzlich wenig. Du hast etwas über Kräuter und Heiltränke, Salben und Umschläge gelernt, doch das reicht nicht aus. Don Diego wird dir beibringen, wie man Wunden und Krankheiten heilt, eine Blutung stillt, gebrochene Knochen wieder zusammenfügt …« Sie hielt einen Augenblick inne, bevor sie fortfuhr. »Du wirst die beste Hebamme von Atxondo sein.«

Catalina kam nicht aus dem Staunen heraus. Hebamme? Kinder zur Welt bringen, wie sie es zu Hause bei den Kühen gemacht hatte? Ihre Hände in den Leib einer Frau stecken, um das Kind herauszuholen?

»Mein liebes Kind«, Don Diegos jugendliche Stimme passte nicht im Geringsten zu seinem Alter. »Ich weiß, du fragst dich nach dem Grund für all das, und ich hoffe, du wirst im Laufe der Zeit begreifen. Es kommen große Veränderungen auf dich zu, und es mag dir ein wenig schwer fallen, dich einzugewöhnen. Aber glaube mir, es gibt nichts Schöneres auf dieser Welt, als seinen Nächsten von Nutzen sein zu können. Die meisten Ärzte erlernen ihre Kunst, wie sie auch jedes andere Handwerk hätten erlernen können, doch nur wenigen hat Gott die Gabe des Sehens verliehen. Du wirst es verstehen, wenn die Zeit gekommen ist.«

Sie wollte aufbegehren, sich weigern, loslaufen und so schnell wie möglich nach Hause zurückkehren. Aber sie blieb stumm sitzen, betrachtete ihre Großmutter und den Arzt und dachte, dass das alles ein böser Traum sein musste und sie jeden Moment in Goiena erwachen würde, bei ihrer Mutter, ihren Tieren und ihrem geliebten Anboto.

Die ersten Tage vergoss sie bittere Tränen. Sie schloss sich in ihrem Kämmerchen ein und konnte nicht aufhören, sich zu bedauern. Sie fühlte sich wie eine Gefangene in einem Turm, und so manches Mal dachte sie daran, zu fliehen und auf eigene Faust nach Arrazola zurückzukehren. Sie überlegte sogar, dass es besser gewesen wäre, den Antrag ihres Onkels Íñigo anzunehmen und ihn zu heiraten, doch die Tage vergingen, und sie war immer noch dort. Don Diego ließ sie in Ruhe und rief sie nur zum Essen nach unten. Der gute Mann war nicht eben das, was man einen guten Koch nannte, und der tägliche Speiseplan bot wenig Abwechslung: Suppe mit ein wenig Fleisch, Gemüse und Äpfel.

Sie war selbst überrascht, als sie es eines Tages leid war,

ständig in ihrem Zimmer zu hocken, und darum in die Küche hinunterging, wo sie den Arzt dabei antraf, wie er ein Stück Rippenfleisch betrachtete, ohne zu wissen, was er damit anfangen sollte.

»Du weißt nicht zufällig, wie man das hier zubereitet, oder?«, fragte er vergnügt.

»Das sind Rippchen«, antwortete das Mädchen und brach damit seinen Schwur, kein Wort mit ihm zu sprechen.

»Das weiß ich, aber ich habe keine Ahnung, wie man sie kocht. Der Fleischer hat sie mir aufgeschwätzt«, sagte er entschuldigend.

»Man kocht sie nicht, sie werden gebraten.« Sie kam sich wichtig vor, weil sie etwas wusste, was er nicht wusste. »Zu Hause essen wir ziemlich häufig Rippchen.«

»Würde es dir etwas ausmachen, mir zu sagen, wie man sie zubereitet? Ich fürchte, meine kulinarischen Kenntnisse sind alles andere als exzellent.«

Der Mann sah sie flehend an, und Catalina musste lachen.

»Ich würde eher sagen, sie sind beschränkt«, antwortete sie.

»Bist du es leid, jeden Tag Eintopf zu essen?«

»Um ehrlich zu sein, ja. Ich möchte Euch nicht beleidigen, Don Diego, aber wenn Ihr Eure Kranken so behandelt, wie Ihr kocht, sehe ich wenig Hoffnung für sie …«

Sie sahen sich an und begannen zu lachen.

»Keine Angst. Im Knochenflicken bin ich besser als beim Kochen. Aber ein alleinstehender Mann muss eben sehen, wie er zurechtkommt.«

»Wo ist Eure Frau?«, fragte das Mädchen neugierig.

»Ich habe keine Frau. Ich hatte nie eine. Ich habe nicht die Richtige gefunden.«

Sie hätte gerne mehr erfahren, aber sie beherrschte sich und widmete sich den Rippchen.

»Habt Ihr Honig da?«

»Natürlich!«, rief der Mann mit strahlendem Gesicht. »Ich wäre ein schlechter Arzt, wenn ich keinen hätte. Honig ist der Gesundheit sehr zuträglich.«

»Minze? Lorbeer? Salz? Schmalz?«

Auf ihre Fragen hin nahm der Alte einige Töpfchen aus einem alten, dunklen Wandschrank, der eine Seite der Küche einnahm und mit Fläschchen, Tiegeln, Gläsern und sonstigen Behältnissen gefüllt war.

Catalina bestrich die Rippchen mit Schmalz, schüttete Salz in ihre Handflächen und rieb dann das Fleischstück damit ein. Sie stellte einen Rost in die Glut und wartete, bis er sich erhitzt hatte, dann legte sie das Fleisch darauf und bestreute es mit der gehackten Minze und dem Lorbeer. Hin und wieder nahm sie einen kleinen Kochlöffel und bestrich das Fleisch mit Honig. Als die Unterseite eine appetitliche goldbraune Farbe angenommen hatte, wendete sie es und verfuhr weiter wie gehabt, Minze, Lorbeer, Honig …

Da sie schon einmal dabei war, zerteilte sie einen Kohlkopf, gab ihn in einen Topf, fügte Apfelschnitze, kleine Rübchen und ein paar Nüsse hinzu und würzte das Ganze mit Öl und Salz. Zufrieden mit dem Ergebnis wendete sie das Fleisch ein letztes Mal, und als würde sie schon immer hier wohnen, deckte sie den Tisch, legte die Rippchen mit Hilfe eines Spießes auf eine Platte und wandte sich lächelnd und erhitzt an den Arzt, der jeden ihrer Handgriffe aufmerksam verfolgt hatte.

»Das Essen ist fertig«, sagte sie, und Diego de Olea lächelte ebenfalls.

Don Tomás de Arandia vertiefte sich den ganzen Tag in ein dickes Buch, das ihm der Buchhändler Orue besorgt hatte, der auf verborgenen Wegen in der Lage war, solche Bücher zu beschaffen, die seine Kunden interessieren konnten. Der Geistliche argwöhnte, dass Orue über Kontakte in den Häfen an der Küste verfügte und von der Kirche verbotene Werke erwarb, die auf dem Seeweg leichter ins Land zu bringen waren. Aber er war auf den Mann angewiesen, denn sonst wäre er buchstäblich vor Langeweile gestorben, ohne eine andere Beschäftigung als das Lesen von Messen und Beerdigungen. Das fragliche Buch, »Gegen die Häresien«, verfasst von einem böhmischen Mönch namens Arcadius, griff den Titel eines Werks des heiligen Irenäus, Bischof von Lyon, auf, der im dritten Jahrhundert gegen die Irrlehre der Gnostiker gekämpft hatte. Der Mönch führte in seinem Werk alle bekannten Ketzereien seit Christus auf.

Der Pfarrer überflog die aufgelisteten Häresien, wobei er jene außer Acht ließ, welche das Mysterium der Dreifaltigkeit falsch auslegten oder die wahre Natur des Sohnes Gottes in Zweifel zogen, und sich auf jene konzentrierte, welche den Lehren nah standen, die die beiden Franziskanermönche laut den Prozessakten gegen die Fraticelli verkündet hatten: die Gemeinschaftlichkeit des Besitzes und der Frauen. So erfuhr er von der Existenz der Adamiten, die bereits bei Epiphanius, einem griechischen Kirchenlehrer, Erwähnung fanden und die in die Zeit vor dem Sündenfall zurückkehren wollten und deshalb nackt durchs Leben gingen. Die Apostoliker oder »Pauperes Christi«, die Armen Christi, für die weltlicher Besitz und das Seelenheil unvereinbar waren. Die Bogumilen, nach denen die Welt keine Schöpfung eines gütigen Gottes, sondern eines bösen Geistes war, als dessen Handlanger sie die Adligen und reichen Geistlichen bezeichneten. Die Brüder und Schwestern vom freien Geist, die in der Armut den Weg zur Spiritualität sahen. Die Hussiten, Anhänger des Böhmen Jan Hus, der vor Jahren auf dem Scheiterhaufen geendet war, weil er gegen die Raffgier und den politischen Einfluss des Klerus gepredigt hatte. Die Lollarden, Anhänger des Engländers John Wyclif, der gepredigt hatte, die Kirche solle von der Anhäufung von Reichtümern und politischer Macht lassen; die Martinisten, die bestritten, dass der kriegerische, zornige, rachsüchtige Gott des Alten Testaments der von Jesus beschriebene gütige und barmherzige Gott sein könne; die Waldenser, auch »die Armen von Lyon« genannt, die körperliche Arbeit, die Ehe und das Besitzen eines festen Wohnsitzes ablehnten und außerdem der Ansicht waren, dass der Materialismus der katholischen Kirche den Abscheu eines jeden guten Christen verdiene, als welche sie sich selbst verstanden. Und dann vor allem die Katharer, »die Reinen«, die weltlichen Besitz und weltliche Freuden ablehnten – Satanswerk, welches die Menschen in ihren Körpern gefangen halte –, und die behaupteten, dass die Kirche, welche dem Geld und der Macht so zugetan sei, im Dienste des Bösen und nicht des wahren Gottes stehe.

All diese Ketzer waren über die Jahrhunderte verfolgt, gefoltert oder getötet worden. Einige ihrer Irrlehren waren vom Antlitz der Erde verschwunden, andere jedoch hatten im Verborgenen oder halb Verborgenen unter anderen Namen überdauert und mussten, so beteuerte der Autor, ein für alle Mal ausgerottet werden.

Arandia blätterte zurück und las noch einmal den Abschnitt über die Fraticelli, wie man sie aus Tabira kannte. Nach dem Tod Franz von Assisis im Jahre 1226 hatten sich seine Anhänger in zwei Gruppen gespalten: die Konventualen, die der Ansicht waren, dass der Orden als Institution Eigentum und materiellen Besitz benötige, und die Spiritualen, die argumentierten, dass Christus und seine Apostel kein Eigentum besessen hätten und die einzige Form, den Lehren und dem Vermächtnis ihres heiligen Ordensgründers zu folgen, die völlige Armut sei. Dreiundfünfzig Jahre später verfügte Papst Nikolaus III., dass der Orden über Besitz verfügen dürfe, dieser aber theoretisch dem Heiligen Stuhl gehöre.

Die Antwort der Spiritualen ließ nicht auf sich warten. Unter Berufung auf die Prophezeiungen Joachims von Fiore, eines Zeitgenossen des heiligen Franz, der ein neues Zeitalter unter der Herrschaft des Heiligen Geistes verkündet hatte, predigte Petrus Johannes Olivi gegen die bestehende Kirche und schalt sie eine babylonische Hure, nach der Apokalypse ein Symbol für Korruption, da die Kirchenfürsten nur daran dächten, sich zu bereichern und Macht anzuhäufen.

1323 hatte Papst Johannes XXII. die Spiritualen exkommuniziert und jeden mit Bann belegt, der behauptete, dass Jesus und seine Jünger arm gewesen seien. Die Fraticelli, ein Beiname, den die einfachen Leute den Spiritualen gegeben hatten, wurden verfolgt, gefoltert und zum Tod auf dem Scheiterhaufen verurteilt. Doch sie verschwanden nicht, sondern verkündeten weiter, dass sie die wahren Christen und der Papst und seine Bischöfe Ketzer seien. Dem Buch zufolge sympathisierten die

Armen mit der Irrlehre und gewährten ihren Predigern überall in Europa Unterschlupf und Hilfe.

»Sie dafür anzuklagen, dass sie Armut predigten, war wohl nicht der beste Weg, sie auf den Scheiterhaufen zu bringen«, bemerkte der Geistliche laut. Er schrak zusammen, als er seine eigene Stimme hörte.

Dabei war es so leicht, den Anordnungen aus Rom Folge zu leisten und die vom Heiligen Geist inspirierten Dogmen der Nachfolger Petri anzuerkennen! Die christliche Welt würde im Chaos versinken, wenn man nicht auf Ordnung und Gehorsam bestand. Durango war nur ein winziger Teil dieser Welt, aber ebenso bedeutend für diese wie der größte. Er würde nicht zulassen, dass sich die Häresie erneut in der Gegend einnistete und ein Häuflein Verdammter den Seelenfrieden seiner Gemeinde störte, insbesondere der Frauen. Er hatte schon genug andere Probleme!

Da war noch die Angelegenheit mit den »Franziskanerschwestern vom dritten Orden des Heiligen Franziskus«, die sich zusammengetan hatten, um dem Herrn zu dienen. Der Pfarrer schnalzte unmutig mit der Zunge und trommelte mit den Fingern auf der Tischplatte. Schon sein Onkel Alfonso hatte sich mit ihnen herumgeschlagen und nichts erreicht. Sie lebten seit Jahren in der früheren Pilgerherberge und waren der Pfarrei den Zehnten schuldig wie jedermann. Sie hatten sich an den Papst gewandt, damit dieser in einer Bulle ihre Klostergründung anerkenne und ihnen die Nutzung einer eigenen Kapelle und eines eigenen Friedhofes gestatte. Die Bulle war drei Jahre nach der Unterzeichnung durch Eugen IV. eingetroffen, und darin wurde nicht nur die Gründung anerkannt, sondern jenen mit Exkommunizierung gedroht, die den Zehnten von ihnen forderten oder sie in irgendeiner Weise behelligten. Doch genau wie sein Onkel war er der Überzeugung, dass eine Bulle in Bezug auf den Zehnten keine Gültigkeit besaß.

»Das fehlt uns noch, dass allerorten Frauenklöster aus dem Boden schießen!«, entfuhr es ihm verärgert.

Wenn es den Schwestern gelang, sich dem Einfluss der Pfarrei oder des Männerklosters der Franziskaner zu entziehen, würde ihr Beispiel Schule machen. Er hatte nichts gegen Frauenklöster, solange sie der Kontrolle von Männern unterstellt waren, die, wie jeder wusste, wesentlich mehr Verstand besaßen als die Frauen. Außerdem ärgerte es ihn und verletzte seinen Stolz, dass die päpstliche Bulle an den Prior des Klosters Fresdelval in Burgos gerichtet gewesen war und nicht an die Amtskirche der Biskaya. Alles schien darauf hinzudeuten, dass sich weder die Pfarrei noch der Stadtrat in das Leben dieser Frömmlerinnen einmischen konnten. Ihre Zahl hatte in den letzten Jahren ungeheuer zugenommen, und er argwöhnte, dass sich so einige Ketzerinnen in das Kloster geflüchtet hatten, um der Gerechtigkeit zu entgehen.

»Sie sollen sich bloß in Acht nehmen, ich werde die Augen offen halten!«

Und als wäre das nicht genug, waren ihm Gerüchte zu Ohren gekommen, dass sich Frauen und Männer – mehr Frauen als Männer – an einigen Orten in der Gegend versammelten, um an sonderbaren Zeremonien teilzunehmen, bei denen sie, so war zu hören, ohne jeden Anstand tanzten, ihre Umhänge und Hauben ablegten und gar unanständig kopulierten.

»Was geht da vor?«, schrie er.

»Was geht wo vor?«

Das unvermutete Erscheinen Meister Bartolomés de Unda ließ ihn von seinem Stuhl auffahren.

»Mein Gott! Was habt Ihr mir einen Schreck eingejagt!«

»Gibt es ein Problem? Ihr seid sehr erregt.«

Der Schreiber nahm auf einem schön gearbeiteten Holzstuhl Platz, der im Laufe der Jahre durch unzählige Wachsschichten glatt und glänzend geworden war.

»Wie sollte ich nicht erregt sein?«, erwiderte Don Tomás und warf flehend die Arme gen Himmel. »Es sieht ganz so aus, als hätten sich die Dämonen verschworen, um ihr Unwesen hier in Durango zu treiben. Ketzer, die das heilige Sakrament der Ehe verweigern, Frauen, die beschließen, gemeinsam in einem Kloster zu leben, anstatt zu heiraten und eine Familie zu gründen, Heiden – denn etwas anderes können sie nicht sein –, die sich versammeln, um zu tanzen und Orgien zu feiern … Ist denn die ganze Welt verrückt geworden?«

»Das Ketzerproblem wird bald gelöst werden. Es war eine gute Idee von Eurem Onkel, jene vier reuigen Sünder behaupten zu lassen, Alonso de Mella plane einen bewaffneten Aufstand«, bemerkte Unda. »Es war der beste Weg, um zu erreichen, dass sich die weltliche Obrigkeit der Sache annimmt.«

»Es kann tatsächlich sein, dass dieser Spinner etwas Derartiges im Schilde führte«, setzte Arandia hinzu, während er eine Stelle in dem Buch suchte, das er bis eben durchgeblättert hatte. »Hier, hört Euch das an: ›Die Paulizianer, eine Bewegung aus einem fernen Land namens Armenien, welche mit Inbrunst den Lehren des heiligen Paulus folgten, lehnten das Alte Testament ab. Sie glaubten an einen gütigen Gott, der jenseits des Universums thronte, Schöpfer und Herrscher der Welt, der Christus entsandt habe, um die Menschheit zu erlösen. Dieser Christus besitze keinen Körper, sondern sei nur anwesend als Gegenposition zu dem Bösen, repräsentiert durch die Materie. Aus diesem Grund lehnten sie alle materiellen Attribute des Glaubens ab und weigerten sich, das Kreuz und die übrigen Symbole des Glaubens zu ehren. Sie lehnten auch die Hierarchie der Kirche und die Sakramente ab, darunter auch das Sakrament der Ehe. Karbeas, einer ihrer Anführer, gründete die Stadt Tephrike und unternahm Feldzüge gegen die Byzantiner. Es heißt, er habe sogar vor den Toren Konstantinopels gestanden.‹

»Wie, sagtet Ihr, hieß dieses Land?«

»Was bedeutet schon der Name?«, fragte der Pfarrer zurück. »Das, worauf es ankommt, ist die Idee, findet Ihr nicht? Diese Ketzer lehnten die Hierarchie der Kirche und die heiligen Sakramente ab, gründeten eine Stadt und stellten eine Armee auf. Wer sagt uns, dass die beiden Fratres nicht ein ähnliches Ziel verfolgten?«

»Ich an Eurer Stelle würde mir keine allzu großen Sorgen machen«, erklärte Unda überzeugt. »Selbst für den Fall, dass die Fraticelli die Absicht gehabt hätten, sich zu erheben, hätte ich gerne gesehen, wie ein Haufen Frauen, Knaben und alter Männer die Waffen gegen eine organisierte Armee erhebt! Zudem ist ihre Zahl heute wesentlich geringer als vor vierzig Jahren, es wäre ihnen unmöglich, eine solche Leistung zu vollbringen.«

»Ich würde nicht so sehr darauf vertrauen …«

»Glaubt Ihr wirklich, es bestünde auch nur die geringste Möglichkeit, dass so etwas hätte geschehen können oder heute noch geschieht?«, fragte Unda höchst erstaunt.

»Soll ich Euch sagen, was ich wirklich glaube? Ich glaube, die Fraticelli und ihre Anhänger hatten damals – und haben vielleicht auch heute noch – mächtige Unterstützung. Diese beiden Frauen, die damals gestorben sind, María de Muntsaratz und Doña María Pérez de Mondragón, gehörten einflussreichen Familien an. Was trieb sie dazu, sich mit dem Pöbel gemein zu machen?«

»Möglicherweise ließen sie sich durch die Predigten verführen.«

»Und glaubt Ihr, sie hätten weitergemacht, wenn sie nicht auf die mehr oder minder heimliche Unterstützung ihrer Verwandten hätten zählen können?« Don Tomás lächelte, überzeugt, dass der Gedanke, der ihm plötzlich in den Sinn gekommen war, richtig war. »Wenn es wirklich die Absicht zu einem bewaffneten Aufstand gab, so ging diese nicht von den Sektierern aus, denn diese wären zum Scheitern verurteilt gewesen, sondern von Personen, die über Einfluss, Männer und … Waffen verfügen.«

»Und weshalb taten sie es dann nicht? Weshalb ließen sie die Ketzer im Stich?«

»Wer weiß? Vielleicht endete der Aufstand, bevor er begonnen hatte, weil die Sektierer von den Männern meines Onkels festgenommen wurden.«

»Oder sie änderten ihre Meinung. Alles ist möglich …«

Die beiden Männer schwiegen eine Weile. Unda erinnerte sich, von seinem Vater gehört zu haben, dass man die Pläne »gewisser Leute«, die sich für besonders schlau hielten, durchkreuzt habe und sie ihre Ambitionen auf ein andermal verschieben mussten.

»Und was hat es damit auf sich, dass eine Gruppe von Heiden Orgien feiern soll, wie ihr sagtet?«, fragte er nach.

»Ach, das … Es ist nicht das erste Mal, dass ich davon höre. Es gibt immer noch viel Aberglauben an der Biskaya.«

»Alte Bräuche …«

»... die in der heutigen Zeit sehr brisant sein können«, versicherte Don Tomás. »Ihr wisst ebenso gut wie ich, dass hinter all dem mehr steckt als reiner Aberglaube. Mögen meinetwegen ein paar alte Weiber an ein mächtiges Wesen glauben, das in den Bergen lebt – Gott ist überall, und das Wichtige ist der Glaube. Aber etwas anderes ist es, wenn man zu den alten Praktiken zurückkehrt, den Tänzen bei Vollmond, obszöner Unterwerfung, den Wahrsagerinnen ...«

»Glaubt Ihr wirklich, dass es so ernst ist?«

»Und noch schlimmer! Habt Ihr schon einmal von den Satansjüngern gehört?«

Meister Bartolomé bekam große Augen und bekreuzigte sich dreimal, bevor er antwortete.

»Sprecht Ihr von den Sekten?«

»Nicht nur. Ein Satansjünger ist jemand, der dem Teufel huldigt, auch wenn er keiner Sekte angehört. Ich spreche von den Hexen, die Rituale feiern, um die Mächte des Bösen zu beherrschen und sich ihrer zu bedienen, von den Häretikern, die den Teufel anrufen, um der Kirche und den Frauen zu schaden.«

»Den Frauen?«

»Die Frauen, mein Freund«, behauptete der Pfarrer mit sorgenvoll gerunzelter Stirn, »sind unvollkommene Wesen, die sich vom Teufel verlocken lassen, so wie Eva im Garten Eden, und die dann ihre Künste einsetzen, um die Männer zu betören.«

»Alle?«

»Zumindest viele.«

Don Tomás stand auf und ging zu einem Regal, auf dem ein Dutzend Bücher mit dicken Einbänden stand. Er fuhr mit dem Zeigefinger über die Buchrücken, zog schließlich einen Band heraus und legte ihn auf den Tisch.

»In diesem Buch wird anschaulich beschrieben, welche Macht der Teufel auf die Frauen ausübt«, belehrte der Geistliche den erstaunten Schreiber. »Dort wird versichert, dass einige von ihnen des Nachts auf gewissen Tieren reiten, um sich mit Diana, der Göttin der Heiden, zu vereinen, und auf ihren Ruf hin weite Strecken zurücklegen. Sie versammeln sich in Vollmondnächten, um nackt zu tanzen und die Mächte der Finsternis anzurufen, um die abscheulichsten Untaten zu begehen.«

Unda war ebenfalls aufgestanden und zu dem Pfarrer getreten. Mit verzücktem Blick betrachtete er das Bild einer gänzlich nackten Frau mit wehendem Haar, die auf einem fliegenden Pferd saß. Er schloss die Augen und musste sich mächtig zusammenreißen, bevor er sprach.

»Glaubt Ihr, derlei Dinge könnten auch hier in unserer Heimat geschehen?«, fragte er schließlich.

»Alles kann überall geschehen, dessen seid gewiss«, beteuerte Arandia mit derselben Inbrunst, mit der er vor seiner Gemeinde predigte.

»Ich habe noch nie von dieser Göttin gehört«, sagte Meister Bartolomé und deutete auf das Bild.

»Vielleicht ist sie hier unter einem anderen Namen bekannt. Was macht es schon, ob sie Diana, Mari oder Astarte heißt? Wie gesagt, entscheidend sind die Taten, und es wäre nicht übertrieben, wenn wir herausfänden, was diese Frauen im Schilde führen.«

»Die mit den Orgien?«

»Ja.«

»Überlasst das mir«, sagte Unda, von einer plötzlichen Erregung ergriffen. »Ihr seid überall bekannt, und mit Eurem Habit wird es Euch schwer werden, etwas zu erfahren. Ich kann ohne weiteres hier nachfragen, mich dort erkundigen …«

»Gut. Bleibt nur noch die Sache mit den Schwestern. Ich muss einen Weg finden, damit sie trotzdem der Pfarrei weiterhin den Zehnten zahlen …«

»Könntet … könntet Ihr mir dieses Buch leihen, damit ich es studieren kann und weiß, wonach ich mich richten soll?«

Der Geistliche zögerte einen Augenblick. Er verlieh seine Bücher nie. Durch ihren Besitz fühlte er sich den übrigen Sterblichen überlegen, daher schonte er auch den Buchhändler Orue, obwohl er an seiner Rechtgläubigkeit zweifelte. Aber Bartolomé Martínez de Unda, überlegte er rasch, war nicht wie die anderen in der Stadt. Er hatte schon lange mit ihm zu tun und wusste um die Rechtschaffenheit seiner Überzeugungen. Er war ein treuer Sohn der Kirche und der Einzige, der ihm Aufmerksamkeit und Unterstützung gewährt hatte, als er vor dem Wiederaufleben der Ketzerei der Fraticelli gewarnt hatte, die vielleicht niemals völlig verschwunden gewesen war. Alle anderen, selbst der Bürgermeister und die Ratsherren, hatten mit den Schultern gezuckt oder sich darauf beschränkt, mitleidig zu grinsen.

»Geht vorsichtig damit um«, bat er ihn, während er das Buch zuklappte und zu ihm herüberschob. »Es ist ein alter, äußerst wertvoller Band.«

»Ich werde es hüten wie einen Schatz und nicht zulassen, dass es jemand anfasst.«

Wenig später ging der Schreiber nach Hause. Er hielt das kostbare Objekt fest an seine Brust gedrückt wie eine schöne Frau. Zu Hause angekommen, schloss er sich in seinem Arbeitszimmer ein und schlug die erste Seite auf.

Catalinas Leben hatte sich vollständig gewandelt. Sie stand in aller Herrgottsfrühe auf, ging zu dem winzigen Hühnerstall, den der Arzt in einem kleinen Hof hinter dem Haus hatte, fütterte die drei Hühner, die glücklich auf ihren Nestern hockten, und sammelte die drei Eier ein, die diese zuverlässig jeden Tag legten. Sie machte Feuer, erwärmte die Milch und bereitete ein nahrhaftes Frühstück, das sie mit dem Wenigen, über das sie verfügte, abwechslungsreich zu gestalten versuchte. Dann fegte sie das kleine Haus, während der Arzt zum Markt ging, um die Besorgungen zu erledigen, die sie ihm auftrug, und wartete auf die Rückkehr ihres Lehrmeisters.

Lange bevor sich die Straßen mit lärmenden Menschen und lauthals schreienden Händlern bevölkerten, waren sie bereits in ihren Unterricht vertieft. Catalina entdeckte eine neue, unbekannte Welt, die sie jeden Tag mehr faszinierte. Sie stellte dem alten Arzt unermüdlich Fragen, die dieser auf einfache Weise zu beantworten versuchte; die komplizierteren Pfade seiner Kunst hob er sich für später auf.

Später am Morgen begannen die Patienten einzutreffen. Anfangs blieb das Mädchen in der Küche, deren Tür angelehnt war, und lauschte eifrig allem, was im Nachbarzimmer, das dem Arzt als Sprechzimmer diente, gesprochen wurde. Er empfing die Patienten nacheinander, und wenn nicht genügend Platz im Haus war, mussten die Übrigen vor der Tür anstehen – eine Regel, von der

Don Diego nur bei Notfällen abwich. Einen Monat nach ihrer Ankunft war Catalina bei den Sprechstunden zugegen, um zuzuhören und zu beobachten und kleine Handreichungen wie das Säubern oder Verbinden einer Wunde zu übernehmen. Mit jedem Tag lernte sie ihren Lehrer besser kennen und mehr schätzen. Er war gütig gegenüber den Kranken und konnte die Dinge so erklären, dass sie es verstand.

»Alles, was ich weiß«, erzählte er ihr eines Tages, »verdanke ich Don Simón Eder, einem außergewöhnlichen Menschen und großartigen Arzt. Er nahm mich als Schüler an, als ich ungefähr in deinem Alter war, und sowohl er als auch ich mussten manch schlimme Zeit durchstehen.«

»Warum?«

»Weil er Jude war und ich Christ.«

»Was ist das, ein Jude?« Das Mädchen hörte dieses Wort zum ersten Mal.

»Ein Mensch anderen Glaubens. Hast du noch nie in der Kirche davon gehört?«, fragte er erstaunt.

»Wir gehen nur zur Kirche, wenn ein Verwandter gestorben ist.«

»Warst du auch nicht im Katechismusunterricht?«, fragte der gute Mann neugierig nach.

»Was ist das?«

Diego de Olea betrachtete sie schweigend, bevor er ihr einen Teil seines Lebens erzählte. Als sein Lehrer starb, war er tief betrübt gewesen. Simón Eder war für ihn wie ein Vater gewesen. Tatsächlich hatte er dessen Platz eingenommen, als sein richtiger Vater ihn aus dem Haus warf, weil er nicht Soldat werden wollte.

»Wenn du zu diesem Juden gehst, gehörst du nicht mehr zur Familie«, hatte sein Vater geurteilt.

»Aber ich möchte Arzt werden«, hatte er eingewandt, um seinen Vater zu erweichen.

»In unserer Familie hat es noch nie einen Arzt gegeben«, hatte der erwidert. »Ich werde nicht zulassen, dass einer meiner Söhne umherläuft und Pestkranke behandelt, schon gar nicht in Begleitung eines Juden.«

»Jeder braucht hin und wieder einen Arzt, auch du, Vater.«

Sein Vater hatte ihn verächtlich angesehen. Er war von zahlreichen Narben und schlecht zusammengewachsenen Knochenbrüchen gezeichnet, aber er brüstete sich, mehr als hundert Kämpfe überlebt und niemals einen Arzt aufgesucht zu haben.

»Lieber verblute ich, als einen Quacksalber an mich heranzulassen«, entgegnete er.

»Aber ich möchte trotzdem Arzt werden«, hatte sein Sohn beharrt, »und Simón Eder ist der Einzige weit und breit, der mich unterweisen kann.«

Er hatte Haus und Hof verlassen und beschlossen, nie mehr einen Fuß nach Zeberio zu setzen. Einige Jahre später tat er es allerdings doch, als sein kleiner Bruder ihn in Tabira aufsuchte. Seine Mutter war schwer erkrankt, und das alte Familienoberhaupt, so erzählte dieser, habe nach ihm schicken lassen. Er besann sich nicht lange und legte auf seinem Maultier die Meilen zwischen den beiden Orten zurück. Als er seine Mutter untersuchte, wusste er, dass er ihr nicht mehr helfen konnte. Er hatte schon vorher derartige Geschwüre gesehen, aber noch nie ein so großes wie dieses, das einen Teil ihrer linken Brust einnahm und ihr bis in die Achselhöhle reichte. Sein Vater sprach kein einziges Wort mit ihm, und nach der Beerdigung verließ er sein Elternhaus in dem Wissen, dass er nie wieder dorthin zurückkehren würde.

Als kurz darauf Eder starb, fühlte er sich vollkommen einsam und verlassen. Der Rat der Stadt bot ihm nicht die Nachfolge des Verstorbenen an, und so beschloss er, für eine Weile aus Tabira fortzugehen. Er schloss das Haus ab, packte einige Habseligkeiten und ein paar Bücher zusammen und ritt in Richtung Axpe. Er kannte Pedro de Martzana seit vielen Jahren und war sich sicher, dass dieser ihn in seinem Haus aufnehmen würde, solange es nötig war, um über seinen Kummer hinwegzukommen.

Im Turm Martzana wurde er wie erwartet mit offenen Armen empfangen. Pedro war das genaue Gegenteil von ihm. Leicht erregbar, ungeduldig, kampflustig, unfähig, auch nur eine Minute seiner Zeit auf etwas anderes als seine Pferde, seine Hunde und seine Waffen zu verwenden. Dennoch verstand er es, ein guter Gastgeber zu sein. Er merkte sofort, dass sein Freund Ruhe und Frieden suchte, und drängte nicht darauf, dass dieser an der Falkenjagd oder den Gelagen teilnahm, die erst zu einer Stunde endeten, wo die Dörfler ihr Tagewerk begannen.

Diego de Olea liebte es, lange Spaziergänge zu unternehmen. Er wandelte über schmale, von Eichen und Buchen gesäumte Wege, sammelte Pflanzen und Wurzeln, lauschte dem Gesang der Drosseln und Rotkehlchen oder kühlte seine müden Füße in einem der Bäche, die frisch und klar die Hänge hinuntersprudelten. Eines Tages ging er zu einer Quelle, die wegen ihres rostroten Wassers bekannt war, das aus dem Fels sprudelte und den Bewohnern des Ortes zufolge von derselben Farbe war wie die Röcke einer Frau, die bei dem Versuch ums Leben gekommen war, ihren Sohn zu retten, der weiter oben von einem Felsen gestürzt war. Er war verstimmt, als er ein altes Weiblein entdeckte, das die kostbare Flüssigkeit in einen Zinnkrug füllte. Er sprach nicht gerne mit Leuten, und seine Spaziergänge gaben ihm für kurze Momente das Gefühl, der einzige Mensch auf der ganzen Welt zu sein. Trotzdem trat er näher und grüßte die Frau, die ihn zunächst unverhohlen von oben bis unten musterte.

Es dauerte nicht lange, und die beiden saßen nebeneinander im Gras, unterhielten sich lebhaft über die Heilkräfte des eisenhaltigen Wassers, tauschten Rezepte und Erfahrungen aus und genossen die Gesellschaft des anderen. Er erfuhr, dass die Frau Heilerin war und bereits ihr Leben lang diesem Beruf nachging, offenbar mit Erfolg. Ihr Name war Catalina. Am nächsten Tag machte er sich auf den Weg nach Goiena, um sie zu besuchen. Auf Drängen der Hausherrin blieb er auf dem Gehöft, derweil ein Junge zu Martzana geschickt wurde, um diesem Bescheid zu geben und seine Sachen abzuholen.

Seither waren viele Jahre vergangen, und noch immer waren ihm jene Tage als die schönsten seines Lebens in Erinnerung. Sein Aufenthalt auf Goiena hatte sich länger hingezogen als vorgesehen, bis er schließlich glaubte, er werde für immer dort bleiben. Doch eines Tages war ein Bote aus Tabira eingetroffen und hatte ihn gebeten, in die Stadt zurückzukommen, da der Rat seine Dienste benötige. Was war ihm anderes übriggeblieben, ohne Familie und ohne Vermögen? Doch seit damals war er, solange die alte Catalina lebte, so oft wie möglich nach Goiena zurückgekehrt und stets aufs Neue erstaunt gewesen, wie eine Frau ohne medizinische Ausbildung so meisterhaft in der Lage sein konnte, eine Krankheit und ihre mögliche Heilung zu erkennen.

»Warum mochte Euer Vater Euren Lehrer nicht?«, kehrte Catalina zum Ausgangspunkt des Gesprächs zurück.

»Das ist eine alte Geschichte. Wir hatten unterschiedliche Gebräuche, unterschiedliche Ansichten, unterschiedliche Religionen.«

»So ein Unsinn!«, ereiferte sie sich. »Als ob das irgendeine Bedeutung hätte!«

Dann erinnerte sie sich an die Blicke, die ihr die Leute in Arrazola zuwarfen, wenn sie einmal ins Dorf hinunterging. Sie hatte nie verstanden, weshalb man sie so ansah, warum sie keine Freundinnen hatte und niemand aus dem Dorf zu einem Besuch bei ihnen vorbeikam. Ihre Großmutter hatte einmal versucht, es ihr zu erklären.

»Sie haben Angst vor uns«, hatte sie gesagt und dabei vergessen, dass es genau das war, was ihre Tochter Graciana immer behauptete und sie so energisch bestritt.

»Warum?«

»Wer weiß!« Ihr Blick drückte Verachtung aus. »Wir leben fernab von den anderen, gehen kaum ins Dorf hinunter und lassen uns nur selten in der Kirche blicken. Vielleicht deshalb, oder weil es Leute gibt, die uns beneiden. Andere wiederum erinnern sich noch an deine Urgroßmutter und behaupten, sie sei eine Hexe gewesen, ohne daran zu denken, wie oft sie sie von einem Leberleiden oder einer eitrigen Wunde geheilt hat.«

»Urgroßmutter Catalina war eine Hexe?«

»Natürlich nicht!«, hatte Domenja aufgebracht entgegnet. »Aber wenn es darum geht, schlecht über andere zu reden, kommt jede Sache gelegen.«

»Und was ist das, eine Hexe?«, hatte das Mädchen neugierig gefragt.

Dann war ihre Großmutter immer ungeduldig geworden.

»Katalintxe de Goiena«, hatte sie gesagt, »hörst du denn nie auf zu fragen?«

»Nein«, hatte Catalina geantwortet. »Wie soll ich etwas lernen, wenn ich nicht frage?«

Da hatte Domenja gelacht und ihr über die lockigen Haare gestrichen. Aber wenn Catalina es recht überlegte, hatte sie ihr nie genau erklärt, was eine Hexe war und warum sie nur zur Kirche gingen, wenn jemand aus der Verwandtschaft beerdigt wurde. Auch bei diesen Gelegenheiten merkte sie, wie die Übrigen sie furchtsam, aber merkwürdigerweise auch mit einem gewissen Respekt beäugten.

»Noch etwas, Catalina.« Die Stimme des Arztes riss sie aus ihren Gedanken. »Von jetzt an solltest du dich daran gewöhnen, mich Onkel zu nennen.«

»Onkel?«, fragte sie erstaunt.

Diego de Olea lächelte.

»Nun ja«, sagte er beinahe entschuldigend, »ich habe herumerzählt, du seist meine Nichte. Jetzt, da du mir in der Praxis hilfst, wäre es ein wenig sonderbar, wenn du mich weiterhin Don Diego nennst. Die Leute würden sich über so viel Förmlichkeit zwischen Onkel und Nichte wundern.«

»Ich soll Euch Onkel nennen?«, fragte Catalina noch einmal.

»Ja.«

»Ich weiß nicht, ob ich das kann …«

»Du wirst dich daran gewöhnen müssen. Und ehrlich gesagt«, setzte er hinzu, »freue ich mich sehr darüber. Ich habe schon lange keine Familie mehr, weder Geschwister noch Neffen und Nichten, und es wird mir eine Freude sein, mir vorzustellen, ich hätte eine richtige Nichte – selbst wenn dem nicht so ist.«

»Also gut, ich werde es versuchen, Onkel …« Catalina geriet ins Stocken, »… Onkel Diego.«

Sie sahen sich voller Zuneigung an. Der Arzt hatte sich schon lange nicht mehr so wohl gefühlt. Das Mädchen hatte ein wenig Freude in sein Leben gebracht, das er ansonsten ganz den Kranken widmete. Er konnte sich kaum noch daran erinnern, wie er vor über fünfzig Jahren nach Tabira gekommen war. Es war ihm nicht schwer gefallen, sich einzuleben, auch wenn es eine Weile gedauert hatte, bis die Leute begriffen, dass er kein Jude war wie sein Lehrer. So waren die Jahre vergangen, und er war alt und menschenscheu geworden. Er hatte vergessen, wie es war, jemanden zum Reden zu haben, einen jungen, ungeduldigen Menschen, der den lieben langen Tag Fragen stellte, der ihn zum Lachen brachte und darüber hinaus noch gut kochte, was sein wenig experimentierfreudiger Magen dankte.

Seiner Meinung nach hatte Domenja Recht. Catalina besaß die Begabung zur Heilkunst. Er konnte es tagtäglich feststellen, wenn er sie dabei beobachtete, wie sie sich in der Praxis bewegte, die Leidenden tröstete, Arzneien bereitete und einen unheilbar Kranken unendlich traurig ansah.

»Schade, dass sie kein Mann ist!«, sagte er sich eines Tages, als er sah, wie geschickt sie die Wunde am Bein eines Kindes nähte, das von einem Baum gefallen war.

Es war nicht leicht, eine Wunde zu nähen, erst recht nicht bei einem kleinen Kind, das den Schmerz nicht begreifen konnte. Das Mädchen nähte mit kleinen Stichen, während es den kleinen Patienten ablenkte.

»Es wird eine Narbe zurückbleiben«, sagte sie zu ihm, »eine wunderschöne Narbe, die du deinen Freunden zeigen kannst, und dann erzählst du ihnen, dass sie von einem Bären oder einem Wolf stammt.«

Während sie das sagte, gab sie ihm mit der linken Hand

einen leichten Klaps und stach dann mit rechts die Nadel ein. Der Junge zuckte zusammen, schrie aber nicht.

»Und wenn du größer bist«, erzählte sie weiter, »kannst du sie deiner Liebsten zeigen und mit deiner Stärke und deinem Mut prahlen.«

Erneut der Klaps und die Nadel. Die Mutter, die kurz zuvor noch ebenso in Tränen aufgelöst gewesen war wie ihr Sohn, lächelte nun, als sie sah, dass er ruhiger war und sich behandeln ließ.

»Ich habe schon viele Verletzungen gesehen, das kann ich dir versichern, aber noch nie eine so große wie diese«, setzte sie hinzu, erneut begleitet von einem Klaps und einem weiteren Stich. »Jetzt tut sie weh, aber bald wirst du nichts mehr davon spüren, du wirst sehen.«

Zum Schluss tupfte sie die Naht mit Melissenwasser ab, trug eine Salbe aus Portulak, Kürbisfleisch, Öl und Wachs auf, damit sie sich nicht entzündete, und verband die Wunde mit in Streifen geschnittener Leinengaze.

»Morgen wechsle ich dir den Verband«, sagte sie zu ihm, bevor sie ihm zum Abschied eine Süßholzstange gab, die das Kind rasch an sich nahm. »Dann schenke ich dir eine noch dickere Stange, die hebe ich für die ganz Tapferen auf.«

Don Diego sah zufrieden das Lächeln auf den Gesichtern des Kleinen und seiner Mutter und lächelte ebenfalls. Es waren Momente wie diese, die ihn die vielen Unannehmlichkeiten im Laufe seines langen Berufslebens vergessen ließen. Wäre sie ein Mann … sie wäre ein wunderbarer Schüler gewesen! Ihr hätte eine glänzende Zukunft offen gestanden! Aber sie war eine Frau, und das schränkte nicht nur ihre Möglichkeiten ein, sondern konnte sie, wenn sie ihr Wissen weiterhin vergrößerte und anwendete, in beträchtliche Schwierigkeiten bringen. Mehr als einmal hatte er darüber nachgedacht, sie wieder nach Hause zu schicken. Sie hatte in kürzester Zeit mehr gelernt als jeder andere Schüler, den er in der Vergangenheit gehabt hatte. Das ging so weit, dass sie sämtliche Arzneien für den alltäglichen Gebrauch herstellte und er sich nur um die Bereitung solcher Mittel kümmerte, bei denen es besonderer Aufmerksamkeit bedurfte oder Pflanzen wie Schlafmohn oder Schierling benötigt wurden, die giftig oder gar tödlich waren, wenn man beim Mischen nicht die nötige Vorsicht walten ließ.

Wie er Domenja versprochen hatte, hatte er dem Mädchen alles beigebracht, was er über Geburten wusste. Sie hatten das Glück gehabt, diese Lehrstunden wenige Tage später in die Praxis umsetzen zu können, als es bei einer Geburt zu Komplikationen gekommen war. Mitten in der Nacht war nach ihm geschickt worden, und er hatte Catalina geweckt, damit sie ihn begleite.

Die Frau des Seilers Sagarna lag mitten in den Wehen. Schwitzend und stöhnend lag sie in einem gewaltigen Eichenbett, umringt von ihrem Mann und einigen Verwandten, die nicht wussten, was sie tun sollten, und sehr verängstigt waren. Sie schickten alle aus dem Zimmer, auch den Seiler.

»Ich habe nach Euch rufen lassen, Doktor«, erklärte die Hebamme, eine stämmige Frau, die eher an einen Soldaten erinnerte, »weil ich schon seit Stunden hier bin und das Kind einfach nicht kommen will. Vielleicht geht es zu zweit besser … Der Geburtsstuhl hat nicht viel bewirkt.«

»Gut, gut«, sagte Olea und machte sich an die Arbeit. Er wusste genau, dass sich die Frauen nur dann an ihn wandten, wenn sie nicht mehr weiter wussten. »Übrigens, das ist meine Nichte. Sie geht mir zur Hand, um zu lernen.«

Die Hebamme sah das Mädchen an und nickte, dann wandte sie sich wieder der Gebärenden zu, die einen Laut ausstieß, der an einen Todesschrei erinnerte.

Die Geburt dauerte lange. Die Frau war Erstgebärende und war noch nicht vollständig eröffnet. Olea erklärte Catalina, die eine Kerze hielt, um etwas zu sehen, dass die Frau ein enges Becken habe und dies fast immer der Grund sei, wenn Mutter und Kind unter der Geburt stürben. Er hatte oft mit seinem Lehrer Eder über die Probleme unter der Geburt gesprochen und darüber, wie viele Frauen währenddessen oder danach ihr Leben verloren. Simón Eder war ein entschiedener Befürworter des Kaiserschnitts gewesen. Schließlich hatte er aufmerksam die Werke einiger berühmter arabischer Ärzte studiert, in welchen der Eingriff erläutert wurde – ein Schnitt durch die verschiedenen Schichten der Bauchdecke und den Uterus der werdenden Mutter.

»*Natus ab utero caesus*, hieß es von Julius Cäsar, der auf diese Weise zur Welt kam«, hatte er seinem Schüler erläutert.

Er hatte ihm auch eine dreihundert Jahre alte Illustration gezeigt, welche eine Königin zeigte, an der ein Kaiserschnitt vorgenommen wurde.

»Dies ist eine Königin von Navarra«, hatte er ihm erklärt. »Der Sage nach wurde sie tödlich von einem Pfeil getroffen, als ihre Schwangerschaft bereits weit fortgeschritten war. Einer ihrer Ritter öffnete ihren Leib und zog das Kind lebend heraus. Der König verlieh ihm den Ehrentitel *Ladrón* – was so viel bedeutet wie Dieb –, weil es ihm gelungen war, das Kind dem Tod zu entreißen.«

Allerdings war es aus unbekannten Gründen verboten, den Eingriff durchzuführen; er war einzig zur Rettung des Kindes an einer bereits toten Schwangeren gestattet.

»Die Lebenden müssen sehen, wie sie zurechtkommen«, murmelte der Arzt.

»Habt Ihr etwas gesagt, Meister Diego?«, fragte Josefa, die Hebamme.

»Nein, nichts …«, antwortete dieser und wandte sich dann an Catalina. »Hast du eine Idee?«

»Safran.«

Arzt und Hebamme hoben die Köpfe und sahen das Mädchen an.

»Was hast du gesagt?«, fragte der Arzt, als hätte er die Antwort nicht verstanden.

»Safran«, wiederholte Catalina. »Ich habe von meiner Großmutter gehört, dass es bei einer Geburt nichts Besseres gebe als Safran, aber gesehen habe ich diese Pflanze noch nie.«

Olea dachte rasch nach. Er kannte die Eigenschaften der Pflanze, die von den Arabern auf die spanische Halbinsel gebracht worden war. Unter anderem wirkte der Aufguss aus den Blütenfäden gegen viele Erkrankungen der Gebärmutter, förderte die Menstruation und war ein Wundermittel bei schwierigen Geburten. Er wandte Safran bei seinen schwindsüchtigen Patienten an, wohl wissend, dass man vorsichtig damit umgehen musste, da eine Überdosis tödlich sein konnte. Er besaß eine gewisse Menge davon, das Geschenk eines Schäfers der Mesta, der mit seiner Herde nach Kantabrien gezogen war. Die Frau des Hirten, die ihn auf seiner Wanderung begleitet hatte, war kurz vor Tabira an Fieber erkrankt. Olea hatte sie nicht nur geheilt, sondern sie in seinem Haus aufgenommen, damit sie bis zur Rückkehr ihres Mannes vollständig genesen konnte. Er hatte eine Witwe eingestellt, damit diese sich um die Kranke kümmerte und die Nachbarn nichts zu reden hatten. Als der Hirte nach einigen

Wochen zurückgekehrt war, hatte er seine junge Frau erholt und mit rosiger Gesichtsfarbe vorgefunden. An dem Glanz in seinen Augen hatte der Arzt erkennen können, wie glücklich er war, sie in einer solch guten Verfassung zu sehen. Aber wortkarg, wie ein rechter Kastilier nun einmal war, hatte er nur gefragt: »Geld oder Gewürze?«

Angesichts dieser merkwürdigen Frage hatte Olea ihn um eine Erklärung gebeten.

»Ich habe Gewürze bei mir, die auf den Feldern von Toledo wachsen und die es hier nicht gibt«, hatte der Schäfer gesagt. »Zuweilen ziehen die Leute dieses Zahlungsmittel vor.«

»Und was sind das für Gewürze?«, hatte der Arzt interessiert gefragt.

»Oregano, Kümmel, Piment, Thymian und Safran.«

»Safran?«

»In meiner Heimat heißt es: eine Unze Safran auf eine Unze Gold. So wertvoll ist er«, hatte der Schäfer erklärt und zum ersten Mal gelächelt.

Aus dem Ranzen, den er über der Schulter trug, hatte er ein in Stoff eingeschlagenes und mit einer Kordel verschnürtes Päckchen hervorgekramt. Vorsichtig, als enthüllte er ein großes Geheimnis, hatte er die Kordel gelöst und den Stoff zurückgeschlagen. Darin hatte fein säuberlich aufgestapelt eine Reihe kleinerer, ebenso sorgfältig verschnürter Päckchen gelegen.

»Es ist keine Unze, aber Ihr würdet mir eine große Freude machen, wenn Ihr es annähmt«, hatte der Schäfer gesagt und ihm das Päckchen gereicht.

Das war vor zwei Sommern gewesen, und er hatte den Handel nicht bereut. In Tabira – wie überall im Norden – stellte der Besitz von Safran einen wahren Reichtum dar.

»Lauf nach Hause«, trug er Catalina auf. »Der kleine Glastiegel im Wandschrank, neben dem Hanfsamen ...«

Das Mädchen ließ sich nicht zweimal bitten. Es rannte los und kehrte wenig später schwitzend und keuchend mit dem Tiegel zurück.

Das Kind kam gelb, aber lebendig und offensichtlich gesund zur Welt.

»Gute Arbeit, Meister Diego!«, rief die Hebamme, als die drei wieder auf der Straße standen.

»Die Arbeit hat die Frau geleistet«, erklärte der Arzt heiter.

»Und Eure Nichte, wie ist ihr Name?«, fragte Josefa.

»Catalina.«

»Nun, Catalina«, sagte die Frau, an das Mädchen gewandt, »hilf deinem Onkel und lerne viel von ihm. Er ist ein weiser Mann.«

Mit diesen Worten winkte sie zum Abschied und ging in die entgegengesetzte Richtung davon. Sie sahen ihr hinterher, ohne sich von der Stelle zu rühren.

»Ich werde sie bitten, dich das nächste Mal mitzunehmen, wenn sie zu einer Gebärenden geht«, sagte der Arzt und wies auf die Gestalt, die bereits um die Ecke bog.

Als er den überraschten Blick seiner Schülerin bemerkte, lächelte er.

»Du magst es sonderbar finden, aber wenn ein Kind zur Welt kommt, ruft man nicht nach mir«, erklärte er. »Die Frauen bleiben in ihren Angelegenheiten lieber unter sich. Der Arzt wird nur geholt, wenn Komplikationen auftreten, aber nicht immer geht es so gut aus wie heute. In den meisten Fällen kommen wir zu spät, um das Leben von Mutter oder Kind zu retten. Josefa ist die beste Hebamme am Ort, und bei ihr wirst du viel mehr lernen als von mir – zumindest über Frauenleiden.«

Don Diego sprach tatsächlich mit der Hebamme, und von da an hatte Catalina doppelte Arbeit, denn Josefa schloss das Mädchen ins Herz, und als sie seinen Eifer bemerkte, ließ sie es immer wieder rufen. Es waren nicht immer Geburten, sondern auch Blutungen, Übelkeit, Unterleibsschmerzen, unregelmäßige Monatsblutungen, Wechseljahrbeschwerden oder Fehlgeburten, manche natürlich, manche künstlich ausgelöst, weil die Frauen aus unterschiedlichen Gründen zu Hilfsmitteln gegriffen hatten, um zu verhindern, dass ein Kind in ihrem Leib heranwuchs.

»Du wirst niemals erleben, dass ich eine Schwangerschaft abbreche«, sagte Josefa eines Tages, als sie von einer Frau kamen, die verblutet war, nachdem sie eine große Menge Mutterkorn genommen hatte. »Fehlgeburten kommen vor, aber ich werde mich hüten, sie auszulösen. Das Leben ist heilig, und außerdem weiß man nie.«

»Was weiß man nie?«, fragte Catalina.

»Eine Fehlgeburt auszulösen, ist ein Verbrechen, und wenn du erwischt wirst, hängt man dich auf«, erklärte die Hebamme. »Ich denke nicht daran, meinen Kopf zu riskieren, weil ein mehr oder weniger junges Ding zur Unzeit die Röcke gehoben hat!«

Catalina musste über die Bemerkung lachen, aber Josefa sprach unbeirrt weiter.

»Wenn du diesen Beruf ergreifst, dann denk an meine Worte«, riet sie ihr. »Auch wenn man dir hoch und heilig verspricht, es niemandem zu sagen – wer versichert dir, dass sie es nicht doch tun? Die Folgen lindern, ja, aber sich mit dem Gesetz anlegen? Niemals!«

Catalina stellte fest, dass der Arzt Recht gehabt hatte. Die Frauen, die ihn aufsuchten, kamen selten als Patientinnen. Sie begleiteten ein Familienmitglied, den Ehemann, den Sohn, den Bruder ... oder falls sie Hilfe suchten, dann allenfalls, weil sie sich mit der Sichel geschnitten, an glühenden Kohlen verbrannt oder mit heißem Wasser verbrüht hatten. Dem Kindesalter entwachsen, hörten sie auf, den Arzt aufzusuchen, und gingen lieber zu Josefa oder einer anderen Hebamme, Heilerin oder Kräuterfrau, die ihnen ebenso gut Frauenhaar oder Andorn gegen den Regelschmerz verabreichen konnten, ein Gläschen Melissengeist gegen Reizbarkeit, Brennnesselsirup bei Appetitlosigkeit oder eine Mischung aus Artischockensaft, Honig und Wein, damit ihre Männer nicht mehr in die Schänke rannten und ihnen wieder die Aufmerksamkeit widmeten, die mit den Jahren und mit der Gewohnheit verloren gegangen war. Sie wussten Rat bei großen wie bei kleinen Leiden.

Ihre Sorge um den Arzt, der mit jedem Tag gebeugter und hinfälliger wurde, ihre Hilfe bei der Behandlung der Patienten – um die sie sich gelegentlich sogar alleine kümmerte –, und die Gänge mit Josefa hielten sie ständig auf Trab, und es gab Tage, an denen sie gerade genug Schlaf bekam, um sich ein wenig zu erholen. Wenn sie endlich auf ihre mit Heu gefüllte Matratze sank, schlief sie auf der Stelle ein und hatte nicht einmal die Kraft, sich noch zu entkleiden. Aber sie hatte ihre Wahl getroffen. Wenn es so weit war, würde sie sich nur noch um die Frauen kümmern.

Sie hatte keine Zeit, ihre Großmutter und ihre Mutter

zu vermissen, und sie hatte fast vergessen, wie die Hügel aussahen, von denen ihr Hof umgeben war – in allen Grüntönen, die man sich nur vorstellen konnte, weich wie Samt und voller Leben. Sie vermisste auch nicht ihre Streifzüge an den Hängen des Anboto oder ihre Gespräche mit der Großen Göttin. Selten, ganz selten, huschten die Erinnerungen durch ihren Kopf.

»Damals war ich noch ein Kind!«, rief sie laut, beinahe wütend, wenn sie an die Blütenkränze dachte, die sie zu Ehren der Mari geflochten und auf dem Boden abgelegt hatte, in der Hoffnung, die Göttin nähme sie an sich.

Doch jeden Morgen, wenn sie aufstand, richtete sie ihren Blick auf den heiligen Berg, den sie von ihrem Fenster aus in der Ferne sehen konnte, und vergewisserte sich, ob der Gipfel in Wolken gehüllt war. Wenn dem so war, lächelte sie, war der Gipfel sichtbar, war sie ein bisschen enttäuscht.

Sie hatte das Gefühl, schon immer in Tabira gelebt zu haben, im Haus des Arztes, um Wunden zu versorgen, Geburten zu begleiten und Arzneien herzustellen. Letzten Endes musste sie ihrer Großmutter Recht geben. Sie hatte tatsächlich die Gabe, von der diese so viel gesprochen hatte. Sie wusste, wann es für einen Kranken Heilung gab und wann man nichts mehr tun konnte, um ihn den kalten, zärtlichen Armen des Todes zu entreißen, und diese Fähigkeit beängstigte sie zutiefst. Zu wissen, ob ein Eichhörnchen, das von einem Baum gefallen war, wieder in der Lage sein würde, von Ast zu Ast zu springen, war eine Sache. Etwas ganz anderes war es, in den erwartungsvollen Augen einer Gebärenden den Tod zu sehen. So manche Nacht, wenn sie eines dieser Erlebnisse bei einem Kranken gehabt hatte, der dann gestorben war, wachte sie schweißgebadet aus einem Traum auf, in dem ihr der Geist des Verstorbenen erschien, einen anklagenden Blick in seinen Augen aus Feuer.

»Du brauchst keine Angst zu haben«, sagte Don Diego eines Tages zu ihr, als sie sich ihm anvertraute. »Du bist jung, und dein empfindsames Herz leidet, wenn du andere leiden siehst, aber ich hätte die Hälfte meines Lebens gegeben, um deine Gabe zu haben. Gibt es etwas Größeres für einen Arzt, als zu wissen, ob sein Patient auf die Behandlung anspricht?«

»Und einen größeren Schmerz, als zu wissen, dass man nichts tun kann, um ihn zu retten«, flüsterte sie.

»Mein Kind«, sagte er lächelnd, »wir können nur die Schmerzen lindern und versuchen, ein Mittel zu finden, das den Kranken Heilung bringt. Gott allein ist es, der über Leben und Tod entscheidet.«

Sie starrten ins Feuer und schwiegen. Schließlich ergriff der Arzt erneut das Wort.

»Trotzdem solltest du auf der Hut sein, Katalintxe.«

»Auf der Hut?«

»Vorsichtig …«, erklärte der Arzt. »Niemand, verstehst du mich, niemand sollte jemals erfahren, dass du diese außergewöhnliche Fähigkeit besitzt.«

Das Mädchen sah von den Flammen auf und warf dem Arzt, der weiter ins Feuer starrte, einen fragenden Blick zu.

»Ich kann nicht in deine Zukunft sehen«, fuhr er fort, »aber ich kenne die menschliche Natur. Angst, Aberglaube und Neid sind in vielen Herzen zu Hause. Wenn bekannt würde, dass du sehen kannst, ob ein Kranker gesund wird oder stirbt, würden sie dich bis in den entlegensten Winkel verfolgen. Sie würden dich bedrängen, und wenn die Antwort positiv wäre, würden sie dich rühmen, fiele sie negativ aus, würden sie dich anklagen. Einige würden dich eine Heilige nennen, andere eine Hexe, aber am Ende würden sie dich töten.«

Catalina spürte, wie sich die Härchen auf ihren Armen aufrichteten. Ihr war kalt geworden, und sie kuschelte sich in die Decke hinein, die sie umgelegt hatte.

»Was sich der Mensch nicht erklären kann, schreibt er übernatürlichen Mächten zu«, sprach Don Diego weiter, »und es wäre vergebens, ihm die Experimente zu erklären, die bereits seit der Antike durchgeführt wurden, um die Energie nachzuweisen, die uns von Geburt an umgibt. Die Fähigkeit mancher Menschen, mittels Handauflegen zu heilen, mit einer einfachen Rute Wasser zu finden oder mit einem weit entfernten Menschen zu kommunizieren. Es sind keine übernatürlichen Mächte, sondern Kräfte einer unbekannten Natur, von der wir ein Teil sind. Einige vermögen diese Fähigkeiten zu entwickeln, andere nicht. Doch die Letzteren sind in der Mehrheit, und in dieser Welt ist es die Mehrheit, die – ob von Außen beeinflusst oder nicht – bestimmt, wie man sich zu verhalten hat.« Er seufzte.

»Aber … was hat das alles mit mir zu tun?«

»Katalintxe, Katalintxe …« Der Arzt wurde ungeduldig. »Hör auf einen alten Mann. Deine Urgroßmutter, vor der ich große Hochachtung hatte, besaß ebenfalls die Gabe, und die Leute fürchteten sie mehr, als sie sie liebten. Sie hat niemals jemandem etwas zuleide getan, und doch hätten viele sie gerne auf dem Scheiterhaufen brennen sehen.«

Erneut lief es ihr kalt den Rücken hinunter.

»Du hast sie nicht kennen gelernt, sie war eine außergewöhnliche Frau. Doch auf Grund ihrer Gabe und des Verhaltens der Leute, denen sie half, zog sie sich schließlich in sich selbst zurück, und ihre letzten Jahre waren voller Bitternis und Einsamkeit.«

»Meine Großmutter und meine Mutter waren bei ihr …«

»Es ist nicht diese Art von Einsamkeit, von der ich spreche, mein Kind«, erklärte ihr Don Diego und legte seine Hand auf die ihre. »Ich spreche von der Einsamkeit eines Menschen, der sich gebraucht und gleichzeitig zurückgewiesen weiß. Aber es geht noch weiter. Von Zeit zu Zeit erfasst die Menschen eine Art kollektiver Wahn, und sie schreiben all ihr Leid, Seuchen, Unwetter, Dürre den Mächten der Hölle zu. Wie im Altertum bringen sie Opfer dar, um das Übel zu bannen. Sie suchen nach Sündenböcken, die sie opfern können, wie es die Heiden taten, als noch Finsternis in der Welt herrschte. Einmal sind es die Juden, die sie fürchten und abscheulicher Verbrechen beschuldigen, andere Male sind es die Ketzer, welche die von der römischen Kirche erstellte Ordnung bedrohen, dann wieder sind es die angeblichen Hexen, denen man alles Übel zur Last legt.«

Bei den letzten Worten zuckte Catalina zusammen.

»Hexen?«

»Zauberer, Schwarzkünstler, Magier … sie haben viele Namen.«

»Meine Großmutter sagt, viele Leute hätten ihre Mutter für eine Hexe gehalten.« Plötzlich erinnerte sie sich, dass sie ihr nie erklärt hatte, was genau die Hexen taten, dass die Menschen sie so fürchteten.

»Ich behaupte nicht, dass es keine Hexen gäbe.« Das Feuer und der Becher Wein, den der Alte in den Händen hielt, hatten seine Wangen gerötet. »Doch nicht alle, denen man solches nachsagt, sind es auch. Wenn sich eine Frau wegen ihres Alters, ihrer Gewohnheiten oder ihrer

Lebensweise seltsam verhält, bezichtigt man sie der Hexerei. Ist sie darüber hinaus allein stehend und dazu noch alt und hässlich oder mit einem körperlichen Gebrechen behaftet, macht man sie für Seuchen, Krankheit des Viehs, Hühnerpest, Unwetter, Dürre, Krankheiten und sogar den Tod von Mensch und Tier verantwortlich.«

»Meine Urgroßmutter hat nichts dergleichen getan!«, rief Catalina heftig.

Don Diego lächelte.

»Natürlich nicht, Katalintxe, aber viele hätten es gerne gesehen, dass dem so wäre. Zum anderen konnten sie sich nicht erklären, dass sie die Gabe hatte, und statt sie Gott zuzuschreiben, führten sie sie auf den Teufel zurück, den wir alle in uns tragen.«

»Meine Großmutter sagt, die Gabe sei ein Geschenk der Mari«, erklärte das Mädchen ernsthaft.

Der Arzt lächelte erneut. Er wusste, dass der alte biskayische Glaube, wenngleich vermischt mit der christlichen Lehre, in den Menschen weiterlebte, obwohl die Kirche sich große Mühe gab, ihn auszurotten. Und er wusste auch, dass trotz des sonntäglichen Kirchgangs in vielen Häusern die alten Bräuche weitergepflegt wurden: Vor den Türen befanden sich stets eine Schale Milch und Silberdisteln gegen die umherirrenden Geister, vor allem aber rief man die Mari um ihren Schutz an.

»Hör mir gut zu, Katalintxe.« Er sah ihr in die Augen, während er fest ihre Hand drückte. »Es sind gefährliche Zeiten für alle, die nicht den hergebrachten Regeln folgen. Ich weiß aus verlässlicher Quelle, dass man einige unserer Mitbürger der Ketzerei und der Hexerei anklagen wird, obwohl ich davon überzeugt bin, dass es sich lediglich um arme Menschen handelt, die Trost in der Hoffnung auf ein besseres Leben suchen. Wenn irgendwann bekannt werden sollte, dass du die Gabe hast, kannst du gewiss sein, dass man dich als Hexe beschuldigen und auf dem Scheiterhaufen verbrennen wird.« Er merkte, dass das Mädchen vor Angst erschauderte, doch er fuhr unbeirrt fort. »Du hast eine besondere Gabe und sollst Gebrauch davon machen. Aber erzähle niemals, dass du die Zukunft eines Kranken oder Verletzten sehen kannst. Niemals, hast du mich verstanden?«

Catalina griff erneut nach seiner Hand und drückte sie nervös. Sie nickte und begann leise zu weinen. Sie wollte nach Hause, an diesen sicheren Ort, in die Arme der beiden Frauen, die sie von Herzen liebten.

Don Diego war nach seiner langen Ansprache erschöpft. Er war kein Mann großer Worte. Nachdem er seiner Schülerin sanft auf die Schulter geklopft hatte, stand er mühsam auf und schlurfte aus der Küche. Das Mädchen sah ihm durch den Tränenschleier hinterher und wusste in diesem Moment, dass sich das Leben der verschwommenen Gestalt, die durch die Tür verschwand, immer mehr dem Ende zuneigte.

Die Stadt Tabira de Durango lag in einem weiten Tal, in dem mehrere wichtige Straßen zusammenliefen, die von Bilbao nach San Sebastián und von Bermeo nach Vitoria führten. Die Tuchmachereien und Schmieden hatten Reichtum und Wohlstand in die Stadt gebracht und viele Bauern aus dem Umland angezogen, meist kleine Pächter, die nicht genügend Geld besaßen, um sich ein Paar Ochsen zum Pflügen der Felder zu leisten oder diese bei ihren wohlhabenderen Nachbarn zu leihen, wohl wissend, dass diese dafür häufig astronomische Summen verlangten, die unmöglich aufzutreiben waren. Auch viele völlig Mittellose waren in die Stadt geströmt, in der Hoffnung, dort Arbeit zu finden, was jedoch ziemlich schwierig war, da die Besitzer der Tuchwebereien eine gewisse Erfahrung verlangten. Des Weiteren gab es einige Franzosen – Kesselflicker und Köhler –, die wegen ihres Aussehens und ihres befremdlichen Akzents in der Bevölkerung nicht gut angesehen waren, von den Besitzern der Schmieden jedoch sehr geschätzt wurden.

Die regierenden Familien hatten die Stadt in zwei Parteien gespalten, und es verging kein Tag ohne eine Auseinandersetzung zwischen den Anhängern beider Seiten. Seit dem Waffengang vor der Kirche San Torcuato de Abadiño, der so viele Tote gefordert hatte, kämpften die Gamboinos – die Martzanas, Muntsaratz, Undas, Olasos und Ibargoens – auf der einen Seite und die Oñacinos – die Ibarras, Ortuetas, Ardanzas, Urias und Zaldibars – auf der anderen Seite jedes Jahr an Michaelis darum, dass ein fügsamer Bürgermeister aus den eigenen Reihen gewählt wurde, den man nach Belieben lenken konnte.

Bartolomé de Unda, Schreiber und von altem Adel, hielt sich bei den Konflikten am Rande, auch wenn er den Interessen seiner Familie nicht völlig gleichgültig gegenüberstand und stets bereit war, ihre Sache zu unterstützen, wenn es die Situation erforderte. Doch für ihn handelte es sich um belanglose Querelen, verglichen mit den dunklen Gefahren, die seine geliebte Heimat bedrohten. Er liebte die morgendlichen Spaziergänge, die ihn bei Regen und Sonnenschein zur Kirche San Pedro vor den Toren führten, der, wie es hieß, ältesten Kirche der Biskaya. Lange stand er bewundernd vor dem Gotteshaus, während er an die ersten Christen dachte, die es inmitten einer von Hexerei und heidnischen Kulten heimgesuchten Gegend errichtet hatten, und er sagte sich, dass auch er an ihrem Bau beteiligt gewesen wäre, hätte er in jenen bewegten Zeiten gelebt.

Dann wanderte sein Blick über die sanfte Landschaft, die uralten Gehöfte, die inmitten der Wiesen lagen wie auf einen weichen Teppich gebettet, und verweilte auf einem Gebäude, das schon einmal der Hort des Bösen gewesen war. Er versuchte die Schüler des Teufels auszumachen, die dort lebten, konnte jedoch nichts Außergewöhnliches an den Leuten erkennen, die dort ein und aus gingen, Feuerholz und Wasser holten, mit ihren Nachbarn schwatzten oder auf den steinernen Bänken saßen, um die Sonne zu genießen. Die früheren Besitzer waren tot oder hatten fliehen müssen, doch er war sich sicher, dass nach wie vor das Böse an diesem Ort wohnte.

»Die Wölfe verkleiden sich als Schafe, um ihre Beute

anzulocken«, dachte er bei sich und kehrte eiligen Schrittes nach Durango zurück.

Eines Morgens erwartete ihn auf dem Rückweg von seinem gewohnten Spaziergang eine unangenehme Überraschung. Vor der kleinen Einsiedelei San Roque traf er einen Knecht Juan de Larreas in Händeln mit einem Bauern an, der eine Sau an einem Strick um den Hals führte. Die beiden Männer stritten lauthals, und ihre Stimmen hallten durch die morgendlich stille Landschaft.

»Was geht hier vor sich?«, fragte der Schreiber mit strenger Stimme, als sei er bei einer Gerichtsverhandlung.

»Der hier«, sagte Larreas Knecht und deutete auf den Bauern, »will nicht den vereinbarten Preis zahlen.«

»Weder den vereinbarten Preis noch einen einzigen Heller für ein Schwein, das seine Aufgabe nicht erfüllt«, entgegnete der Mann mit Nachdruck.

»Woher willst du das wissen?«, fuhr ihn der Knecht an.

»Ich habe es mit eigenen Augen gesehen, deshalb.«

»Wie das?«, setzte der Knecht nach. »Hast du die Nase in die Möse deiner Sau gesteckt?«

»Das war nicht nötig«, gab der Bauer unbeirrt zurück, »das Schwein hat es nicht einmal versucht. Wenn das ein Zuchteber ist, bin ich der heilige Petrus!«

Meister Bartolomé hörte sprachlos zu, ohne auch nur ein einziges Wort zu verstehen. Die Erwähnung des Apostels des Herrn allerdings brachte Bewegung in ihn.

»Genug!«, brüllte er entsetzt. »Ich dulde keine Blasphemie in meiner Gegenwart!«

Die beiden Männer unterbrachen ihren Streit und sahen ihn verblüfft an.

»Ich will wissen, was hier vor sich geht«, wiederholte der Notar. »Was hat eine Sau an einem geweihten Ort zu suchen, und von welchem Zuchttier sprecht ihr?«

»Von dem da.«

Der Knecht deutete ins Innere der Kapelle, und Meister Bartolomé traf fast der Schlag, als er feststellte, dass dort friedlich grunzend ein riesiges, fettes Schwein lag und tief und fest schlief.

»Was … was …?« Ihm fehlten die Worte.

»Mein Herr hält das Schwein hier«, erklärte Larreas Knecht ganz unbefangen, »weil es außerhalb der Stadt ist und niemanden stört, wenn die Sauen zum Decken gebracht werden.«

»In der Kapelle?«

»Ja, natürlich«, antwortete der Mann, als sei die Frage gänzlich abwegig.

»In der Kapelle?«, wiederholte Bartolomé noch einmal, während ihn die Empörung übermannte.

»Ja, wie gesagt. Das Schwein ist fast das ganze Jahr hier, nur an den Tagen vor dem Fest des Heiligen nicht. Dann bringen wir es weg, machen alles sauber und es ist, als wäre nichts geschehen! Wenn das Fest vorbei ist, treiben wir es wieder her.«

»Obwohl es Betrug ist, dass Larrea Geld für die Dienste eines so fetten Schweins verlangt, das sich kaum auf den Beinen halten kann, geschweige denn, eine Sau ordentlich decken«, setzte der Bauer hinzu.

»Ich werde die Büttel ausschicken, um euch beide festzunehmen!«, brüllte der Schreiber. »Gotteslästerer! Ketzer! Schüler des Antichristen! Geht mir aus den Augen, bevor ich euch mit meinem Stahl durchbohre!«

Mit diesen Worten zog er das Stilett aus seiner Makila und drohte den beiden Männern damit, die sich nicht zweimal bedachten, ihre Beine in die Hand nahmen und samt der Sau im Inneren der Kapelle verschwanden.

Der Vorfall hatte Konsequenzen. Unda beschuldigte Juan de Larrea vor dem Rat der schweren Lästerung Gottes, des heiligen Roque und der heiligen Mutter Kirche und forderte eine angemessene Bestrafung. Doch zu seinem großen Erstaunen musste er feststellen, dass nicht nur alle wussten, wie der Adlige die Sache mit seinem Schwein hielt, es schien auch niemanden sonderlich zu kümmern. Erst die Drohung des Schreibers, dem Corregidor der Biskaya den Fall zu Gehör zu bringen, zwang den Bürgermeister dazu, Larrea mitzuteilen, er möge sein Schwein woanders unterbringen, um die Sache abzuschließen. Er war nicht willens, Einmischung von außen in Angelegenheiten der Stadt zuzulassen.

Dieses Vorgehen war für Meister Bartolomé eine weitere Bestätigung, dass es seinen Mitmenschen an Frömmigkeit und Anstand mangelte und sie neben Gleichgültigkeit noch viele andere Schwächen an den Tag legten, die nur den bösen Mächten geschuldet werden konnten, die sie verhext hatten. Er beschloss, nicht die Ergebnisse der Untersuchung seines Gehilfen abzuwarten, sondern sich gleich persönlich um die Angelegenheit zu kümmern. Ganz Tabira war verseucht, und man musste alles Notwendige veranlassen, um das Böse aus seinen Straßen zu vertreiben.

»Darf man erfahren, was diese Geschichte mit den Larreas soll?«

Doña Marijuan de Ibargoen stürmte wie eine entfesselte Furie in das Arbeitszimmer ihres Mannes und jagte dem Schreiber einen so gehörigen Schrecken ein, dass er beinahe vom Stuhl gefallen wäre.

»Juan de Larrea hält ein Schwein in der Kapelle San

Roque«, erklärte er kleinlaut, immer noch beeindruckt von der plötzlichen Erscheinung.

»Na und? Selbst wenn er ein halbes Dutzend dort hielte!«

»Es ist eine Beleidigung gegen …«

»Jeder soll sich um seine eigenen Angelegenheiten kümmern!«, unterbrach ihn seine Frau mit zunehmender Wut. »Sollen sich die damit befassen, deren Aufgabe es ist, schließlich werden sie dafür bezahlt!«

»Es ist die Pflicht eines jeden guten Christen«, Meister Bartolomé hatte wieder ein wenig Haltung gewonnen, »über die guten Sitten zu wachen und …«

»Bist du jetzt unter die Pfaffen gegangen?«, unterbrach ihn seine Frau erneut. »Meine einzige Sorge ist, dass wir zum Gespött von ganz Tabira werden. Dass seine Tochter in einen Streit um ein Schwein verwickelt wird, ist das Demütigendste, was Íñigo González de Ibargoen, Richter des Fuero, widerfahren könnte.«

»Noch demütigender ist, dass an diesem Ort der Anstand so weit verloren gegangen ist, dass kein Hahn danach kräht, wenn eine geweihte Kapelle zur Paarung von Schweinen missbraucht wird«, entgegnete Meister Bartolomé, der seine Fassung wieder gefunden hatte. »Ganz zu schweigen davon, dass du mich bei der Arbeit störst, um mich mit Klagen zu belästigen wie ein altes Waschweib, das nichts anderes zu tun hat, als schlecht über alles und jeden zu sprechen.«

Doña Marijuan wollte etwas erwidern, doch dann schwieg sie und sah ihren Mann von oben bis unten an.

»Armer Trottel!«, schleuderte sie ihm entgegen und verließ den Raum, wie sie ihn betreten hatte.

Bartolomé de Unda brauchte eine Weile, um sich zu beruhigen. Es war immer das Gleiche, wenn er sich mit seiner Frau stritt, etwas, das zudem sehr häufig vorkam. Er war über die Hälfte seines Lebens mit dieser Frau verheiratet und konnte sich an keinen einzigen Tag erinnern, an dem sie halbwegs normal miteinander umgegangen wären. Der Druck seines Vaters und seines älteren Bruders, die Tochter des angesehenen Richters des Fuero zu heiraten, zu einem Zeitpunkt, da die Position der Gamboinos in Durango recht unsicher gewesen war, und später dann die ständigen Vorhaltungen seiner Frau, dass die Linie der Ibargoens sehr viel älter sei als jene der Undas und sie ihrer Familie einen schlechten Dienst erwiesen habe, als sie einer offensichtlich unvorteilhaften Heirat zustimmte – das alles hatte ihm gründlich das Leben vergällt. Marijuan behandelte ihn nicht nur wie einen Untergebenen, sie hatte sich auch geweigert, das Bett mit ihm zu teilen und alles, was damit zusammenhing. Zuerst hatte er es für die normale Reaktion eines jungen Mädchens gehalten, das von heute auf morgen plötzlich mit einem Fremden zusammenlebte. Er hatte sie mit Geschenken und schönen Worten zu gewinnen versucht, aber es war alles vergeblich gewesen.

»Du gehst in dein Bett und ich in meines«, hatte das zänkische Weib gesagt.

»Und was ist mit Kindern?«, hatte er einen letzten Versuch gewagt.

»Wenn du ein Kind willst, such dir ein Findelkind, aber komm bloß nicht auf die Idee, es in mein Haus zu bringen.«

Er war ihrem Rat auf seine Weise gefolgt und hatte sich mit einem Bauernmädchen eingelassen, das auf der Suche nach Arbeit nach Tabira gekommen war. Er hatte es in einem kleinen Kämmerchen bei einer früheren Dienstmagd seiner Familie untergebracht, die sich ihren

Lebensunterhalt damit verdiente, Frauen unter ähnlichen Umständen bei sich aufzunehmen, ohne Fragen nach ihren männlichen Besuchern zu stellen. Das Mädchen – es hieß Xacobe – hatte ihm eine wunderhübsche Tochter geschenkt, die – ein Zeichen der Vorsehung – am Magdalenentag zur Welt kam. Er überlegte sogar, Xacobe zu heiraten und seine Frau zu verstoßen, weil sie sich weigerte, die Ehe zu vollziehen. Doch nach reiflicher Überlegung, was das für sein Ansehen als Mann und Notar bedeutet hätte, beschloss er, alles zu lassen, wie es war. Vier Jahre später war Xacobe spurlos mit einem anderen Mann verschwunden. Die alte Dienerin schickte eine Nachricht, in der sie um Anweisungen und Geld zur Unterhaltung der Kleinen bat, denn diese hatte nicht zum Reisegepäck ihrer Mutter gehört. Bartolomé hatte das Mädchen ins Kloster von Barria in Álava gebracht, wo eine seiner Schwestern Nonne war, und den Ordensfrauen ausdrückliche Anweisung gegeben, die Kleine gegen eine mehr als großzügige Summe Geldes fromm und in aufrichtigem Glauben zu erziehen, ohne ihre Gedanken deswegen auf ein Ordensleben zu lenken, da er sich von ihr Enkel erhoffte, die seinen Namen weitertrugen. Magdalena de Unda war mit dem Geruch von Weihrauch und Kerzen aufgewachsen, fernab von Intrigen und bösem Gerede, von den Nonnen geliebt. Sehnsüchtig wartete sie alljährlich auf den Namenstag der heiligen Sünderin, deren Namen sie trug, um ihren Vater zu sehen. Tatsächlich kam Meister Bartolomé trotz der weiten Reise, die dies bedeutete, unter dem Vorwand, seine Schwester zu besuchen, jedes Jahr pünktlich nach Barria und stieg im Gästehaus der Nonnen ab, um zwei Tage später den Geburtstag seiner Tochter zu feiern.

Die Umstände seiner Ehe, die Treulosigkeit seiner Geliebten, die Tatsache, dass er seine Mutter nicht gekannt hatte, die gestorben war, als er eben zwei Jahre alt gewesen war, die Lektüre berühmter Kirchenväter, die gegen den Einfluss der Frau und ihre Machenschaften wetterten, und die Unruhe, die ihn jedes Mal überkam, wenn ihm ein Mädchen mit ausladenden Hüften über den Weg lief, hatten ihn in seiner Aversion und seinem Misstrauen gegenüber dem »unseligen« Geschlecht bestärkt, ein Adjektiv, das er stets verwendete, wenn er von den Frauen sprach.

»Wie sagte Odo von Cluny vor fünfhundert Jahren? ›Wenn die Männer sähen, was sich unter der Haut befindet, der Anblick der Frauen würde ihnen Abscheu bereiten. Da wir nicht einmal mit den Fingerspitzen einen Auswurf oder ein Exkrement berühren würden, wie können wir danach verlangen, diesen Sack voll Abschaum zu umarmen‹?«, zitierte er laut einen Absatz aus einem seiner Lieblingsbücher, einem Traktat mit dem Titel »Die Frau, Quelle der Sünde«, das vielmehr ein Kompendium der negativsten Aussagen über die Frau war, die man finden konnte. Diese stammten von Männern wie dem heiligen Augustinus, Thomas von Aquin, Ambrosius von Mailand, Geoffrey de Vendôme, Hildebert von Lavardin, Marbod, Bischof von Rennes und vielen anderen Gelehrten aus Vergangenheit und Gegenwart, die nichts anderes taten, als ihn in seiner Ansicht zu bestärken.

Er nahm seinen Umhang, seinen Hut und die Makila mit dem Silberknauf, ein Erbstück seines Vaters, und verließ das Haus, ohne sich von jemandem zu verabschieden, bereit, einen erbarmungslosen Kampf gegen das Böse in Frauengestalt zu führen.

Catalina wurde von einem lauten Klopfen an der Haustür geweckt. Es war noch dunkel. Sie lauschte eine Weile den Geräuschen der Straße und wusste, dass trotz der frühen Stunde für viele ihrer Nachbarn der Tag bereits begonnen hatte. Das Klopfen an der Tür wurde lauter. Catalina sprang aus dem Bett, zog die Filzpantinen an und lief die Treppe hinunter, während sie ihr Wolltuch umlegte.

»Ein Notfall«, sagte sie sich, während sie den Riegel zurückschob.

Begleitet von einem kalten, feuchten Lufthauch trat ein Mann ins Haus, dessen Gesicht sie beinahe vergessen hatte.

»Ixile!«, rief sie erfreut und überrascht, doch dann wich die Überraschung blitzartig einem anderen Gedanken. »Ist in Goiena etwas passiert?«

Der Mann trat vollständig ein und schloss die Tür.

»Ich bin gekommen, um dich abzuholen«, lautete seine lakonische Antwort.

Bevor sie etwas sagen konnte, erschien Don Diego, eine Kerze in der Hand. Ein Schauder durchlief ihren Körper. Im Halbdunkel des Korridors, beschienen vom Licht der Kerze, wirkten das finstere Gesicht des Besuchers und das erstaunte Gesicht ihres Lehrers wie Gespenster aus der Unterwelt.

»Ixile ist gekommen, um mich abzuholen«, erklärte sie leise.

»Gehen wir in die Küche«, sagte der Arzt und leuchtete ihnen mit der Kerze den Weg, damit sie nirgendwo anstießen.

Im Herd war noch ein wenig Glut vom Vortag, auf die sie trockene Zweige legten, die bald zu brennen begannen. Ohne ein Wort zu sagen, stellte Catalina einen kleinen Topf aufs Feuer, in dem noch ein Rest Kohlsuppe mit Kastanien vom Vortag war, und sah dann den Neuankömmling an.

»Ist etwas passiert?«, wiederholte sie ihre Frage.

»Man hat mir aufgetragen, dich abzuholen«, antwortete der Mann.

»Wer?«

»Deine Großmutter.«

»Ist etwas mit ihr? Ist sie krank? Oder meine Mutter …?«

Ixile zuckte mit den Schultern. Es war klar, dass er nicht mehr sagen würde, selbst wenn er etwas wusste. Catalina nahm zwei Suppennäpfe aus dem Wandschrank, füllte die eine bis zum Rand und reichte sie dann dem Mann aus Goiena. Dann sah sie Don Diego an, der nickte, und sie servierte ihm ebenfalls eine Portion. Es gab nicht mehr viel zu sagen, also verließ sie die Küche und ging in ihr Zimmer, um sich anzuziehen und ihre wenigen Habseligkeiten zu einem Bündel zu verschnüren.

Als sie wieder nach unten kam, sprachen die beiden Männer über die jüngsten Ereignisse, welche die Stadt in Aufruhr versetzt hatten. Als sie das Mädchen eintreten sahen, erhoben sie sich von der Bank, und Ixile setzte den Filzhut wieder auf, den er abgenommen hatte, um die Suppe zu löffeln. Es war das Zeichen, dass der Moment zum Aufbruch gekommen war.

»Mach dir keine Sorgen, Katalintxe«, sagte der Arzt, während er sie zur Tür begleitete. Er wollte sie trösten, aber seine Stimme bebte. »Geh ruhig, es war an der Zeit, dass du nach Hause zurückkehrst.«

»Ich werde wiederkommen …«

»Wer weiß?« Die Frage war an niemand Bestimmtes gerichtet. »Aber du weißt ja, dass du für mich wie die Tochter bist, die ich nie hatte, und dass dir mein Haus jederzeit offen steht.«

»Ich komme wieder«, versprach sie und fasste ihn bei den Händen. »Ich komme wieder, Onkel, ich verspreche es Euch.«

»Und falls nicht, komme ich nach Goiena.« Der Alte lächelte, aber es war kein fröhliches Lächeln. »Deine Abreise kommt so plötzlich, dass ich nicht weiß, was ich sagen soll.«

»Ich gehe ja nicht weit weg …«

»Gib auf dich Acht, mein Kind, gib gut auf dich Acht.«

Don Diego zog sie an sich und küsste sie auf die Stirn. Catalina umarmte ihn, so fest sie konnte, und wandte sich dann rasch ab, um auf den Wagen zu steigen. Als sich das Gefährt in Bewegung setzte, sah sie noch einmal zur Tür. Der alte Arzt winkte ihr zu. Es war bereits hell geworden. Die Stadt erwachte wie jeden Tag zum Leben. Die Glocke von Santa María rief zur Messe, man hörte die Rufe der Wasserverkäufer, die Stimmen der Krämer in ihren Läden, die Stimmen der Mütter, die nach ihren Kindern riefen, doch Catalina hatte nur Augen für die winzige Gestalt in ihrem alten Wollhemd, die immer kleiner wurde.

Es regnete nicht, aber der dunkelgraue, fast schwarze Himmel sah aus, als könnte jeden Augenblick ein heftiger Schauer niedergehen. Das Grün der Wiesen und der Berge wirkte satter als sonst, und der Wind trug den Geruch von verbranntem Holz und feuchtem Gras heran, der sich in der sehnsüchtigen Erinnerung der Biskayer, die in der Fremde lebten, zu einem einzigen vereinte.

Catalina versuchte ein Gespräch mit Ixile anzufangen und ihm eine Erklärung zu entlocken, doch der Mann schien taub und stumm zu sein. Die einzige Antwort auf ihre Fragen bestand in einem Grunzen. Schließlich beschloss sie, ihren Begleiter in Ruhe zu lassen, wickelte sich in die alte Decke, die dieser ihr über die Beine gelegt hatte, verschränkte die Arme, um sich sicherer zu fühlen, und dachte an die Zeit zurück, die vergangen war, seit sie auf demselben Weg nach Tabira gekommen war.

Aus einer Lehrzeit von wenigen Monaten war ein langer Aufenthalt von fast zwei Jahren geworden. Sie erinnerte sich, dass sie damals gerade fünfzehn geworden war, und nun, kurz vor Weihnachten, würde sie siebzehn werden. Die Zeit war wie im Fluge vergangen, und sie hatte keine Gelegenheit gehabt, nach Arrazola zurückzukehren. Einmal, vor über einem Jahr, hatte ihre Mutter sie in Tabira besucht, und sie hatten für einige Tage ihr Kämmerchen im Haus des Arztes miteinander geteilt. Catalina hatte ihrer Mutter begeistert erzählt, wie viel sie bei Don Diego und der Hebamme Josefa lernte. Sie hatte ihr geschildert, wie an Markttagen die Bauern in die Stadt strömten, die, angetan mit ihren besten Kleidern, von ihren Höfen herabkamen, um Gemüse, Eier, Obst und Käse feilzubieten; wie sich an Festtagen Komödianten einfanden, Seiltänzer und Wunderheiler mit Salben gegen Haarausfall und exotischen Cremes gegen den störenden Flaum auf der Oberlippe der Frauen, Prediger, die Reliquien feilboten, Krämer, die Flitterkram und herrliche Stoffe anpriesen, die schön anzusehen und anzufassen waren. Sie beschrieb ihr die prächtigen silberbestickten Kleider der vornehmen Frauen Tabiras und die samtenen Talare, Leibröcke und Wamse der reichen Männer.

Sie war sich sicher, dass ihre Mutter vorgehabt hatte, sie mit zurück nach Goiena zu nehmen, doch als der Tag der Abreise gekommen war, hatte diese sie auf beide Wangen geküsst und ihr geraten, weiterhin fleißig zu lernen und die wunderbare Gelegenheit zu nutzen, die sie selbst niemals gehabt habe. Catalina hatte sie ohne Bedauern davonfahren sehen, wie stets begleitet von dem unerschütterlichen Ixile. Doch als der Wagen nun über den Weg rumpelte, der sie nach Hause zurückbrachte, fühlte sie sich unwohl bei dem Gedanken, dass sie selbst sie so gut wie gar nichts gefragt und sich kaum nach der Großmutter, ihrer Lieblingsziege und den vier Hunden, die bei ihrer Abreise jaulend zurückgeblieben waren, erkundigt hatte.

Als sie am Turm Muntsaratz vorbeikamen, kauerte sie sich instinktiv auf ihrem Platz zusammen und zog die Decke übers Gesicht. Ixile bemerkte es und lächelte, ohne ein Wort zu verlieren. Catalina hatte ihren Onkel zwei- oder dreimal in Tabira gesehen, aber er schien sie nicht wieder erkannt zu haben. Es wäre auch schwierig gewesen, sie zwischen all den Menschen zu bemerken, nicht zuletzt, weil Haare und ein Teil des Gesichts von dem Überrock verdeckt waren, den sie stets trug, wenn sie das Haus verließ. Íñigo war in Begleitung einiger seiner Männer gewesen und hatte nicht auf die Passanten geachtet, die an ihm vorübergingen. Seine hünenhafte Gestalt und sein barsches Auftreten ließen es angeraten sein, ihm aus dem Weg zu gehen, und wenn jemand nicht Acht gab, wurde er grob zur Seite gestoßen. Am Anfang hatte sie befürchtet, er oder einer seiner Männer könnten eines Tages bei Don Diego erscheinen, doch der Arzt hatte eine große Last von ihr genommen.

»Ich kenne Muntsaratz vom Namen, jedoch nicht persönlich«, beteuerte er. »Es gibt noch andere Ärzte in Tabira, vielleicht geht er zu einem von ihnen. Allerdings«, scherzte er, »sieht mir dein Onkel nicht so aus, als liefe er rasch zu den Ärzten.«

Dennoch hegte sie keinen Zweifel daran, dass ihr Onkel sie trotz der langen Zeit, die vergangen war, nicht vergessen hatte. Früher oder später würden sie sich wieder begegnen. Sie wusste nicht, ob sie fröstelte, weil der Wind ihr in die Kleider fuhr, oder bei dem bloßen Gedanken daran, dass sie ihrem grässlichen Verwandten eines Tages erneut begegnen könnte.

Sie versuchte, an etwas Schönes zu denken, aber sie wurde die Kälte nicht los und begann zu zittern. Ixile beobachtete sie aus dem Augenwinkel und bog kurz darauf von der Hauptstrasse ab, rumpelte über einen schmalen, steinigen Weg und hielt schließlich vor einem trutzigen Hof aus Holz und Stein, der direkt aus der Erde gewachsen zu sein schien. Er sprang ab, und bevor sie sich versah, trug er sie auf seinen Armen zum Haus und stieß die Tür mit dem Fuß auf. Drinnen saßen zwei Männer, die nach der anfänglichen Überraschung darüber, so brüsk in ihrer Abgeschiedenheit gestört zu werden, in unbändige Freudenbekundungen ausbrachen, als sie den Eindringling erkannten. Der Mann aus Goiena trug seine Last zu dem Feuer, das unter einer großen Steinkuppel flackerte, und massierte Catalinas klamme Hände. Diese Geste erstaunte und rührte sie, während sie dankbar feststellte, wie die Wärme allmählich in ihren Körper zurückkehrte.

Ixile wirkte wie ein anderer Mensch, oder hatte sie

ihn nie aufmerksam betrachtet? Er war groß und kräftig, wohlgestalt und muskulös, mit einer langen, schmalen Nase und lebhaften Augen. Sein ehemals schwarzes, nun fast weißes Haar, das ihm glatt auf die Schultern fiel, und der dichte Bart umrahmten sein Gesicht vollständig, wie es die Hauben bei den Frauen der Biskaya taten. Er trug Reisekleidung, schwarze Wollhosen, einen weiten, dunkelroten Kittel mit weiten Ärmeln, die hin und wieder als Taschen dienten, und ziegenlederne Stiefel mit langem Schaft, die einmal braun gewesen sein mussten, aber mit der Zeit nachgedunkelt waren. Ixile wirkte ganz und gar nicht wie ein Knecht. Amüsiert dachte sie, dass er in seiner Jugend ein sehr stattlicher Mann gewesen sein musste.

Die Männer standen etwas abseits, sodass Catalina nicht verstehen konnte, was sie sprachen, aber es war offensichtlich, dass der schweigsame Ixile den Ton angab, während sich die anderen beiden darauf beschränkten zuzuhören oder mit dem Kopf zu nicken. Der eine schien etwa in Ixiles Alter zu sein, der andere war deutlich jünger. Erstaunt stellte sie fest, wie sehr sich die drei glichen. Sie hatten nahezu die gleiche Statur – der Jüngere war etwas größer –, das gleiche, scharf geschnittene Profil und sogar das gleiche glatte Haar, das der Ältere mit einem Stirnband, der Jüngere zum Pferdeschwanz gebunden trug. Sie versuchte sich zu erinnern, aber sie konnte sich nicht entsinnen, dass zu Hause jemals über die Herkunft des schweigsamen Knechts gesprochen worden wäre, und sie nahm sich vor, ihre Großmutter zu fragen. Wenn jemand die Vergangenheit und das Leben dieses Mannes kannte, der auf die drei Frauen aufpasste, seit sie denken konnte, so war das ohne Zweifel Domenja de Goiena.

Bevor sie sich versah, saß sie wieder auf dem Wagen, in

den Händen einen großen Kanten Brot mit heißer Wurst und über den Beinen ein dickes Schaffell, das ihr der andere Mann, der Ältere, mit einem Lächeln umgelegt hatte. Sie wagte es nicht, Fragen zu stellen, und Ixile befand es nicht für nötig, ihr etwas zu erklären, und so setzten sie die Reise fort, wie sie sie begonnen hatten: schweigend. Als sie sich Arrazola näherten, kam Nebel auf, der immer dichter wurde. Der Gipfel des Anboto war nicht zu sehen, man konnte kaum die Gehöfte erkennen, die sich hier und dort zwischen Wiesen und Hügeln erhoben. Es regnete nicht, aber die Luft war so feucht, dass Catalina spürte, wie ihr Haar unter der Kapuze des Umhangs festklebte. Sie kamen durch Santiago. Das Dorf lag verwaist da, nur das Bellen der Hunde war zu hören, als der Wagen vorbeifuhr. Bei diesem Wetter, da man weder das Land bestellen noch das Vieh weiden konnte, hatten die Bewohner offenbar beschlossen, im Schutz ihrer Häuser ums Feuer zu sitzen, um zu weben oder Gerätschaften zu reparieren.

Als Catalina die Kirchenglocke von Arrazola zum Angelus läuten hörte, begann ihr Herz wild zu pochen. Sie wäre fast vom Wagen gesprungen, als sie das kleine Dörfchen aus dem Nebel auftauchen sah, das sich an den Hang schmiegte, als hätten seine ersten Bewohner es so nah wie möglich an dem heiligen Berg errichten wollen. Sie fuhren nicht durchs Dorf. Ixile bog in einen Seitenweg ein, der eher einem Ziegenpfad glich, und spornte den Esel an, den Karren den Berg hinaufzuziehen, obwohl offensichtlich war, dass er es nicht schaffen würde. Der Mann sprang ab, packte den Zügel und zog den Esel und den Wagen samt Catalina bergan. Das Mädchen wagte es nicht, etwas zu sagen, während es ängstlich den schmalen Pfad betrachtete und die Steine den Abhang hinunterrollen hörte.

Als sie das Plateau erreichten, das direkt nach Goiena führte, atmete Catalina erleichtert auf. Sie sprang vom Wagen und rannte den beiden Menschen entgegen, die sie auf der Welt am meisten liebte und nach denen sie nun mit lauter Stimme rief.

»Mutter! Großmutter! Ich bin wieder da!«

Wenig später saßen sie zusammen um das Herdfeuer. Graciana und Domenja hatten ihr die feuchten Kleider ausgezogen, rubbelten ihr Haar mit einem Tuch trocken und kneteten ihre Füße, damit sie wieder warm wurden. Dabei hörten sie nicht auf sie anzuschauen, zu lachen und eine Frage nach der anderen zu stellen.

»Wie konnte ich nur so lange von hier wegbleiben?«, fragte sie sich, erstaunt, dass es so gewesen war.

Ihre Mutter hatte feuchte Augen. Sie lächelte und streichelte sie in einem fort, als hätte sie Angst, ihre Tochter könnte jeden Augenblick wieder verschwinden. Die Großmutter lächelte ebenfalls, aber aus ihrem Lächeln sprach Triumph. Sie hatte ein Kind nach Tabira gebracht, und zurück kam eine Frau, die auf das Leben vorbereitet war.

Bartolomé Martínez de Unda schlug das dicke Buch zu, fuhr mit der Hand über den Einband aus weichem Hirschleder und genoss den Kontakt mit seiner Haut, während er darüber sinnierte, über welch große Einnahmen Arandia als Inhaber mehrerer Pfarreien verfügen musste, um solch herrliche Exemplare erwerben zu können wie jenes, das er in Händen hielt.

Die Typographie war exquisit und angenehm zu lesen, die Ränder waren mit wundervollen Zeichnungen verziert, und noch außergewöhnlicher waren die Illustrationen, die alle zwei Seiten eingefügt waren.

»Da war ein wahrer Meister am Werk!«, hatte er bewundernd ausgerufen.

Wunderschöne Mädchen mit langem Haar und nackten, üppigen Formen, verrunzelte Alte, hässlich wie die Sünde, geflügelte Fabelwesen oder Gruben voller widerlicher Kröten und Schlangen, Orgien, bei denen Frauen mit Furcht erregenden Wesen kopulierten, halb Mensch, halb Tier … Er wurde nicht müde, diese Bilder zu betrachten, die tausendundeine Phantasie in ihm wachriefen.

Er legte das Buch vorsichtig zur Seite und schlug ein anderes auf, das kleiner und dickleibiger war. Welch großartige Erfindung war doch der Buchdruck! Jedermann hatte Zugang zum Wissen der Menschheit, nicht mehr nur die Mönche, welche bislang die Manuskripte geschrieben und illustriert hatten, und die wenigen Mächtigen, die es sich leisten konnten, sie zu erwerben.

Das Verfahren beruhte auf Holzplatten, in die der Text eingeschnitten wurde; dann wurde mit einer Walze die Tinte aufgetragen. Die so behandelte Platte wurde auf das Papier gepresst, auf dem dann der Text erschien. Das System, so behaupteten die Kenner, sei weniger kostspielig und man könne Hunderte Exemplare von ein- und demselben Werk drucken. Jeder, der des Lesens mächtig sei, könne dank der Bücher Wissen erlangen. Stolz betrachtete er das Dutzend Bände, die auf dem Bord aufgereiht standen, und lächelte zufrieden. Er war nicht so ungebildet, dass er den Besitz einer Handschrift mit ihren illustrierten Rändern und der sorgfältigen Schrift nicht zu schätzen wusste, doch es stand außer Frage, dass es wesentlich praktischer war, gedruckte Bücher zu besitzen, die leichter und handlicher waren. Er richtete seine Aufmerksamkeit wieder auf das Werk, das vor ihm lag, den »Malleus Maleficarum«.

Geschrieben von zwei Predigermönchen, Heinrich Institoris und Jakob Sprenger, war das Buch 1487 zum ersten Mal in Köln gedruckt worden und hatte sich rasch in ganz Europa verbreitet. Es war sogar ins Deutsche sowie ins Englische übersetzt worden. Das Exemplar, das er in Händen hielt, stammte aus der ersten Auflage und war das Geschenk eines reichen Händlers, als Dank dafür, dass der Jurist in einer Streitsache erfolgreich verhindert hatte, dass sein gesamtes Vermögen an seine Gläubiger fiel. Der Händler hatte es in gefärbtes Leder binden lassen, der Titel war mit Goldlettern eingeprägt. Der »Hexenhammer« war das schönste Geschenk, das Meister Bartolomé seit langem erhalten hatte.

Besessen von der dunklen Seite des Lebens, hatte Bartolomé de Unda stets mit offenen Ohren den Erzählungen über Magie, Hexerei und übernatürliche Wesen gelauscht. In seiner Kindheit waren es die vertrauten Sagen gewesen, die häufig mit der magischen, heidnischen Welt zu tun hatten, die in weiten Gebieten der Biskaya noch lebendig war. Später, während seiner Studienjahre in Salamanca, hatte er die Höhlen vor den Toren der Stadt besucht, in denen berühmte Schwarzkünstler junge Burschen unterwiesen, die begierig auf neue, aufregende Erfahrungen waren. Dort entdeckte er, dass es zwei Arten von Magie gab, die weiße Magie, die sich der reinen Engel bediente, und ihre Gegenspielerin, die schwarze Magie, die unter dem Einfluss der unreinen Geister stand. Diese Lektionen, die einige seiner Kommilitonen nicht ernst nahmen und die stets einen guten Vorwand darstellten, um sich später in heruntergekommenen Studentenbuden zu treffen und das Erlernte in die Praxis umzusetzen, waren für ihn die Offenbarung gewesen, dass es tatsächlich eine verborgene, schwer zugängliche und enorm anziehende Welt gab. Dieser Meinung war er nach wie vor, auch wenn seine Versuche, in Kontakt mit der Welt der Magie zu treten, die, wie die Schwarzkünstler beteuerten, jedem offen stehe, der gewissenhaft die nötigen Schritte befolge, nicht sehr erfolgreich gewesen waren.

Eines Tages hatte er sich ein Herz gefasst und sich auf den Eintritt in den Zirkel der weißen Magie vorbereitet. Über Tage legte er die dafür benötigten Kleidungsstücke und Gegenstände zurecht: das neue, mit Wein und dem Blut einer weißen Taube gewaschene und an einem Montag bei Sonnenaufgang geweihte Schwert, die Messer aus blankem Stahl mit Heften aus Holunderholz, das Stilett, dessen Klinge und Knauf ebenfalls aus Stahl gefertigt waren, die in Lämmerblut getauchten Federn, das neue Tintenfass, die Schale aus unglasiertem Ton für das

Opferblut, den gleichfalls aus Holunderholz gefertigten Venusstab, die Weihrauchschale, die neue Tunika aus makellos weißem Leinen, die dazugehörige Hose sowie das eigenhändig verfasste Orakelbuch. Ein guter Magier musste die Beschwörungen, Zeichen, Buchstaben und den Namen jedes einzelnen Engels aus dem Buch Salomon mit Taubenblut auf ein jungfräuliches Pergament schreiben. Mit Erlaubnis seines Lehrmeisters, eines alten Geistlichen, der sich rühmte, die sieben Erzengel Zaphkiel, Zadkiel, Gamaliel, Raphael, Haniel, Michael und Gabriel beschwören zu können, hatte er eine Kopie dieses Buches angefertigt, eine Aufgabe, für die er anderthalb Tage gebraucht hatte. Er malte einen weißen Kreidekreis auf den Fußboden seines schäbigen Dachkämmerchens, stellte sich in die Mitte und rezitierte eine ganze Nacht hindurch, von Sonnenuntergang bis Sonnenaufgang, die Beschwörungsformeln, um den Mönch und Forscher Roger Bacon zu rufen, einen berühmten Magier. Bei Tagesanbruch war er völlig erschöpft gewesen, seine Gliedmaßen waren steif und seine Hose durchnässt, weil er einige Male während dieser langen Nacht solche Ängste ausgestanden hatte. Sein Scheitern tat seinem festen Glauben an die Existenz einer übernatürlichen Welt keinen Abbruch. Vielleicht, so tröstete er sich, hatte er sich nicht genügend bemüht, oder seine Seele war nicht rein genug, um in Kontakt zu den Geistern zu treten.

Der »Hexenhammer« war eine Offenbarung. Zum ersten Mal hatte er den Beweis, dass die Welt vom Bösen bedroht und er von amorphen Wesen umgeben war, wie er immer vermutet hatte. Die Tatsache, dass sich die Verfasser des Buches auf das weibliche Geschlecht konzentrierten, bestätigte nur seine eigene These, dass die

Frauen die Wurzel alles Bösen seien, da der Mann von Gott rein erschaffen wurde. Seit Anbeginn der Schöpfung wohnte das Böse im Weibe, vom Teufel in Gestalt einer Schlange verführt und aus einer Rippe des Mannes geschaffen. Er besaß noch andere Bücher wie das »Buch aller verbotenen Künste« des Johannes Hartlieb oder »Die Geißel der Häresie« des französischen Inquisitors Nikolaus Jacquier. Doch weder diese noch andere Werke bewiesen so deutlich wie der »Hexenhammer«, dass die Frau eine leichte Beute des Teufels war und man folglich besonderes Augenmerk auf sie richten musste.

Die Grundlage der Arbeit Institoris' und Sprengers war die 1484 von Papst Innozenz VIII. herausgegebene Bulle *Summis desiderantes*, welche Geistliche wie Laien bezichtigte, die beiden Inquisitoren an der Ausübung ihrer Pflicht zu hindern, um dann detailliert die Sekte des Bösen zu beschreiben, welche in verschiedenen Regionen Europas wütete. Nach den Geständnissen zahlreicher Hexen und Hexer, welche man einer peinlichen Befragung unterzogen hatte, konnte als bewiesen gelten, dass jene Ersteren Unzucht mit Dämonen in Männergestalt, den Inkuben, trieben, während Zweitere selbiges mit Teufeln in Frauengestalt taten, den Sukkuben. Doch es war vor allem die Macht der Hexen, welche die Entdecker dieser abscheulichen Vorgänge in Angst und Schrecken versetzte. Die Hexen konnten Ernten vernichten, Mensch und Tier unfruchtbar machen, Stürme hervorrufen, Liebeszauber durchführen und Gifte herstellen. Es gab sogar solche, die neugeborene Kinder töteten, um sie zu verzehren oder ihr Blut zu trinken, oder um ihre Seelen Satan darzubringen, bevor sie getauft waren.

Meister Bartolomé seufzte. Das Böse war überall! Es

bedrohte die guten Seelen und gefährdete die Rettung der Menschheit. Er versuchte, sich auf einige Rechtsfälle zu konzentrieren, die seine Aufmerksamkeit erforderten, doch seine Augen schweiften immer wieder von den Akten ab und blieben an dem Buch hängen, das er beiseite gelegt hatte und von dem ein eigenartiges Leuchten auszugehen schien.

»Juan!«

Augenblicke später öffnete sich die Tür des Arbeitszimmers und herein kam ein hoch gewachsener junger Mann mit schwarzem Haar und blauen Augen, die einem sofort auffielen, wenn man ihn zum ersten Mal sah. Während er sich dem Schreibtisch näherte, versetzte es ihm einen leichten Stich, wie immer, wenn Juan erschien. Sein Geselle war ein attraktiver Mann, daran bestand kein Zweifel. Er wusste nicht, ob es an seinen unergründlichen Augen lag, tiefblau wie der Himmel an einem klaren Sommertag, oder daran, dass er selbst bei einem Vergleich so schlecht wegkam. Klein und rundlich, mit mehr Pfunden als nötig und schütterem Haupthaar, war er das genaue Gegenteil seines eleganten Untergebenen.

»Juan«, sagte er noch einmal, während er sich auf die Angelegenheit zu konzentrieren versuchte, die ihn beschäftigte, »hast du schon einmal von der Existenz von Hexen gehört?«

Der junge Mann dachte nach, bevor er antwortete.

»Hier?«, fragte er zurück. »In Tabira?«

»Hier oder anderswo«, antwortete der Notar.

»Jeder hat schon von ihnen gehört.«

»Und was denkst du?«

»Worüber?«, fragte der Gehilfe misstrauisch.

Meister Bartolomé verdrehte die Augen und gab sich Mühe, seinen Unmut nicht zu zeigen.

»Über die Hexen natürlich.«

»Ich weiß nicht. Ich kenne keine.«

»Hast du schon einmal von einem Buch mit dem Titel ›Malleus Maleficarum‹ gehört?«

Der Jüngling stützte nachdenklich das Kinn in die Hand, als versuchte er sich zu erinnern.

»Nein«, sagte er schließlich.

»Weißt du, dass sich in den benachbarten Ländern die Hexerei ausgebreitet hat wie eine Seuche, die um vieles zerstörerischer ist als die zehn Plagen, die der Herr über Ägypten sandte?«, beharrte der Notar, um mit seinem Wissen zu prahlen.

»Nein«, antwortete Juan erneut und bemühte sich, dabei nicht zu grinsen.

Die Faszination seines Vorgesetzten für die dunkle Seite der menschlichen Natur, die diesen fast ständig beschäftigte, erheiterte ihn. Auf Undas Tisch stand ein silbernes Kruzifix, und an einem außergewöhnlich heißen Tag, als dieser Wams und Hemd aufgeknöpft hatte, hatte er gesehen, dass er ein Amulett um den Hals trug. Oft äußerte der Notar seine Besorgnis und ließ ihn an seinen Befürchtungen teilhaben. Dann hörte Juan aufmerksam zu und hütete sich, ihm zu sagen, dass in seinen Augen jeder, der an Feen und Hexen glaubte, ein ausgemachter Dummkopf war. Schließlich war Meister Bartolomé sein Vorgesetzter, und solange er ihn pünktlich bezahlte, mochte er glauben, was er wollte.

»Dir ist aber wohl zu Ohren gekommen, dass hier in Durango und überall an der Biskaya nach wie vor heidnische und abergläubische Bräuche gepflegt werden?«, insistierte Meister Bartolomé.

»Ja, natürlich.« Juan nickte. »Das ist allgemein bekannt. Die Leute in den Dörfern haben den alten Glauben unserer Vorfahren nicht vergessen, aber sie richten auch keinen Schaden an.«

»Woher willst du das wissen?«

Die Frage traf ihn unvorbereitet. Er dachte an seine Großmutter, eine kleine, fröhliche, lebhafte Frau, die bis zur letzten Minute ihres Lebens zu der Göttin gebetet hatte, die ihr zufolge auf dem Gipfel des Anboto lebte und neben vielem anderen die Fähigkeit besaß, Kohle in Gold zu verwandeln.

»Großmutter, glaubst du wirklich, dass es dieses Wesen gibt, das du die Große Göttin nennst?«, hatte er sie als kleiner Junge einmal gefragt.

»Mein Sohn«, hatte die Alte geantwortet, »alles, was einen Namen hat, existiert, und wenn die Göttin einen Namen hat, dann deshalb, weil es sie gibt, daran besteht kein Zweifel.«

Seine Großmutter war der wunderbarste Mensch gewesen, den er in seinem Leben gekannt hatte, und er konnte sich nicht vorstellen, dass sie Beschwörungsformeln murmelte und neugeborene Kinder auffraß.

»Die einfachen Menschen halten an dem Glauben fest, der ihnen von ihren Eltern und diesen wiederum von ihren Eltern weitergegeben wurde«, erklärte er. »Meine Großmutter glaubte daran und hat niemals jemandem etwas zuleide getan.«

»Aber nicht alle sind wie sie«, beharrte Meister Bartolomé, »und wir müssen gegen jene gewappnet sein, die sich der bösen Künste bedienen, um ihre Mitmenschen zu verführen.«

Juan gab keine Antwort. Der Schreiber hatte nicht ihn gemeint. Er hatte nur laut ausgesprochen, was in diesem Augenblick in seinem Kopf vorging.

»Wünscht Ihr noch etwas?«, fragte der Gehilfe.

»Nein.«

Juan wandte sich zum Gehen, doch die Stimme des Notars hielt ihn zurück.

»Doch«, hörte er ihn sagen. »Ich möchte, dass du herausfindest, ob die alten Bräuche über harmlose Eschenzweige an den Türen hinausgehen.«

Juan wandte sich um. Hatte er richtig verstanden?

»Hör dich um«, fuhr der Schreiber fort. »Erkundige dich, ob sich diese Leute versammeln, ob sie den Teufel anrufen, ob sie schwarze Hühner opfern oder Tränke aus Eulenaugen und den Testikeln von Hähnen herstellen.«

Juan Ortiz de Gesala sah den Notar aufmerksam an, bevor er fragte: »Seid Ihr sicher, dass ich diese Nachforschungen anstellen soll?«

»Das bin ich«, antwortete der Mann und vertiefte sich in die Akten, um zu zeigen, dass er die Unterhaltung für beendet betrachtete.

Juan Ortiz de Gesala dachte lange über die Worte des Schreibers nach. Er hatte nur zwei Möglichkeiten: zu tun, was dieser von ihm verlangte, oder sich eine andere Anstellung zu suchen. Verstimmt runzelte er die Stirn. Dieser Mann war völlig verrückt. Als er bei ihm zu arbeiten begonnen hatte, hatte er seine Bemerkungen über Teufel, böse Geister und Hexer zunächst nicht ernst genommen. Doch seitdem waren einige Jahre vergangen, und offenbar wurde die Angelegenheit mit jedem Tag zu einer größeren Obsession für ihn. Juan überdachte seine eigenen Ansichten zu dem Thema. Er glaubte nicht an all diese Dinge, so viel stand fest. Er glaubte auch sonst nicht an vieles, aber insbesondere die Hexerei amüsierte ihn. Natürlich stritt er nicht ab, dass es mächtige Zauberer geben mochte, die in der Lage waren, Geister zu beschwören und Unheil anzurichten, aber zu behaupten, sie verdankten ihre Mächte der Hölle, war ein meilenweiter Unterschied. Jedenfalls beschaffte er sich bei dem Buchhändler Orue einige Bücher und Schriften über das Thema. Man konnte nicht nach dem Stein der Weisen suchen, ohne zu wissen, wo man mit der Suche beginnen sollte.

Die Welt, in die er sich beim Durchblättern der Seiten hineinversetzt fand, machte ihn sprachlos. Nicht einmal der schlimmste Albtraum konnte so schrecklich sein. Er hielt sich nicht für gelehrt, sondern lediglich für einen vernunftbegabten Mann, der in der Lage war, die Realität von der Phantasie zu unterscheiden, und ihm war unbegreiflich, wie gebildete Männer einen solchen Unsinn schreiben konnten. Er konnte nachvollziehen, dass es vor hundert Jahren leichtgläubige Menschen gegeben hatte, dass sogar große religiöse Denker wie der heilige Thomas von Aquin vor der Gefahr der Hexerei gewarnt und sich zahlreiche Kirchenkonzile mit dem Thema befasst und ihre Ausrottung befürwortet hatten. Aber es erschien ihm ausgemachter Unfug, von Frauen zu sprechen, die durch die Lüfte fliegen konnten, die mit dem Teufel paktierten und sich ihm hingaben, um in den Besitz der Zaubersprüche zu gelangen, die in der Johannisnacht oder an Heiligabend aufgesagt werden mussten, und die Tränke aus gestohlenen Knochen oder dem Fett von Gehenkten herstellten, um die abscheulichsten Verbrechen zu begehen.

Er konzentrierte sich bei seinen Nachforschungen auf die kleine Welt, die ihn umgab. Eine zutiefst ländliche Welt, in der noch die alten Bräuche fortlebten, die jedermann für normal hielt. Konnte man den Glauben an die Verwünschung eines Bettlers als Hexerei bezeichnen? Niemand zweifelte daran, dass eine solche Verwünschung stets in Erfüllung ging, und so gab es niemanden, der einem Bettler ein Stück Brot, ein Paar abgetragene Stiefel oder eine kleine Kupfermünze verweigerte. Und was war von den strikt befolgten täglichen Gebräuchen zu halten, wie etwa dem Spruch »Magdalena möge dich beschützen«, damit ein Huhn mehr Küken ausbrütete? Oder dem weit verbreiteten Glauben, dass es am Urin der Hexen liege, wenn die Nüsse schwarz und taub waren? Es gab Hunderte von Gebräuchen für jede Gelegenheit: bei Räude, verlorenen Gegenständen, gegen Blitzschlag, für guten Wein, bei der Geburt, für die Saat … Es gab sogar Leute, die jeden Tag ein wenig

Asche aßen, weil sie glaubten, dass sie so direkt in den Himmel kämen.

Juan de Gesala erhob sich von seinem Schreibtisch und beobachtete die Leute, die auf der Straße unter seinem Fenster ihren Beschäftigungen nachgingen. Es würde schwierig sein herauszufinden, ob es Hexerei in Durango gab, und natürlich würde er sie nicht in Büchern entdecken, die in fernen Ländern geschrieben worden waren, noch indem er die Liste der Bräuche und Aberglauben durchging, denen seine Mitmenschen anhingen. Für einen Augenblick spielte er mit dem Gedanken, die Sache sein zu lassen und den Auftrag zu vergessen, doch der Schreiber war niemand, der so ohne weiteres vergaß, was er angeordnet hatte. Außerdem sah er eine Gelegenheit, eine Weile seiner eintönigen Arbeit zu entkommen, die darin bestand, Akten zu kopieren und Abschriften von Verhandlungen und Urteilen herzustellen. Es würde eine willkommene Abwechslung sein, eine Schimäre zu verfolgen.

Während er zur Schänke seines Freundes Min de Olejua ging, dachte er darüber nach, wie er Min kennen gelernt hatte, als sie beide in einer Werkstatt in der Kalebarria, der neu angelegten Straße, an der sich die unterschiedlichsten Gewerbe niedergelassen hatten, das Küferhandwerk erlernt hatten. Min war der jüngste von vier Brüdern, und da das Gesetz der Fuero den Eltern bei der Bestimmung des Erben freie Hand ließ, standen seine Chancen am schlechtesten, den Hof und das Land seiner Familie zu erben. Angesichts der Aussicht, in nicht allzu ferner Zukunft im eigenen Hause Knechtarbeiten leisten zu müssen oder selbst für seinen Lebensunterhalt zu sorgen, entschied er sich für Letzteres, bevor es zu spät war, und beschloss, ein Handwerk zu erlernen.

Juan war ebenfalls der jüngere von zwei Brüdern. In seinem Fall jedoch stand keinerlei Erbe zu erwarten. Seine Mutter, eine arme Witwe, nähte für die Larreas, und sein Bruder Otxote fuhr Holz und Kohle zwischen Durango und Bilbao. Als kleiner Junge hatte er die Armenschule von Santa María de Uribarri besucht. Schreiben und Rechnen lagen ihm, und der Pfarrer Don Tomás gedachte ihn auf das Seminar vorzubereiten, da er der Meinung war, dass aus dem Jungen ein guter Priester werden könnte. Dem Jungen gefiel die Idee nicht schlecht, denn so hätte er weiter lernen können und jeden Tag eine warme Mahlzeit gehabt. Doch die finanziellen Verhältnisse der Familie ließen den Luxus nicht zu, einen Seminaristen durchzufüttern, und die Antwort seines Bruders bestand darin, ihn aus der Schule zu nehmen und zu dem Küfer in die Lehre zu geben. Juan hasste ihn dafür. Von dem wenigen Geld, das Otxote ihm von seinem Lohn ließ, lieh er sich Bücher, die er nachts im Schein von Kerzenstummeln las, die er aus der Werkstatt seines Meisters entwenden konnte. Er glaubte fest daran, dass sich sein Schicksal eines Tages wenden und er dieses Loch verlassen und ein angesehener Mann werden würde. Bis es so weit war, übte er sich weiterhin im Lesen und Schreiben.

Vielleicht hätte er sein Leben lang von einer besseren Zukunft geträumt, hätte nicht der Zufall seinen Weg gekreuzt. Eines Tages lieferte er ein neues Fass bei dem alten Schreiber Ezpeleta ab und stellte erstaunt fest, dass der Mann fast ebenso viele Bücher besaß wie der Buchhändler Orue. Die dicken Bände standen sorgfältig in Regalen aufgereiht, Schriftstücke, Akten und Dokumente waren nach Themengebieten sortiert gestapelt. Fasziniert bestaunte er dieses Wunder, und Ezpeleta wurde darauf aufmerksam, als er dem Knaben das Geld für das Fass aushändigte.

»Magst du Bücher?«, fragte er, amüsiert über die Bewunderung, die sich in Juans blauen Augen widerspiegelte.

»Ich würde alles dafür geben, welche zu besitzen«, antwortete dieser, ohne den Blick von den Regalen abzuwenden.

»Kannst du lesen?«, fragte der Schreiber ein wenig verwundert, da das Äußere des Burschen nicht darauf hindeutete, dass er die geringste Bildung besaß.

»Lesen und schreiben, und ich kenne auch die Zahlen«, antwortete Juan stolz.

Wenig später lebte er als Lehrling und Gehilfe im Haus des Schreibers. Ezpeleta nahm ihn bei sich auf, sandte der Witwe und dem Bruder eine erkleckliche Summe Geldes, um sie für die entgangenen Einkünfte zu entschädigen, und machte ihnen deutlich, dass sie nicht mehr zu erwarten hätten. Denn auch wenn sie von nun an auf den kläglichen Lohn des Küferlehrlings verzichten müssten, so bräuchten sie doch nicht länger für seinen Unterhalt und seine Kleidung aufzukommen, eine Ausgabe, die offensichtlich nur selten getätigt worden war.

Juans Leben erfuhr eine Veränderung wie Tag und Nacht. Er bekam neue Kleider und ein Zimmer für sich allein, aber vor allem konnte er weiter lernen. Drei Jahre später starb der Schreiber und hinterließ ihm sein Haus und einige Einkünfte, die ihm ein Leben ohne Not ermöglichten, jedoch nicht ausreichten, um eine eigene Kanzlei zu eröffnen. Also verdingte er sich bei dem Notar Martínez de Unda, bis der Zeitpunkt kommen würde, da er frei über sein Leben verfügen konnte.

Auch Min de Olejua war auf unerwartete Weise zu Besitz gekommen. Ein Bruder seines Vaters, ein alter Junggeselle, hatte ihm bei seinem Tod ein großes, gut ausgestattetes Haus samt einem Dutzend Kühen vererbt. Nun befand er sich zwar in einer wahrlich glücklichen Lage, doch der junge Mann war nicht willens, für den Rest seines Lebens zu melken und auszumisten. Er verkaufte das Vieh und baute von dem Erlös den Stall in eine schöne Herberge um. Das Dach ließ er mit Segeltuch und Teer kalfatern, wie man es auf den Schiffen machte, damit das Regenwasser nicht seine Zukunft zerstörte, und stellte lange Tische und Bänke auf, damit die Kundschaft seine Gastfreundschaft genießen konnte. Er ließ sich gute Weine aus der Rioja, Apfelwein aus Usurbil und Chacolí aus Getaria liefern. Er selbst briet das Lammfleisch, das er bei den Schäfern der Umgegend erstand, und die Fische aus dem nahen Fluss Mañaria, und seine Mutter, die bei ihm lebte, seit sie verwitwet war, sorgte dafür, dass immer große Töpfe mit Bohnen und Gemüse bereitstanden. In kürzester Zeit wurde die »Posada de Min« zu einer Institution bei den zahlreichen Reisenden, die sich geschäftlich in Tabira aufhielten oder auf der Durchreise waren.

Die beiden Freunde, die sich vom Glück begünstigt und von der göttlichen Vorsehung gesegnet fanden, hatten ihre Freundschaft aufrecht erhalten, und es gab nichts, was der eine dachte oder tat, ohne dass der andere davon erfuhr.

»Kannst du dir einen Haufen runzliger, vertrockneter alter Weiber vorstellen, die die Röcke heben, um es mit dem Teufel zu treiben?«, fragte Juan seinen Freund spöttisch.

»Wenn du mich fragst, muss Belzebub blind und blöd sein, um so etwas zu tun«, antwortete der andere. »Wenn er so mächtig ist, wie man sagt, würde er nicht viele Umstände machen und sich auf irgendein Mädchen mit einem Paar anständiger Brüste stürzen.«

Die Vorstellung brachte sie zum Lachen.

»Meister Bartolomé glaubt fest an das, was er sagt«, fuhr Juan fort. »Er besitzt einige Bücher über das Thema und möchte, dass ich der Sache nachgehe.«

»Welcher Sache?«, erkundigte sich sein Freund. »Dass ein paar verderbte Hutzelweiber im Mondenschein Unzucht mit Teufeln treiben?«

»Genau. Und außerdem soll ich herausfinden, ob sie fliegen können, rechtschaffene Leute umbringen, Ernten vernichten und Brunnen vergiften, sich in Katzen und Esel verwandeln, die Männer unfruchtbar machen oder Kinder aus dem Leib ihrer Mütter reißen.«

»Sprich mit meiner Mutter«, riet ihm Min.

»Ist sie eine Hexe?«

»Nein, Gott bewahre!«, rief der Wirt aus. »Aber sie kennt sich in der ganzen Nachbarschaft bestens aus und kann dir genau sagen, welche Alte eine Teufelswarze am Hintern hat.«

Sie lachten erneut und hätten beinahe einen Krug des besten Weines umgekippt, den Min ausschließlich für seine Freunde reserviert hatte.

»Ich würde eine so ernste Angelegenheit nicht auf die leichte Schulter nehmen.«

Sie fuhren herum, als sie die trockene Stimme hörten, die aus den Tiefen des Schankraums kam, der in diesem Moment so gut wie leer war.

»Sprecht Ihr mit uns?«, fragte Min argwöhnisch.

»Mit wem sonst?«, gab der Fremde zurück. »Ich höre Eurem Geschwätz seit geraumer Weile zu und stelle fest, dass Ihr Euch über Dinge lustig macht, die der Kirche und den Königen große Sorgen bereiten.«

Ohne sich abgesprochen zu haben, gingen die beiden Freunde zu dem Mann, der an dem Tisch gleich neben der Tür in einer Ecke saß.

»Wer seid Ihr?«, fragte Min, während er versuchte, sein Gesicht zu erkennen.

»Mein Name ist Hernando de Guinea«, antwortete der Mann. »Ich bin Visitator des Inquisitionstribunals von Calahorra.«

Sie sahen sich ratlos an. Es war das erste Mal, dass sie einem Angehörigen der gefürchteten Organisation gegenüberstanden, die Durango schon einmal heimgesucht und eine unvergessliche Erinnerung und den Geruch von verbranntem menschlichem Fleisch hinterlassen hatte, das auf den Scheiterhaufen in Flammen aufgegangen war. Min lief es kalt den Rücken hinunter, doch Juan musterte den Fremden neugierig. Nichts an seinem Aussehen ließ erkennen, dass dieser gut gekleidete Mann mittleren Alters im Reisemantel mit Reitstiefeln und Federhut, mit angenehmen Gesichtszügen und gepflegten Händen einer jener Agenten war, deren Aufgabe es war, Ketzer zu entdecken und vor die Tribunale zu bringen.

»Darf ich mich zu Euch setzen?«, fragte er und nahm neben ihm Platz, ohne die Antwort abzuwarten. »Darf ich Euch zum Essen einladen?«

Guinea willigte ein und Juan gab seinem Freund ein Zeichen, worauf dieser unverzüglich in der Küche verschwand. Wenig später stand geschmortes Lammfleisch in Minzsoße vor ihnen, begleitet von einer Schüssel verschiedener Gemüse und einem Krug des guten Weins, der ausschließlich für Freunde reserviert war.

»Sagt mir«, begann der Schreibergeselle die Unterhaltung, als sie schließlich alleine waren, »was führt Euch nach Tabira, Herr Inquisitor?«

»Mir wäre es lieber, wenn Ihr mich beim Namen nennt«, antwortete der Mann, bevor er das Messer in ein Stück Fleisch spießte.

»Einverstanden, Herr … Guinea?«

»Doktor Guinea.«

»Der Medizin?«

»Recht und Theologie.«

»Nun gut, Doktor Guinea, was führt Euch an einem Tag wie diesem nach Tabira?«, wiederholte Juan seine Frage.

»Tatsächlich weile ich schon recht lange hier«, lautete die Antwort, »obgleich ich mein Domizil, den Turm Leriz kaum verlassen habe. Ich hoffe, bald nach Hause zurückkehren zu können, es sei denn …«

Der Inquisitor unterbrach seinen Satz und sah Juan mit einem verhaltenen Lächeln an.

»Es sei denn …?«, bohrte jener nach.

»Es sei denn, es wäre etwas Wahres an dem, was Ihr Eurem Freund erzähltet, als ich die Schänke betrat.«

»Ihr sprecht von den verrückten alten Weibern, die …«

»Ich spreche von dem Interesse Eures Vorgesetzten, herauszufinden, ob es an diesem Ort Ketzerei gibt.«

»Ketzerei?« Juan hob die rechte Augenbraue. »Ich habe nichts von Ketzern gesagt.«

»Das ist wahr«, stimmte Guinea zu, trank einen Schluck Wein und nickte anerkennend, bevor er fortfuhr, »doch ihr spracht von Hexen, und was ist Hexerei anderes als eine Form der Häresie? Hexen sind getaufte Personen, und als solche sind sie Ketzer, wenn sie ein Wesen anbeten, das sie nicht anbeten sollten. Im Übrigen wären es nicht die ersten Fälle von Ketzerei in Durango.«

»Sprecht Ihr von den Fraticelli, die vor Jahren einige

Verwirrte begeisterten?«, fragte Juan interessiert. »Soweit ich weiß, ist das Vergangenheit, obwohl es schwer fällt zu vergessen, dass hundert unserer Mitbürger an anderen Orten umgebracht und weitere dreizehn auf dem Kirchplatz den Flammen überantwortet wurden ...«

»Was ist dann der Grund für die Besorgnis Eures Vorgesetzen?«

»Meister Bartolomé glaubt in der Tat, dass wir von allerlei bösen Wesen umgeben sind«, erklärte Juan nicht ohne eine gewisse Ironie in der Stimme. »Und da er in Erfahrung bringen möchte, ob seine Befürchtungen berechtigt sind oder nicht, hat er mich damit beauftragt herauszufinden, ob es dieserorts einen Hexenzirkel gibt, der ihn um den Schlaf bringen könnte.«

»Ihr scheint nicht sonderlich an die Mächte des Bösen zu glauben.« Guineas Ton war schärfer geworden.

»Oh, natürlich glaube ich an sie!«, rief Juan, überzeugt, die Verdächtigungen des Inquisitors ausräumen zu können. »Aber ich glaube auch, dass der Teufel nicht auf die Hilfe einiger unwissender Weiber angewiesen ist. Wenn er sein Unwesen treiben will, so braucht es dafür niemanden sonst.«

Guinea lächelte schief und tunkte einen Brocken Brot in die Soße, bevor er weitersprach.

»Wir sind einer Meinung, doch selbst wenn von diesen Frauen keine Gefahr ausgehen sollte, schließt das nicht aus, dass sie unseren Herrgott schmähen, indem sie perversen Riten frönen und den Namen Satans anrufen.«

»In diesem Landstrich haben wir unseren eigenen Glauben«, sagte Juan gleichfalls lächelnd, »welcher nichts mit dem Teufel und der Hölle zu schaffen hat, das kann ich Euch versichern.«

»Ich bin von Natur aus neugierig und mache mich

gerne mit den Gebräuchen der Menschen vertraut, bei denen ich weile. Würde es Euch etwas ausmachen, mir von den abergläubischen Gebräuchen der Einwohner Durangos zu erzählen?«

»Ich glaube nicht, dass ich in der Materie sehr bewandert bin«, erklärte der junge Mann. »Ich weiß das, was alle wissen, und halte mich an das, woran sich alle halten.«

»Was da wäre?«, fragte Guinea und hoffte auf eine Aufsehen erregende Enthüllung.

»Dass der Freitag kein guter Tag ist, um zu säen, und dass man Zahnschmerzen bekommt, wenn man an einem Montag die Fingernägel schneidet.«

Sie sahen sich an und brachen dann in Lachen aus. In der Küche atmete Min erleichtert auf und zog einen Tontopf mit Bratäpfeln vom Feuer, die er den beiden Männern nun eilig servierte.

Catalina wurde wach, als ihre treue Hündin Lista ihre Hand abschleckte. Nicht zufrieden damit, sprang das Tier mit einem Satz aufs Bett und gab nicht eher Ruhe, bis es selbst unter der Bettdecke lag. Als es den warmen, noch schläfrigen Körper seiner Herrin neben sich spürte, blieb es still und zufrieden liegen, den Kopf auf dem Kissen.

Catalina schlug die Augen auf. Sie brauchte eine Weile, bis sie merkte, dass sie nicht mehr in dem Kämmerchen war, das sie zwei Jahre lang bei Don Diego bewohnt hatte, sondern in ihrem eigenen Alkoven, in dem sie geschlafen hatte, seit sie groß genug war, um nachts nicht mehr aus dem Bett zu fallen. Das Licht drang durch die Ritzen der Bretter, die im Winter vor dem Fenster angebracht wurden, um die Kälte und den Regen abzuhalten. Es roch nach frischem Gras und Heu, nach Wachs, verbranntem Holz und den Sträußen aus Minze und Thymian, die ihre Mutter im ganzen Haus verteilte. Sie lauschte aufmerksam und konnte die beiden Frauen in der Küche werkeln hören, die genau unter ihrem Zimmer lag.

Sie fühlte sich so wohl, dass sie sich wieder unter die Decke kuschelte und die Augen schloss. Aber Lista war nicht bereit, sie noch länger dösen zu lassen, und wälzte sich unruhig neben ihr. Dann sprang das Tier auf den Boden und wieder aufs Bett, um ihr mit seiner rauen und doch weichen Zunge immer wieder das Gesicht abzuschlecken.

»Ist ja gut! Ich stehe ja schon auf!«, rief das Mädchen lachend, während es sich redlich abmühte, das Tier von sich weg zu schieben. Der Hund bellte, um zu zeigen, dass er verstanden hatte.

Als sie schließlich nach unten in die Küche kam, warteten schon ein dampfender Teller mit Getreidebrei, gekochte Eier, frisch gebackenes Brot sowie ein Topf Apfelsirup und ein weiterer mit Honig auf sie.

»Ich werde noch fett!« Sie lachte bei dem Gedanken an die schmalen Taillen der jungen Mädchen von Durango, die sehr darauf achteten, nicht aus der Form zu geraten, zumindest bis nach der Hochzeit.

»Unsinn!«, rief Domenja. »Die Frauen in unserer Familie sind gertenschlank.«

Catalina sah die beiden liebevoll an. Es stimmte. Sie hatte nie gesehen, dass sie sich bei einem guten Teller Schmorbraten oder einem schmackhaften Kaninchen in Soße zurückgehalten hätten, und doch trugen sie seit Jahren dieselben Röcke und Mieder.

»Und jetzt sagt mir: Weshalb habt ihr mich so überstürzt nach Hause geholt?«, fragte sie dann und biss herzhaft in ein Honigbrot.

Die beiden Frauen sahen sich wortlos an.

»Findest du zwei Jahre überstürzt?«, fragte ihre Großmutter schroff.

»Ich spreche nicht von der Zeit, sondern von der Art und Weise«, erwiderte Catalina. »Ich habe mich furchtbar erschreckt, als Ixile so früh am Morgen auftauchte. Ich dachte, euch wäre etwas passiert, ihr wärt krank oder dergleichen …«

Domenjas Gesichtszüge wurden milder.

»Genügt es dir, wenn wir dir sagen, dass wir dich sehr vermisst haben?«

»Ihr habt mir doch nicht etwa einen Mann gesucht?« Bei dieser Frage zwinkerte sie ihnen zu.

Die beiden Frauen sahen sich erneut an, und dem Mädchen blieb der Bissen im Halse stecken.

»Ich denke gar nicht daran zu heiraten, damit ihr das wisst«, erklärte sie ernst. »Zumindest nicht jetzt.«

»Die jungen Leute haben nichts zu wollen, wenn die Älteren eine Entscheidung treffen«, erwiderte Domenja ebenso ernst.

»Das mag zu deiner Zeit so gewesen sein, Großmutter«, bot ihr das Mädchen die Stirn. »Ich denke gar nicht daran, einen Fremden in mein Bett zu lassen.«

»Was ist mit dir los? Hast du das in der Stadt gelernt? Älteren keinen Respekt entgegenzubringen?«

Domenja sprach in einem Ton, den Graciana und ihre Tochter nur allzu gut kannten. Es war der Ton, den sie anschlug, wenn sie streitlustig war, wenn sie mit dem Pfarrer aneinander geriet oder mit einem Nachbarn, der sich in ihre Angelegenheiten einmischen wollte. Ein Ton, der ein Donnerwetter verhieß.

»Mutter, bitte … sie ist gerade erst angekommen.« Graciana versuchte zwischen den beiden zu vermitteln, die sich in ihrer Sturheit so ähnlich waren.

»Sei still, Graciana«, herrschte Domenja sie an. »Solange ich lebe, bin ich immer noch die Herrin von Goiena, und hier wird das gemacht, was ich sage.«

Catalina sah ihre Großmutter aufmerksam an und bemerkte Dinge an ihr, die ihr am Vorabend in der Wiedersehensfreude nicht aufgefallen waren. Trotz der Härte in der Stimme kam sie ihr zerbrechlich vor, und sie erschrak. Ihre Hände zitterten unmerklich, und ihre dunkel geränderten Augen waren eingefallen. Sie hatte den Eindruck, dass ihr die Kleider zu weit geworden waren, und stellte fest, dass die Wangenknochen kantig aus dem so bekannten und so geliebten Gesicht hervortraten.

»Ich bin gleich zurück«, sagte Catalina und lief rasch aus der Küche, noch ehe sie etwas sagen konnten.

Gefolgt von Lista und zwei jüngeren Hunden, die bellend um sie herumsprangen, froh darüber, aus dem Haus zu kommen und an ihrer Seite über die Wiesen zu stromern, verließ sie das Haus.

Der Nebel vom Vortag hatte sich völlig aufgelöst, und der Himmel war rein und klar. Es war kalt, und die Wolljacke, die sie trug, wärmte nicht besonders. Aber sie kümmerte sich nicht darum und stieg den Berg hinauf zu ihrem geheimen Versteck. In Gedanken versunken, ließ sie sich von ihren Füßen zu dem Ort tragen, an den sie sich als Kind so oft zurückgezogen hatte. Sie setzte sich auf einen Stein, traurig darüber, dass das Gras feucht war und sie sich nicht darin wälzen konnte, wie es ihre Hunde ein wenig weiter weg taten. Sie sah sich um und hatte das wunderbare Gefühl, ganz allein auf der Erde zu sein. Hier gab es keine Wege, keine Gehöfte, keine Menschen, nur gewellte Hügel, Wälder mit Eichen, Buchen, Kastanien- und Nussbäumen. Hier und dort weideten weit verstreut Schafe und Pferde, und ein paar Kühe sahen sie neugierig an, bevor sie sich erneut dem Wiederkäuen widmeten. Sie atmete tief durch und schloss einen Moment die Augen, um dann ihren Blick nach oben zu wenden, zu dem Ort, an dem die Mari lebte. Aber sie sprach nicht mit ihr. Ihr genügten die Ruhe und der Frieden, die allmählich ihren Körper und ihren Geist durchströmten.

Als sie nach Goiena zurückkam, stand die Sonne im Zenit und die Luft hatte sich ein wenig erwärmt, obgleich es immer noch frisch war. Eine sanfte Brise streichelte ihr Gesicht und spielte mit ihren Locken, während sie den letzten Hang hinabstieg.

Im Haus war es still. Sie ging auf direktem Weg in die

Küche. Ihre Mutter war nicht da, auch Ixile nicht, aber Domenja saß in dem alten, im Laufe der Zeit gedunkelten und polierten Lehnstuhl am Herd und schlief. Auf diesem Stuhl hatten seit jeher die Herrinnen von Goiena gesessen. Catalina kniete sich neben ihre Großmutter und betrachtete das alte, geliebte Gesicht. Es tat ihr Leid, mit ihr gestritten zu haben. Sie hätte sie gerne umarmt und um Verzeihung gebeten, doch stattdessen legte sie ihre Hand auf die runzlige, knochige Hand der alten Frau. Sie spürte, wie ihr ein schneidender Schmerz ins Herz fuhr, und schlug die Hand vor den Mund, um nicht zu schreien.

Mit tränenverschleiertem Blick verwünschte sie die Gabe der Mari – oder Ingumas, des bösen Geistes –, durch die sie in diesem Moment wusste, dass ihre Großmutter sterben würde. Deshalb hatte sie Catalina rufen lassen. Nicht, weil sie ihre Enkelin verheiraten wollte, sondern weil sie das Mädchen bei sich haben wollte, bevor sie starb. Sie unterdrückte ein Schluchzen und sah wieder ins Feuer. Das Holz knisterte, und die Flammen tanzten auf und ab, bogen sich in dem Luftzug, der durch die Tür hereinkam. Tausendmal hatte sie die Flammen beobachtet, während ihre Mutter und ihre Großmutter webten und flickten, Getreide auskörnten oder sich alte und neue Geschichten erzählten. Sie konnte sich an keinen einzigen Tag ohne die schützende Gegenwart der beiden Frauen erinnern. Auf eine fast unmerkliche Bewegung hin wandte sie das Gesicht der Alten zu. Diese schaute sie an, ein Lächeln auf den Lippen.

»Ich hatte also Recht, du hast die Gabe.« Es war keine Frage, sondern eine Feststellung, die die alte Frau mit Freude erfüllte.

»Leider …«, antwortete das Mädchen und versuchte die Tränen zurückzuhalten.

»Ach, Kind, das darfst du niemals sagen. Wenn es eine Gewissheit gibt im Leben, dann die, dass niemand ewig lebt, nicht einmal ich.« Sie lachte leise. »Ich wusste, dass du es früher oder später merken würdest. Gut, dass es so schnell geschehen ist, so bleibt uns mehr Zeit.«

»Was fehlt dir?«

»Wer weiß … Zuerst waren es Schmerzen in der linken Seite, die sich mit der Zeit über den ganzen Körper ausgebreitet haben. Es braucht nicht viel, um zu wissen, dass es nichts Gutes ist.«

»Hast du den Arzt kommen lassen?«, fragte Catalina, wohl wissend, dass sie es nicht getan hatte.

»Wozu? Der Arzt in Abadiño ist ein alter Tattergreis«, antwortete sie, »gerade gut genug, um ein quer liegendes Kälbchen auf die Welt zu holen, aber mehr bringt er nicht zuwege. Außerdem habe ich mir geschworen, dass er niemals einen Fuß in dieses Haus setzen wird.«

Das Mädchen musste lächeln. Es wusste um den alten Streit, der die beiden seit vielen Jahren entzweite, denn sie hatte schon unzählige Male davon gehört. Der Auslöser war gewesen, dass Domenja nach dem Tod ihrer Mutter weiterhin Heilmittel für deren Patienten hergestellt hatte. Der Arzt hatte sie beim Gemeindevorsteher und beim Pfarrer von Arrazola angezeigt, und es hatte einen Riesenstreit gegeben. Catalina war sich sicher, dass es weniger die Anzeige als vielmehr die Erkenntnis gewesen war, dass sie nicht die kundigen Hände der alten Heilerin besaß, weshalb ihre Großmutter aufgehört hatte, Arzneien, Umschläge, Salben und Tränke herzustellen. Aber sie gab stets dem Arzt die Schuld, wenn sie Gelegenheit dazu hatte.

»Aber vielleicht …«, versuchte sie es noch einmal.

»Lass es gut sein, Katalintxe, lass es gut sein«, unterbrach sie die Alte. »Wir haben keine Zeit, uns mit solchen Nichtigkeiten aufzuhalten. Bevor ich gehe, habe ich dir noch viel zu sagen, zu zeigen und zu erklären, damit du für die Zukunft gerüstet bist.«

»Willst du wirklich, dass ich heirate?«, fragte das Mädchen in dem Glauben, dass es darum ging. »Es tut mir Leid, was ich heute Morgen zu dir gesagt habe. Wenn du möchtest, dass ich heirate, werde ich es tun.«

Domenja versuchte ein leises Lachen, das in einen dumpfen Husten überging.

»Es würde mir tatsächlich gefallen«, beteuerte sie, als sie sich von dem Hustenanfall erholt hatte. »Vor allem wüsste ich dann, dass ein junger Mann im Hause wäre, der sich um dich und deine Mutter kümmert. Aber ehrlich gesagt ist mir kaum jemand eingefallen, der zu dir und nach Goiena passen würde. Die Zweitgeborenen in Arrazola sind bettelarm, und die Hoferben wären nur an unseren Ländereien interessiert, um ihren Besitz zu vergrößern. Hoffentlich findest du einen guten Jungen von stattlichem Aussehen und mit aufrichtigen Gefühlen, der deine Liebe zu erwecken vermag! Denn es gibt nichts, was man mit einem geliebten Mann an der Seite nicht zu leisten im Stande wäre.«

Catalina musste lächeln, als sie diese Worte aus dem Mund ihrer alten Großmutter hörte.

»Das findest du lustig?«, fragte diese und lächelte ebenfalls. »Denkst du vielleicht, ich wäre immer eine vertrocknete Alte gewesen? Dass es in meinem Leben nicht die Liebe eines Mannes gegeben hätte?«

»Großvater …«

»Nun ja …«

Sie ließ den Satz unvollendet, und für einen kurzen Moment war die Alte mit ihren Gedanken in früheren Zeiten.

»Lassen wir dieses Geschwätz!«, rief sie dann mit wieder erwachter Energie. »In ein paar Tagen wirst du mit mir kommen und Dinge kennen lernen, die dir bislang verschlossen blieben.«

»Wohin gehen wir?«, fragte Catalina neugierig. Ihr fiel kein Ort ein, an den ihre Großmutter sie hätte führen können.

»Du wirst es schon sehen, wenn es so weit ist«, antwortete diese, und ihr Ton machte deutlich, dass sie nicht weiter über die Angelegenheit sprechen wollte. »Jetzt setz den Topf aufs Feuer, denn es ist bald Essenszeit, und deine Mutter und Ixile können jeden Augenblick zur Tür hereinkommen.«

Juan erwachte, als es bereits hell war, und stellte zufrieden fest, dass die junge Dirne, die er mehr als gut bezahlt hatte, damit sie die Nacht mit ihm verbrachte, bereits gegangen war. Es war nicht gut, Anlass zu Gerede zu geben, auch wenn alle darin übereinstimmten, dass ein junger, gesunder Mann seiner Manneskraft irgendwo freien Lauf lassen musste. Die Huren standen zwar auf der untersten Stufe der Wertschätzung, doch es war immer noch besser, wenn die jungen Männer sich bei ihnen austobten, als wenn sie ihr Glück bei anständigen Mädchen versuchten. Außerdem, so sagte er sich, tat er nichts anderes, als diesen armen Frauen zu helfen – Witwen oder mittellose Mädchen, die keine andere Wahl hatten, als auf die Straße zu gehen, um sich ein paar Maravedis zu verdienen, damit sie etwas zu beißen hatten.

Er erinnerte sich an die Unterhaltung, die er tags zuvor mit Hernando de Guinea in der »Posada de Min« geführt hatte. Vielleicht lag es an seiner Art, vielleicht war es dem guten Wein seines Freundes zuzuschreiben, aber entgegen der landläufigen Meinung, die man von seinem Berufsstand hatte, schien der Inquisitor kein schlechter Mensch zu sein. Er war ein kultivierter Mann, der Sohn des früheren Landesrichters der Biskaya. Auf Grund der Ereignisse in Durango, deren Zeuge er als junger Bursche geworden war, hatte er den Entschluss gefasst, der Kirche zu dienen, und hatte Recht und Theologie studiert, ohne jedoch seinen Laienstatus aufzugeben. Die Prozesse, die auf die Verhaftung der Sektierer gefolgt waren, die Hinrichtung einiger von ihnen in Tabira selbst und der Anblick der Karren, auf denen über hundert weitere Beschuldigte nach Valladolid und Santo Domingo de la Calzada gebracht worden waren, hatten tiefen Eindruck auf ihn gemacht.

»Man hat sie verbrannt!«

»Alle?«

»Alle.«

Das Gerücht hatte in der ganzen Gegend die Runde gemacht und war mit Entsetzen und Empörung aufgenommen worden. Ein Bote aus Kastilien hatte die Nachrichten früh morgens gebracht. Man hatte die verhafteten Ketzer zum Tod auf dem Scheiterhaufen verurteilt und das Urteil unverzüglich vollstreckt. Dieser Umstand erschien sogar jenen barbarisch, die ihre Stimme gegen die Sektierer erhoben hatten.

Die Hinrichtung von fast hundert Personen, in der Mehrzahl Frauen, fernab ihrer Heimat und ihrer Familien, ohne Verteidigung und ohne eine Möglichkeit, vor ihren Richtern und Henkern Gnade zu finden, hatte einen solchen Aufruhr in Durango und an der gesamten Biskaya verursacht, dass der Corregidor angeordnet hatte, die Wachen an Brücken, Pässen und Toren zu verstärken, Patrouillen zur Bewachung der Straßen auszusenden, Häuser, Ställe und Scheunen zu durchsuchen, jeden Verdächtigen festzunehmen und unverzüglich jeden zu hängen oder zu ertränken, der Waffen bei sich trug oder im Hause versteckt hielt.

Zum ersten Mal in über zweihundert Jahren waren sich die Grundherren einig gewesen und hatten sich geweigert, ihre Waffen abzugeben, mit der Begründung, dass sie ihre Ländereien nicht ungeschützt lassen könnten.

Zudem garantiere ihnen niemand, dass ihre Feinde der Anordnung ebenfalls Folge leisteten. Für den Fall, dass der Corregidor auf seinem Einfall beharrte, wurden in Erwartung der Dinge, die geschehen mochten, Schwerter, Keulen und Lanzen in Strohhaufen versteckt oder auf Weiden vergraben.

Damals hatte der Sohn des Landesrichters Otxoa de Guinea, der einer glänzenden Zukunft entgegensah und Aussichten hatte, die höchsten Posten bei Hof zu erreichen, den Entschluss gefasst, sich dem Studium zu widmen und sein Wissen in den Dienst der Kirche zu stellen.

Als sie erneut bei Wein, Essen und in angenehmer Gesellschaft brüderlich an einem Tisch saßen, fragte Juan ihn, warum sich ein Mann wie er dazu entschlossen habe, für das Inquisitionstribunal zu arbeiten, statt in die Dienste des Königs oder eines hohen Hofbeamten zu treten.

»Ich diene einem Höheren als dem König: Ich diene Gott«, antwortete Guinea mystisch verklärt. »Andere tun dies, indem sie den Habit tragen und sich dem Gebet widmen oder das Wort Gottes verkünden, doch in der Regel sind sie in Fragen des Gesetzes ungeschult und – wie soll ich sagen – in der Materie eher unbewandert. Der Dienst an Gott erfordert auch Vorbereitung und Studium.«

»Genügt es nicht zu beten?«

»Nein, und schon gar nicht, wenn es um Ketzerei geht wie bei den Fällen, mit denen ich mich befasse«, antwortete der Inquisitor und trank einen Schluck von dem Beerenlikör, den Min selbst angesetzt hatte und nun zu den Bratäpfeln servierte. »Die Ketzerei geht häufig von Irredentisten aus, Juden oder Muselmanen, die weiterhin ihrem alten Glauben anhängen und sich nur bekehrt haben, um in Ruhe ihren Geschäften nachgehen zu können. Diese mögen in der Mehrzahl sein, doch es gibt auch solche, die sich der Wahrheit verweigern und unseren Heiland schmähen. Wenn ich Euch erzählen würde …«

»Erzählt, erzählt«, ermunterte ihn Juan, so neugierig wie selten angesichts einer Sache, über die er fast gar nichts wusste.

»Es gibt Altchristen, welche die Jungfräulichkeit der Muttergottes verneinen, und andere, die in der Messe während der Wandlung obszöne Dinge sagen und über das Sakrament spotten. Nicht zu sprechen von den Gotteslästerern, von denen es Legionen gibt! Ich würde es niemals wagen, die Blasphemien zu wiederholen, die mir bei einigen Prozessen zu Ohren gekommen sind.«

Guinea trank noch einen Schluck Likör und fuhr dann in seiner Aufzählung verabscheuenswürdiger Verbrechen fort.

»Es gibt Sodomiten, die ohne jede Scham ihren schändlichen Beziehungen nachgehen. Geistliche, die die Messe lesen und die Beichte abnehmen, ohne als Priester ordiniert zu sein. Die sich Kebsweiber halten und mit diesen sogar Nachkommen zeugen. Bigamisten, Ehebrecher, Weiber mit boshafter Zunge, Lumpen, die junge Mädchen und sogar verheiratete Frauen vergewaltigen. Solche, die verkünden, dass Gott gegen die Ehe sei, und andere, die das Tribunal beklagen, Unschuldige zu verurteilen, um sich ihres Besitzes zu bemächtigen … Die Liste ist unendlich!«

»Und die Hexerei?«, fragte der Schreibergeselle in Erinnerung an den Auftrag seines Vorgesetzten.

»Wie ich Euch bereits sagte, verfolgen wir die Hexerei nur, wenn die Beklagten den Teufel anbeten, doch das ist nicht immer der Fall. Astrologen und Negromanten bekleiden hohe Positionen im Umfeld von Päpsten, Königen und Adligen«, erklärte der Inquisitor. »Auch unser König Ferdinand lässt sich die Aussichten eines Bündnisses oder den Ausgang einer Schlacht voraussagen«, fügte er in vertraulichem Ton hinzu. »Wusstet Ihr, dass Kaiser Maximilian, der Großvater des Gemahls von Prinzessin Johanna, den Ratschlägen und Weissagungen eines Magiers namens Trithemius folgt?«

Juan schüttelte den Kopf. Woher sollte er so etwas wissen?

»Trithemius ist Abt und seine Frömmigkeit hinlänglich bewiesen. Er ist mit der Gabe begnadet, ins Jenseits schauen und die Geister großer Helden vergangener Zeiten beschwören zu können. Außerdem«, fügte er hinzu, damit kein Zweifel entstand, »klagt er in zahlreichen seiner Schriften die Sekten der Zauberer oder Hexer an, insbesondere, wenn es sich um Frauen handelt, welche der Menschheit unermesslichen Schaden zufügen.«

»Aber er bleibt doch ein Magier ...«

»Es gibt gute Magier und schlechte Magier.« Guinea dozierte wie ein Lehrer, der vor seiner Klasse stand. »Papst Sylvester II., der gelehrteste Mann seines Jahrtausends, nannte man auch den Magier-Papst, und im gleichen Ruf stand Albertus Magnus, der, wäre er ein böser Magier gewesen, nicht heilig gesprochen worden wäre.«

»Und die Hexen?«, forschte Juan weiter, der sich eine konkrete Erklärung bezüglich des Themas erhoffte.

»Um der Wahrheit die Ehre zu geben, weiß ich nicht viel über sie«, räumte Guinea ein. »Aber man sagt, ihre Zahl nehme mit jedem Tag zu und Euer Vorgesetzter tut gut daran, sich Sorgen zu machen. Man muss bedenken, dass die Frau von Natur aus schwach und der Lasterhaftigkeit und der Ausschweifung zugetan ist. Deshalb ist sie eine leichte Beute Satans, der uns zu jeder Stunde nachstellt und nach Mitteln und Wegen sucht, sich unserer Seelen zu bemächtigen.«

Guinea zählte weitere Untaten auf, derer sich, wie er gehört hatte, die Hexen bedienten, um Anhänger für den Fürsten der Finsternis zu gewinnen, welcher seit seiner Verstoßung aus dem Himmel im ständigen Widerstreit mit Gott lag. Doch Juan bekam nicht die Erklärung, nach der er suchte, und nach seiner Unterhaltung mit dem Inquisitor wusste er vieles über Ketzer und nichts über Hexen. Als sich Guinea schließlich auf den Nachhauseweg machte und sie sich mit dem Versprechen, sich dieser Tage wieder zu sehen, freundschaftlich verabschiedet hatten, blieb er noch in der »Posada de Min«, um Bastiane, die Mutter seines Freundes, auszufragen.

»Hexen, in Tabira?«, fragte die Frau erstaunt. »Ich kenne keine.«

Sie wischte weiter mit einem Scheuerlappen, der mit einem Gemisch aus Öl und Ruß getränkt war, einen großen Kupferkessel aus und schien ihn und seine Frage vergessen zu haben. Juan wartete noch ein wenig in der Hoffnung, dass sie noch etwas sagte. Als das nicht geschah, wandte er sich zum Gehen.

»Obwohl …«

Als er Bastianes Stimme hörte, hielt er auf seinem Weg zur Tür inne und ging zu ihr zurück.

»Ja?«

»Man hört so einiges über Versammlungen in Jentilkoba de Mañaria und auch in Zeanuri und Argiñeta de Elorrio.« Bastiane schien plötzlich die Erinnerung wiedergefunden zu haben. »In Petralanda de Dima, so heißt es, sind während einiger Nächte im Jahr Flöten und Tamburine sowie Stimmen zu vernehmen, ebenso in Eperlanda de Muxika, an der Straße nach Gernika, und auch in Akerlanda de Gautegiz.«

»Glaubst du, es handelt sich um Hexenversammlungen?«, fragte er hoffnungsvoll.

Die Frau bekreuzigte sich, bevor sie antwortete.

»Das möge die heilige Jungfrau Maria verhindern!«, rief sie entsetzt. »Wir haben schon genug mit dieser Ketzersekte zu tun, da hat uns ein Hexenzirkel gerade noch gefehlt.«

Es war offensichtlich, dass Bastiane nicht viel mehr über die Sache wusste, aber ein Name hatte sich ihm deutlich eingeprägt: Jentilkoba. Es handelte sich um eine Höhle unweit von Mañaria, auch Martinshöhle genannt, weil sich in der Nähe eine Kapelle zu Ehren des Heiligen befand. Viele glaubten, dass die Kapelle errichtet worden sei, um die Teufel zu bannen, die, so erzählte man sich, in der Höhle hausten und in der Gegend ihr Unwesen trieben. Juan kannte den Ort, weil er seinem Bruder Otxote einmal beim Abtransport von Holz aus dem Holzschlag an den Hängen des Untzillatz geholfen hatte. Er hatte die Höhle durch Zufall entdeckt, als er nach einer Stelle gesucht hatte, um sich von der Unmenge an Bohnen zu erleichtern, die ihnen die Bewohner des Hofes Legorra angeboten hatten, denen der Holzschlag gehörte. Die Höhle, auch *Cueva de los Gentiles* genannt, bestand aus gewaltigen Felsblöcken. Die Leute waren der festen Überzeugung, dass sie ein Werk der *Gentiles* war, der heidnischen Riesen, die ihren Vorfahren beigebracht hatten, Stauwehre und Mühlen zu bauen, Getreide zu säen und das Erz aus dem Inneren der Erde zu holen. Wenn es einen Ort in der Gegend gab, an dem sich Hexen versammeln konnten, dann war dies ohne Zweifel Jentilkoba.

Zufrieden mit dem Tag, kehrte Juan nach Hause zurück. Er wollte herausfinden, ob seine Vermutungen stimmten. Es würde spannend sein, einer Versammlung geheimnisvoller Teufelsanbeter beizuwohnen.

Am nächsten Morgen stand er zeitig auf, wusch sich, griff nach dem Handtuch, das an der Wand hing, und rubbelte sich kräftig das Gesicht ab, denn er war davon überzeugt, dass eine tägliche Massage der vorzeitigen Faltenbildung entgegenwirkte. Er nahm die Seife aus der Waschschüssel und legte sie vorsichtig auf ein Tonschälchen, das er speziell zu diesem Zweck bei dem Töpfer Urreta in Auftrag gegeben hatte. Die Seife hatte ihm sein Freund Juan Sáinz geschenkt, ein angesehener Arzt, der vor allem die Adligen der Stadt behandelte.

»Es gibt keine adlige Dame, die sie nicht benutzt«, hatte ihm der Arzt erklärt, »und ich verlange eine hübsche Stange Geld für jedes Stück.«

»Ist sie schwierig herzustellen?«, hatte Juan neugierig gefragt, da es um ein Thema ging, bei dem er sich nicht auskannte.

»Nein, überhaupt nicht!«, hatte Sáinz lauthals lachend geantwortet. »Das macht meine Frau.«

»Ist sie kräuterkundig?«

»Nein. Es ist eine Familienrezeptur. Ihre Mutter und ihre Schwestern benutzen sie ebenfalls, mit guten Ergebnissen, wenn man sieht, wie zart ihre Hände sind, obwohl sie den ganzen Tag schuften.«

Die Seife, so erklärte ihm der Arzt, werde aus den getrockneten Wurzeln einer Pflanze hergestellt, die man »Seifenkraut« nenne.

»Ihr richtiger Name lautet allerdings Hundsnelke«, dozierte er weiter.

Nach dem Trocknen wurden die zerstoßenen Wurzeln in Wasser gekocht, bis eine Art Paste entstand, die man mit Olivenöl mischte. Sie war in jedem Fall viel angenehmer zu verwenden als die sonst übliche Seife aus Asche und Walfett.

Als er das Waschbecken ausschütten wollte, bemerkte er einige Haare, die auf dem Wasser schwammen. Er grinste bei dem Gedanken, dass sich seine Mutter stets beeilte, das Waschgeschirr auszuleeren, weil sie der festen Überzeugung war, dass sich ein Haar in einer Schüssel mit Wasser in eine Schlange verwandelte.

»Aberglauben!«, rief er aus, beeilte sich aber doch, das Wasser aus dem Fenster in den Hof zu gießen.

Er kämmte den Bart und das glatte Haar, das ihm bis auf die Schultern reichte, zog ein rotes Wams über das blütenweiße Hemd mit Kragen und Ärmelaufschlägen und nickte zufrieden, als er sich in dem halbhohen Spiegel mit dem kunstvoll geschnitzten Eichenrahmen betrachtete. Er hatte ihn von Ibáñez de Sunza bekommen, als Gegenleistung dafür, dass er sich bei Meister Bartolomé dafür verwandt hatte, den Papierkram wegen des Verkaufs einer Mühle zu beschleunigen, mit dem es ihm sehr eilig gewesen war, weil er einige Schulden zu begleichen hatte. Es waren solche kleinen Gefälligkeiten, durch die er sich einige Dinge leisten konnte, die er sich von seinem schmalen Lohn als Schreibergeselle gewiss nicht hätte erlauben können. Unter der Hand hatte er seine eigene Klientel, und die Geschäfte liefen nicht schlecht. Martínez de Unda war zu sehr mit den großen Fällen, seinen eigenen Geschäften und Besitzungen beschäftigt, mit der feinen Gesellschaft von Tabira und der Verfolgung inexistenter Hexen, um sich mit den kleinen Schwindeleien seines Gehilfen zu befassen.

Er ging ins Erdgeschoss hinunter, durch den breiten Korridor mit den glänzenden, gewachsten Holzdielen, öffnete eine der Türen und betrachtete erfreut das Arbeitszimmer voller Bücher, das seinem verstorbenen Wohltäter gehört hatte. Eines Tages würde dies sein Arbeitszimmer sein, er würde seine eigenen Klienten empfangen und an der Haustür ein eindrucksvolles Schild anbringen, auf dem stand: *Meister Juan Ortiz de Gesala, Schreiber*. Etwas sagte ihm, dass dieser Tag nicht mehr fern war.

»Hast du gut geschlafen, mein Junge?«

Doña María wartete an der Haustür auf ihn und reichte ihm seinen schwarzen Hut mit der breiten, spitz zulaufenden Krempe, den sie sorgfältig ausgebürstet hatte.

»Ja, danke, Mutter.«

Er nahm den Hut, hielt ihr die Wange hin und ließ sich flüchtig von ihr küssen. Die Frau blickte ihm hinterher. Sie hätte sich gefreut, wenn ihr Sohn liebevoller gewesen wäre, wenn er Vertrauen zu ihr gehabt und zwischen ihnen ein inniges Verhältnis geherrscht hätte, wie sie dies bei anderen Söhnen und ihren Müttern beobachtete. Aber sie hatte ihn an dem Tag verloren, als sie zuließ, dass Otxote ihn aus der Pfarrschule nahm und zu dem Küfer in die Lehre gab. Nach dem Tod des Notars Ezpeleta hatte er sie zu sich geholt, aber nicht als Hausherrin, sondern als schlichte Haushälterin, der es oblag, zu putzen und zu fegen, dafür zu sorgen, dass der Vorratsschrank gefüllt war und seine Kleider stets sauber und gebügelt waren. Sie war eine Dienstmagd im Hause ihres Sohnes, auch wenn sie lieber bei ihm lebte als bei dem Älteren, der so grob und ungehobelt war. Sie erinnerte sich an das letzte Mal, als sie Otxote gesehen hatte. Er hatte es gewagt, im Haus seines Bruders zu erscheinen, um diesen um Geld anzugehen, und das Gespräch zwischen den beiden war höchst unerfreulich verlaufen.

»Ich brauche Geld«, hatte der Ältere ohne weitere Umschweife gesagt.

»Dann such es dir woanders«, hatte Juans Antwort gelautet.

»Für wen hältst du dich?«, hatte Otxote beleidigt gefragt. »Alles, was du hast, verdankst du mir.«

»Hört, hört!«, hatte der Jüngere ausgerufen.

»Sag, was du willst, aber wenn ich dich nicht zu dem Küfer in die Lehre gegeben hätte, hättest du niemals dieses Haus betreten, auf das du dir jetzt so viel einbildest.«

»Wenn du kein ungebildeter Klotz wärst, hättest du kapiert, dass ich hätte studieren und ein einflussreicher Mann werden können«, hatte Juan erklärt, während er merkte, wie der Hass, den er für seinen Bruder empfand, erneut in ihm aufloderte. »Dann hätte ich dich aus dem Elend herausgeholt, in dem du lebst, und wir wären gute Brüder gewesen. Doch du hast es vorgezogen, mir die vier Céntimos abzunehmen, die ich bei dem Küfer verdiente, und das ist alles, was du von mir zu erwarten hast.«

Daraufhin hatte Otxote versuchte, seinen Bruder zu ohrfeigen, aber Juan war jünger und beweglicher. Außerdem hatte er mit der Attacke gerechnet, sodass es ihm nicht schwer gefallen war, dem Schlag auszuweichen und Otxote seinerseits einen ordentlichen Fausthieb auf die Nase zu versetzen. Die Witwe Ortiz vermutete, dass die Tracht Prügel, die ihr Ältester wenige Tage nach dem Streit hatte einstecken müssen, auf Juans Konto gegangen war, aber sie traute sich nicht zu fragen, und Otxote hatte sich nicht wieder in dem Haus blicken lassen.

Die Frau betrachtete noch einmal die schlanke Gestalt, die nun hinter der Straßenecke verschwand, und schloss die Tür.

Juan ging geradewegs zur »Posada de Min«. Er hatte sich angewöhnt, gemeinsam mit seinem Freund zu frühstücken. Ein paar gebackene Eier mit Schinken, ein ordentlicher Kanten Brot und ein großzügiger Becher Wein waren in Anbetracht der Tatsache, dass er manchmal bis spät nachmittags keine Zeit zum Essen fand, das beste Rezept, den Tag zu beginnen.

»Und, Min, hast du herausgefunden, worum ich dich gebeten habe?«, fragte er diesen, als sie am Tisch saßen.

»Was glaubst du wohl?«, erwiderte der andere mit der ihm eigenen Ironie.

»Also …?«

»In zwei Tagen. Martín Negugogor wird dich zu der Versammlung bringen.«

»In Jentilkoba?«

»In Jentilkoba.«

Er klopfte seinem Freund auf den Rücken, stürzte sich gierig auf die Eier, die Bastiane ihm soeben hingestellt hatte, und ließ seinen Gedanken freien Lauf. Das Leben war schön. Er besaß mehr als die meisten Sterblichen, und er würde noch viel mehr besitzen, dessen war er sich sicher. Es war an der Zeit, sich nach einer Ehefrau umzusehen, die eine gute Mitgift mitbrachte und nicht allzu hässlich war, denn schließlich musste er mit ihr ins Bett steigen, und auch wenn bei Nacht alle Katzen grau waren, war er nicht der Richtige dafür, eine Vogelscheuche zur Frau zu haben.

»Hast du schon einmal an die Tochter der Larreas gedacht?«, hatte ihn Min einmal gefragt, als sie beide Pläne geschmiedet hatten.

»Welche? Diese pockennarbige alte Jungfer?«

»Aber mit einer schönen Mitgift, denk daran!«, hatte Min gelacht.

»Ein zu großes Opfer für ein paar Dukaten und ein paar Morgen Land«, hatte er laut nachgedacht. »Ich würde lieber eine Witwe heiraten, die neben Erfahrung im Bett auch über gutes Geld von ihrem verblichenen Gatten verfügt. Außerdem wäre Larrea nicht damit einverstanden, seine Tochter mit einem Niemand zu verheiraten. Die alten Adelsgeschlechter sind sehr stolz und heiraten am Ende immer unter sich.«

»Kommt darauf an … Man muss das Mädchen bezirzen und ihm die Arbeit überlassen, den Vater zu überzeugen. Abgesehen davon glaube ich nicht, dass sie viel Auswahl hat«, hatte Min erklärt.

»Zuerst werde ich mich woanders umschauen, und dann … mal sehen!«

Die beiden hatten gelacht, aber die Sache war nicht zum Scherzen. Es gab zu viele Junggesellen in der Gegend, und die Auswahl war nicht sehr groß.

»Ich werde noch heute eine Liste mit allen möglichen Kandidatinnen erstellen, und eine wird schwach werden!«, sagte Juan zynisch. Dann machte er sich nicht länger Gedanken um seine Zukunft als verheirateter Mann und sprach ordentlich dem Frühstück zu, das Bastiane noch um einige Scheiben gebratene Blutwurst bereichert hatte.

Einige Tage nach dem Gespräch mit der Großmutter ging Catalina ihrer Mutter beim Bügeln zur Hand. Sie faltete einen großen Berg Wäsche, die sie im Bach gewaschen und, da es nicht regnete, in der Sonne zum Trocknen ausgebreitet hatten. Die beiden hatten von der Hitze und der Anstrengung gerötete Wangen. Das Bügeln erforderte große Sorgfalt und Aufmerksamkeit und gehörte nicht eben zu den Lieblingsbeschäftigungen der beiden. Zunächst nahmen sie aus einer Truhe drei schwere, dreieckige Eisen mit eisernem Griff und stellten sie auf einen Rost über das Feuer, warteten, bis sie sich erhitzt hatten, und wechselten sich dann beim Plätten von Bettlaken, Tischdecken, Röcken, Miedern und Hemden ab. Man musste sehr aufmerksam und flink sein, denn durch die Hitze konnte die Wäsche versengen, und außerdem musste man das Eisen mit einem dicken, schaffellgefütterten Lederhandschuh anpacken, damit man sich nicht die Hände verbrannte. Die geringste Unachtsamkeit hatte ein braunes Dreieck auf dem besten Rock oder eine Brandblase an der Hand zur Folge, und so konnten sie sich kaum unterhalten oder sonstwie von der eintönigen Arbeit ablenken.

Domenja betrat die Küche, angetan mit der Witwenhaube, die Haar und Hals bedeckte, und von oben bis unten in den unvermeidlichen Wollumhang gehüllt, an den Füßen dicke wollene Strümpfe und Holzpantinen.

»Katalintxe!«, wies sie die Enkelin an. »Nimm deinen Umhang und die Pantinen, wie brechen auf …«

Das Mädchen stellte vorsichtig das Eisen auf den Rost und wandte sich an Graciana.

»Kommst du nicht mit, Mutter?«, fragte es.

»Nein, mein Kind«, antwortete Graciana, ohne von dem Wäschestück aufzusehen, das sie gerade auf das Brett gelegt hatte.

Catalina versuchte nicht herauszufinden, warum sie nicht mitkam, und rannte die Treppe hinauf, um ihren Umhang und die Pantinen zu holen. Als sie wieder nach unten kam, hörte sie ihre Mutter und ihre Großmutter beinahe streiten.

»Sie ist noch so jung«, sagte Graciana.

»Älter als ich, als ich das erste Mal dort war, und auch älter als du es warst«, entgegnete Domenja ungeduldig.

»Es waren andere Zeiten …«

»Es hat sich nichts geändert.«

»Warum musst du sie in diese Dinge hineinziehen?« Gracianas Stimme klang vorwurfsvoll.

»Sie wird verstehen, was du nie verstanden hast.«

»Ich …«

Catalina betrat die Küche, und die beiden Frauen verstummten. Domenja ging hinaus und bedeutete ihr, zu folgen. Catalina nahm sich vor, ihre Mutter über das Gehörte zu befragen, wenn sie von dem geheimnisvollen Ausflug zurück waren, und folgte ihrer Großmutter. Sie war überrascht, als sie Ixile sah, der mit dem angeschirrten Wagen und dem Esel auf sie wartete. Also war das Ziel so weit entfernt, dass sie den Wagen nehmen mussten … Sie setzte sich nach hinten, während Ixile der alten Frau auf die Vorderbank half und ihre Beine mit dem dicken Schaffell bedeckte, mit dem jener andere Mann vor einigen Tagen sie selbst eingehüllt hatte.

Der Himmel war klar, und die Sterne begannen schwach

über ihren Köpfen zu funkeln. Hinter dem ersten Hügel ging der Mond auf. Voll und rund, ergoss sich sein Licht über Felder und Weiler. Rund wie die Silbermünzen, die das Mädchen in Tabira zum ersten Mal gesehen hatte und die manche Frauen um den Hals trugen oder an ihre Schürzen und Mieder nähten. Der Mond ihrer Kinderträume, der Mond aus den Geschichten, die ihr die Mutter erzählt hatte, wenn der Himmelskörper nachts durch das Fenster ihres Zimmers schien: von dem Mann, der ein Bündel gestohlenen Ginster davontrug und, als der Mond aufging, zu diesem sagte: »Ich kann dich nicht brauchen, verschwinde!«, und von diesem verbrannt wurde … aber auch der Mond der Geister der Nacht, von Inguma, dem Herrn des Bösen, von Gaueko, dem Hund mit der Kienfackel, der Mond der Sicheln, Hacken und Werkzeuge, die nach draußen gestellt wurden, damit das weiße Licht sie schärfe, der Mond der silbern schimmernden Flüsse, in die man Schwerter und Messer tauchte, damit sie hart wie Stahl wurden, der Mond der jungen Mädchen, die sich das Haar schnitten, damit es kräftiger wuchs, der Mond der glücklichen Schwangerschaften, der Mond, dessen Tau gegen Hautkrankheiten half, der Mond des Schweineschlachtens, der das Fleisch schmackhafter machte … Merkwürdig, dass sie sich plötzlich an Dinge erinnerte, denen sie nie besondere Aufmerksamkeit gewidmet oder die sie bereits vergessen hatte.

Sie stellte fest, dass sie in Axpe waren. Im Mondlicht wirkte das Dorf ganz fremd, aber sie hielten nicht an. Sie fuhren weiter nach Donibane und bogen dann in einen Weg, den sie nicht kannte. Er führte in einen Wald mit mächtigen Eichen, deren höchste Zweige sich weit über ihren Köpfen vereinten. Sie hatte das Gefühl, von tausend Augenpaaren beobachtet zu werden, und hin und wieder ließ der Schrei eines Uhus oder einer Eule sie zusammenfahren. Sie empfand keine Angst, nur Neugierde. Ihre Großmutter und Ixile unterhielten sich flüsternd, als wollten sie mit dem Klang ihrer Stimmen nicht die Stille des Waldes stören. Einmal versuchte sie zu belauschen, was sie sagten, und beugte sich nach vorne.

»Setz dich hin, Katalintxe, du könntest herunterfallen«, befahl ihr Domenja, ohne die Stimme zu erheben oder sich umzuwenden.

Ihr blieb nichts anderes übrig, als zu gehorchen. Sie hätte alles darum gegeben zu wissen, worüber die beiden sprachen. Es war unglaublich, dass sie sich nach so vielen gemeinsamen Jahren noch etwas zu erzählen hatten, und widerwillig musste sie sich eingestehen, dass zwischen ihnen eine Verbindung bestand, von der sie ausgeschlossen war.

Schließlich hielt der Mann das Fuhrwerk an und sprang ab, um den Esel an einem Baum festzubinden. Dann streckte er einen Arm aus und half der Großmutter vom Wagen. Sie gab ihrer Enkelin ein Zeichen, ihnen zu folgen, und sie stiegen auf natürlichen Stufen eine kleine Anhöhe hinauf, bis sie vor dem Eingang einer riesigen Höhle standen. »Sie werden doch nicht dort hineingehen wollen?«, fragte sich Catalina ein wenig erschrocken.

Ihr kamen die Geschichten über Menschen in den Sinn, die in die Höhlen der Erdgeister eingedrungen waren und nie wieder gesehen wurden, junge Burschen und Mädchen und sogar eine Mutter mit ihrem Kind. Diese letzte Geschichte hatte sie in Tabira gehört, bei einem jener Treffen im Hause der Wöchnerinnen, die nur den Frauen vorbehalten waren. Die Hebamme Josefa war stets eingeladen, und sie war es ebenfalls, wenn sie bei der Geburt zugegen gewesen war.

Dort ruhten sich die Frauen für einige Stunden von ihren Pflichten aus, tranken Wein, aßen Apfelkuchen und Nusstörtchen, und vor allen Dingen sprachen sie auf eine Art und Weise, die ihr Monate zuvor unvorstellbar gewesen wäre. Häufig vergaßen sie, dass Catalina noch sehr jung und unverheiratet war und keinen Mann kannte außer Don Diego de Olea. Lauthals lachend unterhielten sich die Frauen über alles Mögliche, angefangen von der besten Methode, das Neugeborene zu wickeln, über den Gebrauch des Milchsteins, der, auf die Brüste der jungen Mutter gelegt, verhinderte, dass die Brustwarzen hart und wund wurden, bis hin zu sämtlichem Klatsch und Tratsch und den jüngsten Skandalen in der Stadt, wobei stets auch die Sprache auf die Fraticelli und ihre Anhänger kam. Am Ende waren sie immer vom Wein beschwipst und ließen sich über die Männer im Allgemeinen aus, eigene wie fremde. Für Catalina war dieser Teil am unterhaltsamsten, und sie versuchte, sich in einem Eckchen des Zimmers ganz klein zu machen, damit man sie nicht hinausschickte. Doch das geschah nie, teils, weil niemand auf sie achtete, teils, weil die allgemeine Auffassung herrschte, dass ein junges Mädchen beizeiten wissen sollte, was es bei der Hochzeit erwartete.

»Katalintxe! Willst du die ganze Nacht hier stehen bleiben?«

Domenjas Stimme brachte sie in die Gegenwart zurück. Ixile war in der Höhle verschwunden, und Domenja tat es ihm nach. Catalina blieb nichts anderes übrig, als ihnen zu folgen, während sie dachte, dass sie gerne noch ein wenig länger gelebt hätte, aber sie war bereit, sich zu opfern und nicht zuzulassen, dass sich ihre Großmutter der Gefahr alleine aussetzte.

Zuerst sah sie nichts. Alles war schwarz, genauso, wie sie sich das Innere der Erde immer vorgestellt hatte, und Angst ergriff sie. Doch allmählich gewöhnten sich ihre Augen an die Dunkelheit, und sie erkannte ein Licht am Ende des schmalen Durchgangs zwischen den beiden Felswänden. Als sie näher kam, vernahm sie Stimmen und glaubte sogar eine Pfeife und eine Schellentrommel zu hören.

»Das sind die Höhlengeister, die ihre neuen Opfer feiern«, flüsterte sie zitternd, um ihre eigene Stimme zu hören und sich nicht so verlassen zu fühlen.

Entschlossen ging sie weiter und betrat die große Grotte, die von Dutzenden stark rauchender Tranlichter erhellt war, die einen durchdringenden Geruch verbreiteten.

Es war kein Traum. Es waren keine Erdgeister, die sich in Jentilkoba versammelt hatten, es waren Männer und Frauen jeden Alters und auch einige Burschen und Mädchen, die jünger waren als sie selbst. Sie war mit offenem Mund im Eingang stehen geblieben, überwältigt von dem, was sie sah. Es war ein großer Raum, groß genug, um einer Anzahl von Personen bequem Platz zu bieten, die sie siebenmal an den Fingern beider Hände abzählen konnte. Sie saßen und standen herum, plauderten lebhaft und begrüßten einander, als befänden sie sich bei einer Familienfeier. Die Frauen trugen weder Hauben noch Umhänge, und die Männer hatten ihre Kapuzenmäntel und Wämser abgelegt. Ihr Äußeres verriet nicht, ob sie Bauern oder Edelleute waren, arm oder reich. Domenja fasste sie bei der Hand und führte sie von einem zum anderen, um sie vorzustellen.

»Meine Enkelin und Erbin Katalintxe«, sagte sie schlicht.

Zu ihrer Überraschung erhoben sich die Sitzenden, und diejenigen, die standen, begrüßten sie mit einem Lächeln und einem Neigen des Kopfes. Zu ihrem grenzenlosen Erstaunen wurde es ganz still, als sie zu einer Frau kamen, die ihrem Aussehen nach mit Abstand die Älteste war.

»Dies ist Katalintxe«, sagte Domenja.

Die Frau musterte sie aufmerksam. Sie war sehr klein, und unter ihrer fast durchscheinenden Haut waren bläulich die Adern zu erkennen. Sie hatte kaum Falten, einzig um die Augen zog sich ein Netz fein gezeichneter Linien. Ihre durchdringenden, beunruhigenden Augen waren groß und schwarz wie Listas Fell, aber als sie Catalina sah, begannen sie zu strahlen.

»Du bist zurückgekommen«, sagte sie, ergriff Catalinas Hand und küsste sie.

Das Stimmengewirr setzte wieder ein, als hätten alle auf ein Zeichen gewartet, und plötzlich hielt das Mädchen eine kleine Schale in den Händen, ohne zu wissen, wo sie hergekommen war. Sie hielt sie unter die Nase, ohne den Geruch der dampfenden Flüssigkeit zu erkennen, in der klein geschnittene Blätter und einige Samenkörner schwammen, aber als sie sah, dass sowohl ihre Großmutter als auch alle anderen tranken, trank sie ebenfalls. Es schmeckte nicht schlecht, ein bisschen bitter vielleicht, aber sie war durchgefroren von der Fahrt auf dem Wagen und dankbar für ein warmes, stärkendes Getränk. Kurz darauf wurde ihr heiß, und wie die übrigen anwesenden Frauen legte sie den Wollumhang ab und wenig später auch das langärmlige Mieder, das sie über dem Hemd trug. Sie fühlte sich leicht und hatte das Gefühl, jeden Augenblick zu fliegen.

Einige Männer begannen eine Art Schellentrommel und zwei oder drei Schalmeien zu spielen. Mehrere Frauen fassten sich bei den Händen und begannen im langsamen Takt der Musik einen großen, hohlen Baumstamm zu umrunden, der inmitten der Grotte stand. Es erschien Catalina völlig natürlich, sich dem Kreis anzuschließen, als eine der Frauen die Hand ausstreckte und die ihre ergriff. Sie hatte noch nie zuvor getanzt, doch es war ihr egal. Sie fand das Ganze spannend und vergnüglich. Als der Kreis vollständig war, schlug der Mann mit der Schellentrommel einen anderen Takt an. Die Tänzer änderten den Schritt und begannen sich mit dem Rücken zu dem Baumstamm im Takt der immer schneller werdenden Musik zu bewegen, drei Schritte vor und drei Schritte zurück, wobei sie einander leicht an den Hüften anstießen und sich um die eigene Achse drehten. Es dauerte ein bisschen, bis Catalina die Bewegung verstanden hatte, doch wenig später hätte niemand, der sie sah, vermutet, dass sie zum ersten Mal tanzte.

Ein Tanz folgte auf den anderen, manchmal tanzten die Frauen alleine, dann wieder warfen die Männer und Burschen die Beine hoch in die Luft und drehten sich, so schnell sie konnten, dann wieder tanzten Männer und Frauen gemeinsam. Gelegentlich, wenn die Musik aufhörte, setzte sich Catalina auf einen Felsvorsprung oder einfach auf den Boden, aber sofort kam jemand, um sie wieder in den Reigen der Tanzenden zu ziehen. Als die Talgkerzen bis auf drei Fingerbreit heruntergebrannt waren, hielten sie inne. Erschöpft und erhitzt setzten sich alle auf den Boden, bis auf die Alten, die nicht an dem

Tanz teilgenommen und den Jüngeren mit einem neidvollen, sehnsüchtigen Lächeln zugesehen hatten.

Schließlich ließ die Müdigkeit ihre Lider schwer werden, und sie seufzte wohlig auf. Bevor sie in einen tiefen Schlaf fiel, kehrten zwei Bilder in ihre Erinnerung zurück. Hatte sie geträumt, oder hatte sie wirklich gesehen, wie sich ihre Großmutter und Ixile auf den Mund küssten? Und … wer war der Mann mit dem langen Haar und dem kalten Blick gewesen, der sich weder an dem Tanz noch an dem allgemeinen Vergnügen beteiligt hatte, aber die ganze Nacht hindurch keinen Blick von ihr gewandt hatte?

Als sie wieder wach wurde, hatte sie Kopfschmerzen. Zwei Tage blieb sie im Bett liegen. Graciana brachte ihr das Essen und half ihr beim Waschen, aber sie sprachen kaum. Catalina war zu müde und schlief sofort wieder ein, sobald sie alleine war. Als sie am dritten Tag die Augen aufschlug, stellte sie erleichtert fest, dass sie sich wie neu geboren fühlte. Kopf und Körper schmerzten nicht mehr, sie hatte Hunger und Lust, sich zu bewegen.

Sie stand auf, zog sich an und ging in die Küche hinunter. Sie wusste nicht, wie spät es war, aber es musste noch sehr früh am Tag sein, denn das Feuer brannte noch nicht. Sie schürte die Glut vom Vortag, legte ein wenig trockenes Reisig und einige Holzscheite auf und fachte das Feuer an, bis die Scheite brannten. Sie erhitzte die Steine für die Milch, dann setzte sie sich hin und wartete.

»Fühlst du dich besser?«

Als Catalina ihre Großmutter hörte, wandte sie sich um und lächelte. Domenja kam zum Herd und setzte sich in ihren Stuhl.

»Das ist beim ersten Mal immer so«, erklärte sie ihr,

»aber beim nächsten Mal solltest du darauf achten, das Tollkraut nicht in einem Zug auszutrinken … eine Schale reicht für die ganze Nacht, wenn du dich nicht wieder so elend fühlen willst.«

»Tollkraut?«, fragte sie erstaunt.

»Ja.« Die Alte lächelte. »Man nennt es auch Bilsenkraut, doch ich bevorzuge die andere Bezeichnung, denn es kann einen Menschen tatsächlich verrückt machen, wenn man es im Übermaß und regelmäßig genießt.«

Das Mädchen riss die Augen auf. So etwas Gefährliches hatte ihre Großmutter sie trinken lassen?

»Nein, es ist nicht gefährlich«, fuhr Domenja fort, die wieder einmal die Gedanken ihrer Enkelin las. »Es ist wie mit so vielen Dingen, die an sich nicht schädlich sind, solange man sie nicht im Übermaß genießt.«

»Warum … warum …« Catalina fand nicht die richtigen Worte.

»Warum wir Tollkraut trinken statt einen guten Pfefferminztee?«

Das Mädchen nickte.

»Vielleicht, weil es Körper und Geist beflügelt«, erklärte sie lächelnd, »Sorgen und Nöte vergessen macht und, daran besteht kein Zweifel, unsere Sinne schärft.«

»Wer waren diese Leute?«, fragte das Mädchen weiter, während es sich verschwommen an einige Gesichter erinnerte, die es noch nie zuvor gesehen hatte.

»Freunde, die von überall aus dem Tal zusammenkommen.«

»Warum?«

»Katalintxe de Goiena, hörst du denn nie auf, Fragen zu stellen?«, rief Domenja wie damals, als ihre Enkelin noch ein kleines Mädchen gewesen war, das unaufhörlich Fragen stellte.

»Wie soll ich etwas lernen, wenn ich nicht frage?«, entgegnete diese wie schon so viele Male zuvor.

Ihre Großmutter lächelte erneut, bevor sie antwortete.

»Es ist eine alte Tradition, so alt, dass nicht einmal meine Mutter wusste, wann alles anfing. Die Menschen, die seit jeher hier lebten, gaben sie vom Vater an den Sohn, von der Mutter an die Tochter weiter. Deine Urgroßmutter sagte immer, es sei die Antwort auf die neuen Sitten, die sich im Tal ausbreiteten und daran schuld seien, dass die Söhne und Töchter dieses Landes ihre alten Gebräuche vergäßen.«

»Welche neuen Sitten?«, fragte das Mädchen neugierig.

»Jene, die mit den Leuten aus anderen Gegenden kamen, Leuten, die unseren Glauben verdammten und uns einen anderen, unbekannten Glauben aufnötigten. Sie zerstörten die Altäre unserer Götter, die unsere Vorfahren errichtet hatten, fällten die heiligen Bäume, verboten Gesänge und Tänze, zwangen die Menschen, in die Kirchen zu gehen, und verfolgten jene, die standhaft blieben, bezichtigten sie der Hexerei, stießen sie von Felsen hinab oder verbrannten sie auf dem Scheiterhaufen.«

»Damals«, erzählte Domenja weiter, »begannen sich einige Leute tief in den Wäldern, hoch auf den Bergen oder in Höhlen zu versammeln. Es waren geheime Versammlungen, zu denen nur Zutritt hatte, wer in Begleitung eines Angehörigen oder Freundes war, der schon zuvor zugelassen worden war. Sie fanden mehrmals jährlich statt, in den Vollmondnächten, besonders aber zur Sommer- und Wintersonnenwende. Man rief die Menschen nun nicht mehr mit dem Horn oder Leuchtfeuern auf den Bergen zusammen, sondern die Botschaft wurde flüsternd unter jenen weitergegeben, die in das Geheimnis eingeweiht waren. Bei den Versammlungen wurden verbotene Tänze getanzt und Gesänge angestimmt, die man seit Hunderten von Jahren nicht mehr offen vernommen hatte, man trank Tollkraut und rieb sich mit Salben ein, die kundige Hände aus Pflanzen wie dem Bilsenkraut oder Belladonna herstellten und die es den Menschen ermöglichten, an den Anbeginn aller Zeiten zurückzukehren und mit eigenen Augen den Ursprung ihres Landes zu sehen, der, wenn auch im Verborgenen, weiterlebte. Vor allem aber wurde gesprochen. Die Alten erzählten Geschichten, die sie selbst, als sie noch jung gewesen waren, von anderen Alten gehört hatten: von den Heldentaten der Vorväter und den Kämpfen gegen die Fremden, von Anrufungen der Geister des Tages und der Nacht, der Sonne und des Mondes, der höchsten Mari und des furchtbaren Inguma. Geschichten von Riesen, die ihnen beigebracht hatten, Getreide zu säen, die Felder zu bestellen und Fleisch und Fisch zu pökeln. Von Beschwörungsformeln, so alt wie die Welt, um das Böse von den Häusern fern zu halten oder eine gute Ernte einzuholen, und von Amuletten aus Eisen oder Gagat, die ihre Träger vor dunklen Gefahren schützen sollten.«

Catalina lauschte ihrer Großmutter mit offenem Mund. Noch nie zuvor hatte sie so etwas gehört, nicht einmal während ihrer Zeit in Tabira. Auch bei ihren Besuchen bei Gebärenden, Kranken und Freunden hatte sie nie etwas Auffälliges bemerkt. Wie war es möglich, das alles geheim zu halten? Was würde geschehen, wenn eines Tages ein Fremder davon erfuhr?

»Wahrscheinlich würde man uns alle vor Gericht stellen und zu Kerker oder Tod verurteilen«, sagte Domenja. »Alles ist möglich.«

»Weshalb macht ihr es dann?«, fragte Catalina. Sie konnte nicht verstehen, was einige Talbewohner dazu trieb, sich am Rande des geltenden Rechts zu heimlichen Versammlungen zusammenzufinden.

»Weshalb atmen wir?«, fragte ihre Großmutter zurück. »Um zu leben, mein Kind, um nicht zu sterben, und damit der Geist unserer Vorfahren nicht stirbt. Entweder man spürt es oder man spürt es nicht. Deine Mutter zum Beispiel hat nie den Ruf der Mari verspürt. Ich habe auch sie zu den Versammlungen mitgenommen, aber ob aus Angst, ob aus Gleichgültigkeit, sie wollte nichts mit einer Sache zu tun haben, die für einige ein Verbrechen oder Ketzerei darstellen mag. An dem Tag, an dem wir aufhören, die Erinnerung an unsere Vorfahren zu ehren, werden wir tot sein. An diesem Tag wird niemand mehr da sein, der uns daran erinnert, wer wir sind und woher wir kommen. Wir werden ohne Vergangenheit und ohne Zukunft durch die Welt irren, denn wer keine Vergangenheit hat, hat auch keine Zukunft.«

Catalina verstand die Worte ihrer Großmutter nicht so recht, aber das alles schien ihr etwas Verbotenes, Unseliges zu sein, das nur Unheil in ihr Leben bringen konnte. Bis zu diesem Tag war ihr Leben ruhig verlaufen. Sie hatte eine glückliche Kindheit gehabt, und ihr Aufenthalt in der Stadt hatte sie gelehrt, dass die Welt mehr war als Goiena und die Berge ringsum. Dennoch fand sie das alles so außergewöhnlich, dass sie mehr wissen wollte.

»Wer war die alte Frau, die mir die Hand geküsst hat? Warum hat sie gesagt, ich sei wiedergekommen? Wiedergekommen woher?«

Domenja richtete den Blick auf die Steine, die Catalina ins Feuer gelegt hatte, und gab ihr ein Zeichen, dass sie heiß waren und sie die Milch kochen konnte. Das Mädchen nahm einen Topf, goss die frisch gemolkene Milch hinein, die in einem Krug bereit stand, gab die Steine dazu und wartete einen Augenblick. Sie mochte das zischende Geräusch, wenn die heißen Steine in die Milch fielen. Dann sah sie wieder ihre Großmutter an, einen fragenden Blick in den Augen.

»Das war María de Usúa«, beantwortete Domenja ihre Frage. »Niemand weiß, wie alt sie ist, aber es heißt, sie sei schon eine alte Frau gewesen, als die Pest noch in der Gegend wütete – viele Jahre, bevor deine Mutter geboren wurde. Jedenfalls ist sie viel älter als ich«, erklärte sie mit einer gewissen Koketterie. »Sie ist die Stellvertreterin der Mari in den Versammlungen, ihr bieten wir unsere Opfergaben dar. Sie kennt Wörter, die uns anderen unbekannt sind, und viele haben sie Wunder wirken sehen, auch wenn ich selbst nie Gelegenheit hatte, Zeuge eines solchen zu werden.«

Der erste Gedanke des Mädchens war, dass diese María de Usúa eine Verrückte war, so verrückt wie alle anderen, ihre Großmutter eingeschlossen, wenn sie an solche Hirngespinste glaubten. Aber sie behielt ihre Gedanken für sich und wollte erneut wissen, warum die Alte ihre Hand geküsst hatte.

»Sie hat in dir meine Mutter gesehen, deine Urgroßmutter«, erklärte ihre Großmutter. »Sie war die letzte Stellvertreterin der Mari bei den Versammlungen. Du siehst ihr so ähnlich, dass sie wohl glaubte, du seist sie. María de Usúa hat meine Mutter verehrt, sie nannte sie ihre Lehrmeisterin.«

»Ich dachte, die Urgroßmutter sei eine Heilerin gewesen«, sagte das Mädchen überrascht.

»Das war sie auch«, antwortete Domenja. »Das eine hat mit dem anderen nichts zu tun. An den Versammlungen nehmen Menschen aller Stände und Berufe teil. Zwar stammen die meisten von ihnen aus den Dörfern und nicht aus der Stadt, weil sich auf dem Land die Gebräuche reiner erhalten haben. Aber es sind auch einige Personen von Stand dabei, die wie wir alle die alten Bräuche lebendig halten wollen.«

Catalina goss die Milch in zwei Schalen und reichte ihrer Großmutter eine davon, bevor sie die andere trank. Sie saßen eine ganze Weile schweigend da, bis Domenja schließlich wieder das Wort ergriff.

»Die nächste Versammlung findet statt, wenn die Kirche die Johannisnacht feiert und wir die Sommersonnenwende. Es ist sehr wichtig, dass du daran teilnimmst, denn ich glaube nicht, dass ich hingehen kann.« Sie bedeutete dem Mädchen, sie nicht zu unterbrechen. »Meine Zeit läuft ab, ich merke es mit jedem Tag, der vergeht. Noch vor diesem Tag werde ich zur Mari gegangen sein. Wir feiern das Fest der Sonne, des Gestirns, das uns Licht und Wärme schenkt und uns am Leben erhält. Sträuße aus Weißdorn, Esche, Johanniskraut, blühendem Farn und anderen Pflanzen der Göttin sollen unsere Häuser vor Blitzschlag schützen. Wir entzünden große Feuer und bringen an den vier Ecken der Felder Kräuterwische an, die in diesen Feuern entzündet wurden, um die bösen Geister zu vertreiben und Ernteschäden zu verhindern. Wir laufen barfuß durch das taunasse Gras, damit wir von Krankheiten verschont bleiben. Du musst dabei sein. Das ist alles, worum ich dich bitte. Danach kannst du tun, was du für richtig hältst, und den Versammlungen fernbleiben, wenn du das wünschst, aber versprich mir, dass du in dieser Nacht hingehst.«

»Ich verspreche es dir«, flüsterte das Mädchen.

Sie wusste nicht genau, was sie da versprach. Das Einzige, was sie genau wusste, war, dass ihre Großmutter den Zeitpunkt ihres Todes vorhergesagt hatte, und diese Vorstellung ängstigte sie. Was sollte sie ohne sie tun? Zu wem sollte sie gehen, wenn Dunkelheit ihr Herz erfüllte und sie nicht wusste, welchen Weg sie nehmen sollte? Ihre Großmutter war ein Teil ihrer selbst, ihre Zwillingsseele, ohne die sie sich ihr Leben nicht vorstellen konnte.

Domenja ging zu Frühlingsbeginn, als die Wiesen in tausend Farben leuchteten, die Ähren sich triumphierend gen Himmel reckten und die Flüsse sich aus den Auen zurückzogen. Die alte Frau war derart abgemagert, dass sie nicht mehr wog als ein kleines Mädchen. Sie verließ kaum noch das Bett und hatte sich in ein Schweigen zurückgezogen, das Graciana und ihre Tochter zutiefst schmerzte. Unablässig sah sie zum Anboto hinüber, der durch das Fensterchen ihres Zimmers zu sehen war. Manchmal traf Catalina sie dabei an, wie sie unverständliche Wörter vor sich hin murmelte.

»Die Großmutter betet«, sagte sie eines Tages zu ihrer Mutter. »Was betet sie?«

»Woher weißt du, dass sie betet?«

»Ich weiß es nicht«, musste sie zugeben. »Aber sie spricht ganz leise vor sich hin, wie die Leute in der Kirche, wenn es eine Beerdigung gibt.«

»Vielleicht spricht sie mit den Geistern der Vorfahren«, erklärte ihre Mutter, »um ihnen anzukündigen, dass sie bald bei ihnen sein wird.«

»Mutter!«, rief das Mädchen entsetzt. »Sag so etwas nicht!«

»Töchterchen« – Gracianas Stimme klang sanft, aber traurig –, »freunde dich mit dem Gedanken an. Die Großmutter muss irgendwann gehen, wir alle müssen das, wie schon zuvor dein Großvater und dein Vater.«

Catalina wusste, dass ihre Mutter Recht hatte, aber es

erschien ihr ein schlechtes Vorzeichen, darüber zu sprechen. Der Tod könnte sie hören und vor der Zeit kommen.

Eines Tages, es war noch früh, kam Ixile ins Haus, ein seltsames Gestell auf dem Rücken, das einem Sattel sehr ähnlich sah. Er nickte mit dem Kopf und ging die Treppe hinauf zum Zimmer der Großmutter, wobei er immer zwei Stufen auf einmal nahm. Graciana und Catalina sahen sich verdutzt an und warteten am Fuß der Treppe. Es dauerte nicht lange, und der Mann kam wieder nach unten. In dem Gestell saß nun, mit einem Lederriemen festgeschnallt, Domenja. Sie hatte ihre besten Kleider angezogen – eine dunkelblaue Tunika mit silberbestickten Volants an den Ärmeln und am Rocksaum – und darüber den wollenen Umhang, den ihre Enkelin so gut kannte. Sie trug Strümpfe und schaflederne Schuhe, die sie noch nie an ihr gesehen hatte.

»Sie sind zu schade, um sie anzuziehen«, hatte sie immer gesagt, wenn Catalina sie gefragt hatte, warum sie die Schuhe nie trug.

Sie trug keine Haube und hatte ihr langes, feines weißes Haar zu einem Knoten gebunden, aus dem einige Strähnen herausgerutscht waren, die sich auf der Stirn und über den Ohren kringelten.

Als Ixile bei den beiden erwartungsvoll schauenden Frauen angelangt war, hielt er inne.

»Meine Lieben«, sagte Domenja. »Der Augenblick ist gekommen, euch zu verlassen.«

Graciana unterdrückte ein Schluchzen, ergriff die magere Hand und bedeckte sie mit Küssen und Tränen.

»Ich weiß doch, dass du mich liebst, Graciana, meine Tochter«, sagte die alte Frau bewegt. »Ich liebe dich auch, du weißt gar nicht, wie sehr.«

»Wohin gehst du, Großmutter?«

Die Frage ihrer Enkelin entlockte ihr ein Lächeln.

»Du kannst nicht mit mir kommen, mein Kind«, antwortete sie. »Auf diese Reise muss ich alleine gehen.«

»Ich denke gar nicht daran, dich alleine gehen zu lassen!«, rief das Mädchen, das nicht verstehen wollte, was ihre Großmutter ihr zu sagen versuchte.

»Du kannst mich ein Stückchen begleiten, wenn du willst«, gab die Alte nach.

Graciana ergriff erneut die Hand ihrer Mutter und küsste sie ehrfürchtig. Sie wollte sich nicht von ihr trennen, doch Domenja tippte Ixile sanft auf die Schulter und wies zur Tür, woraufhin dieser sich in Bewegung setzte. Graciana hielt die Hand ihrer Mutter noch eine ganze Weile fest umklammert. Sie sagte nichts, sondern weinte nur. Schließlich ließ sie sie gehen, und die anderen machten sich auf den Weg in Richtung Anboto. Catalina drehte sich zu ihrer Mutter um und sah sie im Gras sitzen, das Gesicht in den Händen vergraben und den Körper von Weinkrämpfen geschüttelt.

Während des ganzen Weges sprachen sie kein Wort. Der steile Anstieg erforderte Konzentration, und die drei schienen mehr auf den Weg und ihre eigenen Gedanken bedacht als darauf, eine Unterhaltung zu führen. Als sie zu einem Felsvorsprung kamen, hielten sie an. Ixile setzte seine kostbare Last auf einem etwas ebeneren Felsblock im Schatten eines größeren Felsens ab und machte sich daran, an der höchsten Stelle einen kleinen Altar zu errichten. Von dort aus konnte Catalina den gesamten Gebirgszug des Anboto überblicken, das Tal von Atxondo, Gehöfte und Dörfer, die als kleine Flecken inmitten von Wäldern lagen, Täler und Wiesen, und als sie in der Ferne Tabira entdeckte, huschte sogar ein Lächeln über ihr

Gesicht. Sie war noch niemals so hoch oben gewesen, und die Landschaft, die sich vor ihren staunenden Augen ausbreitete, ließ sie für einen Moment den Grund des Aufstiegs vergessen. Der Mann aus Goiena verschwand, um kurz darauf mit einem Schafbock zurückzukehren, den er auf den Altar legte und der Länge nach aufschlitzte, um die Eingeweide herauszuziehen. Während Ixile mit dem Tier beschäftigt war, fand die Alte ihre Sprache wieder.

»Katalintxe, meine geliebte Enkeltochter«, sagte sie, »wenn mich in diesem Moment etwas schmerzt, dann die Tatsache, dass ich dein Gesicht nicht wiedersehen und deine Kinder nicht kennen lernen werde, aber ich werde in Gesellschaft meiner Herrin, der Großen Göttin, über dich und über sie wachen. Du hast mich bis hierher begleitet, und hier musst du bleiben, denn du kannst meinen Weg nicht weiter mit mir gehen.«

»Aber Großmutter«, rief das Mädchen ernstlich erschreckt, »warum redest du so?«

»Hast du noch nicht begriffen oder willst du nicht begreifen?« In ihrer Stimme lag so viel Zärtlichkeit, dass Catalina den Tränen nahe war. »Mein Leben ist an seinem Ende angelangt. Mein Lebenskreis, der mich an die Erde band, ist vollendet, und nun gehe ich zur Mari. Ixile wird mich zur Höhle bringen, und ich werde frohen Herzens und in Frieden hineingehen. Dort werde ich auf die Große Göttin warten.«

»Warum er?«, fragte das Mädchen aufgebracht. »Er ist nur ein Knecht ...«

»Er ist kein Knecht, mein Kind. Er hat auf sein Zuhause und sein Erbe verzichtet, um bei mir zu sein. Erinnerst du dich an die Geschichte von dem jungen Mädchen, das mit seinem Geliebten floh, die ich euch im Haus deines

Onkels Muntsaratz erzählte? Das waren Ixile und ich. Wir lernten uns bei den Versammlungen in Jentilkoba kennen und verliebten uns. Als mein Vater starb, kam er nach Goiena zurück, und auch wenn ich deinem Großvater die gebührende Achtung entgegengebracht habe, war Ixile mein Herzensgefährte.«

»Als er mich aus Tabira zurückbrachte, hielten wir an einem Haus … dort waren zwei Männer …«

»Das waren sein Bruder und sein Neffe«, erklärte Domenja. »Meinetwegen hat er Haus und Hof verlassen und auf sein Erbe verzichtet. Wir haben uns ein Leben lang geliebt, und es ist natürlich, dass er mich auf meinem letzten Gang begleitet. Das verstehst du doch, oder?«

Sie verstand es nicht ganz, aber sie nickte. Das Geständnis ihrer Großmutter, ihre Entscheidung, in der Höhle zu sterben, und die Tatsache, Ixiles Hände voller Blut zu sehen, ließen ihr keine Zeit, sich zu wundern.

»Ich muss jetzt gehen«, fuhr Domenja fort. »Vergiss nicht dein Versprechen, an der Sonnenwendfeier teilzunehmen, in der Johannisnacht, und denk daran, dass ich immer bei dir bin, bis wir uns bei der Mari wiedersehen.«

Ixile schulterte erneut die Kraxe und zurrte sie vor der Brust und an den Hüften fest. Catalina stand auf. Sie wollte mit ihnen zu der Höhle gehen und das Schicksal der Frau teilen, die sie seit ihrer Geburt geleitet und beschützt hatte, aber sie blieb stehen und sah, wie sie auf dem schmalen, gefährlichen Pfad hoch über dem Abgrund verschwanden, der zu der Grotte führte.

Es war ein klarer Tag, und die Sonne begann die Luft zu erwärmen, doch über dem Berggipfel schwebte eine große, weiße, durchscheinende Wolke. Catalina lächelte. Sie betrachtete das Heidekraut, das zwischen den Felsen wuchs, und den bemoosten Stein, auf dem der Kadaver des Schafbocks lag. Sie ging näher und betrachtete die noch dampfenden Eingeweide des Tieres, dann sah sie erneut den beiden Gestalten nach, bevor sie aus ihrer Sicht verschwanden.

»Großmutter!«

Es war kein Schrei, sondern eine Klage, die von dem gewaltigen Massiv des Anboto widerhallte. Da spürte sie, wie eine sanfte Brise zärtlich über ihr Gesicht strich, und ein tiefer Frieden breitete sich in ihrem Herzen aus. Ohne zu wissen, warum und wie, zog sie Schuhe und Strümpfe aus, schloss die Augen und hob die Arme zum Himmel. Sie spürte eine seltsame Energie bis in ihre Schläfen aufsteigen, und dann hatte sie eine Vision, in der Ixile die Frau, die er liebte, auf einen Felsvorsprung absetzte. Sie sah die Tränen in seinen und das Lächeln in ihren Augen, als sich ihre Lippen zu einem langen Kuss vereinten, und ihr ganzer Körper krümmte sich vor Schmerz. Der Mann ging rückwärts aus der Höhle der Göttin, ohne den Blick von seiner langjährigen Gefährtin abzuwenden, und ihre Großmutter blieb alleine inmitten der Stille zurück. Sie sah ein Licht aus der Tiefe der Höhle kommen, keine tausend Fackeln konnten eine solche Helligkeit ausstrahlen. Das Licht hüllte ihre Großmutter ein, und diese lächelte. Ihre Gesichtszüge waren so verklärt, dass Catalinas Schmerz nachließ.

Sie hatte das Gefühl, zu schweben wie eine Feder, die sich aus dem Gefieder eines Vogels löste und sich sanft in der Luft wiegte. Sie öffnete die Augen und fand sich in Ixiles Armen wieder. Überrascht und erschreckt riss sie sich aus der kräftigen Umarmung los und lief zu dem Opferstein zurück. Der Schafbock war von dem Altar verschwunden.

Als sie nach Hause kam, war es schon fast dunkel. Die Augen voller Tränen, ging sie zum Bienenstock und klopfte dreimal dagegen.

»Die Hausherrin ist tot«, sagte sie und machte ein Taschentuch, das ihr Domenja vor kurzem geschenkt hatte, an dem Türpfosten fest.

Anfang Juni war ganz Durango in Aufruhr. Mittlerweile wusste jeder, dass Hernándo Sánchez de Guinea in der Stadt weilte, Visitator des Inquisitionstribunals von Calahorra und vom Corregidor der Biskaya bemächtigt, nach Beweisen zu suchen, um einen offiziellen Bericht zu verfassen und im Weiteren nach eigenem Gutdünken zu verfahren.

Viele, denen die Ketzer und der schlechte Ruf, den sie über die Gegend gebracht hatten, noch in schrecklicher Erinnerung waren, hofften inständig, dass der Inquisitor seine Untersuchung beendete und die Schuldigen, so es sie gab, festgenommen wurden. Um nichts in der Welt wollten sie noch einmal eine solche Schande erleben, die ihr Leben Jahrzehnte lang verdüstert hatte. Den meisten jedoch war es ein Dorn im Auge, dass sich ein Fremder in Angelegenheiten einmischte, die nur die Verwaltung von Durango etwas angingen. Überall wurde zwischen den Befürwortern und den Gegnern debattiert, nach dem Kirchgang, in den Schänken, Schmieden und Rossmühlen. Tabira zählte nicht mehr als dreitausend Seelen, von denen viele miteinander verwandt waren. Es gab keine Familie, in der es keinen Anhänger der Fraticelli gegeben hatte. Angst kam über die Stadt, wie ein Sommergewitter, das mit Blitz, Donner und Regen wütete, wo Augenblicke zuvor noch eine strahlende Sonne geschienen hatte.

Die Zeit verging, und nach dem Geschmack von Don Tomás und Bartolomé de Unda machte Hernando Sánchez de Guinea seine Sache nicht gut. In den Wochen, seit er in Tabira weilte, hatte er keinen einzigen Ketzer dingfest gemacht, obwohl es zahlreiche Anzeigen gegeben hatte. Es genügte, sein Missfallen über die Vorgänge zu äußern, um von einem missgünstigen oder rachsüchtigen Nachbarn angezeigt zu werden. Sie wussten, dass Guinea einige Male versucht hatte, die Verdächtigen zu überführen, wenn sie sich in einem Haus versammelten, doch diese waren gewarnt worden, und wenn der Inquisitor und seine Männer eintrafen, fanden sie lediglich eine gesellige Runde vor, die sich an einer Schüssel Gemüse oder einem Fleischeintopf labte. Nichts an ihrem Aussehen verriet, dass es sich um gefährliche Kriminelle handelte. Trotz der Durchsuchungen waren keine verbotenen Bücher, Waffen oder Götzenobjekte gefunden worden. Die beiden Männer waren der Überzeugung, dass man sämtliche Beschuldigten festnehmen musste, selbst wenn lediglich ein Verdacht gegen sie bestand. Die Richter würden schon dafür sorgen, dass sie ihre Vergehen gestanden und ihre Kumpane verrieten.

Don Tomás und Bartolomé de Unda waren ein weiteres Mal im Turm Leriz vorstellig geworden, um Guinea seine mangelnde Entscheidungsfreude vorzuhalten.

»Euer Vater hätte anders gehandelt«, beteuerte Arandia.

»Mäßigt Eure Worte, Herr Pfarrer«, entgegnete Guinea, dessen Geduld bald am Ende war. »Eure Anschuldigungen sind ernst, aber auch die Ausübung des Rechts, was mich in diese Stadt geführt hat, ist eine ernste Angelegenheit. Ich werde nicht eher handeln, bis ich mir darüber gewiss bin, was ich zu tun habe.«

Der Pfarrer gab keine Antwort, sondern zog ein doppelt gefaltetes Blatt Papier aus seiner Soutane und warf es auf den Schreibtisch.

»Hier habt Ihr eine Liste mit den Namen derjenigen, die von ehrbaren Personen beschuldigt wurden!«, rief er wütend. »Tut endlich Eure Pflicht, sonst tun wir es an Eurer Statt.«

Die beiden Männer verabschiedeten sich mit einem Kopfnicken und verließen den Raum. Hernando de Guinea sah sie aus dem Turm kommen und schaute ihnen nach, bis sie um die Ecke gebogen waren.

»Diese verfluchten Provinzler!« Er schlug mit der geballten Faust gegen die andere Hand.

Dann rief er lauthals nach seinem Sekretär und wies ihn an, auf schnellstem Wege nach Bilbao zu reisen und dem Corregidor mitzuteilen, dass die Sache immer schwieriger werde.

»Glaubt Ihr, der Rat wird es wagen, auf eigene Faust zu handeln?«

»Das befürchte ich sehr«, bestätigte Guinea. »Die Angelegenheit gerät außer Kontrolle, und die Oñacinos in der Stadt schlagen ihren Vorteil daraus. Sie beschuldigen ihre Gegenspieler und versuchen, Verbündete für ihre Sache zu gewinnen. Die Fraticelli und ihre Anhänger sind ihnen völlig gleichgültig. Alles, was sie wollen, ist mehr Macht, und dazu ist ihnen jedes Mittel recht. Wenn es so weitergeht, finden wir uns bald in einer offenen Schlacht zwischen den Ibargoens und den Zaldíbars wieder, wie schon vor Jahren.«

»Und was soll ich dem Corregidor sagen?«

»Er soll mir erlauben, die Verdächtigen festzunehmen und nach Bilbao zu bringen, damit man ihnen dort den Prozess macht.«

»Widerspricht das nicht den Gesetzen von Durango?«

»Der Corregidor handelt im Namen des Königs, des

Herrn der Biskaya. Örtliche Gesetze tun da nichts zur Sache«, entgegnete Guinea heftig. »Und ich handle im Auftrag des Bischofs von Calahorra, der als Stellvertreter Gottes noch über dem König steht.«

»Der Richter und der Bürgermeister von Tabira werden nicht damit einverstanden sein …«

»Sag ihm auch, er möge mir einen Trupp Männer schicken, um möglichen Aufständen zu begegnen.«

Uriarte ließ sich den Befehl nicht noch einmal wiederholen, eilte hinaus zu den Ställen, sprang auf sein ungesatteltes Pferd und preschte im gestreckten Galopp die Straße entlang, wobei er alles umritt, was sich ihm in den Weg stellte. Don Tomás und Bartolomé mussten so unglücklich zur Seite springen, dass sie mit den Füßen in einer Pfütze aus Schlamm und anderen undefinierbaren Ingredienzien landeten.

»Der Teufel soll dich holen!«, wetterte der Pfarrer mit erhobener Faust. »Hat man so etwas Unverschämtes schon einmal gesehen!«

»Das war Guineas Sekretär«, erklärte Unda, während er versuchte, die Schweinerei von seinen Stiefeln zu entfernen, indem er sie an einigen trockenen Grasbüscheln abwischte, die am Wegesrand wuchsen.

»Woher wisst Ihr das?«

»Ich weiß es eben«, erklärte der Schreiber lächelnd. »Ich habe ihn einige Male in der ›Posada de Min‹ gesehen. Ein ungestümer, redseliger junger Bursche, der mit jedem, der sich dazu bereit findet, ein Gespräch anfängt. Erst gestern erzählte er mir, dass sein Herr nicht wisse, was er in der Sache unternehmen soll, mit der wir befasst sind.«

»Das heißt, er gedenkt gar nichts zu unternehmen«, bemerkte Don Tomás, während er vergeblich den Schlamm zu entfernen versuchte, der in großen und kleinen Spritzern den unteren Teil seiner Soutane verunzierte.

»Vielleicht sollten wir ihm einen kleinen Anstoß geben …«

»Wie klein?«

Die beiden Männer betraten die Sakristei. Don Tomás zog sofort die Soutane und die Stiefel aus, schlüpfte in ein Paar Pantoffeln und servierte rasch zwei Gläschen Likör. Zu Bartolomés Überraschung, der noch nie privaten Umgang mit dem Geistlichen gepflegt hatte, trug dieser ein blütenweißes, am Kragen und an den Ärmelaufschlägen besticktes Hemd sowie eine schwarze Hose, die seine schlanken, wohl geformten Beine zur Geltung brachte. Der Schreiber unterzog seinen Gesprächspartner einer genaueren Betrachtung. Er hatte ihn stets in der abgetragenen Soutane gesehen, die eher an eine mildtätige Gabe erinnerte als an ein geistliches Habit. Er entsann sich, dass die Arandias zu denen gehörten, die sich stolz brüsteten, vor vierhundert Jahren auf Betreiben des Abtes von San Millán nach Durango gekommen zu sein. An ihrem Turm prangte ein großes Wappen, auf dem ein Arm zu sehen war, der einen Totenschädel und einen Krummsäbel hielt, was keinen Zweifel an der Wehrhaftigkeit der Familie ließ. Merkwürdigerweise hatte er den ärmlich auftretenden Pfarrer nie mit dem reichen Geschlecht der Gamboinos in Verbindung gebracht.

»Wie klein?«, fragte der Priester noch einmal.

»Wie bitte?«

»Wie klein soll der Anstoß sein, den man Guinea geben muss, damit er endlich handelt?«

»Ihr müsstet es eigentlich wissen … Ich habe gehört, dass beim letzten Mal etwas Ähnliches geschehen ist.«

»Ach ja?«

»Ja. Der Vater unseres Inquisitors hat entgegen seiner ungestümen Art gleichfalls gezaudert.« Unda nippte an seinem Likör, bevor er weitersprach. »Und das trotz der Bereitschaft von vier reuigen Sektierern, die Vorgänge zu schildern und die verstocktesten Ketzer zu benennen. Euer Onkel, verzweifelt über die Langsamkeit des Landesrichters, stellte einen Trupp gemeiner Männer zusammen, die der Unruhe müde waren, welche die Ketzer in unsere Heimat brachten, und die deshalb beschlossen hatten, die Gerechtigkeit selbst in die Hand zu nehmen, um ihre Familien von dem unglückseligen Einfluss zu befreien und die Zukunft ihrer Kinder zu sichern …«

»Richteten sie die Unentschlossenen?«

»Nein! Sie nahmen sie lediglich fest und übergaben sie der Obrigkeit.«

Als damals bekannt geworden war, dass man die Sektierer in ihrem Haus verhaftet hatte, war es zu heftigem Aufruhr gekommen. Die Leute liefen durch die Straßen und riefen einander die Neuigkeit zu. Eine Truppe bis an die Zähne bewaffneter Männer war im Morgengrauen in das Haus eingedrungen und hatte alle festgenommen, die sich dort befanden. Man schleifte die Festgenommenen weg und sperrte sie in ein altes Gebäude, das je nach Bedarf als Kerker oder Kornspeicher diente. In der ganzen Stadt herrschte große Aufregung. Alle kamen aus ihren Häusern gerannt, um den Zug vorüberziehen zu sehen. Die Proteste derjenigen, die gegen die Verhaftung waren, und die aufmunternden Rufe jener, die zu den Häschern hielten, mischten sich mit den Verwünschungen und Drohungen der Betroffenen.

Nach einigen Stunden hatte sich herausgestellt, dass die Festnahme nicht so erfolgreich gewesen war wie zunächst angenommen. Einige der wichtigsten Sektierer, wie etwa Pío de Ibarra, seine Frau und seine beiden Töchter, waren nicht unter den Gefangenen. Einem weiteren, Juan de Baseta, war im Durcheinander die Flucht durch ein Fenster gelungen, nachdem er zuvor zwei der Eindringlinge aufgeschlitzt hatte. Doch was Pfarrer Arandia und alle anderen, die mit der Sache zu tun hatten, am meisten bestürzte, war der Umstand, dass sich die beiden Fratres, die das ganze Ungemach verursacht hatten, nicht unter den Festgenommenen befanden. Als das Haus gestürmt wurde, waren sie auf Maultieren geflohen, die seit Monaten für solche Fälle gesattelt im Garten hinter dem Haus bereitgestanden hatten. Das Gerücht, sie hätten zwei blutjunge Mädchen mitgenommen, verbreitete sich wie ein Lauffeuer in der Stadt. Aus den zwei Mädchen wurden drei, dann sieben. Niemand kannte die genaue Zahl, und der Bürgermeister trug den Stadtbütteln auf, von Haus zu Haus zu gehen und zu fragen, wo man eine Frau vermisse. Es bestand jedoch kein Zweifel, dass Bruder Alonso de Mella, sein Gefährte und die Frauen – wie viele auch immer es sein mochten – die Küste erreicht und sich mit unbekanntem Ziel eingeschifft hatten.

Die Festnahme der Sektierer warf Probleme auf, mit denen die Organisatoren nicht gerechnet hatten. Die Familien einiger Gefangener forderten, diese bis zum Prozess gegen eine Bürgschaft in ihre Obhut zu geben, wie dies die Gesetze vorsahen. Zudem gerieten der Rat und das Kapitel in Streit darüber, wer von ihnen für die Bewachung und Verpflegung der Gefangenen aufzukommen habe.

Eine Nichte von Doña María de Muntsaratz, die mit einem Ibáñez de Arandia verheiratet war, einem Vetter des Pfarrers, hatte für ihre Tante gebürgt. Die arme Frau schien in einer einzigen Nacht um hundert Jahre gealtert zu sein. Ausgezehrt, die Kleider zerrissen, erinnerte sie – eine der angesehensten Frauen in ganz Durango – eher an eine der Bettlerinnen, die sonntags zur Messzeit vor dem Portal von Santa María standen, in der Hoffnung, ein Almosen zu erhalten. Die Feuchtigkeit und die Kälte des Verlieses waren ihr bis in die Knochen gedrungen, und sie zitterte in einem fort. Ihre Augen waren trüb, und ihre Stirn glühte. Der Arzt Saínz machte der Familie keine Hoffnungen, und noch bevor der neue Tag anbrach, hauchte die fromme Frau trotz Umschlägen, Wickeln und Aderlässen ihren Geist aus.

Doña María Pérez de Mondragón folgte ihr zwei Tage später, wenngleich aus anderen Gründen. Sie hatte ihr Versprechen wahr gemacht und sich mannhaft gegen die Festnahme zur Wehr gesetzt. Als die Angreifer eingedrungen waren, hatte sie mit den übrigen Bewohnern des Hauses friedlich bei einem Teller Suppe gesessen. Sie hatte sofort reagiert und nach dem kleinen Dolch gegriffen, den sie seit dem Tag, als man die Möglichkeit erwogen hatte, für die Verteidigung des rechten Glaubens zu kämpfen, stets in ihrer Rocktasche trug. Ihr war keine Zeit geblieben, den Angriff abzuwehren, doch die augenblickliche Verwirrung hatte sie nicht daran gehindert, einem der Männer, der sie am Arm gepackt hatte, die Wange aufzuschlitzen. Die Reaktion des Mannes war ein Dolchstoß in die Brust gewesen. Als ihre Angehörigen eintrafen, lag sie im Sterben, doch auf Grund ihrer außerordentlich robusten Verfassung und ihres großen Lebenswillens dauerte es noch zwei Tage, bis der Tod sie besiegte.

Die Familien der beiden Frauen mussten Don Alfonso drohen, damit er ihre Angehörigen in geweihter Erde bestattete. Der Pfarrer weigerte sich zunächst, die Totenmesse für die beiden Häretikerinnen zu lesen, wie er sie beharrlich nannte. Zur Begründung führte er an, dass ein Ketzer niemals neben aufrechten Katholiken bestattet werden dürfe, so habe es das Laterankonzil verfügt. Der Druck seines Vetters und der Mitglieder beider Familien sowie die Tatsache, dass die Frauen nicht angeklagt, geschweige denn verurteilt worden waren, ließen ihn schließlich seine Meinung ändern.

»Sollte sich jedoch beim Prozess herausstellen, dass sie tatsächlich Ketzerinnen waren, werde ich alles in Bewegung setzen, damit ihre sterblichen Überreste auf dem Scheiterhaufen enden«, beteuerte er.

Tage später wurde der Landesrichter Sánchez de Guinea im Namen der königlichen Gerichtsbarkeit und des Corregidors der Biskaya mit einem Trupp Soldaten und zwei Beamten des Königs beim Rat vorstellig und verlangte in Anwesenheit des Schreibers Juan Sánchez de Mañuro die Herausgabe der Gefangenen sowie der Bürgschaften und sämtlicher Güter der mutmaßlichen Häretiker, bis das Gericht sein Urteil gefällt hatte.

Rat und Kapitel atmeten erleichtert auf, die Last los zu sein, verlangten jedoch, dass die Verhandlung in Tabira stattfinden müsse und sich das Tribunal, welches die Untersuchungen leitete, aus achtbaren, angesehenen Bürgern der Stadt zusammenzusetzen habe. Nach vielem Hin und Her setzte sich das Tribunal aus dem Landesrichter selbst, dem Bürgermeister, dem Landverweser und dem Richter von Durango zusammen; den Vorsitz führte Pfarrer Don Alfonso Pérez de Arandia, Mañuro wurde zum Schreiber und Protokollanten bestellt. Juan Martínez de Unda, Bartolomés Vater, war als unabhängiger Zeuge bei den Verhören zugegen.

Bald begann der körperliche und moralische Druck,

der auf die Verhafteten ausgeübt wurde, Wirkung zu zeigen. Es dauerte nicht lange, und sie verrieten ihre Gefährten, einige aus Furcht vor den entsetzlichen Qualen, die sie erwarteten, wenn sie nicht bekannten, andere, nachdem man ihnen mit den so genannten »Spanischen Stiefeln« die Beine zerquetscht hatte, einer Vorrichtung, die mittels von einer Presse gespannter Bretter die Fuß- und Beinknochen brach. Nach wenigen Tagen war die Zahl der Festgenommenen auf über hundert angestiegen, und noch einmal so viele oder mehr hatten die Flucht ergriffen und die Gegend verlassen. Die in dem alten Gebäude und einem benachbarten Stall Eingepferchten klagten und schrien um Hilfe. Jeder, der vorbeikam, konnte sie hören, und es dauerte nicht lange, bis die Klagen den Ratsherren zu Ohren kamen, sowohl in Form von Bitten wie auch als Drohungen.

»Mein Vater hat mir oft von den Ereignissen während der Prozessvorbereitungen und beim Prozess selbst erzählt«, erklärte Bartolomé, die Augen auf sein Likörglas gerichtet.

Die Auseinandersetzungen zwischen dem Landesrichter, dem Bürgermeister und den Ratsherren von Tabira hatten mehrere Tage gewährt, bis man sich schließlich über die Zusammensetzung des Tribunals und den Vorsitz geeinigt hatte. Es gab keine Familie in Tabira und Umgebung, die keinen Angehörigen in dem Kornspeicher oder den anderen Gebäuden hatte, in denen die Verdächtigen festgehalten wurden. Die ersten Verhaftungen waren angesichts der vielen schlimmen Dinge, die man sich über die beiden Fratres und ihre Anhänger erzählte, noch mit einem gewissen Wohlwollen aufgenommen worden, doch als immer mehr Leute festgesetzt wurden, begannen Klagen und Proteste von Freunden und Verwandten laut zu werden, die den Rat bezichtigten, nicht nur viele Unschuldige festzuhalten, sondern sich des Vorwands der Ketzerei zu bedienen, um sich der Anhänger der gegnerischen Partei zu entledigen und sich arglistig ihres Besitzes zu bemächtigen. Der Bürgermeister, obwohl fest von der Ehrenhaftigkeit und Aufrichtigkeit seines Handelns überzeugt, wurde im Laufe der Tage immer nervöser. Schließlich ließ er sich vom Landesrichter überzeugen und bat diesen, alle nötigen militärischen Kräfte anzufordern, um die öffentliche Ordnung bis zum Prozessbeginn aufrechtzuerhalten.

Arandia und Unda schwiegen. Der Pfarrer war erstaunt, dass sein Onkel niemals erwähnt hatte, wie man die Ketzer gefangen genommen hatte, noch hatte er von Unstimmigkeiten zwischen den Mitgliedern des Tribunals erzählt. Er hatte immer geglaubt, dass sich alle guten Christen der Stadt einig gewesen seien, als es darum ging, die Ketzerei auszurotten, die ihr ruhiges Leben bedrohte.

»Was geschah mit Alonso de Mella und den anderen, die mit ihm flohen?«, fragte Unda dann. »Hat man noch einmal von ihnen gehört?«

»Wie viel später erst bekannt wurde, waren der Ketzer, sein Gefährte sowie mehrere Frauen irgendwo an der Küste an Bord eines Schiffes gegangen und nach Andalusien weitergereist. Dort versuchten sie die Mauren zu ihrer Lehre zu bekehren und verursachten einen solchen Aufruhr, dass der König die Erlaubnis gab, Ringstechen mit ihnen zu halten.«

»Ringstechen?«

»Ja. Offenbar besteht das Spiel darin, mit spitzen Rohrstecken auf eine Zielscheibe zu werfen«, erklärte der Pfarrer. »Nur, dass die Zielscheibe in diesem Fall sie selbst waren.«

Die beiden Männer schwiegen erneut, während sie sich vorstellten, was für ein Bild der Ordensbruder als häretischer heiliger Sebastian abgegeben haben mochte.

»Es ist eine Erleichterung zu wissen, dass die Schuldigen ihre verdiente Strafe erhalten haben. Was nun das Hexenwesen angeht …«, fuhr Unda fort. »Das Buch, das Ihr mir geliehen habt, ist äußerst interessant. Habt Ihr gelesen, dass die Hexen einige der Praktiken anwenden, derer man die Sektierer bezichtigt hat?«

»Die da wären?«, fragte der Pfarrer interessiert.

»Sie verwenden die Leichname neugeborener Kinder zur Herstellung ihrer Tränke. Des Weiteren schmähen sie in ihren Versammlungen die Kirche und ihre heiligen Sakramente, lesen falsche Messen und rufen an der Stelle Gottes den Teufel an.«

Don Tomás dachte kurz nach.

»Das heißt also, wir könnten die der Ketzerei Verdächtigen auch der Hexerei beschuldigen.«

»Für den Fall, dass Ersteres nicht ausreichen sollte, um sie anzuklagen und zu verurteilen, ja.«

»Ich habe gut daran getan, Euch das Buch zu leihen«, stellte der Geistliche fest.

»Ihr habt mehr als gut daran getan«, lachte Unda. »Ich versichere Euch, binnen kurzem werde ich Euch einen ausführlichen Bericht über die Umtriebe des Hexenwesens in unserer Gegend vorlegen, der einem die Haare zu Berge stehen lässt!«

»Auf den Scheiterhaufen mit den Ketzern und Hexen!«

»Auf den Scheiterhaufen mit ihnen!«

Don Tomás schenkte nach, und die beiden Männer erhoben ihre Gläser, um auf ihren Erfolg und das Ende des Reichs des Bösen in Durango anzustoßen.

»Auch wir werden auf alle Ewigkeit im Feuer brennen!«

Das plötzliche Erscheinen eines alten Mannes, der sich auf einen Stock stützte, mit dichter, wirrer, weißer Mähne und Augen, die fast aus den Höhlen traten, versetzte den beiden einen solchen Schrecken, dass sie den Likör, den sie soeben trinken wollten, über den Schreibtisch und den Fußboden verschütteten.

»Onkel!«, entfuhr es Don Tomás. »Wie oft habe ich Euch gesagt, dass Ihr Euer Zimmer nicht verlassen sollt?«

»Die Flammen werden die verworfenen Söhne Satans verzehren!«, schrie der Greis, während sein unsteter Blick durchs Zimmer irrte. »Alle, die im Namen Gottes Unschuldige in den Tod schicken und sich an menschlichem Leid ergötzen!«

»Onkel!«

Don Tomás hatte sich auf den verwirrten Greis gestürzt, ihn bei den Schultern gepackt und schüttelte ihn kräftig. Für einen Augenblick hatte es den Anschein, als käme der Alte wieder zur Besinnung, seine Muskeln erschlafften, und er hörte auf zu schreien. Er sah zuerst seinen Neffen an und dann den Schreiber.

»Ich weiß, dass mein Körper hundertmal schlimmere Feuerqualen erleiden wird als jene Unglücklichen, die ich zum Tod in den Flammen verurteilte«, sagte er unendlich traurig, »doch Eure Qual wird noch um vieles größer sein, weil Ihr unfähig seid, in mir Euer Schicksal wiederzuerkennen. Haltet ein, bevor es zu spät ist! Lasst nicht zu, dass ihr Blut über Eure Kinder kommt!«

Das Geschrei des Alten und seines Neffen hatte die vier Bediensteten des Pfarrers aufgeschreckt, drei Frauen und einen Mann, die nun ins Zimmer stürzten, den Kranken wortlos unter den Armen und an den Beinen packten und ihn eilig hinaustrugen.

»Entschuldigt die Szene«, sagte Arandia mit bebender Stimme, während er mit zittriger Hand eine weitere Runde auszuschenken versuchte. »Mein Onkel leidet an Wahnanfällen, die schwer vorauszusehen sind.«

Bartolomé de Unda sagte nichts. Die »Szene«, wie es sein Gastgeber nannte, hatte ihn zutiefst beeindruckt. Er erinnerte sich an so einiges, was er in geselliger Runde, auf der Straße oder in der Schänke aufgeschnappt hatte …

Seit dem berühmten Prozess, der Verschleppung der hundert Angeklagten und der Hinrichtung der dreizehn Mitbürger unmittelbar vor seiner Pfarrkirche war Don Alfonso nicht mehr derselbe gewesen. Er wusch sich nicht mehr und aß kaum noch, er konnte nicht schlafen und las keine Messen mehr, um nicht die anklagenden Blicke jener ertragen zu müssen, die bei der Ketzerverfolgung einen Angehörigen verloren hatten. Manchmal fand ihn ein Nachtschwärmer, wie er nach Mitternacht mit gekreuzten Armen mitten auf dem Platz kniete und weinte wie ein kleines Kind. Dann wieder erschien er an Markttagen auf dem Platz und wetterte über jene, die ihre Frömmigkeit zur Schau trugen, bei der Messe in der ersten Reihe saßen und dann arme unschuldige Frauen foltern und umbringen ließen. Am Anfang hatten sich die Leute um ihn geschart wie um einen Hausierer, der seine Ware anpries. Doch ihre Aufmerksamkeit hatte nachgelassen, je öfter sich seine Auftritte wiederholten und seine sich überschlagende Stimme sich unter jene der

Tuchhändler, Krämer, Barbiere, Marktweiber und sonstigen Verkäufer mischte, die sich die Lunge aus dem Leibe schrien, um Kundschaft anzulocken.

Nach kurzer Zeit sandte die Obrigkeit der Stadt einen Bericht über den Zustand ihres Pfarrers an das Bistum in Calahorra. Die Antwort kam in Gestalt eines Geistlichen, der Don Alfonso ersetzen sollte. Doch der neue Pfarrer war Kastilier und beherrschte die Sprache seiner Schützlinge nicht, sodass ihn der Rat nach Calahorra zurückschickte, begleitet von einem Schreiben an den Bischof, in dem diesem mitgeteilt wurde, dass man sich selbst um Ersatz bemühen werde. Die Angelegenheit wurde nicht zur vollständigen Zufriedenheit gelöst, und mehrere Geistliche wechselten einander ab, bis der Neffe des Geisteskranken nach dem Abschluss seiner Studien im Priesterseminar von Zaragoza nach Tabira zurückkehrte.

Unda erinnerte sich, gerüchteweise gehört zu haben, dass sein Gastgeber Don Alfonsos Sohn sei. Der Einfluss seiner Familie hatte das Gerede jedoch zum Verstummen gebracht, und das Kind war als Sohn eines Bruders des Pfarrers aufgewachsen. Das Gesetz verwehrte dem Sohn eines Geistlichen den Zugang zu wichtigen Posten, aber ein Neffe war kein Sohn, und Tomás de Arandia hatte keine Probleme gehabt, in der Kirche seinen Weg zu machen. Während der Pfarrer sich zu beruhigen versuchte, beobachtete Unda ihn aufmerksam und fragte sich, inwieweit die Gerüchte stimmten.

In der Johannisnacht nahm Catalina an der Versammlung in der Höhle von Jentilkoba teil, wie sie es versprochen hatte. Trotz ihrer Bitten wollte Graciana nicht mitkommen, versuchte aber nicht, sie von ihrer Entscheidung abzubringen. Als sie das Haus verließ, sah sie Ixile, der mit dem Wagen und dem Esel auf sie wartete. Sie war nicht überrascht. Irgendwie hatte sie gewusst, dass er sie abholen würde, obwohl er sich in den vergangenen Wochen kaum hatte blicken lassen. Er verbrachte den größten Teil des Tages auf den höher gelegenen Feldern und kehrte erst zurück, wenn sie schon zu Bett gegangen waren. Sie wussten, dass er zum Schlafen auf den Hof kam, weil ihm Graciana jeden Abend einen Topf Suppe hinstellte, der am nächsten Morgen halb leer war.

Er half ihr auf den Bock, wie er es früher bei Domenja getan hatte, und ein Schauder durchlief ihren Körper, als sie jene Hand berührte, die so oft die Hand der geliebten Großmutter gehalten hatte. Sie legten den Weg schweigend zurück. Er schien nicht die Absicht zu haben zu reden, und auch sie unternahm keine Versuche, eine Unterhaltung anzufangen, trotz der vielen Fragen, die ihr auf der Seele brannten. Sie hätte gerne so vieles gewusst! Sie betrachtete sein wie in Stein gemeißeltes Profil, seinen Bart und sein weißes, zum Zopf gebundenes Haar und versuchte sich ihn vor fünfzig Jahren vorzustellen, als er mit ihrer Großmutter in den Armen vergeblich versucht hatte, auf einem lahmen Maultier dem Zorn ihres

Urgroßvaters zu entkommen. Sie stellte sich vor, wie er Jahre später nach Goiena zurückgekehrt war, um seine unvergessene Liebe zu suchen, und sie dachte an den schweigsamen, treuen Beschützer der drei Frauen vom Goiena-Hof, als den sie ihn seit jeher kannte.

In Jentilkoba angekommen, lief es ihr wie beim ersten Mal kalt den Rücken herunter, als sie die finstere Öffnung der Höhle sah und das dumpfe Stimmengewirr aus ihrem Inneren hörte. Sie betrat die Grotte, die heller erleuchtet war und in der sich mehr Personen befanden als beim letzten Mal, und blieb stehen, um die Versammelten zu betrachten. In diesem Moment begriff sie, was ihre Großmutter ihr zu erklären versucht hatte. All diese Menschen setzten sich über Gesetze und Verbote hinweg, um das Erbe ihrer Vorfahren zu bewahren, um sie zu ehren und nicht in Vergessenheit geraten zu lassen, was sie für die Geschichte ihres Volkes bedeutet hatten. Sie beobachtete, wie Ixile zu demselben Felsvorsprung ging, wo sie ihn beim letzten Mal ihre Großmutter hatte küssen sehen. Auf dem Vorsprung hätte noch eine Person Platz gefunden, doch trotz der vielen Menschen, die sich versammelt hatten, blieb der Platz leer. Sie begriff, dass der Platz aus Achtung und zur Erinnerung an ihre Großmutter leer blieb, und ihre Augen wurden feucht.

Als sie weiterging, verstummten die Leute und machten ihr Platz, sie neigten die Köpfe und berührten ihren Rock. Dann stand sie vor der alten María de Usúa.

»Du bist gekommen«, sagte die Frau wie beim letzten Mal. Die Greisin küsste ihre Hand und sagte dann mit lauter Stimme, damit jeder sie hören konnte: »Selatsa, Lakubegi, Anderixo, Heraukorritse, Erditse, Lurgorr, Aherbelste, Leheren, Iturbe, Aberri, Artetx, Belisama, Baizorixo, Alsto-Ilun, Arixo, Ilixo, Ilurberrixo, Larrason,

Götter unserer Vergangenheit, heißt freudig Catalina de Goiena willkommen, die Stellvertreterin der Mutter Mari Urtzia, unserer Göttin und Beschützerin.«

Das Mädchen erstarrte. Die verrückte Alte sagte Wörter, die sie noch nie zuvor gehört hatte, und nannte sie Stellvertreterin der Mari. Ohne dass jemand sie um ihre Meinung gefragt hätte, war sie zur Zeremonienmeisterin der Versammlung geworden. Sie hatte furchtbare Lust davonzulaufen und nicht eher stehen zu bleiben, bis sie sicher und geborgen im Bett ihrer Mutter lag. Aber sie rührte sich nicht von der Stelle, als einer nach dem anderen zu ihr trat und ihre Hand küsste. Um sie herum war ein Kreis entstanden. Jemand brachte einen stinkenden Ziegenbock und band ihn in ihrer Nähe fest. Jeder wusste, dass der Ziegenbock das Lieblingstier der Mari war und seine Anwesenheit in den Ställen verhinderte, dass das Vieh krank wurde, aber seinen widerlichen Gestank die ganze Nacht hindurch ertragen zu müssen, war etwas ganz anderes. Die Anwesenden legten nun ihre Gaben nieder: Körbe voller Nüsse und Äpfel, Schaffleisch, frisch geschlachtete Hühner, Eier, ofenwarmes Brot … Noch bevor alle an ihr vorübergezogen waren, erklangen Schalmeien und Schellentrommeln, ein großes Feuer wurde rund um den trockenen Baumstamm entzündet, der mitten im Raum stand, und es bildete sich ein großer Kreis, der sich um das Feuer herum zu bewegen begann. Wenig später hatte sich ein zweiter Kreis rund um den ersten gebildet und bewegte sich zum Klang der Txalapartas.

»Ich ehre dich, Domenjas Enkelin, Blut von meinem Blut.«

Sie fuhr zusammen, als sie die dunkle Stimme von Ixile hörte, der ihre Hand ergriff und an seine Lippen führte.

Ihr Staunen kannte keine Grenzen. Seine Worte konnten nur bedeuten, dass ihre Mutter Graciana seine Tochter war und er ihr Großvater. Ihr blieb kaum Zeit, darüber nachzudenken und sich von der Überraschung zu erholen, als die Schalmeien ihren Rhythmus änderten und der Tanz schneller wurde. Sie sah die Tänzer an sich vorüberziehen, deren Zahl zugenommen hatte und die nun vier Kreise bildeten, die sich gegeneinander bewegten. Sie merkte, wie ihr schwarz vor Augen wurde, und wäre beinahe ohnmächtig geworden. Ein Paar starker Arme fing sie auf und verhinderte, dass sie zu Boden sank. Sie schaute den Mann an, dem die Arme gehörten, und sah sich erneut den unergründlich blauen Augen gegenüber, die sie beim ersten Mal so angezogen hatten.

Der Rest der Nacht verging wie im Fluge. María de Usúa rieb ihre Handflächen, ihre Fußsohlen, Brust, Rücken, Kinn und Stirn mit einer Salbe ein, die sie einem kleinen Tiegel entnahm. Catalina hatte nicht die Kraft, sich zu weigern und zu fragen, warum sie das tat. Nichts, was sie sagte oder tat, würde etwas an der Situation ändern. Sie fasste den festen Entschluss, nie mehr nach Jentilkoba zu kommen und wieder nach Tabira zu gehen, um weiter bei der Hebamme Josefa zu lernen. Man bot ihr eine Schale an, deren Inhalt sie wieder erkannte, und sie erinnerte sich an die Worte ihrer Großmutter.

»Eine Schale sollte für die ganze Nacht reichen, wenn du dich nicht wieder so elend fühlen willst …«

Obwohl sie eine trockene Kehle hatte, trank sie nur einen Schluck, weil sie in den kommenden Tagen nicht unter den Nachwirkungen leiden wollte. Doch ihre Vorsicht nützte nichts. Die Stimmung, die Hitze, der Rauch der Trankerzen, die Musik, die Tänze, der Gestank des Ziegenbocks, der sich schließlich gelangweilt auf den Boden gelegt hatte, vor allem aber die Salbe der alten Usúa versetzten sie in einen Zustand, der es ihr unmöglich machte, Realität und Phantasie zu unterscheiden.

Sie hatte das Gefühl zu schweben und fliegen zu können. Ihr Kleid bestand aus Wolkenfetzen, ihre Haare waren Seidenbänder, die in der Luft flatterten. Sie sah, wie sich die Teilnehmer zu ihren Füßen bewegten, und irgendwann verließ sie die Höhle, flog über das ganze Tal von Atxondo, den heiligen Berg und die Felsen von Urkiola und kehrte Augenblicke später an ihren Platz zurück. Sie hörte, wie ihr die Frau sonderbare Wörter ins Ohr flüsterte, die sich mit ihrem eigenen irren Lachen vermischten, aber so sehr sie sich auch bemühte, der Mann mit den enzianblauen Augen war nicht mehr zu sehen.

Im Morgengrauen gingen alle gemeinsam zum Río Mañaria, um zu baden, denn die wundersame Wirkung von Flusswasser am Morgen der Sonnenwende – oder des Johannistages, wie man wollte – war bekannt. Es half gegen alle möglichen Hauterkrankungen, kräftigte das Haar der Frauen und steigerte die Manneskraft. Voller Euphorie legte Catalina ihre Kleider ab und tauchte in das kleine Flüsschen. Das Wasser war kalt, aber nach der stickigen Hitze in der Höhle war sie dankbar für die Erfrischung. Erst nach einer Weile merkte sie, dass einige Frauen einen Kreis um sie gebildet hatten und niemanden heranließen. Sie konnte sehen, wie etwas weiter weg junge Burschen und Mädchen miteinander lachten und plantschten, sie aber war geschützt wie ein neu gepflanzter, von einem Zaun umgebener Baum vor den gefräßigen Ziegen.

Sie schlief einen ganzen Tag und eine ganze Nacht, aber als sie aufwachte, war sie nicht zerschlagen wie beim letzten Mal, sondern fröhlich und ausgeruht. Sie überlegte, dass es eigentlich nicht schlecht gewesen war, doch dann entsann sie sich an ihren Entschluss, nach Tabira zurückzukehren und Josefa wieder zur Hand zu gehen. Sie war sich sicher, dass dort niemand nach ihr suchen und sie bitten würde, an verbotenen Feiern teilzunehmen, und dass sie ihre Ausbildung in Ruhe zu Ende führen konnte. Einige Tage darauf brachte Ixile sie in die Stadt.

Es war schwierig, ihre Mutter davon zu überzeugen, sie gehen zu lassen.

»Willst du mich jetzt auch noch verlassen, da deine Großmutter tot ist?«, warf sie ihr traurig vor.

»Ich verlasse dich nicht, Mutter.« Catalina versuchte ihrer Entscheidung die Bedeutung zu nehmen. »Aber als die Großmutter mich nach Hause holen ließ, hatte ich noch nicht alles gelernt, was eine gute Hebamme wissen muss.«

»Und wer sagt, dass du Hebamme werden sollst?«, beharrte Graciana.

»Ich sage das, Mutter«, entgegnete sie überzeugt. »Hier in der Gegend gibt es weder Hebammen noch Heilerinnen. Die Frauen müssen Stunden warten, bis eine aus Abadiño oder gar aus Tabira kommt. Du weißt ganz genau, dass viele gestorben sind, weil ihnen nicht rechtzeitig geholfen wurde.«

Um sie zu überzeugen, musste sie solche und ähnliche Argumente ins Feld führen und versprechen, vor dem Winter wieder zurück zu sein. Hätte sie nicht gewusst, dass sich Ixile um ihre Mutter und den Hof kümmern würde, wäre sie nicht von Goiena fortgegangen.

»Du wirst dich um alles kümmern, nicht wahr?«, fragte sie ihn.

»Wie ich es immer getan habe«, lautete seine lakonische Antwort.

»Findest du es schlimm, dass ich für ein paar Monate nach Tabira gehe?«

»Jeder muss selbst wissen, was er tut«, sagte der Mann und lächelte zum ersten Mal seit langer Zeit.

Catalina ging in der Hoffnung nach Durango, der Aufenthalt in der Stadt werde Ordnung in das Chaos bringen, das in ihrem Kopf herrschte. Es war zu viel in zu kurzer Zeit geschehen. Sie musste weit weg von Goiena, Arrazola und dem heiligen Berg, der ihr Denken und Handeln veränderte, wenn sie in seiner Nähe war.

Am späten Vormittag erreichten sie die Stadt und fuhren direkt zu Don Diego de Oleas Haus. Sie wollte ihren Lehrer wiedersehen, ihm ihre Zweifel anvertrauen und ihm vom Tod ihrer Großmutter erzählen. Doch die Haustür war verschlossen, und niemand öffnete, so sehr sie auch gegen das Holz hämmerte.

»Wenn du den Arzt suchst, den findest du hier nicht«, rief ihr eine Nachbarin zu, die einen Strohsack vor der Tür aufschüttelte.

»Ist er verreist?«, fragte das Mädchen verwundert.

»Oh, ja«, antwortete die Frau und schüttelte weiter die Matratze auf. »Er ist auf einer langen, langen Reise, von der meines Wissens noch niemand zurückgekehrt ist.«

Die Nachbarin schien ihre Antwort lustig zu finden und brach in ein Lachen aus, das Catalina schrill und unangenehm in den Ohren klang. Sollte das heißen, dass der gute Arzt tot war? Sie beschloss, nicht länger an diesem Ort zu verweilen, und stieg wieder auf den Wagen, wo Ixile wartete, die Zügel in der Hand, um sich auf die Rückreise nach Goiena zu machen. Sie bat ihn, die Artekale hinunterzufahren und an der Ecke zu halten, während sie ins Zeharkalea-Viertel ging.

»Warte hier auf mich«, sagte sie ohne eine Erklärung, die er auch nicht verlangte.

Sie lief rasch zu Josefas Haus, das sie so gut kannte. Es war ein dreistöckiges Haus, ganz aus Holz erbaut. Josefa wohnte mit ihrem Mann und einer Nichte im ersten Stockwerk. Sie rannte so schnell sie konnte die Treppe hinauf und klopfte ungeduldig an die Tür. Die Hebamme öffnete fast sofort. Sie hatte ihr Kopftuch genommen und wollte es eben umbinden, in der Annahme, ein Notfall warte auf sie. Es dauerte einen Moment, bis sie das Mädchen erkannte.

»Catalina!«, rief sie überrascht.

Das Mädchen war so überstürzt nach Goiena abgereist, dass es sich nicht von ihr hatte verabschieden können. Sie hatte Don Diego aufgetragen, sich in ihrem Namen zu verabschieden, aber sie wusste nicht genau, welche Erklärung er ihnen gegeben hatte.

»Mir wurde gesagt, Don Diego sei tot«, sagte sie mit Tränen in den Augen.

Sie sah so Mitleid erregend aus, dass Josefa sie am Arm packte und in die Wohnung zog.

»Du wusstest es nicht?«, fragte sie ein wenig erstaunt.

»Nein«, antwortete Catalina mit bebender Stimme. »Ich bin eben erst angekommen und gleich zu seinem Haus gegangen. Eine Frau sagte, er sei nicht mehr da und befinde sich auf einer langen Reise, von der niemand zurückkehrt …«

»Er ist am Vorabend von Sankt Rita gestorben, Gott hab ihn selig«, erklärte ihr die Freundin und nötigte sie, sich auf einen wackligen Schemel zu setzen. »Das Alter und die Arbeit haben den guten Mann verzehrt. Er bekam schlimmes Fieber und kam nicht mehr auf die Beine. Ich bin jeden Tag zu ihm gegangen und habe ihm meine Nichte vorbeigeschickt, ein hilfsbereites Mädchen, das über Nacht bei ihm blieb und sich um ihn kümmerte. Es ist schon erstaunlich, wie einsam man in solchen Notlagen sein kann. Er hat so viel Gutes getan, und am Ende war niemand da, der ihn in seinen letzten Stunden begleitet hätte.«

Ihre Worte waren ein Vorwurf an das Mädchen. Catalina fühlte sich schuldig und verletzt, doch dann fiel ihr ein, dass etwa zur selben Zeit auch ihre Großmutter gestorben war. Sie hätte sich nicht um ihn kümmern können, selbst wenn sie gewollt hätte. Schluchzend und stammelnd erklärte sie Josefa den Grund für ihre überstürzte Abreise aus Tabira.

»Was geschehen ist, ist geschehen«, urteilte die Hebamme, nachdem sie ihre Erklärungen gehört hatte. »Es liegt nicht in unserer Hand, Gottes Willen vorherzusehen. Der gute Arzt hat dir etwas dagelassen, bevor er zu den Seligen ging.«

Catalina war so überrascht, dass sie aufhörte zu weinen. Sie sah, wie die Frau sich auf die Zehenspitzen stellte, um ein kleines, in Stoff gewickeltes Päckchen vom obersten Bord des Vorratsschranks zu holen. Am Ende musste sie auf einen Schemel steigen, der ebenso altersschwach war wie jener, auf dem das Mädchen saß, um das Päckchen zu erreichen. Sie gab es ihr und wartete neugierig, dass Catalina es öffnete. Es war in mehrere Lagen groben, festen Stoffs eingeschlagen, als hätte sein Besitzer Angst gehabt, es könne kaputtgehen. Sie wickelte es aus und fand einen ziemlich abgegriffenen, zerknitterten Lederumschlag mit einem Pergament darin. Sie zog es vorsichtig heraus und hielt es hoch, ohne zu wissen, was sie damit anfangen sollte. Sie konnte nicht lesen, also konnte sie auch nicht wissen, was darauf stand.

»Und?«, fragte Josefa, die ihre Neugier nicht länger bezähmen konnte. »Was ist das?«

»Ich habe keine Ahnung«, antwortete das Mädchen, ohne den Blick von dem Pergament zu wenden.

Sie schwiegen, denn in dieser Situation war guter Rat teuer. Plötzlich schnipste die Hebamme mit den Fingern und strahlte übers ganze Gesicht.

»Ich weiß, was du tun musst!« Sie schrie beinahe. »Geh zum Schreiber. Er wird dir sagen, was da steht.«

Catalina wusste nicht, wer der Schreiber war. Sie hatte ihn nie gebraucht, aber sie erinnerte sich, dass Don Diego regelmäßig zwei- oder dreimal im Jahr zu einem geheimnisvollen Treffen mit dem Notar gegangen war, um überprüfen zu lassen, ob seine Rechnungsbücher in Ordnung waren. Josefa erklärte ihr, wo er wohnte, und legte ihr eindringlich nahe, noch einmal bei ihr hereinzuschauen, um ihr zu berichten, was es mit der Sache auf sich hatte. Catalina ging wieder auf die Straße. Der Schreiber wohnte nur zwei Straßen weiter, und sie gab Ixile ein Zeichen, sich noch ein wenig zu gedulden.

Es war ein solides, zweistöckiges Gebäude, unten aus Stein, oben aus Holz erbaut, mit einem kleinen Kräutergarten, in vieler Augen eine Extravaganz. Catalina betätigte schüchtern den bronzenen Türklopfer, der glänzte wie aus reinem Gold. Als sich nichts regte, versuchte sie es erneut, diesmal ein wenig kräftiger. Augenblicke später öffnete sich die schwere Tür und es erschien eine dicke, rotgesichtige Frau unbestimmten Alters, die sich die Hände an der Schürze abwischte.

»Was willst du, Mädchen?«, erkundigte sie sich nach dem Grund ihres Besuchs.

»Ich möchte zum Schreiber«, antwortete Catalina und versuchte sich ihre Unsicherheit nicht anmerken zu lassen. Sie deutete auf den Lederumschlag, den sie gegen den Körper gepresst trug. »Ich habe hier ein Schriftstück von Don Diego de Olea, dem Arzt.«

Das Lächeln der Frau wich einer betrübten Miene.

»Der gute Don Diego«, erinnerte sie sich. »So eine herzensgute Seele. Er vergaß nie, sich nach meiner Gesundheit und der meiner Familie zu erkundigen. Er hat immer nur Gutes getan, und wie wenig hat er dafür erhalten! Der Schreiber ist nicht da, aber du kannst mit seinem Gehilfen sprechen.«

Die Frau ließ sie eintreten und bat sie zu warten, während sie dem Gehilfen Bescheid sagte. Catalina konnte gerade noch einen Ausruf des Erstaunens unterdrücken. Sie war noch nie in einem herrschaftlichen Haus gewesen – von dem Besuch bei ihrem Onkel Íñigo einmal abgesehen –, doch dieses hier hatte nichts mit dem trutzigen, wenngleich beeindruckenden Turm der Muntsaratz gemeinsam. Die Eingangshalle war so groß, dass bequem eine ganze Familie darin hätte leben können, und ging in einen Korridor über, von dem zwei Reihen Türen abgingen; der Fußboden bestand aus edlem, dunklem Holz, das glänzte und nach Wachs roch. Von der hohen Decke hing ein mehrarmiger silberner Leuchter mit neuen Kerzen, und an den Wänden hingen Porträtgemälde und Objekte, die Catalina nicht kannte. Sie fragte sich gerade, wer wohl der Mann mit dem grauen Haar und den vornehmen Gesichtszügen sein mochte, der sie aus einem goldenen Rahmen griesgrämig ansah, als sich eine der Türen öffnete und die Frau wieder erschien.

»Tritt ein«, sagte sie und deutete ins Innere der Schreibstube. »Der Gehilfe hat Zeit, dich zu empfangen.«

Catalina erwartete einen ehrwürdigen, des Lesens und Schreibens kundigen Mann anzutreffen, der ihr behilflich sein würde, das rätselhafte Vermächtnis ihres Lehrers zu entziffern, doch als sie den Raum betrat und sich ihre Blicke begegneten, bekam sie weiche Knie. Es waren die blauen Augen, die sie zweimal so sehr beeindruckt hatten.

Vor lauter Aufregung darüber, dass der Gehilfe des Schreibers jener Mann war, der in den vergangenen Monaten ihre Phantasie bevölkert hatte, begann sie zu stottern, als sie ihm den Grund ihres Besuchs erklärte. Er schien nicht überrascht zu sein, sondern sie vielmehr erwartet zu haben, und ein amüsiertes Lächeln umspielte seine Lippen, während Catalina sprach und dabei mit dem Umschlag wedelte wie mit einer Fahne. Wie gut er aussah! Noch nie im Leben hatte sie jemanden wie ihn kennen gelernt, groß, mit langen, braunen Haaren, die ihm bis auf die Schultern fielen, der sorgfältig gestutzte Bart umrahmte ein männlich schönes Gesicht, die schöne, gerade Nase, und vor allem diese unglaublich blauen Augen. »Zwei Fenster zum Himmel«, dachte sie hingerissen.

Sie erinnerte sich an den häufigen Ausspruch ihrer Großmutter, dass es nicht klug sei, sich nur vom Äußeren eines Menschen leiten zu lassen – oft seien die schönsten Pflanzen zugleich die giftigsten –, doch wer konnte ihr die Faszination zum Vorwurf machen, die sie in diesem Augenblick empfand? Man konnte nicht immer Herrin seines Handelns sein, sagte sie sich, und schon gar nicht Herrin seiner Gefühle.

»Don Diego hat dir sein Haus hinterlassen«, erklärte

Gesala und reichte ihr einen Schlüssel, »sowie eine kleine Geldsumme. Kein Vermögen, doch sie wird dir das Leben erleichtern.«

Er überreichte ihr ein Leinensäckchen mit einem Haufen Münzen darin, die sie später als Silberdukaten ausmachte. Sie wusste nicht, was sie sagen sollte. Die Trauer über den Verlust ihres Lehrers vereinte sich mit der Freude darüber, dass sie nun in Tabira bleiben konnte, wie sie es vorgehabt hatte, ohne sich um das tägliche Brot sorgen zu müssen.

»Was wirst du jetzt tun?«, fragte der Schreibergehilfe neugierig.

»Ich möchte Hebamme werden«, erklärte Catalina stolz.

»Also bleibst du in Tabira.«

»Nur bis ich Hebamme bin. Dann kehre ich nach Hause zurück.«

»Wenn dich nicht ein netter Bursche davon abhält …«, scherzte der Mann.

Sie wurde rot wie der Unterrock, den sie unter dem Kleid trug, und Juan de Gesala lachte, als er ihr Gesicht sah. Sie bedankte sich, so schnell sie konnte, und verließ eilig das Zimmer. Sie vergaß beinahe, die Dienerin zu grüßen, die aufmerksam in der Nähe der Tür wartete. Sie wollte nur noch weg von hier, in Sicherheit.

Sie teilte Ixile mit, dass sie in Tabira blieb, bat ihn aber, sie Ende des Herbstes, wenn es auf den Winter zuging, wieder abzuholen, wie sie es ihrer Mutter versprochen hatte.

Bevor sie sich von ihm verabschiedete, fragte sie ihn: »Sag mir, wie lautet dein richtiger Name?«

Die Frage schien ihn zu überraschen. Er sah sie aus zusammengekniffenen, schelmisch funkelnden Augen an.

»Miguel de Ausona.«

»Darf ich dich so nennen?«

Der Alte nickte, dann trieb er den Esel an und fuhr los in Richtung Abadiño.

»Auf Wiedersehen!«, rief sie ihm hinterher. »Bis bald, Großvater Miguel!«

Sie hatte den Eindruck, dass sich sein Rücken aufrichtete, als er ihren Abschiedsgruß hörte, dann winkte er, ohne sich umzudrehen.

Sie ging zu ihrem neuen Haus, das Don Diego ihr hinterlassen hatte, nebst der kleinen Geldsumme, die es ihr erlauben würde, sorgenfrei zu leben, solange sie in der Stadt weilte. Das alles verdankte sie dem guten Arzt und Juan Ortiz de Gesala.

Don Diego war sein Leben lang ein reinlicher, ordentlicher Mann gewesen. Das Haus war so, wie sie es kannte. Abgesehen von einer dünnen Staubschicht auf Möbeln und Gerätschaften war alles unverändert. Die drei Hühner waren verschwunden, und in dem kleinen Garten wucherte das Unkraut. Sie verbrachte den Tag damit, ihr neues Zuhause zu lüften und zu putzen. Sie brachte ihre Sachen in ihr ehemaliges Zimmer, denn das Zimmer des Arztes, das viel größer und heller war, wollte sie nicht benutzen, aus Achtung vor seinem Andenken und weil jeder wusste, dass die Geister der Toten noch eine Zeit lang die Orte aufsuchten, die sie kannten, und sie wollte nicht eines Nachts dem umherirrenden Geist des Arztes begegnen. Sie versteckte ihr kleines Vermögen und ging dann hinaus, um Gemüse, Obst und ein wenig Fleisch zu kaufen.

In dieser Nacht schlief sie bei offenem Fenster. Es war Vollmond, und sie konnte deutlich die Umrisse des Anboto in der Ferne sehen, oder zumindest bildete sie sich das ein. Bevor der Schlaf sie übermannte, dachte sie daran, dass wie jeden Monat eine Versammlung in Jentilkoba stattfinden würde. Es war nur ein kurzer Moment, wie ein Feuerstein, der Funken schlug, wie ein Blitz am helllichten Tage, doch sie nahm sich fest vor, nie wieder an die Höhle und an die sonderbaren Menschen zu denken, die sich dort einfanden. Ihre Welt war eine wirkliche Welt, keine Welt voller sehnsüchtiger Erinnerungen, alter Tänze und Gesänge, geheimnisvoller Rituale und unbekannter Wörter. Wie jeden Abend betete sie zu der Mari und fiel dann in einen süßen Traum, in dem niemand anders vorkam als Juan de Gesala.

Bartolomé de Unda hatte über Monate hinweg Material gesammelt und verfügte inzwischen über eine große Menge an Zeugnissen und Aussagen. Er sah noch einmal die Schriftstücke durch, die fein säuberlich auf dem Tisch gestapelt lagen. Ortuño Pérez de Belaziturri war bereit, gegen eine Nachbarin auszusagen, Mari Miguela mit Namen, die ihn mit dem bösen Blick belegt habe, nachdem er mit ihr in Streit geraten sei, weil seine Kuh von der Weide ausgebrochen sei und sich an einem Feld gütlich getan habe, welches der Frau gehörte. Seither könne er nicht mehr schlafen und leide an einem Hautgeschwür, das der Arzt nicht heilen könne. Domingo de Isturitz versicherte, Juana Johánez de Lesarri habe in seiner Gegenwart behauptet, dass Gott nicht existiere. Eine Frau aus Goienkale schwor, gesehen zu haben, wie sich ihre Schwiegertochter in eine Katze verwandelte, und zeigte einige Kratzer im Gesicht, die ihr besagte verhexte Katze zugefügt habe. Die Bewohner des Hofes Errekabekoa behaupteten, eine Hexenplage in ihrem Gemüsegarten gehabt zu haben, welche die Schösslinge vernichtet habe. Eine gewisse Marina de Zubileta hatte sich gebrüstet, Fieberbläschen heilen zu können, indem sie es fest herbeiwünschte. Eine andere Frau hatte geraten, eine Schere, ein Messer oder einen anderen scharfen Gegenstand unter das Kopfkissen zu legen, damit nachts keine Hexen ins Schlafzimmer kamen … In den vergangenen Monaten hatte er Dutzende von Geschichten gesammelt, die hinreichend bewiesen, dass die Hexerei in der Gegend weit verbreitet war. Sie reichten aus, um die entsprechenden Anzeigen vor den Rat zu bringen.

Don Bartolomé bedauerte, dass es an der Biskaya kein kirchliches Tribunal gab, das über die Rechtgläubigkeit wachte, und die Visitatoren und Auditoren des Bistums Calahorra ihrer Arbeit im Señorat nur unter großen Schwierigkeiten nachgehen konnten. Die örtlichen Gesetze untersagten es dem Bischof und den Vikaren von Calahorra sogar, die Gemarkung zu betreten. Die Prozesse wegen Ketzerei, Zauberei, Blasphemie, Bigamie, Ehebruch und Ähnlichem oblagen den weltlichen Gerichten, was nicht wenige Probleme mit sich brachte.

Die Auseinandersetzungen, die früher auf dem Schlachtfeld entschieden wurden, hatten sich auf legale Weise, gegen die schwer anzukommen war, in die Orte verlagert. Die gegnerischen Parteien setzten alles daran, in den Städten und Gemeinden möglichst viele Bürgermeister und Ratsherren zu stellen. Besonders in Tabira wurde vor Michaelis geschachert, gestritten und bestochen. Im vergangenen Jahr waren sogar mehrere Männer entführt worden, ausgewiesene Anhänger einer der Parteien, um diese am Wählen zu hindern. Die Angelegenheit hatte umso schwerer gewogen, als nur die reichen Grundherren Stimmrecht besaßen, was die Anzahl der Stimmkugeln beträchtlich verringerte. Als die Wahl entschieden war, waren die Entführten wieder aufgetaucht. Diese beschuldigten Martín Sánchez de Zaldibar der Tat, den jüngeren Sohn einer bekannten Oñacino-Familie, doch da sie die ganze Zeit die Augen verbunden gehabt hatten, konnten sie keine Beweise beibringen. Zudem wies der Bürgermeister der Stadt, der Oñacino Juan Pérez de Uria, den obersten Richter an, die Untersuchung zu schließen.

Wahrscheinlich, so sagte er, seien die sechs verschwundenen Männer zum Feiern nach Elorrio oder Elgoibar gegangen und hätten dann eine erfundene Geschichte in Umlauf gebracht, um ihren Familien keine Erklärung geben zu müssen.

Meister Bartolomé legte die gesammelten Zeugenaussagen beiseite und dachte über das weitere Vorgehen nach. Die Ketzergeschichte war in aller Munde, und in jüngster Zeit hatten sich die Gemüter erhitzt. Er wollte keinen Fehler machen. Es war eine ernste Sache, die viele Konflikte in eine Stadt wie Tabira bringen konnte, wo jeder jeden kannte. Fürs Erste, so entschied er, war es nicht ratsam, Mitglieder einflussreicher Familien zu beschuldigen. Also würde er sich zunächst auf arme Frauen, Zigeunerinnen, Auswärtige oder Witwen konzentrieren, die nicht auf die Unterstützung ihrer Familien zählen konnten. Er rief sich in Erinnerung, was er im »Hexenhammer« und anderen Büchern über das Hexenwesen gelesen hatte. Dort wurde versichert, dass der erste Schritt der schwierigste sei, später würden sich die Hexer und Hexen gegenseitig beschuldigen.

»Komme es, wie es wolle, ich werde nicht eher ruhen, bis das Böse in Durango und in der Gemarkung ausgetilgt ist«, rief er aus, zufrieden mit seinem Plan. »Diese Gegend wird das frömmste und christlichste Gebiet der ganzen Krone sein.«

Juan de Gesala hörte den Schreiber aus der benachbarten Kammer, die ihm als Arbeitszimmer diente.

»Sagtet Ihr etwas?«, erkundigte er sich und steckte den Kopf durch die Tür.

»Was machen deine Nachforschungen, mit denen ich dich vor einiger Zeit betraut habe?«, fragte Unda.

»Ich bin dabei«, antwortete der Gehilfe.

Das antwortete er jedes Mal, wenn sein Vorgesetzter danach fragte. Er hatte geglaubt, die Untersuchung werde nur wenige Tage in Anspruch nehmen. Dann würde er dem verbohrten Sturkopf beweisen, dass es keine Hexen in der Gegend gab und es sich lediglich um alte Bräuche ungebildeter Leute handelte. Er stellte eine lange Liste von Sprichwörtern und, wie er es nannte, harmlosen Aberglauben zusammen, etwa, dass es Unglück bringe, früh morgens einem Buckligen zu begegnen, oder dass es bald einen Todesfall gebe, wenn eine Krähe ums Haus flog. »Was sich lösen lässt, indem man die Krähe tötet«, hatte er mit einer gewissen Ironie angemerkt.

Doch Meister Bartolomé wollte Beweise, hieb- und stichfeste Beweise.

»Man hat mir erzählt, dass sich die Hexen an einigen Plätzen hier in der Gegend versammeln«, hatte er seinem Gehilfen mitgeteilt. »Finde heraus, wo, und mische dich unter sie, als ob du dazugehörtest.«

Juan lächelte. Sein Freund Min hatte ihn mit einem gewissen Negugogor aus dem Ort Garai bekannt gemacht, der ihn in einer Nacht, in der eine solche Versammlung stattfand, gegen einige Maravedis nach Jentilkoba gebracht hatte.

»Wer geht dorthin?«, hatte er den Mann unterwegs gefragt.

»Ganz unterschiedliche Leute«, hatte der andere geantwortet, »hauptsächlich Alte, aber auch Junge und das eine oder andere Kind.«

»Und was tun sie dort?«

»Sie tanzen, trinken, erzählen sich Geschichten, und einige nutzen die Gelegenheit, dem Fleisch zu huldigen.«

»Dem Fleisch zu huldigen?« Juan hörte diesen Ausdruck zum ersten Mal.

»Ihr versteht schon … sie treiben es nach Herzenslust.« Der Mann beendete den Satz mit fröhlichem Gelächter.

»Alle?«

»Aber nein!«, rief Negugogor empört. »Nur einige, die Jungen, die es eilig haben und darauf warten, dass sich ihre Familien endlich einig werden. Ihr wisst ja, die Eheverhandlungen brauchen ihre Zeit – gibst du mir so viele Stück Vieh, gebe ich dir so viele Fanegas Weizen … die Paare sind es leid, zu warten.«

»Und sie treiben es vor aller Augen?«

»Sie warten, bis sich die Versammlung auflöst«, sagte Negugogor, erstaunt, dass ein gebildeter, gut gekleideter Mann so großes Interesse an einer solchen Nebensächlichkeit hatte. »Wenn sich die Alten und die Familien zurückziehen, bleiben die Jungen unter einem Vorwand zurück und kommen erst im Morgengrauen nach Hause. Nun ja«, setzte er leutselig hinzu, »wir alle haben einmal so etwas gemacht. Ich habe meine Frau bei einer Versammlung kennen gelernt, und jetzt sind wir seit mehr als zwanzig Sommern zusammen.«

»Und was haben eure Familien dazu gesagt?«, fragte Juan neugierig.

»Domeca wurde schwanger«, erklärte der Mann schlicht. »Ihr Vater hätte lieber einen anderen mit mehr Vermögen für sie gehabt, aber passiert ist passiert!«

Im ersten Moment hatte Juan das Gefühl, in alte Zeiten zurückversetzt worden zu sein. Die Grotte von Jentilkoba, die Kerzen, der Rauch des Feuers, die Musik, die er nie zuvor gehört, und die Tänze, die er nie zuvor gesehen hatte, machten einen schwer zu beschreibenden Eindruck auf ihn. Er postierte sich in einer Ecke und beobachtete verwundert die ausgelassene Stimmung, die dort herrschte. Die Frauen hatten sich ihrer Umhänge und Hauben entledigt, die Männer hatten ihre Wämser und Mäntel abgelegt. Sie unterhielten sich mit einer Vertrautheit, die in Tabira zwischen den Geschlechtern nicht gestattet war. Ein halbes Dutzend Kinder spielte Verstecken. Er nahm eine Schale mit einer Flüssigkeit entgegen, die ihm ein Knabe reichte, kostete aber nicht davon. Er musste hellwach und aufmerksam sein, um jede Kleinigkeit der Versammlung verfolgen zu können, und mehr als einmal hatte er die betäubende Wirkung angesetzter Schnäpse zu spüren bekommen, die Min de Olejuas Spezialität waren.

Eine alte Frau, der alle große Aufmerksamkeit und Hochachtung entgegenzubringen schienen, erhob sich von einem niedrigen Holzschemel – dem einzigen, den es gab –, und die Anwesenden verstummten. Neben der Frau war ein schwarzer Ziegenbock mit einem dicken Strick an einem Eisenring im Fels festgebunden.

»Wie hält sie bloß den Gestank aus?«, fragte sich Juan amüsiert.

»Freunde«, begann die Alte, »wieder einmal haben wir uns versammelt, um die Erinnerung an unsere Vorfahren lebendig zu halten. Wir werden immer weniger, wie auch an anderen Orten der Biskaya, doch solange auch nur einer von uns an das glaubt, woran unsere Vorfahren glaubten, wird der alte Glaube nicht sterben.«

Ein zustimmendes Murmeln ging durch die Versammlung. Gespannt wartete Juan de Gesala, dass nun die Hexenriten begännen, von denen Meister Bartolomé so oft sprach, doch stattdessen stimmte eine Frau, die ein Kind in den Armen hielt, eine Melodie an, die ihm ebenso unbekannt war wie viele Wörter des Liedes, das eher an eine Anrufung erinnerte.

Als die Sängerin geendet hatte, wandten sich die Anwesenden wieder den Tänzen und Gesprächen zu. Juan lächelte spöttisch. Wenn diese Menschen die Hexen waren, nach denen sein Vorgesetzter so eifrig suchte, dann würde er mit Sicherheit nicht derjenige sein, der ihn auf ihre Fährte hetzte.

Dann sah er sie. Sie wirkte verängstigt und erstaunt zugleich, stark und zerbrechlich, verloren und doch selbstsicher. Er sah sie tanzen, ungeschickt zunächst, wenig später behände; er sah, wie sie die Schale mit der Flüssigkeit austrank und dann Umhang und Mieder ablegte. Sie war schlank, ganz anders als die meisten anwesenden Frauen mit ihren breiten Hüften und den ausladenden Brüsten; ihre Haut war weiß, ihr kurz geschnittenes Haar kastanienbraun. Ihre Blicke begegneten sich ein paar Mal, und er ertappte sich bei dem Gedanken, dass er noch nie zuvor solch tiefgründige Augen gesehen hatte und nichts dagegen gehabt hätte, Freundschaft mit ihrer Besitzerin zu schließen. Die ganze Nacht hindurch ließ er sie keinen Moment aus den Augen. Auch wenn die Versammlung als solche nicht so faszinierend war, wie er sich erhofft hatte, entschädigte ihn die Gegenwart des Mädchens mehr als genug für den weiten Weg aus Tabira.

»Du bist dabei! Du bist dabei!« Bartolomé de Unda konnte seinen Unmut nicht verhehlen. »Ich ganz alleine habe all diese Berichte zusammengetragen.« Er deutete auf den Aktenstapel auf seinem Schreibtisch. »Und was hast du zustande gebracht? Eine unbrauchbare Liste mit lächerlichen Wahnideen, weiter nichts.«

»Mehr gibt es nicht, Meister Bartolomé«, entgegnete Juan unbewegt.

»Und diese Versammlungen, von denen die Leute sprechen?«

»Hirngespinste«, erklärte der junge Mann. »Ich bin selbst an einigen dieser Plätze gewesen, zu Zeiten, zu denen sich die Hexen angeblich dort versammeln, und da war nichts, gar nichts. Wenn Ihr wollt, könnt Ihr mich beim nächsten Mal begleiten. Ich habe vor, zu einem Ort namens Azkondo zu gehen, in Mañaria. Es heißt, dass die Dämonen dort zu ihrem Vergnügen in eine nahe gelegene Schlucht springen.«

»Geh du alleine und halte mich auf dem Laufenden«, entschied der Schreiber mit finsterer Stimme.

Juan hatte den Eindruck, dass ihn die Erwähnung der Dämonen erschreckt hatte, und er war sich sicher, dass Meister Bartolomé niemals persönlich nachprüfen würde, ob die Gerüchte stimmten. Für den Augenblick waren die Leute von Jentilkoba sicher.

Er kehrte an seinen Schreibtisch zurück, in Gedanken bei Catalina. Obwohl er unbefangen gewirkt hatte, war er sehr überrascht gewesen, als plötzlich vor seinem Schreibtisch das Mädchen gestanden hatte, das ihn in Jentilkoba zweimal so sehr gefesselt hatte. Er hatte bemerkt, wie sie rot geworden war und verlegen ihre Hände gerungen hatte, doch er wusste nicht, ob ihre Nervosität darauf zurückzuführen war, dass sie plötzlich die Erbin der wenigen Besitztümer des Arztes Olea war, oder ob sie ihn ebenfalls wiedererkannt hatte. Er wollte glauben, dass Letzteres der Grund für ihre Unruhe gewesen war, und lächelte glücklich.

»Kommt gar nicht in Frage, dass du allein lebst!«, rief Josefa, als sie von der Erbschaft und Catalinas Entschluss erfuhr, im Haus ihres Wohltäters wohnen zu bleiben.

»Warum nicht?«, fragte das Mädchen, erstaunt über ihre Reaktion.

»Weil es sich nicht gehört, wenn ein lediges Mädchen allein lebt«, antwortete die Frau empört, »schon gar nicht in den heutigen Zeiten. Alle Welt würde über dich reden und hinter deinem Rücken tuscheln.«

»Sollen sie reden!«, entgegnete Catalina belustigt.

Sie hatte nicht die Absicht, jemanden zu sich ins Haus zu nehmen. Sie wollte das Alleinsein genießen und fand es aufregend, frei über ihre Zeit verfügen zu können, ohne jemandem Rechenschaft für ihr Tun ablegen zu müssen. Obwohl die Hebamme in den darauf folgenden Tagen immer wieder abriet, gewöhnte sich Catalina rasch daran, ein unabhängiges Leben ohne familiäre Verpflichtungen zu führen und sich voll und ganz der Arbeit widmen zu können.

Am Anfang begleitete sie Josefa bei ihren Hausbesuchen, doch schon bald betreute sie selbständig einige Fälle und hatte eigene Patientinnen. Je mehr sie sich mit dem Beruf beschäftigte, desto besser gefiel er ihr. Sie fieberte der Ankunft jedes neuen Erdenbürgers entgegen und fand es wunderbar, dass sie ihm auf die Welt helfen konnte. Sie litt mit der Mutter, teilte aber auch ihre Freude, wenn sie das Kind in den Armen hielt, und weinte mit ihr, wenn das Neugeborene starb, was recht häufig vorkam. Alle Welt behauptete, dass es nichts Natürlicheres gebe, als ein Kind zu gebären, doch diese Welt war von Männern gemacht, die erkennen mussten, dass Gebären das Einzige war, was ihnen verwehrt blieb.

»Vielleicht würden sie ihre Meinung ändern, wenn sie den Geburtsschmerz empfinden könnten, wenn sie sehen würden, wie sich der Körper verändert und Haare und Zähne ausfallen, wenn sie das Augenlicht verlören, für den Rest ihres Lebens an den Folgen litten oder unter der Geburt stürben«, sinnierte sie, während sie mit ihrer Freundin bei einem Teller Hühnersuppe saß.

Josefa nickte, obwohl sie die Gedankengänge des Mädchens nicht recht nachvollziehen konnte. Sie hatte sich solche Fragen noch nie gestellt. Die Frau war dazu bestimmt, zu gebären, Gott hatte es so gewollt, und je mehr Kinder, umso besser. Was für eine absurde Idee, auch nur daran zu denken, die Männer könnten schwanger werden!

Catalina spürte, dass die Göttin sie beschützte und ihr Denken und Handeln lenkte, und sie hatte das sichere Gefühl, dass ihr nichts Schlimmes widerfahren konnte. Die Gabe der Mari hatte sich mit der Zeit als große Hilfe erwiesen, und sie wusste nicht, wie sie ohne dieses Talent aus so einigen dramatischen Situationen heil hätte herauskommen sollen. Wenn sie merkte, dass es Komplikationen gab, wenn sie beim Abtasten des gewölbten Leibs einer Frau spürte, dass das Kind nicht mehr lebte, oder wenn ihr aus dem verzerrten Gesicht einer Gebärenden der Tod entgegenblickte, ließ sie rasch nach Josefa oder einer anderen Hebamme der Stadt schicken. Die Anwesenheit dieser Frauen, die viel älter und erfahrener waren als sie selbst, die jeder kannte und deren Fähigkeiten außer Zweifel standen, machte ihr nicht nur Mut, sondern verhinderte auch, dass man sie bezichtigte, ihre Arbeit nicht gut gemacht zu haben.

Manchmal, wenn sie kurz vor der Lumpenglocke von einer Geburt oder einem Notfall zurückkam, sah sie, wie die Nachbarin, die sich so köstlich über ihre Erklärung bezüglich des Verschwindens ihres Lehrers amüsiert hatte, sie ohne Scham von ihrem Fenster aus beobachtete. Catalina fragte sich, ob die Frau nur schlafen konnte, wenn sie auch schlief, und winkte zu ihr herüber. Die Klatschbase verschwand sofort von ihrem Beobachtungsposten, doch am nächsten Tag war sie wieder da. Manchmal ertappte Catalina sie dabei, wie sie mit anderen Frauen auf der Straße über sie tuschelte. Es war leicht zu erraten, denn sie verstummten sofort, wenn sie näher kam.

Sie kümmerte sich nicht weiter darum. Sie war jung und zu beschäftigt, um etwas auf das Gerede der Leute zu geben. Doch als eines Nachts ein Mann an der Mauer ihres Hauses lehnte, begann sie sich Gedanken über ihre Situation zu machen.

»Es ist schon spät für ein junges Mädchen allein auf der Straße«, sagte er, ohne sich von der Stelle zu rühren.

»Die Kinder kommen zur Welt, wann sie wollen, und nicht, wann wir es für richtig halten«, sagte sie, während sie nervös in ihrer Tasche nach dem Schlüssel suchte.

»Hast du keine Angst, überfallen zu werden?«, fragte der Mann.

Sie sah sein Gesicht im Licht der Straßenlaterne, ein groteskes, hässliches Gesicht mit buschigen Augenbrauen und einer großen, platt gedrückten Nase, vielleicht von einer Schlägerei oder Ähnlichem, und plötzlich bekam sie Angst. Sie gab keine Antwort und sperrte die Tür auf. Sie wollte sie eben wieder schließen, als der Mann einen Fuß dazwischenstellte.

»Der Teufel treibt sein Unwesen bei Nacht. Vielleicht begegnest du ihm ja irgendwann einmal«, sagte er und brach in ein Gelächter aus, das ihr das Blut in den Adern gefrieren ließ.

Sie warf sich mit aller Macht gegen die Tür und schob den Riegel vor. Sie drehte sogar den Schlüssel um, was sie noch nie zuvor getan hatte. Bevor sie schlafen ging, vergewisserte sie sich, dass alle Fenster fest verschlossen waren. Trotzdem fand sie keinen Schlaf, denn immer, wenn sie die Augen schloss, sah sie das verzerrte, bedrohliche Gesicht des Mannes vor sich.

Am nächsten Tag ging sie gleich auf den Markt, um einen Hund zu kaufen. Sie erstand ihn von einem Schäfer, der über die Hälfte des Jahres mit seiner Herde in Urkiolamendi verbrachte und im Winter ins Tal hinunterkam. Er stand mit einer schönen Hündin und vier Welpen in einer Ecke des Marktes, als wollte er unbemerkt bleiben.

»Verkaufst du einen davon?«, fragte sie ihn.

Der Schäfer sah sie an, gab aber keine Antwort. Während er sich bedachte, streichelte Catalina die Tiere, angefangen mit der Mutter und ohne einen der vier Welpen zu vergessen. Die Hunde hatten ein weiches, glänzend graues Fell und kluge Augen. Sie waren sehr verspielt und zogen an den Leinen, die ihr Besitzer in der Hand hielt. Zintzo, der größte der Welpen, fiel ihr gleich auf. Seinem Aussehen nach versprach er in kurzer Zeit eine stattliche Größe zu erreichen. Er schien von einem anderen Vater zu stammen als die übrigen drei: Er war dunkler, seine Rute und seine Ohren waren spitzer, und er hatte längere Beine. Er machte Anstalten, näher zu kommen, und wich dann wieder zurück, bevor er auch nur einen Schritt getan hatte.

»Zwei Ochavos«, sagte der Schäfer.

Seine Stimme ließ sie zusammenfahren, denn sie hatte ihn beinahe vergessen, wie er so still dastand und die Leinen festhielt.

»Für jeden von ihnen?«

»Das Muttertier ist unverkäuflich«, erklärte er und tätschelte den Kopf des Weibchens.

»Ich will den da«, sagte das Mädchen und deutete auf Zintzo.

Der Mann sah sie an.

»Es ist ein besonderes Tier«, sagte er schließlich.

»Das sehe ich«, sagte Catalina, während sie die zwei Ochavos aus der Tasche nahm und sie ihm reichte, »deshalb will ich ihn ja haben.«

»Er wird nur einem guten Herrn ein guter Hund sein«, erklärte der Schäfer lakonisch.

»Oder einer guten Herrin«, gab sie lachend zurück und griff nach der Leine, die der Schäfer ihr hinhielt.

Zintzo wusste zuerst nicht, was er tun sollte. Er sah zu seiner Mutter und seinen Geschwistern, dann zu Catalina. Sie ging in die Hocke und kraulte ihn hinter den Ohren. Der Hund sah mit einem wohligen Blick zu ihr auf, und sie musste lächeln. Als sie sich zum Gehen wandte, trottete er neben ihr her. Er lief weder voraus noch blieb er zurück, und da wusste das Mädchen, dass er sie immer beschützen würde.

Zintzo wuchs sehr rasch, und bereits zwei Monate später sah er wie ein ausgewachsener Hund aus. Er war verschwiegen wie die Nacht und wich nie von ihrer Seite. Geduldig wartete er vor der Tür der Häuser, in die seine Herrin ging, und rührte sich nicht von der Stelle, ganz gleich, wie lange sie dort blieb. Er schlief zu Füßen ihres Bettes, und wenn er ein verdächtiges Geräusch hörte, bellte er nicht wie seine Artgenossen, sondern sprang auf, lief dorthin, woher das Geräusch kam, und kehrte nicht eher an seinen Platz zurück, bis er jeden Winkel des Hauses untersucht hatte.

Eines Tages tat der Fleischer, als wollte er Catalina schlagen, um zu sehen, wie das Tier reagierte. Die beiden waren sehr überrascht, als Zintzo ihn sanft am Handgelenk packte und ihm in die Augen sah.

»Er würde mir die Hand abreißen, wenn ich versuche, dich zu schlagen«, behauptete der Mann ein wenig erschreckt.

»Ach was!«, rief sie. »Er könnte niemandem etwas zuleide tun.«

»Das würde er, wenn dich jemand bedroht. Ich habe schon andere Hunde wie diesen gesehen.« Er ließ langsam die Hand sinken und stellte erleichtert fest, dass Zintzo losließ. »Ich kaufe ihn dir ab«, fuhr er fort. »Wie viel willst du für ihn haben?«

»Ihn verkaufen?«, fragte das Mädchen amüsiert. »Ich denke gar nicht daran, ihn zu verkaufen. Ich fühle mich sicherer, seit ich ihn habe. Für mich ist er mehr als ein Hund.«

»Ich kenne mich mit Tieren aus«, sagte der Fleischer, »und dieses hat mehr von einem Wolf als von einem Hund. Da bin ich mir sicher.«

Ein Wolf! Zintzo, ein Wolf? Eine dieser furchtbaren Bestien, die in den Bergen hausten und Schafe und Kühe rissen, die in der Nacht heulten und alle in Angst und Schrecken versetzten, die sie hörten? Erst kürzlich war in Durango eine Belohnung für jeden ausgesetzt worden, der einen Wolf tötete und seinen Kadaver vorwies, so großen Schaden richtete das Tier unter dem Vieh an. Das war unmöglich! Zu Hause setzte sich Catalina auf einen niedrigen Schemel und sah ihn sich genau an. Als wüsste er, dass er beurteilt wurde und seine Zukunft von dem Ergebnis abhing, saß Zintzo reglos auf den Hinterpfoten und sah sie die ganze Zeit stolz und würdevoll an. Das Mädchen konnte seine Augen nicht von denen des Tieres wenden, in welchen ein so kluger Glanz lag, dass man hätte meinen können, er würde jeden Augenblick zu sprechen beginnen.

»Wie schön du bist!«, rief sie schließlich.

Das Tier entspannte sich und legte sich zu Füßen seiner Herrin nieder. Catalina konnte seinen heißen Atem auf ihrer Haut spüren. Sie sah aus dem Fenster und dachte an ihre Hunde in Goiena. Sie erinnerte sich an die Spaziergänge mit ihnen über Hügel und Höhen, vor allem aber an die Aufstiege zum Anboto, wenn sie mit der Großen Göttin reden wollte. Dann fiel ihr wieder ein, dass ihre Großmutter immer gesagt hatte, die Mari könne jede beliebige Gestalt annehmen. Einige Male war sie ein Blitz, der durch die Luft zuckte und den Heuschober oder den Stall eines Bauern in Brand setzte, dessen Unglaube sie erzürnt hatte, oder sie war ein weißes Pferd, das durch die Lüfte flog, um dem zur Seite zu eilen, der ihre Hilfe benötigte. Oder sie verwandelte sich in eine Feuersbrunst, in Hagel oder einen schlimmen Sturm … Und wenn sie zu all dem in der Lage war, was man sich erzählte, weshalb sollte sie sich dann nicht auch in einen Wolf verwandeln können, um sie zu beschützen? Oder jemandem auftragen, es zu tun?

Eines Abends saß sie zu Hause und ruhte sich aus, während sie darauf wartete, dass man sie zu einer Schwangeren rief, die schon über die Zeit war, als es an der Tür klopfte. Catalina erkannte den Jungen wieder, dem sie zu Lebzeiten ihres Lehrers eine Wunde am Bein genäht hatte. Er war in Begleitung seiner Mutter, die sehr besorgt aussah. Sie führte die beiden in die Küche und wartete, dass sie ihr den Grund ihres Kommens erklärten.

»Das ist Peru«, sagte die Frau und deutete dabei auf den Jungen, der sich unaufhörlich am Bauch kratzte. »Er hat etwas, und der Arzt kann ihm nicht helfen. Er hat ihn zur Ader gelassen und mir eine Salbe mitgegeben, aber es ist unverändert.«

Mit diesen Worten hob sie das Hemd des Jungen hoch. Der Kleine hatte rund um die Taille lauter rote Pusteln, die sich durch das ständige Kratzen entzündet hatten. Viele Leute behaupteten, das beste Mittel in solchen Fällen bestehe darin, einem lebenden Hahn den Kamm abzuschneiden und die Pusteln mit dem Blut einzureiben, aber Catalina war nicht sonderlich von der Wirkung der Methode überzeugt. Außerdem, wer würde es schon wagen, einen lebenden Hahn zu packen und ihm den Kamm abzuschneiden? Auch sie hatte als Kind diese lästigen Pusteln gehabt, und ihre Großmutter hatte ihr einige Tage lang Thymian- und Kamillentee zu trinken gegeben. Auch Borretsch und Malve seien sehr gut, hatte sie gesagt, da sie das Blut reinigten und dies das beste Mittel bei Hautproblemen sei. Catalina riet der Mutter, ihrem Sohn zwei- bis dreimal täglich einen Tee zu trinken zu geben, und wenn der Junge einen starken Drang zum Kratzen verspüre, solle sie seine Hände in kaltes Wasser tauchen, bis der Juckreiz vorüber sei.

Es war keine schwierige Sache. Catalina war überzeugt, dass jede Hausfrau in Arrazola das Mittel kannte, doch für diese Frau schien es einem Wunder gleichzukommen, denn wenige Tage später erschien sie mit einem schönen, frisch geschlachteten Kapaun im Haus des Mädchens, um sich für die Heilung ihres Sohnes zu bedanken.

Mit der Zeit stellte Catalina fest, dass immer mehr Leute zu ihr kamen, deren Beschwerden nichts mit Geburten, Blutungen, Unterleibsschmerzen und anderen Frauenleiden zu tun hatten. Man fragte sie um Rat bei Nesselsucht, Schlafproblemen, Fieber oder Rheuma. Am Anfang freute sie sich darüber. Sie entsann sich auf das, was sie in Goiena von ihrer Mutter und ihrer Großmutter gelernt hatte, Grundkenntnisse, die in Gegenden, wo kein Arzt in der Nähe war, unbedingt vonnöten waren. Leinsamenwickel gegen Husten, gebratener Knoblauch mit Jungfernwachs gegen Wundinfektionen, Knoblauch, lauwarmes Öl, Eschenwurzel, Schlafmohn und Braunwurz gegen Schlangenbisse oder Verbenenkraut gegen Erschöpfung.

Sie stand frühmorgens auf und ging mit Zintzo vor die Tore der Stadt, um Pflanzen, Wurzeln, Blätter, Rinde und Beeren zur Zubereitung von Salben, Tinkturen und Tees zu sammeln. Da sie festgestellt hatte, dass die Kinder häufiger nachts als tagsüber zur Welt kamen, richtete sie es so ein, dass sie um die Mittagszeit Patienten empfing und nachmittags ihre Arzneien bereitete. In kürzester Zeit glich die Küche dem Laboratorium eines Alchemisten. Es machte ihr Freude, neue Rezepturen gegen Verbrennungen, Hautausschläge und harmlose Knoten zu ersinnen, wobei sie allerdings nie Pflanzen verwendete, die sie nicht kannte.

Einige Wochen später war die Menschenschlange, die vor ihrem Haus anstand, genauso lang oder gar noch länger als zu Lebzeiten ihres Lehrers. Gelegentlich beschlich sie ein wenig Angst vor so viel Verantwortung, doch das war angesichts eines fröhlichen Gesichts oder eines dankbaren Blicks bald wieder vergessen, auch wenn es die eine oder andere Überraschung gab.

»Und welche Gebete muss ich aufsagen?«, fragte einmal eine alte Frau, der sie empfohlen hatte, ihre entzündeten Augen mit einer Mischung aus Rosenwasser und Honig zu spülen.

»Gebete?«

»Ja«, beharrte die Frau. »Kein Heilmittel wirkt ohne Gebete.«

Catalina versuchte, sich an ein Gebet zu erinnern, musste jedoch feststellen, dass sie keines kannte.

»Was ist dein Lieblingsgebet?«, fragte sie mit einem Lächeln.

»Eines, das mich meine Mutter als Kind gelehrt hat, ein Gebet an die Muttergottes«, antwortete die Alte und begann es gleich aufzusagen.

»Das wird wirken, da bin ich mir sicher«, unterbrach Catalina sie. »Sag es jedes Mal auf, wenn du dir die Augen ausspülst. Dreimal am Tag. Vergiss es nicht.«

Eines Morgens stand der Stadtbüttel vor ihrer Tür und teilte ihr mit, dass der Ratsschreiber sie im Rathaus zu sehen verlange. Verwundert über die Nachricht und voller Furcht, Juan de Gesala könne der fragliche Schreiber sein, bedeckte sie ihren Kopf und folgte dem Mann. Sie war noch nie im Rathaus gewesen und staunte über das rege Treiben, das dort herrschte. Leute aus allen Schichten gingen ein und aus, vornehme Herren in bestickten Röcken und Hosen und mit großen Federhüten, einfache Bauern in Kittel und Halstuch, schwarz gekleidete Scholaren mit weißen Spitzenkragen, verhärmte Frauen, die darauf warteten, dass sie an der Reihe waren, um ihr Anliegen vorzutragen, Amtsdiener, Kleriker und andere Personen, die sie nicht einzuordnen wusste, drängten sich auf engstem Raum. Ihr Führer brachte sie auf direktem Wege zu einem Zimmer im Obergeschoss und bedeutete ihr hineinzugehen.

Catalina atmete erleichtert auf. Der Mann auf der anderen Seite eines großen, mit Papieren bedeckten Schreibtischs war nicht Juan, sondern ein wesentlich älterer Mann mit mehr Bauch und viel weniger Haaren. Als er sie eintreten hörte, sah er von seiner Arbeit auf und deutete auf einen Stuhl.

»Du bist Catalina, die Nichte und Schülerin Diego de Oleas, nicht wahr? Ich bin Meister Bartolomé Martínez de Unda«, stellte er sich vor. »Ich habe mich um seine rechtlichen Belange gekümmert. Ich habe ihn sehr gemocht und geschätzt und seinen Tod außerordentlich bedauert.«

Catalina schwieg. Was sollte sie sagen? Sie war nicht Oleas Nichte, wenn auch seine Schülerin. Sie wartete, dass der Mann weitersprach.

»Mal sehen …« Er blätterte in einigen Unterlagen. »Mir liegen hier Anzeigen gegen dich vor. Offenbar betätigst du dich als Heilerin, ohne eine Lizenz zu besitzen.«

Er sah sie an und wartete, dass sie etwas sagte, doch das Mädchen war stumm vor Schreck und wie gelähmt vor Angst.

»Das ist eine schwere Anschuldigung. Hast du etwas dazu zu sagen?«

»Ich … ich … ich bin Hebamme«, stotterte Catalina.

»Ich habe mich darüber informiert, und ich weiß auch, dass du deine Sache gut machst und es keine Klagen gibt«, beruhigte er sie mit einem Lächeln. »Trotzdem brauchst du eine Lizenz, für die du zahlen musst, um deinem Beruf nachzugehen. Wusstest du das nicht?«

Sie schüttelte den Kopf. Niemand, weder Josefa noch

Don Diego, hatten jemals etwas von Lizenzen, Erlaubnissen und Zahlungen gesagt.

»Nun«, fuhr der Schreiber fort, »das ist einfach zu regeln. Ich stelle dir jetzt gleich die Lizenz aus, für die du fünf Reales entrichten musst, und die Sache ist erledigt. Der andere Punkt macht mir mehr Sorgen: Stimmt es, dass du dich als Heilerin betätigst?«

Meister Bartolomé legte ihr die Gründe dar, warum die Gesetze so streng waren, was die Ausübung der Medizin anging. Die Ärzte, so sagte er, hätten studiert, sie besäßen Diplome und seien vom Rat anerkannt. Sie hätten Zeit und Geld auf ihre Titel verwendet und man dürfe die öffentliche Gesundheit nicht den Heilern und Quacksalbern überlassen. Es habe zahlreiche Anzeigen gegen Betrüger gegeben, die schlimmen Schaden anrichteten, und die Stadt sei entschlossen, solchen Praktiken einen Riegel vorzuschieben.

»Was geschieht, wenn du eine Medizin verabreichst und der Patient daran stirbt?«, fragte er schließlich.

Sie konnte ihm nicht sagen, dass dies nicht eintreten würde, weil der Tod keine Medizin brauchte. Dass sie sich nur mit harmlosen Fällen befasste, für die man keine anderen Kenntnisse benötigte als solche über die Heilkräfte der Pflanzen, und dass die Leute aus Tabira sie gar nicht aufzusuchen bräuchten, wenn sie das Wissen ihrer Vorfahren bewahrt hätten.

»Und was soll ich tun, wenn mich jemand um ein Mittel gegen Zahnschmerzen bittet?«, fragte sie so bescheiden wie möglich.

»Dann sagst du ihm, er soll zum Arzt gehen«, antwortete Unda, ohne lange nachzudenken.

»Und wenn einer Gebärenden übel wird?«, fragte sie weiter.

»Soll sie zum Arzt gehen«, antwortete der Mann ungerührt. »Als Hebamme steht es dir lediglich zu, bei der Geburt zu helfen. Noch besser wäre es, wenn ein Arzt anwesend wäre, aber bekanntlich gibt es mehr Geburten als Ärzte, und diese können nicht überall gleichzeitig sein. Ich weiß, diese Frauengeschichten sind heikel, und es ist für die Frauen nicht immer leicht, sich einem anderen Mann als dem eigenen zu zeigen, doch die Zeiten ändern sich, und es ist an der Zeit, dass wir die alten Gewohnheiten ablegen, die uns von Neuerungen abhalten.«

Mit dieser einfachen Erklärung war die Angelegenheit für Meister Bartolomé erledigt.

»Im Andenken an meinen guten Freund, und da du keinen schlimmen Zwischenfall verursacht hast und niemand gestorben ist, werde ich die Anzeigen zu den Akten legen«, erklärte er, »aber achte in Zukunft darauf, dich ausschließlich um deine Aufgaben als Hebamme zu kümmern und dich nicht auf Gebiete zu begeben, die dir verwehrt sind. Und vergiss nicht, die fünf Reales für die Lizenz zu bezahlen.«

Mit einem Kopfnicken erklärte er die Unterhaltung für beendet und wies ihr die Tür. Catalina machte einen kleinen Knicks und wollte das Zimmer verlassen, blieb dann aber stehen.

»Verzeiht, Euer Ehren …« Der Schreiber sah von den Akten auf, in die er sich wieder vertieft hatte. »Könnt Ihr mir sagen, wer mich angezeigt hat?«

»Man nennt das Ross, nicht aber den Reiter«, bemerkte er, »doch in deinem Fall will ich eine Ausnahme machen, damit du dich in Zukunft vorsiehst. Eine der Anzeigen stammt von einer gewissen Felipa de Ibaiondoa. Eine Nachbarin von dir, glaube ich. Die andere stammt von Don Tomás, dem Pfarrer von Santa María.«

Als sie das Rathaus verließ, zitterten ihre Beine. Das mit ihrer Nachbarin verstand sie. Sie war eine von diesen Personen, die ihre Nasen ständig in fremde Angelegenheiten steckten und sich mehr für das interessierten, was in anderen Häusern passierte, als in ihrem eigenen. Aber der Pfarrer? Was hatte sie ihm getan? Sie waren sich nur ein einziges Mal begegnet, und da hatten sie kaum ein Wort miteinander gewechselt.

Damals war sie zu einer armen Frau gerufen worden, die nach einem harten, arbeitsreichen Leben und vielen Kindern zu alt war, um noch einmal zu gebären. Sie hatte schlimme Schmerzen, und Catalina hatte den Tod in ihren Augen gesehen. Rasch hatte sie Josefa holen lassen. Der erfahrenen Hebamme hatte ein Blick auf die stark fiebernde Gebärende genügt, deren Atem nur noch schwach ging, um zu wissen, dass mit ein wenig Glück vielleicht das Kind zu retten war, das sie in ihrem Schoß trug. Das Glück war ausgeblieben. Das Kind wurde tot geboren, und die Frau hatte diese Welt verlassen, die ihr nur so wenige Freuden gewährt hatte. Kurz darauf war Don Tomás eingetroffen. Josefa und sie blieben im Zimmer, um die blutigen Laken wegzuräumen und den kleinen Leichnam einzuwickeln, der, da man ihn nicht mehr hatte taufen können, irgendwo verscharrt werden würde, ohne Gebete, ohne dass jemand die Totenkerze entzündete, um ihm den Weg ins Jenseits zu weisen. Das Mädchen konnte die Tränen nicht zurückhalten, während es das kleine Bündel in den Armen hielt. Ein armes, namenloses Kind, dazu verurteilt, mit den verlorenen Seelen umherzuirren! Sie schloss die Augen, drückte den kleinen Körper an sich und empfahl der Mari dieses unglückliche Bündel Mensch an, das nie das Glück haben würde, die Sonne aufgehen zu sehen.

»Und wer ist dieses Mädchen?«

Die mürrische Stimme des Pfarrers zwang sie, die Augen zu öffnen. Der Mann musterte sie mit einem ungnädigen Blick unter dichten, schwarzen Brauen, die ihm ein Angst einflößendes Aussehen verliehen.

»Das ist die Hebamme Catalina de Goiena, meine Gehilfin«, antwortete Josefa unwillig. Es war offensichtlich, dass sich die beiden nicht mochten.

»Ich habe dich noch nie in der Kirche gesehen«, sagte der Geistliche, an das Mädchen gewandt.

Catalina wusste nicht, was sie sagen sollte. Es stimmte, in all den Monaten, die sie in der Stadt weilte, war sie nicht einmal in der Kirche gewesen. Don Diego war nie zur Messe gegangen, ebenso wenig wie sie in Arrazola, und sie wusste nicht, warum sie es in Tabira hätte tun sollen.

»Woher kommst du?«, fragte er sie, als er bemerkte, dass sie nicht die Absicht hatte zu antworten.

»Aus Goiena.«

»Und wo liegt Goiena?«

»Bei Arrazola.«

»Und ist es in Arrazola nicht üblich, sonntags zur heiligen Kommunion zu gehen?« Sein Ton wurde immer anklagender.

Sie gab keine Antwort, sondern ging mit dem toten Kind in den Armen aus dem Zimmer, übergab es dem Vater, der nicht sonderlich traurig wirkte, und verließ eilig das Haus. Auf der Straße lief sie, gefolgt von Zintzo, los und blieb nicht eher stehen, bis sie zu Hause war, wo sie sich erst sicher fühlte, als sie den Riegel vorgeschoben hatte. Noch nie in ihrem Leben hatte sie sich so schuldig gefühlt, und das Schlimme war, dass sie nicht wusste, warum.

»Er ist ein alter Griesgram«, erklärte ihr Josefa am nächsten Tag. »Er weiß über jeden Bescheid – wer zur Messe geht und wer nicht, wer eine Geliebte hat und wer schwanger ist, ohne den Segen der Kirche zu haben. In letzter Zeit hat er es auf die Ketzer abgesehen. Niemand spricht mehr mit ihm. Ich will keinen Ärger mit der Geistlichkeit, deshalb gehe ich zur Kirche, aber glaub mir, ich würde lieber zu Hause bleiben. Er wettert von der Kanzel herunter, nennt uns Sünder und sagt, dass wir alle geradewegs zur Hölle fahren werden. Einmal hatte ich einen Streit mit ihm, weil er einer Frau, der es sehr schlecht ging, die Letzte Ölung erteilen wollte. Er wollte, dass ich hinausging, bis er fertig war! Ich schickte ihn aus dem Zimmer und sagte ihm, Mutter und Kind gingen vor, danach könne er tun, was ihm beliebe. Er verweigerte mir ein halbes Jahr die Kommunion.«

Das alles war neu für Catalina, aber sie ahnte, dass ihr Ungemach drohte, wenn sie sich nicht vorsah. Sie wusste nicht genau, was das für eine Ölung war, von der Josefa sprach, aber sie vermutete, dass es etwas sehr Wichtiges sein musste und dass es ratsam war, ein wenig über all das in Erfahrung zu bringen.

Das Leben war nicht so leicht und unbeschwert, wie sie gedacht hatte. Nach der Warnung des Ratsschreibers Meister Bartolomé hörte sie auf, die Leute zu behandeln, die zu ihr kamen. Sie wimmelte sie an der Tür ab, damit die Nachbarin nicht erneut etwas zu reden hatte, und riet ihnen, entweder zu Sáinz oder dem anderen jungen Arzt zu gehen, der erst seit kurzem praktizierte und dessen bevorzugte Behandlungsmethoden das Purgieren und der Aderlass waren. Doch es war unmöglich, nicht auf die Fragen zu antworten, die man ihr auf der Straße oder während der Wochenbettbesuche bei einer jungen Mutter stellte, die zu den schönsten Momenten ihrer Arbeit gehörten. Immer wieder fragten Frauen nach einem Mittel zur Steigerung der Milchproduktion, gegen wunde Brustwarzen oder Brustverhärtungen, um sich dann ganz beiläufig zu erkundigen, was man gegen die Frostbeulen, die Kopfschmerzen oder den schlechten Atem eines Familienmitglieds tun könne. Und so gab sie bald wieder Ratschläge gegen geschwollene Füße, rührte Salben gegen Hautausschläge an oder empfahl ein wirksames Mittel gegen Koliken oder Läuse.

Eines Sonntags ging sie zum Hochamt. Sie betrat die Kirche in dem Moment, als die Glocken läuteten und der Priester aus der Sakristei kam. Sie nahm ganz hinten Platz, auf der rechten, den Frauen vorbehaltenen Seite, das Tuch bis zu den Augen über den Kopf gezogen, sodass sie kaum zu erkennen war. Die Kirche war voll, Dutzende Kerzen beleuchteten den Raum, und es roch nach Weihrauch. Es war kein Vergleich mit den zwei oder drei Beerdigungen, an denen sie in Arrazola teilgenommen hatte. Sie verfolgte die ihr unbekannten Bewegungen des Priesters und der Messdiener, die in einer Sprache redeten, die sie nicht verstand. Zu ihrem Erstaunen antworteten die Anwesenden. Plötzlich ertönte eine merkwürdige, tiefe Musik, und sie wurde von einem ähnlichen Schwindel erfasst wie damals in Jentilkoba. Dann begann Don Tomás in ihrer Muttersprache zu predigen, und sie stellte fest, dass er tatsächlich schrie und die Leute ob seines anklagenden Tons zusammenzuckten. Er sprach von der Sünde des Fleisches, und es dauerte eine Weile, bis sie begriff, dass nicht das Fleisch vom Schlachter gemeint war, sondern die Beziehungen zwischen Mann und Frau. Sie hörte nicht besonders aufmerksam zu, denn an dieser Stelle flogen ihre Gedanken zu Juan de Gesala.

»Vergiss es, Catalina«, riet ihr Josefa, als sie der Frau ihre Gefühle für den Gehilfen Meister Bartolomés gestand.

»Was?«, fragte Catalina, die nicht genau wusste, was sie meinte.

»Vergiss diesen Mann«, erklärte die Hebamme. »Mit dem stimmt etwas nicht. Du hast einen anständigen, netten Mann verdient.«

»Wieso sagst du das?«, fragte das Mädchen nach, verärgert über das offensichtlich ungerechte und voreilige Urteil.

»Weil es so ist«, erklärte ihre Freundin. »Es heißt, der alte Notar Ezpeleta habe ihn ins Herz geschlossen und ihm sein Haus und ziemlich viel Geld hinterlassen.«

Es wurde auch erzählt, Juan Ortiz habe, beschämt über seine Vergangenheit als Küferlehrling, das Gerücht in Umlauf gesetzt, dass seine Familie von einer der ältesten Familien Navarras abstamme, den Ortiz de Gesala, um genauer zu sein. Dazu habe er den Buchhändler Orue, der eine Vorliebe für vergangene Zeiten hatte, damit beauftragt, alles über seine angebliche Familie herauszufinden. Einige Monate später habe Orue ihm ausrichten lassen, er möge vorbeikommen, und ihm eine umfangreiche Abhandlung über die Familiengeschichte der Gesalas aus Navarra überreicht, die sich bis ins 10. Jahrhundert zurückverfolgen ließ. Juan, so erzählten böse Zungen weiter, habe sich mehrere Tage eingeschlossen und die Genealogie der Gesalas bis auf Punkt und Komma auswendig gelernt. Namen, Daten, Ereignisse, Todesfälle, Schlachten, Eheschließungen, Bündnisse und Schenkungen hätten sich derart in sein Gedächtnis eingeprägt, dass er am Ende tatsächlich überzeugt gewesen sei, ein direkter Nachfahre des alten Adelsgeschlechts zu sein.

Nachdem er ein paar Tage darüber nachgesonnen habe, wie die Geschichte am glaubhaftesten zu vermitteln sei, habe er beschlossen, seinem Nachnamen das klingende »Gesala« hinzuzufügen, und da zu solch edlen Vorfahren ein nicht minder edles Wappen gehörte, habe er keine Bedenken gehabt, ein solches in Auftrag zu geben, das demjenigen »seiner« Familie natürlich aufs Haar glich.

»Anfangs gab es ein großes Gerede«, erzählte Josefa abfällig weiter. »Die alten Adelsgeschlechter stehen Neuerungen nicht eben aufgeschlossen gegenüber, aber da er ein eigenes Haus besaß, gut aussah und die rechte Hand des Schreibers Unda war, gewöhnte man sich mit der Zeit daran.«

»Und seine Familie?«, fragte Catalina, um das Gespräch in eine andere, für ihn vorteilhaftere Richtung zu lenken.

»Mit seinem Bruder Otxote spricht er kein Wort mehr. Als dieser ihn einmal um Geld anging, ließ er ihn von einigen Raufbolden ordentlich verprügeln«, erklärte Josefa. »Seine Mutter hat er zu sich geholt, aber nicht als Hausherrin, sondern als Hauswirtschafterin, als Dienstmagd!«

Das Mädchen konnte nicht glauben, dass der Mann ihrer Träume so kaltschnäuzig und rücksichtslos sein sollte. Sie war sich sicher, dass Josefa übertrieb. Je öfter Dinge weitererzählt wurden, desto mehr wurde hinzugedichtet. »Neid!«, dachte sie. »Die Leute sind immer neidisch, wenn jemand Erfolg im Leben hat und die Gelegenheiten nutzt, die sich den Übrigen gar nicht erst bieten.«

In dieser Nacht träumte sie, dass Juan de Gesala mit ausgebreiteten Armen auf sie zukam, sie liebevoll umarmte und mit ihr aufs Lager sank.

Meister Bartolomé zog ein feines Leinentüchlein hervor und wischte sich damit über die Stirn. Nach so vielen Jahren, in denen er gelernt hatte, seine Gedanken zu verbergen, war es ihm gelungen, sich nichts anmerken zu lassen, als die junge Schülerin des alten Olea vor ihm gesessen hatte. Nach der Enttäuschung über Xacobes Verrat hatte er fest geglaubt, er könne sich nie wieder zu einer Frau hingezogen fühlen. Tatsächlich war es elf lange Jahre so gewesen, doch auf einmal hatte sein Herz wieder schneller geschlagen, sein Hemd war schweißnass, sein Mund trocken. Was zum Teufel war geschehen? Das Mädchen konnte nicht viel älter sein als seine Tochter Magdalena. Es war ungehörig, aber er hatte seine Augen nicht von ihren Lippen abwenden können. Er hätte sie gerne geküsst, ihren Atem gespürt, sie geschmeckt. Er schloss die Augen, um sich erneut das Bild wachzurufen, wie sie dort vor ihm gesessen hatte, ihr stoßweises Atmen, die kleinen Brüste, die sich scheu unter dem Umhang abzeichneten, die nervösen Hände und diese herrlichen, erstaunten, verängstigten braunen Augen. Wie hatte er dieses Gefühl der Macht, der Überlegenheit genossen, das ihm sein Amt verlieh! Noch nie zuvor war ihm so klar geworden, wie aufregend es war, die Übrigen von seiner Seite des Schreibtischs aus betrachten zu können. Sein Wort war Gesetz, und alle mussten sich daran halten. Seine Gedanken wanderten erneut zu dem Mädchen. Catalina de Goiena – ein vornehmer Name für ein einfaches Bauernmädchen … aber sie war stark. Viel stärker, als sie selbst glaubte. Er hatte es an ihrem Blick bemerkt, an der Art, wie sie sich umgewandt hatte, um nach den Namen ihrer Verräter zu fragen. Er schaute in den Unterlagen nach und stellte zufrieden fest, dass das Mädchen der Aussage der Nachbarin zufolge alleine mit einem Hund lebte und keinerlei Verwandtschaft in der Stadt bekannt war. Also war sie verletzbar.

Er beschloss, für heute seine Arbeit im Rathaus zu beenden.

»Bei den armseligen 500 Maravedis, die ich im Jahr erhalte!«, schimpfte er.

Als privater Notar verdiente er viel mehr, indem er Eheverträge und Kaufverträge aufsetzte oder als Vermittler in Familienstreitigkeiten oder unter Nachbarn fungierte. Seit er vor dem Rat erfolgreich dafür plädiert hatte, dass Juan de Urkiza, einem einflussreichen Adligen und Besitzer dreier Schmieden, das Wassernutzungsrecht am Fluss Ibaizabal zustehe, und zwar zu einem vergleichbaren Preis, wie ihn andere für wesentlich kleinere und unrentablere Betriebe zahlten, hatte er sich die Wertschätzung der einflussreichen Klasse erworben, der er selbst angehörte. Seither kümmerte er sich um alle Belange der Gamboinos. Er arbeitete sogar für einige Oñacinos, obwohl inoffiziell Martín López de Ortueta der Notar dieser Partei war. Er war reich, war an der größten Tuchweberei beteiligt, besaß eine Mühle und eine Sattlerei und nannte zudem fünfzig Stück Vieh und einige Pferde sein Eigen, die auf seinem Landgut weideten. Das Amt des Ratsschreibers hatte er nur wegen der Macht angenommen, die ihm diese Position verlieh, obgleich auch der Druck seines älteren Bruders nicht ganz unentscheidend gewesen war. Dieser hatte gedroht, ihm die Unterstützung und das Wort zu entziehen, wenn er zuließ, dass ein Ortueta den Posten bekam.

Auf dem Nachhauseweg überlegte er, wie er Catalina erobern könnte. Es konnte nicht so schwierig sein, schließlich war er ein wichtiger Mann und sie nichts weiter als eine einfache Frau. Er wollte eben in sein Arbeitszimmer gehen, als sich ihm seine Frau in den Weg stellte und wütend mit einem geöffneten Briefumschlag wedelte.

»Was hat das zu bedeuten?«, schrie Doña Marijuan, während sie mit dem Umschlag vor seinen Augen herumfuchtelte.

»Sag du es mir«, antwortete Unda und versuchte das wütende Zittern zu unterdrücken, das ihn immer überkam, wenn er seiner Frau gegenüberstand.

»Es ist ein Brief!«

»Das sehe ich«, entgegnete er, »aber von wem?«

»Von deiner Schwester, der Nonne!«

Sie war blass vor Wut, die Adern an ihrem Hals traten hervor, als wollten sie jeden Moment platzen, und aus ihren Augen sprach die ganze Verachtung, die sie für ihren Mann empfand.

»Sie schreibt, deine Tochter …« – sie presste die Wörter hervor – »… deine Tochter sei krank. Welche Tochter? Du hast keine Tochter, du Bastard des Teufels! Nicht einmal mit der Unterstützung des Heiligen Geistes wärst du fähig, ein Kind zu zeugen!«

Bartolomé de Unda sah sie wortlos an, und bevor die Frau erneut den Mund aufmachen konnte, drehte er sich um, verließ das Haus und schickte einen Pferdewagen mit zwei vertrauenswürdigen Männern nach Barria, um seine Tochter abzuholen. Er ordnete an, dass alle im Haus, auch Doña Marijuan, Magdalena wie eine legitime Tochter zu behandeln hätten. Er selbst setzte das entsprechende Dokument auf und ernannte sie zu seiner Erbin, obwohl es gesetzlich verboten war, außerhalb der Ehe geborene Kinder zu legalisieren. Von da an schien es besser zu gehen. Doña Marijuan versuchte, ihren Unwillen zu zügeln, und mäßigte ihre Stimme, wenn sie mit ihm sprach. Doch was das Bett anging, blieb sie bei ihrer eisernen Haltung.

»Mir liegt auch nicht viel daran«, sagte sich Unda ohne Bedauern. »Wer will schon einen alten Weinschlauch, wenn junge, weiche Haut nur darauf wartet, liebkost zu werden?«

Manchmal wälzte er sich nachts in der Einsamkeit seines Bettes und stellte sich vor, Catalina läge nackt neben ihm, lächelte ihn an und bäte ihn, sie zu lieben. Die Illusion war so real, dass er die Arme ausstreckte, um sie an sich zu ziehen und ihre Lippen zu küssen, doch seine Umarmung griff ins Leere. Ernüchtert stand er auf, entzündete eine Kerze und tappte in sein Arbeitszimmer, um sich seiner zweiten Obsession hinzugeben, den Hexen. Er öffnete eine große, prall gefüllte Ledermappe, in der er sämtliche von ihm zusammengetragene Dokumente sowie die Briefe seines Freundes Johanes de Gastagnalde aufbewahrte, eines Notars aus dem französischen Labastide, mit dem er vor Zeiten zu tun gehabt hatte, als er zwei Wagenladungen Tuch aus seiner Weberei nach Bayonne schicken wollte. Gastagnalde hatte sich um die Formalitäten jenseits der Grenze gekümmert. Damals war bei ihren wenigen Treffen die Sprache auch auf die Magie im Allgemeinen sowie auf das Thema gekommen, das ihnen beiden große Sorgen bereitete: das Hexenwesen beidseits der Pyrenäen. Seither standen sie in regem Briefwechsel, vor allem über die Negromantik sowie die furchtbare Hexenplage, welche sich schneller in Europa ausbreitete als die Schwarze Pest, die vor hundert Jahren ein Drittel der gesamten Bevölkerung dahingerafft hatte.

Beide stimmten darin überein, dass die gelehrte Magie nichts mit den Hexenpraktiken gemein hatte. Die Große Wissenschaft war ein Erbe der Antike, wie auch andere Grundfesten der Kultur, etwa die Philosophie oder die Astronomie. Gastagnalde hatte bei einer seiner Reisen nach Paris ein Almadel erstanden, ein quadratisches Wachstäfelchen mit magischen Symbolen zur Beschwörung der vier Engel der Kardinalpunkte, Seraph, Cherub, Tarsis und Ariel. Dazu legte man das Täfelchen auf vier Kerzen über eine Weihrauchschale, deren Rauch durch vier kleine Öffnungen nach oben stieg. In diesem Rauch sollte der herbeigerufene Engel erscheinen. Bei einem ihrer Treffen hatten die beiden Freunde erfolglos versucht, eine magische Sitzung durchzuführen, doch ihr Scheitern hatte sie keineswegs entmutigt, und Gastagnalde hatte versprochen, bei seiner nächsten Reise in die Hauptstadt einen wirksameren Almadel oder ein Grimoire, ein Zauberhandbuch, zu besorgen.

Mit seinem letzten Brief hatte ihm sein Freund eine umfangreiche Dokumentation von Hexenprozessen übersandt, die jenseits der Pyrenäen für großes Aufsehen gesorgt hatten und deutlich machten, dass die Hexerei im Baskenland keine vorübergehende Erscheinung war, sondern weit in die Vergangenheit zurückreichte. Die geschilderten Fälle hatten sich vor über hundert Jahren ereignet, und alle in sie verwickelten Hexen waren angeklagt, für schuldig befunden und auf dem Scheiterhaufen verbrannt worden.

Vor Meister Bartolomés innerem Auge zogen Juana »die Lepröse« vorbei, Zauberin und Herstellerin von Liebestränken, die Heilerin Peyrona de Posac, die Heilerin Aranauda de Bosc, die Heilerinnen Jehanne de Aurtegia und Jurdana de Irisarri, Alamana de Meharin, angeklagt wegen Zauberei, Arnalda de Leiza und viele andere. Die meisten von ihnen wurden beschuldigt, Zaubertränke und Salben zu verschiedenen Zwecken hergestellt zu haben, wobei Vergiftung nicht fehlen durfte. Die Vergiftung eines verschmähten Liebhabers oder alten Ehemannes war den Akten zufolge eine der Spezialitäten Arnalda de Leizas gewesen. Tatsächlich stützte sich die Anklage auf den Tod Sancho de Aurreberats aus dem Dörfchen Isaba. Dieser Sancho hatte sich nach dem Genuss einer Suppe, die Arnalda, eine Freundin seiner Frau, zubereitet hatte, unwohl gefühlt. Sein Zustand hatte sich im Laufe der folgenden Tage verschlechtert, während die mutmaßliche Hexe weiterhin täglich Suppe vorbeibrachte. Nachdem sie von der Witwe beschuldigt, festgenommen und auf den heißen Stuhl gebracht worden war, einen Stuhl aus Eisen, der von unten mit glühenden Kohlen erhitzt wurde, gestand Arnalda, eine Hexe zu sein, und nannte die Zutaten für die berüchtigte Suppe: das Herz eines Kindes, Krötengedärm sowie reichlich Schlafmohn und Bilsenkraut, das Ganze ordentlich in Wasser gekocht und dann durchgeseiht und mit ein wenig Petersilie, Salz und Pfeffer gewürzt, um ihr einen angenehmeren Geschmack zu verleihen, ein interessantes Detail, wie er fand.

Aus dem Geschilderten ließ sich unzweideutig schließen, dass die Hexen tatsächlich existierten, sie wussten um die Eigenschaften der Pflanzen und kannten Elixiere, Betäubungsmittel und Gifte, derer sie sich bedienten, um ehrbare Bürger zu Tode zu bringen, die nichts von der Gefahr ahnten, die ihnen drohte. Man musste auf der Hut sein und durfte die Heilerinnen und Kräuterfrauen nicht aus den Augen lassen, da es sich um heimliche Hexen handeln konnte.

Neben diesen Akten hatte ihm Gastagnalde außerdem eine Abschrift der »Clavicula Salomonis« zukommen lassen. Er habe, so erklärte er in seinem Brief, vergeblich nach dem Zauberbuch des Papstes Honorius Ausschau gehalten, einem der wichtigsten Grimoirien. Bei seiner Suche sei er aber auf ein wesentlich bedeutenderes Werk gestoßen, nicht nur wegen seines Alters, sondern weil es zudem verboten sei: das »Buch Salomon«. Papst Innozenz VI. hatte das Buch diesen Titels hundert Jahre zuvor verbrennen lassen, weil es Dutzende von Beschwörungsformeln und Sprüchen zur Dämonenbeschwörung enthielt. Die Gelehrten, so schrieb sein Freund, seien der festen Überzeugung, dass es sich bei dem »Clavicula«, dem »kleinen Schlüssel«, wie die Rabbiner, die das Werk hüteten, es genannt hatten, um eine getreue Kopie des verbrannten Buches handele. Des Weiteren, so sein Freund, sei »das Wort ›Weiser‹ bekanntermaßen ein Synonym für ›Zauberer‹, und so nimmt es nicht wunder, dass ein Mann, der den Götzen Moloch, Chemos und Astarte opferte, die Dämonen zu beschwören versuchte und darüber schrieb, in welcher Form dies zu geschehen habe …« Dennoch, nachdem er das Buch gelesen und auch für sich eine Abschrift angefertigt hatte, war sich der Schreiber aus Lapurdi sicher, dass die Weisheit und andere Tugenden des jüdischen Königs nicht das Werk eines Dämons, sondern eines von Gott gesandten Engels gewesen seien.

Andere Male schlug Meister Bartolomé erneut den »Hexenhammer« auf und verschlang die dort gegebenen Ratschläge, insbesondere die von den Verfassern empfohlenen Methoden, die Übeltäterinnen zu einem Geständnis zu bewegen, da sie niemals aus freien Stücken ihre Zugehörigkeit zur Sekte Satans gestehen würden. Man müsse sie an die ewigen Höllenqualen erinnern, die sie nach ihrem Tod erleiden würden, sie rühren, indem man ihnen von Jesus Christus erzählte, der so viel Leid auf sich genommen habe, um die Menschheit aus der Dunkelheit zu befreien, und wenn nötig ihre besessenen Körper foltern, damit sie ihrem Irrglauben abschworen und ihre Komplizen verrieten.

Die beiden Dominikaner, die das Buch verfasst hatten, waren der furchtbaren Geißel begegnet und hatten selbst feststellen können, wie schwierig es war, einen Zauberer zum Geständnis zu bewegen. Die Gottesurteile, die in der Vergangenheit so gute Ergebnisse gebracht hatten, waren verboten worden. Eines dieser Gottesurteile etwa bestand darin, den Beschuldigten über glühende Kohlen laufen zu lassen. Blieb er unversehrt, verbrannte sich also nicht die Fußsohlen, bewies dies seine Unschuld, weil Gott mit ihm war und ihn beschützt hatte. Es war indes kein Fall bekannt, in dem der Höchste einem Verbrecher geholfen hätte, weshalb der Unglückselige letzten Endes stets verurteilt und anschließend hingerichtet wurde. Auf Betreiben irgendwelcher Mächte war diese Praxis verboten worden, da sie grausam und nicht sehr vertrauenswürdig sei. Zum Ausgleich hatte man andere, weniger blutige Proben vorgeschlagen, von denen die Wasserprobe und die Nadelprobe großen Anklang fanden, weil sie niemals fehlschlugen.

Meister Bartolomé schloss die Augen und stellte sich vor, wie es wohl sein mochte, wenn sich Hunderte von Nadeln ins Fleisch bohrten wie Wespenstiche, den Schmerz, die Angst, langsam zu verbluten, die dünnen Blutrinnsale, die über seine weiße, weiche Haut liefen. An diesem Punkt traten seine Adern hervor, sein Atem wurde schneller und sein Herzschlag setzte aus, solange die Ekstase dauerte. Dann kehrte er entspannt und ruhig ins Bett zurück und schlief selig, während er von Catalina träumte.

Die Tage und Wochen vergingen so schnell, dass Catalina es kaum merkte. Es war ein milder, nasser Sommer. Wie alle Hebammen der Stadt hatte Catalina sehr viel zu tun, denn es gab zahlreiche Geburten. Sie hatte schon immer vermutet, dass Männer und Frauen in den langen, kalten Nächten zu Winterbeginn, wenn die Erde ausruhte, die Tiere sich in ihre Baue zurückzogen und die Bäume ihr Blätterkleid verloren, besonders eifrig bei der Sache waren, was neun Monate später Früchte trug. Jedenfalls wurde sie häufig ans Bett einer Gebärenden gerufen. Vielleicht, so sagte sie sich, lag es an ihrem Geschick, am Glück oder an dem Umstand, dass ihr bislang noch kein bedauernswertes Ungeschick unterlaufen war, dass die Frauen ihr in diesen schwierigen Stunden vertrauten.

Sie hatte keine Zeit, an Goiena zu denken, und auch nicht an die Anzeige wegen unerlaubten Praktizierens, dessen man sie vor einiger Zeit bezichtigt hatte. Ebenso ignorierte sie die Blicke, die ihr Don Tomás jedes Mal zuwarf, wenn sie sich begegneten, und auch das Getuschel ihrer Nachbarin mit anderen Frauen aus der Straße. Ihre Tage waren so anstrengend, dass sie kaum die Kraft hatte, ein Essen für sich und Futter für Zintzo zuzubereiten. Das Tier ließ sie keine Sekunde aus den Augen. Wenn sie morgens aufwachte, lag er oft auf ihrem Bett, als wollte er sie noch im Schlaf beschützen.

Die wenigen freien Momente, die ihr blieben, nutzte sie, um Tabira und seine Umgebung zu erkunden, sich ein wenig Bewegung zu verschaffen und Kräuter für ihre Präparate zu sammeln. Sie kannte keinen anderen Ort, der so groß war. Bilbao und Bermeo seien größer, erzählte man sich, aber für sie war Tabira etwas Besonderes. Die hohen, schmalen Häuser waren aus Holz oder Ziegeln gebaut, einige wenige sogar aus Stein, und an den meisten von ihnen prangten große Wappen, die daran erinnerten, dass dies keine Bürgerstadt, sondern eine alte Adelsstadt war. Manchmal traf sie auf ihren Spaziergängen den Buchhändler Orue und seine Frau Doña Ana, und sie gingen ein Stückchen gemeinsam.

Martín de Orue war ein guter Erzähler, anders als seine Frau, die mit einem Lächeln den Lektionen über Geschichte und Gebräuche lauschte, die der Buchhändler den beiden Frauen erteilte. So erfuhr Catalina, dass Tabira über vierhundert Jahre alt war; dass seine Wohntürme und Paläste von dem Adel vieler Bewohner zeugten; dass die Familien Ibargoen, Zadibar und Unzueta seit Jahrhunderten verfeindet waren und sich daran trotz des Friedensschlusses nichts geändert hatte; dass häufig hoch angesehene und bedeutende Persönlichkeiten in der Stadt weilten; dass die Tuchmacher von Tabira im ganzen Land für die Qualität ihrer Tuche und Hanfstoffe berühmt waren und dass die Zahl der Eisen-, Waffen-, Nagel- und Werkzeugschmiede in die Dutzende ging, wie man an den vielen Werkstätten sehen konnte, deren Feuer Tag und Nacht in Gang gehalten wurden.

Orue war sehr gebildet. Er wusste alles über Tabira und die Gemarkung Durango und zog seine eigenen Schlüsse, wenn eine Geschichte in bestimmten Punkten an Klarheit zu wünschen übrig ließ. Was beispielsweise die Ketzer anging, über die so viel geredet wurde, so war er der Ansicht, dass die Sachlage alles andere als klar war.

»Wie ist es zu verstehen, dass dieser Frater Alonso de Mella, ein bettelarmer Mönch, über ein Fünftel der Bevölkerung davon überzeugen konnte, seinen Irrlehren zu folgen?«, fragte er, mehr an sich selbst als an die beiden Frauen gewandt. »Entweder er war ein Heiliger oder der größte Betrüger, der je gelebt hat.«

Catalina interessierte sich nicht sonderlich für die Fraticelli. Wie jeder andere kannte sie die Geschichte, da sie immer wieder Gesprächsthema war und Josefa und Maritxiki, eine weitere befreundete Hebamme, sie stets auf dem Laufenden hielten. Aber es gefiel ihr, wie Orue die Dinge erklärte.

»Ich habe Verständnis dafür«, sagte er, »dass sich die Armen zu einer Lehre hingezogen fühlen, die gemeinschaftliches Eigentum predigt. Es gibt weder Reich noch Arm, alle sind gleich und haben an allem teil. Wie sollten die Entrechteten der Erde diese Ziele nicht gutheißen? Über Jahrhunderte hinweg haben sich Philosophen und Denker mit dieser Frage befasst, ohne eine Lösung zu finden. Das mit der Gemeinschaftlichkeit der Frauen allerdings will mir nicht so recht in den Sinn.«

Catalina und Doña Ana ließen ihn reden und ermunterten ihn mit einem Lächeln.

»Außerdem«, ereiferte er sich, »waren die meisten Anhänger der Fraticelli Frauen, und welcher Frau gefällt es schon, einen Mann mit anderen Frauen teilen zu müssen?»

An diesem Punkt seiner Ausführungen sahen sich die beiden Frauen an und lachten. Tatsächlich, dachte Catalina, war allgemein bekannt, dass eine Frau an einem Tag mehrere Männer befriedigen konnte, was man umgekehrt vom Mann nicht behaupten konnte. Seine Kräfte schwanden mit jedem Mal mehr, und die Letzte in der

Reihe wäre nicht eben zufrieden gestellt. Überhaupt konnte sie wenig zu einer Sache sagen, von der sie keinerlei Ahnung hatte und die sie nur von dem kannte, was sie bei ihren Wochenbettbesuchen hörte.

Andere Male war sie bei ihren Spaziergängen nur in Begleitung des treuen Zintzo, und wenn er dann um sie herumsprang und mit dem Schwanz wedelte, hatte sie das Gefühl, dass es dem Tier lieber war, wenn sie beide allein waren. Sie gingen durch das Stadttor Santa Ana auf die Landstraße nach Vitoria, durch das Tor San Pedro in Richtung Bilbao oder durch das Krutziaga-Tor in Richtung Elorrio, ihre Lieblingsstrecke. Dort gab es ein Steinkreuz, das eine alte Geschichte erzählte, eine Geschichte, so alt wie die Welt, wie Orue sagte, den sie einmal fragte, was die eingemeißelten Bilder bedeuteten.

»Das hier ist ein Baumstamm«, erklärte er und deutete auf das erste Bild, »um den sich die Schlange windet, die Eva verführt, von dem Apfel zu kosten. Hier ist Eva« – er zeigte auf eine nackte Frauengestalt, die einen Apfel in der Hand hielt – »und auf der gegenüberliegenden Seite stehen Adam und Eva, die, wie du siehst, den Apfel in Händen halten, und hier« – er zeigte auf ein weiteres Bild – »werden sie aus dem Paradies vertrieben.«

Das Mädchen wollte nicht, dass der Buchhändler und seine Frau merkten, dass sie nie in der neuen Religion unterwiesen worden war, doch diese Figuren fesselten sie, und sie wollte mehr über sie erfahren.

»Weshalb ist der Apfel so wichtig?«, fragte sie beiläufig.

»Weil er das Sinnbild der Sünde ist«, antwortete der Mann, hoch erfreut, jemanden zu haben, den er belehren konnte. »Es geht nicht um die Frucht an sich, eine der vollkommensten in der Natur, sondern um das, was sie verkörpert. Gott erklärte unseren Stammvätern, dass sie von allen Früchten des Paradieses kosten dürften, nur von diesem einen Baum nicht – doch genau das taten sie. Sie missachteten die Weisung und wurden aus der Gegenwart des Schöpfers in das irdische Jammertal vertrieben, in dem wir heute leben.«

»Und warum hat die Schlange den Kopf einer Frau?«, fragte Catalina weiter.

»Weil die Frau – entschuldige, meine Liebe«, sagte Orue an Doña Ana gewandt –, »der Ursprung allen Übels für den Mann ist. Es war Eva, die Adam verführte, von der verbotenen Frucht zu kosten. Sie bringt die Männer um den Verstand und trägt die Schuld an vielem Leid, das in der Welt herrscht.«

Catalina wollte nicht mit dem guten Mann streiten und sie wusste auch nicht, gelehrt zu reden, doch sie teilte seine Ansicht ganz und gar nicht. In ihren Augen war dieser Adam ein charakterloser Schwächling, der sich leicht beeinflussen ließ. Vielleicht stimmte es, dass die Frauen den Männern den Verstand raubten und Böses verursachten, doch sie kannte keine solche Frau. Sie kannte nur Frauen, die von Sonnenaufgang bis Sonnenuntergang schufteten, Kinder gebaren, sie ernährten und für sie und ihre Ehemänner sorgten; sie arbeiteten hart in Haus und Garten, fütterten das Vieh, molken, jäteten, webten, kleideten die Ihren; sie pflegten Kranke und Alte, bewachten ihre Toten, kümmerten sich um die Geschäfte ihrer verstorbenen Männer und bewahrten ihre Familien vor dem Ruin.

Als sie eines Tages erneut das Kreuz betrachtete, während Zintzo vergeblich versuchte, die Amseln zu fangen, die von den roten, saftigen Beeren am Wegesrand angezogen wurden, sah sie einen Reiter aus Elorrio herannahen. Ross und Reiter gaben ein harmonisches, bewundernswürdiges Bild ab. Vor der untergehenden Sonne verschwammen ihre Umrisse in eins, und Catalina beobachtete, wie sie näher kamen. Der Mann trug einen dunklen Filzhut mit hinten abgerundeter, vorne spitz zulaufender Krempe und zwei oder drei Federn, die fröhlich im Wind wippten. Er hielt sich aufrecht, die Zügel fest im Griff, und bevor sie sich versah, war er bei ihr angelangt. Er zügelte das Pferd, und sie wurde in eine Staubwolke gehüllt. Das Mädchen klopfte sich den Staub von Mieder und Rock und verwünschte diesen ungezogenen Kerl.

»Guten Abend, Catalina«, grüßte der Reiter.

Noch bevor sie aufsah, wusste sie, wer er war: Juan Ortiz de Gesala, der Schreibergeselle. Ihr Herz begann zu rasen, und sie bereute ihre schlechten Gedanken von gerade eben.

»Was machst du hier so allein wie eine Rosenknospe inmitten von Dorngestrüpp?«, fragte er in dem spöttischen Ton, den sie so gut von ihm kannte.

»Ich gehe spazieren«, lautete die einzige Antwort, die ihr einfiel.

Zintzo, der kurz vor Juans Ankunft verschwunden war, tauchte mit hängender Zunge auf. Er blieb in einiger Entfernung stehen und schien die Situation aufmerksam zu beobachten. Dann kam er näher und lief einige Male um Pferd und Reiter herum. Das Pferd begann nervös zu tänzeln. Es stampfte mit den Hufen auf und warf den Kopf zurück, wagte es jedoch nicht, den Kreis zu durchbrechen, den der Hund um das Tier zog. Juan versuchte, das Tier zu beruhigen, doch je mehr er sich bemühte, desto weniger Erfolg hatte er.

»Ist das dein Hund?«, fragte er das Mädchen, während er die Situation in den Griff zu bekommen versuchte.

»Das ist Zintzo«, antwortete Catalina.

»Dann sag ihm, er soll sich ruhig verhalten. Er macht mein Pferd scheu.«

Der Hund blieb stehen, als hätte er seine Worte verstanden, doch nun legte er sich auf die Vorderpfoten und begann zu knurren.

»Nimm dich vor diesem Köter in Acht«, sagte Juan, »nicht, dass er dich eines guten Tages angreift.«

»Das wird er nicht.« Bei dieser Vorstellung musste Catalina lachen. »Er ist lammfromm und darüber hinaus sehr treu.«

»Treue gibt es nicht, das kann ich dir versichern, weder bei Mensch noch Tier«, bemerkte Juan.

»Nicht einmal zwischen Liebenden?«, fragte sie in der Hoffnung, ein Blick oder eine Geste von ihm würden sie in ihrer Schwärmerei bestärken.

»Die Liebe gibt es nicht, sie ist nur eine nichtige Illusion, die für eine Weile das Elend vergessen macht«, antwortete er zynisch und sah sie durchdringend an, bevor er seinem Pferd die Sporen gab und durch das Krutziaga-Tor verschwand.

Catalina war enttäuscht. Endlich waren sie einmal allein gewesen ... und sie hatte nicht mehr als zwei Sätze mit ihm wechseln können. Sie setzte sich zu Füßen des Kreuzes nieder und sah zu ihm auf.

Der obere Teil bestand aus einem gekreuzigten Christus. Nach dem Wenigen, was sie wusste, war er aus Liebe zu den Menschen gestorben. Wie konnte jemand seinen Nächsten lieben, indem er auf so grausame Weise starb? Sie verstand es nicht. Hätte man ihr so etwas angetan, sie hätte nicht unbedingt Liebe empfunden. Sie erinnerte sich an die Geschichten, die die alten Leute erzählt hatten, als sie das zweite Mal in Jentilkoba gewesen war. In alten Zeiten, als überall an der Biskaya Kirchen erbaut wurden, als die Menschen die Götter ihrer Vorfahren zu vergessen begannen und Priester und Mönche in ihrer Heimat auftauchten, hatten viele den Tod gefunden, weil sie sich nicht zum Christentum bekehren wollten. Man zwang sie, von ihren Gebräuchen abzulassen, wollten sie nicht des Heidentums und der Hexerei beschuldigt werden. Die berühmten Seher, die vorhersagen konnten, ob eine gute Ernte bevorstand oder man eine Schlacht gewinnen würde, wurden verfolgt und verschwanden. Auch die Priesterinnen der Mari, die Tänze zu Ehren des Gestirns der Nacht, die im Morgengrauen entzündeten Feuer zur Anrufung des Sonnengottes, die Gebete und Tieropfer waren im dichten Nebel der Vergangenheit verschwunden. Was war von all dem geblieben? Die Religion der Christen hatte mit dem Kreuzestod ihres Gottes begonnen, und Blut und Tod waren ihre Waffen gewesen, damit ihr Volk von der Verehrung der großen Mutter Natur abließ, die sie am Leben erhielt, die ihnen Nahrung schenkte und Wärme und Kälte, Regen und Dürre, Tag und Nacht brachte.

Verwirrt und erschreckt über ihre Gedanken, ging sie langsam nach Hause zurück. Woher kamen diese Gedanken? Sie betrachtete die Leute, die ihr begegneten, und fragte sich, ob der eine oder andere von ihnen an den heimlichen Versammlungen jener teilnahm, die nach wie vor an das glaubten, woran schon ihre Eltern und Großeltern geglaubt hatten.

Eines Tages wurde sie erneut ins Rathaus bestellt. Diesmal war Meister Bartolomé nicht allein. Neben ihm standen wie zwei steinerne Säulen der Pfarrer Don Tomás und ein weiterer Mann, den sie nicht kannte und bei dem es sich, wie sie bald erfuhr, um den Arzt Don Pedro Sáinz handelte. Die drei sahen sie streng an, und sie glaubte sogar eine gewisse Feindseligkeit bei den beiden menschlichen Säulen zu bemerken. Sie fühlte sich klein und hilflos, als der Schreiber auf einen Hocker vor dem Schreibtisch deutete.

»Catalina de Goiena«, begann er, »vor einigen Monaten habe ich dich darauf hingewiesen, dass es gefährlich ist, sich am Rande des Gesetzes zu bewegen.«

»Ich habe die Lizenz bezahlt«, beteuerte sie in dem Glauben, der Mann beziehe sich darauf.

»Ich spreche nicht von deiner Tätigkeit als Hebamme«, erklärte Meister Bartolomé, während er mit gerunzelten Brauen zu seinen Begleitern hinüberblickte. »Uns ist zu Ohren gekommen, dass du nach wie vor Kranke behandelst.«

Catalina öffnete den Mund und schloss ihn wieder. Was sollte sie sagen?

»Du schweigst?«, fragte der Schreiber. »Es stimmt also, dass du dich weiterhin als heilkundig ausgibst?«

Sie war so verängstigt, dass sie keinen Ton herausbrachte, obwohl sie es versuchte. Sie sah abwechselnd zu den drei Männern, die nicht das geringste Anzeichen von Freundlichkeit erkennen ließen.

»Salben gegen trockene Haut und rissige Hände«, sagte sie schließlich mit einer Stimme, die ihr selbst fremd vorkam.

»Und gegen Magenbeschwerden ein Aufguss aus Thymian, der an einem Karfreitag um Mitternacht gepflückt wurde«, sagte der Arzt Sáinz. »In Wein eingelegte gebratene Eidechse gegen Rheuma, zermahlenes Hirschhorn, gegen Impotenz auf die Männlichkeit aufgetragen …«

»Jungfrauenurin gegen Fieber«, ergänzte Don Tomás, »einen Hundewelpen anlegen, damit die Muttermilch versiegt …«

Catalina hörte ihnen fassungslos zu. Wie kamen die beiden auf solche Ideen? Wer konnte ihnen solche Lügen über sie erzählt haben? Hielten die Männer sie etwa für eine Scharlatanin, die die Leute so betrog? Selbst die unbedarfteste Hausfrau in Arrazola wusste, dass man Bauchschmerzen mit einem Fencheltee oder in Milch getränkten Leinsamenwickeln kurierte und dass Wärme und Abreibungen mit Brennnesseln das beste Mittel gegen Rheumaschmerzen war.

»Du schweigst?«, fragte Meister Bartolomé erneut. »Ich habe dich schon einmal gewarnt, und dieses Mal wird das letzte Mal sein.«

Sie hörte nicht zu. Es erschien ihr unfassbar, dass gelehrte Männer auf solche Ammenmärchen hereinfallen konnten. Jeder wusste, dass man zur Fiebersenkung den Kranken in kalt-feuchte Tücher einwickelte und ihm Borretschtee zu trinken gab. Um das zu wissen, musste man kein studierter Arzt sein.

»Wenn mir noch einmal zu Ohren kommt, dass du zu fragwürdigen Mitteln greifst, um Kranke zu heilen, wird dir der Prozess gemacht«, hörte sie den Schreiber sagen. »Du kannst gehen … und dass ich dich hier nicht wieder sehe!«

Sie taumelte aus dem Zimmer, als hätte man ihr den Stiel einer Hacke über den Kopf gezogen. Sie war ungebildet, sie konnte weder lesen noch schreiben und nur mit Mühe anhand der Finger zählen. Alles, was sie wusste, hatte sie zu Hause gelernt und in der Zeit, die sie bei dem guten alten Don Diego verbracht hatte. Sie hatte keinem etwas zuleide getan, das konnte niemand behaupten, sie hatte so manchem Kind in Tabira auf die Welt geholfen und hin und wieder die Schmerzen einfacher Leute gelindert, die kein Geld hatten, um die Dienste eines Arztes zu bezahlen. Trotzdem hatten diese drei Männer sie angesehen wie ein gefährliches Subjekt, das man aus dem Weg räumen musste. Es lief ihr kalt den Rücken hinunter. Auf dem Nachhauseweg fröstelte sie, obwohl die Sonne schien und die Stadt mit ihrer Wärme einhüllte. Sie überquerte die Plaza Santa Ana und nahm kaum die Frauen wahr, die angeregt plaudernd um den Brunnen standen, die Krüge randvoll mit Wasser. Auf dem Platz spielten ein paar Kinder, doch ihr Lachen dröhnte ihr in den Ohren wie Totenglocken. Immer noch zitternd vor Angst, legte sie sich sofort ins Bett, doch bevor sie einschlief, erinnerte sie sich, dass es auf den Winter zuging und ihr Großvater kommen würde, um sie abzuholen. Sie lächelte. Sie wollte wieder nach Hause, zu ihrer Mutter, zu den Ihren.

Der August war der regnerischste seit Menschengedenken. Die Straßen der Stadt hatten sich in regelrechten Morast verwandelt, durch den kaum ein Vorankommen war. Der Mañaria war über die Ufer getreten, und in einigen Häusern stand das Erdgeschoss mehrmals unter Wasser. Catalina begleitete ein paar Geburten, doch sie gab keine Ratschläge mehr, auch wenn manche inständig darum baten. Als hätte ihr die Aussicht auf die baldige Rückkehr nach Goiena die Lust genommen, bat sie Josefa und Maritxiki immer öfter unter dem Vorwand, sich unwohl zu fühlen, an ihrer Stelle zu gehen. Matt und antriebslos saß sie stundenlang am Feuer, in dem Stuhl, in dem so oft ihr Lehrmeister gesessen hatte. Sie fühlte sich alt, uralt. Auf einmal kamen Bilder aus der Vergangenheit in ihr hoch. Wenn sie die Augen schloss, sah sie ihre Großmutter und ihre Mutter, die sich um sie kümmerten; ihren Großvater Miguel, den stets schweigsamen, stets stummen Ixile, einer hoffnungslosen Liebe ergeben, die er nie würde zeigen können; die Menschen in der Höhle, die erhitzt und lachend das Gebräu tranken, dessen Rezept in uralte Zeiten zurückreichte, und sie sah Juan de Gesala stolz auf seinem Pferd sitzen und sie von oben herab aus seinen kalten, blauen Augen betrachten.

Doch als sie erfuhr, dass mehrere Einwohner von den Beamten des Inquisitors Guinea festgenommen worden waren, kam sie wieder zu Sinnen.

Wie vor Jahren verfolgte die Bevölkerung gespannt

die Auseinandersetzungen zwischen den Mitgliedern des Tribunals. Es wurde so laut gezetert und geschrien, dass man nur am Rathaus entlangzugehen brauchte, um zu hören, was gesagt wurde.

»Und was nun?«, hatte der Bürgermeister während einer der Beweisaufnahmen gefragt.

»Was soll das heißen – und was nun?«, erkundigte sich Don Tomás de Arandia.

»Wie soll es jetzt weitergehen, da die halbe Bevölkerung im Kerker sitzt?« Uria ignorierte den Pfarrer und wandte sich gleich an Guinea, um sarkastisch zu fragen: »Wollen wir sie alle verbrennen?«

»Zunächst einmal muss ihnen der Prozess gemacht werden«, antwortete der Inquisitor kühl.

»Und dann?«

»Kommt darauf an. Die Schuldigen müssen bestraft werden.«

»Und wenn alle schuldig sind?«

»Werden alle ihre Strafe erhalten.«

»Hört doch auf!« Uria wurde laut, da er seinen Ärger nicht länger unterdrücken konnte. »Wollt Ihr Eurem Vater nacheifern und die Menschen verbrennen, als ob es nichts wäre?«

»Gesetz ist Gesetz und …«

Der Bürgermeister ließ Uriarte nicht ausreden.

»Sagt Eurem Sekretär, er soll den Mund halten«, wies er Guinea an, »oder ich werde ihn höchstpersönlich aus diesem Saal werfen.«

Jeder wusste, dass der Bürgermeister, ein Oñacino, und der Inquisitor, der einer Familie von Gamboinos entstammte, sich nicht grün waren, auch wenn sie die Form wahren mussten. Mehr als einmal wäre es bei den Sitzungen des Tribunals beinahe zu Handgreiflichkeiten zwischen ihnen gekommen. Es waren nicht nur politische Differenzen, die die beiden Männer trennten. Uria hatte nicht vergessen, dass während der großen Ketzerverfolgung auch zwei seiner Tanten angeklagt gewesen waren. Beide waren nach Valladolid gebracht worden, und man hatte nie wieder etwas von ihnen gehört.

»Juan López de Uria, hast du etwa Einwände, wenn geständige Ketzer gemäß unseren Gesetzen verurteilt werden?« Der Pfarrer war aufgestanden und hatte sich vor dem Bürgermeister aufgebaut.

»Und du, Tomás Pérez de Arandia, siehst ruhig zu, wie man deine Pfarrkinder hinrichtet?«

»Lieber das, als dass die Seelen der Übrigen bis in alle Ewigkeit in der Hölle schmoren.«

»Sieh dich vor!«, drohte ihm der Bürgermeister. »Nicht, dass du endest wie dein Onkel und verrückt wirst vor Schuldgefühlen.«

Uria wandte sich wieder an Guinea.

»Ich werde nicht zulassen, dass der Prozess hier stattfindet. Es sind Eure Gefangenen. Ihr habt bewaffnete Männer mitgebracht, um sie zu bewachen, und Ihr solltet schon einmal darüber nachdenken, was Ihr mit ihnen zu machen gedenkt, denn wenn sie in ein paar Tagen noch hier sind, kann ich für nichts garantieren. Ich bin nicht bereit, einen Aufstand hinzunehmen und den verfeindeten Familien Gelegenheit zu geben, Tabira in ein Schlachtfeld zu verwandeln. Und das, kann ich Euch versichern, wird geschehen, wenn Ihr nicht bald eine Entscheidung trefft.«

»Den örtlichen Gesetzen zufolge muss Ketzern der Prozess in Durango selbst gemacht werden.«

»Das wäre geschehen, hätten der Corregidor und das Bistum Calahorra nicht ihre Leute entsandt. Doch da dies nun einmal geschehen ist und Ihr eine höhere Instanz zu Hilfe gerufen habt, um Euch in unsere Angelegenheiten einzumischen, ist es an Euch, zu entscheiden.« Uria war aufgestanden und ans Fenster getreten, von wo aus er Grüppchen von Leuten sehen konnte, die erbittert diskutierten. »Entweder Ihr bringt sie weg oder ich lasse sie frei.«

»Die Soldaten ...«

»Zwei Dutzend Männer können nichts gegen eine aufgebrachte Bevölkerung ausrichten«, fiel ihm der Bürgermeister ins Wort.

»Der Corregidor ...«

»... ist nicht von hier«, unterbrach Uria ihn erneut, »ebenso wenig wie der Bischof von Calahorra. Sprecht mit ihnen und entscheidet Euch bald.«

Am nächsten Tag machte sich Guinea in Begleitung einiger Männer auf den Weg nach Bilbao, um persönlich mit dem Corregidor zu sprechen und direkte Anweisungen entgegenzunehmen.

Die dicken grauen Wolken, die rasch über seinen Kopf hinwegzogen, wurden immer finsterer. Mit ein wenig Glück würde er vor der Dunkelheit am Ziel sein. Allerdings war fraglich, ob ihm das auch gelang, bevor es in Strömen zu gießen begann, wie dies der Himmel und seine schmerzenden Knochen verhießen.

»Ich bin endgültig aus dem Alter heraus, um wie ein Hausierer durch die Gegend zu ziehen!«, schimpfte er, als die ersten dicken Tropfen fielen. »In Zukunft reise ich nur noch mit dem Wagen oder gar nicht mehr.«

Er dachte an seine Leute, die in Bilbao gemütlich um einen reich gedeckten Tisch am Feuer saßen, und gab seinem Pferd wütend die Sporen. Er war es leid, von einem Ort zum anderen zu ziehen, um Verbrecher und Lumpengesindel zu verfolgen. Vor einigen Jahren noch hatte er es genossen, durch fremde Gegenden und Orte zu reisen, andere Landschaften und Lebensgewohnheiten kennen zu lernen, die verschiedensten Speisen zu probieren und alle möglichen Weine zu kosten. Es hatte ihm Freude bereitet, mit den Bauern zu reden und sich mit Gelehrten, Studenten und Theologen aus aller Herren Länder auszutauschen. Doch die Zeit war nicht spurlos an ihm vorübergegangen. Er kam nur selten in den Genuss des schönen Hauses mit dem großen Garten, das er in Salcedo erworben hatte, in Álava, der Heimat seiner Familie. Er hatte keine Kinder und würde im Alter einsam und alleine sein. Er wollte Präsident des Inquisitionstribunals werden, bevor das Alter seine geistige und körperliche Beweglichkeit einschränkte, und er hoffte, dass der Auftrag, der ihn nach Durango geführt hatte, der Schlüssel sein würde, der ihm die Tür zu dem ersehnten Amt öffnete. Dann würde er endlich ein sesshafteres Leben führen können und Zeit zum Studium finden. Vielleicht würde er sogar ein Buch über seine eigenen mehr als dreißigjährigen Erfahrungen als Visitator der Inquisition schreiben. Er berührte den Brief, den er unter dem Pelzmantel trug, und lächelte. Das Schreiben, das er vor einer Woche erhalten hatte, stammte von Don Pedro de Castro, Auditor des Kronrats und Bischof von Calahorra. Darin trug ihm dieser das Amt des obersten Richters für Fälle von Ketzerei und Hexerei im Bischofssitz an.

Im Grunde genommen, dachte er, als er von Miraflores aus die Stadtmauern von Bilbao sah, wusste er sehr viel über Ketzerei und nur wenig über das Hexenwesen. Die Krone hatte diesem nicht genügend Aufmerksamkeit geschenkt. Zauberer, Magier, Negromanten, Hellseher, Kartenleser, Alchemisten und Wahrsager gab es schließlich seit Anbeginn der Welt. War Adam nicht von Eva verhext worden, damit er von der verbotenen Frucht koste? War die berühmte Hexe von Endor, die Ratgeberin König Sauls, nicht vom König selbst aufgefordert worden, den Geist des Propheten Samuel zu beschwören? Und vertrauten nicht alle Könige der christlichen Welt auf Magier und Wahrsager? Platon, Plutarch und andere antike Autoren hatten an die Existenz der Magie geglaubt und versuchten, die Ursachen der Theurgie zu ergründen, jener Wissenschaft, durch welche man in Kontakt zu den Göttern zu treten hoffte.

Ihm war bewusst, dass der Auftrag, Hexen und Zauberer im Baskenland zu entdecken, nur der Vorwand für eine eingehende Untersuchung der politischen und gesellschaftlichen Lage war. Dieses Mal würde seine Aufgabe auch darin bestehen, sich als Spion der Krone zu betätigen. Der Corregidor hatte ihm nicht verhehlt, dass dem König sehr daran gelegen war, ein achtsames Auge auf eine Gegend zu haben, die Schauplatz erbarmungsloser Kämpfe, von Fehden unter den Feudalherren, Plünderungen und Brandschatzung war. Die gegnerischen Parteien, die Gamboinos – denen er selbst angehörte – und die Oñacinos, von denen die einen die Zugehörigkeit zu Kastilien und die anderen den Zusammenschluss mit Navarra unterstützten, ließen keine Gelegenheit aus, ihre Stärke an Männern und Waffen zu demonstrieren. Stets der Stärkere zu sein, war der Wahlspruch der Kontrahenten, und jeder Anlass kam ihnen recht, dies unter Beweis zu stellen. Beide Parteien machten sich Zollrechte, Wegerechte, Hafenzölle, Steuerhoheit und Handelsrechte streitig. Am Hof zweifelte man an der Loyalität der »Biskayer«, wie man alle nannte, die jenseits der Zollgrenzen von Orduña und Vitoria lebten.

Im Baskenland wurde kein Getreide angebaut, Weizen war knapp und musste aus Kastilien und anderen Teilen des Landes herbeigeschafft werden, desgleichen der Wein, der aus der Rioja oder Andalusien stammte. Äpfel und Kastanien waren die einzigen Früchte, die es im Überfluss gab. Jedoch war die Zucht von Kühen, Schafen, Schweinen und Pferden von solcher Bedeutung, dass besondere Gesetze zur Verfolgung von Viehdieben erlassen wurden, die immer wieder fremde Tiere stahlen, nicht nur die ihrer Nachbarn, sondern auch ganze Herden, die auf dem Weg zu den Häfen waren, um von dort in andere Länder Europas verschifft zu werden. Durch die Waljagd war die Region zudem der Hauptproduzent für Tran, der nach England und Holland verkauft wurde. Ganze Wagenladungen von Zahnbrassen, Doraden, Seebarsch, Sardinen, Meerbarben oder Katzenhaien machten sich auf den Weg nach Kastilien, manchmal frisch, wenn der Weg kurz war, getrocknet und eingesalzen, wenn weitere Strecken zurückzulegen waren. Die Werften waren in der ganzen christlichen Welt bekannt. Dort wurden alle möglichen Schiffe gebaut, von kleinen Pinassen und Fusten über Karavellen, Karracken und Walfänger bis hin zu riesigen Galeonen. Die Eisenhütten schmolzen unaufhörlich Erz, und die Waffenschmieden standen weder Tag noch Nacht still. Sie stellten Schwerter her, Messer, Wurfspieße, Armbrüste, Pfeile, Lanzen, Keulen und Bombarden, aber auch Harnische, Panzer, Schilde und Kettenhemden. Dann waren da noch die Häfen, in denen edle Hölzer, Glas, Tuche, Gewürze, Edelsteine, Parfüms und andere Waren ankamen und von wo aus Schiffsladungen voller baskischem Eisen, Schafe und Wolle aus Kastilien, Öl und Wein aus Andalusien, feine Tuche aus Burgos oder Lederwaren und Datteln aus Afrika nach Frankreich, England,

Flandern oder Italien gebracht wurden. Die Arbeit der Fischer, Eisengießer, Schmiede, Tuchweber, Waffenmacher, Händler, Reeder und Kaufleute sowie die Umtriebe der Piraten, die auf eigene und fremde Rechnung Schiffe und Waren kaperten, waren eine ergiebige Einnahmequelle für das Königreich, und der König war nicht willens, diese Einkünfte aufs Spiel zu setzen, die er benötigte, um die stets bedürftige Staatskasse zu füllen.

Hernando de Guinea seufzte erleichtert auf, als das Pferd vor seinem Haus am Marktplatz anhielt. Der Regen hatte aufgehört, doch die Nässe und das anhaltende Niesen, das ihn während des ganzen Abstiegs bis zum Stadttor San Antón begleitet hatte, verhießen eine ordentliche Erkältung, die ihn einige Tage aufs Lager werfen würde.

»Ich hätte Universitätsprofessor werden sollen!«, schimpfte er.

Der Diener, der gleich aus dem Haus geeilt war, um sich um das Pferd zu kümmern und das Gepäck entgegenzunehmen, sah ihn verdutzt an, und der Inquisitor lachte, während er niesend ins Haus ging.

Catalina machte der kräftige Regen nichts aus, der auf ihre Köpfe niederprasselte, als ihr Großvater sie abholen kam. Sie hatte ihn erwartet, und als sie das Klopfen an der Tür hörte, wusste sie, dass er es war. Auch Zintzo merkte, dass sich sein Leben ändern würde. Er lief zu dem Mann, strich um seine wollenen Beinkleider und legte sich dann zu seinen Füßen nieder. Er akzeptierte ihn als Anführer, wie er seine Herrin akzeptiert hatte. Miguel de Ausonas Augen glänzten, und seine Enkelin wusste nicht zu sagen, ob das Wiedersehen der Grund dafür war oder die unerwartete Achtung, die ihm das Tier entgegenbrachte.

Das Mädchen nahm seine Tasche, verstaute die restlichen Silbermünzen, die von Don Diegos Erbschaft übrig waren, sah sich noch einmal um, schloss Fenster und Türen und ging hinaus, um nie wiederzukehren. Als sie auf den Wagen stieg, sah sie, wie ihre Nachbarin, die Verräterin, sie neugierig beobachtete. Catalina zog die Kapuze über den Kopf, umklammerte den Arm ihres Großvaters und schloss die Augen, um die Straßen nicht sehen zu müssen, die sie so schnell wie möglich zu vergessen hoffte.

Sie schwiegen während der ganzen Fahrt. Anders als andere Male hatte Catalina keine Lust zu reden, und Ixile respektierte ihr Schweigen. Vielleicht hatte auch er nichts zu erzählen. Hin und wieder schmiegte sie sich an ihn, denn sie brauchte ein wenig Wärme. Dann blickte er sie an und lächelte. Das Mädchen war sich sicher, dass sie nichts sagen musste. Ihr Großvater verstand auch so, dass ihr letzter Aufenthalt in der Stadt nicht so glücklich gewesen war wie das Mal zuvor und sie von dort wegwollte, in den sicheren, geborgenen Schoß ihres früheren Zuhauses.

Auch Graciana sagte nicht viel, als ihre Tochter vom Wagen stieg, aber sie umarmte sie so fest, dass ihr die Luft wegblieb. Dann führte sie sie ins Haus, nötigte sie, die nassen Kleider auszuziehen, rieb mit ihren schwieligen, abgearbeiteten Händen ihren erstarrten Körper mit Rosmarinöl ab, reichte ihr ein wollenes Nachthemd und gab ihr eine große Schale heißer Milch zu trinken, in die ein Eigelb geschlagen war. Schließlich zog sie den alten Lehnstuhl ans Feuer und hieß sie, darauf Platz zu nehmen. Die Augen des Mädchens füllten sich mit Tränen. Graciana, Domenjas Tochter, rechtmäßige Herrin von Goiena, überließ ihr ihren Platz als Herrin über den elterlichen Hof.

Catalina dachte noch oft an diese Geste. Es war etwas, das viele nicht verstehen würden, weil sie die alten Gebräuche vergessen hatten. Die Höfe waren nicht das Eigentum der Menschen, sondern eigenständige Gebilde. Die Gehöfte wurden nicht nach den Menschen benannt, sondern die Menschen nach den Gehöften. Auf Goiena hatten viele Generationen gelebt, und niemand erinnerte sich an die Namen seiner Bewohner. Catalina kannte den Namen ihres Vaters, weil er aus einer angesehenen, bekannten Familie stammte, aber wie der Mann ihrer Großmutter geheißen hatte, wusste sie nicht. Auch sie, deren eigentlicher Name Catalina de Muntsaratz war, wurde Catalina de Goiena gerufen. Der Hof bot ihr Schutz und Sicherheit. Sie dachte daran, dass die Menschen verschwunden waren, doch der Hof war noch da, stolz und aufrecht, ein festes Bollwerk dessen, was er repräsentierte. Als Graciana ihrer Tochter ihren Platz überließ, hatte sie etwas getan, was schon andere vor ihr getan hatten: Sie hatte dem stärksten Mitglied der Familie Platz gemacht. Wie kam sie darauf, dass sie die Stärkere war?, fragte sich das Mädchen. Ihre Mutter war ihr eine sichere Stütze, wie zuvor schon ihrem Vater und, so wagte sie zu behaupten, auch ihrer Großmutter Domenja. Stets diskret, stets verschwiegen, und doch fleißig und immer präsent.

Ganz allmählich gewann Catalina die Zuversicht zurück, die sie in den letzten Wochen ihres Aufenthaltes in Tabira verloren hatte. Sie machte sich wieder mit den Geräuschen, Gerüchen und der Stille von Goiena vertraut. Trotz des unfreundlichen Wetters, des unaufhörlich fallenden Regens und der Kälte, die einem bis in die Knochen kroch, ging sie wieder zu ihren Verabredungen mit der Großen Göttin. Sie ging zu dem Altar, wo sie zum letzten Mal ihre Großmutter auf dem Rücken ihres Mannes gesehen hatte und wo sie das wundersame, schon fast vergessene Erlebnis gehabt hatte, die Mari *zu sehen*. Noch einmal versuchte sie das einzigartige Gefühl zu empfinden, das damals ihren Körper erfüllt hatte. Sie streifte die Schuhe ab, breitete die Arme aus und bat die Mari, ihr das unendliche Glück ihrer Erscheinung zu gewähren, doch es war vergebens. Die Göttin erhörte ihre Bitte nicht. Enttäuscht und durchnässt machte sie sich auf den Heimweg, während sie sich immer wieder schwor, es nicht noch einmal zu versuchen. Doch am nächsten Tag machte sie sich wieder auf den Weg. Graciana beobachtete sie, sagte aber nichts. Sie vertraute darauf, dass das Fieber, das ihre Tochter erfasst hatte, eines Tages wieder verschwinden würde.

Dann geschah etwas Ungewöhnliches. Eines Tages,

Nebel hüllte das Haus ein und schnitt es vom Rest der Welt ab, klopfte es an der Tür. Mutter und Tochter sahen sich erstaunt an. Seit Jahren war niemand mehr nach Goiena gekommen, und das Staunen war noch größer, als sie öffneten und eine Frau aus Arrazola vor der Tür stand, die, in eine dicke Wolldecke gehüllt, um Einlass bat.

»Ich halte es nicht mehr aus, darum bin ich hier«, sagte sie an Catalina gewandt.

Mit diesen Worten zeigte sie ihre Hände, die sie unter der Decke versteckt hatte. Sie waren derart rot, geschwollen und deformiert, dass man kaum die einzelnen Finger erkennen konnte.

»Es ist immer dasselbe, wenn der Sommer zu Ende geht«, erklärte sie, »aber dieses Jahr ist es besonders schlimm. Ich kann sie nicht bewegen, und manchmal ist der Schmerz so schlimm, dass ich bittere Tränen vergieße.«

»Geh zum Arzt in Abadiño«, sagte Catalina hart. Nur allzu gut erinnerte sie sich an die schlechten Beziehungen zu den Leuten im Dorf und auch an die Drohungen des Schreibers von Tabira.

»Da war ich schon«, antwortete die Frau, ohne sich vom Ton des Mädchens aus der Fassung bringen zu lassen. »Er taugt nichts. Er hat zweimal Blutegel angesetzt, umsonst, und mir dann geraten, darauf zu warten, dass der Winter vorbeigeht.«

»Ich weiß nicht, was ich tun könnte«, beharrte Catalina unwirsch.

»Es gehen Gerüchte«, sagte die Frau, ohne sich von Catalinas Kälte entmutigen zu lassen, »du hättest die Begabung der Großmutter deiner Mutter geerbt, Gott hab sie selig. Es heißt, es habe keine Zweite gegeben wie sie, und wenn das stimmt, kannst du mir vielleicht helfen.«

Das Mädchen schaute seine Mutter an und sah die Angst in ihren Augen. Die Erwähnung der Urgroßmutter hatte Graciana an Zeiten erinnert, von denen sie gehofft hatte, sie seien längst vergessen, und daran, dass sie sich geschworen hatte, dass ihre Tochter niemals so werden sollte.

»Ich flehe dich an, hilf mir«, bat die Frau mit Tränen in den Augen. »Ich bin nicht in der Lage, irgendetwas zu tun, ich kann mich nicht einmal kämmen oder waschen. Ich kann die Hausarbeit nicht erledigen, und nachts finde ich keinen Schlaf wegen der ziehenden Schmerzen in meinen Händen. So eine Pein wünsche ich nicht einmal meinem ärgsten Feind.«

Catalina sah erneut zu Graciana, dann betrachtete sie die entstellten Hände der armen Frau und bekam Mitleid. Wie sollte sie ihr sagen, dass sie nichts für sie tun könne, wenn sie genau wusste, dass sie es doch konnte?

»Hast du Wollkraut da?«, fragte sie ihre Mutter.

Graciana zögerte einen Augenblick, gerade so lange, wie ein Wassertropfen braucht, um von einem Blatt zu fallen, dann nickte sie und ging auf den Dachboden, wo sie die Blätter und Blüten trocknete, die sie in den Blütemonaten sammelte. Catalina hatte oft dabei zugesehen, daher wusste sie, dass ihre Mutter die Pflanzen auf dem Boden ausbreitete oder sie büschelweise an den Dachbalken aufhängte, entweder in der Sonne oder im Schatten – je nachdem, um was es sich handelte, denn nicht alle Kräuter durften gleich behandelt werden. Anschließend füllte sie sie in Tontöpfe, damit sie nicht von der Feuchtigkeit verdorben wurden. Trotz der Vielzahl an getrockneten Sträußen, von denen einige ihre Farbe und Form verloren hatten, und der Töpfe, die einer wie der andere aussahen und ordentlich in einem Winkel des

Dachbodens aufgereiht standen, kannte Graciana jede einzelne Pflanze, die sie selbst gesammelt hatte. Wenig später kehrte sie mit einer guten Hand voll Blättern der Königskerze zurück, dem Wollkraut, wie sie im Volksmund hieß.

Catalina bat die Frau in die Küche, hieß sie am Feuer Platz nehmen und stellte einen Kupfertopf mit Milch auf den Rost. Als die Milch zu kochen begann und die ersten Bläschen erschienen, fügte sie die Blätter hinzu, die sie zuvor zwischen den Händen zerrieben hatte. Die beiden Frauen sahen ihr schweigend zu. Sie schob ein wenig Glut beiseite, zog den Topf vom Feuer und ließ die Milch noch ein Weilchen auf schwacher Glut köcheln. Sie erinnerte sich, dass sich in ihrer Tasche, die sie seit ihrer Rückkehr aus Tabira noch nicht geöffnet hatte, noch einige Salben befanden, und ging nach oben, um sie zu holen. Als sie zurückkam, saßen ihre Mutter und die Frau immer noch genauso da, wie sie sie zurückgelassen hatte, und betrachteten schweigend die leise simmernde Milch.

»Du tust Folgendes«, sagte sie zu der geplagten Frau: »Du kochst täglich einen Topf Milch und fügst das Wollkraut hinzu – zerrieben, wie du es bei mir gesehen hast. Dann seihst du die Milch durch« – sie nahm ein sauberes Tuch und seihte die Flüssigkeit in ein anderes Gefäß – »und tauchst die Hände hinein. Je heißer du die Milch ertragen kannst, desto besser, aber es ist auch nicht nötig, dass du dich verbrühst. Nicht, dass wir dann die Brandblasen behandeln müssen«, setzte sie aufmunternd hinzu. »Lass die Hände so lange in der Milch, bis diese kalt geworden ist, trockne sie dann mit einem sauberen Tuch ab und trage mehrmals am Tag diesen Birkenteer auf. Lass mich wissen, ob es geholfen hat.«

Sie tauchte die Hände der Frau in den Topf. Ihre erste Reaktion war Schmerz, doch dann schien sie Linderung zu verspüren, ihrem dankbaren Lächeln nach zu urteilen. Anschließend trocknete Catalina vorsichtig ihre geschwollenen Hände ab und trug den Birkenteer auf, damit die Frau sah, wie man es richtig machte.

»Wir werden Probleme bekommen«, stellte Graciana fest, als die Frau gegangen war.

»Was hätte ich denn tun sollen?«, fragte Catalina. »Sie leiden lassen?«

Es vergingen viele Tage, ohne dass sie etwas von der Frau hörten, doch eines Mittags, als sie den Wind nutzten, um die Wäsche zum Trocknen auszubreiten, sahen sie sie den Weg vom Dorf heraufkommen. Sie trieb einen kleinen Esel vor sich her, der einen Sack auf dem Rücken trug. Als die Frau bei ihnen angelangt war, blieb sie lächelnd stehen und streckte die Hände aus, damit sie sie sehen konnten. Die Schwellung war zurückgegangen, die Finger waren wieder als solche zu erkennen und die starke Hautrötung war verschwunden.

»Du hast mir das Leben wieder geschenkt«, sagte die Frau bewegt, nahm den Sack vom Rücken des Esels und legte ihn zu ihren Füßen nieder. »Es ist nichts, verglichen mit dem, was du für mich getan hast, aber Undank zeugt von schlechter Erziehung, und ich bin nicht schlecht erzogen.«

Graciana und Catalina sahen der Frau hinterher und warteten, bis sie außer Sichtweite war, bevor sie den Sack öffneten. Er war voll mit gemahlenem Gold. Seit dem Tod der Männer wurde in Goiena kein Getreide mehr angebaut. Es war eine Arbeit, die ihre Zeit brauchte – säen, ernten, dreschen, mahlen –, und die hatten die Frauen nicht. Ixile säte ein wenig auf den tiefer gelegenen Feldern, aber nicht genug, um den Mehlkasten damit zu füllen, und so hatten sie die Hälfte des Jahres kein Mehl, es sei denn, sie kauften welches oder tauschten es gegen ein Lamm oder etwas anderes ein. Das war Ixiles Aufgabe gewesen, doch seit dem Verschwinden seiner geliebten Domenja war er nicht mehr ins Dorf hinuntergegangen, und die wenigen Male, die Graciana ihm begegnet war, hatte sie nicht gewagt, ihn darum zu bitten. Die beiden Frauen sahen sich lächelnd an; nun hatten sie genug, um den ganzen Winter hindurch Brot, Fladen und Brei zu machen.

Wie Graciana befürchtet hatte, erzählte die Frau jedem, der es hören wollte, um wie viel besser es doch mit ihren schmerzenden Händen geworden sei. Immer wieder kamen Leute nach Goiena, um Linderung für ihre Leiden zu suchen. Einmal war es ein Mann, der vor lauter Schnupfen nicht schlafen konnte, ein andermal eine Mutter, deren Kind Würmer hatte, dann wieder ein junges Mädchen, das bis auf die Knochen abgemagert war, obwohl man es zu Hause mit Essen mästete. Es waren kleine Wehwehchen, die meistens leicht zu behandeln waren. Catalina fand wieder Gefallen am Heilen, sie bereitete Salben und Pflaster, überprüfte die getrockneten Kräuter auf dem Dachboden und nutzte ihre Spaziergänge mit den Hunden, um Wurzeln, Beeren, Samen und die Rinde von Eichen, Kastanien und Nussbäumen zu sammeln.

Zintzo war zum Anführer des Rudels geworden. Lista hatte ihm ihren Rang überlassen – gerne, wie es schien, denn sie lief stets neben ihm her. Die beiden spielten und balgten, während Catalina von unten zu dem langen, schmalen Band des Pfades hinaufsah, der zur Höhle der Großen Göttin führte. Manchmal fragte sie sich, warum die Christen einen großen, düsteren, vom Ruß der

Talgkerzen erfüllten Raum brauchten, um zu ihrem Gott zu beten. Sie brauchte keine Kirche, ihr genügte es, den Hang hinaufzusteigen und mit der Mari zu sprechen. Das wunderbare Gefühl, das damals ihren Körper erfüllt hatte, als sie ihre Großmutter in der Höhle der Göttin sehen konnte, hatte sie nicht wieder verspürt, aber sie hatte ihr auch kein Opfer gebracht, und zudem war nichts von wirklich großer Bedeutung geschehen, das ihre Vermittlung nötig gemacht hätte. Doch Catalina hatte wieder ihren Frieden gefunden, und das war alles, was sie im Augenblick brauchte.

Am Abend der Wintersonnenwende, als es draußen dunkel wurde, erschien Ixile im Haus. Graciana und Catalina bekamen einen ordentlichen Schreck, als sie ihn in der Küchentür stehen sahen. Seit der Heimkehr des Mädchens hatten sie ihn nicht mehr gesehen. Er hatte seine beste Hose und einen fast neuen schwarzen Kittel mit weißen Borten angezogen, den das Mädchen als jenen wieder erkannte, den Domenja in Tabira gekauft hatte, bevor sie nach Goiena zurückgekehrt war und sie im Hause Don Diegos zurückgelassen hatte. Das lange, schlohweiße Haar trug er mit einem Lederband um die Stirn gebändigt statt zum Zopf gebunden, wie sie es seit jeher kannten, und er hatte seinen langen Bart kurz gestutzt. Catalina lächelte, als sie bemerkte, dass er seine alten Stiefel geputzt und auf Hochglanz gebracht hatte. Er sah aus, als wollte er zu einem Fest gehen.

»Du wirst erwartet«, sagte er anstatt eines Grußes.

Graciana und Catalina sahen sich ratlos an. Dann erinnerte sich das Mädchen, dass die Wintersonnenwende für die Menschen früherer Zeiten ebenso wichtig gewesen war wie die Sommersonnenwende, wenn nicht gar wichtiger.

»Unsere Vorfahren glaubten, dass sich die Sonne im Winter von der Erde entferne«, hatte ihr die Großmutter einmal erklärt. »Es hieß, die Erde sei vor langer Zeit mehrere Generationen lang in völlige Dunkelheit gehüllt gewesen. Die Menschen fürchteten, die Sonne werde nicht mehr wiederkehren, und stattdessen werde ewige Finsternis herrschen und Ödnis und Tod bringen. Also baten sie die Sonne in der längsten Nacht des Jahres, wieder zurückzukehren, auf ihre Felder zu scheinen, die Pflanzen zum Sprießen zu bringen und ihre Körper zu wärmen. Heute wissen wir, dass die Sonne immer wiederkehrt und die Jahreszeiten aufeinander folgen wie Tag und Nacht. Doch wir halten trotzdem an dem alten Brauch fest, denn das, was einmal war, kann wieder geschehen.«

Sie hatte die Versammlungen vergessen oder vergessen wollen, doch dort stand ihr Großvater, um sie daran zu erinnern. Seit der Johannisnacht hatte er kein Wort mehr darüber verloren, noch hatte er versucht, sie nach Jentilkoba mitzunehmen. Diese Nacht musste sehr wichtig sein, da er das Haus betrat, um sie erneut dorthin zu bringen. Graciana rieb sich die Oberarme, als ob ihr kalt wäre, dabei saß sie am Feuer. Sie sagte nichts, aber ihr Blick bat sie, nicht zu gehen und bei ihr zu bleiben. Catalina reagierte nicht sofort. Sie hatte sich geschworen, nie mehr zu einer dieser Versammlungen zu gehen, und ihre Erlebnisse mit dem Schreiber und dem Pfarrer von Tabira hatten sie in ihrem Entschluss noch bestärkt, doch … war es der Ruf der Erde, der sie dazu trieb, der Einladung – oder vielmehr dem Befehl – ihres Großvaters Folge zu leisten? Oder war es die heimliche Hoffnung, Juan de Gesala könne ebenfalls dort sein, wie auch die beiden Male zuvor?

Es war kein Tag vergangen, ohne dass sie an den Mann

gedacht hätte, den sie liebte – dessen war sie sich nun sicher –, und von dem sie sich dennoch so wenig erhoffte. Bei dem Gedanken an ihn schlug ihr Herz schneller. Sie stellte sich vor, wie er sie aus seinen enzianblauen Augen anblickte; wie seine Hände ihren Körper liebkosten und ihre Münder sich in einem langen Kuss vereinten. Tagsüber war sie mit Haus und Hof und ihren immer zahlreicher herbeiströmenden Patienten beschäftigt, doch wenn es Nacht wurde und sie allein im Bett lag, bekam ihre Phantasie Flügel. Sie schlief mit dem Gedanken an ihn ein und schwor sich, dass er derjenige sein sollte, der sie bekam. Er oder keiner.

Sie folgte der Aufforderung ihres Großvaters. Die Nacht war kalt, und trotz Wollhemd, langem Rock, Mieder, Umhang und dem Schaffell auf ihren Beinen wurde ihr nicht warm. Sie zitterte vor Kälte, oder vielleicht in der Erwartung, Juan wiederzusehen. Unweit der Höhle standen zahlreiche Wagen und Maultiere, woraus sie schloss, dass es sich um eine wichtige Versammlung handelte. Sie versuchte, in der Dunkelheit das Pferd des Mannes auszumachen, den sie liebte – ein mühsames Unterfangen, denn es war stockfinstere Nacht, obwohl hin und wieder voll und rund der Mond zwischen den Wolken hervorkam. Sie kletterte den Felsen hinauf und betrat die Höhle, gefolgt von ihrem Großvater, der über ihr entschiedenes Auftreten staunte. Festen Schrittes betrat sie die Grotte und ging entschlossen zu ihrem Ehrenplatz. Der Ziegenbock war schon da und wartete geduldig, während er an einem Büschel Gras knabberte. Er war mit einer Kette aus Knoblauchknollen, Kastanienblättern und Lorbeerzweigen geschmückt und beäugte die Anwesenden mit resigniertem Blick, zumindest kam es Catalina so vor. Für einen Moment überlegte sie, ob der Knoblauch wohl dazu diente, den Gestank des Tieres ein wenig zu überdecken, aber sie wusste, dass Knoblauch seit undenklichen Zeiten verwendet wurde, weil er die Pest fern hielt und gegen Entzündungen und schlechte Körpersäfte half. Er hielt böse Geister von den Häusern fern, verhinderte, dass man den Verstand verlor, und wirkte stärkend. Es war also selbstverständlich, dass man das Lieblingstier der Mari mit dieser Pflanze schmückte.

Wieder traten alle Anwesenden einer nach dem anderen zu ihr und küssten ihre Hand. Sie sah sich nach María de Usúa um, und als sie sie nicht entdeckte, wusste sie, dass die alte Frau nach der Versammlung, in der sie Catalina zu ihrer Nachfolgerin ernannt hatte, gestorben war. Sie suchte auch nach Juan de Gesala, doch auch er war nicht zu sehen. Sie war so enttäuscht, dass sie daran dachte, gleich wieder zu gehen. Doch in diesem Moment setzte die Musik ein. Die Tänzer bewegten sich nicht im Kreis wie die anderen Male, sondern bildeten zwei lange Reihen. Sie machten zwei Schritte vor und einen zurück, drehten sich um die eigene Achse und gingen dann weiter. Niemand forderte sie zum Mittanzen auf, woraus sie schloss, dass es ein Tanz ihr zu Ehren war. Sie gab dem jungen Burschen, der das berauschende Getränk verteilte, ein Zeichen, und gleich darauf hielt sie eine Schale in den Händen. Sie wollte ihre Enttäuschung darüber vergessen, dass sie nicht wie erhofft den Schreibergesellen angetroffen hatte, und leerte die Schale in einem Zug. Es dauerte nicht lange, bis das Tollkraut wirkte und sie ihre Sorgen vergaß.

Auf einmal befand sie sich nicht mehr in einer dunklen, von Kerzen erleuchteten Grotte, sondern in einem weiten, lichten Raum. Die Männer waren in Tierhäute gehüllt und hatten lange Haare und Bärte, die Frauen trugen weite, bunte Gewänder, die bis auf den Boden reichten. Alle lächelten, lächelten ihr zu. Sie sah sich selbst, weiß gekleidet, das lange, offene Haar mit einem Kranz aus Wildblumen bekrönt, wie sie selbst sie für die Mari flocht. Sie erhob sich über die Versammlung und schwebte über ihr, getragen von Elfen mit durchscheinender Haut und goldenem Haar. Sie hörte ihre eigene Stimme die alten Götter anrufen, deren Namen die alte María de Usúa sechs Monde zuvor in ihr Gedächtnis eingebrannt hatte. Die Tanzenden hielten inne, die Gespräche verstummten und sie fand sich in der Mitte des Raumes wieder, wo sie sich zum Klang der Txalaparta um den hohlen Baumstamm und die ringsum entzündeten Feuer drehte. Sie hob die Arme, und aus ihrem Mund kamen Wörter, die sie selbst nicht kannte. Sie rief die Mari an, ihren Gefährten Sugoi, den Herrn der Unterwelt, ihre Kinder Atarrabi und Mikelats, das Gute und das Böse, Inguma, den Geist des Bösen, Akerbeltz, den schwarzen Ziegenbock, Beschützer der Tiere, Aideko, den Luftgeist, Gaueko, den Geist der Finsternis, und Ilazki, die Göttin des Todes. Sie drehte sich in einem fort, ohne innehalten zu können. Die Weisheit eines ganzen Volkes kam über sie, eines Volkes, so alt wie die Welt, das gegen Menschen und wilde Tiere gekämpft hatte, um zu überleben. Sie war die Stellvertreterin der Göttin, die über dieses Volk wachte, damit beauftragt, seine Traditionen zu wahren, der umherirrende Geist, der sich nicht damit abfand, in ewigem Vergessen zu versinken, weil man seine Existenz bestritt.

»Du bist gekommen«, hörte sie jemanden neben sich sagen.

Sie wusste nicht, ob es eine Männer- oder eine Frauenstimme war, bis sie sich umdrehte und ihn sah. Vor ihr stand der Mann, dem sie sich im Traum seit Monaten hingab. Er verbeugte sich und küsste ihre Hand. Sie schloss die Augen und empfand eine solche Wonne, dass sie die Luft anhielt, um die Berührung seiner Lippen auf ihrer Haut besser zu spüren.

Beim Aufwachen war ihr kalt, und als sie die Augen aufschlug, begegnete sie dem besorgten Blick ihres Großvaters, der ihren Wollumhang in den Händen hielt. Er half ihr auf, hüllte sie in den Umhang, und sie verließen taumelnd die Höhle. Die Lichter waren heruntergebrannt, nur noch hier und dort flackerten ein paar Kerzenstümpfe, gerade genug, um in dem einen oder anderen Eckchen einige eng umschlungene Liebespaare zu erkennen, die versuchten, ihre Lust so lange wie möglich auszudehnen. Sie suchte nach Juan, sah ihn aber nicht. Die Leute strömten langsam hinaus, einige gähnten, andere wirkten berauscht oder krank. Die Ausgelassenheit, das Lachen, die Gesänge und Tänze waren der Müdigkeit nach einer durchwachten Nacht gewichen, und Catalina fühlte sich leer.

Als sie in ihrem Bett lag und die schweren, frisch duftenden Leintücher auf ihrem nackten Körper spürte, fielen ihr Juans letzte Worte wieder ein, bevor sie in einen tiefen, zufriedenen Schlaf fiel.

»Catalina de Goiena, denk daran, jetzt gehörst du mir.«

Nach der Sonnwendfeier hatte sie so viel zu tun, dass sie kaum Zeit fand, über das nachzudenken, was in Jentilkoba passiert war. Als hätte sich die gesamte Bevölkerung von Arrazola abgesprochen, erschienen täglich Leute, die sich Linderung bei Schmerzen, Fieber und Krankheiten erhofften. Zum ersten Mal sah sie sich mit dem Tod konfrontiert. In Tabira hatte sie das vermieden, indem sie Josefa oder Maritxiki zu Hilfe rief, doch hier war sie auf sich allein gestellt. Wie sollte sie einer Mutter sagen, dass ihr Kind sterben würde? Oder einem Ehemann, dass seine langjährige Gefährtin ihn verlassen würde? Sie sagte sich immer wieder, dass das, was sie da machte, gefährlich war, und doch tat sie es immer wieder. Nicht nur, weil sie an die Worte ihrer Großmutter Domenja dachte, die Mari werde ihr zürnen, wenn sie ihre Gabe nicht nutzte, sondern auch, weil die flehenden Blicke ihrer Nachbarn ihr nahe gingen. Sie war die Erste, die sich über die Genesung freute, wenn das empfohlene Mittel wirkte, aber wenn sie merkte, dass es für einen Kranken keine Hoffnung gab, nahm sie das so mit, dass sie kaum schlafen konnte. Es war eine zu schwere Bürde für ihre Schultern.

Eines Tages kam eine ältere Frau mit ihrer Tochter, die wegen des großen Altersunterschieds zwischen den beiden eher ihre Enkelin hätte sein können. Das Mädchen hatte durch große Mengen Rautentee eine Fehlgeburt ausgelöst. Es war bekannt, dass Raute die Menstruation förderte, wenn diese bei einem jungen Mädchen ausblieb oder nur unregelmäßig kam, doch man musste darauf achten, nicht zu viel davon zu trinken, da dies tödlich sein konnte. Um ganz sicherzugehen, hatte das Mädchen noch einen Zweig Petersilie in die Vagina eingeführt. Das Ergebnis sah Catalina nun vor sich: das arme Mädchen hatte nicht mehr lange zu leben. Es hatte sehr viel Blut verloren, die dunklen Ränder um seine Augen waren wie mit Kohle aufgemalt, und es hatte kaum die Kraft, sich alleine auf den Beinen zu halten. Die Mutter sah Catalina flehend an und hoffte auf ein Wunder. Catalina sah die Resignation im Blick der Frau, als sich ihre eigenen Augen mit Tränen füllten, ohne dass sie die Kranke auch nur untersuchte hatte.

An jenem Tag beschloss sie, nie wieder jemanden zu behandeln. Sie sagte Graciana, wenn jemand nach ihr frage, solle sie sagen, sie sei nicht da, sie sei nach Tabira zurückgekehrt oder schwer erkrankt. Dann rannte sie zu ihrem Kinderversteck, setzte sich ins nasse Gras und schaute zu dem heiligen Berg hinüber, dem Sitz der Göttin, und flehte diese aus tiefstem Herzen an, sie zu sich zu nehmen. Sie war versucht, den schmalen Pfad hinaufzusteigen, der zur Höhle führte, und hineinzugehen, doch sie tat es nicht. Sie blieb lange so sitzen. Ihr erstarrter Körper nahm den eisigen Wind nicht wahr, der um den Hügel pfiff, und als sie irgendwann doch aufstehen wollte, versagten die Beine ihren Dienst. Eine bleierne Müdigkeit bemächtigte sich ihrer, und sie fühlte sich leicht wie der Wind; sie schloss die Augen und wartete ruhig auf ihr Ende. Sie würde für immer bei der Mari sein, mit ihrer Großmutter vereint. Gemeinsam würden sie ihr dienen, und sie würde weder Schmerz noch Kälte empfinden. Als Zintzo sie mit seiner Zunge ableckte, öffnete sie die Augen. Es war schon fast dunkel. Sie sah zwei Gestalten auf sich zukommen. In dem Glauben, es handele sich um Boten der Mari, die sie holen kamen, verlor sie das Bewusstsein.

Das Fieber fesselte sie ans Bett, bis der Schnee vom Gipfel des Anboto verschwand und die ersten Frühlingsboten die Wiesen zu sprenkeln begannen. Die Hälfte der Zeit dämmerte sie vor sich hin und nahm weder Kälte noch Wärme wahr, dann wieder wälzte sie sich am ganzen Leibe zitternd mit Schüttelfrost im Bett. Eines Tages schlug sie endlich die Augen auf. Jeder einzelne Knochen ihres Körpers schmerzte, doch ihr Kopf war klar. Graciana saß auf einem Schemel neben ihrem Bett, eine Strickarbeit in den Händen. Sie war eingeschlafen, und Catalina betrachtete sie aufmerksam, vielleicht zum ersten Mal in ihrem Leben.

An den Schläfen hatten sich ein paar Strähnen aus dem im Nacken zusammengefassten Haarknoten gelöst, und das glatte, glänzende, braune Haar begann weiß zu werden. Als Kind, als sie mit ihrer Mutter in einem Bett geschlafen hatte, schaute sie abends oft zu, wie sie es kämmte. Ihr Gesicht, das ursprünglich einmal so weiß gewesen war wie ihr unter Röcken und Miedern versteckter Körper, hatte den goldbraunen Ton jener Menschen angenommen, die den größten Teil ihres Lebens an der frischen Luft verbrachten. Sie betrachtete das ebenmäßige, kantige Profil, das von mehr Entbehrungen als Freuden geprägt war. Sie versuchte irgendeine Ähnlichkeit mit Domenja oder auch Großvater Miguel zu finden, doch die Zeit hatte ihr eigenes Werk geschaffen, und Catalina musste feststellen, dass die schlanke Gestalt das Einzige war, was sie an ihre Großmutter erinnerte. Graciana hatte für ihre Mutter gelebt, und nun lebte sie für Catalina. Ihr Gefährte war von ihr gegangen, als sie noch ein junges Mädchen mit Träumen gewesen war, und hatte die Hoffnung mit sich genommen.

Als würde sie spüren, dass sie beobachtet wurde, öffnete Graciana die Augen, sah sie an, und nachdem sie sich vergewissert hatte, dass sie nicht träumte, erschien ein Lächeln auf ihrem Gesicht.

»Endlich, Catalina …«, flüsterte sie glücklich.

»Bin ich krank gewesen?«, fragte Catalina, während sie feststellte, dass ihr tatsächlich die Knochen wehtaten.

»Ach, Tochter«, seufzte die Mutter, »du hast Ixile und mir solche Sorgen bereitet. Dank Zintzos Hilfe fanden wir dich nass und durchgefroren oben auf dem Hügel. Es war sehr mühsam, dich herunterzuschaffen, und wir beide haben Tag und Nacht bei dir gewacht.«

Da erinnerte sie sich wieder an ihre Flucht vom Hof und ihren Wunsch, genauso zu verschwinden wie ihre Großmutter einige Monate zuvor, doch offensichtlich hatte die Mari sie nicht zu sich nehmen wollen.

»Jedem von uns wird die Stunde schlagen, wenn die Zeit gekommen ist«, hatte Domenja gesagt. »Jedem ist der Tag vorherbestimmt, an dem er diese Welt verlassen muss, und wir haben keinen Einfluss darauf, ob dies früher oder später sein wird.«

Also war ihre Stunde noch nicht gekommen, und sie freute sich darüber. Sie betrachtete das Stückchen Himmel, das durch das kleine Fensterchen zu sehen war. Ein Lichtstrahl fiel ins Zimmer, und sie beobachtete lange die winzigen Staubkörnchen, die darin tanzten.

Es dauerte einige Wochen, bis sie wieder bei Kräften war und das Bett verlassen konnte. Graciana konnte sich erneut ihren Aufgaben zuwenden, und ausnahmslos jeden Abend bekam sie Besuch von ihrem Großvater Miguel de Ausona, der sich schweigend zu ihr setzte, ein stilles Lächeln um die Lippen.

»Denkst du an sie?«, fragte Catalina ihn irgendwann.

»Ich sehe sie in dir«, antwortete der Mann ernst.

»Gleiche ich ihr denn?«, versuchte sie ihn zum Reden zu bewegen.

»Nein. Du gleichst deiner Urgroßmutter …«, sagte er. »Aber du besitzt Domenjas Stärke.«

Ihre ersten unsicheren Schritte führten sie auf den Hügel, beschützt und begleitet von ihren vier Hunden.

Zintzo lief voraus und wies den Weg. Sie setzte sich auf den Felsen in der Nähe des Altars, wo sie zum letzten Mal mit ihrer Großmutter gesprochen hatte, und versuchte nachzudenken.

Die Krankheit hatte sie einiges von ihrem ohnehin geringen Gewicht gekostet, vor allem aber hatte sie ihre Kindheit beendet. Sie fühlte sich wie neu, verändert. Sie war gereift und würde nie mehr das junge, naive Mädchen sein, das sie einmal gewesen war. Überwältigt betrachtete sie die schroffen Felsen rund um Urkiola zur Rechten, den Udalaitz zur Linken, den Alluitz gegenüber. Die Erde rief nach ihr. Sie wäre gerne für den Rest ihres Lebens dort geblieben, in einen Baum oder einen Fels verwandelt, ein Teil der Natur wie die Bäche, die von den Bergen ins Tal rauschten.

Sie dachte an Juan de Gesala. Sie wollte wieder mit ihm zusammen sein, seine starken Arme um ihren Körper spüren, die Liebe von seinen Lippen trinken und sich ihm noch einmal hingeben.

Ende des Frühjahrs war Catalina wieder in das alte Haus von Don Diego de Olea zurückgekehrt. Sie besaß noch immer die Silbermünzen, die ihre Mutter nicht hatte annehmen wollen.

»Geld haben wir auf Goiena nie gebraucht, wohl aber die Hilfe der Familie«, hatte sie auf das Angebot ihrer Tochter entgegnet. »Ein alter Mann und eine Frau, die nichts mehr zu erwarten hat, können keinen Hof unterhalten.«

»Mutter, ich gehe doch nicht für immer«, hatte Catalina geantwortet, bekümmert über die unendliche Traurigkeit in Gracianas Stimme. »Ich muss noch einmal nach Tabira, sonst werde ich nie in Frieden leben können, weder hier noch anderswo.«

»Mein Herz sagt mir, dass ich dich nicht wieder sehe.«

Sie sagte das so bestimmt, dass das Mädchen Angst bekam.

»Unsinn!«, rief es mit einem zuversichtlichen Lächeln. »Ich werde zurückkommen, du suchst mir einen guten Mann und kümmerst dich um ein halbes Dutzend Enkel, die dich den lieben langen Tag nicht in Ruhe lassen.«

Graciana lächelte. Der Gedanke an Kinder, die durchs Haus und über die Wiesen tollten, brachte sie zum Träumen und hob ihre Stimmung. Ein Haus ohne Kinder war wie eine Pflanze ohne Samen. Sie bedauerte, dass die Natur so geizig mit den Frauen von Goiena war und jede Generation nur mit einer einzigen Tochter gesegnet hatte.

Nun also befand sich Catalina wieder in der Stadt, wie stets begleitet von dem treuen Zintzo, der die Spiele aus Goiena vergessen hatte, um wieder seinen Platz als Wächter an ihrer Seite einzunehmen. Sie ging zu der Hebamme Josefa, die sie genauso empfing, wie es ihre Mutter getan hatte: Sie umarmte sie lange, ohne etwas zu sagen, dann hieß sie sie auf der Küchenbank Platz nehmen, setzte sich zu ihr und hielt ihre Hände, während ihr die Freude ins Gesicht geschrieben stand.

»Ich glaubte schon, ich würde dich nie wieder sehen«, sagte sie mit einem Seufzer. »Ich werde alt, und es gibt keine andere in Tabira mit deinem Geschick.«

»Natürlich gibt es die!«, rief Catalina, geschmeichelt über das Kompliment.

»Nein, gibt es nicht«, beharrte Josefa. »Es steht schlecht um uns Hebammen, niemand will sich in Gefahr bringen.«

»Was ist los?«, fragte das Mädchen, verwundert über diese Bemerkung.

»Ganz Durango scheint verrückt geworden zu sein«, erklärte die Frau mit müder Stimme. »Seit die Anhänger der Fraticelli verhaftet wurden, ist die Stadt eine andere. Es vergeht kein Tag, ohne dass jemand verhaftet und beschuldigt wird, ein Sektierer zu sein, ein Ketzer, ein … alles Mögliche!«

»Und was hat das mit uns zu tun?«, wollte Catalina wissen.

»Man bezichtigt uns der bösen Künste«, antwortete Josefa auf ihre Frage, »und behauptet, dass wir die Frauen betrügen, dass wir Scharlatane seien und uns unchristlicher Mittel bedienten. Man hat uns untersagt, so einfache Mittel anzuwenden wie das Zingiri.«

Catalina hörte fassungslos zu. Sie selbst empfahl nie

das Zingiri bei Brustschmerzen, auch wenn man ihr versichert hatte, dass es sehr wirkungsvoll sei. In jedem Fall war es harmlos und konnte keinen Schaden anrichten. Sie hatte Josefa einmal dabei zugesehen. Aus Fenchel, Schwertel und Wermut wurden neun Sträußchen gebunden; mit diesen schlug man über der entzündeten Brust das Kreuzzeichen und sagte dazu: »Zingiri Schwester, Blut, Zingiri Salomon. Ich bekreuzige dich im Namen des Heiligen Geistes«. Das sagte man neunmal und schlug neunmal das Kreuz über der Brust. Dann betete man neun Vaterunser und verbrannte die Kräuter in einem Topf. Der dabei entstehende Rauch wurde auf die Brust der Patientin geblasen. Da sie nicht sonderlich an das Mittel glaubte, war es fraglich, ob sich ein Erfolg einstellen würde, wenn sie es anwendete. Sie für ihren Teil bevorzugte Umschläge mit einer Mischung aus Wachs, Honig, Schnaps und Lorbeer.

»Wir sind verpflichtet, jedes Mal den Arzt dazuzuholen, wenn wir eine Frau behandeln«, erzählte Josefa weiter, »ganz gleich, ob es sich um eine Geburt oder ein anderes Leiden handelt, das uns Töchter Evas plagt. Die Strafen reichen von einem saftigen Bußgeld bis hin zu einigen Tagen im Kerker des Rathauses.«

»Das ist doch lächerlich!« Catalina konnte das alles nicht ganz ernst nehmen. »Soweit ich weiß, gibt es nur zwei Ärzte in der Stadt, falls sich daran während meiner Abwesenheit nichts geändert hat.«

»Und das ist fürs Erste unsere Rettung«, stellte ihre Freundin fest. »Wir können immer behaupten, dass wir sie nicht angetroffen hätten oder es sich um einen Notfall gehandelt habe. Dennoch bestehen sie darauf, dass wir sie rufen und über jede unserer Handlungen Rechenschaft ablegen.«

»Wer besteht darauf?« Das Mädchen dachte an seinen letzten Besuch im Rathaus.

»Die Ärzte, der Bürgermeister …«, antwortete die Hebamme entmutigt.

Catalina wusste die Antwort schon vorher. Die Mächtigen verbündeten sich, um ihnen die Ausübung ihres Berufs zu untersagen, auch wenn sie nicht wusste, aus welchem Grund sich wichtige Leute zusammentaten, um gegen vier Frauen vorzugehen, die ihr Leben lang als Hebammen tätig gewesen waren. Unzählige Frauen verdankten ihnen ihr Leben, und es gab niemanden in Durango, der nicht mit ihrer Hilfe das Licht der Welt erblickt hätte. Sie war überzeugt, dass die Honoratioren der Stadt verrückt geworden waren, und sie erinnerte sich an die Worte ihres Lehrmeisters und an die Warnung, die sie im Rathaus erhalten hatte. In wessen Namen wagten sie es, Gesetze zu erlassen, die gegen die Natur waren? Den Frauen war es verwehrt zu studieren, sie konnten keine Diplome mit Brief und Siegel erhalten, doch ihr über die Jahrhunderte weitergegebenes Wissen war mehr wert als jedes Diplom.

»Lass uns aufhören zu praktizieren«, sagte sie ohne nachzudenken.

»Was?« Josefa glaubte, nicht recht gehört zu haben.

»Lass uns aufhören zu praktizieren«, wiederholte Catalina, und der Gedanke gefiel ihr. »Wir teilen ihnen mit, dass wir nicht länger praktizieren werden, wenn man uns solche Steine in den Weg legt.«

Josefa sah sie lange an. Catalina wusste, dass sie über ihre Worte nachdachte, und ließ ihr Zeit.

»Das hat es noch nie gegeben«, sagte sie schließlich.

»Einmal ist immer das erste Mal.«

»Und die Gebärenden?« Die Hebamme dachte an die Frauen, die kurz vor der Entbindung standen.

»Sollen sie den Arzt holen«, antwortete Catalina in dem gleichen Ton, in dem der Schreiber Unda sie vor einem Jahr abgefertigt hatte.

»Und wenn es Komplikationen gibt? Und wenn der Arzt nicht kommen kann?«, beharrte Josefa.

Für einen kurzen Moment musste Catalina ihr Recht geben. Und was, wenn man ihnen untersagte, weiter zu praktizieren? Waren die Ärzte vielleicht Frauen, die kurz davor standen, ein Kind zur Welt zu bringen? Wussten sie, was es bedeutete, sich vor Schmerz zu winden, um zu gebären? Konnten sie sich überhaupt vorstellen, was eine Frau empfand, wenn das Blut ihre Beine hinabrann und niemand wusste, wie man die Blutung zum Stillstand bringen sollte? Blitzschnell fielen ihr Blutungen, Geschwüre, Gebärmutterrisse, Scheideninfektionen, Fehlgeburten, Monatsschmerzen, wunde Brustwarzen, Schwierigkeiten unter der Geburt und viele andere Fälle ein, um die sich die Hebammen kümmerten. Hatten sie das Recht, in einem solchen Fall ihre Hilfe zu verweigern? Aber, so dachte sie andererseits, sollten sie Verfolgung, Strafe und Kerker auf sich nehmen, weil sie anderen zu helfen versuchten?

»Dann sollen die Ärzte uns um Hilfe bitten«, urteilte sie. »Sollen sie uns Bescheid geben.«

Das Treffen, das in Josefas Haus stattfand, nahm einen äußerst hitzigen und turbulenten Verlauf. Catalina war die Jüngste und versuchte, sich nicht einzumischen. Schließlich praktizierten die anderen Frauen schon viel länger als sie, und es war an ihnen zu entscheiden. Von den fünf Frauen, die sich zusammengefunden hatten, waren drei damit einverstanden, für eine gewisse Zeit jede Tätigkeit einzustellen, doch die anderen beiden weigerten sich rundheraus. Sie führten an, dass es die Pflicht einer guten Hebamme sei, denen beizustehen, die ihrer Hilfe bedurften – doch in Wirklichkeit waren sie selbst die Bedürftigen. Ohne Vermögen oder weitere Einkünfte, mit einem invaliden Mann die eine, mit noch kleinen Kindern die andere, waren sie nicht bereit, auf das bescheidene Einkommen zu verzichten, das sie am Leben hielt. Die Reichen mochten sich darüber wundern, doch ein Huhn, ein Sack Mehl oder Linsen, Kastanien, Äpfel, ein Paar Stiefel für den Winter, ein Wollumhang oder das eine oder andere Geldstück halfen, ihre Familien zu ernähren.

Das Gespräch nahm einen unguten Verlauf. Die Stimmen waren lauter geworden, und keine hörte der anderen mehr zu. Catalina fiel eine Lösung ein, die sie zunächst wieder verwarf. Doch schließlich entschloss sie sich, das Wort zu ergreifen.

»Wenn ich es recht verstehe«, – sie hob die Stimme und erreichte schließlich, dass man ihr zuhörte –, »besteht eure Sorge darin, eure Familien nicht mehr ernähren zu können, ist es nicht so?«

Von Seiten der beiden Abtrünnigen regte sich leiser Protest. Catalina griff in die Rocktasche und zog einige Silbermünzen hervor.

»Wird das genügen?«, fragte sie.

Sie musste beinahe lachen, als sie die verblüfften Gesichter sah, aus denen deutlich abzulesen war, dass sie noch nie so viel Geld auf einem Haufen gesehen hatten.

»Es stammt aus einer Erbschaft.« Sie sah sich zu einer Erklärung genötigt, um Zweifel über seine Herkunft zu zerstreuen. »Ich bin bereit, es mit euch zu teilen, wenn ihr bereit seid, nicht zu praktizieren, bis diese Herren wieder zur Vernunft gekommen sind.«

Der Anblick der Münzen hatte die Gemüter beruhigt. Catalina nutzte den Augenblick, um ihren Plan zu erläutern.

»Es geht nicht darum, die Frauen im Stich zu lassen«, erklärte sie, »aber es wird noch schlimmer kommen, das sage ich euch.«

Dann erzählte sie ihnen von ihrem Besuch im Rathaus und den Drohungen der drei Männer gegen sie.

»Ich kann euch versichern, ich habe am ganzen Körper gezittert, als ich dort herauskam«, setzte sie hinzu und es schauderte sie erneut. »Deshalb müssen wir uns wehren, oder wir werden alle in den Kerkern der Stadt enden. Wir teilen ihnen mit, dass wir nicht bereit sind, unseren Kopf zu riskieren, und dass von nun an die Ärzte uns hinzuziehen sollen.«

Die Frauen schienen sich einig zu sein, und Catalina teilte die Silbermünzen zwischen ihnen auf, nicht ohne hinzuzufügen, dass sie noch einige davon besaß, falls die Angelegenheit länger dauern sollte.

Josefa und Maritxiki, die Anerkanntesten unter ihnen, wurden am nächsten Tag bei Meister Bartolomé Martínez de Unda vorstellig und teilten ihm mit, dass sie in Anbetracht dessen, wie sich die Lage für die Frauen ihres Berufsstands entwickelte, ihre Arbeit niederlegen würden und in Zukunft die Ärzte die Hebammen rufen sollten, wenn sie ihre Hilfe benötigten. Wie sie Catalina danach berichteten, habe der Schreiber ihnen mit offenem Mund zugehört, und mit offenem Mund hätten sie ihn in seinem Arbeitszimmer zurückgelassen.

Der Entschluss der Hebammen, so lange nicht zu praktizieren, bis die Lage geklärt war, führte zu einigen Auseinandersetzungen unter den Bewohnern der Stadt. Josefa und Maritxiki bekamen den Zorn mehrerer Familien zu spüren, die es rundheraus ablehnten, ihre Frauen von den beiden Ärzten der Stadt untersuchen zu lassen.

»Dann geht und sagt das dem Bürgermeister!«, gaben sie zurück, ohne von ihrem Entschluss abzuweichen. »Es war schließlich seine Idee!«

Die Entscheidung der Frauen brachte die ganze Stadt in Aufruhr.

»Es ist ja nicht so, dass in Tabira jeden Tag ein Kind zur Welt käme«, erklärte Josefa einer Gruppe von Frauen, die sie auf der Straße ausfragten, »aber wir Hebammen leisten nicht nur bei Geburten gute Dienste, das wisst ihr sehr gut. Wir können eine Eierstockentzündung von etwas Gefährlicherem und eine normale von einer bösartigen Blutung unterscheiden. Geruch, Farbe und weitere Symptome helfen uns dabei, die einzelnen Beschwerden zu unterscheiden, unter denen eine Frau leiden kann. Frauen wurden immer schon von Frauen behandelt – wer sollte besser wissen als wir, worunter unsere Geschlechtsgenossinnen leiden?«

Catalina bekam keine Probleme. Da sie mehrere Monate abwesend gewesen war und im Augenblick keine Frauen betreute, blieb sie vom Volkszorn verschont. Ihr ganzes Streben galt einem Wiedersehen mit Juan Ortiz de Gesala. Sie ging zum Markt, spazierte die Hauptstraßen auf und ab, sie besuchte sogar die Sonntagsmesse und mischte sich unter die Kirchgänger in der Hoffnung, ihn wieder zu sehen, doch es war alles vergeblich. Es gab keine Spur von ihm. Sie traute sich nicht, zu ihm nach Hause zu gehen oder Josefa um Auskunft zu bitten. Die Tage verrannen, und sie begann sich zu fragen, ob es richtig gewesen war, nach Tabira zurückzukehren.

Eines Abends klopfte es an ihrer Tür. Zintzo sprang von seinem Platz neben dem Feuer auf, doch er schlug nicht an und begleitete sie stumm wie ein Schatten zur Tür. Für einen Augenblick fürchtete sie, dem Mann mit dem entstellten Gesicht gegenüberzustehen, den sie nie vergessen hatte. Sie öffnete, ohne die Kette zurückzuschieben, und versuchte im Licht der Kerze, die sie in der Hand hielt, etwas zu erkennen, aber sie sah nur eine dunkle Gestalt auf der anderen Seite der Tür.

»Hallo, Catalina«, sagte eine Stimme, bevor das Mädchen Zeit hatte, eine Frage zu stellen.

Ihr Herz machte einen Satz, ihr Mund war trocken, und in ihrem Kopf begann sich alles zu drehen. Sie hätte seine Stimme unter Hunderten erkannt. Sie stand wie angewurzelt da, weil sie nicht wusste, was sie tun sollte.

»Willst du mich nicht hineinlassen?«, fragte die Stimme.

Zintzo knurrte, und Catalina schickte ihn in die Küche zurück, nahm die Kette ab und öffnete die Tür. Juan trat ohne Eile ein, zog die Tür hinter sich zu und blickte sie so leidenschaftlich an, dass sie beinahe die Besinnung verlor. Sie konnte weder sprechen noch die Augen von seinem Gesicht abwenden. Das Herz ging ihr über vor Glück, und die Kerze in ihrer Hand zitterte. Er zog sie an sich und küsste sie auf den Mund. Er hob sie hoch und zögerte dann, weil er nicht wusste, wohin.

»Nach oben«, flüsterte sie.

In dieser Nacht liebten sie sich mehrere Male. Es war kein hastiger, vom Tollkraut benebelter Akt wie in Jentilkoba, sondern ganz bewusst, viel berauschender als Wein oder Schnaps. Sie sprachen nicht, denn es war nicht nötig. Catalina genügte es, seinen Körper auf ihrem zu spüren, seine angespannten Muskeln und seine von ihren Liebkosungen empfindsame Haut. Sie konnte nicht genug von seinen Küssen bekommen, seine Umarmungen ermüdeten sie nicht, und sie hätte ihr Leben dafür gegeben, wenn dieser Moment nie vergangen wäre.

»Weshalb bist du weggegangen?«, fragte Juan, als es hinter dem Fensterchen zu dämmern begann.

»Ich musste aus Tabira fort«, antwortete sie.

»Und warum bist du zurückgekommen?«

»Ich musste dich wiedersehen«, gestand sie und schloss die Augen.

Sie schliefen ein, als die anständigen Leute ihr Tagwerk begannen, und bevor sie in einen erquickenden Schlaf fielen, hörten sie die Rufe des Wasserverkäufers und des Gemüsehändlers, der mit seinem alten Handkarren durch die Straßen der Stadt zog.

Zunächst besuchte der Schreibergeselle sie immer nachts. Sie warteten wie Diebe, bis die Lichter verloschen, und nahmen Abschied, wenn es im Osten zu dämmern begann. Doch die Gewissheit der erwiderten Liebe ließ die Liebenden kühn werden. Mit der Zeit wurden sie unvorsichtig und begannen, sich am helllichten Tage zu treffen. Sie gingen Arm in Arm spazieren und kicherten, wenn sie einen missbilligenden Blick oder ein Tuscheln hinter ihrem Rücken bemerkten. Was scherte es sie! Catalina hörte auf, das Haar kurz zu tragen, wie es die unverheirateten Mädchen taten, und bedeckte es stets mit dem Umschlagtuch, wenn sie auf die Straße ging. Erfreut stellte sie fest, dass es rasch und üppig wuchs, wie bei ihrer Mutter.

Josefa warf ihr einige Male vor, dass sie so dumm war, sich von einem dahergelaufenen Galan betören zu lassen, dessen Vorzüge sich auf seine schönen Augen beschränkten, doch Catalina war es egal, was ihre Freundin dachte. Sie konnte sich nicht erinnern, jemals in ihrem Leben so glücklich gewesen zu sein. Ihr Gesicht und auch ihr Körper spiegelten ihre Lebensfreude wider, wenn sie leichtfüßig ihren Beschäftigungen nachging und damit mehr als einen begehrlichen männlichen Blick auf sich zog, doch sie hatte Augen für nichts und niemanden. Sie staunte über sich selbst, wenn sie sich singen hörte oder ein paar Tanzschritte in ihrer Küche machte. Selbst Zintzo spitzte die Ohren und blickte sie erstaunt an, dann lief er um sie herum und zog sie am Rock, wobei er diesen mehr als einmal fast zerriss.

Obwohl Juan niemals von Ehe gesprochen hatte, fühlte sich Catalina genauso verheiratet wie damals ihre Mutter. Sie sagte sich, dass sie nur der Tradition der Hochzeit auf Probe folgte, die in vielen Familien an der Biskaya immer noch der erste Schritt zu einer Verbindung waren. Hin und wieder kam es zu wütenden Angriffen gegen Paare, die ein solches Verhältnis unterhielten, doch da weder sie noch Juan verheiratet waren, hintergingen oder betrogen sie jedenfalls niemanden.

Das Mädchen vergaß für eine Weile all die Sorgen, die sie noch vor kurzem bedrückt hatten. Die Versammlungen in Jentilkoba waren aus ihrem Gedächtnis verschwunden, der Blick des todgeweihten Mädchens, das einen Schwangerschaftsabbruch versucht hatte, die Drohungen des Schreibers, das Fieber, durch das sie wochenlang in Lebensgefahr geschwebt hatte, der bekümmerte Blick ihrer Mutter, als sie wieder fortging, der Streit der Hebammen mit den Städtern, die Gefangenen, die als Ketzer im Gefängnis saßen. Ihr einziger Gedanke galt Juan, und sie wünschte nichts weiter, als wieder in seinen Armen zu liegen.

Der Streik der Hebammen machte dem Rat sehr zu schaffen. Es gab so viele Klagen aus der Bevölkerung, dass der Bürgermeister schließlich eine Volksversammlung unter dem Portikus von Santa María einberief, um über die Sache zu debattieren. Von den fünf betroffenen Frauen fasste sich nur Catalina ein Herz und ging hin, weil sie nach langem Überlegen zu dem Schluss gekommen war, dass es nicht recht war, andere über ihre Belange entscheiden zu lassen.

Meister Bartolomé eröffnete die Versammlung, indem er schlicht und einfach erklärte, die Hebammen weigerten sich, den Gebärenden zur Seite zu stehen. Ein missbilligendes Murmeln lief durch die Menge, und es wurden allerlei Bemerkungen laut. Am häufigsten war zu hören, man solle sich in den benachbarten Ortschaften nach neuen Hebammen umsehen.

»Das ist bereits geschehen«, erklärte der Schreiber. »Wir haben es in Elorrio, Bilbao und Bermeo versucht, hatten jedoch keinen Erfolg.«

Erneut wurde gemurrt. Daraufhin ergriff der Arzt Pedro Sáinz das Wort und beschuldigte jene Familien, die ihm und dem zweiten Arzt der Stadt, Ruiz de Salinas, die Behandlung ihrer Frauen verweigerten. Sie bedächten nicht, wie viel Zeit und Geld sie an ihr Studium verwendet hätten und wie gut die genossene Ausbildung sei. Ein des Lesens und Schreibens unkundiges Weibsbild könne niemals so viel über Krankheiten, Arzneien und auch

Geburten wissen wie ein Doktor der Medizin. Er führte die Namen berühmter Professoren, Ärzte und Forscher an, die niemand kannte, und zitierte einige Sätze in Latein, um seine Gelehrtheit unter Beweis zu stellen. Catalina lächelte, als sie feststellte, dass der Mann das genaue Gegenteil dessen erreicht hatte, was er wollte. Erneut wurden Protestrufe laut, diesmal gegen Sáinz, und ganz deutlich waren Wörter wie »Quacksalber«, »Scharlatan« oder »Kurpfuscher« aus der Zuschauermenge zu hören.

»Weshalb sind die Hebammen nicht hier?«, rief jemand. »Weshalb sind sie nicht gekommen, um den Grund für ihre Haltung zu erklären? Sie bringen den Stein ins Rollen und dann drücken sie sich!«

Es wurde still. Die Anwesenden sahen sich an und stellten fest, dass die Verursacherinnen des Problems tatsächlich nicht zugegen waren. Bevor jemand Zeit hatte, sie zu erkennen, ging Catalina zum Tisch des Vorsitzenden.

»Niemand drückt sich«, erwiderte sie laut, während sie nach vorne ging.

Sie merkte, dass alle Blicke auf sie gerichtet waren, und hörte ein bedrohliches Gemurmel, das sie umfing wie dichter Nebel. Als sie den Tisch erreicht hatte, drehte sie sich um und sah ihre Mitbürger an.

»Wir haben nicht gesagt, dass wir nicht mehr praktizieren«, stellte sie klar, ohne die Stimme oder den Blick zu senken. »Der Rat gestattet uns lediglich, den Frauen im Moment der Geburt beizustehen. Wir dürfen weder Arzneien verabreichen, noch Ratschläge erteilen. Man zwingt uns, stets einen Arzt hinzuzuziehen, und hat uns mit Strafe und Kerker gedroht, wenn wir uns nicht daran halten.«

Die Leute hatten ihr schweigend zugehört, doch auf ihre letzten Worte folgten empörte Kommentare, die insbesondere gegen den Bürgermeister und die Ratsherren gerichtet waren.

»Wir haben lediglich gesagt, dass die Ärzte von nun an *uns* hinzuziehen sollen und nicht umgekehrt«, fuhr das Mädchen mit fester Stimme fort, um Klarheit zu schaffen. »Wenn *sie* uns brauchen, sollen sie uns rufen.«

»Ich weiß nicht, warum wir uns die Erklärungen einer Frau anhören müssen, von der jeder weiß, dass sie in Sünde lebt«, rief Don Tomás aufgebracht.

Der Pfarrer saß neben dem Schreiber, und Catalina drehte sich um, um ihm direkt in die Augen zu sehen.

»Hast du schon einmal die Hände in den Unterleib einer Frau gesteckt, um ein Kind zu holen, das mit den Füßen voran geboren wird?«, fragte sie ihn. »Hast du stundenlang mit ihr gelitten? Hast du ihren Schmerz und ihre Angst gelindert? Hast du schon einmal eine Frau verbluten sehen, weil ihr nicht rechtzeitig geholfen wurde?«

Don Tomás antwortete nicht. Die Reaktion des Mädchens – der »Heidin aus Arrazola«, wie er sie nannte – hatte ihm die Sprache verschlagen.

»Ich bin eine gute Hebamme«, fuhr Catalina bestimmt fort, obwohl ihre Beine fast den Dienst versagten. »Seit Menschengedenken«, sagte sie und ließ ihren Blick über die Menge gleiten, »ist es die Aufgabe der Hebammen gewesen, den Kindern auf die Welt zu helfen, Hebammen, die ihr Wissen von ihren Müttern erlernten und diese von ihren Müttern. Wo waren die Ärzte? Wo sind sie, wenn eine Frau auf einem Hof in den Bergen ein Kind bekommt? Wenn es schneit und stürmt? Wenn die Milch der Mutter versiegt oder ihre Brüste schmerzen? Wer hat euch allen auf diese undankbare Welt geholfen? Nun, wenn diejenigen, die hier das Sagen haben, uns überwachen und kontrollieren wollen, dann sollen doch sie, in

Samt und Seide angetan, zu den Gebärenden eilen, um ihnen beizustehen!«

Sie hätte niemals geglaubt, dass sie, Catalina de Goiena, ein ungebildetes Mädchen vom Lande, in der Lage sein würde, eine so lange Rede vor so vielen Menschen zu halten. Sie fühlte sich so sicher, dass sie noch viel länger hätte reden können, doch sie beschloss, nichts mehr zu sagen, und ging hoch erhobenen Hauptes davon, ohne jemanden eines Blickes zu würdigen.

Als sie auf der Straße stand, merkte sie, dass nicht nur ihre Beine zitterten, sondern auch die Hände und die Unterlippe. Sie beschleunigte ihre Schritte und schloss sich zu Hause ein. Sie erwartete, dass sie jeden Moment kamen, um sie abzuführen, doch es war Juan, der wenig später erschien.

»Dann sollen doch sie, in Samt und Seide angetan, zu den Gebärenden eilen!«, sagte er beim Hineinkommen und fing an zu lachen. »Weißt du, dass man in ganz Tabira nur über dich spricht?«

Sie schüttelte den Kopf, unfähig, auch nur ein Wort zu sagen, so tief saß ihr der Schreck noch in den Gliedern.

»Ich weiß nicht, ob du eine gute Hebamme bist«, stellte Juan fest, während er sie um die Taille fasste und zu sich zog, »aber ganz sicher wärst du ein begnadeter Anwalt geworden.«

In seinen Armen vergaß sie ihre Ängste. Ihre Augen versanken in seinen wasserblauen Augen, überzeugt, dass ihr in seiner Nähe nichts passieren konnte.

Am nächsten Tag bestellte der Bürgermeister Josefa und Maritxiki zu sich und teilte ihnen mit, dass von jetzt an alles wieder beim Alten sei. Es war ihnen nicht länger untersagt, den Frauen bei der Geburt sowie während und nach der Schwangerschaft beizustehen. Sie mussten keinen Arzt hinzuziehen, wenn sie gerufen wurden, sie konnten sich völlig frei bewegen und durften weiterhin Frauenleiden behandeln.

»Allerdings dürft ihr in keinem Fall und unter keinen Umständen Verletzungen und Erkrankungen behandeln, die nicht unmittelbar mit eurer Tätigkeit zu tun haben«, setzte er hinzu.

Die Frauen freuten sich über die Entscheidung des Rats und waren sehr erleichtert, denn es war beileibe nicht angenehm, die missbilligenden Blicke der Menschen zu ertragen. Catalina hingegen war nicht recht glücklich über das Urteil. Die Tatsache, dass der Bürgermeister betont hatte, dass ihre Zuständigkeit ausschließlich auf Geburtshilfe und Frauenleiden beschränkt bleibe, hatte einen bitteren Beigeschmack für sie. War dieser Hinweis auf alle gemünzt, oder war nur sie damit gemeint?

Sie offenbarte ihre Zweifel und Ängste dem Buchhändler Orue, einer der wenigen, die Partei für die Hebammen ergriffen hatten. Bei einem ihrer Spaziergänge erklärte ihr der belesene Mann, dass in der Antike die Frauen ebenso als Ärzte praktizieren durften wie die Männer.

»Natürlich gab es Probleme«, rekapitulierte er. »Doch im Allgemeinen wurde es nicht als sittenwidrig empfunden. Es gab eine Frau namens Trotula, die ›Weise Frau von Salerno‹, im Italischen, die eine hoch angesehene Ärztin und Hebamme war. Sie verfasste sogar ein Buch mit dem Titel ›Passionibus Mulierum‹, das zu seiner Zeit – vor fünfhundert Jahren! – ein großer Erfolg war. Es ist bedauerlich, dass den Frauen der Zugang zu den Universitäten verwehrt wurde. Weißt du, was eine Universität ist?«

Catalina schüttelte den Kopf.

»Nun, eine Universität ist ein Ort, an dem man alles

lernen kann, was man nur wissen möchte«, erklärte Orue begeistert. »Ich selbst habe ein Jahr in Burgos studiert, doch Studieren ist teuer, und meine Familie verfügte nicht über die nötigen Mittel. Zu viele Mäuler zu stopfen!«

»Diese Frau ... diese Hebamme ... hat sie auch studiert?«, fragte Catalina, die mehr über Trotula erfahren wollte.

»Ich habe keine Ahnung!«, gab der Buchhändler in einem Anflug von Bescheidenheit zu. »Aber damals wie heute lernten viele bei Lehrmeistern, die gelegentlich die eigenen Eltern waren. Der Sohn eines Arztes wurde Arzt, der Sohn des Zimmermanns Zimmermann.«

»Meine Mutter, meine Großmutter und meine Urgroßmutter kannten sich mit Pflanzen aus.«

»Deshalb kennst auch du dich damit aus«, schloss Orue und lächelte aufmunternd. »Schäme dich nicht für das, was du zu Hause gelernt hast, auch wenn dir noch so viele Dummköpfe, die sich für schlau halten, Steine in den Weg legen.«

Nach ihrer Unterhaltung mit dem Buchhändler waren ihre Bedenken noch größer geworden.

In jener Nacht hörte sie, wie jemand heftig an die Tür klopfte und sie laut beim Namen rief.

Sie schaute aus dem Fenster und sah Maritxiki, die wild mit den Armen fuchtelte. Sie lief eilig nach unten und öffnete die Tür.

»Was ist denn los?«, fragte sie ahnungslos.

»Pack deine Arzneien und komm schnell. Ein Notfall!«, rief die Hebamme atemlos.

Catalina verschwendete keinen Gedanken an ihren Entschluss, nie wieder in ihrem Leben jemanden zu behandeln, packte ihre Tasche und lief hinter ihrer Freundin her. Ihr hastiger Weg endete vor einem Gehöft außerhalb der Stadt, unweit der Straße nach Bermeo. Catalina stellte keine Fragen und folgte Maritxiki. Ihr fiel auch nicht auf, dass sich in dem Haus zu viele Personen befanden, als dass es sich um eine Familie handeln konnte. Sie ließ sich in die Küche ziehen, wo eine betagte Frau mit schmerzverzerrtem Gesicht auf einem Bett lag und sich an die Brust fasste.

»Sie hatte plötzlich einen stechenden Schmerz in der Brust, der dann durch den Arm bis in die Hand zog«, erläuterte ihr die Hebamme.

Catalina griff wortlos nach ihrer Tasche und nahm einen kleinen Tontiegel heraus.

»Man soll Wasser kochen«, sagte sie mit so ruhiger Stimme, dass die Anwesenden erstaunt tuschelten. »Ich brauche eine Tasse.«

Maritxiki ließ sich nicht zweimal bitten und rannte zum Herd, stellte einen kleinen Topf aufs Feuer und kehrte mit einer abgenutzten Tasse in den Händen zu Catalina zurück. Catalina tat eine gute Hand voll Weißdornblüten hinein und wies ihre Freundin an, Wasser dazu zu gießen. Während der Tee abkühlte, nahm sie die schmerzende Hand der Frau und begann einen Finger nach dem anderen zu massieren.

»Es ist nicht so schlimm«, teilte sie den Anwesenden mit, die erwartungsvoll dastanden und sie nicht aus den Augen ließen, »aber es könnte schlimm werden. Sie braucht viel Ruhe und sollte für den Rest ihres Lebens dreimal täglich einen Tee aus Weißdornblüten trinken.«

Kurz darauf schien sich die Frau von dem Schreck erholt zu haben, sie lächelte und bat darum, ihr dabei zu helfen, sich aufzusetzen.

Die Umstehenden hatten sich um sie geschart, und plötzlich saß Catalina mitten zwischen ihnen, eine Schale heiße Milch in den Händen, die ihr ein freundlich lächelndes Mädchen gereicht hatte.

»Das ist die Meisterin«, flüsterte Maritxiki ihr ins Ohr, »Marina de Minika.«

Die Meisterin? Catalina wollte etwas fragen, aber ihre Freundin legte den Zeigefinger an die Lippen und bedeutete ihr zu schweigen.

»Es stehen schlimme Zeiten bevor, meine Kinder«, begann die Alte, deren kräftige, sichere Stimme im Widerspruch zu dem vorangegangenen Schwächeanfall stand. »Erneut sind wir ins Visier der Obrigkeit und der Kirche geraten, die nicht akzeptieren können, dass es Menschen gibt, die nicht so denken und handeln, wie sie es vorschreiben. Ich war eine Schülerin Bruder Alonso de Mellas, wie meine Eltern, die dafür auf dem Scheiterhaufen starben. Mich ließ man frei, weil sie dachten, ich wüsste von nichts, ich sei zu jung ...« Die Frau schwieg einen Augenblick, in ihre Erinnerungen versunken. »Aber ich wusste Bescheid, habe immer Bescheid gewusst. Die Worte meines Lehrers haben sich in mein Gedächtnis und in mein Herz eingegraben, und diese Worte will ich nun an euch weitergeben.«

Catalina war starr vor Schreck. Sie war in ein Nest von Ketzern geraten. Sie sah zu Maritxiki hinüber, die ihren Blick lächelnd erwiderte und sich dann wieder der Frau zuwandte, die weitersprach.

»Die Geschichte der Menschheit ist, wie die Dreifaltigkeit, dreigeteilt. Die erste Ära, die Zeit Gottvaters, ist jene vor der Ankunft Christi; die zweite, die Zeit des

Gottessohnes, jene nach seiner Menschwerdung, und die dritte, die des Heiligen Geistes, steht unmittelbar bevor. Unter dem Einfluss des Heiligen Geistes wird die Kirche nicht mehr länger die Hure Babylons sein, in die sie sich verwandelt hat, sie wird ihren Reichtümern und ihrer Macht entsagen und eine Kirche von armen Mönchen sein, deren Oberster, der Heilige Vater, gegen den Antichrist kämpfen wird.«

Männer und Frauen hörten schweigend zu und nickten zustimmend. Catalina war zum Heulen zumute. Sie wollte so schnell wie möglich von dort fort, aber sie konnte sich nicht bewegen.

Die Frau sprach von Leuten, deren Namen die Anwesenden noch nie gehört hatten und die ihren Worten zufolge aufrechte Christen waren, die Jesu Lehre aufs Wort befolgten. Da es niemandem gegeben war, die Worte des Gottessohnes auszulegen, wie konnten es diese sittenlosen Kleriker, die ihren Reichtum vor den Armen zur Schau stellten, auch nur wagen, von Frömmigkeit zu sprechen? Wer waren diese Männer, die ihnen sagten, was sie zu tun und woran sie zu glauben hatten?, fragte sie mit plötzlicher Empörung. Nachfahren Sodoms und Gomorras, die verdarben, was sie berührten, und sich mit Luxus umgaben, während die Armen auf der Welt nichts zu essen hatten; dicke, feiste Kardinäle, die sich mit Dirnen vergnügten und Kinder zeugten, während so viele Kinder vor Hunger und Kälte starben; Bischöfe, die sich ihre Ämter erkauften, und reiche, habgierige Mönche, die ihren Wohlstand hinter Klostermauern verbargen.

»Denkt daran, Brüder und Schwestern, dass unser Erlöser am Kreuz gestorben ist«, sagte die Frau zum Schluss, bevor sie, von der Anstrengung erschöpft, wieder in die Kissen sank. »Wir brauchen das Martyrium nicht zu fürchten, denn ER hat versprochen, mit dem Heiligen Geist zurückzukehren, und diese Zeit ist gekommen. Alle Glaubensbekenntnisse werden sich vereinen. Christen, Muselmanen, Juden … alle werden das Licht sehen und als Gleiche vor Gott stehen. ER wird über jene richten, die Seinen Namen missbraucht haben, um Macht und Reichtum anzuhäufen, ihr Volk zu unterdrücken und ihre Habgier unter ihren Kutten zu verstecken.«

Auf dem Heimweg nach Tabira sprachen Catalina und Maritxiki kaum etwas. Die Wangen des Mädchens glühten vor Wut und Zorn.

»Wie konntest du es wagen, mich dorthin zu bringen?«, entfuhr es ihr schließlich, als sie nur noch wenige Meter von ihrem Haus entfernt waren.

Für einen Augenblick wirkte Maritxiki verblüfft, doch dann fasste sie sich wieder. »Es gab dort eine Kranke, und wir konnten keinen Arzt rufen, der uns hätte verraten können.«

»Es gab dort auch einen Haufen Ketzer, die auf dem Scheiterhaufen enden werden, und ich mit ihnen, wenn es einem einfallen sollte, meinen Namen zu nennen.«

»Niemand wird deinen Namen nennen«, entgegnete die Hebamme beleidigt. »Wir sind keine Verräter.«

»Wie bist du in die Sache hineingeraten?«, fragte Catalina, nun eher neugierig als wütend.

»Ich habe immer dazugehört«, antwortete Maritxiki ganz selbstverständlich. »Schon als Kind. Meine Eltern waren beide Anhänger der Fraticelli.«

»Ketzer!«, rief Catalina entsetzt.

»Manche nennen uns so, doch ich glaube, die wahren Ketzer sind jene, die die Lehren des Evangeliums vergessen haben, weil …«

Catalina hielt sich die Ohren zu.

»Ich will nichts davon hören!«, unterbrach sie Maritxiki. »Lass uns nie wieder darüber sprechen, und bitte mich von heute an nie wieder, einen deiner Freunde zu behandeln.«

Die Hebamme wollte etwas antworten, doch das Mädchen rannte los, öffnete die Haustür und schlug sie fest hinter sich zu. Sie fühlte sich erst sicher, als sich das warme Fell von Zintzo an sie drückte, der ihr vorzuwerfen schien, dass sie ihn nicht mitgenommen hatte.

Ein wenig abseits sitzend hörte sich Bartolomé de Unda die scherzhaften Bemerkungen der Männer an, die in der »Posada de Min« ihren Durst löschten. Es gab nur wenige, die nicht Bescheid wussten, was sich am Vortag vor dem Rat abgespielt hatte.

»Diese Catalina de Goiena«, sagte einer, »muss eine streitbare Frau sein, wenn sie es gewagt hat, dem Rat die Stirn zu bieten.«

»Du hättest sehen sollen, wie sie dort stand und alle herausfordernd ansah«, antwortete sein Kumpan. »Sie hat sich sogar mit dem Pfarrer angelegt.»

»Lieber würde ich etwas anderes sehen … und anfassen!«, entgegnete der Erste feixend.

»Also ich hätte nicht gerne so eine Frau im Bett«, meinte ein Dritter. »Womöglich stellt sich heraus, dass sie ein als Frau verkleideter Mann ist.«

»Ganz und gar nicht!«, rief der Zweite in der Runde. »Sie ist eine wunderschöne, appetitliche Frau, vielleicht ein bisschen zu dünn für meinen Geschmack …«

Dann sprachen die drei Männer über die anziehenden Rundungen der Frauen im Allgemeinen und vergaßen Catalina.

Doch Meister Bartolomé konnte sie nicht vergessen. Er sah sie wieder vor sich, wie sie stolz, mit herausforderndem Blick und klarer Stimme den Rat angegriffen und den Zuhörern die Stirn geboten hatte. Er hatte gar nicht auf ihre Worte geachtet, weil er seinen Blick nicht von ihr abwenden konnte. Als sie sich zu ihm umgedreht hatte, um Don Tomás zurechtzuweisen, und er sie so nahe vor sich sah, dass er nur die Hand auszustrecken brauchte, um sie zu berühren, hatte er sich wirklich zusammenreißen müssen, um sich nicht vor allen Leuten auf sie zu stürzen.

Die letzten Monate waren eine Qual gewesen. Er konnte sich Catalina nicht aus dem Kopf schlagen. Sogar die Ketzer waren ihm gleichgültig geworden, und er hatte seine persönliche Hexenjagd vergessen. Es interessierte ihn nicht mehr.

Unablässig dachte er darüber nach, wie er Catalina am besten für sich gewinnen konnte. Er konnte es so einrichten, dass sie sich wie zufällig begegneten, oder sie in sein Arbeitszimmer im Rathaus bestellen, wie er es bereits zweimal getan hatte, aber er befürchtete, dass sie seine Unsicherheit bemerken würde. Seiner Ansicht nach musste man den Frauen gegenüber Härte zeigen, damit sie sich unterlegen fühlten. Man musste sie daran erinnern, dass Gott den Mann gewiss nicht ohne triftigen Grund vor der Frau geschaffen hatte. Dann wieder sagte er sich, dass man eine Frau wie Catalina besser umwarb, ihr kleine Geschenke machte, sie eroberte ... Er fand einfach keine Lösung für sein Problem, und das ärgerte ihn.

Er dachte an seine Frau, Doña Marijuan. Sie sprachen kaum noch miteinander. Sie versuchte freundlich zu sein, behandelte ihn mit Respekt und schien Magdalena zu mögen, die sie in ihren Freundeskreis eingeführt hatte und auf ein weltliches Leben als gute Ehefrau und Hausfrau vorbereitete. Er allerdings hatte das Interesse an seiner Frau verloren. Er fürchtete sie nicht mehr und zuckte nicht mehr zusammen, wenn sie in der Nähe war. Er ignorierte sie einfach.

Seine Gedanken wanderten erneut zu Catalina. Wenn sie erst einmal die Seine war, würde er ihr die Welt zu Füßen legen, sie in Samt und Seide kleiden, ihre Finger mit Ringen und ihren Hals mit goldenen Ketten schmücken, ihr zeigen, was eine Frau von einem richtigen Mann erwarten konnte. Mit Sicherheit gab es noch andere, die sie begehrten, doch nur wenige waren so wohlhabend und einflussreich wie er. Gewiss, er war weder der reichste noch der mächtigste Mann von Tabira, aber er war der Einzige, der sie so leidenschaftlich liebte, dass er bereit war, für sie Kritik und Verurteilungen in Kauf zu nehmen. Schließlich konnte er ins Feld führen, dass seine Frau niemals ihren ehelichen Pflichten nachgekommen war und er sich verständlicherweise deshalb eine Geliebte nahm. Es war nicht nur verständlich, es war natürlich.

Nachdem er sich selbst eingeredet hatte, dass er im Recht war, dass sich das Mädchen dem Ansinnen des Ratsschreibers, Mitglied einer einflussreichen Familie, nicht verweigern konnte und er keine Zeit mehr verlieren durfte, verließ er voller Euphorie die Schänke. Er hatte zu viel getrunken, sein Kopf war schwer und seine Beine gaben nach, doch die Nachtluft war angenehm kühl und ernüchterte ihn ein wenig. Er machte sich auf den Nachhauseweg, aber nach einer Weile überlegte er es sich anders, machte kehrt und schlug taumelnd den Weg zu Catalinas Haus ein. Noch heute Nacht würde er ihr seine Liebe gestehen und sie anflehen, ihn nicht länger leiden zu lassen. Endlich würde sie ihm gehören!

An seinem Ziel angekommen, klopfte er ohne Zögern an die Tür. Er wartete eine Weile und versuchte es dann erneut, doch es regte sich nichts. Im Haus brannte kein Licht, stellte er fest. Vielleicht war das Mädchen zu einer Geburt gerufen worden und noch nicht zurückgekehrt.

Er beschloss zu warten und postierte sich in einem Hauseingang gegenüber, wo man sich vor indiskreten Blicken verstecken konnte, obwohl es unwahrscheinlich war, dass um diese Uhrzeit jemand vorbeikam. Nach einer Weile überlegte er, dass es unsinnig war, noch länger dort zu stehen, schließlich konnte es Stunden dauern, bis das vermaledeite Kind zur Welt kam. Außerdem spielte sein Magen ein wenig verrückt, weil er Wein getrunken hatte, ohne etwas dazu zu essen. Er wollte eben sein Versteck verlassen, als er Stimmen auf der Straße hörte, und er strahlte vor Freude, als er in einer von ihnen die Stimme seiner ersehnten Geliebten erkannte. Doch seine Freude währte nicht lange, als er die andere Stimme als jene seines Gehilfen Juan de Gesala identifizierte. Überrascht schnappte er nach Luft. Was hatten die zwei mitten in der Nacht auf der Straße zu suchen?

Er beobachtete, wie ein riesiger schwarzer Hund auf die Stelle zugelaufen kam, an der er stand, und hielt den Atem an. Er spürte, wie etwas Kaltes, Feuchtes seine Hand berührte, und war kurz davor, wie von Sinnen schreiend davonzulaufen. Doch der Hund gab sich damit zufrieden, seine Kleider zu beschnüffeln, dann schien er sich nicht länger für ihn zu interessieren und trottete zu seiner Herrin zurück.

Juan und Catalina flüsterten, um die Nachbarschaft nicht zu wecken, aber Meister Bartolomé konnte deutlich sehen, wie sich ihre Körper aneinander schmiegten, wie seine Hand an verborgenen Stellen unter ihrem Umhang verschwand, wie sie kicherten und sich küssten. Er traute seinen Augen nicht. Er, der monatelang auf eine Gelegenheit gehofft hatte, diesen begehrten Körper zu besitzen, der unsäglich gelitten hatte, weil er seine Begierde nicht befriedigen konnte, der sich in Gedanken an sie verzehrte, wurde nun zum nächtlichen Zeugen eines schmutzigen, lasterhaften Betragens. Das Paar trat ins Haus, gefolgt von dem schwarzen Hund, und Unda verließ sein Versteck. Er beobachtete, wie kurz darauf im ersten Stock ein Licht entzündet wurde. Durch die Ritzen der Fensterläden konnte er erahnen, wie sie ihre Kleider abstreiften, Hindernisse beiseite schoben und sich ihre nackten Körper vereinten … Das Licht verlosch, und der Schreiber stand reglos mitten auf der Straße wie eine Vogelscheuche auf einem Brachfeld.

»Was hast du hier zu suchen?«

Eine herrische Stimme riss ihn aus seiner Erstarrung. Der Nachtwächter sah ihn misstrauisch an, um bei der kleinsten verdächtigen Bewegung seinen Stock zu zücken.

»Ich sehe nach, ob alles in Ordnung ist«, antwortete der Schreiber.

Der Nachtwächter hob die Laterne hoch und erkannte das Gesicht von Meister Bartolomé. Der Mann trat einen Schritt zurück, verbarg den Knüppel hinter seinem Rücken und deutete eine Verbeugung an.

»Verzeiht, Señor de Unda, ich habe Euch nicht erkannt«, sagte er unterwürfig.

»Du tust nur deine Pflicht«, erklärte der Schreiber, nickte ihm zu und ging langsam nach Hause.

Er begab sich geradewegs in sein Arbeitszimmer, schenkte sich ein Glas Likör ein und entzündete einen vierarmigen Leuchter. Dann setzte er sich in den bequemen, teuren Ledersessel mit dem maurischen Dekor, den er aus Andalusien hatte kommen lassen, und schlug den »Hexenhammer« auf.

Einige Wochen später brachte die Ankündigung, dass der Inquisitor Hernando Sánchez de Guinea zurückkehre, große Unruhe in die Stadt. Er hatte Verstärkung dabei und wurde erneut beim Rat vorstellig, um im Namen des Corregidors auch die Herausgabe der letzten Gefangenen zu fordern, die in den Verliesen des Rathauses saßen.

Die Unruhe wuchs, als bekannt wurde, dass Guinea diesmal nicht nur als Richter des Inquisitionstribunals von Calahorra gekommen war, sondern auch als Stellvertreter des Corregidors und somit des Königs, um sich mit den mutmaßlichen Ketzern zu befassen und einigen Anzeigen wegen Hexerei nachzugehen. Catalina lief rasch zu Josefa, um von ihr zu erfahren, was los war, und traf sie in Gesellschaft von Maritxiki und einer weiteren Nachbarin an. Diese, eine hoch betagte Frau namens Isabel de Errexota, wusste anscheinend am genauesten Bescheid.

»Es geht darum, dass ein kleines Mädchen – Inés Ederra, nicht älter als zehn Jahre – behauptet, zu einer Hexenversammlung gebracht worden zu sein«, erläuterte sie Catalina, worüber sie schon seit einer geraumen Weile sprachen. »Sie behauptet, eine Nachbarin von ihr, die Marinatxo, habe sie aus dem Bett geholt, ihr Handflächen, Fußsohlen, Körper und Rücken mit einer magischen Salbe eingerieben, und dann seien sie gemeinsam zum Anboto geflogen, wo die Hexenversammlungen stattfinden.«

Catalina hätte beinahe laut losgelacht. Wer konnte so

etwas glauben? Aber Isabel de Errexotas Gesicht war ebenso ernst wie ihre Stimme.

»Sie sagt außerdem«, fuhr sie fort, »dass viele Kinder und junge Leute gezwungen werden, daran teilzunehmen. Man holt sie aus ihren Betten und lässt Dämonen in ihrer Gestalt zurück, damit zu Hause niemand etwas von ihrer Abwesenheit bemerkt. Auf dem Hexentanz werden sie gezwungen, riesige Kröten zu hüten, und wenn sie es nicht tun, werden sie mit Weidenruten gezüchtigt.«

Die Worte ihrer Großmutter, ihrer Mutter und des guten Doktors Don Diego kamen ihr in den Sinn. Auch sie hatten von Hexen erzählt, doch sie hatten ihr nie von derlei Vorkommnissen berichtet, von denen Isabel de Errexoto sprach.

»Man erzählt sich, dass sich dort viele Personen versammeln, allesamt Hexen und Hexer, um den Teufel in Gestalt eines Ziegenbocks anzubeten, zu tanzen, zu essen, zu trinken und sich bis Tagesanbruch dem Laster hinzugeben«, erklärte die Alte weiter.

Bei der Erwähnung des Tiers und der Tänze wurde ihr heiß und kalt, als sie an die letzte Feier in Jentilkoba dachte. Sprach dieses Mädchen vielleicht von den Versammlungen in der Höhle?

»Und man glaubt ihr?«, fragte sie und versuchte, gleichgültig zu klingen.

»Dem Anschein nach, ja«, antwortete Josefa. »Angeblich kann das Mädchen jede Hexe erkennen, wenn es ihr ins Gesicht sieht.«

Catalina atmete auf. Sie war keine Hexe, also konnten keine Merkmale einer solchen in ihrem Gesicht zu sehen sein. Bestimmt war die Geschichte der Einbildung einer Geisteskranken mit lebhafter Phantasie entsprungen und beruhte auf den alten Sagen, die man sich an den langen, regnerischen Winterabenden in jedem Haus der Biskaya erzählte. In Goiena wurden keine Geschichten von schrecklichen Hexen erzählt, sondern nur solche über die Mari. Sie sprachen davon, wie sie Unwetter über die Felder jener schickte, die nicht an sie glaubten, wie sie die Schafe eines Bauern wegführte, der behauptete, nichts zu besitzen, wie sie einen Heuschober in Brand setzte, dessen Besitzer vergessen hatten, sie anzurufen, oder wie sie jene, die ihr treu dienten, mit großen Goldklumpen belohnte. Nur wenige hatten jemals einen dieser Goldklumpen zu Gesicht bekommen, doch es bestand kein Zweifel daran, dass es sie gab, denn sie selbst trug einen um den Hals. Er war klein und glänzte. Ixile hatte ihn ihr geschenkt, als sie noch ein Kind war und nicht wusste, dass er der Vater ihrer Mutter war. Sie schaute ihn gerne an und hatte ihn so blank poliert, dass sich die Sonne darin spiegelte. Für sie war es immer ein Amulett gewesen, das sie vor dem Bösen schützte. Don Diego de Olea hatte ihr gesagt, dass es gar kein Gold sei, sondern Bernstein, eine Art Harz, doch niemand würde sie davon überzeugen können, dass es nicht einer der Steine von der Großen Göttin war.

»Und was will dieser Herr unternehmen?«, fragte Maritxiki neugierig.

»Es heißt, er wolle ein Tribunal einberufen, das untersuchen soll, ob die Anschuldigungen der Inés Ederra stimmen«, antwortete die gut unterrichtete Isabel. »Man wird die Marinatxo dazu verpflichten, dort zu erscheinen, und sie einer Befragung unterziehen.«

»Kennt ihr eine Hexe?«, fragte Catalina. Die Antwort interessierte sie mehr als die Frage, was mit den Aussagen des Mädchens geschehen würde.

Sie war sehr überrascht, als sie die Angst in den Gesichtern der beiden älteren Frauen und Maritxikis spöttischen Blick sah.

»Du weißt doch genau, Catalina, dass es alles gibt, was man benennen kann«, sagte Josefa.

»Aber kennst du eine?«, beharrte sie, belustigt über die Leichtgläubigkeit ihrer Freundin.

»Nicht persönlich«, entgegnete diese ernsthaft, »aber ich weiß, dass es sie gibt und dass sie viele abscheuliche Dinge tun.«

»Wie zum Beispiel?« Catalina wurde immer neugieriger.

»Sie können Menschen und Tiere töten, Unwetter über die Felder schicken, Schiffe versenken, einem Menschen Gebrechen anhexen oder das ungeborene Kind im Leib einer Frau töten«, zählte sie auf. »Sie können Dürre und Überschwemmungen machen, dafür sorgen, dass Schlachten verloren werden, durch die Lüfte fliegen und«, – sie senkte die Stimme –, »sich in Katzen, Wölfe, Raubvögel oder Esel verwandeln.«

Das Mädchen sah seine Freundin und die alte Isabel an und stellte fest, dass sie tatsächlich an das glaubten, was sie da sagten. Ihr fehlten die Worte, so erstaunt war sie. Einige der Dinge, die diese Frauen der Bosheit der Hexen zuschrieben, waren Mittel, derer sich die Mari bediente, um die Menschen daran zu erinnern, wie groß ihre Macht war und dass man sie nicht erzürnen sollte, wollte man ihren Zorn nicht am eigenen Leibe zu spüren bekommen. Doch sie hätte niemals gedacht, dass man diese Vorkommnisse anderen Wesen zuschreiben könnte.

»Die Große Göttin vom Anboto«, flüsterte sie.

Die anderen blickten sie verdutzt an.

»Was hast du gesagt?«, fragte Josefa.

»Diese Dinge, von denen ihr sagt, dass sie Hexenwerk

seien, kann auch die Mari machen, die Große Göttin, und sie ist keine böse Hexe.«

»Die Mari ist eine alte Sagengestalt«, erwiderte Maritxiki, »und die Hexen sind aus Fleisch und Blut, wie du und ich. Zumindest behaupten das alle.«

Diese Aussage erschien ihr eine Blasphemie. Wie konnte es diese Frau, eine Ketzerin, wagen, an der Existenz der Göttin zu zweifeln? Schlimmes Unheil würde über sie kommen, wie über alle anderen, die nicht an sie glaubten. Instinktiv wich sie ein paar Schritte zurück, weil sie erwartete, dass jeden Augenblick der Blitz die vermessene Frau treffen würde.

»Du tätest gut daran, an die Große Göttin zu glauben«, sagte Isabel de Errexota, an Maritxiki gewandt. »Dir können schlimme Dinge widerfahren, wenn du ihre Existenz bestreitest.«

»Ihr wollt mir doch nicht erzählen, dass ihr an sie glaubt?«, fragte Maritxiki ungläubig und sah von einer zur anderen.

»Die Spuren ihrer Klauen sind noch immer an der Tür des Gehöfts Altxola zu sehen, seit dem Tag, an dem sich eine Magd über sie lustig machte«, sagte die Alte mit vorsichtiger Stimme. »Das Mädchen war im Garten, als es plötzlich bei strahlend blauem Himmel eine pechschwarze Wolke rasch auf sich zukommen sah. Es rannte los, schloss von Kopf bis Fuß zitternd die Tür, ein Donnerhall war zu hören, und später konnte man sehen, dass die Große Göttin ihre Spuren im Holz der Tür hinterlassen hatte.«

»Und ich weiß von jemandem«, fügte Josefa hinzu, »der eine Frau kannte, die als junges Mädchen nie ihrer Mutter gehorchte. Eines Tages entfuhr diese, die Große Göttin solle sie mitnehmen und ihr Benehmen beibringen. Gesagt, getan. Die Mari nahm sie mit, hielt sie sieben Jahre lang gefangen und zwang sie, Tag und Nacht zu spinnen.«

»Und du, kennst du keine Geschichte?«, fragte Maritxiki Catalina. Die gute Frau wusste nicht, ob sie das, was sie da hörte, ernst nehmen sollte oder nicht.

»Ich bin keine gute Geschichtenerzählerin«, erwiderte das Mädchen, »aber ich weiß, dass es die Mari gibt. Ich kann von unserem Hof den Eingang zu ihrer Höhle sehen, und wenn sie dort ist, ist der Gipfel des Anboto in Wolken gehüllt. Ich höre ihr Donnergrollen und sehe, wie der Wind an den Bäumen rüttelt, wenn sie zornig ist. Ich kenne die Quelle, in der man die Kleider ungläubiger Mädchen fand, die es wagten, die Höhle zu betreten, und die nie mehr lebend gesehen wurden, und ich weiß, dass ihr Haar aus Gold ist, wie der Kamm, mit dem sie es kämmt, und die Höhle, in der sie lebt.«

Ihre Zuhörerinnen waren beeindruckt. Sie hatten noch nie jemanden kennen gelernt, der behaupten konnte, die Göttin *beinahe* gesehen zu haben. Wenig später trennten sie sich mit dem Vorsatz, sich wieder zu treffen, sobald sie mehr über den Stellvertreter des Königs und den Prozess in Erfahrung gebracht hatten, den er abzuhalten gedachte.

Catalina fragte sich, wie diese Marinatxo wohl war, die von dem Mädchen als Hexe beschuldigt wurde, und wie sie aussehen mochte. Sie erkundigte sich, wo sie lebte, und machte sich auf den Weg zu ihr. Sie war gespannt und ängstlich zugleich. Die Frau lebte alleine in einer armseligen Hütte in der Nähe der Stadtmauer. Das Häuschen fiel fast zusammen, so alt war es, und seine Besitzerin war nicht viel jünger. Catalina traf eine uralte, schwarz gekleidete Frau an, in deren Gesicht sich alle Falten der

Welt eingegraben hatten. Sie saß vor der Haustür und genoss die letzten Strahlen der Frühlingssonne. Als sie Catalina kommen sah, lächelte sie.

»Was ist? Willst du die Hexe sehen?«, fragte sie.

Das Mädchen war überrascht, als es ihre ruhige Stimme hörte.

»Bist du wirklich eine Hexe?«, fragte Catalina und setzte sich neben sie.

»Glaubst du, ich würde in diesem Loch leben, wenn ich eine wäre?«, entgegnete die Frau und deutete abfällig auf ihre vier Wände, die sich nur mühselig aufrecht hielten.

»Ich weiß es nicht«, antwortete Catalina. »Ich weiß nicht viel über Hexerei.«

»Du bist die Jüngste der Hebammen, nicht wahr? Die vor einiger Zeit für so viel Aufruhr im Rathaus sorgte, als sie dem Pfarrer sagte, er solle sich um seine eigenen Angelegenheiten kümmern.«

»Ich wusste gar nicht, dass ich so berühmt bin!«

»Hier weiß jeder alles«, antwortete die Frau gleichfalls lächelnd und zeigte dabei eine Reihe unregelmäßiger Zähne.

»Und warum behauptet dieses Mädchen, du seist eine Hexe und hättest sie zum Hexentanz mitgenommen?«, kehrte Catalina zu dem Thema zurück, das sie interessierte.

»Das Mädchen trifft keine Schuld, es ist ein armes, einfältiges Ding. Schau, da lebt sie.« Die Frau deutete auf eines der Nachbarhäuser, das beinahe ebenso altersschwach war wie ihres. »Vor Jahren hatte ich mit ihrem Vater einen Streit um Land. Sein Grundstück und meines stoßen aneinander, und der Halunke versuchte, sich alles unter den Nagel zu reißen, weil ich alt bin und keine Familie habe. Ich brachte die Angelegenheit vor den Bürgermeister, und der gab mir Recht. Martín ›Zikiña‹ – der Schmutzige, so wird er genannt – schwor Rache und wartete, bis seine schwachsinnige Tochter alt genug war, mich der schrecklichen Dinge zu beschuldigen, die ich angeblich treibe.«

»Und was wirst du tun, wenn man dich vors Tribunal bringt?«, fragte Catalina, die sich wunderte, wie man der Tochter eines in seiner Habgier getroffenen Mannes Glauben schenken konnte.

»Was kann ich schon tun?«, gab die Alte zurück. »Die Wahrheit sagen.«

»Und wenn man dir nicht glaubt? Wenn man ihr glaubt?«

»Dann mögen sich Gott der Allmächtige und seine heilige Mutter meiner erbarmen.«

Als sie wieder zu Hause war, sicher beschützt von Zintzo, dachte sie noch einmal über die Worte der alten Frau nach und erinnerte sich an den Rat ihres Lehrers, vorsichtig zu sein und niemanden ihre Heilkräfte ahnen zu lassen, da man sie sonst der Hexerei bezichtigen könne. Sie rief die Mari an und bat sie, nicht zuzulassen, dass der alten, einsamen, verlassenen Marinatxo ein Leid geschah.

Zwei Wochen später wurde die Frau festgenommen und in dem städtischen Kornspeicher eingekerkert. In der Bevölkerung gab es sowohl Protest als auch Zustimmung. Da waren jene, die nicht glauben mochten, dass die harmlose alte Frau eine gefährliche Zauberin war, denn warum hatte sie dann nicht verhindert, dass man sie festnahm? Worauf die Befürworter ihrer Festnahme antworteten, Hexen könnten ihre Kräfte gegen andere richten, niemals jedoch zu ihrem eigenen Vorteil nutzen.

Die einen glaubten den Worten der Inés Ederra, ob aus Leichtgläubigkeit, aus Eigennutz oder weil sie mit der Familie der Anklägerin befreundet waren. Andere, deren Verwandte oder Freunde wegen Ketzerei verhaftet worden waren, hofften, die Hexe werde die Obrigkeit so lange beschäftigen, bis die andere Sache in Vergessenheit geraten war. Viele entsannen sich plötzlich, die Marinatxo in der Nähe eines Hauses gesehen zu haben, bevor dort eine Kuh starb, oder unweit eines Gehöftes, in dem alle Kinder an den Pocken erkrankt waren. Die Gerüchte schossen ins Kraut, ebenso wie der allgemeine Unmut über die Vorgänge, die an die Ereignisse vor einigen Monaten erinnerten, als die Verfolgung der Sekte der Fraticelli so viel Schaden in der Stadt angerichtet hatte.

Die Marinatxo wurde der Nagelprobe unterzogen und gestand alles, was der Scharfrichter von ihr wissen wollte, und noch mehr. Catalina hatte noch nie von dieser Folter gehört, aber Josefa klärte sie auf: Wenn die Gerichte wollten, dass eine Person gestand, eine Hexe zu ein, unterziehe man sie der Folter. Diese bestehe darin, den Beschuldigten mit einer großen Nadel, einer Ahle fast, zu stechen. Finde der Folterer eine Stelle am Körper, an welcher der durch die Stiche zugefügte Schmerz nicht zu spüren sei, sei damit bewiesen, dass der Gefolterte eine Hexe sei, da das Fehlen von Schmerzen ein untrügliches Zeichen des Teufels sei.

»Dazu werden alle Haare vom Körper des Gefangenen entfernt«, erläuterte Josefa weiter.

»Alle?«, fragte das Mädchen bestürzt.

»Alle«, beteuerte die Hebamme, »auch das Schamhaar wird mit einer Kerze weggebrannt. Der Gefangene muss aufrecht stehen und wird so lange gestochen, bis er aufhört zu klagen. Den unempfindlichen Punkt nennt man Teufelsmal.«

Catalina konnte nicht glauben, was sie da hörte. Jeder, der mit Verletzungen oder heftigen Schlägen zu tun hatte, wusste, dass die Betroffenen an der verletzten Stelle zuweilen keinen Schmerz spürten, weil diese betäubt war, wie tot. Sie stellte sich vor, wie es sein musste, wenn man immer und immer wieder mit einer Ahle gestochen wurde, bis das Fleisch gefühllos wurde, und sie zitterte vor Angst.

Die peinliche Befragung der Marinatxo hatte weitere Festnahmen zur Folge. Die arme Frau bezichtigte weitere Leute, mit ihr zu den Hexenversammlungen zu gehen, ums Feuer zu tanzen und dem Teufel den Hintern zu küssen. Diese letzte Aussage überraschte Catalina.

»Dem Teufel den Hintern küssen?«, fragte sie entsetzt Isabel de Errexota, die Expertin in Hexenfragen.

»So ist es, meine Gute. Die Hexen versammeln sich auf Feldern und in Höhlen, beten Satan in Gestalt eines Ziegenbocks an, schwören den Sakramenten der Kirche ab und küssen ihm zum Zeichen ihrer Hochachtung den Hintern.«

Catalina dachte an den stinkenden Ziegenbock, den man bei den Versammlungen in Jentilkoba neben ihr festgebunden hatte, und musste sich sehr zusammennehmen, um nicht zu lachen – es war unvorstellbar, dass jemand eine solche Heldentat fertig brachte, ob er nun wollte oder nicht. Doch viele glaubten daran. In der Bevölkerung gab es kein anderes Gesprächsthema mehr als den Prozess, die Aussagen der Angeklagten und die vielen Festnahmen in der ganzen Gegend. Die Unruhe nahm im Laufe der Tage zu. Niemanden hätte es sonderlich gekümmert, wenn sich die Obrigkeit eine arme, alte, mittellose, allein stehende Frau vorgenommen hätte, man hätte es sogar als willkommene Ablenkung gesehen. Doch als die Marinatxo immer mehr Namen nannte und Personen mit tadellosem Leumund beschuldigte, fromme Geistliche ebenso wie Mitglieder der führenden Familien, begannen die Leute um ihre eigene Sicherheit zu bangen, und die ersten Unmutsbekundungen wurden laut.

Catalina wollte die arme Frau im Kerker besuchen, doch man verweigerte ihr den Zutritt und riet ihr, es nicht noch einmal zu versuchen, da man glauben könne, sie sei eine Komplizin der Hexe. Sie beherzigte den Rat, nicht ohne sich den mangelnden Mut vorzuwerfen, den sie in dieser schweren Zeit bewies.

Das war der Stand der Dinge, als Catalina eines Tages ihrem Onkel Íñigo de Muntsaratz in die Arme lief. Sie erschrak fürchterlich. Sie war in Gedanken bei den Ereignissen gewesen, die sie und alle anderen in der Stadt beschäftigten, als sie mitten auf dem Markplatz mit ihm zusammenstieß. Sie war so überrascht, ihn plötzlich vor sich zu sehen, dass sie beinahe vor Schreck aufgeschrien hätte. Er betrachtete sie durchdringend, während er sich an ihr Gesicht zu erinnern versuchte – schließlich war einige Zeit seit ihrer unglückseligen Begegnung vergangen. Sie wollte eben weitergehen, als ob nichts gewesen wäre, als eine eiserne Hand sie am Arm packte und sie zwang, ihm ins Gesicht zu schauen.

»Catalina!«, rief er mit dröhnender Stimme. »Du bist Catalina de Goiena, meine Nichte.«

Das Mädchen nickte, unfähig es zu leugnen, was zudem zwecklos gewesen wäre. Der Hüne musterte sie kritisch und ungeniert, doch zu ihrer Überraschung erschien ein breites Lächeln auf seinem Gesicht, und er umarmte sie so kräftig, dass sie fast keine Luft mehr bekam.

»Gut! Gut!«, rief er und klopfte ihr kräftig auf den Rücken, als wäre sie einer seiner Männer. »Wie ich sehe, bist du bei guter Gesundheit und noch hübscher, als ich dich in Erinnerung hatte. Aus dem mageren Mädchen ohne Hintern und Titten ist eine attraktive junge Frau geworden …«

Er brach in schallendes Gelächter aus. Catalina wusste

nicht, ob aus Freude über das Wiedersehen oder in Erinnerung an ihre letzte Nacht im Turm, als er versucht hatte, sich an ihr zu vergehen und einen ordentlichen Schlag auf den Kopf erhalten hatte.

»Geht es dir gut?«, fragte er dann ein wenig skeptisch.

»Bestens, Herr Onkel«, antwortete sie, weil sie fürchtete, er könne jeden Augenblick wieder auf die Sache mit der Hochzeit zu sprechen kommen. »Ich bin Hebamme und verdiene mir so meinen Lebensunterhalt.«

»Glaub nicht, dass mir irgendetwas entgangen ist, was dich betrifft«, sagte Muntsaratz spöttisch. Catalina zuckte zusammen, als sie das hörte. »Ich weiß genau, was du seit dem Tag deiner Ankunft in Tabira gemacht hast. Ich weiß auch, dass du dich kürzlich mit dem Rat angelegt hast und dass du zur Meisterin der Versammlung von Jentilkoba berufen wurdest.«

Das Herz rutschte ihr in die Schuhe, als sie seine letzten Worte hörte. Sie schwieg und befürchtete das Schlimmste, doch auch diesmal irrte sie sich. Muntsaratz lachte erneut sein dröhnendes Lachen.

»Bei Inguma und seinen Dämonen!«, rief er jovial. »Du bist deiner Familie würdig, ich bin sehr stolz auf dich. Du hättest einen guten Mann abgegeben!«

Sie war so überrascht über die Reaktion ihres Onkels, dass es ihr die Sprache verschlug. Was führte der alte Fuchs im Schilde? Versuchte er, sie erneut zu verführen, diesmal, indem er sich bei ihr einschmeichelte?

»Die Zaldibars und die Ganboas haben vergessen, wem sie ihren Wohlstand verdanken.« Der Mann erhob die Stimme, damit ihn jeder hören konnte. »Sie verdanken ihn uns, den Muntsaratz, Berriz, Urias, Arroitias und allen anderen, die über Generationen hinweg ihr Blut gegeben haben, damit diese Bastarde wie Könige leben. Sie tun, was ihnen gefällt, und uns behandeln sie wie Spreu, die man verbrennen muss. Sie sollen ein für alle Mal wissen, dass wir nicht schweigen und den Kopf in den Sand stecken werden, anstatt wie tapfere Biskayer zu kämpfen.«

Es war offensichtlich, dass ihr Onkel nicht mit ihr sprach, sondern zu den Dutzenden von Menschen, die sich auf dem Platz befanden. Catalina wusste nicht, was sie machen sollte. Warum sagte er diese Sachen? Wovon sprach er überhaupt? Angestachelt von der Aufmerksamkeit der Zuhörer, fuhr der Herr von Muntsaratz mit seiner Ansprache fort.

»Dies ist ein Land freier Männer, und diese Hurensöhne haben uns gegen ein paar armselige Pfründe verkauft«, rief er. »Mein Vater und viele andere sind nicht gestorben, um ihnen die Truhen und die Wänste zu füllen. Unsere Vorfahren haben sich nicht den Fremden widersetzt, damit wir nun in die Hände rücksichtsloser Ausbeuter geraten, die den Gewinn ihres Verrats unter sich aufteilen.«

Die Leute hatten sich um ihn versammelt und bedachten seine Worte mit zustimmenden Kommentaren und Kopfnicken. Jeder kannte ihn und wusste von seinen Heldentaten in den Kämpfen gegen die Feinde Durangos. Sein Ruhm hatte sich in der ganzen Gegend verbreitet und war in einigen Fällen Legende geworden. Wie er dort mitten auf dem Platz stand, alle an Leibesfülle und Größe überragend, umgeben von Männern, die ebenso wild waren wie er, und gegen den Bürgermeister, die Ratsherren und Honoratioren der Stadt wetterte, war etwas, das man sich ansehen und anhören musste, um später zu Hause, auf dem Markt und in den Schänken darüber zu reden.

Das Volk sehnt sich nach einem Helden, dachte Catalina, *der seine verborgensten Wünsche wahr werden lässt.*

»Wir haben gegen Kastilien und die Herrschaft der Biskaya gekämpft«, fuhr ihr Onkel fort, »wir haben gegen Butrón und seine Leute gekämpft, und wir werden erneut kämpfen, wenn sie weiterhin unsere Steuern erhöhen und Fremde hierher bringen, damit diese über die Söhne und Töchter unseres Volkes zu Gericht sitzen.«

Der letzte Satz war direkt gegen den Inquisitor Guinea und die Prozesse gerichtet, die in Kürze gegen die der Ketzerei Beschuldigten und die vermeintliche Hexe Marinatxo beginnen sollten, welche offenbar durch Folter und Gefangenschaft den Verstand verloren hatte.

Íñigo de Muntsaratz sah zufrieden die Zustimmung in den Gesichtern der meisten Zuhörer und erklärte seine Rede für beendet. Er wandte sich wieder seiner Nichte zu und legte den Arm um sie, wie er es schon bei ihrer ersten Begegnung am Eingang seines Turms getan hatte. Catalina zuckte zusammen, und er merkte es.

»Keine Angst, Nichte«, dröhnte er. »Ich fresse dich nicht. Ich weiß, du hast keine guten Erinnerungen an mich, aber wenn es dich beruhigt, diese Leidenschaft ist vorbei. Heute bin ich mit einer guten Frau verheiratet, die mir bereits zwei Kinder geschenkt hat und hoffentlich noch weitere schenkt.«

Catalina war so erleichtert über seine Worte, dass sie nicht weiter nach der Frau fragte, die den Mut gehabt hatte, mit diesem wilden Gesellen ins Bett zu gehen. Aber sie merkte, dass sie sich entspannte und nun eher bereit war, die Unterhaltung mit ihm fortzusetzen. Er nahm sie mit in die »Posada de Min« und verlangte einen Tisch für sie beide sowie einen weiteren für seine Männer. Er bestellte Kohlsuppe, zwei Portionen Lamm, zwei Schüsseln Gemüse und einen Krug Wein, ohne seine Nichte um ihre Meinung zu fragen.

»Woher weißt du das mit Jentilkoba?«, fragte Catalina, als das Essen auf dem Tisch stand.

»Was für eine dumme Frage!«, rief Muntsaratz und lachte aus voller Kehle. »Was glaubst du, mit wem du es zu tun hast? Ich bin Familienchef, und meine Angehörigen halten mich über alles auf dem Laufenden, was auf meinem Grund und Boden und anderswo passiert. Denkst du etwa, die Leute, die an den Versammlungen teilnehmen, kommen von weither? Bei Inguma, nein! Es sind Verwandte, Nachbarn, Freunde. Dieses Volk ist klein, und jeder kennt jeden.«

Natürlich hatte ihr Onkel Recht. Es war kaum anzunehmen, dass er nicht wusste, was in Tabira und sonstwo in Durango vor sich ging. Mit Sicherheit kannte er jeden Einzelnen und wusste, wo er wohnte und was er tat. Es war ihr ein Rätsel, warum sie nicht früher schon daran gedacht hatte.

»Und warum nimmst du nicht teil?«, wagte das Mädchen zu fragen.

»Ich war mit Sicherheit schon öfter dort als du«, entgegnete er, während er eine halbe Lammkeule packte und herzhaft hineinbiss, »aber weißt du, es gibt noch andere Orte außer Jentilkoba.«

Das hatte sie nicht gewusst. Woher auch? Ihr Onkel zählte ein paar Namen auf, die sie nicht kannte, und fuhr dann fort.

»Es finden auch Versammlungen in Gehöften und Türmen statt, an den Wegkreuzungen, auf sämtlichen Berggipfeln der Biskaya, in den Buchten an der Küste – schwer zugängliche Orte, zu denen die Verräter nicht gelangen können, ohne dass wir es merken.«

»Von denen du auf dem Marktplatz gesprochen hast?«

»Genau die!«, rief der Mann zornig. »Die uns das Recht verweigern, auf unsere Weise zu leben, die gegen die örtlichen Gesetze verstoßen und sich an den Meistbietenden verkaufen. Inguma möge ihnen den Schädel zerschmettern!«

»In Jentilkoba …«

»In Jentilkoba versammeln sich lediglich ein paar Bauern, die sich nach den alten Zeiten zurücksehnen«, unterbrach er sie. »Sie tanzen zum Klang der Flöten, betäuben ihre Sinne mit diesem grünlichen Gesöff, das wie Krötenkotze schmeckt, und frönen ihrer Lust, die sie in ihren eigenen Betten nicht befriedigen können.«

Catalina war sprachlos. Ihr Onkel hatte in drei Sätze gefasst, was sie selbst schon gedacht hatte, obwohl sie es natürlich niemals auf diese Weise ausgedrückt hätte.

»Ich treffe mich mit Leuten, die ihre Zeit nicht mit vagen Träumereien vergeuden«, fuhr Muntsaratz fort, »die auf andere Zeiten warten, um einzufordern, was ihnen von Rechts wegen zusteht, die bereit sind, zu den Waffen zu greifen und eines Tages jene aus dem Land jagen werden, die uns nach Belieben ausbeuten und nicht anerkennen, dass wir schon vor ihnen hier gewesen sind. Ich würde dich zu einem unserer Treffen einladen, aber das sind Männerangelegenheiten, und eine Frau, selbst wenn sie so beherzt ist wie du, hat dort nichts zu suchen.«

Als sie seine letzten Worte hörte, fühlte sie sich wie ein alter Lappen, der nach Gebrauch weggeworfen wurde. Andererseits war sie sehr erleichtert. Sie wollte sich das Leben nicht noch schwerer machen, als es schon war, und sie wollte auch nicht in die heimlichen Machenschaften kampfeslustiger Männer hineingezogen werden, die zu allem bereit waren, was ihnen mit Sicherheit mehr Ärger als Annehmlichkeiten einbrachte. Wenig später verabschiedeten sie sich, nicht ohne dass ihr Onkel versprach, sie wieder zu besuchen – was, so hoffte sie, nicht so bald der Fall sein würde.

Als sie in dieser Nacht in Juans schützenden Armen lag und erneut die ungeheure Wonne spürte, geliebt zu werden, fragte sie ihn, wie er über den berühmten Prozess denke.

»Den Hexenprozess gegen die Ketzer?«, fragte er zurück, als gäbe es noch einen anderen Prozess, dem so erwartungsvoll entgegengesehen wurde. »Wenn sie etwas mit Hexerei zu tun hatten, sollen sie dafür bezahlen, wenn nicht, haben sie nichts zu befürchten.«

»Glaubst du wirklich, dass die Marinatxo und die anderen schuldig sind?« Catalina glaubte, nicht recht gehört zu haben.

»Ich weiß nicht, ob sie schuldig sind oder nicht, ich weiß nur, dass jegliche heidnische Praxis ausgerottet werden muss, die sich gegen die Obrigkeit und die Kirche richtet.«

»Ich verstehe dich nicht«, stotterte Catalina, unfähig, seinen Gedanken zu folgen.

»Es ist ganz einfach. Ich denke, die Leute sind sehr abergläubisch und lassen sich von Scharlatanen und Spinnern hinters Licht führen, die phantastische Reisen durch die Lüfte und übernatürliche Begegnungen mit den Mächten des Bösen erfinden. Wenn ich der Richter wäre, würde ich sie alle zum Tod auf dem Scheiterhaufen verurteilen.«

»Meinst du das im Ernst?«

»Natürlich!«, beteuerte Juan. »Ich meine es sehr ernst. Man darf nicht zulassen, dass die bestehende Ordnung gefährdet wird. Für solche Leute ist kein Platz in einer anständigen Gesellschaft, weil sie andere dazu verleiten, tatsächlich an die Existenz dieser geheimnisvollen, bösen, teuflischen Wesen zu glauben, von denen sie sprechen. Die Obrigkeit muss diesen Machenschaften ein Ende bereiten, bevor es zu spät ist.«

Catalina setzte sich im Bett auf und sah ihm in die Augen.

»Willst du damit sagen, dass du den Tod armer unglücklicher Menschen anordnen würdest, obwohl du weißt, dass alles, was sie erzählen, reine Erfindung ist?«, fragte sie entsetzt.

»Was ist schon ein halbes Dutzend Verrückter, wenn das geistige Wohl vieler Hunderter und, was noch wichtiger ist, die Stabilität der öffentlichen Ordnung auf dem Spiel stehen?«

Catalina wollte nicht glauben, was sie da hörte. Juan, der Mann, in dessen Augen sich ihr Glück spiegelte, wenn er sie umarmte, wollte sie von etwas überzeugen, das sie ungeheuerlich fand. Sie unternahm einen letzten Versuch.

»Und was sagst du zu denen, die zu Unrecht von diesen Spinnern bezichtigt werden, aus Neid, Vorteilnahme oder irgendwelchen anderen Gründen?«

»Jede Sache hat ihre Märtyrer.« Seine Stimme klang eiskalt und mitleidlos. »Wenn die Vernunft obsiegen soll, muss man den Tod einiger Unschuldiger in Kauf nehmen.«

»Sehe ich das richtig, dass du auch die Verfolgung der Fraticelli befürwortest?«

»Im Grunde finde ich es ein wenig übertrieben, aber ich kenne mich in religiösen Dingen nicht aus, und sie haben es sich selbst zuzuschreiben. Außerdem habe ich keine Verwandten oder Freunde unter den Festgenommenen.«

War es möglich, dass sie aus tiefstem Herzen einen gefühllosen Mann liebte, der hart war wie Stein und kalt wie Eis? Einen Mann, den das Leid und vielleicht der Tod seiner Mitmenschen gleichgültig ließen?

»Weshalb gehst du zu den Versammlungen in Jentilkoba?«, fragte das Mädchen, während es die Unruhe und den Kummer zu verbergen versuchte, die es in diesem Moment empfand.

»Ich finde sie unterhaltsam. Als ich das erste Mal dort war, sah ich dich in Begleitung deiner Großmutter. Ich ging erneut hin, um dich wieder zu sehen, doch du bliebst der Versammlung einige Male fern. Ich hatte die Hoffnung schon aufgegeben, da warst du auf einmal wieder da, wunderschön, von Licht umgeben und von ein paar verrückten Heiden verehrt, die glauben, du seist tatsächlich die Reinkarnation einer Göttin.«

Catalina war wie erstarrt, sie konnte nichts sagen.

»Obwohl ich ihnen in einer Sache Recht geben muss«, fuhr er fort, als er ihre Reaktion bemerkte. »Du bist wirklich meine Venus, die Liebesgöttin der Griechen und Römer. Ich habe einmal eine Statue gesehen, die sie darstellt, und du bist genauso schön wie sie, mit vollkommenen Formen und einer Haut, so weiß wie Milch, und ebenso appetitlich. Mich in dir zu verlieren ist eine Lust, die sich mit nichts anderem vergleichen lässt.«

Während er sprach, streichelte er ihren Körper, und unter der Berührung seiner Finger bekam sie eine Gänsehaut. Catalina begehrte ihn so brennend, dass sie seine Worte und die Gefangenen vergaß, die nicht weit von ihrem Haus in einem dunklen, feuchten Verlies vor sich hin vegetierten. Bedingungslos gab sie sich dem Mann hin, der ein Teil ihrer selbst war. Sie wollte in seinen Armen sterben und für alle Ewigkeit im Paradies der Liebenden mit ihm vereint sein. Es gab keine süßere Lust als die Liebe, und sie in Juan de Gesala gefunden zu haben, war ein großes Glück.

»Und du? Warum gehst du in die Höhle?«, hörte Catalina ihn von ferne fragen.

»Du hast es selbst gesagt«, flüsterte sie. »Weil ich die Reinkarnation einer Göttin bin.«

Der Prozess gegen die Ketzer fand vor der Kirche Santa María statt. Das schöne Wetter und der Wunsch vieler Einwohner, bei dem Prozess dabei zu sein, hatten es ratsam erscheinen lassen, die Verhandlung aus dem Rathaus auszulagern. Je mehr Zuschauer kamen, desto besser, sagte sich Meister Bartolomé. Der Prozess sollte jenen, die immer noch im Irrtum verharrten, abschreckendes Beispiel und Warnung sein. Sie sollten wissen, dass das Gesetz ihnen auf der Fährte war und nicht eher ruhen würde, bis sie für immer aus Durango verschwunden waren.

Das Gremium setzte sich aus dem Pfarrer Arandia, dem Inquisitor Sánchez de Guinea, dem Bürgermeister, dem Merino, dem Vorsitzenden der Laienbruderschaft und Martínez de Unda zusammen. Juan de Gesala saß hinter dem Schreiber und protokollierte die Geschehnisse. Es war recht schwierig gewesen, sich auf einen Vorsitzenden zu einigen, denn es hatte dem Bürgermeister ganz und gar nicht gepasst, schon wieder den Inquisitor dabeizuhaben.

»Wir brauchen keine Fremden, um unsere Angelegenheiten zu regeln!«, hatte er gewettert, als er von Guineas Anwesenheit erfuhr.

»Es ist ein königlicher Befehl«, hatte Unda vermitteln wollen.

Die Tatsache, dass ein Kirchentribunal aus Calahorra, vertreten durch Guinea als Vorsitzenden und Ankläger, einen Geheimsekretär, einen Nuntius und einige weitere

Beamte in Durango tagen sollte, hatte für großen Unmut unter den Bewohnern der Gegend gesorgt, allen voran des Bürgermeisters und der Ratsherren von Tabira. Diese hatten von Anfang an klargestellt, dass sie keinen einzigen Maravedi für deren Versorgung aufwenden würden. Wenn sie eine Unterkunft wollten, sollten sie selbst mit den Bürgern verhandeln, die ihnen ihr Haus zur Verfügung stellen wollten. Die Städte der Biskaya seien qua Privileg davon befreit, irgendjemanden unterzubringen – auch nicht auf königlichen Befehl.

Die Auseinandersetzungen zwischen Guinea, Pfarrer Arandia, dem Bürgermeister Juan López de Uria und den Ratsherren waren tagelang Stadtgespräch, bis diese schließlich zu einer Einigung gelangten. Der Inquisitor würde gemeinsam mit dem Pfarrer den Vorsitz führen, und seine Beamten würden sich von dem Prozess fernhalten; das Amt des Protokollanten sollte der Ratsschreiber Martínez de Unda übernehmen.

Es war unmöglich, alle Gefangenen – fast fünfzig an der Zahl – vor Gericht zu stellen, sodass man sich dazu entschloss, mit den zuletzt Festgenommenen zu beginnen. Ein Hinweis zur rechten Zeit hatte die Obrigkeit auf die Fährte der Versammlungen gebracht, die in einem Gehöft an der Straße nach Bermeo stattfanden. Eines Abends waren Guinea und seine Männer überraschend dort aufgetaucht und hatten alle festgenommen, die sich im Haus befanden: Marina de Minika – die alte Frau, die Catalina einmal behandelt hatte –, Juan de Unamuno, Messerschmied von Beruf, sein Bruder Sancho und seine Schwägerin María de Zearra, des Weiteren die Weberin María de Lezama, Juan Miguel de Zestona, Domenxa de Agirre und einige andere. Es lagen genügend Zeugenaussagen vor, die klar bewiesen, dass besagte Marina de Minika und ihre engsten Gefolgsleute viele andere Personen dazu verführt hatten, sich der Sekte anzuschließen. Sie waren die Hauptschuldigen und sollten die Ersten sein, die die Härte des Gesetzes zu spüren bekamen.

Die Läden hatten an diesem Tag ebenso geschlossen wie die Tuchmachereien, nur die Schmieden blieben in Gang, denn es kam nicht in Frage, die Feuer verlöschen zu lassen. Doch die Schmiede hatten darum gelost, wer zu der Verhandlung gehen durfte, und den Zurückgebliebenen versprach man eine umgehende und ausführliche Schilderung des Ereignisses, das alle in solche Aufregung versetzte.

Unter dem Portikus, auf dem kleinen Kirchplatz und in den angrenzenden Straßen drängten sich die Menschen, die ungeduldig auf den Prozessbeginn warteten. Alle Fensterplätze waren belegt, und die Mutigsten waren auf einige Bäume geklettert, von denen aus man zwar nichts sehen, aber doch hören konnte.

Das Eintreffen der Gefangenen wurde mit Gemurmel und dem einen oder anderen Schmähruf aufgenommen, doch aus den meisten Kommentaren sprach Mitleid mit den Angeklagten, die schleppenden Schrittes ihre Ketten hinter sich her zogen. Sie wirkten orientierungslos und erschreckt von dem Lärm und den vielen Menschen. Vielleicht waren sie auch geblendet von dem Tageslicht, das sie seit ihrer Einkerkerung nicht mehr gesehen hatten.

In seiner Eigenschaft als Sekretär des Tribunals verlas der Schreiber mit kräftiger Stimme, die in völligem Missverhältnis zu seinem Äußeren stand, die Vergehen, derer die Gefangenen beschuldigt wurden. Die schwer wiegendste Anschuldigung lautete, den Herrn Jesus Christus geschmäht zu haben, Feinde und Abtrünnige des wahren Glaubens zu sein und teuflischen Lehren anzuhängen.

Des Weiteren bezichtigte man sie, die Heilige Schrift anders auszulegen als die *doctores* der Kirche und in ihrem Wahn und ihrer Ketzerei Unzucht zu treiben.

Die Zuschauer lauschten mit offenen Mündern der Litanei von Beschuldigungen, welche Unda herunterbetete, und sahen gebannt zu den Angeklagten, für die man eine lange Holzbank gebracht hatte, damit sie sich hinsetzen konnten, denn sie waren so geschwächt, dass sie zusammenzubrechen drohten.

Don Tomás de Arandia, der ganz in seiner Rolle als Vorsitzender des Tribunals aufging, sah sich dazu verpflichtet, die Glaubensüberzeugungen der Sekte darzulegen, um zu verdeutlichen, dass der Corregidor recht daran getan hatte, im Namen des Königs Sonderbeamte zu entsenden, um die Gefahr zu beseitigen.

»Sie erdreisten sich zu behaupten«, wetterte er, als stünde er auf der Kanzel, »gute Christen könnten direkt mit Gott sprechen. Blasphemie! Der Klerus, die Sakramente und die Kirchen seien überflüssig. Der Bann treffe sie! Die katholische Kirche und das Zeichen des Kreuzes seien ein Irrtum. Sie seien verdammt!«

Alle Anwesenden waren entsetzt angesichts solch entsetzlicher Behauptungen. Selbst die Gefangenen schienen bei jeder Beschuldigung des Pfarrers mehr in sich zusammenzusacken.

»Sie ermutigen die Frauen zur Unzucht und die Männer zur Hurerei.« Bei seinem Lieblingsthema ereiferte sich der Priester. »Sie treiben es in einem fort, und die Kinder, die ihren sündigen Begegnungen entspringen, werden geopfert, um aus ihren Überresten Hostien herzustellen …«

»Das ist nicht wahr!«

Der empörte Schrei Marina de Minikas ließ Don Tomás verstummen. Die Frau stand auf, und die Leute reckten die Hälse, um besser sehen zu können. Trotz ihres Alters, der Tage in Gefangenschaft, ihres schmutzigen Gesichts und ihrer dreckstarrenden Kleider hielt sich die Greisin aufrecht. Ihr Blick glitt über die Menge und verweilte schließlich bei dem Mann, der sie beschuldigte.

»Du lügst, Tomás de Arandia, und du wirst bis in alle Ewigkeit für deine abscheulichen Worte büßen!«, rief sie, während sie mit ihrem knöchernen Zeigefinger auf ihn wies. »Du bist nicht würdig, dich Priester zu nennen oder Christi Namen in den Mund zu nehmen. Du machst niemandem etwas vor – wir alle wissen, dass du im Wohlstand lebst, auch wenn du ihn unter dieser einfachen Soutane versteckst; dass du mehr als einmal deinen Habit missbraucht hast, um deiner Wollust zu frönen; dass du die dir anvertrauten Beichtgeheimnisse benutzt, um deiner Familie und ihren Anhängern Vorteile zu verschaffen. Dein Onkel hat Dutzende unschuldiger Menschen auf dem Gewissen, und du ...«

»Aus deinem Mund spricht der Teufel, Marina de Minika!«, fiel ihr Arandia schreiend ins Wort, als er die zustimmenden Gesten vieler Zuschauer bemerkte.

»Du selbst bist der Teufel, der Sohn eines Teufels!«, schrie die Frau zurück.

Guinea gab den Posaunenbläsern ein Zeichen, und der durchdringende Klang der Instrumente ließ den aufkommenden Tumult verstummen.

»Gibst du zu, eine Anhängerin Fray Alonso de Mellas zu sein?«, befragte der Inquisitor die Angeklagte.

»Weshalb sollte ich es bestreiten?«

»Antworte!«

»Ich folge einer Lehre, die von Liebe, Barmherzigkeit und Armut spricht«, antwortete die Alte mit ruhiger Stimme, »die Reichtum und Amtsmissbrauch ablehnt, die Anhäufung von Gütern und deren Einsatz, um Macht zu erhalten.«

»Die Fraticelli wurden einige Male von der Kirche verdammt.«

»Von einer Kirche, die der Botschaft Christi zuwiderhandelt, sich auf Kosten der Armen bereichert und mit den Reichen an einem Tisch sitzt. *Das* ist unzüchtig!«

Guinea befahl seinen Soldaten, den Tumult zu unterbinden, den Marinas letzte Worte ausgelöst hatten und den der Pfarrer von seinem Tisch aus noch weiter anfachte. Eine ganze Weile war nicht mehr zu erkennen, wer Angeklagter, Ankläger oder Zuschauer war. Auf dem Platz und in den angrenzenden Straßen flogen Beleidigungen, Drohungen und Fäuste, bis schließlich wieder Ruhe einkehrte.

»Von jetzt an hast du zu schweigen«, wandte sich der Inquisitor an die Verursacherin der Unruhe. »Wenn du noch einmal den Mund aufmachst, lasse ich dir die Zunge durchbohren.«

Die Drohung zeigte Wirkung. Die Frau schien kurz nachzudenken, dann entschloss sie sich, wieder ihren Platz zwischen einer bitterlich weinenden Frau und Juan de Unamuno einzunehmen, nicht ohne zuvor Tomás de Arandia einen mitleidigen Blick zugeworfen zu haben.

Die Angeklagten hatten kein Recht auf einen Verteidiger, sodass niemand den Anschuldigungen widersprach, die im Laufe der Prozesses erhoben wurden. Erst am Ende der Verhandlung bot man jenen Beschuldigten, die ihre Verfehlung bereuten und Besserung gelobten, die Umwandlung der Todesstrafe in eine leichtere Bestrafung an, wie etwa ewiges Gefängnis, den Eintritt in ein Kloster oder öffentliche Buße. Sechs Beklagte gingen auf das Angebot ein, fielen auf die Knie und erbaten die

Gnade des Tribunals. Die Übrigen schwiegen, die Augen auf einen unbestimmten Punkt gerichtet, als ginge sie die ganze Sache nichts an.

Trotz der Missbilligung in den Gesichtern der übrigen Mitglieder des Tribunals nutzte Don Tomás die Gelegenheit, um die Reuigen über Doña María de Muntsaratz und Doña María López de Mondragón zu befragen und somit den Beweis zu führen, dass die beiden Frauen eben solche oder noch schlimmere Ketzer gewesen waren als jene, die dort saßen und schwiegen. Sein Onkel hatte nie etwas dazu gesagt, aber er hatte mehr als einmal von der Sache gehört und sah die Gelegenheit gekommen, dem verrückten Alten Gerechtigkeit widerfahren zu lassen, der gezwungen gewesen war, die beiden Ketzerinnen auf dem Gottesacker zu begraben.

Das Tribunal zog sich zur Beratung zurück und hatte kurz darauf sein Urteil gefällt, das Unda mit hochtrabender, der Situation angemessener Stimme verlas. Die sechs Reuigen wurden zu unterschiedlichen Strafen verurteilt, die drei Frauen erwartete die öffentliche Auspeitschung, zur Abschreckung für alle, die immer noch nicht von ihrer Schuld überzeugt waren, und damit die anständigen Frauen sahen, was jene erwartete, die ihre Pflichten als Ehefrauen und Töchter vergaßen. Die übrigen sieben, ein Mann und sechs Frauen, die sich geweigert hatten, der häretischen Lehre der Fraticelli abzuschwören, wurden zum Tod auf dem Scheiterhaufen verurteilt. Mit ihnen sollten die sterblichen Überreste der beiden adligen Frauen verbrennen, die man unverzüglich exhumieren würde, da sie nicht länger ein Anrecht darauf hatten, in geweihter Erde zu ruhen, ebenso wie die Leichname dreier weiterer verstorbener Frauen, deren Schuld während des Prozesses hinlänglich bewiesen worden war.

Eine Woche darauf begann der Prozess gegen die Marinatxo. Diesmal gab es keine Streitigkeiten zwischen Bürgermeister Uria und Sánchez de Guinea über die Zusammensetzung des Tribunals, da es dasselbe sein würde wie bei der Verhandlung gegen die Ketzer. Man musste Einigkeit demonstrieren, die Rechtsprechung sollte über den einzelnen Parteien und den Meinungsverschiedenheiten stehen. Zur großen Überraschung aller weigerte sich Don Tomás de Arandia, dem Gremium weiterhin anzugehören.

»Ich werde nicht über meine Nächsten urteilen«, erklärte er in seinem üblichen salbungsvollen Ton. »Wer von euch ohne Fehl ist, der werfe den ersten Stein«, zitierte er die Heilige Schrift.

Sein Verhalten warf viele Fragen auf. War nicht der Pfarrer einer der Ersten gewesen, der zur Jagd auf die Ketzer aufgerufen hatte? Weshalb weigerte er sich nun, die Hexe zu verurteilen? Tagelang gab es hitzige Diskussionen zwischen jenen, die der Meinung waren, dass ein kirchlicher Hirte die Pflicht habe, gegen eine Hexensekte zu kämpfen, die den Teufel anbetete, und denen, die in der Anwesenheit des Stellvertreters der Diözese einen Angriff auf die nach örtlichem Recht verbrieften Freiheiten der Biskayer sahen.

Don Tomás schien in kurzer Zeit um tausend Jahre gealtert zu sein. Seine Selbstsicherheit, der Hochmut, mit dem er den anderen begegnet war, waren verschwunden. In seinen Predigten wetterte er nicht mehr gegen die

Sünde des Fleisches, schamlose Verbindungen und den Verfall der Sitten. Stattdessen sprach er von Vergebung, Barmherzigkeit und Nächstenliebe, etwas, das seine Gemeinde ausnahmslos erstaunte.

Als Bartolomé de Unda, höchst zufrieden mit sich selbst, dem Geistlichen sämtliche Berichte über das Hexenwesen in der Gemarkung Durango vorgelegt hatte, die er akribisch gesammelt und geordnet hatte, hatte dieser kaum einen Blick darauf geworfen.

»Weshalb fangt Ihr wieder damit an?«, hatte er gefragt.

»Ich verstehe nicht«, hatte der Schreiber gestottert.

»Reicht es Euch noch nicht? War die Verurteilung der Ketzer noch nicht genug? Wisst Ihr, dass man sie hier, in Tabira, verbrennen wird? Werdet Ihr gleichgültig an ihrer Hinrichtung teilnehmen? Ungerührt ihre Schreie hören und ihr verbranntes Fleisch riechen?«

Wie so viele andere war Unda von der Reaktion des Pfarrers überrascht gewesen. Er hatte ihn davon zu überzeugen versucht, dass die Sache sehr ernst war, aber als er merkte, dass Arandia gar nicht zuhörte und wieder von der Liebe zwischen den Menschen anfing, war der Schreiber zu dem Schluss gelangt, dass der Geistliche verrückt geworden war wie sein Onkel, und hatte es aufgegeben.

Die Tage seit dem Prozess waren eine wahre Folter für Don Tomás gewesen. Zufrieden mit sich, war er nach getaner Pflicht ins Pfarrhaus zurückgekehrt und in sein Arbeitszimmer gegangen, um auf den Erfolg seiner Bemühungen zu trinken. Als er seinen Onkel Alfonso in seinem Stuhl sitzen sah, war er wie angewurzelt in der Tür stehen geblieben. Er wollte eben die Bediensteten rufen, aber etwas an der Haltung des alten Geistlichen ließ ihn innehalten.

»Habt ihr sie verurteilt?«

Alfonso Pérez de Arandias Stimme hatte seltsam ruhig geklungen.

»Ja«, hatte sein Neffe perplex geantwortet. »Ihre Schuld wurde hinreichend bewiesen.«

»Wird man sie verbrennen?«

»Natürlich.«

»Wann?«

»Nach dem Hexenprozess. Wir werden die Gelegenheit nutzen und diese ganze Teufelsbrut auf einen großen Scheiterhaufen schicken. Außerdem dachten wir, dass ...«

Don Alfonso hatte nicht zugehört. Seine Gedanken wanderten fünfundvierzig Jahre zurück. Die Hinrichtung hatte am Tag nach dem Prozess, einem Sonntag, um zwölf Uhr mittags stattgefunden, gleich nach dem Hochamt. Diejenigen, deren Fenster auf den Kirchplatz von Santa María wiesen, hatten einen Logenplatz. Die dreizehn von Reisig umgebenen Gerüste nahmen den größten Teil des kleinen Platzes ein. Soldaten bewachten den Ort und verwehrten allen den Zugang. Die Bevölkerung drängte sich vor dem Portikus und in den angrenzenden Straßen, die Jüngeren kletterten auf die Dächer. Viele zogen es vor, rasch nach Hause zu gehen oder in die umliegenden Orte zurückzukehren, um nicht dabei sein zu müssen, wenn ihre Nachbarn hingerichtet wurden. Nach dem Verlesen des Urteils hatte der Henker auf ein Zeichen Otxoa de Guineas das Holz entzündet. Als die ersten Schreie der Verurteilten gellten, war ein entsetztes Raunen durch die Menge gegangen. Es hatte auch Proteste gegeben, die schnell von den Zuschauern zum Schweigen gebracht wurden, die nicht wollten, dass sich die Soldaten auf sie stürzten, die mit dem Rücken zu den Scheiterhaufen rund um den Platz standen und der Menge mit grimmigen Mienen ihre einsatzbereiten Hellebarden zeigten.

Der Rauch hatte sich noch nicht verzogen und die Schreie der Hingerichteten hallten durch die Straßen und Viertel der Stadt, als mehrere Karren mit Bewohnern Durangos nach Valladolid und Santo Domingo de la Calzada aufbrachen. Einige Zeit später wurde bekannt, dass sie samt und sonders dort verurteilt und bei lebendigem Leibe verbrannt worden waren.

Die Sache war ihm entglitten. Er hatte geglaubt, seine Gläubigen würden ihm seine Bemühungen danken, das Böse auszurotten, das die guten Seelen bedrohte, doch stattdessen sah er Tränen in den Augen der Mütter und Vorwürfe und sogar Hass in jenen vieler guter Christen. Er bekam Albträume. Im Traum erschienen ihm vom Feuer entstellte Gesichter, Skelette mit Fleischresten an den Knochen. Jede Nacht raubten ihm die verzweifelten Schreie der Hingerichteten den Schlaf. Seit vier Jahrzehnten währte diese Qual, und es verging kein Tag, an dem er Gott nicht anflehte, dieser möge ihm endlich den erlösenden Tod schicken. Doch Gott hatte ihn vergessen, oder es war seine Art, ihn für sein abscheuliches Verbrechen zu strafen.

»Und Marina de Minika?«, fragte er dann und sah seinen Neffen wieder an.

»Auch sie«, antwortete dieser, und ein triumphierendes Lächeln umspielte seine Lippen. »Sie ist die Verstockteste von allen. Sie hat es sogar gewagt, mir die Stirn zu bieten und mich einen Sohn des Teufels zu zeihen.«

»Vielleicht stimmt es.«

»Was wollt Ihr damit sagen?« Bei den Worten des alten Priesters erlosch das Lächeln auf seinem Gesicht.

»Sie war jung und ausnehmend hübsch«, Don Alfonsos

Blick verlor sich wieder in der Vergangenheit, »wohlgeformt und mit schneeweißer Haut. Ich erklärte ihr, ihre seien Eltern verloren, sie jedoch könne sich retten, es sei noch nicht zu spät, und ihre Sünden würden ihr vergeben, ich hätte die Macht dazu …« Ein dünnes Lächeln, gefolgt von einem Hustenanfall, unterbrach seine Worte. »Neun Monate später wurdest du geboren. Mein Bruder Domingo nahm dich an Kindes Statt an, um einen Skandal zu vermeiden. Doch die Vorsehung wollte es, dass ich für meine Schuld zahle und auch du für die deine. Du siehst, ich habe ihre Eltern auf den Scheiterhaufen geschickt, und du nun sie, deine eigene Mutter.«

Tomás de Arandia erholte sich nicht mehr von dem Grauen, in das ihn die Erklärung des Mannes stürzte, den er bislang für seinen Onkel gehalten hatte. Er verfiel in völliges Schweigen, das er nur brach, um sich zu weigern, bei dem neuen Prozess mitzuwirken.

Am meisten wunderten sich zweifellos jene über die Reaktion des Pfarrers, die wie Josefa, Catalina und viele andere Ziel des heiligen Zorns des Priesters gewesen waren, weil sie in der Kirche und bei kirchlichen Feiern fehlten.

»Sollte ich mich getäuscht haben und Don Tomás ein besserer Mensch sein, als ich dachte?«, bemerkte Josefa, als sie von dem Vorfall erfuhr.

»Was mag ihn dazu bewogen haben?«, fragte Catalina und dachte an die erzürnten Blicke des Priesters, wenn sie ihm begegnet war.

»Wer weiß … Die Marinatxo und die anderen sind gläubige Christen, die zur Messe gehen und nie Anlass zu Gerede gegeben haben. Vielleicht gehen sie auch zur Beichte und haben ihm nie etwas über Hexen oder dergleichen erzählt.«

Die beiden Frauen waren auf dem Weg zur Plaza Santa María, um wie die meisten den Prozess zu verfolgen. Maritxiki hatten sie nicht zum Mitgehen bewegen können. Nach der Ergreifung und Verurteilung ihrer Glaubensbrüder lebten alle Mitglieder ihrer Gemeinde in Angst. Aus Furcht, man könnte sie an der nächsten Straßenecke verhaften, traute sie sich nicht mehr aus dem Haus und sprach mit niemandem mehr. Catalina erzählte Josefa nicht, was sie über Maritxiki und die Ketzerversammlungen wusste. Wozu noch mehr Öl ins Feuer gießen? Besser, man ließ alles, wie es war, und wartete, bis sich die Wogen glätteten.

Catalina erschrak, als sie in einer gebeugten, zerlumpten Frau die Marinatxo wieder erkannte. Nichts an ihr erinnerte an die zwar arme, aber gepflegte Frau, mit der sie vor einigen Wochen gesprochen hatte. Sie war schmutzig, ihr zerzaustes graues Haar verlieh ihr das Aussehen einer Wahnsinnigen, ihre Kleider waren zerrissen, und eingetrocknete Blutflecken waren darauf zu erkennen. Das Mädchen biss sich auf die Lippen, und Tränen stiegen ihr in die Augen. Wie konnte man so grausam sein?

Martínez de Unda hatte mit der Verlesung der Anklage begonnen und zählte mit sich überschlagender Stimme die Verbrechen auf, derer man die Gefangenen bezichtigte. Immer wieder fielen die Wörter Hexerei, Zauberei und schwarze Kunst, gefolgt von Entsetzensrufen aus der Menge.

»María Teresa de Agirre, besser bekannt als Marinatxo«, erklärte der Schreiber, »wird zur Last gelegt, das Mädchen Inés Ederra verhext, mittels Salben und Magie zu einem Hexentanz gebracht und es gezwungen zu haben, eine Herde Kröten zu hüten.«

»Inés Ederra soll vortreten«, ordnete der Bürgermeister an.

Das Mädchen trug zu diesem Anlass einen blauen Rock mit besticktem Saum, ein ärmelloses Mieder und eine am Halsausschnitt bestickte Leinenbluse. Ihr Haar war zu zwei Zöpfen geflochten, und sie trug neue Schuhe, wie jeder sehen konnte. Ein silbernes Kreuz funkelte auf dem Mieder und bewies ihre Frömmigkeit und die ihrer Familie. Sie beantwortete die Fragen des Inquisitors Guinea und erklärte, dass sich alles genau so verhalten habe; die Marinatxo habe sie gezwungen, sie zu den Hexenversammlungen zu begleiten, habe sie mit einer Salbe eingerieben, deren Zusammensetzung sie nicht kenne, und dann seien sie über die Felder und unter den Wolken hinweggeflogen. Zusammen mit vielen anderen Kindern habe man sie gezwungen, riesige Kröten zu hüten, die in einem Tümpel geschwommen seien, während sich die Hexen auf einem Feld mit einem Wesen vergnügt hätten, schwarz wie die Nacht, halb Mensch, halb Tier, mit Hörnern auf dem Kopf und einem Ziegenbart.

Es herrschte völlige Stille. Alle hielten den Atem an, und nur wenige zweifelten an ihrer Aufrichtigkeit. Es rührte die härtesten Herzen, wie das arme Mädchen mit seinen langen Zöpfen dort stand und mit angsterfüllten Augen den furchtbaren Albtraum schilderte. Bürgermeister Uria musste seine ganze Autorität einsetzen und damit drohen, die Verhandlung an einem geschlossenen Ort fortzusetzen, wenn die Kommentare und Drohrufe nicht aufhörten, die auf die Aussage der Inés Ederra folgten. Guinea wartete geduldig, bis die Stimmen verstummten, um die Marinatxo zu befragen.

»Entspricht es der Wahrheit, was dieses Mädchen soeben erklärt hat?«, fragte er so laut, dass jeder ihn hören konnte, auch jene, die sehr weit weg standen.

»Sie wird wissen, warum sie gesagt hat, was sie gesagt hat«, antwortete die Frau so ruhig, als ginge sie das Ganze nichts an.

»Du leugnest also, dass ihre Anklage der Wahrheit entspricht?«, fragte der Inquisitor erneut.

»Wenn ich es leugne, werdet ihr mich wieder foltern, ihr werdet mich an den Daumen aufhängen, mich auf den heißen Stuhl setzen, mich der Wasserprobe unterziehen, mich mit Nadeln stechen und noch Schlimmeres«, erklärte die Marinatxo resigniert. »Warum also sollte ich leugnen, wenn ich euch früher oder später doch sagen werde, was ihr hören wollt?«

»Beantworte meine Frage, Frau!«, brüllte Guinea. Er hoffte auf ein Geständnis, das ihm den Triumph verschaffte, das die Anwesenheit des Inquisitionstribunals in Durango mehr als rechtfertigte.

»Also gut, verflucht sollt Ihr sein!«, rief die unglückliche Frau mit einer Kraft, die man bei ihrem Alter nicht erwartet hätte. »Ja, ich bin eine Hexe, ich braue Tränke aus den Körpern toter Kinder und den Testikeln schwarzer Hähne, ich habe mein Lebtag lang meine Nachbarn mit dem bösen Blick verhext und Unglück und Tod über sie gebracht, und ich nehme an den Hexensabbaten teil, bei denen ich Unzucht mit dem Satan treibe. Und da Ihr es schon einmal wissen wollt, ich kann Stürme herbeirufen, die Winde hören auf meine Stimme, die Blitze gehorchen mir, und ich könnte Euch alle in einem Augenblick vernichten.«

Die Menge wich zurück, entsetzt über das, was sie gerade gehört hatte, und voller Angst, die Hexe könne ihre Drohungen wahr machen.

»Aber«, fuhr die Marinatxo genauso kraftvoll fort, »ich habe niemals Inés Ederra zu unseren Versammlungen mitgenommen. Das alles ist eine Lüge, die sich ihr Vater Zikiño ausgedacht hat, um sich an mir zu rächen.« Sie suchte nach dem Objekt ihrer Beschuldigung, entdeckte ihn in der ersten Reihe und wies mit dem Finger auf ihn. »Du sollst auf ewig verflucht sein, Martín Ederra. Mein Geist wird dich überall hin verfolgen, und du wirst für den Rest deines Lebens keinen Frieden mehr finden.«

Mit diesen Worten begann die Frau so hysterisch zu lachen, dass dem Tribunal und den Zuschauern das Blut in den Adern gefror. Der Angesprochene wich entsetzt zurück und begann zu schreien wie ein Besessener, als er merkte, dass die Leute, die neben ihm standen, von ihm abrückten. Es herrschte ein furchtbares Durcheinander. Mit Müh und Not konnten die Büttel die Leute zurückhalten, die sich auf die Angeklagten stürzen wollten, um ihnen an Ort und Stelle den Garaus zu machen. Schließlich wurden sie wieder zu dem Kornspeicher gebracht, der als Kerker diente, und der Prozess wurde auf den nächsten Tag verschoben.

Als sich die Menge zerstreut hatte und nur noch einige Neugierige auf dem Platz zurückgeblieben waren, setzte sich Catalina auf einen Wegestein, erschöpft von dem langen Stehen, dem Gerempel und der Angst.

Juan de Gesala hatte gewissenhaft alles protokolliert, was während des Prozesses gesprochen wurde, desgleichen die Beratung des Tribunals hinter verschlossenen Türen. Das Gremium hatte sich unmittelbar nach der turbulenten öffentlichen Verhandlung zusammengefunden, um alle Beweise sorgfältig zu prüfen und ein Urteil zu fällen. Die Mitglieder wollten sich nicht unterstellen lassen, in einer so schwer wiegenden Sache leichtfertig gehandelt zu haben. Außerdem war ihnen bewusst, dass das Urteil Konsequenzen haben würde, da zahlreiche weitere Personen der Hexerei beschuldigt waren und noch Dutzenden von Gefangenen der Prozess zu machen war. Zudem war die Erinnerung an die Verbrennung der dreizehn vor Jahren Verurteilten noch sehr frisch.

Was die Schuld der Angeklagten anging, stimmten alle darin überein, dass es im Falle der Marinatxo keinerlei Zweifel gab. Die Frau war eine Hexe. Sie selbst hatte es öffentlich erklärt, ohne dass man sie dazu gezwungen hatte. Für sie konnte es nur einen Urteilsspruch geben: schuldig. Die Strafe: Tod auf dem Scheiterhaufen. Sánchez de Guinea war sehr erleichtert, als er so schnell zu einer Einigung mit den Obrigkeiten der Stadt kam. Es war nicht einfach für ihn, als Richter und Ankläger in einem Hexenprozess gegen Beschuldigte aufzutreten, die auf die Unterstützung ihrer Familien oder Nachbarn zählen konnten. Wenn sich die Menschen in Durango von Fremden angegriffen sahen, vergaßen sie Zwist und

Feindschaften, um gemeinsame Sache zu machen. Im Falle der Frau schien es keine Schwierigkeiten dieser Art zu geben. Offenbar besaß sie keine Sympathien, und das hatte alles sehr viel einfacher gemacht.

Als er jedoch bei den übrigen vier Beklagten auf die gleiche Strafe plädierte, sah er sich mit dem erbitterten Widerstand Urias konfrontiert. Einer der Angeklagten war mit ihm verwandt, die anderen drei gehörten einflussreichen Familien der Stadt an.

»Ist es nicht natürlich, dass die Hexe weitere Personen beschuldigt hat, um sich zu rächen?«, fragte der Bürgermeister. »Wir alle haben ihre erschreckenden Worte gehört. Diese Frau hat keine Seele und kein Gewissen.«

»Aber auch die anderen«, wandte Guinea ein, »haben bei den Verhören gestanden, und …«

»Würdet Ihr nicht gestehen, wenn man Euch der Folter unterzöge?«, fiel ihm der Bürgermeister ins Wort.

»Ich weiß es nicht.«

»Wenn Ihr wollt, können wir die Probe aufs Exempel machen«, scherzte Uria. »Nein, im Ernst. Die Marinatxo ist die Einzige, die sich schuldig bekannt hat. Die anderen vier sind standhaft geblieben, haben die Beschuldigungen zurückgewiesen und ihre Geständnisse widerrufen. Da sie wussten, dass man sie erneut der Folter unterziehen würde – weshalb sollten sie noch einmal leiden wollen?«

»Vielleicht hofften sie auf die Gnade des Tribunals …«

Die Worte Meister Bartolomés hatten einen wütenden Blick Juan de Urias zur Folge. Die vier Beklagten waren Oñacinos; wollte dieser unbedeutende Gamboino aus dem Geschlecht der Undas noch mehr Öl ins Feuer gießen? War ihm ein Schuldspruch noch nicht genug? Wollte er ruhig zusehen, wie ihr Besitz an die Könige und ihre Handlanger, die Inquisitoren, fiel?

»Der einzige Beweis gegen sie ist die Beschuldigung der Hexe«, donnerte er, und der Schreiber sank auf seinem Platz zusammen. »Wollen wir den Worten einer Frau Glauben schenken, die zugegeben hat, Unzucht mit Satan zu treiben? Soll das bedeuten, dass von nun an jeder, der von ihr benannt wird, der Folter unterzogen wird?«

»Wenn er schuldig ist, ja«, sagte Guinea schneidend.

»Wenn sie morgen Euch selbst als Jünger des Teufels bezichtigt, sollen wir Euch dann festnehmen, in Ketten legen und auf den heißen Stuhl setzen, bis Eure intimsten Körperteile verbrannt sind?«

Sie begaben sich auf gefährliches Terrain, der Inquisitor wusste das. Seine Beziehungen zum Rat waren mehr als oberflächlich, und man hatte ihn keinen Augenblick vergessen lassen, dass man ihn zwar als »Gast« duldete, nicht aber als Richter, und dass die Erinnerung an das Vorgehen seines Vaters, des Landesrichters, immer noch sehr präsent war.

»Vielleicht brauchen wir mehr Beweise …«, gab er seufzend nach.

Auf dem Gesicht des Bürgermeisters erschien ein Lächeln.

»Wir beginnen uns zu verstehen, Herr Vorsitzender«, sagte er, und Guinea bemerkte erneut den spöttischen Ton des Bürgermeisters, wenn dieser mit ihm sprach.

Die Beratung dauerte nicht mehr lange. Die Marinatxo wurde auf den Scheiterhaufen geschickt, die anderen vier Beschuldigten wurden aus Mangel an Beweisen freigesprochen, ihr Besitz wurde ihnen zurückgegeben und ihre Ehre wieder hergestellt.

Die Bevölkerung nahm das Urteil mit Erleichterung auf. Dass die Frau schuldig war, stand nach ihrem öffentlichen Geständnis völlig außer Frage, bei den Übrigen jedoch sah das ganz anders aus. Die Stadt war nicht bereit, erneut die Prüfung auf sich zu nehmen, Mitglieder angesehener Familien brennen zu sehen, vor allem, da niemand außer der Hexe etwas gegen sie vorgebracht hatte. Alle lobten den weisen Entschluss des Tribunals, und nur wenige nahmen Anstoß an der Tatsache, dass die vier Beklagten, obwohl freigesprochen, für den Rest ihres Lebens unter den Folgen der Folter leiden würden. Juan de Ibáñez hinkte, Domingo Itúrriz hatte das rechte Augenlicht verloren, und Marina González de Maribona und ihre Schwester Miguela sollten sich aufgrund ihres hohen Alters nie mehr von der Folter und den Wochen im »Loch«, wie einige den Kerker im Kornspeicher nannten, erholen.

Der Einzige, der nicht zufrieden aus der Beratung ging, war Meister Bartolomé. Als er wieder in seinem Arbeitszimmer saß und die Prozessakten durchsah, die sein Geselle ins Reine geschrieben hatte, fluchte er auf die Schwäche Juan de Urias, der zuließ, dass vier mutmaßliche Ketzer auf freien Fuß kamen, um erneut ihr Unwesen treiben zu können.

»Mag sein, dass die Männer unschuldig sind«, bemerkte er, »aber die beiden Frauen sind ebensolche Hexen wie die Marinatxo. Was denkst du?«

Juan de Gesala zuckte mit den Schultern. Er hatte dem Prozess beigewohnt und Protokoll geführt, wie ein Zuschauer unter vielen. Die ganze Sache berührte ihn nicht. Die Gerechtigkeit kannte keine Gefühle, man hatte es so zu nehmen, wie es war. Er erinnerte sich an das Gespräch, das er einige Tage zuvor mit Guinea in der »Posada de Min« geführt hatte.

»Eure Landsleute sind der Gastfreundschaft nicht sehr zugeneigt«, hatte der Inquisitor über das mangelnde Entgegenkommen des Rats geklagt. »Man hat uns nicht im Geringsten unterstützt, wir sollen selbst für unsere Unkosten aufkommen, und darüber hinaus stellt man unsere Autorität infrage.«

»Ihr müsst versuchen, sie zu verstehen«, hatte er ihn zu besänftigen versucht. »Zum einen herrscht große Aufregung wegen der Ereignisse. Dies ist ein ruhiger Ort, das kann ich Euch versichern, und es ist das erste Mal, dass hier so etwas geschieht. Das Urteil damals und die Hinrichtung der Ketzer haben einen tiefen Eindruck bei der Bevölkerung hinterlassen.«

»Auch mir schmeckt es nicht, Menschen anzuklagen und zu verurteilen, dessen könnt Ihr gewiss sein«, versicherte Guinea. »Aber die Rechtgläubigkeit sollte über allem anderen stehen. Wir wären verloren, wenn wir zuließen, dass sich die Ketzerei in der Welt verbreitet, ohne ihr Einhalt zu gebieten! Die gesamte Menschheit wäre der schwärzesten Finsternis anheim gegeben.«

Guinea hatte noch mehr zu sagen.

»Nur eine feste Hand und eine harte Politik haben verhindern können, dass sich die Häresien über die ganze Christenheit ausbreiten. Der Tod einiger weniger auf dem Scheiterhaufen ist das geringere Übel, verglichen mit dem spirituellen Tod der ganzen Menschheit«, beteuerte er, während er sich den kleinen, gebackenen Fischchen widmete, die Min ihnen auf den Tisch gestellt hatte. »Obwohl, zuweilen sind diese Brutstätten des Bösen und des Irrglaubens vonnöten, damit uns bewusst wird, welches die einzige Wahrheit ist. Wie sollen wir um unsere Tugend wissen, wenn wir keinen Vergleich haben?«

Juan konnte Sánchez de Guinea nicht in allen Punkten folgen, doch im Großen und Ganzen war er seiner Meinung. Er wollte keine Welt, in der das Chaos regierte. In seinem Leben musste Ordnung herrschen, dann fühlte er sich sicherer.

»Und Ihr?«, fragte der Inquisitor plötzlich.

»Ich?«

»Ja, Ihr. Was ist Euer Ziel im Leben?«

»Ach so …« Was war sein Ziel im Leben? Hatte er sich diese Frage jemals gestellt?

»Wollt Ihr für den Rest Eures Lebens Schreibergehilfe bleiben?«

»Ich hoffe, eines Tages selbst Schreiber zu werden«, antwortete Gesala, während er dachte, dass dieser Tag noch in weiter Ferne lag.

»Dafür braucht man gute Beziehungen …«

»Gewiss, und viel Glück!«

»Die Inquisition hilft den Ihren«, lächelte Guinea. »Sie eröffnet ihnen Wege, wenn sie beschließen, ihren Dienst zu verlassen.«

»Wollt Ihr mir vorschlagen, die Tätigkeit zu wechseln?«

»In der Fremde ist es immer von Vorteil, einen Ortsansässigen zu haben, der die Sprache der Gegend beherrscht und mit dem man sprechen kann.«

»Und die Gegenleistung?«

»Zur Zeit befindet sich das Inquisitionstribunal in Tabira, aber es ist kein Geheimnis, dass es zuvor in Calahorra und davor in Osma tätig war«, erklärte Guinea. »Doch irgendwann wird es einen festen Sitz haben, und ich würde meinen, dass dieser Ort seiner religiösen Tradition wegen Calahorra sein wird. Mit diesem Tag werdet Ihr frei sein, über Euer Leben zu verfügen, wie es Euch gefällt. Vielleicht jedoch habt Ihr bis dahin Gefallen daran gefunden und zieht es vor, weiterhin der Sache Gottes statt den Menschen zu dienen.«

Juan de Gesala war bewusst, was dieses Angebot bedeutete. Er würde bei seinen Mitbürgern auf Ablehnung stoßen, man würde seine Anwesenheit mit Argwohn betrachten, und er würde nur wenige haben, denen er vertrauen konnte. Im Gegenzug allerdings würde er eine ungekannte Macht genießen; ihm eröffnete sich die Möglichkeit, in der mächtigen kirchlichen Institution zu Rang und Namen zu kommen, auch ohne Priester zu sein; er würde keine Steuern zahlen und Immunität genießen; er erhielte einen guten Lohn und einen Teil des konfiszierten Besitzes jener Angeklagten, die der Ketzerei, der Blasphemie, der Bigamie, des Ehebruchs, der Vergewaltigung und so vieler anderer Vergehen, die tagtäglich begangen wurden, schuldig gesprochen wurden … Später, wenn das Tribunal einen festen Sitz hatte, konnte er mitgehen oder in der Stadt bleiben, je nachdem, wie sich die Dinge entwickelten.

»Gebt mir Bedenkzeit«, antwortete er vorsichtig. »Wichtige Schritte müssen gut überlegt sein.«

»Eine weise Antwort.«

Dann hatten sie sich über andere Dinge unterhalten und sich den Nachtisch aus Käse und Quittengelee munden lassen, den Min ihnen, begleitet von seinem Spezialschnaps, kredenzt hatte, nachdem er die Reste des Lamms abgetragen hatte.

»Hörst du mir überhaupt zu?«

Meister Bartolomés Stimme ließ ihn das Gespräch vergessen.

»Ich höre Euch zu, Meister, ich höre zu …«

»Dann bist du also meiner Meinung?«, fragte der Schreiber noch einmal. »Das war erst der Anfang.«

»Vielleicht habt Ihr Recht.«

»Vielleicht, vielleicht – natürlich habe ich Recht!«, fuhr der Mann auf. »Die vier Freigelassenen haben großes Glück gehabt, aber sie sollen sich vorsehen. Beim geringsten Verdacht werde ich sie höchstpersönlich erneut vor das Tribunal bringen, ohne mich darum zu scheren, welcher Partei sie angehören. Gott steht über jeder Partei! Nun, fürs Erste werden wir uns auf die Anzeigen konzentrieren, die uns bereits vorliegen. Wir treffen eine Auswahl und suchen die beweiskräftigsten aus, damit der Bürgermeister oder wer auch immer nicht zu Ausflüchten greifen kann, wie es dieser heute tat, um seinen Verwandten vor der Verurteilung zu bewahren.«

Juan sah die Akten durch und sortierte sie nach ihrem Wahrheitsgehalt. Unda beobachtete ihn dabei. Der Schreiber konnte nicht vergessen, was er damals auf der Straße gesehen hatte, als er darauf wartete, dass Catalina nach Hause kam. Andererseits war er auch nicht sonderlich überrascht gewesen. Sein Geselle war einer der attraktivsten Männer, die er kannte. Welche Frau konnte seinen Reizen widerstehen? Er hatte eine tiefe, angenehme Stimme, gerade richtig, um von Liebe zu sprechen. Er nahm es ihm nicht übel, dass er ihm zuvorgekommen war, vielmehr bewunderte er ihn. Was er nicht verzeihen konnte, war, dass sie sich ihm hingegeben hatte. Welche anständige Frau gab sich einem Mann hin, ohne rechtmäßig verheiratet zu sein? Er sprach sogar wieder mit Doña Marijuan, nur um sie zu fragen, ob sie wisse, ob sein Geselle verlobt sei oder sich mit der Absicht trage. Seine Frau dankte es ihm mit einem Lächeln, dass er das Wort an sie richtete, und war froh, ihm mit Auskünften dienen zu können.

»Es gibt viele Familien in Tabira, die es gerne sähen, wenn Juan de Gesala um die Hand ihrer ledigen Töchter anhielte«, berichtete sie ihm mit vor Freude geröteten Wangen. »Er kommt zwar aus einer mittellosen Familie, aber er ist gut aussehend, besitzt ein Haus und wird irgendwann seine eigene Kanzlei haben, auch wenn er augenblicklich noch dein Gehilfe ist.«

»Aber ist er nicht in einem Alter, in dem man bereits versprochen ist?«

»Er hat ein Verhältnis mit einer Frau, einer gewissen Catalina, einer Hebamme und Heilerin«, berichtete seine Frau weiter. »Sie stammt nicht aus Tabira, sondern aus einem der Dörfer im Tal. Es heißt, der alte Arzt Don Diego sei ein Freund der Familie gewesen und habe sie zu sich geholt, um sie in seinem Beruf zu unterweisen. Später habe er ihr sein Haus und eine Menge Geld hinterlassen.«

So viel Geld war es nicht, dachte Meister Bartolomé, auch wenn das Haus eine hübsche Summe wert war.

»Als der gute Arzt starb«, fuhr Doña Marijuan fort, »schaffte sich das Mädchen einen Hund an, der wie ein Wolf aussieht, und blieb alleine in dem Haus wohnen, ohne jemanden zu sich zu nehmen. Sie hat nicht einmal eine Dienstmagd. Zuerst wunderten sich die Nachbarinnen, doch als sie deinen Gesellen ins Haus gehen sahen, war ihnen alles klar. Sie erzählen, dass sie die Nächte zusammen verbringen und untergehakt durch die Straßen gehen wie ein Ehepaar …«

Die Frau erzählte haarklein alles, was sie wusste, doch Meister Bartolomé hörte ihr nicht länger zu. Wie war es möglich, dass er in der ganzen Zeit nichts von alledem mitbekommen hatte? Er dachte ein wenig nach und stellte fest, dass er so gut wie nichts über das Privatleben seines Gesellen wusste. Er hatte ihn eingestellt, weil er einen Gehilfen gebraucht hatte und Juan nicht nur eine angenehme Erscheinung hatte – was stets von Vorteil war, wenn man es mit Kunden zu tun hatte –, sondern außerdem der Gehilfe Ezpeletas gewesen war, was schon für sich eine Empfehlung darstellte. Ezpeleta war der Zunftmeister aller Schreiber gewesen, die zur Zeit in Tabira und Umgebung ihrem Beruf nachgingen.

»Der Fall María Pérez de Urkiola?«

»Wie?«

»Ich fragte Euch, ob der Fall der María Pérez de Urkiola, genannt Maritxiki, als überzeugend gelten kann …«

Unda sah Gesala an und versuchte, sich an den Fall zu erinnern, von dem die Rede war. Maritxiki war eine der Hebammen, die vor einiger Zeit so viel Ärger gemacht hatten. Sie wurde bezichtigt, für den Tod eines lebend geborenen Kindes verantwortlich zu sein. Es war eine sehr schwere Anschuldigung, die er zunächst zur Seite gelegt hatte, weil die Frau eine der erfahrensten Hebammen in der ganzen Gegend war – sie hatte auch Xacobe bei Magdalenas Geburt betreut – und es niemals Klagen über sie gegeben hatte. In ihrem Schmerz gaben viele Eltern, die durch Gottes Willen ein Kind verloren, jenen die Schuld an ihrem Unglück, die bei der Geburt geholfen hatten – Hebammen, Nachbarinnen oder Ärzten. Er schlug den »Hexenhammer« auf und las noch einmal das Kapitel über die Hebammen, bei welchen die Verfasser des Werkes zu allergrößter Achtsamkeit rieten. Sie allein hatten die Neugeborenen in ihrer Obhut und konnten so unbemerkt allerlei Zaubereien und Beschwörungen durchführen. Allerdings, so die ehrenwerten Ordensmänner weiter, sei aus demselben Grunde auch ein besonderes Augenmerk auf die Mütter selbst zu richten, die ebenso verfahren und ihre Kinder, insbesondere die Mädchen, als Hexen in den Dienst des Fürsten der Finsternis stellen konnten.

»Leg diesen Fall zu den noch zu entscheidenden Fällen«, ordnete der Schreiber an, »denn …«

»Vater!« Magdalena betrat das Arbeitszimmer und unterbrach den letzten Satz des Schreibers.

Bartolomé de Unda ging das Herz auf. Er vergötterte seine Tochter! Sie war so hübsch, sagte er sich jedes Mal, wenn er sie sah, dass es fast unglaublich schien, dass er ihr Vater war. Sie war einen Kopf größer als er, von schöner Gestalt, besaß ein kleines, ovales Gesicht mit einer winzigen, geraden Nase und herrlichen schwarzen Augen, die wunderbar zu ihrem dichten, natürlich gelockten, kohlrabenschwarzen Haar passten, das sie von ihrer Mutter geerbt hatte. Magdalena hatte es wachsen lassen, seit sie das Kloster verlassen hatte, und war nicht dazu zu bewegen, es abzuschneiden.

»Wozu, Vater?«, hatte sie gefragt, als Meister Bartolomé angedeutet hatte, dass es sich für ein unverheiratetes Mädchen nicht ziemte, das Haar lang zu tragen, und es vielleicht besser wäre, es abzuschneiden. »Niemand bekommt es zu sehen, nur du und Doña Marijuan. Ich verlasse so gut wie nie das Haus, und wenn doch, bin ich so verhüllt, dass man kaum meine Augen sieht …«

Es stimmte. Nur wenige kannten das hübsche junge Mädchen. Unda versteckte sie im Haus wie ein kostbares Juwel, das er erst herzeigen würde, wenn sie heiratete. An diesem Tag würde er sein Schatzkästlein öffnen. Seine

Tochter würde das schönste Kleid tragen, das in Bilbao oder sogar in Bayonne zu bekommen war, und er würde sie unter den bewundernden Blicken aller in die Kirche Santa María führen. Er genoss es, sich diesen Moment vorzustellen. Er malte sich aus, wie er nach rechts und links nickte, stolz auf das Juwel, das er am Arm führte, doch wenn er an dem Punkt angelangte, da er seine geliebte Tochter dem Bräutigam übergeben sollte, war dieser nirgendwo zu sehen. Magdalena war nicht für einen dahergelaufenen Bauernlümmel bestimmt, so reich er auch sein mochte, denn das war sie schließlich auch. Er wollte auch keinen hässlichen, gewöhnlichen Mann für sie. Ihr Zukünftiger sollte weder zu dick noch zu dünn sein, keine Pockennarben im Gesicht haben, kein Choleriker sein, aber auch kein Weichling, kein Faulenzer, kein Trinker … Er strich alle Junggesellen und Witwer von seiner imaginären Liste, die irgendeinen Mangel aufwiesen, was die Auswahl sehr einschränkte. Zudem musste man auch bedenken, dass die Erstgeborenen der bedeutendsten Familien von Kindesbeinen an den legitimen Töchtern von Ihresgleichen versprochen waren.

»Vater …«

»Ja, mein Goldstück?«

Gesala lächelte. Die Stimme seines Vorgesetzten veränderte sich auf wundersame Weise, wenn er mit seiner Tochter sprach.

»Vater, die Köchin hat mir erzählt, dass auf dem Platz eine Hexe verbrannt wird.«

»So ist es, mein Kind«, bestätigte der Schreiber. »Sie ist eine böse Frau, die abscheuliche Dinge gesagt und getan hat.«

»Darf ich hingehen und zusehen?«, fragte das Mädchen mit Furcht erregender Unschuld.

»Deine schönen Augen sollen niemals etwas so Entsetzliches sehen«, antwortete ihr Vater erschrocken.

»Warum nicht?«

»Weil die Hexe dich mit dem bösen Blick belegen könnte, wenn du sie ansiehst, darum«, erklärte ihr Meister Bartolomé geduldig. »Kinder und junge Leute sind die geeignetsten Opfer für den bösen Blick, den man auch *oculus fascinus* nennt«, setzte er hinzu, um seine Tochter und auch seinen Gehilfen zu beeindrucken. »Du würdest deine Fröhlichkeit verlieren und in tiefe Lethargie verfallen, würdest unter Schwindel und Lustlosigkeit leiden, nichts könnte dich aufheitern, und du würdest abmagern bis auf die Knochen. Nein, mein Kind, je weiter du von dieser Hexe weg bist, desto besser für alle. Und jetzt lass uns in Ruhe, wir reden später darüber, ja?«

Magdalena zog beleidigt die Mundwinkel nach unten, nicht sonderlich überzeugt von den Worten ihres Vaters, und verließ das Arbeitszimmer, nicht ohne dem Gehilfen zuzulächeln, der auf das Ende der Unterbrechung wartete, damit er weiterarbeiten konnte.

»Sie ist hübsch, nicht wahr?«, fragte Unda, während er dem Blick seines Gesellen folgte.

»Gewiss, das ist sie.«

»Sie ist unterhaltsam, klug und vor allem rein. Sie wird eine hervorragende Ehefrau sein«, schloss Meister Bartolomé voll väterlichem Stolz, den er nicht zu verbergen versuchte, »und sie wird eine großzügigere Mitgift mitbringen als die Tochter eines Corregidors. Der Mann, der meine Zustimmung findet, kann sich glücklich schätzen, findest du nicht?«

Juan de Gesala begann etwas zu dämmern. Machte er sich seltsame Vorstellungen, oder hatte sein Vorgesetzter ihm soeben die Hand seiner Tochter angetragen? Und falls nicht, was hielt ihn davon ab, sein Glück zu versuchen? Er, der Sohn einer armen Witwe, der seinen Vater kaum gekannt hatte und sein bescheidenes Vermögen einem großherzigen Mann verdankte, der sich seiner erbarmt hatte, konnte vielleicht um die Tochter aus einer der angesehensten Familien Tabiras anhalten; er konnte davon träumen, der Nachfolger seines möglichen Schwiegervaters zu werden und dessen Kanzlei zu übernehmen; er konnte über Nacht sein Vermögen vermehren und, was nicht zu verachten war, das Bett mit einer bildschönen Frau teilen. Er lächelte. Das Leben hielt erstaunliche Überraschungen für ihn bereit. In seinem Kopf spukte das Angebot des Inquisitors herum, und nun kam noch die nicht minder überraschende Offerte des Schreibers hinzu. Er konnte sich wirklich glücklich schätzen.

In dieser Nacht hatte Meister Bartolomé wieder einen seiner Albträume. Er sah Catalina vor sich, strahlend schön, die ihm die Arme entgegenstreckte und sich ihm mit Leib und Seele hingab, er aber konnte sich nicht von der Stelle rühren. An seinen Beinen schienen schwere Gewichte zu hängen, die es ihm unmöglich machten, sich zu bewegen, und sein Atem ging schwerer, ohne dass die Luft seine Lungen erreichte. Schweißgebadet wachte er auf.

»So kann es nicht weitergehen!«, rief er.

Er stand auf, zog das Nachthemd aus, rieb sich mit einem Leintuch ab, nahm ein frisches Hemd aus der Kleidertruhe und zog es an. Wie auch in anderen Nächten ging er in sein Arbeitszimmer, doch diesmal nahm er nicht den »Hexenhammer« hervor, sondern die »Clavicula Salomonis«. Er gab sich nicht mit einer momentanen Ablenkung zufrieden, er musste einen Weg finden, sein Problem ein für alle Mal zu lösen. Hastig blätterte er die Seiten um, bis er das Kapitel fand, das ihn interessierte: »Das Geheimnis, geliebt zu werden«. Begierig verschlang er die Zeilen und las sie dann noch einmal mit mehr Ruhe, nachdem er sich vergewissert hatte, dass es tatsächlich das war, wonach er suchte.

Am schwierigsten würde das Stückchen Fleisch zu beschaffen sein, das die Fohlen dem Buch zufolge bei der Geburt auf der Stirn trugen, Füllenmilz genannt, fast so schwer wie der Körpersaft, den eine brünstige Stute absonderte. Dann erinnerte er sich, dass auf dem Grundbesitz, auf dem sein Vieh weidete, auch Pferde gezüchtet wurden und genau um diese Zeit herum die neuen Fohlen zur Welt kamen. Er musste mit seinem Verwalter sprechen und ihn mit der Beschaffung beauftragen. Welche Erklärung sollte er ihm geben? Dass man ihm erzählt habe, die Fohlen würden so rascher wachsen und schneller und robuster werden? Nun, darüber würde er sich später Gedanken machen. Er musste es trocknen und zu feinem Pulver zermahlen. Dann einen roten Apfel nehmen, ein münzgroßes Stück herausschneiden, das Gehäuse entfernen, das Pulver in die Höhlung füllen und diese wieder verschließen.

»Bis hierhin scheint es nicht sehr schwierig zu sein«, überlegte der Schreiber.

Die folgenden Schritte waren ein wenig komplizierter. Man musste rund um den Apfel einen fingerbreiten Streifen der Schale entfernen, mit Blut aus dem Ringfinger dessen, der in sich verliebt machen wollte, den Namen der entsprechenden Person und ein in dem Buch abgebildetes Zeichen darauf schreiben, eine Art Feder, und dann die Schale wieder darauf setzen. Dies musste an dem Freitag geschehen, der dem fünfzehnten April am nächsten war, und zwar um sechs Uhr morgens, der Stunde der Venus.

»Gut«, bemerkte der Schreiber mit einem Blick auf den Kalender, »ich muss nur ein paar Wochen abwarten.«

Der letzte Schritt bestand darin, den Apfel zu trocknen, entweder auf natürliche Weise oder im Ofen, ihn zu Pulver zu zerstoßen und dieses der begehrten Person zu trinken zu geben oder auf die Kleider zu streuen. Darüber würde er nachdenken, wenn es so weit war. Im Augenblick war das Wichtigste, an eine – wie hieß es gleich? – Füllenmilz zu kommen.

Offenbar hegte Domingo, Undas Gutsverwalter, keinen Zweifel an den Erklärungen, die sein Vorgesetzter anführte, um an das Stückchen Fleisch von der Stirn eines Fohlens zu gelangen, doch Meister Bartolomé glaubte eine gewisse Ironie zu bemerken, als der Mann sich am Kopf kratzte, bevor er fragte: »Muss man *das* segnen lassen, damit das Tier gut gedeiht?«

»Das lass nur meine Sorge sein«, antwortete er beiläufig. »Du gibst es mir, und ich kümmere mich um alles Weitere.«

Zwei Tage später lagen drei Füllenmilze auf seinem Tisch.

»Wenn die Sache funktioniert, sind drei besser als eins«, hatte der Verwalter pragmatisch festgestellt.

Meister Bartolomé tat die kostbaren Stücke in ein Holzkistchen, das er ringsum mit Löchern versehen hatte, und verwahrte sie an einem sicheren Ort, damit sie trocknen konnten und zu dem magischen Pulver wurden, das seine Träume wahr machen sollte.

»Es freut mich, dass Ihr zu einer Entscheidung gelangt seid, was meinen Vorschlag betrifft«, sagte Sánchez de Guinea sichtlich zufrieden, während die beiden Männer durch den Nussbaumwald von Intxaurrondo spazierten.

»Ich hoffe, ich tue das Richtige«, entgegnete Juan de Gesala, und in seiner Stimme lag ein leiser Zweifel. Er hatte nicht einmal einen Tag gebraucht, um sich zu entscheiden.

»Selbstverständlich tut Ihr das!«

»Ihr kennt die Leute in diesen Gefilden nicht …«, gab der Schreibergeselle zu bedenken.

»Sie müssen uns nicht kümmern, denn im Geflecht der großen Angelegenheiten von Krone und Kirche fallen sie kaum ins Gewicht«, beruhigte ihn der Inquisitor. »Und da Ihr Euch entschieden habt, einer der Unsrigen zu werden, sollte ich Euch über unsere Aufgabe ins Bild setzen.«

»Ketzer zu verfolgen …«

»Ja und nein, mein Freund«, lachte Guinea. »Es ist viel mehr als das! Gewiss, die Ketzer richten großen Schaden in einem christlichen Land wie dem unsrigen an, und es ist auch vonnöten, das moralische Verhalten des Volkes zu überwachen, damit wir nicht wie die Wilden enden, die, wie man hört, in den jüngst entdeckten Ländern leben. Doch die Kirche ist stets wachsam, und deshalb beauftragt sie Männer wie uns, über die Rechtgläubigkeit zu wachen und dem König nahe zu legen, seine Zustimmung zur erneuten Einsetzung der Inquisition zu geben.

Lasst es mich Euch erklären. Die Inquisition ist keine neue Erfindung – sie wurde im Jahre 1231 von Papst Gregor IX. ins Leben gerufen, und seither ist viel Wasser den Bach hinabgeflossen!«

Sánchez de Guinea machte sich daran, ihm eine Lehrstunde über die Ursprünge der Inquisition in Europa zu erteilen. Geschaffen von besagtem Papst, in Wirklichkeit jedoch vom Kaiser des Heiligen Römischen Reiches, Friedrich II., als Waffe gegen Katharer und Waldenser angeregt, war das Heilige Tribunal ein wirksames Instrument zur Niederschlagung von Aufständen und sozialen Unruhen gewesen, die unter Berufung auf die Religion eine Bedrohung für die weltliche und die geistliche Macht darstellten. Der Kaiser erklärte, dass seine Macht von Gottes Gnaden sei, und maßte sich das Recht an, die Kirche zu schützen. Der Papst wiederum, der keine Einmischung in seine Befugnisse wünschte, schuf das Amt des außerordentlichen Richters, der in seinem Namen handelte und die Ketzer aburteilte, die dann dem weltlichen Arm überstellt wurden, um ihre gerechte Strafe zu erhalten. Gregor IX. hatte die Dominikanermönche dazu ausersehen, die Ketzerei zu unterdrücken und die Kirche zu reformieren, doch in jüngerer Zeit wurden auch Angehörige anderer Predigerorden, wie etwa die Franziskaner, mit dieser Mission betraut.

»Ihr seht, die Gerichtsbarkeit verbrennt bereits seit fast dreihundert Jahren Ketzer«, schloss Guinea.

»Und die Kirche …«, setzte Juan hinzu.

»Nein, nein«, beeilte sich der Inquisitor zu antworten. »Die Kirche verurteilt die Ketzer nicht zum Tode, sie verurteilt sie lediglich wegen Ketzerei oder anderer abscheulicher Verbrechen. Das Todesurteil spricht die Gerichtsbarkeit aus.«

»Eine saubere Art, seine Hände in Unschuld zu waschen«, sagte Juan de Gesala ironisch. »Gab es da nicht einmal einen Römer, der etwas Ähnliches machte?«

»Zugegeben, es mag vorkommen, dass die Urteile der Tribunale nicht immer gerechtfertigt sind«, erklärte Guinea und überhörte die Ironie seines Gesprächspartners, »doch dies ist nicht die Schuld der Tribunale, sondern ihrer Vertreter, die auch nur Menschen und als solche nicht ohne Fehl sind.«

»Wenn sie nur einen guten Vorwand finden, um sich am Besitz der Verurteilten zu bereichern«, führte Gesala eingedenk der Vorwürfe gegen die Inquisitoren an.

Guinea sah ihn streng an, bevor er antwortete.

»Ich hoffe nicht, dass dies der Grund war, der Euch dazu bewogen hat, Euch uns anzuschließen ...«

»Selbstverständlich nicht!«, verteidigte er sich. »Es war einzig und allein mein Wunsch, einer guten Sache zu dienen.«

»Das erste Ziel der Inquisition war die Verfolgung der Ketzer«, fuhr Guinea fort, »sprich der religiösen Sekten, Feinde der wahren Botschaft unseres Herrn Jesus Christus. Doch mit der Zeit dehnte sie ihre Befugnisse auch auf andere Vergehen wie Hexerei, Zauberei, Inzest, Blasphemie oder Kirchenschändung aus.«

»Ihr erzählt mir nichts, was ich nicht bereits wüsste«, wandte Gesala ein, der eine Erklärung über die verborgenen Ziele des Heiligen Tribunals erwartet hatte, die den Normalsterblichen verborgen blieben.

»Nur Geduld, Señor de Gesala.«

Guinea fuhr mit seinen Ausführungen fort, erläuterte die Aufgaben der Richter, Kommissare, Auditoren, Visitatoren, Sekretäre, Büttel und anderer Ämter innerhalb der Inquisition.

»In Küsten- und Grenzregionen wie dieser muss man auch die Häfen und Zollstationen kontrollieren«, erklärte der Inquisitor weiter, »da sie ein Einfallstor für ketzerisches Gedankengut aus dem Ausland sein können. Hinzu kommt, dass die hiesige Gegend ein wenig …«, er zögerte, bevor er das passende Wort fand, »… ein wenig besonders ist, weswegen das Tribunal hier andere Ziele verfolgt als im restlichen Lande.«

Als er den fragenden Blick seines Gegenübers bemerkte, lächelte er und fuhr fort.

»Durch die örtlichen Gesetze, die Abgabenfreiheit, die besonderen Zollbestimmungen, den eigenwilligen Charakter der Einheimischen, ihr Festhalten an alten Gebräuchen und ihre natürliche Neigung zur Rebellion ist diese Gegend ein Quell der Besorgnis für die Könige. Die Kirche ist eine der wenigen Institutionen im Baskenland, die sich, wenngleich mit großen Einschränkungen, in dieser Gemarkung frei bewegen kann. Dies erlaubt es uns, nicht nur über Vergehen gegen den Glauben zu wachen – was unsere Hauptaufgabe ist –, sondern auch, möglichen aufrührerischen Bewegungen nachzuspüren.«

»Aufrührerischen Bewegungen?«, fragte Gesala erstaunt.

»Jawohl, werter Freund. Es gibt Gruppierungen, die unserem König nicht untertan sein wollen und sich immer noch in längst vergangenen Zeiten wähnen, in denen weder Gesetz noch Ordnung herrschten. Die Hinweise mehren sich, dass Kastilien sich bald das Königreich Navarra einverleiben wird, und besagte Gruppierungen schüren unter ihren Anhängern die törichte Idee, den Navarrern beizustehen, in dem Glauben, so noch mehr Privilegien zu erhalten, als sie bereits besitzen.«

»Glaubt Ihr, dass diese Gruppierungen, von denen Ihr sprecht, einen bewaffneten Aufstand planen?«

»Es wäre nicht das erste Mal und wird auch nicht das letzte Mal sein«, versicherte Guinea. »Ihr versteht also, warum unsere Anwesenheit in dieser Gegend so wichtig ist. Durch die Häfen, den Warenhandel, den Schiffsbau und insbesondere die Eisengewinnung an der Biskaya sind die Küstenregionen reicher als das Landesinnere. Der König ist nicht bereit, einen Aufstand hinzunehmen – er hat schon genug Mühe und Verluste durch die Kämpfe der rivalisierenden Familien!«

»Ich glaube nicht, dass er etwas dagegen unternehmen kann«, dachte Gesala laut nach.

»Nein, aber er wird es tun«, beteuerte Guinea. »Die Privilegien der Städte, die unter königlichem Schutz stehen, sind sehr verlockend für die kleinen Grundherren, die ihre Pfründe und ihre Macht schwinden sehen. Sie sehnen sich nach den Zeiten zurück, in denen ihr Wort Gesetz war.«

Sie schwiegen, jeder in seine eigenen Gedanken versunken, während sie dem Gezwitscher der Vögel in den Bäumen lauschten und den schwachen Geruch nach Moos, Heu und Feuchtigkeit einatmeten, den der Wind herantrug.

»Die Anführer der alten Adelsgeschlechter sind für die Unruhen verantwortlich«, urteilte Doktor Guinea schließlich. »Sie sind es immer gewesen, und wenn uns etwas hilft, dann die Tatsache, dass nur selten Einvernehmen zwischen ihnen herrscht. Nur durch ihre Fehden und ihren manchmal Jahrhunderte alten Hass konnte Kastilien diese Gegend erobern, und genauso wird es in Navarra sein. Nun, mein Freund«, schloss der Inquisitor, »Ihr seht, unsere Arbeit beschränkt sich nicht darauf, religiöse Verfehlungen zu verfolgen. Die Kirche wäre Euch dankbar für jede Auskunft über etwaige Äußerungen, Handlungen oder Verlautbarungen gegen die königliche Macht und wird Euch dafür zu entlohnen wissen.«

Juan dachte über Guineas Worte nach, während er zur »Posada de Min« ging. Sie waren übereingekommen, seine neue Aufgabe als Kommissar der Inquisition fürs Erste nicht öffentlich zu machen, auch wenn er den entsprechenden Lohn erhalten sollte. Er würde weiterhin seine Stellung in der Kanzlei Martín de Undas behalten. Aus der Anonymität heraus konnte er zweifellos viel mehr in Erfahrung bringen, weil man nichts Böses hinter seinen Fragen vermutete und ihm keinen Argwohn entgegenbrachte, wie dies der Fall wäre, wenn bekannt würde, dass er mit Guinea zusammenarbeitete. Wenn es ihm beliebte, konnte er sich der Dienste eines Dritten versichern, der ihn bei seinen Nachforschungen unterstützte, denn, darin waren sich beide einig, nur Gott war in der Lage, an mehreren Orten gleichzeitig zu sein. Über Nacht war er zu einem Spion des Königs geworden, und er musste zugeben, dass dies ein aufregender Gedanke war.

»Wer ist das?«, fragte er Min, während er mit dem Kopf in Richtung eines Mannes deutete, der im Mittelpunkt der Gruppe stand, die ihn umgab.

»Íñigo de Muntsaratz. Kennst du ihn nicht?«

Juan hatte schon von ihm gehört, kannte ihn aber nicht persönlich. Er hatte seinen Wohnturm in Abadiño gesehen und wusste, dass er mehrere Häuser in Tabira besaß. Ihm war bekannt, dass seine Leute ihm treu ergeben waren und viele ihn bewunderten. Er beobachtete ihn aufmerksam, während der Mann trank und unflätige Geschichten zum Besten gab, die seine Begleiter mit schallendem Gelächter honorierten. Trotz seiner ausgedehnten Ländereien und seines Vermögens war er wie ein Soldat alten Stils in eng anliegende Hosen, Lederpanzer und Reitstiefel mit Sporen gekleidet. Er hatte einen herrlichen Degen umgegürtet, und sein langes Haar und sein dichter Bart verliehen ihm ein wildes Aussehen.

»Es ist verdächtig, wenn ein Mann, der sich wie ein Edelmann kleiden könnte, als gemeiner Soldat auftritt«, dachte er bei sich, bevor er sich an seinen Freund wandte. »Ist er so Furcht erregend, wie er aussieht?«

»In der Tat«, antwortete Min. »Seinen Freunden ein treuer Freund, aber seinen Gegnern ein unerbittlicher Feind.«

»Die Kämpfe zwischen den verfeindeten Linien sind seit Jahren beigelegt …«

»Offiziell schon, aber es gibt nach wie vor alte Feindschaften und unverheilte Wunden«, erklärte der Wirt. »Es wird noch viel Zeit vergehen, bis wir ohne Angst leben können. Die Feudalherren haben sich noch nicht damit abgefunden, dass sie ihren Einfluss und ihre Macht verloren haben. Sie versuchen in den Städten den Einfluss zu gewinnen, den sie zuvor auf dem Land hatten.«

»Die Könige brauchen immer Soldaten. Wenn der Herr sich nicht mit einem Leben als königlicher Grundbesitzer abfinden kann und kämpfen will, soll er sich ihren Truppen anschließen.«

»Wer? Muntsaratz?« Min lachte auf, als sei das, was sein Freund soeben gesagt hatte, die lustigste Sache der Welt. »Muntsaratz wird sich niemals einem königlichen Heer anschließen, noch wird er zulassen, dass es einer seiner zahlreichen Verwandten tut.«

»Weshalb?«

»Er ist ein Freigeist, der nur tut, was ihm gefällt. Nur

widerwillig befolgt er die Gesetze der Biskaya, die seine Heimat ist, und noch viel weniger wird er diejenigen Kastiliens befolgen. Er hat – oder hatte, das weiß ich nicht mehr – einen Bruder in königlichen Diensten, der sich die Gunst des Königs und zahlreiche Privilegien erwarb. Íñigo spricht nicht mehr von ihm, seit er wegging und sein Schwert in den Dienst der Kastilier stellte. Es ist, als wäre sein Bruder für ihn gestorben.«

Gesala war nachdenklich. Sollte dies einer der Männer sein, die den Aufstand schürten, von dem Sánchez de Guinea gesprochen hatte? Gewiss, es war nichts Neues, dass einige Leute unzufrieden waren. Jahrhunderte lang hatten in Durango andere Bedingungen geherrscht als an der übrigen Biskaya. Vielleicht hatte die Tatsache, dass man längere Zeit zu Navarra gehört hatte, die Sichtweise der Menschen beeinflusst. Es war nicht erstaunlich, dass es nach wie vor zu Auseinandersetzungen zwischen denen kam, die die alte Ordnung wiederherstellen wollten, und jenen, die eine vollständige Vereinigung mit Kastilien befürworteten. Er beschloss, Muntsaratz nicht zu vergessen und Augen und Ohren offen zu halten. Er verabschiedete sich von seinem Freund und machte sich auf den Weg zu Catalinas Haus.

Es war eine sternklare Nacht, und der Himmel war mit kleinen Punkten übersät, die wie Diamanten in der Dunkelheit funkelten. Durch den Prozess war er Tag und Nacht beschäftigt gewesen und hatte keine Zeit gehabt, mit Catalina zusammen zu sein. Ein paar Mal waren sie sich auf der Straße begegnet, er hatte ihr zärtliche Dinge zugeflüstert und sein unverändertes Verlangen nach ihr beteuert. Doch anders als sonst hatte das Mädchen das Spiel nicht mitgemacht und nur gelächelt. Er stellte sich vor, wie sie sich gerade in ihrem Schlafzimmer bettfertig machte, ihr dichtes Haar kämmte, den Mund mit einem Sud aus Erlenrinde und Eibisch ausspülte, um das Zahnfleisch zu kräftigen und die Zähne zu bleichen, oder eine Creme für einen weißen, durchsichtigen Teint auftrug, die sie selbst aus Birkensaft und Öl herstellte. In seinen Augen gab es keine andere Frau in ganz Tabira, die es an Schönheit und Wohlgestalt mit ihr aufnehmen konnte. Genüsslich dachte er an ihre schlanke Taille, ihre Brüste, die genau die richtige Größe hatten, um sie mit den Händen zu umfassen, und ihren runden, festen Hintern, den er so gerne streichelte.

Dann dachte er an Magdalena Martínez de Unda und die Pläne, die allmählich in seinem Kopf Gestalt annahmen. Sie war hübsch und hatte schöne dunkle Augen, doch in wenigen Jahren würde sie eine Matrone mit wogendem Busen und breiten Hüften sein. Sie war fast noch ein Kind, fröhlich und mit wenig Verstand. Er stellte sich vor, wie ihre Beziehung in einigen Jahren aussehen würde, und wusste, dass er sich mit ihr zu Tode langweilen würde, denn er war überzeugt, dass er sie nicht so würde lieben können, wie er Catalina liebte. Doch Liebe und Ehe mussten nichts miteinander zu tun haben, sagte er sich. Die Liebe war eine Wonne, die ihm den Atem nahm vor Glück, die jede einzelne Faser seines Körpers erfasste und ihn in eine Ekstase versetzte, die ihn alles vergessen ließ. Er dachte nicht daran, darauf zu verzichten. Die Ehe hingegen war ein Geschäft, ein Abkommen, ein Handel, zu dem jeder seinen Teil beitrug. In Magdalenas Fall würde dies ihre gesellschaftliche Stellung, Sicherheit und Meister Bartolomés Vermögen sein; sein Beitrag war eine glänzende Zukunft und, dachte er lächelnd, ein Erscheinungsbild und eine Männlichkeit, für die viele Frauen bereit wären, ihre Ehre zu verlieren.

An Catalinas Haus angelangt, klopfte er leise an die Tür und wartete eine Weile. Dann klopfte er erneut, diesmal ein wenig energischer, doch es rührte sich nichts. Er war enttäuscht. Diese vermaledeite Arbeit, die die Hebammen zwang, mitten in der Nacht das Haus zu verlassen und Gott weiß wann zurückzukehren! Er wollte mit Catalina zusammen sein, ihre Stimme hören, in ihren schönen, braunen Augen versinken und sie bis zur Erschöpfung lieben. Er fluchte leise vor sich hin und ging entschlossen zum Stadttor Santa Ana. Er zahlte dem Wächter fünf Maravedis, damit er ihn hinausließ, und ging zur Poststation vor den Toren der Stadt. Dort wurden nicht nur die Pferde versorgt und die Post von und nach Vitoria verteilt, man konnte auch essen und es gab einige Zimmer für Reisende und für jene Einwohner Tabiras, welche die nächtliche Gesellschaft von Frauen suchten. Er entschied sich für ein neu eingetroffenes, schüchtern wirkendes Mädchen, das einen sauberen Eindruck machte, packte es wortlos am Arm und führte es in eines der Zimmer im Obergeschoss, wo er sich ohne jede Rücksicht austobte, während er die Augen schloss und sich vorstellte, Catalina zu lieben.

Catalina seufzte, als sie durch das Fenstergitter sah, wie Juan davonging. Sie war kurz davor gewesen, ihm die Tür zu öffnen, sich in seine Arme zu werfen und alles zu vergessen, was sie sich in den vergangenen Wochen gesagt hatte. Glücklicherweise hatte sie durch eine Reihe von Geburten viel zu tun gehabt, und auch er war ganz mit dem Prozess beschäftigt gewesen, sodass sie keine Zeit gehabt hatten, sich zu sehen oder auch nur zu unterhalten.

Auch sie sehnte sich mit jeder Faser ihres Herzens nach ihm. Sie konnte nicht schlafen und nicht essen, wenn er nicht bei ihr war, aber sie musste sich über einiges klar werden, und dafür durfte sie ihn einige Tage nicht sehen. Denn wenn er in ihrer Nähe war, konnte sie keinen klaren Gedanken fassen. Wenn die Momente der Leidenschaft vorüber waren, in denen sie mit Leib und Seele ihm gehörte, kamen ihr immer wieder seine Worte in den Sinn, die sie einfach nicht vergessen konnte. Das Blut gefror ihr in den Adern, wenn sie daran dachte, wie unbarmherzig er darüber geurteilt hatte, was mit einer der Hexerei beschuldigten Person geschehen sollte, schuldig oder nicht, und sie konnte auch nicht die Genugtuung in seinem Gesicht vergessen, als der Schreiber Unda öffentlich das Urteil des Gremiums verlesen hatte, das die arme Marinatxo den Flammen überantwortete. Wenn sie das Haus verlassen musste, kehrte sie rasch zurück, fest entschlossen, ihm die Tür nicht zu öffnen, sollte er bei ihr anklopfen. Wenn das passierte, wartete sie mit pochendem Herzen, bis sich seine Schritte wieder entfernten. Selbst Zintzo verharrte dann reglos wie ein Stein, als ahnte er, was in seiner Herrin vorging.

Eines Abends, kurz bevor der Nachtwächter auf seiner letzten Runde mit lauter Stimme den Anbruch der Nacht und das Schließen der Stadttore verkündete, klopfte es wieder einmal an der Tür. Catalina rührte sich nicht, wie sie es sich vorgenommen hatte. Zintzo hob den Kopf, als er das Klopfen hörte, aber das Mädchen tätschelte seinen Rücken und flüsterte ihm zu, er solle sich ruhig verhalten. Sie hatte weder das Herdfeuer angefacht, noch eine Kerze entzündet, damit möglicher Besuch – also Juan – glaubte, es sei niemand zu Hause, und wieder ging. Doch nach einer Weile klopfte es erneut. Diesmal konnte sie den Hund nicht zurückhalten, der hechelnd zur Tür stürzte und am Holz kratzte. Sein Verhalten wunderte sie, denn trotz ihrer Bemühungen waren er und Juan keine Freunde geworden. Wenn ihr Geliebter zu ihr nach Hause kam oder sie ihm auf der Straße begegnete, knurrte das Tier und fletschte die Zähne, was sonst nur selten vorkam. Catalina hatte sich angewöhnt, den Hund einzusperren, wenn sie Juans Besuch erwartete, denn die Abneigung des Mannes gegen den Hund war ebenso groß wie umgekehrt. Sie folgte Zintzo zur Tür und fragte durch den Türspalt nach dem Namen des unangekündigten Besuchers.

»Ixile«, antwortete die tiefe Stimme ihres Großvaters von der anderen Seite.

Catalina reagierte nicht sofort. Durch die Aufregungen der letzten Zeit, die Auseinandersetzungen um die Hebammen, die Prozesse gegen die mutmaßlichen Ketzer und Hexen und die Entdeckung von Juans wahrem Charakter hatte sie völlig die beiden einzigen Menschen vergessen, die sie ganz sicher niemals enttäuschen würden. Sie hatte nicht einen Gedanken an ihre Mutter und ihren Großvater verschwendet. Sie hatte kaum an Goiena gedacht, und als sie die Stimme hörte, die sie in ihre Kindheit zurückversetzte, kam sie sich undankbar vor. Sie machte rasch auf und fiel ihm um den Hals. Ixile wirkte ein wenig überrumpelt von der innigen Begrüßung, doch er ließ sie gewähren, und so standen sie lange da und umarmten sich, während der Hund seinen Rücken an Ixiles grobwollener Hose rieb.

»Die Versammlung«, sagte er dann wortkarg wie immer, als sie sich voneinander lösten, und wartete mit verschränkten Armen auf die Entscheidung des Mädchens.

Sie konnte sich nicht weigern. Trotz der jüngsten Ereignisse in der Stadt, trotz Juans Worten und obwohl die Schilderungen der Ankläger der Hexen allzu sehr an das erinnerten, was sie während ihrer Versammlungen taten. »Das wird das letzte Mal sein«, sagte sie sich, während sie auf den Wagen stieg und sich neben ihren Großvater setzte.

»Und Mutter?«, fragte sie zaghaft.

»Gut«, antwortete der Mann ohne jede weitere Erklärung.

»Vermisst sie mich?«, fragte sie weiter.

»Es bricht ihr jedes Mal das Herz, wenn sie an dich denkt.« Es war kein Vorwurf, lediglich eine Feststellung.

Mit Catalinas Weggang war der Hof leer geworden. Daran gewöhnt, ihr Leid alleine zu tragen, hatte Graciana ihr gewohntes Leben voller Arbeit und Mühsal fortgeführt und sich weiter um ihre Kräuter gekümmert. Aus Rücksicht auf sie oder weil ihn das Alter zu drücken begann und er ein wenig menschliche Wärme brauchte, war Miguel de Ausona ins Haus zurückgekehrt, das er nur in dringenden Fällen verließ. Er war kein Mann großer Worte, und Graciana hatte diese Tugend – oder diesen Fehler, wie man es sehen wollte – geerbt. Wenn der Tag zu Ende ging, setzten sich beide ans Feuer. Sie sprachen kaum, doch wenn sie es taten, drehten sich ihre Unterhaltungen um das Mädchen. Sie dachten daran zurück, wie sie als Kind über die moosweichen Bergwiesen gelaufen war, um Früchte zu sammeln oder die Schafe zu hüten. Sie hatten sie zu einem schönen, fröhlichen, kerngesunden Mädchen heranwachsen sehen. Sie war ihr ganzer Stolz, der Stolz von Goiena, und Graciana fragte sich immer wieder, was ihre Tochter dazu getrieben hatte, sie zu verlassen, ihr friedvolles Zuhause gegen einen unbekannten Ort einzutauschen, wo das Leben noch viel härter war als auf dem Land.

»Vielleicht hat sie eine Antwort auf ihre Fragen gesucht«, sagte der Mann, dann schwiegen sie wieder.

Auf halber Strecke fasste sich Catalina ein Herz und begann zu reden. Sie erzählte ihm von den Ereignissen, die die Menschen in Durango in Unruhe versetzten. Sie schilderte ihm auch die Begegnung mit ihrem Onkel Íñigo de Muntsaratz, ohne zu verschweigen, was dieser über die Versammlungen in der Höhle und jene anderen Treffen gesagt hatte, an denen er offenbar regelmäßig teilnahm. Schließlich erzählte sie ihm von Juan. Sie verheimlichte ihm nichts, weil es nichts zu verheimlichen gab. Sie war in den vergangenen Monaten nicht sehr vorsichtig gewesen und konnte sicher sein, dass jeder zwischen Tabira und Arrazola von ihrem Verhältnis mit ihm wusste. Sie schilderte ihm ausführlich Juans Meinung über die angeblichen Hexen und was er über die Versammlungen und ihre Teilnehmer dachte. »Tumbe Heiden«, hatte er gesagt.

»Glaubst du, wir sind in Gefahr, wenn wir zu den Versammlungen gehen?«

Der Mann antwortete nicht gleich, und als er es tat, merkte Catalina, dass er seine Worte genau abwägte.

»Ich wusste nichts von all dem, was du mir soeben erzählt hast«, sagte er mit seiner tiefen, ruhigen Stimme, »aber doch genug, um zu wissen, dass wir schwierigen Zeiten entgegengehen. Es hat den Anschein, als stünde ein neuerlicher Angriff auf die alten Bräuche bevor und auf jene, die sie ausüben.«

»Warum?«, fragte sie neugierig.

»Es gibt Leute, die unsere Hinwendung zur Vergangenheit nicht verstehen oder nicht verstehen wollen«, antwortete er, den Blick auf den Weg gerichtet. »Sie nennen Aberglauben, was vor nicht allzu langer Zeit noch ein Brauchtum oder ein alter Glaube war, den niemand infrage stellte – das Erbe von Generationen, das man nur schwer aufgeben oder vergessen kann. Sie wollen, dass wir mit allem brechen, was uns mit unserer Vergangenheit verbindet, und verlangen, dass wir ausschließlich die Gegenwart oder die Zukunft sehen. Dabei haben sie selbst aber keine Bedenken, sich auf alte Schriften zu berufen, um uns das Recht zu verwehren, so zu handeln und zu denken, wie wir es für das Beste halten.«

»Kommen diese Leute im Auftrag der kastilischen Könige?«, fragte Catalina eingedenk dessen, was sie über den Inquisitor gehört hatte, der nach Durango gekommen war, um Ketzer und Hexen zu verfolgen.

»Sie kommen aus Kastilien *und* von der Biskaya«, sagte Ixile in unverändertem Ton. »Man darf nicht alles Übel den Fremden zuschreiben. Auch hier in unserer Heimat gibt es Menschen, die sich von ihren Vorfahren lossagen und ohne Bedenken ein neues Gesetz gegen die Sitten und Gebräuche erlassen oder einen Haftbefehl gegen ihre Nachbarn unterzeichnen.«

Der Alte schwieg eine Weile, bevor er weiter sprach.

»Die Grundherren hätten nicht zulassen dürfen, dass diese Prozesse stattfinden. Sie hätten zu den Waffen greifen, die Truppen des Corregidors vernichten und den Turm Leriz mitsamt dem Inquisitor in Schutt und Asche legen müssen.«

Catalina war sprachlos angesichts des plötzlichen Ausbruchs ihres Großvaters. Noch nie in ihrem Leben hatte sie ihn so etwas sagen hören.

»Sie sind bereit, sich wegen einer Beleidigung oder wegen ein paar Kühen die Köpfe einzuschlagen, bringen es aber nicht fertig, die Menschen in ihrer Heimat zu verteidigen. Möge Inguma sie alle miteinander in den tiefsten Abgrund stürzen, ihnen die Eingeweide herausreißen und sie den Geiern zum Fraß vorwerfen!«

»Mein Onkel Íñigo sagt …«

»Er gehört zu den Männern, die ohne Kampf nicht leben können«, wurde sie von ihrem Großvater unterbrochen. »Man kann ihm keinen Vorwurf daraus machen, er hat sein Leben lang nichts anderes getan. Er gehört zu denen, die glauben, dass man die Dinge mit Gewalt lösen muss und Worte nichts bewirken. Doch die Zeiten ändern sich, und es ist ein schwieriges Unterfangen, wenn ein Häuflein kriegerischer Männer einem gut ausgerüsteten, besser ausgebildeten Heer gegenübersteht.«

»Sprichst du von den verfeindeten Feudalherren?«, fragte das Mädchen und dachte an die Schlachten, von denen ihr Onkel während ihres Aufenthalts in seinem Turm erzählt hatte.

»Ich spreche von Armeen mit Tausenden gut gerüsteter Männer, die uns schon einmal besiegt haben und die uns erneut besiegen werden«, erklärte der alte Mann.

Mit all diesen Dingen kannte sie sich nicht aus. Sie war zu sehr mit ihren eigenen Problemen beschäftigt gewesen, um sich mit Invasionen und Kriegen auseinander zu setzen. Es war das erste Mal, dass sie ihren Großvater so lange am Stück reden hörte. Es erstaunte sie, dass ein Mann, der sich nie mit seinen Nachbarn unterhielt, der die meiste Zeit alleine lebte und viele Worte nicht einmal an sie und ihre Mutter verlor, so genau zu wissen schien, was um ihn herum vorging. Vielleicht war es ja noch nicht zu spät, dass sie beide sich besser kennen lernten.

»Juan de Gesala …«

»Ich kenne diese Sorte Mann nur zu gut«, sagte Ixile und sah ihr in die Augen. »Es macht ihm nichts aus, sich zu verkaufen, um nach oben zu kommen, und du tätest gut daran, dich von ihm fern zu halten, denn er wird nicht zögern, das Gleiche mit dir zu tun, wenn sich ihm etwas Besseres bietet.«

Auf diesen Gedanken war sie noch nicht gekommen. Gewiss, Juan hatte sie tief enttäuscht, als er sagte, dass er jeden, der sich der Obrigkeit widersetzte, ohne zu zögern in den Tod schicken würde, doch sie war sich sicher, dass er nicht fähig wäre, sie zu verraten. Sie versuchte, an den Mann zu denken, der ihr gestanden hatte, dass er nur deshalb zu der Versammlung gegangen war, um sie wieder zu sehen. Seit sie sich ihm hingegeben hatte, war er nicht mehr in Jentilkoba gewesen.

»Jetzt, wo ich dich ganz für mich habe, gibt es nichts, was mich dort noch interessieren könnte«, hatte er bei ihrem letzten Zusammensein gesagt.

Ehe sie sich versah, hatten sie die Höhle erreicht.

Die Versammlung begann wie die vorherigen. Die

Leute, die sich in der Grotte angeregt unterhielten, die Flöten und Schellentrommeln und die Tänze, die begannen, sobald sich genügend Tänzer bereit fanden. Doch diesmal lag etwas in der Luft, das darauf hindeutete, dass diese Versammlung nicht wie die anderen sein würde. Zunächst einmal beobachtete Catalina, dass der junge Bursche nicht anwesend war, der das Getränk reichte – die »Krötenkotze«, wie ihr Onkel es genannt hatte –, und niemand die Absicht zu haben schien, es zuzubereiten. Sie stellte fest, dass sich die Leute ein wenig besorgt und sogar misstrauisch ansahen, und den Tänzen fehlte die ausgelassene Fröhlichkeit von sonst.

Auch sie selbst war nicht ganz bei der Sache und wechselte kaum ein Dutzend Wörter mit den Umstehenden. Sie hatte nicht auf dem erhöhten Plateau neben dem Ziegenbock Platz genommen; das Tier merkte, dass es alleine war, und zerrte an seinem Strick, um sich loszureißen und sich draußen nach einer saftigen Wiese umzusehen. Beunruhigt und sehnsüchtig zugleich hielt sie Ausschau nach Juans hoch gewachsener Gestalt, doch er war nirgends zu sehen.

Ein Mann, in dem sie den Bruder ihres Großvaters wiedererkannte, der ihr einmal eine Decke über die Knie gelegt hatte, bat um Ruhe und wandte sich an die Anwesenden.

»Ihr alle wisst, dass sich dunkle Wolken über uns zusammenbrauen«, sagte er, und viele nickten zustimmend mit den Köpfen. »Einige unserer Gefährten wurden festgenommen und wegen Ketzerei angeklagt, andere beschuldigt man der Hexerei. Das bringt uns alle in Gefahr, denn der Schmerz der Folter kann sie dazu bringen, unsere Namen zu nennen, selbst wenn sie es nicht wollen.«

Ein leises Raunen ging durch die Menge. Einige wurden unruhig, und in ihren Blicken stand die Angst.

»Es ist nicht das erste Mal, dass dies geschieht«, fuhr der Mann fort. »Doch in letzter Zeit scheinen sich alle verschworen zu haben, um Gespenster zu verfolgen. Als damals die Sache mit den Fraticelli war, sind einige von uns ins Gefängnis gegangen, andere erlitten die Folter, wieder andere mussten die Gegend verlassen. Offenbar befürchtet die Obrigkeit, die Situation könne sich wiederholen, und will sie im Keim ersticken.«

Der Mann machte eine kurze Pause und wägte seine nächsten Worte sorgfältig ab.

»Freunde«, sagte er schließlich, »wir können uns nicht mehr treffen, bis sich die Lage beruhigt hat, und das kann eine ganze Weile dauern. Zu eurer und aller Sicherheit bitte ich euch, eine Zeit lang von zu Hause fortzugehen, wenn es euch möglich ist, Verwandte in anderen Gegenden zu besuchen, euch in die Berge zurückzuziehen, wenn ihr dort eine Hütte besitzt, und vor allem, die Verhöre und den Schmerz zu ertragen, solltet ihr in die Hände des Verfolgers fallen, und eure Nachbarn nicht zu verraten.«

Die letzten Worte hingen bedrohlich über der Versammlung. In vielen Gesichtern stand Angst, sogar Panik, in anderen die Entschlossenheit zu kämpfen. Catalina stand fassungslos und mit offenem Mund da. Sie spürte, wie sich ein Arm schützend um ihre Schultern legte, und wandte sich um in der Hoffnung, er möge Juan gehören. Doch es war ihr Großvater, der neben ihr stand.

Es gab nicht mehr viel zu sagen, und die Leute verließen allmählich die Höhle. Einige unterhielten sich leise, einige schluchzten, andere schwiegen. Was war Schlimmes daran, fragte sich das Mädchen, wenn sie sich ein paar Mal im Jahr versammelten, alte Lieder sangen, die niemand mehr kannte, Instrumente aus Knochen und Leder spielten und alte Geschichten erzählten, damit sie nicht in Vergessenheit gerieten? Was war Schlimmes daran, wenn sie die Göttin ihrer Vorfahren anriefen und sie darum baten, ihrem Volk in einer so schwierigen Welt den Weg zu leuchten?

»Wir tun nichts Schlechtes, mein Kind«, bestätigte ihr Großvater. »Die Menschen haben Angst vor dem, was sie nicht kennen, und viele von uns haben vor langer Zeit den alten Glauben aufgegeben und sind der festen Überzeugung, dass es in der neuen Ordnung keinen Platz für den alten Glauben gibt.«

Trotz Ixiles inständiger Bitten, mit ihm nach Goiena zurückzukehren, bestand Catalina darauf, dass er sie wieder nach Tabira brachte.

»Warum?«, fragte er. »Womöglich hat jemand deinen Namen angegeben, und du wirst gesucht.«

»Wenn es so sein sollte«, entgegnete sie gleichmütig, »macht es keinen Unterschied, ob ich in die Stadt zurückkehre oder mit dir nach Hause fahre. Sie können mich auch hier suchen. Und außerdem, weshalb sollte jemand meinen Namen nennen?«

Ixile warf ihr einen mitleidigen Blick zu, den sie zuerst nicht verstand. Er wendete den Wagen, der bereits auf dem Weg nach Axpe war, und brachte sie nach Tabira. Es dauerte eine Weile, bis Catalina klar wurde, dass in dem Blick ihres Großvaters kein Mitleid, sondern Trauer gelegen hatte. Sie, die Meisterin der Versammlung von Jentilkoba, war dem, was sie repräsentierte, so fern, dass sie nicht begriff, dass ihr Name als Erster fallen würde, wenn einer der Versammlungsteilnehmer gefangen genommen wurde und gestand.

Doch die Wochen nach dieser letzten Versammlung vergingen, und niemand kam sie holen. Sie besuchte weiter die Gebärenden und vermied es, Anlass dazu zu geben, sie des Verstoßes gegen die Anordnung des Rates zu bezichtigen, dass keine Hebamme eine ausschließlich den studierten Ärzten vorbehaltene Behandlung vornehmen dürfe.

Keine zwei Monate nach ihrer letzten Begegnung mit Juan in der Intimität ihres kleinen Zimmerchens merkte sie, dass sie die Frucht seiner Liebe unter dem Herzen trug. Das Ausbleiben der Monatsblutung, die Veränderungen an ihren Brüsten, die Übelkeit, die sie zunächst ihren Sorgen zuschrieb, der Kopfschmerz und weitere Symptome konfrontierten sie mit einer Realität, die sie ohne Kummer und ohne Freude hinnahm.

Seit dem Tag, an dem sie sein mangelndes Mitgefühl mit den Unglücklichen bemerkt hatte, die in Erwartung ihres Prozesses in den Kerkern schmachteten, war sie nicht mehr mit Juan alleine gewesen. Sie konnte es nicht. Ihr wurde übel bei dem Gedanken, dass sie sich einem solchen Mann hingegeben hatte, und doch liebte sie ihn immer noch. Sie sagte sich tausendmal, dass man nicht zwei derart widersprüchliche Gefühle hegen könne, und doch war es so. Sie musste sich eingestehen, dass er sie ebenso anzog wie er sie abstieß. Josefas Ratschläge kamen ihr in den Sinn, Ratschläge, die Catalina stets in den Wind geschlagen hatte. Sie erinnert sich auch an das, was ihr Großvater letztes Mal auf dem Weg nach Jentilkoba gesagt hatte, und an die Ansichten und das Verhalten Juans selbst – stets ironisch, hart in seinen Urteilen und vom Leben ernüchtert.

»Die Klugheit eines Menschen zeigt sich einzig und allein in seiner Fähigkeit, das zu tun, was für ihn und seine

Börse am günstigsten ist«, hatte er einmal gesagt, als sie darüber diskutiert hatten, welches Interesse die beiden Ärzte der Stadt daran haben konnten, den Hebammen ins Handwerk zu pfuschen.

»Man muss sich nicht von allem einen Vorteil versprechen«, hatte sie dagegengehalten.

»Aber natürlich!«, Juan hatte laut gelacht. »Was hat man sonst vom Leben? Wir weilen nur ein paar Jahre auf dieser Welt, und es ist unsere Pflicht, den größten Nutzen daraus zu ziehen.«

»Du bist eiskalt!«

»Nein, ich bin schlau, und außerdem praktisch veranlagt.«

Als sie später noch einmal darüber nachdachte, hatte sie sich einreden wollen, dass es seine Art war, auf spöttische Weise über ernste Themen zu sprechen. Und dann waren da seine Küsse, seine Umarmungen, und die Tatsache, dass er sie so glücklich machte, dass er sie die Welt um sich herum vergessen ließ. Er brachte sie zum Lachen, wenn er ihr auf seine spezielle Art den Klatsch und Tratsch aus der Stadt erzählte. Er verblüffte sie mit seinem Wissen über alles Mögliche und brachte sie zum Träumen, wenn er ihr seine Zukunftspläne erläuterte – eine Zukunft, die sie sich stets an seiner Seite dachte, auch wenn er niemals von Ehe sprach.

Als sie merkte, dass sie schwanger war, war ihr erster Impuls, es ihm zu erzählen. Konnte es eine größere Freude für einen Mann geben, als zu erfahren, dass sein Samen bei der Vereinigung mit der geliebten Frau Früchte getragen hatte? Dann dachte sie noch einmal nach. Würde er eine Nachricht mit Freude aufnehmen, mit der er ganz gewiss nicht rechnete? Für einen Augenblick, einen kurzen Augenblick, dachte sie daran, die Schwangerschaft zu beenden. Sie kannte die abtreibenden Eigenschaften von Mutterkorn, Petersilie, Bockshorn und Teufelskralle gut genug, um sich dieses Kindes zu entledigen, das sie nicht gewollt hatte. Sie sah die Blicke ihrer Nachbarin und ihrer Freundinnen vor sich, das Getuschel, den anklagend ausgestreckten Finger von Don Tomás, während er sie eine Dirne zieh, den Kummer ihrer Mutter … Doch allein der Gedanke an das winziges Wesen, ein Teil von ihr, das sicher und vertrauensvoll in ihrem Leib heranwuchs, ließ sie das Gerede und die allgemeine Missbilligung vergessen. In diesem Augenblick begann sie ihr Kind von ganzem Herzen zu lieben. Sie würde es um jeden Preis bekommen, trotz des Geredes und obwohl sie alleine war.

Drei Wochen nach dem Urteil gegen die Marinatxo sah die Stadt einem weiteren Prozess entgegen. Die Aussagen der bedauernswerten alten Frau hatten mehr als zwanzig Personen in den Kerker gebracht, die meisten von ihnen Frauen. Die Gefangenen lebten unter furchtbaren Bedingungen, sie hatten kaum Platz, sich zu bewegen, die Luft war stickig und das Stroh auf dem Boden von Urin und Exkrementen verschmutzt. Sie erhielten eine Schüssel Kastaniensuppe und ein Stück Brot am Tag, und der Kerkermeister weigerte sich, den Raum zu betreten, weil er Angst hatte, sich eine Krankheit zu holen oder, noch schlimmer, von den verzweifelten Gefängnisinsassen angegriffen zu werden, die zu allem bereit waren, um diesem Albtraum zu entkommen. Die Familien der Festgenommenen hatten gefordert, man möge ihnen den Prozess machen oder sie freilassen. Am Anfang waren es nur vereinzelte Proteste gewesen, doch mit jedem Tag nahm der Unmut zu. Das Gesetz, auf das sich jeder Biskayer im Falle einer Festnahme oder Anklage berufen konnte, galt nicht für Fremde, Zigeuner und mutmaßliche Ketzer oder Hexen. Deshalb blieben den Gefangenen die Rechte vorenthalten, die den Bewohnern der Biskaya zustanden, und dieser Umstand erhitzte die Gemüter ihrer Angehörigen noch stärker. Sie drohten mit Aufstand, wenn das Problem nicht bald gelöst würde. Uria beschloss, den Prozess stattfinden zu lassen, obwohl Inquisitor Guinea diesen noch nicht ausreichend vorbereitet hatte.

»Gerade einmal zwei Gefangene haben aus freien Stücken ihre Untaten gestanden«, erklärte er in der Unterredung, die er mit dem Bürgermeister hatte, »die Übrigen weisen jede Schuld von sich.«

»Vielleicht, weil sie unschuldig sind«, meinte Uria spitz. »Ist Euch das schon mal in den Sinn gekommen?«

»Sie können nicht unschuldig sein«, erwiderte der Inquisitor überzeugt. »Warum sollte die Alte sie sonst beschuldigt haben? Sie hätte viele andere nennen können, doch sie hat diese zwanzig benannt. Sie hätte sogar Ederra bezichtigen können und hat es nicht getan.«

»Ja, und sie hätte auch die ganze Stadt beschuldigen können! Weder ich noch der Rest der Stadt sind bereit, unlautere, haltlose Methoden zu akzeptieren.«

»Unterstellt Ihr mir, meine Arbeit nicht gut zu machen?«, fragte Guinea. »Nun, seht Euch vor, denn ich handle im Auftrag des Königs, des Corregidors und des Bischofs von Calahorra, und ich gedenke, meinen Auftrag auszuführen, komme, was da wolle. Ich werde herausfinden, ob es stimmt, dass diese Gegend eine Brutstätte des Hexenwesens ist, und ich werde meinem Auftrag nachkommen, dem ein Ende zu bereiten.«

»Seht auch Ihr Euch vor«, riet ihm der Bürgermeister, erzürnt über diese Drohung. »Die Geduld unserer Leute hat Grenzen, und es wäre nicht das erste Mal, dass sie das Recht selbst in ihre Hände nehmen.«

»Ihr sprecht von der Hexensekte …«

»Ich spreche von jedem, der den Bogen überspannt, Hexe oder nicht.«

Die beiden Männer sahen sich voller Abneigung an. Beide waren gleichermaßen entschlossen, auf ihre Rechte zu pochen, und überzeugt, dabei auf ausreichend Unterstützung zu treffen.

»Gebt mir noch ein paar Tage«, lenkte Guinea schließlich ein. »Sollten sie wirklich unschuldig sein, werden die Proben es beweisen.«

»Wollt Ihr ihnen so lange die Glieder ausrenken, bis sie gestehen?«, fragte Uria, ohne seinen Unmut über den Einsatz der Folter zu verhehlen.

»Ich erinnere Euch daran, dass die Folter kein Vergnügen für denjenigen ist, der sie anwendet, sondern ein von der Krone und dem Papst anerkanntes Rechtsmittel«, erklärte der Inquisitor ernsthaft. »Durch sie konnten Ketzer überführt werden, welche die Heilige Kirche vernichten wollten, und Aufrührer, welche die bestehende Ordnung gestürzt hätten.«

»Und ist es nicht auch so, dass man jene, die die Folter tapfer überstehen, der Hilfe des Teufels beschuldigt und es deshalb egal ist, ob sie gestehen oder nicht?«

»Ich weiß nicht, woher Ihr diese Unterstellungen nehmt, Herr Bürgermeister. In meiner langen Tätigkeit als Inquisitor habe ich desgleichen noch nie behauptet.«

»Nun, nach meinen Informationen tun dies einige Eurer Kollegen sehr wohl. Ihr habt vier Tage und keinen mehr.«

Uria drehte sich um und ließ einen nachdenklichen Guinea zurück. Er war ebenfalls kein Anhänger der Folter und musste dem aufgebrachten Bürgermeister teilweise Recht geben. Er erinnerte sich an den Fall einer Frau aus Tudela, die von ihrer Nachbarin der Hexerei bezichtigt wurde. Dieser waren über Nacht ohne ersichtlichen Grund zwei Kühe und mehrere Schafe gestorben. Die Angeklagte hatte gegenüber anderen Frauen lachend bemerkt, dass ihre Nachbarin bekommen habe, was sie verdiente, weil sie so niederträchtig und missgünstig sei. Beim Verhör stritt sie alles ab, blieb trotz ihres hohen

Alters standhaft und ertrug die Folter mit einer Tapferkeit, die selbst den Folterknechten Bewunderung abrang. Dennoch kam das Tribunal zu dem Entschluss, dass es unnormal sei, dass eine alte Frau solche Schmerzen ertragen könne, es sei denn, der Satan leibhaftig stehe ihr bei. Sie wurde verurteilt und verbrannt, ohne ihre Schuld eingestanden zu haben. Er war damals ein junger Mann am Anfang seiner Karriere gewesen und hatte mit der Sache nichts zu tun gehabt, doch in all diesen Jahren hatte er die Frau nie vergessen. Sie hatte das Urteil gelassen entgegengenommen und danach ihre Ankläger eindringlich angesehen.

»Gott erbarme sich der Schergen, die in Seinem heiligen Namen Unschuldige ermorden«, hatte sie gesagt, bevor man sie zum Scheiterhaufen führte.

Immer wenn er über die Anwendung der Folter oder die Verurteilung eines Gefangenen zu entscheiden hatte, kamen ihm ihre Worte in den Sinn. Der Fall, mit dem er zur Zeit befasst war, erforderte rasches Handeln. Die Gemüter erhitzten sich mit jedem Tag mehr. Einer seiner Beamten war angegriffen worden, als er nachts eine Schänke verließ. Die Frau aus dem Haus, in dem seine Leute untergebracht waren, die für sie gekocht und geputzt hatte, hatte eine fadenscheinige Ausrede angeführt, um nicht mehr zu kommen. Und aus den Gesichtern der Stadtbewohner sprach offene Feindseligkeit und eine verhohlene Drohung. Selbst der Herr von Leriz, in dessen Turm er selbst Quartier genommen hatte, richtete kaum das Wort an ihn.

Er beschloss, unverzüglich zu handeln, und forderte Ratsmitglieder auf, Zeugen seiner Methoden zu werden und der Form, in der er sie anwandte. Er wollte nicht der Grausamkeit bezichtigt werden oder Anlass zu der

Behauptung geben, die Geständnisse seien erzwungen worden. Ihm stand nicht viel Zeit zur Verfügung, und die wollte er nicht damit verschwenden, eine Streckbank aus Bilbao kommen zu lassen, denn in der Stadt gab es keine. Er entschied, sich auf seine Weise zu behelfen. Dabei sollten ihm zwei seiner Beamten zur Seite stehen, die in der Materie bewandert waren.

Zunächst ließ er ein kleines, lichtloses Zimmer im Keller des Rathauses leer räumen, das als Gerümpelkammer diente. Als Nächstes ließ er einen hölzernen Stuhl aufstellen und Eisenringe zum Fesseln von Händen und Füßen anbringen. Der Sitz wurde ausgesägt und ein Kohlenbecken darunter gestellt, das man später mit Glut füllen würde. Dann musste sich der Gefangene darauf setzen, bis die Hitze seine unteren Teile verbrannte und er sich entschied, seine Verbrechen zu gestehen. An der Decke wurden zwei riesige Fleischerhaken angebracht, an denen jeweils Seile befestigt waren, um die verstockten Angeklagten daran aufzuhängen, und schließlich bat er um einen ausreichend großen Tisch, der ebenfalls mit Eisenringen versehen wurde, um den Gefolterten an Stirn, Hals und Gliedmaßen zu fixieren, damit man ihn mit einem glühenden Eisen foltern oder ihm die Finger und Zehen brechen konnte. Um den Furcht erregenden Anblick der Kammer zu vervollständigen, ließ er eine Holzplanke auf Böcke stellen und sämtliche Werkzeuge darauf ausbreiten, die seine Beamten in einer nahe gelegenen Schmiede auftreiben konnten. Diese Maßnahme war unverzichtbar, denn zuweilen genügte der bloße Anblick der Folterinstrumente, damit die Angeklagten ohne weiteres ihre Verbrechen gestanden. Flachzangen, Spitzzangen, ein Meißel, ein Schmiedehammer, ein Schlackenhammer, ein Ausdrehhaken, eine Säge, Stemmeisen unterschiedlicher Größe, riesige Schrauben, eine Keule und sogar eine Hacke mit Holzstiel, ein paar Fleischermesser und ein kompletter Satz Ahlen und Nadeln wurden fein säuberlich auf der Planke aufgereiht. Schließlich ließ Guinea noch einige Stricke und Ketten an den Wänden anbringen. Das flackernde Licht der Kerzen, die an strategischen Punkten überall im Raum verteilt waren und Schatten an die Wände warfen, der kleine Tisch mit mehreren Stühlen für die Richter und ein großes Kruzifix darüber vervollständigten den grausigen Eindruck, den der Inquisitor erwecken wollte.

Der Bürgermeister weigerte sich, bei den Folterungen zugegen zu sein. Zum einen konnte er kein Blut sehen, aber ein nicht minder gewichtiger Grund war, dass die Wahlen im September vor der Tür standen. Er wollte nicht mehr als nötig mit den Prozessen gegen Bürger zu tun haben, die wiederum Verwandte und Freunde hatten, die ihm ihre Stimme verweigern konnten, auch wenn sie derselben Partei angehörten. Er entsandte einen zu den Gamboinos gehörenden Ratsherrn, den er gerne loswerden wollte, und führte zahlreiche Pflichten an, die seine Anwesenheit erforderten. Der Pfarrer von Santa María, Don Tomás, verweigerte nicht nur sein Kommen, sondern nutzte die Gelegenheit, dem Boten des Inquisitors eine Standpredigt über dessen schändliches, unmenschliches Vorgehen und seine mangelnde Nächstenliebe zu halten und ihm ausrichten zu lassen, dass er den ganzen Vorgang aufmerksam verfolgen werde, um jedes Fehlverhalten zur Anzeige zu bringen. Bartolomé Martínez de Unda nahm die Einladung mit krankhafter Neugier an, die ihn selbst erstaunte, denn sich die Nagelprobe und andere Foltern vorzustellen, war das eine, unmittelbarer Zuschauer zu sein, etwas ganz anderes. Er fragte sich, ob er in der Lage sein würde, die Schreie der Gefolterten zu ertragen, ihr geschundenes Fleisch und ihre zerschmetterten Gliedmaßen zu betrachten. Er kam zu dem Ergebnis, dass es seine Pflicht als Jurist, Christ und Verteidiger der Moral war, Zeuge zu sein, wenn das Gesetz in seiner angemessenen Härte angewandt wurde. Wie sonst sollte man das schreckliche Übel der Hexerei aus Durango vertreiben? Er würde stark sein und den unerquicklichen Anblick der Folter auf sich nehmen, er würde keine Angst haben, von einer der Hexen verflucht oder mit dem bösen Blick belegt zu werden.

Der erste Angeklagte, der Bauer Diego de Garitaonaindia, ein älterer, aber nicht alter Mann mit wettergegerbter Haut und harten Gesichtszügen, schien die Enge des Kerkers und das karge Essen der vergangenen Wochen gut verkraftet zu haben. Obwohl man ihm mit der Folter drohte und Guinea und die übrigen Anwesenden in ihn drangen, verweigerte er jedes Geständnis und bekreuzigte sich jedes Mal, wenn einer von ihnen Satan erwähnte. Irgendwann weigerte er sich ganz zu sprechen und verfiel in ein hartnäckiges Schweigen, das seine Ankläger zur Verzweiflung brachte. Er wurde entkleidet, auf den Tisch gelegt, mit den Eisenringen festgeschnallt, und der Scherge der Inquisition, ein gewisser Juan Valle, der vor dem Eintreffen Guineas keine feste Anstellung gehabt hatte, machte sich daran, ihm sorgfältig jeden einzelnen Zeh zu brechen. Der Mann biss auf die Zähne, aber aus seinem Mund kam kein einziges Stöhnen. Dann verbrannte man ihm mit dem glühenden Eisen die Brust und die Handflächen, doch der Angeklagte blieb stumm, auch wenn er nicht verhindern konnte, dass ihm die Tränen über die Wangen rannen. Guinea und der Scherge sahen sich an, und dieser hob die Augenbrauen und zuckte ratlos mit den Schultern. Schließlich unternahm Juan Valle einen letzten Versuch, griff nach einer Zange, wie man sie zum Ziehen von Hufnägeln verwendete, und zeigte sie dem Gefangenen.

»Mit dieser Zange«, – er grinst vom einen Ohr zum anderen –, »werde ich dir jetzt die Eier abreißen. Wenn ich mit dir fertig bin, bist du nur noch ein Wrack von einem Mann und wärst froh, du wärest tot.«

Guinea wollte ihm Einhalt gebieten – nicht, dass der Mann ihm verblutete und man ihn später des Mordes an einem Unschuldigen bezichtigte. Doch der Scherge zwinkerte ihm zu und sprach dann weiter.

»Es gibt keinen Schmerz, der mit diesem zu vergleichen wäre, das versichere ich dir«, erklärte er immer noch grinsend, während er den Penis mit der Zange packte. »Willst du endlich gestehen?«

Der Gefolterte öffnete die Augen, blieb aber stumm. Aus seinem Blick sprachen solcher Hass und solche Verachtung, dass der Scherge eingeschüchtert von ihm abließ. Guinea beschloss, das Verhör abzubrechen, und ließ den Gefangenen in die Zelle zurückbringen. Der Bauer musste von zwei Wärtern getragen werden, da er sich nicht auf den Beinen halten konnte. Vielleicht, dachte Guinea, kamen die anderen zur Vernunft, wenn sie ihn in diesem Zustand sahen, und sie mussten nicht so weit gehen.

Die Nächste war Juana Díaz, eine Frau, die ihren Lebensunterhalt mit dem Verkauf von Eiern und Hühnern verdiente. Sie war Witwe, hatte mehrere Kinder und nach dem Geschmack ihrer Nachbarn eine zu spitze Zunge. Auch ihr äußeres Erscheinungsbild, die zusammengewachsenen Augenbrauen, ihre mürrische, brüske Art und ihre mangelnde Reinlichkeit waren nicht eben zu ihrem Vorteil. Sie war eine der Ersten gewesen, die von der Marinatxo, mit der sie einige Male aneinander geraten war, benannt worden waren. Die Tage im Verlies, der Zustand des zuvor Befragten und das unheimliche Zimmer, in das man sie führte, genügten, um sie sofort zum Reden zu bringen, als man ein Geständnis von ihr verlangte.

»Es stimmt, es stimmt«, sagte sie hastig, »ich bin eine Hexe, aber ich habe nie jemandem etwas zuleide getan. Ich kann auch Amulette gegen den bösen Blick und die Hühnerpest machen. Euer Ehren werden bereits wissen, dass ich einige Male mit der Marinatxo in Streit geraten bin, denn sie ist sehr wohl eine richtige Hexe und verlangte, dass ich mit ihr zu den Versammlungen von Murumendi gehe. Als ich mich weigerte, drohte sie mir, alle meine Hühner zu töten, und erging sich in allerlei Beschimpfungen und abscheulichen Wörtern.«

Die Frau zählte eine lange Liste von Freveltaten auf, die allesamt der geständigen Hexe zuzuschreiben seien, keinesfalls jedoch ihr selbst, was sie bei dem Leben ihrer armen Kinder schwor, die seit ihrer Verhaftung unversorgt seien und nichts zu beißen hätten. Sie habe sie durch eine Öffnung in der Gefängnismauer gesehen, fast nackt, schmutzig und verwahrlost. Sie flehte im Namen Gottes, seines Sohnes und der heiligsten Jungfrau um Gnade, rief den heiligen Rochus und den heiligen Petrus an, betete aus dem Gedächtnis das Vaterunser auf Lateinisch herunter und riss ihr Mieder auf, um das silberne Kreuz zu zeigen, das um ihren Hals baumelte und beinahe vollständig zwischen ihren ausladenden, überraschend weißen Brüsten verschwand, was zu einer verständlichen Unruhe unter den Anwesenden führte. Guinea beschloss, dem endlosen Wehklagen ein Ende zu bereiten, und forderte sie auf zu sagen, wer ihre Komplizen seien, die Hexen von Durango. Die Frau nannte mit sicherer, fester Stimme die Taufnamen, Beinamen und Familiennamen ihrer zwanzig Mitgefangenen, was dem Inquisitor ein Lächeln abrang, während er dachte, dass die Frau zwar unansehnlich, grob und ungebildet sein mochte, dumm jedoch war sie ganz und gar nicht.

Einer nach dem anderen wurden alle Gefangenen vorgeführt, und am Ende war das Ergebnis mehr als ernüchternd. In den meisten Fällen hatten die Beschuldigten gestanden, ohne dass die Folter angewendet werden musste. Sie hatten alles bestätigt, wonach sie gefragt wurden, sich jedoch häufig widersprochen, wenn Guinea, weil er gerecht sein wollte, die gleichen Fragen noch einmal anders gestellt hatte. Wenn es darum gegangen war, weitere Hexen zu benennen, waren alle möglichen Namen gefallen. Einige von ihnen gab es gar nicht, andere waren tot, wieder andere lebten, waren aber sehr alt. Es fielen Namen wie Larrea, Ibáñez und Olaso, der Name des Merinos, des Bürgermeisters und der Frau des Schreibers Unda, die schon einmal verurteilt worden war, der Küsterin von Santa María und des Arztes Sáinz … allesamt bekannte Persönlichkeiten in der Stadt. Es war so absurd, dass Guinea, Unda und die anderen zu dem Schluss kamen, dass sich die Gefangenen entweder abgesprochen oder völlig den Verstand verloren hatten und nicht wussten, was sie sagten.

In zwei Fällen hatten weder Drohungen noch das glühende Eisen oder die Zangen Erfolg gezeitigt. Die Gefolterten hatten den Mund nicht aufgemacht. Nur in drei Fällen war die Sache halbwegs klar und man konnte die Beschuldigten vor das Tribunal bringen, ohne befürchten zu müssen, sich der Lächerlichkeit preiszugeben. María Pérez de Urkiaga hatte, nachdem man ein halbes Dutzend

Mal die Nadeln angewendet hatte, versichert, dass die Hexensabbate tatsächlich stattfänden; sie gelange mithilfe einer grünen Salbe dorthin, welche sie auf die Fußsohlen, die Handflächen und das Geschlecht auftrage, um montags, mittwochs und freitags des Nachts durch die Lüfte zu den Feldern von Garaigorta in Orozko zu fliegen, wo sie tanze und mit anderen Hexen, als Männer verkleideten Dämonen und dem Leibhaftigen selbst Unzucht treibe – hier nannte sie die Anzahl und die Dauer der Begegnungen sowie die eingenommenen Stellungen –, bis sie im Morgengrauen erschöpft nach Hause zurückkehre. Sie benannte einige »Komplizen«, allesamt Männer und angesehene Persönlichkeiten. Nachdem die Frau wieder in ihre Zelle gebracht worden war, äußerte der Ratsherr Juan López de Anda seine Zweifel an der Glaubwürdigkeit ihrer Aussage. Besagte María de Urkiaga sei wegen ihrer unmäßigen Vorliebe für das männliche Geschlecht gleich welchen Alters und Aussehens bekannt, und zudem dünke ihn die Anzahl der Vereinigungen selbst für eine Hexe übertrieben. Höchstwahrscheinlich sei das Ganze eine Ausgeburt ihrer hitzigen Phantasie.

Die zweite Hexenkandidatin, Marina Sáez de Mendiola, eine alte, frömmlerische Jungfer aus Santa Ana, erklärte, man habe sie zur Teilnahme an den Hexenversammlungen gezwungen. Dort sei sie mit Stöcken geschlagen worden und man habe ihr Blut getrunken. Um die Wahrhaftigkeit ihrer Worte zu beweisen, zeigte sie eine Reihe von Striemen und blauen Flecken auf Rücken und Beinen vor. Weiterhin behauptete sie, der Teufel und die übrigen Hexen hätten sie gezwungen, Gott, der Dreifaltigkeit und der Jungfrau abzuschwören, auf dem Kreuz herumzutrampeln und auf das Kruzifix zu spucken. Einmal ins Reden gekommen, erzählte sie abscheuliche Details über schwarze Messen, bei denen sie mehr als einmal als »Altar« gedient habe und bei denen man einigen Kröten die Kommunion verabreichte, um sie dann zu Pulver zu zerstoßen und daraus Unheil bringende Tränke herzustellen. Als sie zu den Namen ihrer Komplizen befragt wurde, wusste sie nur ihre Mutter zu nennen, die bereits tot war und zu Lebzeiten in dem Ruf gestanden hatte, eine Zauberin zu sein. Alle hatten den Eindruck, dass die Frau ziemlichen Unsinn daherredete und eine blühende Phantasie hatte.

Teresa de Arrazola, die Dritte, die Frau des Seilers Martín de Asteiza, war die Einzige, bei der sich alle Anwesenden einig waren. Die Frau ertrug die Nadelprobe, nicht aber den heißen Stuhl. Unter entsetzlichen Flüchen und Blasphemien verkündete sie, die heilige Jungfrau Maria sei weder Jungfrau gewesen noch heilig, Jesus sei ein Mann wie jeder andere gewesen, und Gott existiere nicht, und falls er existiere, müsse er wohl mit anderen Dingen beschäftigt sein, da er die Welt so schlecht gemacht und mit widerlichen, obszönen Gaffern ausgestattet habe, wie sie sich just in diesem Raum befänden. Über die Hexenversammlungen war nichts aus ihr herauszubringen, und sie bestritt, die berühmte Flugsalbe zu kennen.

»Glaubt ihr, ich wäre hier und ließe mich von einer Horde geifernder Lüstlinge befingern, wenn ich sie kennen würde?«, bemerkte sie spöttisch. »Ich wäre bis zur Hölle geflogen!«

Es war auch nicht möglich, die Namen derer aus ihr herauszubringen, mit denen sie ihre Orgien gefeiert hatte, und weder die Drohung mit dem heißen Stuhl noch mit der Wasserprobe konnten sie von ihrer Haltung abbringen.

Erschöpft von der Anstrengung der letzten zwei Tage,

in denen sie nahezu keine Atempause gehabt hatten, setzten Guinea und die Übrigen die Anklageschrift auf, in der Juana Díaz, María Pérez de Urkiaga, Marina Sáez de Mendiola und Teresa de Arrazola offiziell der Hexerei beschuldigt wurden. Die übrigen Gefangenen wurden verschiedener kleinerer Vergehen wie des Widerstands gegen die Obrigkeit und unkeuscher Handlungen beklagt und gegen die Zahlung von Strafen und öffentliche Buße freigelassen. Den vier überführten Frauen sollte zu einem von der weltlichen Obrigkeit zu bestimmenden Zeitpunkt der Prozess gemacht werden.

Als der Schreiber Unda nach Hause kam, schloss er sich in seinem Arbeitszimmer ein, ohne auf die Rufe seiner Frau und Magdalenas zu achten, die ungeduldig darauf warteten, dass er ihnen von den Verhören und dem Ergebnis derselben erzählte. Nachdem sie es eine Weile versucht hatten und nur Schweigen zur Antwort bekamen, beschlossen die beiden Frauen, das Feld zu räumen und einen geeigneteren Moment abzuwarten.

Meister Bartolomé schenkte sich ein Glas Likör ein, setzte sich in seinen Ledersessel und schloss die Augen, um sich einige Szenen der Verhöre in Erinnerung zu rufen. Der Anblick der nackten, hilflosen Frauen, das Grauen in ihren Gesichtern und die Angst in ihren Stimmen hatten ihn so erregt, dass er irgendwann den Raum verlassen musste, um sich Erleichterung zu verschaffen. Natürlich hatten ihn nicht alle gleich stark erregt. Die Alten und Hässlichen konnte man getrost beiseite lassen, aber da waren die anderen gewesen, zwar reif und üppig, aber noch appetitlich. Er ergötzte sich eine Weile an der Vorstellung ihrer versengten Scham, den Schlägen mit Weidenruten auf ihre Rücken und der Stiche in ihre Körper, und seine Gedanken flogen zu Catalina, so wie ihm der Duft eines deftigen Eintopfs zu jeder Tages- und Nachtzeit das Wasser im Munde zusammenlaufen ließ.

Nachdem er die Füllenmilz zu Pulver zermahlen, dieses in den Apfel gefüllt und die Frucht höchstpersönlich im Backofen im Erdgeschoss seines Hauses gedörrt hatte – ein Umstand, der das Küchenmädchen nicht wenig erstaunte –, hatte er den getrockneten Apfel sorgfältig zerstoßen, war immer wieder mit dem Walkholz darüber gegangen und hatte das Ergebnis in einem Silberkästchen verwahrt, das er zu diesem Zweck erstanden hatte. Das Kästchen und sein Inhalt brannten ihm förmlich in der Jackentasche, aber er sah keine Gelegenheit, ihn über dem Objekt seiner Begierde zu verstreuen. Wenn der Zauber wirken sollte, so war in den »Clavicula« ausdrücklich beschrieben, musste man das Pulver über der Person verstreuen, die man in sich verliebt machen wollte, ohne dass diese etwas davon bemerkte. Wie hätte er Catalina damit einstäuben sollen, ohne dass sie es bemerkte? Er hatte tagelang über den geeigneten Weg nachgedacht – sollte er sie unter einem Vorwand ins Rathaus bestellen, sie zu Hause aufsuchen und eine Durchsuchung vortäuschen, oder, oder … –, aber ihm war keine Möglichkeit eingefallen. Schließlich hatte er beschlossen, sich an der Straßenecke zu postieren, so lange zu warten, bis sie das Haus verließ, und ihr zu folgen. Natürlich war es verrückt, die Leute würden sich wundern, wenn sie den Ratsschreiber der Stadt wie einen Gassenjungen an einer Straßenecke herumlungern sahen –, doch sein Verlangen und sein Bedürfnis, sie zu besitzen, waren so groß, dass er keine andere Möglichkeit gesehen hatte, seinen Plan in die Tat umzusetzen. Und tatsächlich, das Glück war ihm hold gewesen.

»Gott ist mit mir«, hatte er sich gesagt, als er sie aus dem Haus kommen sah, kurz nachdem er sich unter dem Vordach eines Tuchhändlers postiert hatte, der vergeblich versuchte, seine Aufmerksamkeit auf die feilgebotene Ware zu lenken.

Erleichtert stellte er fest, dass sie einen großen Einkaufskorb bei sich trug und nicht von ihrem getreuen Weggefährten, dem Wolfshund, begleitet wurde. Das Mädchen blieb vor einer Auslage mit Obst und Gemüse stehen, um etwas zu kaufen. Dasselbe tat sie an einem Stand mit Würsten, Käse, Kuchen und Pastetchen. Sie erkundigte sich nach dem Preis eines holländischen Tuchs, das die Farbe ihrer Augen hatte, und beobachtete einen Barbier, der von einem Karren herunter seine vorzüglichen Dienste zum schmerzlosen Ziehen von Zähnen anpries. Es war Markttag, und in den engen Gassen im Zentrum von Tabira herrschte großes Gedränge. Der Schreiber schlich sich an Catalina heran, bis er sich direkt hinter ihr befand, dann öffnete er das Silberkästchen, entnahm eine kleine Menge des Pulvers und streute es, ohne dass sie etwas davon bemerkte, über ihren Rock. Der Erfolg machte ihn mutig, und er wiederholte den Vorgang, bis das Kästchen fast leer war. In einer letzten gewagten Geste streute der Mann das restliche Pulver über den Kopf des Mädchens, das daraufhin nach oben blickte, um zu sehen, wer einen Teppich oder einen Lappen über den Passanten ausschüttelte. Der Schreiber war so zufrieden, dass er nicht anders konnte, als fröhlich loszulachen. Catalina drehte sich um und stand unmittelbar vor ihm.

»Guten Tag, Catalina!«, rief Unda aufgeräumt. »Genießt du den Markttag?«

Das Mädchen schluckte ein paar Mal, bevor es antwortete.

»Guten Tag, Herr Schreiber«, sagte es schließlich.

»Ich sehe, du hast eine Menge Obst und Gemüse gekauft.« Er deutete auf den Korb. »Das ist gut! Meine Großmutter pflegte immer zu sagen, Grünzeug sei eine Quelle der Gesundheit. Wir haben hier eine Vorliebe für Eintopf und Schweinefleisch – zu viel Fett für den Körper!«

Catalina war sprachlos. Weshalb sprach der Ratsschreiber mit ihr, als seien sie ein Leben lang befreundet? Sie hatte Angst gehabt, ihm zu begegnen. Sie hatte noch seinen unerbittlichen Blick in Erinnerung, als er ihr gesagt hatte, dass sie nicht als Heilerin tätig sein dürfe, und seine gerunzelte Stirn, als sie vor dem Rat erschienen war, um für die Hebammen zu sprechen. Was würde geschehen, wenn sie sich das nächste Mal begegneten? Und da stand er und plauderte über Gemüse.

»Darf ich dich ein Stück begleiten?«, fragte Meister Bartolomé. Das Mädchen kam aus dem Staunen nicht mehr heraus.

»Ähm … also … eigentlich war ich bereits auf dem Weg nach Hause.« Bei ihrer Antwort stotterte Catalina zum ersten Mal im Leben.

»Außerdem wäre es nicht gut, wenn du in Begleitung des Ratsschreibers gesehen würdest«, fügte er hinzu und grinste. »Die Leute könnten glauben, zwischen uns wäre etwas …«

Meister Bartolomé schreckte aus seinen Gedanken hoch und schenkte sich noch ein Glas ein.

Catalina hatte nicht gewusst, was sie sagen sollte. Sie hatte sich mit einem Kopfnicken verabschiedet und war dann eilig nach Hause gegangen.

»Eile mit Weile«, hatte er sich gesagt. Vielleicht dauerte es einige Tage, bis Salomons Magie Wirkung zeigte.

Doch es waren Wochen vergangen, und das Mädchen hatte sich nicht bei ihm blicken lassen, noch hatte es ihm eine Botschaft geschickt, dass er sie in ihrem Haus besuchen solle. Durch die Vorbereitungen auf den neuen Prozess und die peinliche Befragung der Hexen, die ihn über Tage in Anspruch genommen hatten, hatte er seine Begierde für einige Tage vergessen, doch nun dachte er sehnsüchtiger an sie als je zuvor und war nicht bereit, noch länger zu warten.

Durch die Müdigkeit und den Alkohol war er ein wenig benommen und taumelte leicht, als er sich von seinem Stuhl erhob. Er verließ das Arbeitszimmer und ging in sein Schlafzimmer, wo er den Krug mit Wasser in die Waschschüssel schüttete und den Kopf hineintauchte. Durch das kalte Wasser kam er wieder zu sich. Er trocknete sich ab, fuhr sich mit den Händen durch die Haare, besprenkelte Kopf und Wams mit einigen Tropfen Rosmarinwasser und verließ das Haus, um seine Träume wahr zu machen.

Es war noch früh am Abend, und es war ein heißer Tag gewesen. Vor den Türen saßen Leute auf kleinen Schemeln oder geflochtenen Stühlen und plauderten angeregt. Ein paar Männer hockten auf einer Decke unbestimmter Farbe, die direkt auf dem Pflaster lag, und würfelten, und einige Kinder tobten schreiend umher. Der Schreiber war zufrieden mit sich, von seinem Erfolg und der Wirksamkeit des Zaubers überzeugt. Diese Nacht würde er in den Armen seiner Geliebten verbringen. Er würde sie lieben bis zum Morgengrauen, und in ganz Tabira würde es keinen glücklicheren Mann geben als ihn.

Vor dem Haus des Mädchens blieb er stehen und sah zu dem Fenster hinauf, hinter dem er sie in den Armen seines Gesellen gesehen oder vielmehr erahnt hatte. Und wenn Gesala gerade bei ihr war? Er versuchte, einen Schatten oder ein Geräusch auszumachen, das ihm einen Hinweis gab, doch es blieb alles ruhig. Im unteren Stockwerk brannte Licht. Er überlegte nicht lange, trat näher und betätigte den Türklopfer. Es kam ihm wie eine

Ewigkeit vor, bis er Catalinas Stimme von der anderen Seite der Tür hörte.

»Wer ist da?«, hörte er sie fragen.

»Ich«, war alles, was ihm einfiel.

»Wer ist ›ich‹?«, fragte das Mädchen nach.

Warum musste sie so viele Fragen stellen, statt endlich die Tür zu öffnen und in seine Arme zu sinken?

»Bartolomé Martínez de Unda«, antwortete er, während er zum Himmel betete, dass niemand auf der Straße auftauchte und ihn in dieser kompromittierenden Situation sah.

Aus seine Antwort folgte Schweigen.

»Catalina, öffne die Tür!«, befahl er.

Er hörte das Quietschen der Riegel und den Schlüssel, der sich im Schloss drehte. Dann öffnete sich die Tür, allerdings nicht weit genug, als dass er hätte eintreten können. Eine schwere Kette verwehrte ihm den Zutritt.

»Was wünschen Euer Ehren?«

Als er im Schein der Kerze, die das Mädchen in der Hand hielt, ihr verängstigtes Gesicht sah, musste er lächeln, doch er konnte seine Ungeduld kaum verhehlen.

»Lass mich ein«, befahl er erneut.

»Es ist nicht die Zeit für Besuche.« Catalina machte keinerlei Anstalten, ihm Folge zu leisten. »Ich lebe alleine, und es würde sich nicht ziemen, Euch einzulassen.«

»Ich habe dir etwas zu sagen.«

»Das könnt Ihr auch noch morgen tun.«

»Es muss jetzt sein.«

Undas Stimme hatte den drohenden Ton angenommen, den das Mädchen von den Prozessen kannte. Sie zitterte vor Angst. Jetzt kam man sie holen! Die Befürchtungen ihres Großvaters hatten gestimmt. Jeder wusste von den Verhören, einer der Angeklagten hatte ihren Namen genannt … Schließlich war sie die Meisterin der Versammlung von Jentilkoba. Zum Fliehen war es zu spät, sie hätte nach Goiena gehen sollen, als noch Zeit dazu gewesen war. Mit zittrigen, bleischweren Fingern nahm sie die Kette ab, während sie die Mari um Hilfe und Schutz anflehte. Sie erinnerte sich, wie die Marinatxo ausgesehen hatte, nachdem man sie gefoltert hatte, und sie dachte an das Kind, das sie unter ihrem Herzen trug.

»Endlich!«

Meister Bartolomé stürzte hinein, als der Weg zu der Frau frei war, die seit Monaten durch seine Träume geisterte. Er schloss sie in seine Arme, suchte gierig ihre Lippen und küsste sie ungestüm, während er ungeschickt ihre Brüste befummelte und dann seine Hand unter ihren Rock zu schieben versuchte. Catalina reagierte nicht sofort. Der plötzliche Angriff hatte sie überrumpelt und erschreckt. Ihr war übel, sie riss sich brüsk los und stieß ihren Angreifer heftig von sich.

»Seid Ihr verrückt geworden?«, fragte sie, während die Wut in ihr hochkam und die Tränen ihr in die Augen schossen.

»Catalina … Catalina, ich liebe dich, ich begehre dich, ich kann nicht schlafen, wenn ich an dich denke, das Feuer der Leidenschaft verzehrt mich, ich würde töten, um dich zu besitzen …«

Er wollte sich erneut auf sie stürzen, doch etwas packte ihn am Handgelenk und hielt ihn zurück. Das schwache Licht der Kerze beleuchtete einen schwarzen Schatten, und zwei funkelnde Augen starrten ihn an. Ein tiefer Abgrund zu seinen Füßen hätte ihm nicht mehr Angst einjagen können als die, welche er in diesem Augenblick empfand. Er spürte die spitzen Zähne des Tiers in seinem

Fleisch. Sie verletzten ihn nicht, sondern hielten ihn einfach fest, um seine nächste Bewegung abzuwarten.

»Sag diesem Vieh, es soll mich loslassen«, flüsterte er.

»Geht, und er wird Euch loslassen«, antwortete Catalina, die allmählich ihre Fassung zurückgewann.

Er unternahm einen letzten Versuch.

»Ihr müsst mich einfach lieben«, sagte er halb flehend, halb befehlend.

»Ihr seid ein Schwein«, entgegnete sie verächtlich. »Jetzt geht, oder Zintzo wird Euch für Euer Leben entstellen.«

Meister Bartolomé wich zurück, und das Tier lockerte seine Umklammerung, ließ aber nicht los, bis der Mann das Haus ganz verlassen hatte. Catalina schlug wütend die Tür zu, schob mit großem Getöse den Riegel vor, legte die Kette an und drehte den Schlüssel um. Dann lehnte sie sich an die Wand und ließ sich, vor Angst keuchend, zu Boden sinken. Zintzo leckte sie ab, um ihr zu zeigen, dass er dort war, um sie zu beschützen.

Der Schreiber stand noch lange mitten auf der Straße, den Blick entgeistert auf die Tür gerichtet. Die Angst schnürte immer noch seine Kehle zu, und er spürte, wie sein Herz raste. Er war wie benommen vor Wut über die Zurückweisung und seinen gescheiterten Versuch, und er war voller Rachegedanken gegen das Mädchen, das es gewagt hatte, ihn zu verschmähen und zu beleidigen. Wie ein geprügelter Hund schlich er nach Hause und schloss sich wieder mit der Likörflasche und dem »Hexenhammer« in seinem Arbeitszimmer ein. Begierig suchte er in dem Buch nach etwas, das seiner Rachsucht neue Nahrung gab. Die Verfasser beharrten mit krankhafter Obsession auf der angeborenen Schlechtigkeit der Frauen: Da waren die Frommen und die Jungfrauen, die vom

Teufel versucht und verführt wurden; die jungen Frauen, die ein liederliches Leben führten, und die verlassenen Mädchen; jene, die nicht zur Messe gingen, sowie jene, die ihre Hingabe an das Böse hinter falscher Frömmigkeit verbargen; die Mütter, die ihre Töchter zu absolutem Gehorsam gegenüber dem Höllenfürsten erzogen, und die Töchter, weil sie diesem zu Diensten waren … Es gab keine Frau, die frei von Sünde war. Sie alle waren unzüchtige Verführerinnen, Ketzerinnen oder Hexen, sie waren verderbt, und vom Augenblick der Empfängnis schlummerte das Böse in ihren Seelen. Doch es waren vor allem die Hebammen, denen die Angriffe der deutschen Ordensbrüder galten, die das Werk verfasst hatten. Da sie seit Urgedenken bei den Geburten anwesend waren und über ein Wissen verfügten, das von der Mutter auf die Tochter weitergegeben wurde, konnten sie das Neugeborene leben lassen oder töten, und vor allem konnten sie die Kinder im Namen Satans taufen. War das Kind erst einmal dem Bösen geweiht, konnte die christliche Taufe nichts mehr ausrichten.

Der Schreiber schlug mit der flachen Hand auf die Seite, die ihm die Waffe seines Hasses in die Hand gab, trank den Rest der Flasche aus und fiel in einen tiefen Schlaf voller Teufel, Hexen und gefolterter Leiber.

Einige Wochen später verkündete Don Tomás von der Kanzel herab die Verlobung von Juan Ortiz de Gesala und Magdalena Martínez de Unda. Josefa lief rasch zu Catalina, um ihr die Neuigkeit mitzuteilen.

»Juan und die Tochter des Schreibers?«, fragte diese fassungslos.

»Du hast richtig gehört«, bestätigte die Hebamme. Ihre Freundin tat ihr Leid, aber zugleich war es ihr eine Genugtuung, dass die Zeit ihr Recht gegeben hatte. »Dieser Juan de Gesala ist ein Schürzenjäger, wie er im Buche steht. So kommt er auf einen Streich an eine Stellung, an das Vermögen der Undas und heiratet in eine alt eingesessene Familie ein.«

»Wann soll die Hochzeit sein?«, fragte das Mädchen kaum vernehmlich.

»Zu Mariä Himmelfahrt. Sonntag in drei Wochen. Es heißt, ganz Tabira wird dabei sein, und viele Grundherren werden sich die Ehre geben«, erzählte Josefa weiter, ohne zu bemerken, dass Catalina die Tränen in den Augen standen. »Angeblich ist sogar der Corregidor eingeladen und hat sein Kommen zugesagt – das ist eine große Ehre, denn er scheint kein Mann zu sein, der sich häufig bei solchen Anlässen zeigt.«

Catalina hörte nicht zu. Der Schreck, den ihr der Besuch des Schreibers eingejagt hatte, war einer nie zuvor empfundenen Angst gewichen. Sie rechnete Tag und Nacht mit ihrer Verhaftung, zuckte beim kleinsten Geräusch zusammen, ein unbekanntes Gesicht versetzte sie in Panik, sie hatte den Appetit verloren, verließ kaum noch das Haus und hatte manchmal das Gefühl, verrückt zu werden. Doch die Tage vergingen, ohne dass ihre düsteren Vorahnungen wahr wurden. Allmählich kam sie wieder zur Ruhe und sah davon ab, so schnell wie möglich nach Goiena zurückzukehren und sich in einer der zahlreichen Höhlen in den Bergen ringsum zu verstecken, wie sie es in einem ersten Impuls vorgehabt hatte. Sie erzählte Josefa nichts von dem Vorfall mit Meister Bartolomé, um sie nicht zu beunruhigen, doch sie ließ sich von Zintzo sogar zu dem Verschlag im Garten begleiten, wo sie ihre Notdurft verrichtete.

Und jetzt das! Der Vater des Kindes, das sie erwartete, der Mann, der ihr tausendmal seine Liebe gestanden und dem sie sich bedingungslos hingegeben hatte, wollte die Tochter eines geilen Lüstlings heiraten, ohne sie auch nur darüber unterrichtet zu haben. Sie seufzte. Sicherlich, sie hatte ihm in letzter Zeit keine Gelegenheit dazu gegeben, doch so lange war es auch nicht her, und er hätte schon ein wenig hartnäckiger sein können. Sie erinnerte sich, wie Juan einmal lachend gesagt hatte, das Wichtigste im Leben sei, sich eine gute Zukunft zu sichern, oder wie er ihr beteuert hatte, dass es weder bei den Menschen noch bei den Tieren Treue gebe. Sie war eine einfältige, törichte Gans gewesen, wenn sie geglaubt hatte, er werde eines Tages um ihre Hand anhalten. Was würde wohl geschehen, wenn sie zu ihm ging und ihm mitteilte, dass sie ein Kind ihrer Liebe erwartete? Sie überlegte. Wahrscheinlich würde er lachen und sagen, sie hätte besser aufpassen sollen, um sich nicht schwängern zu lassen, Durango sei voll von Bastarden, und die Existenz eines weiteren werde niemandem auffallen.

»Sie haben noch drei Frauen zum Tod auf dem Scheiterhaufen verurteilt!«

Maritxiki, die eben dazugekommen war, riss sie aus ihren Gedanken.

»Was sagst du da?«, fragte sie und wischte sich mit dem Handrücken über die Nase.

»Du warst in den letzten Tagen so sonderbar und bist kaum aus dem Haus gegangen, deshalb hast du nicht mitbekommen, dass ein weiterer Prozess stattgefunden hat. Dieses Mal waren über zehn Personen angeklagt. Die meisten sind mehr oder weniger glimpflich davongekommen, mit Ausnahme der Juana Díaz, die zu fünfzig Peitschenhieben verurteilt wurde, weil sie bekannt hat, eine Hexe zu sein, jedoch keine bösartige, und außerdem war sie jederzeit bereit, mit dem Tribunal zusammenzuarbeiten.«

Maritxiki hatte wieder Mut gefasst, nachdem mehrere Wochen seit der Festnahme ihrer Glaubensgefährten vergangen waren. Es sah so aus, als wäre die Jagd auf die Ketzer vorüber. Es hatte schon öfter Verfolgungen gegeben, sagte sie sich, sie war jedes Mal heil davongekommen, und es gab keinen Grund, warum es diesmal anders sein sollte.

»Und diese drei Frauen?«, fragte Catalina, und ihre Beine zitterten ein wenig.

»Zum Feuertod verurteilt, wie die Marinatxo. Sie werden alle zusammen brennen.«

»Und wann ist die Hinrichtung?«, fragte Josefa.

»Das steht noch nicht fest«, erklärte Maritxiki, die ganz in ihrer Rolle als Informantin aufging. »Offenbar wollte der Inquisitor, dass sie wie üblich fünf Tage nach dem Urteil stattfindet, aber es heißt, weil noch mehr Prozesse ausstehen, habe der Bürgermeister nicht die Absicht, alle Naslang Leute zu verbrennen. Er möchte, dass alle Urteile auf einmal vollstreckt werden, und außerdem will er keine Hinrichtung vor den Wahlen an Michaelis. Ich kann dir also nicht sagen, wann erneut der Rauch und der Ekel erregende Geruch von verbranntem Fleisch über Durango liegen wird.«

»Noch mehr Prozesse?« In Catalinas Kopf schrillten die Alarmglocken.

»Ja, natürlich. Wie schon bei der Marinatxo wurden auch diesmal weitere Personen beschuldigt, und das Ganze geht von vorne los.«

»Weiß man schon, wer die Angeklagten sind?« Catalina versuchte sich die Angst nicht anmerken zu lassen, die sie erneut ergriff.

»Es sind samt und sonders Frauen. Einige davon aus gutem Hause, denen nichts geschehen wird, und andere Unglückliche, die halb verhungert und mit Schwären bedeckt im Kerker darben werden. Wenn sie mit einem steifen Bein, einem fehlenden Auge oder ein paar gebrochenen Knochen davonkommen, können sie von Glück sagen. Sie wurden bereits alle festgenommen«, schloss sie.

Catalina atmete auf, aber ihre Besorgnis verschwand nicht.

»Und darf man erfahren, wessen sie bezichtigt werden?«, fragte Josefa weiter.

»Es ist immer dasselbe«, erklärte Maritxiki verächtlich. »Dass sie Unwetter machen, die Ernte vernichten, Nachbarn vergiften, mit denen sie im Streit liegen, die Leichen neugeborener Kinder ausgraben, um aus ihrem Fett Flugsalben herzustellen …«

»Es hat nicht den Anschein, als würdest du sonderlich daran glauben …«

»Stimmt, ich glaube nicht daran«, sagte die Frau und schüttelte den Kopf.

»Du glaubst nicht an Hexen?« Josefa war entsetzt.

»Nein. Ich habe noch nie eine gesehen, und wenn einer meint, dass ich daran glaube, eine Hexe könne ein großes Schiff versenken, indem sie mit einem Stock in einem Eimer Wasser rührt, da kann er lange warten!«

»Und wenn jemand vergiftet wird …?«

»Ach komm schon, Josefa!«, entgegnete Maritxiki belustigt. »Zum Giftmischen muss man keine Hexe sein, man muss lediglich wissen, welche Pflanzen giftig sind. Stimmt's, Catalina?«

Das Mädchen hing wieder seinen Gedanken nach. Vielleicht hätte Juan nicht geheiratet, wenn sie in den letzten Wochen nicht so abweisend gewesen wäre … Weshalb nur hatte sie ihm nicht gesagt, dass sie ein Kind von ihm erwartete? Andererseits, wenn er sie wirklich lieben würde, wäre er niemals auf die Idee gekommen, Undas Tochter zu heiraten. Und warum hatte er ihr nichts von seinen Absichten erzählt?

»Catalina! Wo bist du nur mit deinen Gedanken?«

Maritxikis Stimme dröhnte ihr in den Ohren wie eine verstimmte Flöte.

»Mit Sicherheit bei Juan de Gesala«, erklärte Josefa mitfühlend.

»Weißt du schon, dass er Meister Bartolomés Tochter heiraten wird?«, fragte Maritxiki in der Hoffnung, die Erste zu sein, die die Nachricht verkündete.

»Wer weiß das nicht in Durango?«

»Er besitzt kein Vermögen, nur ein hübsches Äußeres und seine Bildung. Der Sohn der Witwe hat es wirklich weit gebracht!«

»Der Sohn einer Hündin, solltest du lieber sagen«,

entgegnete Josefa und wies zu Catalina. »Er hat ihr nichts davon gesagt.«

»Ach, mach dir nichts daraus!«, rief Maritxiki aufmunternd. »Ein kluges, hübsches Mädchen wie du wird keine Probleme haben, einen Mann zu finden. Ich bin da schon schlechter dran – zweimal verwitwet, und kein Verehrer in Sicht! Ich wäre ja bereit, einen alten Hagestolz in mein Bett zu lassen, der mehr in der Börse hat als in der Hose!«

Die beiden Hebammen lachten, und auch Catalina musste über ihr loses Mundwerk lächeln.

Als sie Stunden später lustlos vor einem Eintopf aus Gemüse und Fleisch saß, dachte sie, wie einsam sie doch war. Außer den beiden Hebammen hatte sie kaum Freunde in der Stadt. Die Decke fiel ihr auf den Kopf, und sie begann es zu bereuen, nicht auf Josefa gehört und eine Dienstmagd oder sonst jemanden zu sich geholt zu haben, der ihr an den langen Sommerabenden Gesellschaft leisten konnte. Jetzt, wo sie aufgehört hatte, Kräuter für ihre Arzneien zu sammeln, hatte sie sogar die Freude an ihren Spaziergängen mit Zintzo verloren. Es war an der Zeit, nach Goiena zurückzukehren und ihr Kind auf dem Hof ihrer Vorfahren zur Welt zu bringen. In Tabira hielt sie nichts mehr.

Als es plötzlich an der Tür klopfte, hätte sie beinahe die Schüssel mit dem Essen verschüttet. Ihre Hände begannen zu zittern, und sie merkte, dass ihr Herz raste wie ein galoppierendes Pferd. Sie konnte nicht aufstehen, ihre Beine versagten den Dienst. Es klopfte erneut. Sie kamen sie holen, das war das Ende. Sie stützte sich auf dem Tisch ab, stand mühsam auf und ging zur Tür, gefolgt von dem treuen Zintzo, der in einem fort knurrte.

»Wer ist da?«, fragte sie mit bebender Stimme.

»Juan«, antwortete die tausendmal gehörte, tausendfach geliebte Stimme.

Sie hätte ihr Leben darum gegeben, in diesem Augenblick nicht dort zu stehen. Es wäre ihr lieber gewesen, es wären die Büttel gewesen, um sie mitzunehmen. Der Schmerz schnürte ihr die Kehle zu, ihr Mund war trocken.

»Mach auf, Catalina, ich muss mit dir reden.«

Obwohl sie kaum mehr die Kraft hatte, sich auf den Beinen zu halten, schob sie den Riegel zurück, löste die Kette und öffnete die Tür. Es war noch nicht ganz dunkel. Die Sonne war soeben untergegangen und hatte einen roten Streifen am Himmel hinterlassen, von dem viele behaupteten, es sei der Feuerschweif eines Drachen, der zum Blutmeer fliege. Ein warmer Wind streichelte ihr Gesicht. Vor ihr stand der Mann, den sie liebte und hasste, schön wie ein Gott, kalt wie Eis.

»Lass mich rein«, bat Juan, als er sah, dass Catalina die Tür nur einen schmalen Spalt geöffnet hatte.

»Wozu?«

»Wir müssen miteinander reden …«

»Es gibt nichts zu sagen.«

Juan de Gesala stieß die Tür auf und trat ins Haus.

»Sag deinem Hund, er soll verschwinden«, bat er sie, als er merkte, dass das Tier bereit war, sich auf ihn zu stürzen.

»Geh, Zintzo.«

Der Hund knurrte und fletschte die Zähne, während er zurückwich, ohne jedoch den Mann aus den Augen zu lassen.

»Geh schon«, befahl Catalina noch einmal, und das Tier verschwand hinter der Küchentür.

»Du hast zugenommen«, war das Erste, was Juan sagte, nachdem er sich vergewissert hatte, dass der Hund nicht mehr zu sehen war.

Catalina gab keine Antwort.

»Ich werde heiraten.«

»Ich weiß«, antwortete sie müde.

Plötzlich interessierte es sie nicht mehr, was er aus seinem Leben machte, und sie gewann die Kraft zurück, die sie wenig zuvor verlassen zu haben schien.

»Aber zwischen uns braucht sich nichts zu ändern.«

Catalina betrachtete ihn, als sähe sie ihn zum ersten Mal. Wollte er ihr damit sagen, dass ihre Beziehung so weitergehen sollte wie bisher? Dass sie sich glücklich schätzen konnte, weil er wollte, dass sie weiterhin seine Geliebte blieb?

»Du weißt, dass ich dir nie die Ehe versprochen habe«, rechtfertigte sich Juan, als er merkte, dass sie nicht die Absicht zu haben schien, ihm zu antworten. »Unsere Beziehung beruht auf gegenseitiger Freiheit. Du kannst Hebamme bleiben, und wir treffen uns weiter wie bisher. Ich liebe Magdalena nicht, aber diese Ehe ermöglicht mir Dinge, die bislang für mich unerreichbar waren. Wenn wir beide heiraten würden, würden wir ein Leben wie all diese mittelmäßigen Leute fristen, die nie aus der Not herauskommen und die niemand achtet.«

Catalina schwieg weiter, während sie sich fragte, wie sie diesen Mann hatte lieben können, wie es möglich war, dass sie für einen Schuft, der sein Fähnlein nach dem Wind hängte, ihre Mutter, ihr Zuhause, ihre Wiesen, ihren heiligen Berg verlassen hatte.

»Du wirst leben wie eine Königin«, fuhr Juan fort, »ich werde dich mit Juwelen behängen und dir ein Haus kaufen, viel besser als dieses hier. Du wirst immer die Einzige sein, die ich liebe …«

»Du hast jetzt Zeit zu gehen, bevor ich Zintzo rufe«, unterbrach sie ihn. »Wenn er von dir ablässt, wirst du nicht mehr manns sein, diesen Dreckskerl, der mich vor einigen Tagen vergewaltigen wollte, zum Großvater zu machen.«

In Gesalas Gesicht stand die Überraschung über diese Eröffnung. Die Drohung des Mädchens schien er gar nicht zu beachten.

»Meister Bartolomé hat versucht, dich zu vergewaltigen?«, fragte er entgeistert.

»Zintzo!«, rief Catalina.

Juan blieb kaum Zeit, die Tür zu öffnen und wieder hinter sich zu schließen, bevor sich der Hund auf ihn stürzte.

»Catalina!«, rief er von der anderen Seite. »Catalina, hör mir zu …«

Das Mädchen legte den Riegel und die Kette wieder vor. Sie wollte kein einziges Wort mehr von dem Mann hören, der sie so tief verletzt hatte.

Meister Bartolomé brauchte nicht lange, um seine Rache vorzubereiten. Gleich am nächsten Tag, nachdem er so furchtbar in seinem Stolz und seiner Ehre verletzt worden war, rief er seinen Gesellen zu sich, der im Nebenzimmer über den Protokollen des Prozesses saß, bei dem die letzten drei Hexen zum Tod auf dem Scheiterhaufen verurteilt worden waren.

»Ich will offen mit dir sprechen, Junge«, sagte er ohne Umschweife. »Ich habe eine Tochter im heiratsfähigen Alter, und du bist ein guter Kerl, der mir gescheite, hübsche Enkelkinder schenken kann. Ich mache dir folgendes Angebot: Du wirst nicht länger mein Gehilfe sein, sondern mein Teilhaber werden, und wenn ich mich zur Ruhe setze, wirst du die Kanzlei ganz übernehmen. Mit dem Tag der Hochzeit wird dir außerdem die Hälfte meines Grundbesitzes und meines Viehs gehören. Du wirst mein Teilhaber an der Tuchweberei und der Sattlerei, und du wirst der führenden Schicht von Tabira angehören. Wenn ich sterbe, wird mein gesamtes Vermögen mit Ausnahme dessen, was Doña Marijuan zusteht, in deinen Besitz übergehen. Magdalena ist ein hübsches Mädchen, sie hat eine hervorragende Erziehung bei den Nonnen genossen, sie kann lesen und schreiben und wird eine gute Ehefrau sein. Gewiss, sie wurde nicht ehelich geboren, aber sie ist meine rechtmäßige Erbin, wie sich diesen Dokumenten entnehmen lässt.«

Meister Bartolomé breitete eine Menge Schriftstücke

auf dem Schreibtisch aus, welche die rechtmäßige Stellung seiner Tochter belegten sowie Nachweise über sein gesamtes Vermögen.

»Was sagst du?«, fragte er schließlich.

»Was soll ich sagen? Es ist eine Ehre …«

»Abgemacht!«, fiel ihm der Schreiber ins Wort. »Der Ehevertrag ist bereits aufgesetzt, es fehlt nur noch deine Unterschrift.«

Er legte seinem Gehilfen das Schriftstück vor und reichte ihm die Feder, nachdem er sie ins Tintenfass getaucht hatte.

»Wo ist die Akte mit den Aussagen gegen die Hexen, die du vor einigen Wochen gesichtet hast?«, fragte er dann, als sei die Unterzeichnung des Ehevertrags nichts weiter als ein Geschäftsvorgang.

Juan ging aus dem Zimmer und kehrte mit einer Ledermappe zurück, auf die der Name des Schreibers geprägt war.

»Du kannst jetzt zu deiner Verlobten gehen. Sie wartet im hinteren Patio auf dich«, forderte ihn Unda auf – es war vielmehr ein Befehl – und verabschiedete ihn mit einer Handbewegung, während er sich in den Inhalt der Mappe vertiefte.

Er blätterte in den zahllosen Aussagen und Anzeigen wegen Hexenwesen und Zauberei, bis er fand, was er suchte. Die Anzeige gegen María Pérez de Urkiola, genannt Maritxiki, von Beruf Hebamme. Ein Elternpaar machte die Hebamme für den Tod ihres neugeborenen Kindes verantwortlich. Sie hatte damals jede Schuld von sich gewiesen, unter anderem, weil beide Elternteile bereits älter waren und ihnen schon zuvor Kinder bei der Geburt gestorben waren. Es war offensichtlich, und das erklärte auch der Arzt Sáinz, dass die Frau an einem körperlichen Defekt litt, der es ihr unmöglich machte, eine Schwangerschaft zu einem guten Ende zu führen. Doch nachdem er Dutzende Male die Kapitel im »Hexenhammer« gelesen hatte, in denen vor der Bösartigkeit der Hebammen gewarnt wurde, und in Anbetracht seines momentanen Gemütszustands sah er nun mit anderen Augen, was er zuvor für den Ausdruck des Schmerzes eines Paares gehalten hatte, das unsäglich darunter litt, keine Kinder bekommen zu können. Er lächelte triumphierend. Der zweite Teil seiner Rache nahm seinen Lauf.

Einige Tage später wurde Maritxiki auf Anordnung des Rats festgenommen. Die Anzeige des Ratsschreibers durfte nicht in den Wind geschlagen werden, sie war eine ernst zu nehmende Angelegenheit. Die Stadt war schockiert.

Die Hebamme war trotz ihrer aufbrausenden Art geachtet und beliebt. Sie übte ihren Beruf schon lange aus und war noch nie eines Kunstfehlers bezichtigt worden, noch hatte sie je Anstoß erregt.

Es fiel Meister Bartolomé nicht schwer, den Inquisitor Guinea davon zu überzeugen, dass sich hinter dem scheinbar normalen Äußeren der Frau eine gottlose Person verbarg. Nicht nur die Eltern des toten Kindes seien bereit, gegen sie auszusagen, es gebe noch weitere Zeugen, die gehört hätten, wie sie gotteslästerliche Reden führte und behauptete, es gebe keine Hexen, diese seien lediglich eine Erfindung, um leichtgläubige Leute zu verängstigen. Die Existenz der abscheulichen Hexenbrut zu leugnen sei nichts anderes, als die Existenz des Teufels zu leugnen, und wer die Existenz des Teufels leugne, leugne auch die Existenz Gottes.

»Folglich ist es Ketzerei«, erklärte er kategorisch. »Ihr müsst etwas in der Sache unternehmen.«

Hernando Sánchez de Guinea war seinen Aufenthalt in Durango langsam leid. Seit dem letzten Urteil konnte er kaum noch durch die Straßen gehen, ohne dass jemand vor ihm ausspuckte oder ihm eine obszöne Beleidigung an den Kopf warf. Er hatte den ständigen Regen satt und diesen Himmel, den er nur selten wolkenlos gesehen hatte. Er wollte nach Hause nach Salcedo und nicht ewig in dieser unwirtlichen Gegend bleiben, wo man Leute wie ihn so ungastlich behandelte. Doch wenn das so weiterging mit immer neuen Anzeigen und Prozessen, würde er für den Rest seines Lebens hier hocken.

»Es stehen noch ein Dutzend Fälle aus, in denen Frauen der Hexerei bezichtigt werden, und dann sind da noch die Verhöre«, erklärte er lustlos.

»Ich habe herausgefunden, dass alle Anschuldigungen gegen sie falsch sind und auf Neid und Missgunst beruhen«, entgegnete Unda rasch.

»Alle?«, fragte der Inquisitor und hob skeptisch die Augenbrauen.

»Alle.«

Bei einem Treffen mehrerer Feudalherren war das Thema zur Sprache gekommen. Die meisten Angeklagten stammten aus angesehenen Familien, und diese waren sehr erzürnt darüber. Als offizieller Schreiber von Durango und insbesondere des Tribunals waren sie in ihn gedrungen, die Sache zu bereinigen.

»Überleg dir gut, was du tust«, hatte ihm sein eigener Bruder gedroht. »Die Familien sind nicht bereit, tatenlos zuzusehen, wie ihre Mütter, Töchter und Schwestern gefoltert, verunglimpft und vor Gericht gestellt werden. Bevor es so weit kommt, könnte es ernstliche Probleme geben, und du mittendrin – ich glaube nicht, dass dir dein Name viel nutzen würde.«

Der Hinweis war klar: Entweder er stoppte die Hexenjagd oder es würde ihm schlecht ergehen. Schon aus geringeren Anlässen waren Leute verschwunden, die man später auf dem Ibaizabal treibend oder zerschmettert am Fuß des Untzillaitz gefunden hatte.

»In diesem Fall jedoch sind die Anschuldigen ernst zu nehmen und können bewiesen werden«, fuhr er fort, um das Augenmerk des Inquisitors wieder auf das Thema zu lenken, das ihn interessierte.

»Gibt es noch einen ähnlich gelagerten Fall?«, fragte Guinea, erleichtert, nicht wieder einen Hexenprozess anstrengen zu müssen, bei dem die Anklagen zumeist auf anonymen Bezichtigungen beruhten, die sich nicht beweisen ließen.

»Möglicherweise gibt es noch einen Fall …«, antwortete Meister Bartolomé vorsichtig, da er keinesfalls den Eindruck erwecken wollte, ein persönliches Interesse zu haben, »aber dem gehe ich noch nach.«

»Also gut. Schreibt eine Verfügung, dass die festgenommenen Frauen freizulassen sind, und was den Fall der Hebamme angeht, so beeilt Euch – ich habe nicht vor, den Winter in dieser feuchten, ungemütlichen Gegend zu verbringen.«

Meister Bartolomé verabschiedete sich mit einem Kopfnicken. Er ließ sich seine Befriedigung nicht anmerken und unterdrückte ein Lächeln.

Das Tribunal, das ursprünglich die Beweise gegen die verhafteten Frauen prüfen und die Geständnisse der Gefangenen hören wollte, trat nun zusammen, um Maritxiki zu vernehmen.

»Du bestreitest, das Kind des Domingo und der Andresa de Martiondoa getötet zu haben?«, fragte Guinea, als sie die Beschuldigung wegen Kindsmord zurückwies.

»Natürlich bestreite ich das!«, erwiderte die Frau heftig. »Es hat sich bereits mehrmals gezeigt, dass Andresa keine lebenden Kinder gebären kann, und ich möchte Euch darauf aufmerksam machen, dass sie vor mir bereits von anderen Hebammen betreut wurde. Weshalb sollte ich ein neugeborenes Kind töten wollen? Ich lebe davon, Kinder lebend zur Welt zu bringen, nicht tot. Die Kinder, die mir in den vielen Jahren, die ich diesen Beruf ausübe, gestorben sind, lassen sich an einer Hand abzählen. Andresa ist verzweifelt, das weiß jeder, weil sie ihrem Mann kein gesundes Kind schenken kann, und da ist ihr jeder Vorwand recht, um die Schuld von sich zu weisen.«

»Die Hexen verwenden das Herz und das Fett von Neugeborenen zur Herstellung ihrer Tränke«, erklärte Unda im Brustton der Überzeugung.

»Und wer hat Euch gesagt, dass ich eine Hexe bin?«, fuhr Maritxiki auf. »Ich bin genauso eine Hexe, wie es Eure Frau sein könnte, die …«

»Glaubst du an Hexen?«, fiel ihr der Schreiber ins Wort, bevor sie den Satz beenden konnte.

»Die Priester behaupten, dass es sie gibt«, antwortete die Hebamme rasch, »und ich werde gewiss nicht an ihren Worten zweifeln.«

»Bestreitest du, gesagt zu haben, dass es keine Hexen gibt?«, fragte der Schreiber noch einmal.

»Natürlich bestreite ich das!«

Meister Bartolomé lächelte zufrieden, nahm ein Blatt

Papier aus seiner berüchtigten Ledermappe und reichte es dem Inquisitor.

»Hier habt Ihr mehrere Aussagen, in denen versichert wird, dass diese Frau behauptet hat, Hexen seien lediglich eine Erfindung, um leichtgläubige Leute hinters Licht zu führen.«

»Leugnest du immer noch?«, fragte nun Guinea, während er das Schriftstück überflog.

»Lügen! Nichts als Lügen!«, rief die Hebamme aufgebracht. »Wer das behauptet, soll herkommen und es mir ins Gesicht sagen!«

»Das Tribunal kann seine Informanten nicht nennen«, erklärte der Inquisitor. »Wir wollen nur, dass du zugibst, die Existenz der Hexen und folglich auch jene der Dämonen und der Engel geleugnet zu haben. Wer die Existenz der Engel leugnet, leugnet auch die Existenz Gottes und wird zu einem Anhänger Satans, denn Satan ist es, der solcherlei Gedanken eingibt.«

»Fahrt zur Hölle!«

Zwei Tage später wurde nach der Messe in Santa María ein Gottesurteil durchgeführt. Am Ufer des Mañaria drängte sich eine erwartungsvolle Menge. Maritxiki erschien in einem schlichten Hemd und wurde von vier Schergen bewacht. Bevor man sie der Wasserprobe unterzog, gab man ihr eine weitere Möglichkeit zu gestehen.

»Leugnest du die Existenz der Hexen?«, fragte Guinea sie erneut.

»Ich sagte es Euch schon neulich: Fahrt zur Hölle!«, erwiderte die Hebamme und warf herausfordernd den Kopf in den Nacken.

Auf ein Zeichen des Inquisitors riss der Henker der Frau das Hemd vom Leib, sodass sie nackt allen Blicken ausgesetzt war. Dann zwang er sie, sich auf den Boden zu legen, und fesselte ihre rechte Hand an ihren linken Fuß und die linke Hand an den rechten Fuß. Er gab seinen Gehilfen ein Zeichen, und diese trugen sie zum Flussufer und warfen sie ins Wasser. Ein entsetzter Schrei ging durch die Menge. Ging die Beklagte unter, war damit ihre Unschuld bewiesen, blieb sie jedoch an der Oberfläche, galt dies als Bestätigung, dass das Wasser, Element der Reinheit, eine Jüngerin Luzifers verschmähte. Nach den Erfahrungen der Inquisitionstribunale überall in Europa war es eine der sichersten Proben, die häufig angewandt wurde, weil sie unblutig war. Das Volk sah nicht gerne die geschundenen, zerstückelten Körper von Personen, die es kannte, selbst wenn es sich erwiesenermaßen um Hexen handelte.

Meister Bartolomé hatte auch für die nicht unwahrscheinliche Möglichkeit vorgesorgt, dass die Hebamme aufgrund ihrer Leibesfülle in den Fluten des Mañaria versank. In diesem Fall würde man sie für unschuldig erklären, und alle seine Pläne wären zunichte gemacht. Also beschloss er, den Henker zu instruieren, den er sich in den letzten Tagen mit einem Fässchen besten Apfelweins gewogen gemacht hatte. Das Seil, mit dem die Frau an Händen und Füßen gefesselt war, reichte bis an beide Ufer, damit – sollte jemand eine Erklärung verlangen – man sie im Falle ihrer Unschuld ans Ufer ziehen konnte und sie nicht ertrank. In Wirklichkeit aber diente das Seil dazu, sie an der Wasseroberfläche zu halten und so ihre Schuld zu beweisen.

Das Seil wurde einige Mal gespannt und wieder losgelassen, bis Maritxiki panische Angst erfasste, wirklich zu ertrinken.

»Es stimmt! Es ist wahr!«, schrie sie schließlich, als

man sie erneut ins Wasser stoßen wollte. »Ich habe einmal gesagt, dass ich nicht an Hexen glaube. Ich hab's gesagt, ich gestehe!«

Unda trat zu ihr und flüsterte ihr etwas ins Ohr.

»Wer noch hat etwas derart Ketzerisches behauptet?«, fragte er dann laut, damit alle es hören konnten.

Maritxiki schaute ihn mit leeren Augen an, ohne die Frage zu verstehen.

»Gestehe, Frau!«, brüllte er, dann beugte er sich erneut vor und flüsterte ihr etwas zu.

Die Hebamme blieb stumm und starrte ihn an.

»Wirf sie wieder ins Wasser«, wies der Schreiber den Henker an.

Die Hände, die sie an Armen und Beinen packten, rissen sie aus ihrer Erstarrung.

»Catalina!«, schrie sie wie von Sinnen. »Catalina de Goiena!«

Kurz nachdem alle ihren Namen aus dem Mund der gefolterten Frau gehört hatten, wurde Catalina verhaftet. Sie hatte nicht zu dem Gottesurteil gehen wollen, weil sie sicher war, das Leid ihrer Freundin nicht ertragen zu können. Wie stets von ihrem treuen Zintzo bewacht, war sie zu Hause geblieben, um auf ihren Großvater Miguel zu warten, dem sie eine Nachricht geschickt hatte, er möge sie so bald wie möglich holen kommen.

Sie wehrte sich nicht gegen ihre Festnahme. Irgendwie hatte sie damit gerechnet. Als sie erfahren hatte, dass man die Hebamme verhaftet hatte und Martínez de Unda ihr Hauptankläger war, hatte sie gewusst, dass es dem Schreiber im Grunde nicht um Maritxiki, sondern um sie ging. Sie ließ Zintzo in dem kleinen Hinterhof zurück und bat einen der Büttel, den sie einige Male wegen eines Ausschlags behandelt hatte, sich um ihn zu kümmern. Sie wurde durch die von Schaulustigen gesäumten Straßen Tabiras zum städtischen Verlies geführt. Ihr Name hatte sich wie ein Lauffeuer unter den Zuschauern verbreitet, die dem Merino und seinen Bütteln gefolgt waren, als diese sich auf Anordnung des Bürgermeisters auf den Weg zum Haus des verstorbenen Arztes Olea machten.

Als ginge sie die ganze Sache nichts an, betrachtete Catalina neugierig die Gesichter der Leute, die zur Seite wichen, um den kleinen Zug vorbeizulassen. Sie kannte fast alle vom Sehen, von der Straße oder vom Markt, weil sie sie geheilt oder ihnen eine Arznei gegen ihre Leiden gegeben hatte. Einigen Frauen hatte sie bei der Geburt beigestanden, für ihre Männer ein offenes Ohr gehabt. Als ein Mädchen ihr mit seiner kleinen, runden Hand zuwinkte, lächelte sie, und sie war gerührt, als sie sah, dass einige ehrfürchtig den Kopf vor der Meisterin der Versammlungen von Jentilkoba neigten.

Als ihre Häscher sie grob in einen Raum stießen, der nach Urin stank, erwachte sie aus ihrem Trancezustand und fand sich in einem Albtraum wieder. Das Stroh, das den Boden bedeckte, war schmutzig und schmierig, und durch eine schmale Öffnung, die direkt in die Mauer geschlagen war, drang kaum Licht. Sie betete zur Mari, die sie seit Monaten nicht mehr angerufen hatte – vielleicht, weil sie so beschäftigt gewesen war, oder weil die Prozesse, die Erkenntnis, dass sie schwanger war, die versuchte Vergewaltigung Meister Bartolomés und schließlich die Verlobung des Mannes, den sie so sehr geliebt hatte, ihr Herz hart und unempfänglich gemacht hatten. Jetzt brauchte sie die Große Göttin, sie brauchte ihre Hilfe, um die Boshaftigkeit ihrer Häscher zu ertragen, die Tatsache, dass sie zu Unrecht abscheulicher Verbrechen beschuldigt wurde, und die Gewissheit, sich nicht verteidigen zu können. Sie war alleine. Was hatte sie Böses getan? Weshalb befand sie sich in einer Lage, die sie nicht einmal ihrem schlimmsten Feind wünschte?

Merkwürdigerweise hatte sie keine Angst, als sie aus der Zelle geholt und in die für die Verhöre hergerichtete Schreckenskammer gebracht wurde. Sie kannte das Prozedere. Der Inquisitor oder ein anderer der Anwesenden würde ihr Fragen stellen, und sie musste antworten. Antwortete sie so, wie man es von ihr erwartete, würde man ihr die Folter ersparen, leugnete sie, würde man die

Werkzeuge anwenden, von denen jene berichtet hatten, die sie erlitten oder auch nur gesehen hatten. Doch wessen konnte man sie beschuldigen? Dann erinnerte sie sich an die detaillierte Schilderung der Fragen, die man den Angeklagten stellte. Eine der zuerst Festgenommenen hatte davon erzählt.

»Sie fragen dich, ob du eine Hexe bist, ob du an ihren Versammlungen teilnimmst, ob du den leibhaftigen Teufel gesehen hast und wie er aussieht.«

»Wie er aussieht?«, hatte sie neugierig gefragt.

»Manche behaupten, er habe die Gestalt eines Mannes, mit zwei großen Hörnern auf der Stirn und einem langen Schwanz, langen Fingernägeln und einem Ziegenbart. Er könne aber auch die Gestalt eines Affen annehmen.«

»Nicht eben anziehend«, hatte Catalina ironisch bemerkt.

»Es heißt auch, er trete in Gestalt eines Esels oder eines Ziegenbocks auf und treibe es mit allen Hexen, die an den Versammlungen teilnehmen.«

»Da muss er ja vollkommen entkräftet sein!«, hatte Maritxiki damals gesagt, und alle hatten lachen müssen.

»Das ist noch nicht alles«, hatte die alte Isabel erklärt, ohne der Bemerkung Beachtung zu schenken. »Der Akt ist sehr schmerzhaft, und die Hexen, die dazu auserwählt werden, dem Bösen zu Diensten zu sein, sind danach übel zugerichtet und voller Kratzer und blauer Flecken.«

»Da muss ihnen doch der Spaß vergehen!«, hatte Josefa ganz ernsthaft eingewandt.

»Satan verspricht ihnen große Macht, er zeigt ihnen, wie man Liebestränke rührt und Gift mischt, lehrt sie, die Dämonen zu beschwören und …«

»So mächtig scheinen sie nicht zu sein«, hatte Maritxiki sie erneut unterbrochen, »sonst würden sie sich von ihren Ketten befreien oder die Richter verhexen, um nicht auf dem Scheiterhaufen zu enden.«

»Du hast keine Ahnung!«, hatte Isabel de Errexota missbilligend ausgerufen. »Jeder weiß, dass die Hexen die Macht, die ihnen der Teufel verleiht, nur für oder gegen andere verwenden können, niemals aber bei sich selbst. Sie können sich nicht von ihren Ketten befreien, wohl aber andere.«

»Na, dann sind sie echte Stümperinnen!«, hatte die Hebamme gesagt und herzhaft gelacht.

Sie hatten sich stundenlang unterhalten. Danach war Catalina lediglich klar gewesen, dass alle Hexen früher oder später gestanden. Und was noch schlimmer war: Es gestanden auch jene, die keine Hexen waren, was es sehr schwierig machte, die einen von den anderen zu unterscheiden.

»Catalina de Goiena, willst du gestehen?«

Der Mann beugte sich über sie und fixierte sie mit seinem Raubvogelblick. Sie konnte seine Gesichtszüge kaum erkennen. Sie sah nur eine tief schwarze Gestalt, die sich in einem Höllentanz bewegte, der kein Ende zu nehmen schien. Sie versuchte, die Augen zu öffnen, um ihm zu zeigen, dass sie keine Angst vor ihm hatte, aber sie war unfähig zu der kleinsten Bewegung. Sie versuchte zu überlegen, wie lange sie sich schon an diesem Ort befand, aber sie konnte sich nicht entsinnen.

»Nun, Frau«, – das Gesicht des Mannes kam noch näher –, »willst du gestehen?«

Ihr Körper war gefühllos. Man hatte sie nackt auf eine Planke gelegt und ihre Hand- und Fußgelenke mit Stricken gefesselt. Auch ihr Kopf war mit einem engen Lederband fixiert worden. Erneut hörte sie das Drehen des Rads und die Schreie des schwarz gekleideten Mannes, der ihr befahl zu gestehen. Was gestehen? Sie merkte, wie ihre Arme und Beine sich langsam dehnten und das Lederband sich immer enger um ihre Stirn legte. Sie erkannte in ihrem Folterer den Mann mit dem entstellten Gesicht wieder, der sie vor Zeiten gefragt hatte, ob sie keine Angst habe, nachts auf der Straße zu sein, und gesagt hatte, der Teufel treibe sein Unwesen bei Nacht, und sie schrie verzweifelt auf. Sie hörte ihren eigenen Schrei, angsterfüllt, unmenschlich, dann fiel sie in einen stillen, schwarzen, schmerzfreien Abgrund.

Guinea betrachtete den reglosen Körper des Mädchens. Es war ihm gelungen, die Streckbank aus Bilbao herbeischaffen zu lassen, und sie war die Erste, bei der sie zum Einsatz kam. Er befahl dem Folterknecht, ihr einen Krug Wasser übers Gesicht zu schütten, damit sie wieder zu sich kam, doch sie rührte sich nicht. Sie schien tot zu sein. Beunruhigt ließ er den Arzt Sáinz holen, der rasch eintraf, weil er sich für den Fall, dass seine Dienste gebraucht wurden, in einem Nebenraum aufgehalten hatte. Der Arzt untersuchte Catalina und sah dann den Inquisitor an.

»Es ist nur eine Ohnmacht.«

Guinea atmete erleichtert auf. Das hätte ihm gerade noch gefehlt, dass ihm eine Angeklagte unter den Händen wegstarb!

»Aber diese Frau erwartet ein Kind«, fügte Sáinz hinzu.

Die Nachricht traf die Anwesenden wie ein Keulenschlag. Sie hatten eine schwangere Frau gefoltert!

»Seid Ihr sicher?«, fragte der Inquisitor.

»Ich beherrsche mein Metier so gut wie Ihr das Eure«, entgegnete der Arzt hochnäsig und beleidigt. »Diese Frau ist schwanger … im vierten Monat, würde ich sagen, wenngleich man es ihr weniger ansieht als anderen.«

»Wenn die Leute das erfahren, gibt es gewaltigen Ärger!«, entfuhr es dem Ratsherrn Juan López de Anda.

»Niemand wird irgendetwas erfahren«, erklärte Guinea und sah drohend von einem zum anderen. »Und wehe dem, der sich verplappert!«

Auf seine Worte folgte Grabesstille. Der Inquisitor dachte rasch nach. Er befahl, das Mädchen loszubinden und es gemeinsam mit Maritxiki in einer saubereren Zelle unterzubringen; die Hebamme würde wissen, was zu tun war. Dann verfluchte er sein verdammtes Schicksal. Eine schwangere Frau durfte weder gefoltert noch hingerichtet werden, bis das Kind geboren war, das man gleich nach der Geburt den Armen der Mutter entriss. Er warf Unda einen wütenden Blick zu, weil der ihn in eine Situation gebracht hatte, die seine Hoffnungen auf eine Ernennung zum Präsidenten des Inquisitionstribunals zunichte machen konnte, und verließ Türen schlagend die Folterkammer.

Catalina spürte nichts. So musste der Tod sein, dachte sie, eine gewaltige Leere, besinnungslos und ohne Schmerzen, während sie darauf wartete, dass sich die Pforte zur anderen Welt für sie öffnete, wie schon für so viele andere vor ihr. Sie versuchte sich zu bewegen, doch es gelang ihr nicht. Ihr Körper gehorchte ihr nicht. Sie hörte Stimmengewirr und merkte, wie sie von unsichtbaren Händen hochgehoben wurde, die sie nicht spürte. Der Weg war nicht lang. Sie hörte erneut die Stimmen und das Schlagen einer sich schließenden Tür, dann wurde es wieder still. Sie schlug die Augen auf, und ein Lichtstrahl blendete sie, sodass sie einen Augenblick lang nichts sah. Jetzt merkte sie, dass ihr kalt war. Ein Zittern durchlief ihren Körper vom Kopf bis zu den Zehen, dann versank sie erneut in der schwarzen Dunkelheit, die sie unwiderstehlich anzog.

Ihre Knochen schmerzten, und noch bevor sie ganz zu sich kam, wusste sie, dass sie sich nicht bewegen konnte. Trotzdem versuchte sie, die Hand zur Stirn zu führen, um das beklemmende Gefühl loszuwerden, dass sich dort immer noch das Lederband befand und ihren Kopf zusammenpresste, bis ihr die Augen aus den Höhlen traten. Sie konnte die Hand nicht bewegen und stöhnte leise.

»Ruhig, Mädchen, ganz ruhig«, flüsterte ihr eine Stimme ins Ohr. »Das Schlimmste ist vorüber. Jetzt wird man dich eine Weile in Ruhe lassen. Sie werden erst wieder an dich denken, wenn du wieder zu Kräften gekommen bist.«

Catalina stöhnte erneut und fuhr sich mit der Zunge über die ausgetrockneten Lippen. Sie merkte, wie einige Tropfen Wasser in ihren halb geöffneten Mund rannen, und hatte kaum die Kraft, sie zu schlucken.

»Ganz langsam ...«, hörte sie erneut das Flüstern an ihrem Ohr, »ganz langsam ...«

Wieder tropfte Wasser in ihren Mund. Dann spürte sie, wie zitternde Hände ein feuchtes Tuch auf ihre misshandelte Stirn legten, um das Brennen zu lindern. Sie fröstelte. Sie merkte, wie sie mit Stroh zugedeckt wurde, das auf ihrer Haut piekste.

»Das wird dich wärmen.«

Sie erkannte Maritxikis Stimme, und da erinnerte sie sich wieder. Ein paar Tränen rollten langsam über ihre Wangen.

Tage vergingen, sie wusste nicht genau, wie viele. Sie konnte sich immer noch nicht bewegen und lag reglos auf dem schmutzigen Stroh, das sie noch mehr verunreinigt hatte.

»Das macht nichts, mein Engel. Ich werde dich sauber machen.«

Sie hatten kaum Wasser, kein sauberes Stroh, keine Tücher. Maritxiki hatte ihren alten Rock zerrissen, um Lappen daraus zu machen und Catalinas Blöße ein wenig zu bedecken. Sie war immer noch nackt und musste die Demütigung ertragen, jedes Mal von den Wärtern angestiert zu werden, wenn diese ihnen ein wenig Wasser und ein paar Stücke trockenes Brot brachten. Lachend fegten sie das Stroh beiseite, mit dem ihre Freundin sie schützend zudeckte, und befingerten das Mädchen mit ihren groben, schmutzigen Händen. In diesen Momenten hatte sie furchtbare Lust, sich zu übergeben, und wäre am liebsten tot gewesen.

»Das Kind …«, war das Erste, was sie sagte, als sie wieder sprechen konnte.

»Es geht ihm gut«, versicherte ihr Maritxiki, »sei unbesorgt. Du hattest keine Blutung, es scheint keinen Schaden genommen zu haben.«

»Bist du sicher?«, fragte Catalina.

»Es ist das Einzige, dessen ich mir an diesem Ort sicher bin, glaub mir.«

»Warum …«

»Warum du hier bist?«, fiel ihr die Frau ins Wort. »Weil ich dich beschuldigt habe, meine Komplizin zu sein.«

»Komplizin bei was?«

»Was tut das zur Sache? Was sie eben wollen. Ich werde bezichtigt, eine Hexe zu sein, weil ich nicht an Hexen glaube, außerdem soll ich Kinder gleich nach der Geburt getötet und andere im Namen Satans getauft haben. Siehst du, da habe ich mich gefreut, dass ich nicht mit meinen Glaubensbrüdern zusammen gefasst wurde, und jetzt sieht es ganz so aus, als würde ich für etwas verbrannt, worüber ich mich mein Leben lang lustig gemacht habe. Sie hätten mich beinahe ertränkt …«, entschuldigte sie sich mit zerknirschter Stimme. »Der Schreiber hat von mir verlangt, dass ich deinen Namen nenne …«

»Der Schreiber!«

Also hatten ihre Befürchtungen gestimmt. Die Festnahme ihrer Freundin, Juans Hochzeit, ihre eigene Verhaftung – das alles war das Werk dieses verderbten Schuftes, der versucht hatte, sie zu verführen. Nichts, was sie sagte oder tat, würde ihr etwas nutzen, Unda hatte sie bereits verurteilt und würde die anderen davon überzeugen, es gleichfalls zu tun. Sie schloss die Augen wieder und betete zur Mari. Die Namen der Götter, die über Generationen ihr Volk beschützt hatten, kamen ihr in den Sinn, und sie rief sie um Hilfe an.

»Helft mir, ihr Götter meiner Vorfahren. Lasst nicht zu, dass mein Kind stirbt.«

Ein paar Tage später kam man sie wieder holen. Immer noch nackt wurde sie in ein dunkles, modrig riechendes Zimmer gebracht. Es gab keine Fenster, nur eine kleine Luke in der Decke, und ein paar halb niedergebrannte Kerzen auf dem Tisch beleuchteten die nicht eben wohlwollenden Gesichter dreier Männer, von denen eines ihrem Erzfeind gehörte. Ängstlich sah sie sich um und atmete tief durch, als sie feststellte, dass keine Folterinstrumente zu sehen waren.

»Frau«, sagte der Mann in der Mitte, in dem sie den Inquisitor wiedererkannte, »willst du gestehen, neu geborene Kinder getötet zu haben, die Wirkung von Pflanzen zur Herstellung tödlicher Gifte zu kennen und ein besonderes Salz herzustellen, das du auf die Felder streust, damit die Saat verdorrt?«

Ihr ganzer Körper sträubte sich, wie bei einem Tier, das in der Falle saß. Dieser Mann hatte sie erbarmungslos foltern lassen, bis sie den Tod und mit ihm das Ende ihrer Qualen herbeigesehnt hatte.

»Frau«, sagte der Mann erneut, »antworte! Willst du gestehen? Du weißt, es gibt Methoden, dich zum Reden zu bringen, und es ist die Pflicht dieses Tribunals, dich zum Geständnis zu bewegen.«

Unfähig, noch einmal die Folter durchzustehen, nickte sie mit dem Kopf.

Die drei Männer sahen sich an und lächelten zufrieden. Der Schreiber legte ein Blatt Papier auf den Tisch.

»Kannst du lesen und schreiben?«, fragte er sie.

Catalina schüttelte den Kopf, und der Mann hielt ihr einen Griffel hin, von dessen Spitze die Tinte tropfte.

»Mach ein Zeichen hierhin«, befahl er ihr.

Mit zitternder Hand schrieb sie ein krakeliges, von Tränen verwischtes »X«, überzeugt, dass sie ihr Todesurteil unterzeichnet hatte. Sie sah die drei Männer an. Im schwachen Licht der Kerzen erschienen ihre Gesichter erschreckend verzerrt. Während sie sich leise unterhielten, betrachtete sie aufmerksam einen nach dem anderen. Martínez de Unda wirkte am zufriedensten und warf aus seinen kleinen Schweinsäuglein immer wieder begehrliche Blicke auf ihren nackten Körper. Der Inquisitor, ein strenger Richter, der der festen Überzeugung war, seine Pflicht zu tun, schien mehr an den Schriftstücken interessiert zu sein, die vor ihm lagen, als an ihrer Person. Den Dritten kannte sie nicht, doch ihr fiel auf, dass er unablässig zwinkerte und seine Hände zitterten.

»Ihr seid krank«, sagte sie.

Die drei Männer verstummten und starrten sie an.

»Was hast du gesagt?«, fragte Guinea.

»Dieser Mann ist krank«, sagte das Mädchen und deutete auf den Ratsherrn Juan López de Anda. »Er wird sterben.«

Sie lächelte traurig, als sie die Angst in den verstörten Gesichtszügen des Mannes sah. So waren sie, die gnadenlosen Richter, sagte sie sich. Ohne mit der Wimper zu zucken, verurteilten sie unschuldige Menschen zu den furchtbarsten Qualen, zu Folter und Tod, aber wenn man ihnen ihr baldiges Ende voraussagte, schlotterten sie vor Angst.

»Woher weißt du das?« Der Ton des Inquisitors verriet große Neugierde.

»Es ist eine Gabe der Mari, der Großen Göttin. Ich habe sie seit meiner Geburt.«

»Wer ist diese Mari?«, wollte der Inquisitor wissen. »Meinst du vielleicht Maria, die Mutter Gottes?«

»Ich weiß es nicht.«

»Es ist eine Sage«, erklärte Unda, an Guinea gewandt. »Die Leute auf dem Land glauben, dass in einer Höhle auf dem Berg Anboto eine Göttin wohnt. Diese Frau ist auf einem Bauernhof an den Hängen dieses Berges geboren, den einige törichte Geister für heilig halten. Es ist nicht weiter erstaunlich, dass sie an die Geschichten glaubt, die man sich erzählt.«

»Es ist keine Geschichte«, widersprach Catalina mit fester Stimme. »Die Mari existiert. Ich habe sie selbst gesehen. Sie ist das Licht, das uns leuchtet, das Wasser, das die Felder wässert, die Saat, die gedeiht und uns nährt, der Balsam, der unsere Angst lindert. Sie ist die Stimme unserer Berge, der Gipfel, Flüsse und Täler, der Geist unserer Vorfahren. Sie war immer hier und wird es immer sein.«

Guinea sah Unda ratlos an, der nur mit den Schultern zuckte. Wie jeder kannte er die Geschichte von der Göttin, die auf dem Anboto wohnte. Er selbst hatte in seinem Elternhaus phantastische Geschichten über sie gehört.

»Und diese Gabe, von der du sprichst …«, ergriff der Inquisitor erneut das Wort.

»Die Mari hat sie mir bei meiner Geburt verliehen«, antwortete das Mädchen.

»Willst du damit sagen, dass du weißt, wann eine Person auf den Tod erkrankt ist?«

»Ja.«

Erneut wurde es still in dem Raum. Anda zitterte vor Angst, die anderen beiden sahen überrascht und auch ein wenig erschreckt aus.

»Sie ist eine Hexe!«, rief Unda schließlich. »Sie hat de Anda verhext, nur deshalb weiß sie, dass er sterben wird. Nur Hexen sind zu solcher Bosheit fähig.«

»Ihr seid krank«, beharrte Catalina, an den Ratsherrn gewandt. »Ihr wisst es, nicht wahr?«

Anda nickte. Er fühlte sich seit einer Weile nicht gut. Er konnte nicht schlafen, jede Speise, und mochte sie noch so bekömmlich sein, brannte wie Feuer in seinem Magen, und er musste sofort erbrechen. Er war zu Sáinz gegangen, der ihn zur Ader gelassen und ihm empfohlen hatte, gegen die Schmerzen eine Tonflasche mit heißem Wasser auf den Bauch zu legen. Doch weder das eine noch das andere hatte ihm geholfen.

»Ich kann Euch nicht helfen«, fuhr Catalina ruhig fort, »aber ein Sud aus den Wurzeln des Schlafmohns wird Euch Linderung verschaffen, sodass Ihr weniger leidet.«

»Habe ich es Euch nicht gesagt!«, rief Unda triumphierend. »Sie ist eine Hexe, und zwar von der schlimmsten Sorte! Sie kann den Tod voraussagen, den sie mit Sicherheit selbst zu verantworten hat.«

Guinea nickte zustimmend, nahm den Griffel und ergänzte das Dokument um die Worte »Geständige Hexe«.

Meister Bartolomé kehrte verwirrt nach Hause zurück. Er hatte erreicht, was er sich vorgenommen hatte. Die Frau, die ihn verschmäht hatte, würde wegen Hexerei verurteilt und wie so viele andere Übeltäterinnen den reinigenden Flammen überantwortet werden. Aber er wusste nicht zu sagen, ob das Motiv seines Eifers in der erlittenen Zurückweisung zu suchen war oder ob er tatsächlich der Überzeugung war, dass Catalina eines dieser verderbten Wesen war. Zugegeben, am Anfang hatte er vielleicht aus Groll gehandelt, doch nun, nachdem sie Anda als dem Tode geweiht bezeichnet hatte, zweifelte er nicht länger daran, dass sie über Kräfte verfügte, die ihr nur der Teufel verliehen haben konnte. Er versuchte an etwas anderes zu denken und schlug das Buch auf, das ihm sein Freund Gastagnalde vor einige Tagen aus Bayonne geschickt hatte, um seine umfangreiche Bibliothek über Dämonenlehre und das Hexenwesen zu erweitern.

Der »Canon Episcopi« war Teil einer kirchenrechtlichen Weisung aus dem 10. Jahrhundert, verfasst durch den Erzbischof von Trier.

»Schon damals litt die Menschheit unter der Geißel der Hexen …«, murmelte er vor sich hin, während er in dem Band blätterte, für den er bislang noch keine Zeit gefunden hatte.

Er blieb an der Passage hängen, in der von jenen Anhängerinnen Satans die Rede war, welche gemeinsam mit der römischen Göttin Diana, der Königin der Hexen, Muttergottheit und Göttin des Mondlichts, des Wassers und der dunklen Orte, auf dem Rücken verschiedener Tiere durch die Lüfte ritten. Er sah erneut Catalinas nackten Körper auf der Streckbank, ihre weiße Haut, ihre vollen Brüste und ihre festen Schenkel. Er stellte sich vor, wie sie mit wehendem Haar durch die Lüfte flog und sich im Mondlicht im Wasser der Flüsse spiegelte. Längst vergessen geglaubte Geschichten kamen ihm in den Sinn, und ihn packte die Angst. Mit fahrigen Fingern nestelte er sein Hemd auf und zog das magische Pentakel aus Kupfer, Gold, Silber und Zinn hervor, das ein Schmied nach seinen Anweisungen angefertigt hatte, ohne die geringste Ahnung zu haben, wozu es diente. Er rieb es zwischen den Händen. Den »Clavicula« zufolge sollte ihn das Amulett vor Verhexung schützen und unempfänglich gegen Gift machen. Nach dem Misserfolg bei Catalina hatte er es zunächst wegwerfen wollen, doch dann trug er es weiter, weil er sich nicht ganz sicher war, ob er alle Anweisungen zur Herstellung des Liebespulvers korrekt befolgt hatte. Wenn das Mädchen wirklich die Gabe besaß, Krankheiten zu sehen, dann konnte es sie auch hervorrufen, und in diesem Fall war er verloren und brauchte jede nur erdenkliche Magie, um die gefährlichen Folgen eines Fluchs abzuwehren.

Als Don Tomás de Arandia von Catalinas Verhaftung und dem Ausgang des Verhörs erfuhr, verlangte er, die Gefangene zu sehen. Der Kerkeraufseher ließ ihn vor in dem Glauben, der Priester wolle einer sündigen Seele beistehen und sie zu bekehren versuchen, bevor sie hingerichtet wurde. Er geleitete ihn persönlich zu der Zelle, in der das Mädchen nun allein war, nachdem man Maritxiki wieder zu den übrigen Verurteilten gebracht hatte. Der Priester war entsetzt über ihre Nacktheit und versuchte, ihre Blöße mit einer Handvoll Stroh zu bedecken. Dann ging er hinaus und verlangte, man möge ihr anständige Kleider beschaffen, um sich zu bedecken. Der Kerkermeister tat wie geheißen und kehrte nach einer Weile mit dem Rock und dem Mieder des Mädchens zurück.

»Wie geht es dir?«, fragte der Priester sie, als er erneut die Zelle betrat und sie nun bekleidet und wesentlich gefasster vorfand.

»In Anbetracht der Umstände ganz gut«, antwortete Catalina mit einem traurigen Lächeln auf den Lippen.

»Ist es wahr, dass du gestanden hast, eine Hexe zu sein?«

»Mir blieb nichts anderes übrig.«

»Du hättest leugnen können …«

»Und das alles noch einmal durchmachen?« Sie deutete auf den Abdruck, der immer noch auf ihrer Stirn zu sehen war. »Ich dachte, mein Kopf würde in tausend Stücke zerspringen, der Schmerz war so groß, dass ich sterben wollte. Nein, dann lieber gestehen, was sie hören wollen.«

»Man wird dich zum Flammentod verurteilen.«

»Man hat mich bereits verurteilt«, erklärte das Mädchen resigniert. »Meine Großmutter sagte immer, unser Schicksal sei mit dem Tag unserer Geburt vorherbestimmt, und man könne nichts daran ändern.«

»Du und ich haben uns nicht besonders gut verstanden«, sagte Don Tomás nach kurzem Schweigen, »aber ich würde dir gerne beistehen, so gut es geht, deine Seele trösten und in diesen leidvollen Stunden dein Freund sein …«

»Danke«, antwortete das Mädchen aufrichtig bewegt. »Es ist immer schön, einen Freund zu haben, wenn man sich von allen verlassen glaubt.«

»Stimmt es, was man sich erzählt? Du bist schwanger?«

»Ja. Mein Kind wird zur Welt kommen, wenn die Bäume ihre Blätter verlieren, wenn die Vögel in wärmere Gefilde fliegen, um dort zu brüten, und sich die Familien um den heimischen Herd versammeln.«

»Wer ist der Vater?«, fragte der Pfarrer. »Vielleicht, wenn …«

»Was würde es nützen?«, unterbrach sie ihn. »Es ist einzig und allein mein Kind. Wenn sie mich töten, möchte ich, dass es von meiner Mutter großgezogen wird, die auch mich großzog. Es soll die Namen der Pflanzen und Bäume kennen lernen, wissen, wie man die Tiere hütet und die Saat ausbringt, die ihm später Nahrung geben wird. Ich möchte, dass es morgens aufwacht und den Gipfel des heiligen Berges sieht, dass es über die Wiesen läuft, auf denen der Segen der Großen Göttin liegt, dass es seine Füße im kalten Wasser der Gebirgsbäche baumeln lässt und unter der schützenden Decke schläft, die der Mond Nacht für Nacht über die Erde breitet.«

Don Tomás hörte ihr gebannt zu. Er hätte niemals gedacht, dass ein ungebildetes Bauernmädchen in der Lage wäre, sich derart poetisch auszudrücken. Er dachte an seine eigene Mutter Marina de Minika, die er selbst verurteilt hatte und die nun in einem ungesunden, düsteren Verlies wie diesem darbte, und ein schneidender Schmerz durchfuhr seine Brust.

»Glaubst du an Gott und unseren Herrn Jesus Christus?«, fragte er, als das Mädchen verstummte.

»Gott, Göttin … Was tut der Name zur Sache? Wir brauchen uns nur umzusehen, zusammenzuzucken, wenn wir den Donner hören, und staunend den Sonnenaufgang betrachten.«

Tage später hinterließ der Priester auf der Kanzel einen außerordentlichen Eindruck bei seiner Gemeinde, die wie jeden Sonntag seit dem Ketzerprozess darauf wartete, eine Predigt über die Liebe zwischen den Menschen zu hören. Stattdessen sprach Don Tomás von den Machenschaften jener, die im Namen der Gerechtigkeit arme Männer und wehrlose Frauen folterten. Ohne Namen zu nennen, klagte er gewisse Personen an, die seiner Ansicht nach den Teufel anbeteten und andere beschuldigten.

»Satan nistet in ihren Seelen!«, donnerte er so laut, dass selbst der Beherrschteste zusammenzuckte. »Er ist es, der ihnen ihre Worte und Taten eingibt! Sie haben Unruhe und Leid in unsere Stadt gebracht! Durch sie wurden ehrbare Biskayer zu Verrätern an ihren Nächsten, und ihre Geständnisse erreichen sie durch Qualen.«

An diesem Tag dauerte die Predigt länger als sonst. Es wurde getuschelt und geredet, und nach der Messe erschien eine Abordnung in der Sakristei, angeführt vom Bürgermeister.

»Seid Ihr verrückt geworden?«, fragte López de Uria schäumend vor Wut. »Oder haben Euch die Gamboinos gekauft?«

»Mäßige deine Worte«, gab Don Tomás zurück. »Du sprichst mit einem Mann der Kirche.«

»Scheiß darauf!«, entgegnete der Bürgermeister außer sich. »Ihr habt uns beschuldigt, Teufelsanbeter zu sein.«

»Das möge jeder mit seinem Gewissen ausmachen.«

»Seht Euch schon einmal nach einer anderen Pfarrei um, ich werde nämlich alles in Bewegung setzen, damit man Euch von hier entfernt«, drohte ihm Uria.

»Du kannst mich nicht von hier entfernen«, erwiderte der Priester. »Und damit du es weißt: Von heute an werde ich dir nicht mehr die Kommunion reichen, und wenn du stirbst, wirst du nicht in geweihter Erde ruhen, solange du nicht beichtest und für deine beleidigenden Worte um Vergebung bittest.«

Der Bürgermeister biss sich auf die Lippen, drehte sich um und verließ die Sakristei genauso wütend, wie er sie betreten hatte.

Das Gespräch zwischen dem Inquisitor und Don Tomás fand in äußerster Verschwiegenheit statt. Sánchez de Guinea wartete mit seinem Besuch, bis sich der Sturm, den Arandias Predigt hervorgerufen hatten, ein wenig gelegt hatte.

»Euch ist bewusst, dass Eure Haltung einen Angriff auf Kirche und Krone darstellt«, begann er, nachdem er ihm den Grund für seinen Besuch im Pfarrhaus erklärt hatte.

»Ich greife jene an, die sich der Kirche und der Krone bedienen, um in ihrem Namen die abscheulichsten Untaten zu begehen.«

»Ich erinnere Euch daran, dass die Kirche selbst die Prozesse gegen das Hexenwesen in die Wege geleitet hat.« Der Inquisitor versuchte den störrischen Priester mit Argumenten zu überzeugen. »Schon im Alten Testament wird vor den bösen Mächten der Zauberinnen gewarnt. Im 22. Kapitel Buch Mose heißt es: ›Eine Hexe sollst du nicht am Leben lassen.‹«

»In Durango gibt es keine Hexen dieser Art«, beharrte Don Tomás. »Diese bemitleidenswerten Frauen, die Ihr zum Tode verurteilt habt, haben nichts mit den Hexen zu tun, von denen Moses spricht.«

»Und woher wollt Ihr das wissen?«

»Weil ich meine Herde kenne, darum«, erwiderte der Pfarrer, empört über die Frage.

»Vielleicht kennt Ihr sie nicht gut genug … oder vielleicht kennt Ihr sie zu gut.«

»Was wollt Ihr damit sagen?«

»Kennt Ihr den Fall aus der Grafschaft Artois in Frankreich?«

Don Tomás sah sein Gegenüber an, als spräche dieser in fremden Zungen.

»Vor etwa einem halben Jahrhundert«, fuhr Guinea fort, »wurde in Artois ein Eremit wegen Hexerei hingerichtet, obgleich er ein Mann Gottes war. Seither haben viele Priester, Mönche und Kirchenmänner vor den kirchlichen und weltlichen Tribunalen gestanden.«

»Und …?«

»Wie würdet Ihr einen Pfarrer bezeichnen, der es wagt, sich auf die Seite geständiger Hexen zu stellen und jene anzugreifen, die ihr eigenes Leben riskieren, um eine von der Teufelssekte heimgesuchte Gegend wieder zur Vernunft zu bringen?«, fragte der Inquisitor und sah ihn durchdringend an, ohne mit einer Wimper zu zucken.

Don Tomás steckte den Schlag mit unbewegter Miene ein. Die Aussage war klar. Er selbst konnte jederzeit der Hexerei bezichtigt, verhört, vor Gericht gestellt und verurteilt werden. Er erinnerte sich an die Abdrücke auf Catalinas Stirn, an die Schilderungen, welche die ersten Festgenommenen von ihrer Folterung gegeben hatten, und an die Erzählungen von Leuten, die mit eigenen Augen die dreizehn Ketzer vor der Kirche Santa María hatten brennen sehen.

»Ich würde sagen, dass er den Schutzlosesten seiner Gläubigen zu helfen versucht«, antwortete er schließlich vorsichtig.

Guineas Gesicht verzog sich zu einem breiten Lächeln.

»Lobenswerte Absichten«, sagte er, »jedoch grundfalsch. Ein Pfarrer sollte sich um die gesamte Herde kümmern und nicht nur um ein paar verirrte Schafe.«

Don Tomás predigte nicht wieder von der Kanzel herunter gegen die Hexenjagd und versuchte sich so weit es ging aus den Ereignissen herauszuhalten. Allerdings besuchte er Catalina weiterhin, um irgendwie sein schlechtes Gewissen zu beruhigen, weil er nichts zu ihrer Rettung unternahm. Die übrigen Angeklagten jedoch besuchte er nicht. Er wollte nicht dem Blick seiner Mutter begegnen.

Die Hinrichtung der verurteilten Ketzer sowie der überführten und geständigen Hexen fand wenige Wochen später etwas außerhalb der Stadtmauern auf einem freien Feld an der Straße nach Elorrio statt. Die Erinnerung an die Verbrennung der Sektierer mitten in der Stadt war noch sehr lebendig, und der Bürgermeister und die Ratsherren hatten beschlossen, dass sich die furchtbaren Szenen, an die sich die Älteren noch erinnern konnten, nicht wiederholen sollten.

Marina de Minika, Juan de Unamuno, Juana de Bilbao, María de Zearra, Marina de Arrazola, María Pérez de Ibarra, María Pérez de Urkiaga, Teresa de Arrazola, Teresa de Agirre, genannt Marinatxo, und María Pérez de Urkiola, genannt Maritxiki, wurden in bedauernswertem Zustand aus dem Verlies gebracht, die Füße in Ketten und an den Händen mit einem Strick zusammengebunden, an welchem der Kerkermeister sie führte. Um einem möglichen Aufstand zu begegnen, wurden sie von den Gehilfen des Kerkermeisters flankiert, doch trugen sie nicht die mit dem Bild des Teufels versehene spitze Mütze und das mit Flammen benähte Büßerhemd, welche die der Ketzerei oder Hexerei Beschuldigten in den benachbarten Regionen anlegen mussten. Die Beamten des Inquisitors und Meister Bartolomé hatten versichert, dass keine Gefahr bestehe. Die Hexen könnten niemandem mehr schaden, da ihr Gebieter, der Teufel, sie ihrem Schicksal überlassen habe und ihre Kräfte versiegt seien. Die zehn Verurteilten schleppten sich mit nackten Füßen über den Kies und schienen die Steinchen nicht zu spüren, die sich in ihre Fußsohlen bohrten. Mit leerem Blick betrachteten sie die Menschenmenge, die sich um das Feld drängte, um dem Ereignis beizuwohnen. Sie waren verwirrt und fassungslos über das, was mit ihnen geschah, und nur die Marinatxo ließ hin und wieder das schrille Lachen hören, das beim Prozess mehr als einem das Blut in den Adern hatte stocken lassen.

Es gab keinen Aufruhr. Die Gefangenen wurden an Pfähle gebunden, um die man rasch Feuerholz, trockenes Stroh und Reisig aufschichtete. An weiteren sechs Pfählen wurden Figuren befestigt, welche die Verstorbenen Doña María de Muntsaratz, Doña María Pérez de Mondragón, Marina Pérez de Goxencia, María de Mondragón, Marina de Arriaga und María de Lezama darstellen sollten, die noch im Tode wegen Ketzerei verurteilt worden waren. Ihre sterblichen Überreste wurden auf die Holzscheite gelegt. Auch der Leichnam der Marina Sáez de Mendiola, die wenige Tage zuvor im Kerker gestorben war, wurde an einen Pfahl gebunden.

Jeder kannte die Frauen und hatte mehr oder weniger viel mit ihnen zu tun gehabt, doch beim Anblick der Hebamme Maritxiki, die sich in einer elenden Verfassung befand, wurde der Schmerz in einigen Gesichtern größer. Als der Henker den Scheiterhaufen entzündete, wurde ihre Freundin Josefa ohnmächtig. Nicht viel besser erging es den meisten anderen, die in die Stadt zurückkehrten, weil sie das Schauspiel nicht ertragen konnten.

Catalina sah den Rauch der Scheiterhaufen durch die Mauerspalte, die etwas Licht und Luft in ihre Zelle ließ. Sie verfluchte jene, die für so viel Leid und Schmerz verantwortlich waren, und wünschte ihnen einen ebenso grausamen Tod, wie ihn die verleumdeten Frauen erdulden mussten. Nach ihrem zweiten Verhör war sie von Maritxiki getrennt worden, und man hatte ihr nicht einmal gestattet, von ihr Abschied zu nehmen. Sie hatte ihr keinen Trost zusprechen und ihr nicht sagen können, sie würde ihr verzeihen, dass sie sie denunziert hatte.

Ihr eigener Fall und der von einem halben Hundert weiterer Personen, die noch auf ihren Prozess warteten, führte zu einer heftigen Auseinandersetzung zwischen dem Bürgermeister und dem Inquisitor. Uria bestand darauf, dass die Beschuldigten Biskayer seien und deshalb nur das Señorat befugt sei, ihnen den Prozess zu machen. Guinea gab nicht nach und entgegnete, Gott und die Kirche ständen über jedem Señorat – mochte es noch so viele örtliche Gesetze geben –, und er drohte, ihn und die ganze Stadt exkommunizieren zu lassen, wenn er auf seiner Meinung beharrte. Zähneknirschend willigte er schließlich ein, dass die Gefangenen nach Bilbao gebracht wurden, damit der Corregidor darüber entschied, was mit ihnen geschehen solle. Er verlangte jedoch, dass ihm die junge schwangere Hexe übergeben werde, damit er sie nach Calahorra bringen könne, wo ihr nach der Geburt ihres Kindes der Prozess gemacht werde.

»Das Kind wird von einer gläubigen Christenfamilie aufgezogen werden«, beteuerte Guinea auf Urias Frage, was mit dem Neugeborenen geschehen werde. »Es wird nie erfahren, dass seine Mutter eine Hexe war, und wenn es alt genug ist, wird es in ein Kloster eintreten.«

Tage später traf weitere Verstärkung ein, und die Gefangenen, deren Prozess noch ausstand, mussten auf Karren steigen und wurden unter starker Bewachung nach Bilbao gebracht, um dort vor Gericht gestellt zu werden.

Die Soldaten mussten von ihren Waffen Gebrauch machen, um zu verhindern, dass die aufgebrachte Menge die Gefangenen befreite. Nachdem es fast zu einem offenen Kampf gekommen wäre, machten sich die Karren auf den Weg nach Bilbao. Sánchez de Guinea beschloss, sich dem Trupp anzuschließen, der Catalina nach Calahorra bringen sollte, wo man sich ihres Falls annehmen würde.

In den frühen Morgenstunden des darauf folgenden Tages wurde Catalina aus ihrer Zelle geholt, zu einem Planwagen gebracht und mit Händen und Füßen an einen Pfosten gefesselt. Guinea hatte seine Untersuchung über die Hexen von Durango für beendet erklärt, und da er nicht die Absicht hatte, noch einen Tag länger in der Gegend zu bleiben, hatte er beschlossen, so rasch wie möglich aufzubrechen, ohne jemanden über seine Abreise in Kenntnis zu setzen, um eine neuerliche Diskussion mit dem Bürgermeister und einen weiteren Volksaufstand zu vermeiden.

Durch den Spalt, den die beiden Hälften der Plane frei ließen, sah das Mädchen die Straßen und Häuser Tabiras vorüberziehen. Am Himmel kündeten dicke graue Wolken von einem jener Sommergewitter, die mit Hagelschlag das fast reife Korn vernichteten. Ihre Erinnerung an die Zeit in der Stadt vermischte sich mit den Bildern Don Diegos, Juan de Gesalas, der Hebamme Josefa, Meister Bartolomés und so vieler anderer. Sie hatte in kurzer Zeit hundert Leben gelebt! Bei dem Gedanken an ihre Mutter und daran, wie sie leiden würde, wenn sie von ihrem Tod erfuhr, seufzte sie auf. Sie bedauerte, keine bessere

Tochter gewesen zu sein und nicht auf ihren Rat gehört zu haben, bei ihr im sicheren Schutz Goienas zu bleiben. Sie würde sie nie mehr wiedersehen, nie mehr würde sie über das weiche, dichte Gras der Wiesen laufen, und ihr Kind würde nie seine Großmutter und das Land seiner Vorfahren kennen lernen. Fern seiner Heimat würde es unter Fremden aufwachsen. Tränen strömten aus ihren Augen, und der Inquisitionsbeamte, der bei ihr auf dem Wagen saß, lachte auf.

»Zum Jammern ist es jetzt zu spät«, spottete er.

Catalina richtete ihren Blick auf den Spalt in der Plane. Der Wagen hatte am Stadttor Santa Ana angehalten, und der Zug wartete, dass der Wächter ihnen öffnete, obwohl es noch zu früh war. Sie hörte einen Wortwechsel zwischen diesem und Guineas Männern, und schließlich hörte sie das Quietschen der Torangeln, untermalt von den Flüchen des Wächters. Der Wagen setzte sich wieder in Bewegung. Da bemerkte sie eine Gestalt, die unbeweglich neben einer großen Eiche stand, als sei sie ein Teil der Landschaft. Ihr Herz machte einen Satz; beinahe hätte sie ihn beim Namen gerufen, doch sie beherrschte sich und sah unverwandt zu dem Schatten, der nun dem Zug folgte. Je nachdem, welche Kurven die Straße beschrieb, sah sie ihn hinter dem Spalt erscheinen und verschwinden. Er folgte ihnen in angemessenem Abstand und blieb hin und wieder stehen, um sich nach einem Stock zu bücken oder ein Steinchen zu werfen.

Bis Mañaria war die Strecke nicht schwierig, doch dann ging es hinauf zur Passhöhe von Urkiola, die man überwinden musste, um nach Otxandio und von dort nach Vitoria zu gelangen. Die Reiter stiegen ab, nahmen die Pferde am Zügel und führten sie die Steigung hinauf. Auch der Inquisitionsbeamte, der auf dem Karren mitfuhr, musste mit anpacken und schieben helfen, während andere das Maultier vorwärts zogen. Als er absprang, vergrößerte sich die Öffnung in der Plane, und Catalina hielt verzweifelt Ausschau nach ihrem Großvater. Vergeblich. Durch die Spitzkehren, die Bäume und den schmalen Weg konnte man von dort, wo sie saß, nur ein paar Ellen weit sehen. Das dünne Band, das sie mit dem Leben verband, war kurz davor, endgültig zu zerreißen. Der Anblick Miguel de Ausonas war nur eine flüchtige Hoffnung gewesen. Außerdem – was hätte er gegen ein Dutzend bis an die Zähne bewaffneter, kampferprobter Männer ausrichten sollen, die zudem viel jünger waren als er? Wahrscheinlich war er auf dem Weg zum Gefängnis gewesen, in der Hoffnung, sie sehen zu können, und der übereilte Aufbruch des Inquisitors und seiner Begleiter war ihm zuvorgekommen.

Der Wagen hielt an, und sie hörte die Schreie der Männer, die das Maultier vorwärts zogen, und die derben Flüche des Beamten, der von hinten schob, unterstützt von zwei weiteren Männern, die ihm zu Hilfe geeilt waren. Ein Wagenrad hatte sich in einem Schlagloch festgefahren. Catalina betrachtete den Steilhang, der in einer Schlucht endete, und konnte sich den furchtbaren Sturz ausmalen, wenn es den Männern nicht gelang, den Wagen zum Halten zu bringen. Ein Schwindel erfasste sie, aber zugleich empfand sie eine tiefe Ruhe. Wenn der Wagen zerschmettert wurde und sie mit ihm, würde sie einen schnellen Tod haben, viel schneller als der Flammentod. Die Angst, die Schmerzen, die Demütigung hätten ein Ende. Sie würde ihr Kind nicht zur Welt kommen sehen, aber sie wollte auch gar nicht, dass es geboren wurde. Das Leben war ungerecht, und die Menschen waren grausamer als die wildesten Tiere. Diese ließen ihre Opfer wenigstens nicht leiden und ergötzten sich nicht am Leid ihrer Artgenossen. Sie betete zur Mari und wartete ab.

Auch Hernando Sánchez de Guinea war abgestiegen und stapfte langsam bergan, sein Pferd fest am Zügel. Er hasste die Berge. Er war vom flachen Lande und verabscheute es zutiefst, mühselig eine Steigung erklimmen zu müssen.

»Noch eine letzte Anstrengung«, sagte er sich, »und in ein paar Stunden sind wir in Vitoria.«

Von dort bis nach Calahorra würde es keine Schwierigkeiten geben, auch wenn es noch ein weiter Weg war. Das Klima war trockener, und die Strecke war nicht so gefährlich. Er blieb stehen und sah sich besorgt um, doch es war völlig still. Nur gelegentlich hörte man einen Vogel in den Baumkronen flattern. Er ging weiter, den Blick auf den Weg gerichtet. Er dachte an die Ereignisse der letzten Monate. So etwas wollte er nie wieder in seinem Leben durchmachen müssen. Die Anfeindungen, der Druck, die Festnahmen, die Prozesse und die Hinrichtung der Ketzer und Hexen hatten ihn sehr mitgenommen. Er hoffte, dass seine erfolgreiche Mission an der Biskaya angemessen gewürdigt wurde und der Bischof ihn endlich zum Präsidenten eines festen Inquisitionstribunals in der Bistumsstadt ernannte. Die Flüche der Männer, die den Karren vorwärts zogen, lenkten seine Gedanken auf die Gefangene, die er der Inquisition zu überbringen hatte. Er erinnerte sich an ihren traurigen Blick, als sie dem Ratsherrn Anda seinen baldigen Tod verkündet hatte, und es lief ihm eiskalt den Rücken hinunter.

»Das Baskenland birgt noch viele Geheimnisse, die nur schwer zu ergründen sind«, hatte ihm sein Vater einmal gesagt.

»Was für Geheimnisse?«, hatte er mit der Neugier und der Skepsis seines jugendlichen Alters gefragt.

»Geheimnisse, Gebräuche, Aberglauben … nenn es, wie du willst, aber die Leute glauben daran. Sie glauben, dass es Menschen mit übernatürlichen Kräften gibt, die zu außergewöhnlichen Dingen imstande sind.«

»Die da wären?«, hatte er, dem Lachen nahe, gefragt.

»Zukünftige Ereignisse vorherzusagen oder sie durch Anrufung der Naturgewalten zu beeinflussen. Wusstet du, dass die baskischen Auguren bereits zu Zeiten der Römer berühmt waren? Sie waren so berühmt, dass sogar der große Cäsar mehr als einmal ihre Dienste in Anspruch nahm. Sie galten als heilig, und niemand wagte es, Hand an sie zu legen, ohne Gefahr zu laufen, dass ihm ein schlimmes Leid widerfuhr.«

Und wenn das Mädchen nun eine dieser Wahrsagerinnen war? Gewiss, ihm war nie zu Ohren gekommen, dass es immer noch Wahrsager gab, aber wenn doch …

Catalina hörte von draußen einen erstickten Schrei und Stimmengewirr. Sie versuchte durch die Öffnung zu spähen, konnte aber nichts erkennen. Der Wagen begann rückwärts zu holpern, sie sah die Kehre näher kommen und erwartete mit geschlossenen Augen den Sturz in die Tiefe. Plötzlich schwankte der Wagen heftig hin und her, sie stieß mit dem Kopf gegen den Pfosten, an dem sie festgebunden war, und verlor das Bewusstsein.

Das Erste, was sie sah, als sie die Augen wieder aufschlug, war das Gesicht ihres Großvaters, der sie unter Tränen anlächelte. Sie lag unter einer Decke auf dem staubigen Boden. Sie schaute in den Himmel. Die Wolkendecke war aufgerissen, und durch das Loch fielen Sonnenstrahlen und hießen sie in der Welt der Lebenden willkommen. Gestützt von ihrem Großvater stand sie mühsam auf und riss entsetzt den Mund auf, ohne einen Ton herauszubringen. Guinea und alle seine Männer lagen nur wenige Schritte von ihr entfernt tot auf der Erde, mit durchtrennter Kehle oder von Schwertern durchbohrt. In den weit aufgerissenen Augen des Inquisitors spiegelte sich die Überraschung über den unerwarteten Angriff.

»Nun, Nichte, so sehen wir uns wieder, wie ich es dir versprochen habe.«

Die Stimme Íñigo de Muntsaratz' jagte ihr einen solchen Schrecken ein, dass sie beinahe erneut in Ohnmacht gefallen wäre.

»Onkel …«

»Wir hätten früher handeln müssen«, sagte er, während er seine dichten Brauen runzelte und einen zornigen Blick auf die Toten warf. »Wir hätten nicht zulassen dürfen, dass diese Verbrecher in unser Land kommen und unsere Leute umbringen.«

»Es waren nicht nur sie allein«, sagte Catalina mit leiser Stimme und dachte dabei an Bartolomé de Unda.

»Ich weiß, ich weiß«, entgegnete ihr Onkel ungeduldig. »Auch sie werden für ihre Taten zahlen, das verspreche ich dir!«

»Was macht ihr mit … mit …«, Catalina deutete auf die Leichen.

»Sie verschwinden lassen natürlich! Niemand wird sie vermissen, bis alles wieder beim Alten ist und sich ihre Spur verliert.«

Muntsaratz wandte sich an seine Männer und befahl ihnen, die Toten auf den Wagen zu laden, der wieder aufgerichtet worden war. Die Männer gehorchten mit erstaunlicher Geschwindigkeit, und kurze Zeit später machte sich ein neuer Zug auf den Weg zur Passhöhe von

Urkiola. Vorher hatten sie den Weg mit Zweigen gefegt, die sie von den Bäumen abrissen, bis nichts mehr darauf hindeutete, dass an diesem Ort ein Kampf stattgefunden hatte.

Catalina stieg, gestützt von ihrem Großvater, bergan. Sie hatte einen Kloß im Hals, ob wegen des Gefühls, wieder in Freiheit zu sein, oder wegen des furchtbaren Anblicks von gerade eben, wusste sie nicht zu sagen.

»Wie fühlst du dich?«, erkundigte sich Ixile liebevoll und legte seinen Arm um ihre Taille.

»Gut … überrascht.«

»Und das Kind?«

Lächelnd legte sie die Hände auf ihren Bauch, als wollte sie das kleine Wesen schützen, das in ihr heranwuchs. Sie bemerkte ein Klopfen, dann noch eines. Es war das erste Mal, das sie die Bewegungen des Kindes spürte, und es war ein überwältigendes Gefühl. Wenn sie eine hochschwangere Frau untersuchte, hatte sie immer gerne ihre Hände auf den gewölbten Leib gelegt und das Kind darinnen gespürt, doch sie hätte nie gedacht, dass dieser Moment ein solches Glücksgefühl in ihr hervorrufen würde.

»Gut. Es geht ihm gut«, antwortete sie mit vor Rührung feuchten Augen. »Es strampelt.«

Miguel de Ausona strahlte übers ganze Gesicht, ebenso bewegt wie seine Enkelin.

»Mein Onkel … wie kommt es, dass er hier ist?«

»Ich habe ihn gerufen. Nachdem ich deine Nachricht erhalten hatte, kam ich, um dich abzuholen, doch sie hatten dich bereits festgenommen. Ich irrte stundenlang umher, während ich überlegte, wie ich dich dort herausholen könnte. Ich war sogar bereit, den Kerker zu stürmen und jeden zu töten, der sich mir in den Weg stellte, doch …«, – er lächelte und zwinkerte ihr zu –, »ich bin nicht so verrückt, um nicht zu wissen, dass ich damit nichts erreicht hätte als meinen eigenen Tod. Also ging ich zu Muntsaratz und schilderte ihm die Lage.«

»Hexen fallen nicht in meine Zuständigkeit«, hatte der zunächst gesagt.

Er war einige Monate nicht in seinem Turm gewesen, weil er mit anderen Grundherren aus Guipuzcoa und Navarra verhandelt hatte. Erstere wollten sich vom Joch Kastiliens befreien, während Letztere nicht darunter fallen wollten. Bei seiner Rückkehr hatte man ihn über die Ereignisse in Durango unterrichtet, die Verbrennung der Ketzer, auch der Gebeine seiner verstorbenen Tante, und dem Prozess gegen die Hexen. Auch wenn ihn die Tatsache aufbrachte, dass ein vom Bischof und dem König entsandter Inquisitor seine Nase in die Angelegenheiten Durangos steckte, gab es in seinen Augen keine hinreichenden Gründe, gegen ihn vorzugehen. Letztendlich handelte es sich um einige wenige Unglückliche, und seine Tante war eines natürlichen Todes gestorben. Zum anderen war die Unzufriedenheit, die diese Vorfälle in der Bevölkerung verursachten, durchaus von Vorteil, bereiteten sie doch das Terrain für den großen Augenblick des allgemeinen Aufstands.

»Auch deine Familie ist betroffen«, hatte Ausona ihm entgegengehalten.

»Soweit ich weiß, ist kein Angehöriger dieses Hauses unter den Beschuldigten.«

»Du irrst. Heute Morgen wurde deine Nichte Catalina verhaftet, meine Enkelin.«

Muntsaratz hatte geschwiegen und sich dann schlafen gelegt. Am nächsten Morgen war er mit Ixile, Manu und einigen weiteren Männern nach Tabira geritten. Er ging direkt zur »Posada de Min« und befragte den Besitzer zu den jüngsten Ereignissen.

»Catalina ist von Maritxiki beschuldigt worden, einer anderen Hebamme«, hatte Min de Olejua ihnen mitgeteilt, »aber wie man hört, hat die ganze Sache nichts mit Hexerei zu tun.«

»Womit dann?«, hatte Muntsaratz schroff wie immer gefragt.

»Es heißt, eine wichtige Persönlichkeit der Stadt habe versucht, sie zu verführen, und als es ihm nicht gelang, habe er sich gerächt, indem er sie der Hexerei bezichtigte«, hatte der Wirt gesagt und die Stimme gesenkt. »Du weißt ja, dass man eine Person anonym bezichtigen kann und nicht das Gericht die Schuld des Gefangenen beweisen muss, sondern dieser seine Unschuld. Eine schlimme Sache.«

In den darauf folgenden Tagen und Wochen hatte Íñigo de Muntsaratz ein richtiggehendes Netz von Informanten auf die Beine gestellt, die ihn über alles auf dem Laufenden hielten, was im Rathaus vor sich ging. Er hatte sich sehr beherrschen müssen, um das Gebäude nicht zu stürmen und in Brand zu setzen, als er von einem der Gefängniswächter erfuhr, dass man seine Nichte bis zur Bewusstlosigkeit gefoltert hatte, obwohl sie schwanger war. Er erfuhr auch, dass sie ein Geständnis unterschrieben hatte und dass von einer seltsamen Gabe die Rede war, die es ihr erlaubte, zu verkünden, dass Juan López de Anda auf den Tod erkrankt war. An der Hinrichtung der zehn zum Flammentod Verurteilten nahm er nicht teil, weil die Ermordung von Frauen in seinen Augen ein Akt der Feigheit war und er nicht wusste, wie er reagieren würde. Er sah die Karren mit den Gefangenen nach Bilbao aufbrechen, und kurz darauf wurde ihm zugetragen, dass der Inquisitor anderntags in aller Herrgottsfrühe abreisen wollte, ohne die Obrigkeit von seiner Entscheidung in Kenntnis zu setzen. Der Schmied, der sich um die Pferde kümmerte, hatte die Unterhaltung zweier von Guineas Männern mit angehört, die sich freuten, diese unwirtliche Gegend so bald zu verlassen.

Ihnen einen Hinterhalt zu stellen, war ein Leichtes gewesen. Auf der Suche nach Anhängern Butróns oder einem guten Wildbret hatte er die gesamte Gegend vom Anboto bis zum Mugarra durchstreift. Er kannte jeden Fußbreit Boden, jeden Pfad, jeden Stein. Elgoin, Kurutzeta, Saibigain, Untxillaitz oder Eskubaratz waren ihm ebenso vertraut wie die Grate, Täler und Pässe, die sie trennten, und es fiel ihm nicht schwer zu entscheiden, wo genau er mit seinen Männern auf die Ankunft des Inquisitors und seiner Leute warten würde.

»Ich bin Euch gefolgt für den Fall, dass etwas Unvorhergesehenes eintreten oder Guinea einen anderen Weg nehmen sollte, was nicht sehr wahrscheinlich war, so eilig wie es dieser Mann hatte, uns nicht mehr sehen zu müssen«, erzählte ihr Miguel de Ausona.

Sie hatten die Passhöhe von Urkiola erreicht, wo nur eine kleine Kirche und ein Gasthaus den vom Aufstieg hungrigen und dürstenden Reisenden erwarteten und von der Anwesenheit des Menschen zeugten. Hingerissen betrachtete Catalina eine unbekannte, unvorstellbar schöne Landschaft. Es war völlig aufgeklart, ohne dass die Hagelschauer niedergegangen wären, die den ganzen Morgen drohend in der Luft gelegen hatten. Die gewaltigen Felsen ragten wie gigantische, von den Riesen der Schöpfung dort zurückgelassene Nadeln in den Himmel, umgeben von üppig grünen Wäldern und Wiesen, die sich so weit das Auge reichte ausdehnten. Sie wäre gerne für den Rest ihres Lebens dort stehen geblieben und hätte hingerissen all die Schönheit betrachtet.

Catalina merkte nicht, dass Muntsaratz' Männer mit dem Wagen auf einem Pfad verschwunden waren, der in einen Buchenwald führte, und als sie die Stimme ihres Onkels hörte, musste sie sich förmlich vom Anblick der Gipfel losreißen.

»Nun denn, Nichte, hier trennen sich unsere Wege. Miguel wird sich um dich kümmern und mich auf dem Laufenden halten. Was damals vor vielen Jahren in meinem Haus geschah ...«, – der Mann stockte kurz, bevor er weiter sprach –, »... war nichts weiter als eine Dummheit, verursacht durch Einsamkeit und Verzweiflung. Ich hoffe, du verstehst das und kannst mir verzeihen.«

Bevor sie sich versah, schloss der Hüne sie in die Arme und gab ihr ein paar schallende Küsse auf beide Wangen. Sie sah ihn über den Pfad hinter seinen Männern her gehen, stark und unbeugsam wie die gewaltigen Felsen, die er hinter sich zurückließ.

»Nach Goiena kannst du nicht zurück, dort wird man dich zuerst suchen, wenn das Verschwinden des Inquisitors bekannt wird.«

Sie sah ihren Großvater verständnislos an.

»Ich habe ein Versteck für dich vorbereitet, wo du in Sicherheit bist. Niemand, wirklich niemand wird dort nach dir suchen.«

Sie wanderten lange durch das Gebirge und hielten erst an, als es schon zu dämmern begann. Im Westen lag der rote Widerschein des Sonnenuntergangs über dem schönen Tal von Atxondo, das sie so gut kannte, während im Osten ein erster Stern die Nacht ankündigte. Sie konnte klar und deutlich Axpe, Santiago, Arrazola und Goiena sehen, und ihr Herz begann heftig zu klopfen. Sie standen auf dem Gipfel des heiligen Berges! Erleichtert atmete sie auf. Es waren keine Wolken da, die ihn wie ein unsichtbares Netz dem Blick der Sterblichen entzogen, wenn sich die Mari dort befand.

»Die Große Göttin ist nicht da«, sagte sie schlicht.

Ihr Großvater lächelte, nahm sie bei der Hand und begann vorsichtig, einen schmalen, steilen Pfad hinabzusteigen, bis sie schließlich einen Felsvorsprung unterhalb eines Gipfels erreichten, der den Namen Gerrikokobie trug. Das Mädchen blieb stehen, es konnte nicht mehr weiter.

»Wir sind noch nicht da«, sagte der Mann lächelnd. »Das Schwierigste steht uns noch bevor.«

Sie war wie gelähmt vor Angst, als sie den Abgrund zu ihren Füßen betrachtete und den schmalen Steig, einen glatten Fels, der in der Luft zu schweben schien.

»Sieh nicht nach unten«, riet ihr Ixile, »und halte dich gut an dem Vorsprung fest.«

Wieder einmal vertraute sich Catalina der Großen Göttin an und schmiegte sich an den Fels wie eine Eidechse. Sie atmete erst auf, als sie auf einem kleinen, grasbewachsenen Plateau saß. Sie keuchte, mehr aus Angst als wegen der Anstrengung, dann schluckte sie und schloss die Augen. Als sie sie wieder öffnete, sah sie, dass sie sich vor dem Eingang der Höhle befand. Ihr erster Gedanke war, wie sehr er an das Portal einer Kirche erinnerte.

»Hier willst du mich lassen?«, fragte sie, als sie die Sprache wieder gefunden hatte.

»Es gibt keinen sichereren Ort«, antwortete Ausona. »Hier wird dich niemand suchen.«

»Aber die Mari …« Sie spürte, wie ihre Beine nachgaben.

»Es ist an der Zeit, mein Kind, dass du erfährst, dass

in dieser Höhle nur das eine oder andere harmlose Tier haust, das während des Winters ein warmes Plätzchen sucht.«

War ihr Großvater verrückt geworden? Er selbst hatte ihre Großmutter hierher gebracht, damit sie sich mit der Großen Göttin vereinte. Die Mari würde ihm wegen seines Unglaubens zürnen, sie würde ihn den Berg hinabstürzen und den Blitz auf Goiena schleudern.

»Mari ist das Licht in uns«, sprach er weiter, gleichgültig gegenüber dem Ungemach, das ihm drohte. »Sie lebt in unseren Gedanken, sie ist die Erde, die uns ernährt, das Wasser, das unseren Durst stillt, und die Luft, die wir atmen – kein Wesen, das man sehen oder berühren kann. Sie braucht kein Haus, um darin zu leben, sie muss kein Feuer anzünden, sie besitzt keine goldenen Möbel, und auch ihre Haare sind nicht aus Gold. Sie raubt keine ungehorsamen Mädchen, noch verwandelt sie sich in einen Wolf oder einen Adler. Das hat sie nicht nötig.«

Catalina ließ sich durch einen engen Gang voller Geröll in die Grotte ziehen. Sie zitterte am ganzen Körper. Sie wusste nicht, ob die Kälte im Inneren der Höhle daran schuld war oder die Angst, die sie empfand. Sie erreichten einen Raum, dessen Boden mit einem Teppich aus Klee bedeckt war. Durch einen hohen, schmalen Felsspalt fiel wie durch ein großes Fenster das letzte Tageslicht.

Miguel de Ausona hatte einen Strohsack, einige Decken, warme Kleidung, Essen, Werkzeug, einen Feuerstein und reichlich Brennholz für sie bereitgestellt, damit sie es warm hatte.

»Großmutter …«

Sie hatte nicht den Mut, nach ihr zu fragen. Wenn es stimmte, was ihr Großvater soeben erzählt hatte, hieß das, dass ihr Leichnam noch in der Höhle lag?

Der Mann wusste, was seiner Enkelin durch den Kopf ging, und wies auf eine Stelle in der Nähe der Felsspalte, die mit Steinen bedeckt war. Dazwischen wuchsen Glockenblumen, die Lieblingsblumen von Domenja de Goiena.

»Ich habe sie selbst begraben.«

Sie schwiegen, und schließlich machte sich der Mann wieder auf den Weg.

»Ich werde jeden Tag kommen und dir etwas zu essen bringen. Mach dir keine Sorgen, es wird alles gut gehen«, versicherte er ihr und winkte zum Abschied.

Das Mädchen blieb stehen und sah der Gestalt ihres Großvaters hinterher. Erschöpft von den vielen Ereignissen, setzte sie sich schließlich neben den Grabhügel, unter dem ihre Großmutter ruhte.

»Hallo, Großmutter«, sagte sie und streichelte einen der Steine. »Jetzt sind wir wieder zusammen.«

Juan de Gesala konnte nicht schlafen. Er stand auf, entzündete die Kerze und betrachtete Magdalenas argloses Gesicht, das auf ihrem Handrücken ruhte. Sie waren nun seit nahezu drei Monaten verheiratet, und es war nicht ein Tag vergangen, an dem er nicht bereut hätte, diesen Schritt getan zu haben, der ihn endgültig von Catalina entfernt hatte. Heute war ihm mehr denn je bewusst, dass er sie nicht nur von ganzem Herzen liebte; sie war es, die er begehrte, neben der er jede Nacht einschlafen wollte, die sein Leben bereicherte und ungekannte Gefühle in ihm wachrief. Er erinnerte sich an ihre kalte Wut und ihre Drohung, ihm diesen vermaledeiten Wolf an den Hals zu hetzen, den er so verabscheute. Nachdem er vergeblich darauf gewartet hatte, dass ihm das Mädchen die Tür öffnete, war er zur »Posada de Min« gegangen.

»Ihr Fehler!«, hatte er gesagt, nachdem er seinem Freund von der erlittenen Schmach erzählt hatte. »Sie wird alt, einsam und verfolgt enden wie die Marinatxo!«

»Weshalb heiratest du sie nicht?«, hatte ihn Min gefragt.

»Und was dann? Sollen wir verhungern?«

»Sie besitzt Land …«

»Ich bin nicht der Richtige dafür, das Land zu bestellen und das Vieh auf die Weide zu treiben.«

»Der Schreiber ist kein guter Mensch«, hatte Min nach kurzem Schweigen erklärt. »Sein Blick ist nicht gerade heraus, er hat etwas zu verbergen.«

Daraufhin berichtete ihm Juan, was ihm Catalina über die Zudringlichkeit erzählt hatte, die Unda sich ihr gegenüber herausgenommen hatte.

»Das wundert mich überhaupt nicht«, erklärte der Wirt, ohne im Geringsten überrascht zu sein. »Zwischen seinem Hass gegen die Frauen und dem Wunsch, eine von ihnen zu besitzen, liegt nur ein kleiner Schritt.«

»Ich bin sicher, dass er auch über uns Bescheid wusste. Jetzt begreife ich, warum er mir vorgeschlagen hat, seine Tochter zu heiraten.«

»Stell dein Licht nicht unter den Scheffel«, riet ihm Min. »Das, was du heute bist, hast du aus eigener Kraft erreicht, und Meister Bartolomé hätte keinen besseren Schwiegersohn finden können als dich.«

»Ich weiß nicht ...«

Die Hochzeit fand wie vorgesehen an Mariä Himmelfahrt statt, eine Woche, nachdem Catalina in das Verlies des Rathauses geworfen worden war.

»Erinnerst du dich an Catalina de Goiena?«, fragte ihn sein Schwiegervater nach der Trauung.

Im Haus des Schreibers war in der großen Diele eine lange Tafel für dreißig Gäste aufgestellt worden, ein weiterer Tisch für die jungen Leute und die Kinder war im Garten hinter dem Haus hergerichtet. Eingeladen waren nur die führenden Gamboinos mit ihren Ehefrauen, des Weiteren der Bürgermeister, der Merino, die beiden Ärzte von Tabira, Don Tomás sowie der Vertreter des Corregidors in Durango. Letzterer hatte eine Nachricht geschickt, man möge nicht mit ihm rechnen, da ihn wichtige Angelegenheiten in Bilbao festhielten. Von Juans Seite nahmen lediglich seine Mutter und Min de Olejua teil, und keiner von beiden saß mit am Tisch, weil von ihnen erwartet wurde, dass sie Doña Marijuan halfen, alles zum Wohlgefallen der übrigen Gäste zu richten.

»Catalina de Goiena?«, fragte Juan überrascht.

Er half seinem jetzigen Schwiegervater bei der Auswahl der Weinflaschen, die dieser sich mittels der guten Kontakte seines Freundes Gastagnalde aus Bordeaux schicken ließ.

»Ja«, antwortete Unda, während er die Etiketten der letzten Lieferung studierte. »Das Mündel des Arztes Olea, dem dieser sein Haus und etwas Geld hinterließ. Wir haben uns damals um die Sache gekümmert.«

»Ach ja, die.«

»Weißt du, dass sie der Hexerei beschuldigt wird?«

Gesala versuchte aus der Stimme des Schreibers herauszuhören, ob dieser von seinem Verhältnis mit dem Mädchen wusste, doch sein Tonfall war nicht anders als sonst, wenn er über einen Rechtsfall sprach.

»Ich war beim Verhör dabei. Guinea hat sie auf die Folter spannen lassen – eine Erfindung des Teufels, genau das Richtige für seine Jünger.« Unda lachte. »Du hättest sehen sollen, wie die Stricke an ihrem Körper zerrten! Ihre Muskeln zogen sich wie glühendes Eisen, wenn es eben aus dem Feuer kommt, und sie war über und über mit Schweiß bedeckt, selbst an den intimsten Stellen. Sie hat einen wunderbaren Körper, wie gemacht für die Liebe. Bedauerlich, dass er den Flammen zum Opfer fallen wird!«

Juan versuchte, sich die Verachtung nicht anmerken zu lassen, die er in diesem Moment für seinen Schwiegervater empfand. Mit dem größten Vergnügen hätte er ihm eine seiner kostbaren Flaschen über den Schädel gezogen! Dieser verdammte Dreckskerl! Sie verließen den Weinkeller und gingen ins Haus zurück. Bevor sie eintraten, packte ihn Meister Bartolomé am Ärmel seines neuen Wamses.

»Und weiß du was?«, sagte er in vertraulichem Ton, die Schweinsäuglein auf den Schwiegersohn gerichtet. »Sáinz zufolge ist diese kleine Hure im vierten Monat.«

Juan zuckte betont gleichgültig mit den Schultern, obwohl ihn die Nachricht alles andere als kalt ließ, und setzte sich neben die Braut, die ihn verliebt anschaute. Nur mit Mühe bekam er das erlesene Mahl hinunter, das seine Mutter und Doña Marijuan, unterstützt von Min sowie zwei Köchinnen und zwei Küchenjungen, die zu diesem Zweck angestellt worden waren, zubereitet hatten. Der Krabbensalat mit Knoblauchsauce, die in Apfelwein gesottene Knoblauchwurst, die mit Rosmarin, Lorbeer und Weißwein geschmorten Hähnchenschlegel, das im Backofen gegarte Lamm, die Gemüsepastetchen, die Paprika mit Schinken und eine riesige Sahnetorte mit Mandeln – eine besondere Spezialität des Besitzers der »Posada de Min« – erfreuten weder seinen Gaumen noch hoben sie seine Stimmung.

Catalina schwanger! Schwanger von wem? Nur zu gerne hätte er geglaubt, dass das Kind nicht von ihm war, denn wenn sich eine Frau einem Mann hingab, ohne verheiratet zu sein, konnte sie dies auch mit jedem anderen Mann tun. Gleich darauf sagte er sich, dass er ein Dummkopf war. Er wusste ganz genau, dass es in ihrem Leben keinen anderen Mann gegeben hatte als ihn. Er erinnerte sich an ihre letzte Begegnung, als er zu ihr gegangen war, um sie über seine Vermählung mit Magdalena in Kenntnis zu setzen. Sie war ihm verändert vorgekommen, ihre schmale Taille, die er so anziehend gefunden hatte, war verschwunden, aber er hatte dem keine Bedeutung beigemessen, so dringend war es ihm damit gewesen, ihr die Gründe für seine Heirat verständlich zu machen. Außerdem hatte er sie noch einmal besitzen wollen. Dann war Maritxiki verhaftet worden und wenig später sie selbst. Meister Bartolomé hatte ihm nicht gestattet, an der Verhandlung teilzunehmen, die diesmal unter Ausschluss der Öffentlichkeit stattgefunden hatte. Er hatte nicht mit ihr reden können, und zugegebenermaßen hatte er auch nichts zu ihrer Rettung unternommen, weil er weder seine Verlobung noch seinen Posten als Geheimbeamter der Inquisition aufs Spiel setzen wollte. Als er erfahren hatte, dass der Inquisitor sie nach Calahorra bringen wollte, um ihr dort den Prozess zu machen, war es ihm eiskalt den Rücken hinuntergelaufen, und er versuchte zu vergessen, dass es sie jemals gegeben hatte. Doch je mehr Zeit verging, desto häufiger musste er an sie denken, und jetzt diese Eröffnung seines Schwiegervaters, dieses Schweins! Deshalb war sie nicht zusammen mit den fünf anderen Frauen verbrannt worden, die man der Hexerei beschuldigte. Vielleicht konnte er in seiner Funktion als Kommissar der Inquisition etwas unternehmen, vielleicht konnte er die Vormundschaft für sein Kind einfordern, vielleicht …

»Ihr wirkt sehr nachdenklich, Meister Ortiz de Gesala. In Gedanken bei der Hochzeitsnacht?«

Die Frage des Merino riss ihn aus seinen Gedanken und sorgte für Gelächter am ganzen Tisch.

»Ich trinke auf meinen Schwiegersohn!« Unda stand auf und erhob sein Glas. »Auf dass er mich im nächsten Frühjahr zum Großvater macht! Ich bin sicher, er weiß bestens, wie es geht!«

Der Trinkspruch sorgte für große Heiterkeit unter den Gästen, die ebenfalls ihre Gläser erhoben und dem frisch vermählten Paar alles Gute wünschten. Juan hatte das Gefühl, dass sich sein Schwiegervater über ihn lustig machte, und schwor, sich eines Tages zu rächen.

In jener Nacht entjungferte er seine Frau mit großer Heftigkeit. Er kümmerte sich nicht um ihr Weinen und Jammern und fiel immer wieder über sie her, bis er entkräftet einschlief. Bei Tagesanbruch wurde er wach. Ohne Magdalena, die erschöpft von den erlittenen Schmerzen neben ihm schlief, auch nur eines Blickes zu würdigen, zog er sich an und ging geradewegs zur Schänke seines Freundes, um dort wie gewohnt zu frühstücken.

Die junge Ehefrau stand erst nach Mittag auf, ihr ganzer Körper tat ihr weh, und sie konnte kaum gehen.

»Na?«

Die Witwe Ortiz lächelte, als sie sie bleich und mit dunkel geränderten Augen in die Küche kommen sah.

»Dein Sohn ist ein Teufel«, antwortete sie und ließ sich kraftlos auf einen Schemel sinken.

»Oh, ja«, erklärte die Frau voller mütterlichem Stolz. »Er ist ein ganzer Mann, der weiß, wie man die Frauen glücklich macht.«

Wo mochte sie jetzt sein? Juan ging in sein Arbeitszimmer und las noch einmal den Brief, den der Bischofssitz in Calahorra an den Rat von Tabira entsandt hatte. Darin bat ein gewisser Gómez de Miranda um unverzügliche Aufklärung bezüglich des Aufenthalts des Inquisitors Guinea, von dem man nichts mehr gehört habe, nachdem er vor zwei Monaten in einem persönlichen Schreiben mitgeteilt habe, dass sein Auftrag in Durango beendet sei und er nach Calahorra zurückzukehren gedenke.

Seither habe man nichts mehr von ihm gehört, und der Bote, den man nach Durango entsandt habe, sei zurückgekehrt, ohne ihn ausfindig machen zu können.

Der Sekretär hatte den Brief entgegengenommen und ihn dem Bürgermeister übergeben, welcher ihn seinerseits an Meister Bartolomé weitergereicht hatte mit der Bitte, der Sache nachzugehen. Unda wiederum hatte ihn seinem Schwiegersohn ausgehändigt.

»Finde heraus, was mit Guinea und seinen Leuten passiert ist«, hatte er ihn angewiesen, denn ihr Verhältnis war nach wie vor das eines Vorgesetzten und seines Untergebenen, »und bringe in Erfahrung, was aus der Hexe geworden ist.«

Juan sprach mit dem Wächter am Stadttor Santa Ana, der ihm mitteilte, der Inquisitor und seine Begleiter hätten tatsächlich in den frühen Morgenstunden die Stadt verlassen und ihn genötigt, entgegen seiner Anweisungen das Tor zu öffnen. Da er einen beunruhigenden Verdacht hegte, nahm er sein Pferd und ritt nach Mañaria, um sich in den Gehöften entlang der Straße zu erkundigen. Streckenweise zu Pferde, dann wieder zu Fuß stieg er nach Urkiola hinauf, wo er zunächst die kleine Kirche aufsuchte, die oben auf dem Pass thronte. Doch die Mönche konnten ihm keine Auskunft geben, da sie in der fraglichen Zeit, in der der Zug vorbeigekommen sein musste, nichts gesehen oder gehört hatten. Er fragte auch in dem Gasthaus nach, doch die Antwort fiel ebenfalls negativ aus. Er setzte seinen Weg fort. Durch den dichten Wald drang kaum Tageslicht auf den schmalen Weg, der nach Otxandio führte. In dem ersten Gehöft, das er antraf, erkundigte er sich erneut und aß von der Suppe, welche die Hausherren mit ihm teilten, doch auch sie konnten ihm nichts über die Reisenden sagen. Obwohl der Weg recht stark frequentiert war, konnte eine Gruppe bewaffneter Männer, die einen Planwagen eskortierte, nicht unbemerkt geblieben sein, und irgendwo hätten sie anhalten müssen, um zu rasten. Niemand wusste etwas. Die Spur Guineas und seiner Leute verlor sich in Txakurzulo, dem letzten Gehöft vor Urkiola.

Juan machte sich auf den Rückweg und versuchte, irgendeinen Hinweis zu finden, der ihm verriet, was tatsächlich geschehen war. Er spähte in Schluchten hinab und wagte sich ins Dickicht hinein, doch in diesem Fall behielt die Natur ihr Geheimnis für sich. Bei Sonnenuntergang kehrte er müde und beunruhigt nach Tabira zurück. Er hatte nicht mehr den geringsten Zweifel, dass seine Befürchtungen mit großer Sicherheit berechtigt waren. Der Inquisitor und seine Männer waren angegriffen worden, wahrscheinlich tot, und ihre Leichen lagen an irgendeiner unwegsamen Stelle in diesem undurchdringlichen Gebirge versteckt. Aber wo war Catalina? Hatte sie das gleiche Schicksal erlitten? War sie noch am Leben? Er hatte keine Antworten auf seine Fragen, und das entmutigte ihn am meisten. Mit dem Gedanken zu leben, dass seine Geliebte tot war, war das eine, aber die Ungewissheit, ob sie tot war oder am Leben, war etwas völlig anderes. Als er in dieser Nacht, in Gedanken bei Catalina, mit demselben Ungestüm wie stets in Magdalena eindrang, kam ihm eine Idee.

Am nächsten Tag frühstückte er wie jeden Morgen in Mins Schänke, dann bestieg er sein Pferd und ritt nach Arrazola. Je näher er dem Anboto kam, desto nervöser wurde er. Ob die Geschichten stimmten, die man sich über die Große Göttin erzählte, die, wie es hieß, in einer Höhle ganz oben auf dem Berg wohnte? Oder waren es nur Hirngespinste ungebildeter Bauern? Etwas Geheimnisvolles lag über dem Ort. Ein Bauer hielt in der Arbeit inne, als er ihn herannahen sah, stützte sich auf seine Hacke und sah ihm unvermittelt ins Gesicht. Etwas Würdevolles, Stolzes lag in der Haltung des Mannes, der seinen Gruß lediglich mit einem leichten Kopfnicken erwiderte. In Arrazola erkundigte sich Juan nach Goiena und war überrascht von dem Misstrauen, das sich im Gesicht seines Gegenübers spiegelte, eines alten Mannes, der mitten auf dem kleinen Dorfplatz neben dem Brunnen saß. Der Mann gab keine Antwort, sondern wies mit der Hand in eine unbestimmte Richtung. Dann sah er woanders hin und erklärte die Begegnung für beendet. Etwas weiter unten zeigte ihm eine Frau den Weg nach Goiena, und es schien Juan, als hätte sie gerne gefragt, was ihn dorthin führte.

Er ritt einen steilen Weg hinauf, der nur selten geradeaus führte, sondern sich in vielen Kehren den Berg hinaufwandt, bis Juan schließlich den Hof sah, den er sich so oft vorgestellt hatte, wenn Catalina von ihrer glücklichen Kindheit bei ihrer Mutter und ihrer Großmutter am Fuß des heiligen Berges der Biskaya erzählt hatte. Es war still, zu still. Der Hof wirkte unbewohnt, und ein paar Hunde, die vor der Eingangstür dösten, sprangen nicht einmal auf, um ihn zu beschnuppern. Die Tür stand offen, aber er traute sich nicht hinein.

»Hallo! Ist jemand zu Hause?«, rief er.

Nachdem er eine Zeit lang gewartet hatte, ohne eine Antwort zu erhalten, wollte er sich eben ein wenig umsehen, als eine auf einen Stock gestützte Frau auf der Türschwelle erschien. Sie trug einen dunklen Rock und ein Mieder von derselben Farbe, eine alte Schürze und ein Kopftuch. Er war erschreckt von ihrem traurigen Blick und dem bitteren Zug um ihren Mund.

»Ist dies das Haus von Catalina de Goiena?«, fragte er, weil er nicht wusste, wie er beginnen sollte.

Er hatte das Gefühl, dass seine Frage für die Frau ein Schlag war, doch sie verzog keine Miene.

»Wozu willst du das wissen?«, fragte sie ohne jede Regung.

»Ich kenne sie. Ich würde gerne mit ihr sprechen.«

»Catalina wurde vor ein paar Monaten umgebracht«, antwortete die Frau mit teilnahmsloser Stimme.

»Umgebracht?«

»Ja, umgebracht.«

Es war klar, dass er nicht viel mehr aus ihr herausbekommen würde. Er nickte mit dem Kopf und wandte sich zum Gehen, als ihn eine Männerstimme herumfahren ließ.

»Weshalb bist du in dieses Haus gekommen, Juan Ortiz de Gesala, Verführer meiner Enkelin?«

Juan war wie erstarrt. Er erkannte den alten Mann wieder, der Catalina in der Nacht, als sie sich zum ersten Mal geliebt hatten, in die Höhle begleitet hatte. Es war keine Freundlichkeit in dem versteinerten Gesicht des Alten, der ihn von oben bis unten musterte. Die Frau rieb sich mit der freien Hand nervös über die Brust und ging ins Haus.

»Ich wollte wissen, wo Catalina ist«, gelang es ihm zu antworten.

»Sie ist tot. Du solltest es wissen.«

»Nein … ich … und das Kind, das sie erwartete?«

»Ebenfalls tot«, erklärte Miguel de Ausona hart.

Mehr gab es nicht zu sagen. Juan stieg auf sein Pferd und verließ Goiena, so schnell er konnte, auf die Gefahr hin, dass ihm das Pferd durchging oder sich bei dem steilen Abstieg ein Bein brach.

Zurück in Tabira, stürzte er in Meister Bartolomés Arbeitszimmer, der verärgert über die unankündigte Unterbrechung aufsah.

»Guinea und seine Männer sind irgendwo zwischen Mañaria und Otxandio verschollen«, sagte Gesala ohne Umschweife.

»Und die Hexe?«

»Ist mit ihnen verschwunden.«

Der Schreiber wollte etwas sagen, aber sein Schwiegersohn hatte den Raum verlassen, wie er ihn betreten hatte: wie eine Erscheinung.

Als Graciana hörte, wie sich die Hufschläge entfernten, kam sie wieder nach draußen. Ihr Vater stand noch am selben Platz. Breitbeinig, die Hände in die Seiten gestemmt, sah er dem Reiter hinterher, der den Abhang hinunterritt und zwischen den Bäumen verschwand.

»War er das?«, fragte sie, während sie dem Blick des Mannes folgte.

»Ja«, antwortete er.

»Glaubst du, er weiß etwas?«

»Nein.«

Graciana schloss die Augen. Als sie den Schrei eines Adlers hörte, öffnete sie sie wieder und sah zum Anboto hinauf. Der Gipfel war in Wolken gehüllt, und der Pfad, der zur Höhle der Großen Göttin führte, war nicht zu sehen. Doch ihre Gedanken flogen dorthin wie das herrliche Tier, das irgendwo auf dem heiligen Berg seinen Horst hatte. Ihre Tochter, ihre Katalintxe, war ganz alleine dort oben. Graciana hatte einen Kloß im Hals und biss die Zähne zusammen, um nicht in Tränen auszubrechen.

Ihr Vater hatte nichts vor ihr verborgen. Durch ihn hatte sie von den Ereignissen in Durango erfahren, von der Verhaftung ihrer Tochter, ihrer Folterung, ihrem Prozess, ihrer Schwangerschaft und dem gewaltsamen Ende der Männer, die sie aus ihrer Heimat verschleppen wollten, durch die Hand ihres Schwagers Muntsaratz.

»Warum hast du sie nicht mit nach Hause gebracht?«,

war ihre erste Frage gewesen, als der Mann ihr erklärte, wo er Catalina hingebracht hatte.

»Früher oder später würde man sie holen kommen«, hatte er unbeirrt erwidert.

»Das Haus ist groß, es gibt Plätze, um sie zu verstecken«, hatte sie in vorwurfsvollem Ton beharrt.

»Sie würden sie finden. Ihr wird dort oben nichts geschehen«, hatte er hinzugesetzt, als er die Angst in Gracianas Gesicht sah. »Ich werde jeden Tag hinaufgehen, um ihr Essen und Wasser zu bringen. Mach dir keine Sorgen.«

Aber Graciana war nicht davon abzubringen gewesen. »Ich werde selbst gehen!«

Sie war den Pfad zur Höhle hinaufgestiegen, doch die Aufregung, die Eile, die geflochtenen Sohlen ihrer Strohschuhe und das abschüssige Gelände hatten ihr einen Strich durch die Rechnung gemacht. Sie war gestürzt und den Steilhang hinuntergerollt, bis sie gegen einen Baum prallte. Die Folge des Zusammenstoßes waren zwei gebrochene Rippen und ein verrenkter Fuß.

Danach hatte Graciana in dem Stuhl gesessen, der früher ihrer Mutter und nun auf deren ausdrücklichen Wunsch ihrer Tochter gehörte, hatte in die Flammen gestarrt und das Schicksal verflucht, das sie daran hinderte, zu Katalintxe zu gehen, um ihr beizustehen. Sie hatte sich eine Leinenbinde um den Brustkorb gewickelt, um die gebrochenen Rippen zu stützen, und Ixile hatte ihr den Fuß verbunden, nachdem er ihn wieder eingerenkt und einen mit Brombeerblättersud getränkten Umschlag gegen die Schwellung auf die betroffene Stelle gelegt hatte. Solange sie sich still verhielt, tat es nicht besonders weh, aber sie konnte kaum gehen und schon gar nicht den steilen Weg zu der Höhle hinaufkraxeln.

In ihrer Erinnerung sah sie ihr kleines Mädchen den

Hügel hinunterlaufen, Blumen pflücken, mit den Hunden umhertollen … Sie dachte an ihre erste Reise nach Tabira und wie fröhlich ihre Heimkehr gewesen war. Sie erinnerte sich an die Entschlossenheit in ihrem Gesicht nach dem Tod der Großmutter und an ihre bedrückte Stimmung bei ihrer erneuten Abreise, ohne dass sie ihr je gesagt hatte, warum sie so niedergeschlagen gewesen war. Graciana machte sich Vorwürfe, ihrer Tochter nicht näher, ihr nicht die Gefährtin gewesen zu sein, die sie gebraucht hätte. Sie war so mit der Trauer um den frühen Tod ihres Mannes beschäftigt gewesen, dass sie nicht bemerkt hatte, wie sehr Katalintxe ihrer bedurfte. Sie bedauerte auch, ihre Tochter nicht in die Höhle von Jentilkoba begleitet zu haben, und sie schwor sich, nicht noch einmal schwach zu sein. Wenn sich die Lage beruhigt hatte und niemand mehr nach ihrer Tochter suchte, wenn das Kind auf der Welt war und alle wieder unter dem schützenden Dach von Goiena vereint waren, würde sie die Mutter sein, die sie nie gewesen war.

Seither waren über zwei Monate vergangen, und sie konnte sich immer noch nicht helfen. Sie brauchte einen Stock zum Gehen, und es war undenkbar, dass sie zur Höhle hinaufging. Mit jedem Tag wuchs ihre Besorgnis. Von ihrem Vater wusste sie, dass es Catalina gut ging, dass es ihr weder an Kleidung noch an Essen mangelte und dass sie sich mit ihrem Bauch nur noch mühsam bewegen konnte.

»Kannst du sie nicht zur Geburt nach unten bringen?«

»Ich traue mich nicht«, gestand er ihr. »Die Passage von der Höhle zum Pfad ist sehr gefährlich, und sie ist sehr unbeholfen – eine falsche Bewegung, und sie und ihr Kind stürzen in den Tod.«

Sie machte jeden Tag Gehübungen, nahm stundenlange Fußbäder in Salzwasser, massierte den Fuß und machte Umschläge mit in ein wenig abgekochtem Regenwasser aufgeweichtem Leinsamen. Wenn ihr Enkelkind zur Welt kam, würde sie bei ihrer Tochter sein, und wenn sie auf allen vieren zu ihr kriechen musste.

In den ersten Tagen, die sie in der Höhle verbrachte, tat Catalina kaum ein Auge zu. Der Gedanke, die Mari könne ihr erscheinen und ihr zürnen, weil sie ihr Haus betreten und sich darin niedergelassen hatte, versetzte sie in Angst und Schrecken. Dann dachte sie daran, was ihr Großvater gesagt hatte: Die Höhle sei lediglich von dem einen oder anderen harmlosen Tier bewohnt, die Große Göttin existiere nur in der Vorstellung, und man dürfe den Wunsch nicht mit der Realität verwechseln, doch nichts konnte ihre Angst lindern. Stundenlang saß sie neben dem Grab ihrer Großmutter und bat sie um Kraft in dieser schweren Zeit, während sie ängstlich in die Tiefe der Höhle spähte.

»Geh nicht weiter in die Höhle hinein«, hatte ihr Großvater zu ihr gesagt, »es gibt dort eine tiefe Felsspalte, in der du verschwinden würdest.«

Ihr kamen Geschichten von verschwundenen Menschen in den Sinn, und sie erinnerte sich, dass das Innere der Höhle von unterirdischen Gängen durchzogen sein sollte, die zu den umliegenden Gehöften führten. Wäre sie mutiger gewesen und nicht wie gelähmt vor Angst, sagte sie sich, hätte sie versucht, sie zu erkunden. Vielleicht führte einer von ihnen direkt nach Goiena. Stattdessen tat sie nichts weiter, als das Stückchen Himmel zu betrachten, das sie durch den Felsspalt sah, und auf die Besuche ihres Großvaters zu warten. Manchmal hatte sie das Gefühl, die Einsamkeit nicht ertragen zu können, und dachte, dass es vielleicht besser wäre, sich von dem Felsen zu stürzen und dem Ganzen endlich ein Ende zu machen. Doch ihr schwerer Leib und die protestierenden Tritte des Kindes – als hätte es ihre Gedanken erraten – ließen sie ihre düsteren Pläne vergessen und dem Tag entgegensehen, an dem sie mit ihrem Kind in den Armen nach Goiena hinabsteigen konnte.

Mit der Zeit fasste sie wieder Mut. Sie traute sich aus der Höhle hinaus, um von ihrem Aussichtspunkt das herrliche Panorama zu betrachten, das sich ihren Augen darbot. Die Täler, die Berge, die weit verstreuten Gehöfte erfüllten sie mit Liebe zu diesem Land, in dem sie geboren war, das ein Teil von ihr war und mit dem sie die schönsten Momente ihres Lebens verband. Sie beobachtete ein Adlerpaar, das jeden Tag zur gleichen Zeit über ihrem Kopf kreiste, sich vereinte und dann wieder trennte, im Sturzflug ins Tal hinabstieß, um sich dann wieder nach oben tragen zu lassen. Sie fühlte sich weniger einsam, wenn die Vögel da waren, und wartete auf sie. Gelegentlich ließen sie sich unweit der Stelle nieder, wo sie stand, und die drei sahen sich schweigend an. Sie verstanden sich.

In der Höhle war keine Spur von der Mari zu sehen, genau wie ihr Großvater gesagt hatte. Sie musste erkennen, dass die Geschichten, die sie von klein auf gehört hatte, nicht viel mit der Realität gemein hatten. Es gab keine goldglänzenden Wände, keine erlesenen Möbel. Nirgendwo war etwas von der sagenumwobenen Küche zu sehen, wo die Mari ihr Essen zubereitete und deren

Rauch durch einen Kamin in den Himmel stieg. Da war auch kein Spinnrad, das niemals still stand. Doch wenn die Sonne durch den Felsspalt schien, ihre Strahlen auf die Felswände fielen und den tiefen Schlund erleuchteten, der wie der gewaltige Rachen eines riesigen Drachens ins Innere der Erde führte, fühlte sie sich in ihrem Glauben bestärkt: Die Göttin existierte. Sie musste irgendwo im Inneren des heiligen Berges wohnen, von wo aus sie ihr Volk behütete und beschützte, mit ihrem Segen für eine gute Ernte sorgte oder durch heftigen Hagelschlag oder endlose Tage mit Regen und Sturm zu verstehen gab, dass sie zürnte. Sie wusste es. Die Mari hatte sie ihr Leben lang beschützt, und sie tat es auch jetzt.

Je näher der Moment der Geburt rückte, desto mehr Zeit verbrachte sie auf dem Strohsack liegend. Sie hatte den Appetit verloren, und ihr war kalt, trotz der vielen Schaffelldecken, die ihr Großvater in die Höhle schaffte. In ihren Träumen wurde sie von den Gespenstern ihrer Vergangenheit heimgesucht, und sie hatte nicht mehr die Kraft, sie zu verscheuchen. Als Ixile sah, dass seine Enkelin das Essen, das Graciana ihr am Vortag geschickt hatte, nicht angerührt hatte, beschloss er, bei ihr zu bleiben. Er hielt das Feuer in Gang, rieb ihre klammen Hände, sprach so viel wie noch nie, um sie wach zu halten, und harrte neben ihr aus, wenn die Müdigkeit sie übermannte.

»Wenn es ein Mädchen ist, soll sie Mari Katalin heißen«, wiederholte Catalina immer wieder und sah ihren Großvater eindringlich an.

»Es wird so sein, wie du es willst«, antwortete er dann, während er das Feuer anfachte und versuchte, sie zum Essen zu bewegen.

Eines Morgens, als die Sonne zaghaft im Osten erschien und die schwachen Strahlen ihr Gesicht beschienen, weckte Catalina Ixile, der neben ihr schlief.

»Großvater, das Kind hat beschlossen, nicht mehr länger zu warten«, sagte sie lächelnd.

Der Mann sah sie verschlafen an, ohne sofort zu begreifen, was sie da sagte. Einen Augenblick später war er auf den Beinen und rannte hin und her, ohne zu wissen, was er tun sollte, während er sie fragte, ob sie sicher sei. Als sie bejahte, rannte er erneut auf und ab.

»Ich gehe deine Mutter holen«, sagte er schließlich.

»Nein, bleib hier«, bat ihn seine Enkelin. »Ihr werdet nicht rechtzeitig kommen.«

»Doch, das werden wir«, versicherte er ihr, küsste sie auf die Stirn und verließ eilig die Höhle.

Sie wusste, dass es nicht so sein würde. Die Wehen folgten immer schneller aufeinander, der Schmerz zerriss sie innerlich, und sie spürte, wie das neue Leben mit Macht nach außen drängte. Sie ging in die Hocke, umklammerte ihre Knie und presste mit, als sie eine weitere Wehe spürte, die noch heftiger war als die vorherige. Die letzte Anstrengung war von einem Schmerzens- und Siegesschrei begleitet. Sie umfasste den Kopf ihres Kindes und half ihm auf die Welt: Ganz vorsichtig legte sie den kleinen Körper auf die Erde und schnitt mit einem Messer die Nabelschnur durch, die sie mit dem Kind verband. Dann nahm sie es hoch und betrachtete es eingehend.

»Willkommen im Leben, kleine Mari Katalin«, sagte sie mit Tränen in den Augen, als sie sah, dass es ein Mädchen war.

Ein wenig später lag sie unter den Decken, ihre Tochter im rechten Arm, und gab ihr die Brust. Sie konnte nicht aufhören zu lächeln. Noch nie in ihrem ganzen Leben hatte sie ein solches Glück empfunden, sie war ganz beseelt davon. Die Mari hatte sie erneut gesegnet, und diesmal war ihr Geschenk dieser kleine, rosige Körper, der gierig ihre Milch trank – tausendmal kostbarer als die Gabe, Krankheiten erkennen und heilen zu können. Sie hatte das Gefühl zu schweben, und durch den Eingang der Höhle konnte sie den Himmel sehen, blau wie die Blüten des Enzians, blau wie die Augen Juan de Gesalas. Sie merkte, wie die Kraft ihren Körper verließ, und in einer letzten Kraftanstrengung drückte sie mit den Fingern ihre Brust zusammen, damit ihre Tochter sich von ihrem Leben nährte.

So fanden Graciana und ihr Vater sie bei ihrer Ankunft vor, ein Lächeln auf den Lippen, die Augen geöffnet. Ihr Körper war noch warm, und das Kind trank hungrig an ihrer Brust, ohne um den furchtbaren Schmerz zu wissen, den seine Ankunft verursacht hatte.

In der Stadt war wieder Ruhe eingekehrt. Nichts erinnerte mehr an die Ereignisse, die in letzter Zeit für solche Unruhe gesorgt hatten. Hin und wieder lag ein Strauß Wildblumen an der Stelle, wo die Scheiterhaufen entzündet worden waren. Die Menschen sprachen nicht über die Vorfälle und antworteten auch nicht auf die Fragen von Reisenden, die durch Tabira kamen, wenn diese sich nach den Ereignissen erkundigten. »Zikiña« Ederra bezahlte einen lächerlichen Preis für das Grundstück der Marinatxo, riss die Hütte nieder und baute an ihrer Stelle einen Hühnerstall. Niemand schien an seinem Vorgehen Anstoß zu nehmen, man hielt es sogar für nachvollziehbar, denn schließlich hatte die Frau seine Tochter verhext. Es war eine angemessene Wiedergutmachung für die schlimme Zeit, die er durchgemacht hatte.

Der Oñacino Juan López de Uria und seine Ratsherren verloren die Wahl an Michaelis, obwohl sie wie schon andere Male für einige Tage ein halbes Dutzend stimmberechtigter Bürger verschwinden ließen. Die Gamboinos übernahmen die Macht, und die erste Amtshandlung des neuen Bürgermeisters Martín de Olaso bestand darin, den Kindern der hingerichteten Hebamme Maritxiki eine öffentliche Zuwendung zukommen zu lassen.

Die beiden Ärzte der Stadt stöhnten bald unter einer ungeheuren Menge an Arbeit, die sie kaum bewältigen konnten. Josefa und die beiden anderen Hebammen hatten angesichts der Gefahren, die ihr Beruf mit sich brachte, den Entschluss gefasst, nicht mehr zu praktizieren, und waren weder mit Bitten noch mit Drohungen davon abzubringen. Der Verlust ihrer beiden Freundinnen war für Josefa der größte Schlag ihres Lebens gewesen. Sie wurde ungesellig und menschenscheu. Sie verließ kaum das Haus, und wenn sie es doch tat, sprach sie mit niemandem und ließ die Grüße und Fragen ihrer Nachbarn unbeantwortet. Sie machte alle für den Tod – die Ermordung, wie sie es nannte – ihrer Kolleginnen verantwortlich, warf ihnen vor, keinen Finger zu ihrer Verteidigung gerührt zu haben, und die Verbitterung untergrub allmählich ihre Gesundheit.

Meister Bartolomé de Unda war offensichtlich einer der wenigen, dem die ganze Sache bestens bekommen zu sein schien. Er schlief nachts wieder durch, ohne in Angstschweiß gebadet aufzuwachen oder das Bedürfnis zu verspüren, über seinen Büchern zu brüten. In dem Augenblick, als er gewiss sein konnte, Catalina nie wieder auf den Plätzen und Straßen Tabiras zu begegnen, war seine Obsession für die Hexen und ihr unheilvolles Treiben wie weggeblasen. Er hatte seine Pflicht getan, sagte er sich mit stolzgeschwellter Brust. Die Ketzerei und das Hexenwesen waren aus Durango verschwunden und mit ihnen auch das unbändige Verlangen nach der jungen Hebamme, an dem – davon war er felsenfest überzeugt – ein Zauber schuld gewesen sein musste, mit dem eben diese Catalina de Goiena ihn belegt hatte. Er wurde umgänglicher, hielt ein Schwätzchen mit den Nachbarn, saß lachend mit seinen Bekannten in der »Posada de Min« und fand sogar freundliche Worte für Doña Marijuan, die sich die Veränderung ihres Mannes nicht erklären konnte.

Als Unda eines Tages mit Juan de Gesala über einer

Rechtssache saß, die sie dem Rat vortragen sollten, erstaunte der Schreiber seinen Schwiegersohn mit der Einladung zu einem Schluck von dem Likör, den er in einer Flasche aus geschliffenem Kristall aufbewahrte und von dem jeder wusste, dass er nur ihm vorbehalten war.

»Nun, mein Junge«, begann er, nachdem er den Likör gekostet und eine Bemerkung über seine vorzügliche Qualität gemacht hatte, »es ist an der Zeit, dass wir den Ehevertrag in die Tat umsetzen.«

Juan war überrascht und argwöhnte eine weitere Hinterhältigkeit seines Schwiegervaters, aber er sagte nichts und wartete, dass dieser fortfuhr.

»Wie angekündigt sollst du nun mein Teilhaber an allen Geschäften werden«, erklärte Unda mit einem breiten Lächeln. »Ich möchte, dass du die Verantwortung übernimmst. Es ist an der Zeit, mich zur Ruhe zu setzen und die Früchte eines langen Arbeitslebens zu genießen. Mit dem heutigen Tag wirst du die Kanzlei führen und mich nur hinzuziehen, wenn eine Angelegenheit zu wichtig oder dringlich ist, um sie alleine zu erledigen. Über alles Übrige werde ich dich in Kenntnis setzen, sobald ich mir über meine Vorstellungen im Klaren bin.«

Gesala verschlug es vor Staunen die Sprache, als er die Worte seines Schwiegervaters hörte. Er war nun schon seit mehreren Monaten verheiratet, aber der Schreiber hatte nicht die geringsten Anstalten gemacht, etwas an der Situation zu ändern. Es war alles genauso geblieben wie vor der Hochzeit. Er war zu dem Schluss gekommen, dass alles eine List gewesen war, um ihn mit Magdalena zu verheiraten und von Catalina fern zu halten. Manchmal war er so verbittert, dass er sich sehr zusammennehmen musste, um seinen Unmut nicht kundzutun.

Auch dass es keine Nachrichten von Guinea gab, hatte

ihn beunruhigt. Obwohl er nach seiner Rückkehr aus Urkiola einen Bericht über sein Verschwinden geschrieben hatte, hoffte er in seinem tiefsten Inneren, sich geirrt zu haben. Doch die Monate waren vergangen, und er hatte noch immer keine Nachrichten von ihm. Der Rat erhielt ein weiteres Schreiben aus Calahorra sowie eines vom Corregidor mit der Bitte, die nötigen Nachforschungen anzustellen, um den Aufenthaltsort des Inquisitors Guinea zu ermitteln, und erneut antwortete der Rat, dass man nicht wisse, wo er sei und dass es, nachdem er Tabira verlassen habe, nicht länger Angelegenheit der Stadt sei herauszufinden, was mit ihm geschehen war. Juan hatte keine Kontakte in Calahorra und konnte niemandem schreiben, um seine Beziehung zu dem Inquisitor zu erklären und darzulegen, welchen Vorschlag dieser ihm unterbreitet hatte. Seine Tätigkeit als Geheimbeamter der Inquisition war zu Ende, bevor sie begonnen hatte.

Er begann zu bereuen, dass ihn sein Ehrgeiz zweimal in eine Falle gelockt hatte, einmal in die des Schreibers und dann in jene des Inquisitors. Er hatte die einzige Frau verloren, die ihn jemals glücklich gemacht hatte, und seine Ehre für ein Linsengericht verkauft wie dieser Sohn im Alten Testament, in der Hoffnung, zu höchsten Ämtern zu gelangen. Und nun war er immer noch ein einfacher Schreibergehilfe wie zuvor.

»… und wirst all meine Klienten übernehmen.« Unda schilderte ihm weiter seine neuen Aufgaben. »Fürs Erste kannst du mein Arbeitszimmer benutzen, bis deine Situation stabil genug ist, um mit der Kanzlei in dein eigenes Haus umzuziehen. Außerdem …«

Juan hörte nicht mehr zu. Seine Gedanken waren bei Catalina. Er dachte ständig an sie. Jetzt, da sie nicht mehr da war, war sein Herz wie verdorrt, das schlechte Gewissen ließ ihm keine Ruhe, und es quälte ihn jedes Mal, wenn er darüber nachdachte, dass er an ihrem Tod und dem ihres Kindes schuld war. Doch er hegte noch eine leise Hoffnung, dass sie noch am Leben waren. Er dachte an seine Begegnung mit der Mutter und dem Großvater des Mädchens zurück. Beide hatten ihm versichert, sie sei tot, doch in ihren Worten hatte weder Trauer noch Verzweiflung gelegen und ihre Stimmen hatten kalt und distanziert geklungen. Was, wenn sie Catalina irgendwo in den dichten Wäldern rund um den Hof versteckt hatten? Oder in einer der unzähligen Höhlen, die es angeblich in den Bergen gab? Oder auf dem Hof selbst? Das Anwesen war groß genug, damit sich jemand dort verborgen halten konnte, ohne entdeckt zu werden. Mehr und mehr gelangte er zu der Überzeugung, dass Catalina noch lebte, und wenn es so war, würde er sie früher oder später finden. Er würde sie um Verzeihung bitten und mit ihr und dem Kind ganz weit weg gehen, irgendwohin, wo niemand sie jemals finden würde.

»Und nun lasse ich dich allein«, hörte er seinen Schwiegervater sagen, »damit du mit deiner neuen Tätigkeit beginnen kannst. Ich werde einen Spaziergang nach San Pedro unternehmen.«

Mit einem zufriedenen Lächeln erhob sich Bartolomé Martínez de Unda aus seinem Ledersessel und bedeutete Juan, seinen Platz einzunehmen. Er zog seinen mit Dachspelz verbrämten Ledermantel an, setzte einen schmucken hohen Hut auf, ergriff die Makila und verließ eine Melodie pfeifend das Arbeitszimmer. Gemessenen Schrittes machte er sich auf den Weg zu der alten Kirche und plauderte ein wenig mit dem Wächter, der das Wegegeld kassierte. Es war ein trüber Tag, und ein kalter Wind blies ihm ins Gesicht. Seit er Catalina zum ersten Mal in seinem Arbeitszimmer im Rathaus begegnet war, hatte er keinen Spaziergang mehr unternommen. Er lächelte. Es war wieder Normalität eingekehrt, der Albtraum war vorüber. Die Gespenster hatten sich mit dem Rauch der Scheiterhaufen verzogen, und dank ihm war Frieden in seiner Heimat eingekehrt.

Als er an der Kapelle San Roque vorüberkam, hörte er ein Geräusch. Er dachte sofort an Larrea.

»Ist es die Möglichkeit, dass dieser Halunke sein Schwein wieder in die Kapelle getrieben hat?«, fragte er sich laut.

Entschlossen ging er näher und warf einen Blick ins Innere. Es war sehr dunkel, und er konnte nichts erkennen, aber er hörte ein Hecheln im Hintergrund der winzigen Kapelle.

»Husch, husch! Raus mit dir!«, rief er, während er mit der Makila gegen die Wand schlug.

Er hörte ein wildes Knurren, das ihm das Blut in den Adern gefrieren ließ, und blickte in ein Paar funkelnde Augen, die nichts mit denen eines Schweins gemein hatten. Dann sah er einen weit aufgerissenen Kiefer mit zwei Reihen weißer, messerscharfer Zähne. Ihm blieb keine Zeit mehr, davonzulaufen. Der Wolf stürzte sich auf ihn, packte ihn an der Kehle und warf ihn zu Boden.

Meister Bartolomé wehrte sich verzweifelt und versuchte um Hilfe zu rufen, doch die Umklammerung, die seine Kehle zudrückte, wurde immer fester. Seine Augen traten aus den Höhlen, und die Zunge hing ihm aus dem Mund, als er ein letztes Mal versuchte, nach Luft zu schnappen.

Zwei Bauern, die auf einem nahe gelegenen Feld arbeiteten, bemerkten den Vorfall und liefen schreiend mit ihren Hacken herbei, um das Tier zu vertreiben, das nicht von seinem Opfer abließ, bis es merkte, dass dieses sich nicht mehr rührte. Daraufhin ließ es den Schreiber los, warf einen misstrauischen Blick auf die beiden Bauern, die immer noch riefen und schrien, und trollte sich in den Wald.

Unda wurde schnellstens zum Haus des Arztes Sáinz gebracht. Das Blut strömte aus den Wunden an seinem Hals, die ihm die Reißzähne beigebracht hatten. Ein Puls war nicht mehr zu fühlen.

»Noch ist er nicht tot!«, rief der Arzt siegessicher.

Vor den fassungslosen Augen der Bauern, seines Gehilfen, seiner Frau, zweier Dienstmägde und einiger Schaulustiger, die auf das Geschrei der beiden Männer herbeigeeilt waren, hielt Sáinz dem Verletzten mit zwei Fingern die Nase zu, öffnete ihm den Mund und hauchte ihm mehrmals seinen Atem ein. Ein ersticktes Husten beförderte eine Menge Blut ins Gesicht des Arztes und zeigte allen Anwesenden, dass der Tote noch am Leben war.

»Ich hab's ja gesagt!«, triumphierte Sáinz.

Er wies seinen Gehilfen an, das glühende Eisen vorzubereiten, während er selbst große Mengen Weingeist auf den Hals des Verwundeten goss. Dann machte er sich unter den entsetzten Blicken seiner Zuschauer daran, die Wunden auszubrennen. Sein Patient tat keinen Mucks. Meister Bartolomé war bei der ersten Berührung des Eisens mit seinem Fleisch ohnmächtig geworden.

Wochenlang gab niemand in der Stadt einen Maravedi auf das Leben des Schreibers. Es wurden sogar Wetten abgeschlossen – ein unter den Biskayern weit verbreitetes Laster, das die Kirche vergebens auszurotten versuchte –, wie lange er noch leben würde. Doña Marijuan und Magdalena wechselten sich mit der Pflege des Kranken ab und ließen sonst niemanden an ihn heran. Der Arzt Sáinz stolzierte über den Marktplatz, um sich von Freunden und Bekannten zu seiner guten Arbeit beglückwünschen zu lassen. Die Bauern hatten allen erzählt, Meister Bartolomé sei mausetot gewesen, als sie ihn zum Arzt gebracht hätten, und dieser habe ihn wieder zum Leben erweckt. Tagelang wurde in Tabira über nichts anderes gesprochen, und der Bürgermeister setzte eine Belohnung auf den Kopf des Untiers aus.

Juan de Gesala war der Einzige, der nicht sonderlich betroffen wirkte. Im Grunde fand er, dass sein Schwiegervater lediglich bekommen hatte, was er verdiente. Die Beschreibung, welche die beiden Bauern von dem blutrünstigen Wolf gegeben hatten, hatte ihm zu denken gegeben. Den Männern zufolge sah das Tier anders aus als seine Artgenossen, die sonst in die Fallen gingen; dieses hier war schlanker und dunkelgrau, fast schwarz. Er dachte an Zintzo, Catalinas Hund, und ein Schauder lief ihm über den Rücken. Er war an dem Tag verschwunden, als man seine Herrin festgenommen hatte. Juan hatte geglaubt, er sei tot oder davongelaufen, doch auf einmal kamen ihm wieder einzelne Begebenheiten in den Sinn.

»Er ist so treu«, hatte das Mädchen einmal gesagt, als er sie auf die Gefährlichkeit des Tieres hingewiesen hatte, »ich bin sicher, er würde es nie vergessen, wenn mir jemand etwas zuleide täte. Also sei nett zu mir!«, hatte sie lachend hinzugefügt und sich in seine Arme geschmiegt.

»Keine Angst«, hatte sie ein andermal gesagt, als er ihr erklärt hatte, dass ihn das Knurren des Tiers nervös mache, »er wird dir nichts tun. Aber mein Großvater und ich sind die einzigen beiden Menschen, die er wirklich respektiert. Wusstest du, dass es Wölfe gibt, die dem Leittier blind folgen und sogar über eine Schlucht springen, wenn ihr Rudelführer es tut? Ich glaube, Zintzo hat mehr von einem Wolf als von einem Hund.«

Also war das Tier zurückgekommen, um seine Herrin zu rächen. Vielleicht war es auch nie weggegangen, sondern hatte geduldig abgewartet, bis der Verantwortliche für die Tragödie sich in Sicherheit wiegte, um diesen dann anzufallen und zu töten.

Einige Tage darauf erfuhr Juan von seinem Freund Min, dass nach dem Angriff die ganze Nacht hindurch ein Wolf geheult habe. Das Heulen habe die Bewohner von Arrazola in Angst und Schrecken versetzt und sie die ganze Nacht wach gehalten.

Pari Katalin war bereits sechs Jahre alt, doch Graciana konnte und wollte ihren Kummer um den Tod ihrer Tochter nicht vergessen. Manchmal, wenn sie an sie dachte, war ihr Schmerz so groß, dass sie sich hinsetzen, die Augen schließen und mehrere Male tief durchatmen musste, bevor sie weiter ihrer Tätigkeit nachgehen konnte. Sie konnte den Anblick des verbluteten Körpers Catalinas nicht vergessen, ihre Augen, die in den Himmel blickten, das Lächeln auf ihren Lippen, ihre Tochter an der Brust. Immer wieder sagte sie sich, dass Catalina nicht gestorben wäre, wenn sie rechtzeitig bei ihr gewesen wäre, und machte sich Vorwürfe deswegen.

»Es war nicht deine Schuld«, sagte Ixile, wenn er sie mit trübem Blick ins Leere starren sah. »Jedem von uns schlägt die Stunde, wenn es so weit ist.«

Sie hatten Catalina neben ihrer Großmutter begraben, und erst das Weinen des Kindes hatte Graciana von den beiden Grabhügeln wegreißen können. Sie hatte sich an den Abstieg gemacht, so gut sie eben konnte, auf den Arm ihres Vaters gestützt, der die Kleine auf den Rücken gebunden trug. Durch die Anstrengung des Aufstiegs hatte ihr der Fuß wieder wehgetan, erst, als ihre Enkelin versorgt war und selig in einem Körbchen neben dem Herd schlummerte, hatte sie den Fuß mit einer Leinenbinde verbunden und war aus dem Haus gehumpelt. Lange hatte sie zum Gipfel des Anboto hinaufgesehen, der in abendliche Dunkelheit gehüllt war, dorthin, wo ihre Tochter und ihre Mutter bis in alle Ewigkeit ruhten, und ihrer Kehle entrang sich ein herzzerreißender Schrei, der durch das stille Tal hallte und sich mit dem Heulen eines Wolfes vereinte. Anderntags behaupteten viele, die Silhouette des Tieres auf dem Felsenpfad gesehen zu haben, der zur Höhle der Mari führte.

Je älter Mari Katalin wurde, desto ähnlicher sah sie ihrer Mutter. Manchmal ertappte sich Graciana dabei, wie sie sie Katalintxe nannte. Sie lief barfuß über die Wiesen, gefolgt von den Hunden, den Nachkommen der alten Lista, die vor Jahren gestorben war. Sie tollte mit ihnen herum, lachte genauso wie ihre Mutter und kehrte mit Gras und Heu bedeckt nach Hause zurück. Sie sammelte Blumen in einem Körbchen und ließ sich von ihrem Urgroßvater Kränze daraus flechten, die sie nicht mehr abnahm, bis sie allmählich auseinander fielen und eine Spur aus verwelkten Blumen und Blättern im ganzen Haus hinterließen. Sie half ihrer Großmutter beim Linsenenthülsen oder Bohnenabfädeln – wobei sie sie mit ihrer unablässigen Fragerei eher von der Arbeit abhielt – oder versteckte sich im Stall. Des Öfteren fanden sie das Mädchen schlafend dort vor, an ein Lämmchen geschmiegt, dass ebenso selig schlief. Das Lachen und die Fröhlichkeit waren nach Goiena zurückgekehrt.

Es schien, als wäre die Zeit stehen geblieben und Catalina in diesem aufgeweckten, quirligen Mädchen wiedergeboren worden, das man nicht aus den Augen lassen durfte. Lediglich ihre Augen unterschieden sich von denen ihrer Mutter. Graciana zuckte oft zusammen, wenn ihre Enkelin sie aus ihren blauen Augen ansah. Dann versetzte es ihrem Herzen einen Stich, und sie musste an den Mann denken, den sie nur ein einziges Mal gesehen hatte – der Mann, der ihre Tochter verlassen hatte und der schuld an ihrem Tod war. Mari Katalin sollte ihren Vater niemals kennen lernen, sie sollte nie erfahren, was ihrer Mutter widerfahren war. Weder sie noch Ixile würden es ihr jemals erzählen.

Eines Tages kam das Mädchen in die Küche gestürzt.

»Mein Lämmchen ist krank.« Mit diesen Worten zog es seine Großmutter zur Tür.

Graciana und Ixile sahen sich an. Auf dem Gesicht der Frau stand Entsetzen. Sie entsann sich, wie Catalina mit den gleichen Worten zu ihrer Großmutter gerannt war. Die Geschichte wiederholte sich! Wie damals wirkte das Tier nicht krank, noch hatte es sichtbare Verletzungen. Doch wenige Tage später war es tot. Graciana war verzweifelt. Sie konnte diesen Leidensweg nicht noch einmal durchstehen.

»Wenn ihr etwas geschieht, will ich nicht mehr leben«, gestand sie ihrem Vater am selben Abend.

»Es gibt keinen Grund, warum ihr etwas geschehen sollte«, entgegnete der Mann lakonisch.

»Sie hat die Gabe«, musste sie sich eingestehen.

»Natürlich«, sagte Ixile gleichmütig.

Sie schwiegen. Graciana hatte inständig gehofft, die Fähigkeit der Frauen von Goiena werde ein oder zwei Generationen überspringen, so wie bei ihrer Mutter und ihr selbst, doch offensichtlich war dies nicht der Fall. Maria Katalin hatte Catalinas Gabe geerbt, und früher oder später würde sie Gebrauch davon machen. Graciana konnte nächtelang nicht schlafen, weil sie ständig darüber nachdachte und nach Wegen sann, den Fluch zu bannen, der, wie sie fand, auf ihrer Enkelin lastete. Sie suchte in einer der Truhen nach einem kleinen Päckchen mit dem Stückchen Nabelschnur, das wenige Tage nach der Geburt vom Nabel des Kindes abgefallen war und das sie in weiser Voraussicht aufbewahrt hatte. Sie nähte ein kleines, herzförmiges Kissen, tat die Nabelschnur, ein Stück Kohle und einen Selleriezweig hinein und fädelte es auf eine Schnur.

»Ich habe ein Amulett für dich gemacht«, sagte sie anderntags zu dem Mädchen und zeigte ihm das Stoffherz.

»Was ist das, ein Amulett, Großmutter?«, fragte Mari Katalin, entzückt über das Geschenk, das sie sich schnell um den Hals hängte.

»Ein Segen, damit dir nichts passiert, mein Liebling.«

»Oh, wie schön«, sagte das Mädchen und hüpfte über die Wiese davon.

Eine Zeit lang war sich Graciana sicher, dass das Amulett wirkte. Zugegeben, es war ein Talisman gegen den bösen Blick, aber es schien auch in diesem Fall seine Wirkung zu tun. Eines Tages jedoch sah sie, wie ihre Enkelin das Bein eines Schafes behandelte, und für sie brach eine Welt zusammen. Das Schaf lag ruhig im Gras und ließ sich von dem Mädchen behandeln, das die Wunde mit einem in Milch getauchten Lappen säuberte, während es dem Tier gut zuredete, das sogar zu verstehen schien.

Sie rief laut nach Ixile und sagte ihm, dass sie wegmüsse, er solle sich um Mari Katalin kümmern. Die Frage, wohin sie denn wolle, ließ sie unbeantwortet und kraxelte mühsam den steilen Pfad zum Anboto hinauf. Sie musste einige Male stehen bleiben, um Luft zu schöpfen und den Fuß zu massieren, der ein wenig steif geblieben war und wieder zu schmerzen begann. Schließlich erreichte sie die Höhle und ließ sich neben den beiden Gräbern zu Boden sinken.

Sie lauschte lange der Stille, die von Vogelgezwitscher durchbrochen wurde. Sie atmete den Geruch der Eichen, Buchen und Kastanien ein, den der Wind herantrug, vermischt mit dem Duft der Kamille, und zum ersten Mal seit dem Tod ihres Mannes empfand sie Frieden. Sie schloss die Augen. Sie sah Domenja und Katalintxe vor sich, so real, wie sie im Leben gewesen waren; beide lächelten ihr zu. Graciana legte sich auf die Erde, in der ihre Tochter ruhte, und schlief ein.

Bei Tagesanbruch stieg sie behände und wie neu geboren ins Tal. Ihr Vater saß nervös und ungeduldig vor dem Haus und wartete auf sie. Als er sie kommen sah, stand er auf.

»Wo bist du gewesen?«, fragte er wütend.

»Hast du die ganze Nacht nicht geschlafen?«, fragte sie lächelnd zurück.

»Wie soll ich schlafen, wenn ich nicht weiß, was mit dir ist?«

Graciana trat zu ihm und drückte ihm einen Kuss auf die stoppelige Wange.

»Danke für alles«, sagte sie. Dann ging sie ins Haus, um das Frühstück zu machen.

Miguel de Ausona fasste an seine Wange, und in seinen müden Augen erschienen ein paar Tränen der Rührung.

Von diesem Tag an brachte Graciana ihrer Enkelin alles bei, was sie über Blumen, Pflanzen, Kräuter und die Rinden der Bäume wusste. Sie streiften gemeinsam über die Wiesen und durch die Wälder an den Hängen des Anboto, sammelten die Früchte der Natur, banden Sträuße, die sie kopfüber auf den Dachboden hängten, trockneten Blätter und Stängel, Blüten und Wurzeln; sie sammelten Harz zur Herstellung von Salben und gewannen Pech aus Eibenholz gegen die Viehräude; sie zeigte ihr den Unterschied zwischen dem köstlichen Champignon und dem gefährlichen Knollenblätterpilz und nahm ihr das Versprechen ab, niemals eine Beere zu kosten, die sie nicht kannte. Für Mari Katalin war diese neue Beschäftigung ein Spiel, dessen sie nie müde wurde, für Graciana jedoch war es viel mehr. Tag für Tag erlebte sie noch einmal vergangene Zeiten, holte die Jahre nach, die sie mit unnützem Jammern vergeudet hatte, und fühlte sich wieder jung. Sie war überrascht, wie schnell das Mädchen die Namen der Pflanzen lernte, die sie ihm zeigte, und konnte stundenlang zusehen, wie es mit Feuereifer eine einfache Wundsalbe aus Wachs, Harz und Wein anrührte oder den Sud zur Herstellung von Rosenwasser kontrollierte. Die Farbe der Augen ihrer Enkelin jagte ihr keinen Schrecken mehr ein.

Miguel beobachtete zufrieden die neue Entwicklung. Er freute sich, dass seine Tochter endlich einen Lebensinhalt gefunden hatte und sich nicht aus Angst der natürlichen Begabung Mari Katalins widersetzte. Er wiederum, der normalerweise so schweigsam war, sprang über seinen Schatten und bemühte sich, dem Mädchen der Vater zu sein, den es niemals haben würde. Er, der immer so wortkarg gewesen war, setzte es auf seine Knie, kramte in seiner Erinnerung und erzählte ihm alte Geschichten. Von Helden, die auf der Suche nach riesigen Seeungeheuern die Meere befuhren; von Kriegern, die im Norden und im Süden gegen die Feinde kämpften; von Drachen mit drei Köpfen, die aus jedem ihrer Mäuler Feuer spuckten und Felder und Dörfer versengten; von Elfen, die am Flussufer ihr goldenes Haar kämmten, um einen verliebten Hirten anzulocken; von Riesen, die gewaltige Felsbrocken von einem Berg zum anderen schleuderten und ihre Spuren im Gestein hinterließen; von den Herren der Wälder, so hoch wie Bäume und behaart wie Bären, die die Menschen erschreckten; von kleinen, rot gekleideten Zwergen, die Dächer und Brücken bauen konnten ... Und dann kamen immer dieselben Fragen.

»Und Mari, wer ist das?«

»Das ist die Große Göttin, die oben auf dem Anboto wohnt, in einer Höhle, die noch nie ein Mensch gesehen hat, weil ihre gleißenden Wände ihn blind machen würden.«

»Ist sie eine gute Göttin?«

»Gut zu denen, die sie verehren, böse zu denen, die sie verleugnen.«

»Was heißt verleugnen?«

»Zu sagen, dass es sie nicht gibt, dass sie nicht existiert ...«

»Warum ist sie eine gute Göttin?«

»Weil sie unser Leben hell macht. Sie schickt uns die Sonnenstrahlen, damit sie uns wärmen und damit die Früchte reifen; sie schickt uns den Regen, damit er unsere Felder netzt und wir keinen Durst leiden; nachts bedeckt sie den Himmel mit Sternen, damit wir wissen, dass wir nicht alleine sind ...«

»Ich heiße wie sie.«

»Ja.«

»Und ich heiße auch wie meine Mutter.«

»Fast.«

»Und jetzt wohnt sie bei der Mari in ihrer goldenen Höhle.«

»Bestimmt.«

»Irgendwann, wenn ich ganz, ganz groß bin, gehe ich auch dorthin.«

Dann sahen Graciana und ihr Vater sich an, und ein Lächeln voller Erinnerungen und Verheißungen erstrahlte auf ihren Gesichtern.

Dank der guten Behandlung des Arztes Sáinz hatte Meister Bartolomé den Angriff des Untiers, das trotz der ausgesetzten Belohnung kein Jäger hatte fangen können, überlebt, doch in seinem Leben war nichts mehr wie vorher. Er hatte die Sprache verloren und konnte sich nur noch durch Gesten, Laute und das eine oder andere Wort verständigen, das er mit großer Mühe herausbrachte. Darüber hinaus benutzte er ein Täfelchen, auf das er Anweisungen, Fragen und Antworten schrieb. Doch diese Methode setzte voraus, dass die anderen lesen konnten, was die Situation erschwerte, denn die einzigen Personen in seinem Umfeld, die des Lesens mächtig waren, waren Juan und Magdalena, und die waren nicht immer in der Nähe. Die Narben an seinem Hals erinnerten ihn jeden Tag an den Albtraum, den er erlebt hatte. Er verbrachte die meiste Zeit in seinem Arbeitszimmer und verließ das Haus nur in Begleitung zweier Männer, die er als Leibwache gedungen hatte. Die Erinnerung an den Wolf, der ihm an die Kehle gesprungen war, und die grauenvolle Angst, ihm erneut zu begegnen, ließen ihm keine Ruhe. Er hatte das Interesse an seinen Geschäften verloren und überließ alles Juan, der die Kanzlei nun von seinem eigenen Haus aus führte, das früher einmal dem Notar Ezpeleta gehört hatte und nun seit fast zwanzig Jahren seines war. Meister Bartolomé wollte nur herausfinden, warum er einfach so angegriffen worden war. Sein Schwiegersohn hatte ihm einen weiteren Anlass zur Beunruhigung gegeben.

»Der Wolf, der Euch angegriffen hat, war gar kein Wolf«, hatte er ihm eines Tages eröffnet, als er ihm einige Schriftstücke vorbeibrachte, die seine Unterschrift benötigten. »Es war der Hund von Catalina de Goiena«, setzte der jetzige Schreiber zufrieden hinzu, als er den fragenden, ängstlichen Blick seines Schwiegervaters sah. »Erinnert Ihr Euch? Ein großes, fast schwarzes Tier, das einem bei dem geringsten Angriff gegen seine Herrin die Hand abgerissen hätte. Habt Ihr ihr vielleicht etwas getan?«

Unda glaubte einen gewissen Sarkasmus aus der Stimme seines Schwiegersohns herauszuhören und ahnte, dass dieser wusste, was zwischen ihm und der Hexe vorgefallen war. Aber der alte Schreiber sagte nichts weiter dazu und ließ ihn im Ungewissen.

Noch einmal kehrte seine alte Obsession zurück. Das Böse wohnte in allen Frauen, mit Ausnahme von Magdalena. Sie war eine herzensgute Seele, die ihm nach zwei Mädchen kürzlich den ersten Enkelsohn geschenkt hatte, auch wenn dieser bedauerlicherweise nicht seinen Namen trug. Er hatte es nicht gewagt, seinen Schwiegersohn dazu zu zwingen, seinen eigenen Namen aufzugeben, damit auch seine Enkel Martínez de Unda hießen. Die zwei- oder dreimal, die er mit diesem Vorschlag an ihn herangetreten war, hatte Juan sich taub gestellt, und er glaubte sogar eine gewisse boshafte Befriedigung bei dem Mann seiner Tochter bemerkt zu haben, als er über sein Ansinnen hinwegging.

Den Verlust der Stimme kompensierte er durch einen regen Briefwechsel mit seinem Freund Johanes de Gastagnalde aus Lapurdi und anderen Briefpartnern an unterschiedlichen Orten, mit denen er Kontakt aufgenommen hatte. So erfuhr er zum Beispiel von Giuseppe Lombardini, einem Juristen aus Cremona, dass Papst

Julius II. den dortigen Inquisitor angewiesen habe, der Hexerei ein Ende zu bereiten, wobei er sein Augenmerk insbesondere auf die Fähigkeit der Teufelssekte lenken solle, sich in Katzen oder Wölfe zu verwandeln. Diese letzte Aussage versetzte ihn in solche Angst, dass er sich mit einem kräftigen Schluck Alkohol beruhigen musste, doch letztendlich bestätigte es nur, was er bereits vermutet hatte: Bei dem Hund der Hexe, der ihn angefallen hatte, handelte es sich zweifelsohne um eine verwandelte Hexe, die ihre Komplizin rächen wollte. Des Weiteren erfuhr er durch Henri Jacquot – einen ehemaligen Studenten der Theologie, der es einträglicher gefunden hatte, sich dem Bierbrauen zu widmen, eine Tätigkeit, die indes seiner Begeisterung für Geheimlehren und die Hexensekte keinen Abbruch tat –, dass im Wallis, einem Tal in der Schweiz, im italienischen Levantino sowie in den Gegenden Vaud, Fribourg und Neuchatel Hunderte von Frauen wegen Hexerei hingerichtet worden waren. Er las diese Ortsnamen zum ersten Mal und wusste nicht, wo sie sich befanden, was ihn jedoch nicht davon abhielt, sie in dem umfangreichen Bericht anzuführen, an dem er arbeitete, um ihn dem Corregidor der Biskaya zu schicken. Darin würde er detailliert nachweisen, dass die Hexen existierten und ihren Aktionsradius auf sämtliche zivilisierten Länder des christlichen Okzidents ausweiteten, weshalb es vonnöten sei, härtere Gesetze gegen sie zu erlassen. Auch hier an der Biskaya trieben sie ihr Unwesen, ohne dass ihnen jemand Einhalt gebot.

Einer seiner Leibwächter, genannt Txirrinka, der auch im Haus als Bursche für alles arbeitete, behauptete, sich mit Hexen auszukennen, weil er bei einer von ihnen, der verstorbenen zweiten Frau seines Vaters, aufgewachsen sei. So erfuhr Bartolomé von Praktiken, die ihm zuvor gänzlich unbekannt gewesen waren, etwa, wie man die Stürme heraufbeschwor, in denen in Kantabrien unzählige Schiffe untergingen.

»Die Hexen tanzen rund um ein Feuer«, erklärte ihm Txirrinka, »und singen Lieder, die niemand außer ihnen verstehen kann. Dann heben sie ihre Röcke und rufen dabei ›Wind, Wind, Wind!‹ In diesem Augenblick bricht der Sturm los.«

Mit diesem Zauber konnte man auch Unwetter beschwören, die Ernte und Früchte zerstörten.

»Wenn das Korn und das Obst zu gedeihen beginnen«, erzählte der geschwätzige Diener weiter, »stellen die Hexen ein giftiges Pulver aus Würmern, Kröten, Schlangen, Eidechsen, Schnecken und Bovisten her und streuen es dann mit den Worten ›Pulver, Pulver, alles soll vergehen, nur das meine soll bestehen‹ über die Felder.«

Zum Schluss erklärte Txirrinka noch, dass dieses Pulver auch dazu diene, Leute zu verhexen, denen man Böses wünsche, dann jedoch in Form einer Salbe, mit der man die betreffende Person einrieb.

Meister Bartolomé hätte gerne noch tausend Fragen gestellt, doch da ihm dies nicht möglich war, beschränkte er sich darauf, die wertvollen Informationen seines Bediensteten sorgfältig zu notieren.

Erneut brachte ein kleines Mädchen den Stein ins Rollen, das behauptete, es sei in der Lage, in einer Gruppe ehrbarer Frauen eine Hexe zu erkennen. Vielleicht, um sich einen Scherz zu erlauben, vielleicht um herauszufinden, ob seine Tochter die Wahrheit sagte, lud der Vater einige Frauen in sein Haus, um ihnen einen von ihm selbst erfundenen Spinnrocken zu zeigen, der sich schneller drehe als gewöhnlich. Unter ihnen befand sich auch Juana Díaz, die Eierhändlerin, die schon einmal der Hexerei beschuldigt worden war und gegen ein paar ordentliche Peitschenhiebe dem Scheiterhaufen entkommen war. Das Mädchen spazierte zwischen den eingeladenen Frauen umher und blieb schließlich vor besagter Juana stehen.

»Die hier ist eine Hexe«, erklärte es zur Verblüffung aller Anwesenden.

Aufgrund ihres geringen Alters konnte sie nichts von den Ereignissen von vor sieben Jahren wissen, und ihre Eltern schworen, zu Hause sei niemals über die bedauerlichen Vorfälle gesprochen worden. Die Geschichte verbreitete sich in Windeseile in der Stadt, und die Menschen, die gehofft hatten, nie wieder eine solche Tragödie erleben zu müssen, die mit der Verbrennung von fünf ihrer Mitbürgerinnen geendet hatte, bekamen es mit der Angst zu tun.

Der Pfarrer Don Tomás, der fast blind war und viel älter aussah, als er tatsächlich war, verlangte, mit dem Mädchen zu sprechen. Die Erinnerung an die letzten Verfolgungen hatte ihn derart gezeichnet, dass viele der Ansicht waren, der Priester sei verrückt geworden wie sein Onkel, der kurz nach den letzten Hinrichtungen gestorben war. Andere vermuteten, dass er irre redete, weil er die Schuld nicht ertrug, seine Mitmenschen derart eifrig der Ketzerei beschuldigt und sie auf den Scheiterhaufen gebracht zu haben. Trotzdem war er nach wie vor angesehen und besaß einen gewissen Einfluss auf die herrschende Klasse. Das Mädchen, Francisca de Olea mit Namen, wurde von seinen Eltern zu Don Tomás gebracht, erwartungsvoll beäugt von einer großen Menschenmenge, denn das Gespräch sollte vor der Kirche Santa María stattfinden. Auf der einen Seite des Tisches nahmen der Priester, der Bürgermeister und der Merino Platz, das Mädchen auf der anderen.

»Uns ist zu Ohren gekommen«, begann Bürgermeister Olaso, »dass du überall behauptest, eine Hexe vom reinen Ansehen zu erkennen.«

Francisca nickte.

»Und darf man erfahren, wie du das machst?«, fuhr Don Tomás auf. »Steigt ein Engel vom Himmel und zeigt sie dir?«

»Ich weiß es, weil ich das Zeichen des Teufels in ihren Augen sehe«, antwortete das Mädchen mit einem Stimmchen, das zu ernst war für sein Alter.

Franciscas Aussage verursachte einige Unruhe unter den Zuschauern, die einander prüfend zu betrachten begannen, um herauszufinden, ob sie gleichfalls in der Lage waren, das Zeichen des Bösen in den Augen der Umstehenden zu erkennen. Dann setzte erwartungsvolle Stille ein.

»Und was ist das für ein Zeichen?«, fragte Don Tomás genauso unbeherrscht wie bei der Frage zuvor. »Ist es vielleicht eine Hexe auf einem fliegenden Besen?«

»Es ist eine Kröte in Form einer Kralle.«

Ohne dass man sie dazu aufgefordert hätte, wandte sich das Mädchen der ersten Reihe der Schaulustigen zu, die zurückwich wie ein Mann. Die Leute wurden sichtlich nervös, als es einen nach dem anderen ansah.

»Der da hat es, die auch, der nicht, die auch …«

Juantxon de Olea musste seine Tochter eilends packen und von dort wegbringen, denn nach dem ersten Schreck machten die so Benannten alle Anstalten, Francisca auf der Stelle umzubringen.

Doch einige Tage darauf wurden kleine Gruppen von Bürgern ins Rathaus einberufen und der Seherin gegenübergestellt, die weiterhin mit großer Ernsthaftigkeit ihren kleinen, dicken Zeigefinger auf jene richtete, die

Hexen waren. Als das Vorgehen der Obrigkeit bekannt wurde, weigerten sich die Leute zu erscheinen, doch es wurden Soldaten ausgeschickt, um die Widerspenstigen vorzuführen. Viele verließen Tabira, andere versteckten sich an den unglaublichsten Orten, in den Kohlelagern der Schmieden oder in den Heuhaufen in den Ställen. Als die ganze Bevölkerung der Prüfung unterzogen worden war, hatte man über dreißig Personen festgenommen und förmlich wegen der Hexerei angeklagt.

Es waren so viele Beschuldigte, dass der Bürgermeister es nicht wagte, ein weltliches Gericht einzuberufen, und Anweisungen von den obersten Behörden der Biskaya erbat, die sich ihrerseits Hilfe suchend an das Inquisitionstribunal in Calahorra wandten, nachdem sie aufmerksam Meister Undas Bericht gelesen hatten, der dem Schreiben beilag. Fast drei Wochen später traf erneut ein Untersuchungstribunal in Tabira ein, um der Plage ein Ende zu bereiten, von der die Stadt erneut heimgesucht wurde. Als der neue Inquisitor Bartolomé Martínez de Unda aufs Wärmste zu seiner peniblen Aufklärungsarbeit beglückwünschte, dankte dieser Gott, der es ihm ermöglicht hatte, seinen persönlichen Kreuzzug gegen das Böse in Gestalt der Hexen zu führen, welches sich nahezu aller Frauen in Durango bemächtigt hatte.

In jenem Jahr trafen sich die Teilnehmer der Versammlungen von Jentilkoba ein weiteres Mal zur Wintersonnenwende. Nach der Verbrennung der Hexen hatten sie eine angemessene Zeit verstreichen lassen, bevor sie sich wieder in jeder Nacht versammelten, in der der Mond rund und hell am Himmel stand. Zunächst waren es nur einige wenige gewesen, denn die Angst war noch immer sehr groß und riet zur Vorsicht. Man wollte nicht sein Leben aufs Spiel setzen. Doch im Laufe der Monate verblasste die Angst und es herrschte wieder ausgelassene Freude, es wurde gelacht, getanzt, gesungen und erzählt, geradeso, wie Juan de Gesala es bei seinem ersten Besuch erlebt hatte, als er Catalina de Goiena begegnet war. Er hatte eine Hexensekte gesucht, die dem Teufel huldigte, und war auf eine Gruppe von Menschen getroffen, die sich nach fast vergessenen Bräuchen zurücksehnten.

Als Juan von Min de Olejua erfuhr, dass die Versammlungen wieder stattfanden, ging er hin, um nach Catalina zu suchen. Wenn sie noch lebte, würde sie dort sein. Sie durfte nicht fehlen, denn sie war die Meisterin, die Stellvertreterin der Mari. Wenn sie tot war, würde man es dort wissen und eine andere an ihrer Statt ernennen. Zu seiner Überraschung geschah weder das eine noch das andere. Catalina tauchte nicht auf, aber es wurde auch keine neue Meisterin ernannt. Ihr Platz neben dem Ziegenbock blieb leer. Niemand erwähnte das Mädchen, und er wagte nicht, nach ihr zu fragen. Er sah Miguel de Ausona und dieser ihn, doch der Mann blickte durch ihn hindurch, als ob er Luft wäre. Er kostete auch von dem Trank, den er die anderen Male abgelehnt hatte, und ihn durchströmte ein nie empfundenes Wohlgefühl. Er fühlte sich leicht und glücklich, er lächelte in einem fort und nahm sogar an den Tänzen teil, doch am meisten zogen ihn die Erzählungen der Alten in ihren Bann. Einige davon hatte er schon bei anderen Gelegenheiten gehört, doch dieses Mal klangen sie anders für ihn. Er schaute in das große Feuer, das die ganze Höhle mit Rauch erfüllte. In den Flammen sah er furchtbare Schlachten, in denen seine Leute töteten und getötet wurden. Entsetzt starrte er auf die feurigen Zungen der Drachen, die Berge und Dörfer niederbrannten und schließlich von Kämpfern besiegt wurden, bewaffnet mit einfachen Lanzen, die sie eigenhändig aus dem Eisen der Biskaya geschmiedet hatten. Und er war zutiefst betrübt, als der alte, blinde Riese sein Volk bat, ihn von den Felsen zu stürzen, weil Kixmi eingetroffen war, der Verkünder des neuen Glaubens.

Monat für Monat kehrte er nach Jentilkoba zurück, in der Hoffnung, Catalina dort zu treffen, aber auch wegen des Tranks, der alten Lieder und Sagen. Auf einmal hatte er nicht mehr das Bedürfnis, ein mächtiger, geachteter Mann zu sein, und die Zeit zwischen den Versammlungen kam ihm endlos vor. Wie er vorhergesehen hatte, war Magdalena eine Matrone mit breiten Hüften und wogendem Busen geworden, und er langweilte sich an ihrer Seite zu Tode. Sie widmete sich den drei Kindern, die immer mehr ihrem Großvater glichen, und war das Sprachrohr Meister Bartolomés geworden. Sie hatte ebenfalls begonnen, von Hexerei und Zauberei zu reden, und einmal hatte er sie dabei überrascht, wie sie eines der Bücher des alten Schreibers studierte.

»Wie der Vater, so die Tochter!«, hatte er ironisch bemerkt.

»Diesem Vater hast du zu verdanken, dass du kein Hunger leidender Schreiberling mehr bist«, hatte sie hochmütig erwidert.

Noch am selben Tag hatte er seine Sachen in ein anderes Schlafzimmer bringen lassen. Ganz Tabira erfuhr, dass der Schreiber und seine Frau nicht mehr zusammen schliefen. Magdalena schrie Zeter und Mordio und beklagte sich bei ihrem Vater, der seinen Einfluss auf den Schwiegersohn geltend machen wollte, doch dieser hatte ihn nur mit einem kalten Blick bedacht.

»Von einem Vergewaltiger lasse ich mir nicht sagen, was ich zu tun habe«, hatte er abfällig geantwortet. »Kehrt zuerst vor Eurer eigenen Haustür, bevor Ihr Euch in fremde Angelegenheiten einmischt.«

Am Nachmittag erreichte er die Höhle, lange vor den ersten Teilnehmern. Er setzte sich in einen Winkel der Höhle und dachte an Catalina.

»Vielleicht heute Nacht …«

Die Jahre waren vergangen, und sie war nicht zurückgekehrt. Miguel sah nicht mehr durch ihn hindurch und erwiderte seinen Gruß manchmal mit einem angedeuteten Lächeln, auch wenn sie nie miteinander gesprochen hatten.

In dieser Nacht bemerkte er eine ungewöhnliche Unruhe unter den Teilnehmern. Er beobachtete, dass mehr Holz zu dem großen Feuer gebracht wurde, die Menschen wirkten fröhlicher und die Gespräche waren angeregter, die Musik begann früher als sonst, und nicht eine, sondern mehrere Frauen stimmten die alten Lieder mit den rätselhaften Texten an. Eine große Menge des grünen Tranks brodelte im Topf, und sogar der Ziegenbock war mit Knoblauchzöpfen und Heidekraut geschmückt. Vergnügt und neugierig wartete Juan auf die Erklärung für so viel Betriebsamkeit. Als es plötzlich still wurde, folgte sein Blick dem der Übrigen.

Sein Herz machte einen Satz, als er eine schlanke Frau in einem Umhang erblickte, deren Gesicht von einer Kapuze verdeckt war. Sie schritt durch die sich teilende Menschenmenge und führte ein kleines Mädchen an der Hand. Catalina! Er musste sich gegen die Felswand lehnen, um sich von dem Eindruck zu erholen und Luft zu schöpfen. Die Frau und das Mädchen hatten den Ehrenplatz erreicht. Es herrschte gespannte Erwartung, und er musste sich auf die Lippen beißen, um nicht den Namen der Frau herauszuschreien, die er nie aufgehört hatte zu lieben. Die Frau enthüllte ihr Gesicht, und aus der Miene Juan de Gesalas sprach abgrundtiefe Enttäuschung. Er spürte, wie sein Herz zerbrach und das Blut aus einer unsichtbaren Wunde sickerte.

»Dies ist meine Enkelin«, sagte Graciana, und ihre Stimme brach vor Rührung. »Die Tochter Catalina de Goienas.«

Miguel de Ausona trat zu dem Mädchen, legte seine Hand auf ihren Kopf und schloss die Augen, bevor er sprach.

»Selatsa, Lakubegi, Anderixo, Heraukorritse, Erditse, Lurgorr, Aherbelste, Leheren, Iturbe, Aberri, Artetx, Belisama, Baizorixo, Asto-ilun, Arixo, Ilixo, Ilurberrixo, Larrason, Götter unserer Vergangenheit, empfangt wohlwollend Mari Katalin de Goiena, Stellvertreterin der Mutter Mari Urtzia, unserer Göttin und Beschützerin.«

Einer nach dem anderen traten alle vor das Mädchen und küssten seine Hand, wie sie die Hand seiner Mutter geküsst hatten, wie ganze Generationen die Hände der weisen Frauen geküsst hatten – Glieder einer Kette, die das Licht der Vergangenheit und die Hoffnung der Zukunft am Leben hielten.

Juan Ortiz de Gesala trat als Letzter vor sie. Er sah zunächst Graciana an, um sie um Vergebung für das Leid zu bitten, das er verursacht hatte. Die Frau erwiderte seinen Blick ohne Vorwurf. Der Schmerz und die Wut waren vor geraumer Zeit der Gelassenheit gewichen. Dann betrachtete er das Kind, seine Tochter, und fand sich in ihren blauen Augen wieder. Er hörte Catalina mit fröhlicher Stimme sagen, seine Augen seien ein Stück Himmel, wenn sie nebeneinander lagen und es nach einer durchliebten Nacht allmählich wieder Tag wurde. Dann küsste er Mari Katalins Hand und begann, bitterlich zu weinen.

Nachwort

Die Hexerei hat eine tiefe Spur im Baskenland hinterlassen. Unzählige Ortsnamen weisen auf die Gegenwart der Hexen hin: Sorginerreka – »Hexenfluss«, Sorginiturri – »Hexenquelle«, Sorginleze – »Hexenschlucht«, Sorginetxe – »Haus der Hexe« … Unsere Geschichten sind bevölkert von Hexen, diesen Furcht einflößenden Wesen, die nach althergebrachten Vorstellungen durch jede Ritze in die Häuser kommen, sich in Tiere verwandeln, insbesondere in schwarze Katzen, mithilfe geheimnisvoller Salben durch die Lüfte fliegen, um Feuer tanzen und den Teufel in Gestalt eines Ziegenbocks oder Schafbocks anbeten. Man gab ihnen die Schuld an Missernten, Unglücken in den Schmieden, dem bösen Blick, Krankheiten, dem Tod von Kindern und Schiffbrüchen.

Don José M. de Barandiaran, Don Resurrección Mª de Azkue und andere Große unserer Kultur haben uns den reichen Schatz unserer mündlichen Tradition übermittelt, der ohne sie in Vergessenheit geraten wäre, wie dies so oft im Laufe der Menschheitsgeschichte mit dem Wissen und den Traditionen der Vorfahren geschah. Durch ihre Forschung wissen wir von Hexenversammlungsplätzen wie Akelarre in Zugarramurdi, Fikozelai in Sara, Artegaña in Altzai, Petiriberro in Aezkoa, Irantzi oder Mairubaratza in Oiartzun, Arleze in den Bergen von Andia, Mugarri in Soraluze, Etxebartxuko-Landa in Murueta, Eperlanda in Muxika, Akerlanda in Gautegiz de Arteaga, Askondo in Mañaria, Petralanda in Dima, Amezola in Olaeta, Garaigorta in Orozko, Abadalueta in Zigoitia, Mariturri in Orenin, Urkiza in Peñacerrada und so viele andere. Bei einigen dieser Plätze handelt es sich um Höhlen, die in prähistorischer Zeit nachweislich bewohnt waren, bei anderen um Dolmen oder Kromleche, die aus religiösen Gründen errichtet wurden, die wir nicht kennen und die davon zeugen, wie alt der Glaube des baskischen Volkes ist.

Alle Völker des Altertums glaubten an Zauberer, Magier oder Hexen, und einige tun dies heute noch. Sie waren gefürchtet und gleichzeitig unentbehrlich. Mithilfe der Natur sagten sie Unwetter voraus, heilten Krankheiten, sahen in die Vergangenheit und lasen die Zukunft. Die Könige hatten einen oder mehrere Magier an ihrer Seite, die ihnen Ratschläge gaben, wie sie am besten regieren sollten, und ihnen den Sieg über ihre Feinde zusicherten; die Frauen gingen zu ihnen, um das Geschlecht ihres Kindes zu erfahren oder um eines zu bekommen; die Bauern nahmen die Hilfe der Heiler für ihre kranken Tiere in Anspruch, und jeder trug Amulette oder hängte Disteln und Weißdornzweige im Haus auf, damit es von Blitzschlag und bösen Geistern verschont blieb.

Man könnte ganze Bücher über die Hexerei schreiben, und doch würden wir nie erfahren, was genau die Massenhysterie der Hexenjagd auslöste, die zwischen 1500 und 1700 über hunderttausend unschuldige Menschen auf den Scheiterhaufen brachte, vor allem Frauen.

Mit der Veröffentlichung der »Hexenbulle« *Summis desiderantes* durch Papst Innozenz VIII. im Jahre 1484 und dem Erscheinen des *Malleus Maleficarum*, des so genannten »Hexenhammers«, der deutschen Dominikanermönche Institoris und Sprenger im Jahre 1486 griff die Hexenjagd wie ein Lauffeuer auf ganz Europa über.

Die Hexenjagd folgte auf die Ketzerverfolgung, insbesondere der Katharer und Waldenser in Südfrankreich, deren Lehren das Monopol der katholischen Kirche in Europa ins Wanken gebracht hatten. Nachdem die Häretiker beseitigt waren, mussten die Institutionen, die man zu ihrer Verfolgung geschaffen hatte, nach neuen Betätigungsfeldern suchen, um ihre Existenz zu rechtfertigen.

Am meisten erstaunt die Tatsache, dass man mitten in der Renaissance, im goldenen Zeitalter der Aufklärung, der Entdeckungen, der Malerei, der Literatur, der Philosophie, der Erfindungen wie des Buchdrucks oder des Fernrohrs; dass man zu Lebzeiten großer Namen der Menschheit wie Leonardo da Vinci, Cervantes, Galileo, Elcano, Erasmus, Velázquez, Bach oder Newton, um nur einige zu nennen, an die Existenz von Frauen glauben konnte, die auf Besen durch die Lüfte ritten, um dem Teufel in Gestalt eines Ziegenbocks den Hintern zu küssen. Und nicht nur die ungebildeten, des Lesens unkundigen Volksmassen glaubten daran, sondern auch Richter, Theologen, Philosophen und Ärzte, bis ganz Europa ein gewaltiger Scheiterhaufen war, dessen Flammen lange Zeit nicht verloschen und in unserem Unterbewusstsein nachglühen.

Natürlich war die Ausrottung alter heidnischer Bräuche sowie die Vernichtung religiöser Sekten, die das Verhalten der katholischen Kirche anprangerten, einer der Gründe für die Hexenjagd. In den letzten Jahren legten auch die protestantischen Länder einen ähnlichen Eifer an den Tag. Darüber hinaus war sie ein Mittel, um subversive Bewegungen gegen die etablierten Mächte und unbequeme politische Gegner zu eliminieren. Jüngste Studien haben gezeigt, dass auch die Ärzte zu der Hexenhysterie beitrugen, denn in den meisten Fällen richteten sich die Angriffe gegen Hebammen und heilkundige Frauen. Die Tatsache, dass die Hälfte der Bevölkerung, nämlich die Frauen, lieber zu ihresgleichen gingen, schmälerte die Einnahmen der studierten Ärzte beträchtlich. Auch die Gesellschaft betrachtete mit Argwohn, dass diese Frauen allein zurechtkamen; unter ihnen waren zahlreiche Witwen und ledige Frauen, die nicht auf die Hilfe des Ehemanns, des Vaters oder des Bruders angewiesen waren.

Im Baskenland gehörten die wegen Hexerei verurteilten und hingerichteten Männer und Frauen der einfachsten Gesellschaftsschicht an: sie waren Handwerker und Bauern. Sie waren die Bewahrer alter Bräuche, die mit der Verehrung der Mari verbunden waren, Reminenszenz an die matriarchalische Zeit und »die Personifikation der Erde«, um es mit den Worten J. M. de Barandiarans zu sagen.

Heute ist das Wort *Hexe* nach wie vor ein Synonym für das Böse, für eine alte, hässliche Frau, und wir haben vergessen, dass viele dieser Opfer junge Mädchen in der Blüte ihres Lebens waren, und die meisten von ihnen Frauen, die lediglich versuchten, sich ihren Lebensunterhalt zu verdienen.

Mein besonderer Dank gilt Mikel Bildosola, der mich zur Höhle der Mari auf dem Anboto führte. Eneko Urrutia, der mir alles über das Naturschutzgebiet Urkiola mit seiner Flora und Fauna erzählte. Ernesto García Fernández, Professor für mittelalterliche Geschichte an der Universität des Baskenlandes, der mich an seinen Ansichten über die Ketzer von Durango teilhaben ließ. Javier Sagastizabal und den Freundinnen und Freunden, die das Manuskript lasen und mich mit Rat und Tat unterstützten.

Zeittafel

14. Jahrhundert – Mehrere Männer und Frauen werden in Iparralde und in Navarra wegen Hexerei verbrannt.

1442/44 – Verfolgung der Ketzer in Durango. Dreizehn Personen werden vor der Kirche Santa María verbrannt, weitere hundert werden nach Valladolid und Santo Domingo de la Calzada gebracht, dort verurteilt und auf dem Scheiterhaufen hingerichtet.

1466 – Heinrich IV. von Kastilien empfängt in Valladolid eine Delegation aus Gipuzkoa, die sich über die Hexenplage beklagt.

1478 – Sixtus IV. gewährt den katholischen Königen das Recht, einen Generalinquisitor für ihre Königreiche zu ernennen.

1484 – Bulle *Summis desiderantes* von Papst Innozenz VIII., die der Hexenjagd Tür und Tor öffnet.

1486 – Erscheinungsjahr des *Malleus Maleficarum*, des »Hexenhammers«, der beiden deutschen Dominikanermönche Institoris und Sprenger.

1500 – Großer Prozess in Durango gegen Ketzer und Hexen, die so genannten »Hexen des Anboto«. Ein Mann und zehn Frauen werden auf dem Scheiterhaufen hingerichtet.

1507 – Hinrichtung von dreißig Baskinnen in Calahorra

1527 – Verfolgungen in Navarra

1528 – Verfolgungen in Karrantza, Biskaya

1530 – Verfolgungen in Hondarribia, Guipuzkoa

1538 – Verfolgungen in Navarra

1555 – Verfolgungen in Guipuzkoa

1555 – Hexenprozess in Zeberio, Biskaya

1575 – Verfolgungen in Navarra

1576 – Prozess und Hinrichtung von 41 Personen in Lapurdi

1595 – Verfolgungen in Tolosa, Guipuzkoa

1605 – Prozess von Biarritz

1609 – Prozess und Hinrichtung von 600 Personen in Lapurdi

1610 – Prozess und Hinrichtung von 33 Personen in Logroño (die Hexen von Zugarramurdi)

1611 – Prozess von Hondarribia

Toti Lezea

Die Äbtissin

Roman

ISBN 3-8105-1286-9

»Sie war Doña María Esperanza de Aragón, und in ihren Adern floss das Blut von Generationen von Königen.«

Wir schreiben das Jahr 1510, als die Äbtissin María Esperanza einen Brief von Papst Julius II. erhält: Sie sei eine uneheliche Tochter des Königs Ferdinand V. Der Name ihrer Mutter ist nicht vermerkt. María Esperanza, die bis dahin dachte, sie sei ein namenloses Findelkind, hat nur noch ein Ziel: die Frau zu finden, die ihr das Leben geschenkt hat. Sie verlässt ihr Kloster in Kastilien und macht sich auf eine Reise, deren Ziel nur Gott kennt ...

Krüger Verlag

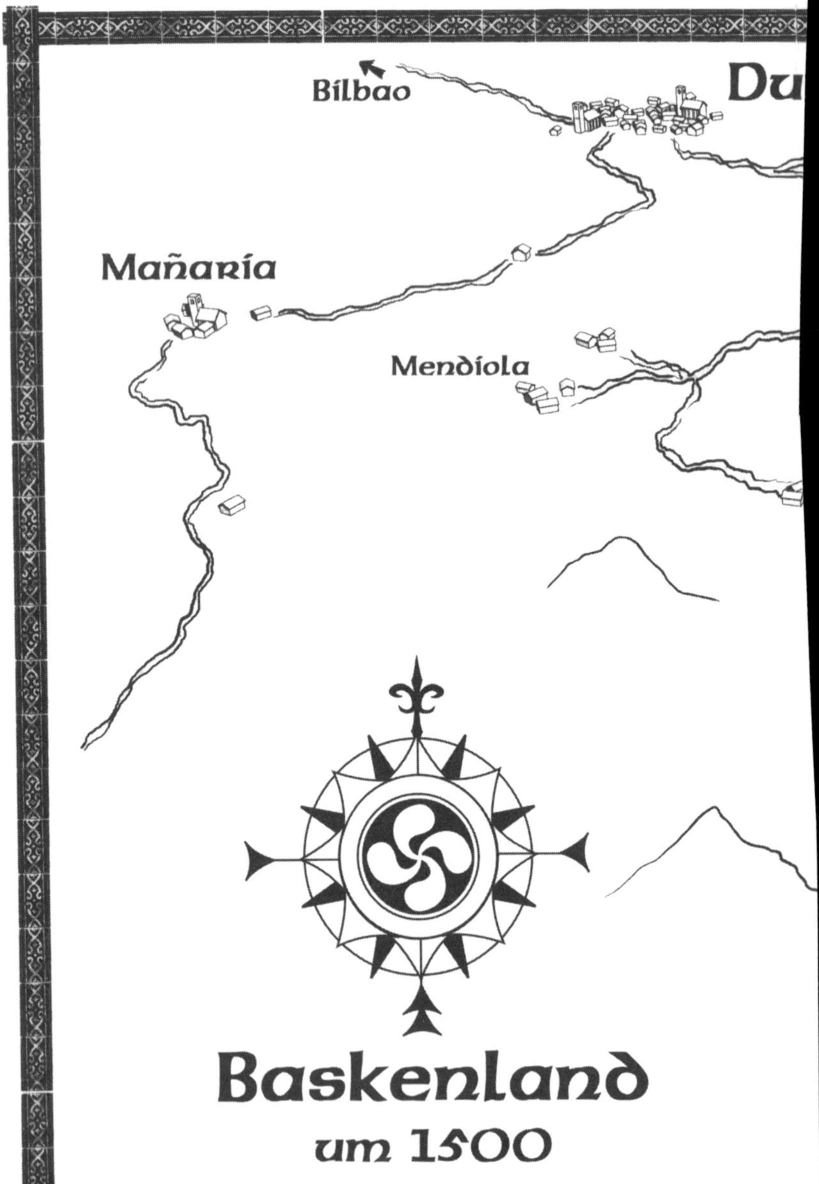
Bilbao
Du
Mañaría
Mendiola
Baskenland
um 1500